KB006124

달빛조각사

달빛 조각사 10

ⓒ 남희성, 2007

발행일 2023년 11월 1일 | 발행인 김명국 | 발행처 주식회사 인타임 | 출판 등록 107-88-06434 (2013년 11월 11일) | 주소 서울시 구로구 디지털로31길 38-21 이앤씨벤처드림타워 3차 405호 전화 070-7732-2790 | 팩스 02-855-4572 | 이메일 in-time@nate.com | ISBN 979-11-03-33163-4 (04810) 979-11-03-32686-9 (세트) | 이 책은 주식회사 인타임이 저작권자와의 계약에 따라 발행한 것이므로 내용의 전부 또는 일부를 사용하려면 반드시 양측의 동의를 받으셔야 합니다. 잘못된 책은 구매처에서 바꿔 드립니다.

달빛조각사 10

남희성 게임 판타지 소설

The Legendary Moonlight Sculptor

INTIME

contents

검술 마스터 애쉬

위드는 황무지에서 전투를 하며 레벨이 392가 되었다.

"이곳은 상당히 괜찮은 사냥터란 말이야."

스켈레톤의 풍년이라고 해도 될 정도로 해골들이 많아졌다.

몬스터들이 황무지로 심심치 않게 몰려왔으니, 스켈레톤들 사이에 끼어서 마음껏 싸우기만 하면 되는 것이다.

다른 스켈레톤의 뼈마디가 깨지건 말건, 불쌍한 스켈레톤들이 싸워서 피해를 입히면 위드가 가로채서 사냥하고 아이템을 독식!

"역시 사냥터는 이 정도는 되어야 해."

사냥하기 좋다는 던전들도 이만큼은 아닐 것이다.

"스탯 창!"

캐릭터 이름: 위드		
성향: 언데드	레벨: 392	소속: 불사의 군단

위드의 직위도 전투를 거듭하며 올라서 스켈레톤 전사가 되어 있었다.

"스켈레톤들은 어쨌든 불사의 군단에서 낮은 계급이군."

다시 전직의 기회도 주어졌다.

스켈레톤 병사, 스켈레톤 메이지, 궁수 등을 택할 수 있어서 위드는 스켈레톤 병사로 전직했다.

몇 번의 전투를 더 치르고 나서는 네크로맨서 유저들도 전직할 수 있는 자격을 획득했다.

"휴, 힘들었는데, 이제 메이지가 될 수 있군요."

쟌이나 오템이나 보흐람, 헤리안 그리고 열성적으로 싸우던 그루즈드, 바레나라는 유저를 비롯한 대부분은 언데드를 소환할 수 있는 스켈레톤 메이지를 선택했다.

"바르칸 님이 가진 지혜의 힘을 받아들입니다. 불사의 군단에 충성을 다하며 바르칸 님을 위하여 싸우겠습니다."

충성의 맹세를 하는 것으로 전직할 수 있었다.

스켈레톤들끼리는 전직이 자유로웠기 때문에 잠깐 궁수를

택하는 유저도 있었다.

초보 네크로맨서들은 지혜와 마나의 힘으로 싸워야 하는데, 초창기에는 성과가 영 별로 없기도 했다. 그렇기에 활을 들어서 언데드들을 지원하는 경우가 많았기에 궁수의 직업을 택한 것이다.

스켈레톤 메이지로 전직을 한 이들은 마법서를 받았다.

"스켈레톤 메이지들이 하는 기초적인 공격 마법들은 사용할 수 있어요."

"이건 전에 알지 못하던 저주 마법인데… 언데드 소환하고 틈틈이 써 주면 좋겠는데요."

"어서 사냥을 해 봅시다!"

유저들은 전투에서 불이나 얼음의 덩어리를 뭉쳐서 던지고 언데드 소환 마법을 발휘했다.

스켈레톤들만이 있던 단조롭던 전장에 화염과 빙판이 생기고, 구울, 좀비, 기초적인 해골들도 소환되었다.

유저들의 육체의 형태는 스켈레톤이었지만 레벨이나 스킬은 그대로였으므로, 그들은 무섭게 본연의 실력을 발휘하며 스켈레톤 군단에서 활약했다.

직접 전투가 주로 벌어지는 초중반에는 위드가 몬스터들을 독식할 정도였지만, 네크로맨서들도 경쟁하듯이 실력을 발휘했다.

"이쪽으로 모여라, 스켈레톤들이여!"

직위가 오르면서 유저들은 불사의 군단 소속 스켈레톤들에 대한 명령권도 획득했다.

전투에서 스켈레톤을 통솔할 수 있으니 네크로맨서 유저들은 매우 좋아했다.

쟌이나 보흐람, 오템, 헤리안, 그루즈드, 바레나는 전투에서 두드러지게 뛰어난 실력을 선보였다. 처음 왔을 때는 몸 전체의 뼈를 훤히 드러내 놓고 있었지만 전리품이나 아이템을 얻어 잿빛 로브를 착용하기도 했다.

위드는 그들의 사냥을 그저 지켜보며 자신의 몫을 다할 뿐이었다.

'언데드들을 시키는 건 결정적인 순간에는 너무 늦어.'

스켈레톤들이 많아지게 되면서 퀘스트의 난이도가 C급으로 올랐다.

대형 보스급 몬스터들이 심심하지 않게 나타나고 있었는데, 놈들이 막 죽으려고 하는데 정작 구울이나 좀비 등에게 공격을 하라고 시키면 속도가 느렸다.

위드는 경험치와 전리품을 위해 전적으로 몸을 쓰면서 사냥했다.

일반 스켈레톤과 뒤섞여서 비슷한 차림으로 싸우고 있었기 때문에 먼 곳에서 위드가 얍샵하게 몬스터들을 쓸어버리고 있다는 사실을 알아차리기란 어려웠다.

네크로맨서들은 휘하의 언데드들을 소환해야 하고 그들의 전투에도 신경을 써야 해서 매우 바빴기 때문이다.

위드의 직업도 '생전의 괴로운 기억을 가지고 있는 스켈레톤 나이트'를 거쳐서 스켈레톤으로서는 최고 직위, '제대로 썩은 스켈레톤 킹'이 되었다.

그리고 다시 '나미르를 지키는 스켈레톤들' 퀘스트까지 마쳤을 때였다.

> 지금보다 높은 등급의 언데드가 될 수 있는 자격이 생겼습니다.

스켈레톤이 아닌 높은 단계의 언데드가 될 수 있다.

하지만 다른 유저들도 직위를 얻을 때까지 위드는 계속 스켈레톤과 관련된 퀘스트를 하면서 보냈다.

앞서가는 이로서 기다려 주는 배려심이 갑자기 생겨서는 당연히 아니었다.

'어느 쪽이 더 유리할지 모르니까.'

유저들이 선택한 결과를 보고 판단해도 될 것 같아서였다.

더불어 이곳은 대규모 전투가 계속 벌어지고 있었기에 만족스러운 장소이기도 했다.

"스켈레톤보다 상급의 언데드가 될 수 있다는군요."

"정말요? 축하드려요!"

"어떻게 그렇게 일찍 하셨어요? 비결 좀 알려 주시죠."

"제가 언데드들을 잘 다루었던 덕분일까요?"

쟌이라는 네크로맨서 유저가 자격을 획득하고 떠났지만, 위드는 같이 따라가지는 않았다.

'스켈레톤보다 상위 등급이라고 해 봐야 별거 없겠지.'

언데드들의 서열이 정해져 있으니 뻔히 눈에 보였던 것이다.

다른 유저들도 속속 자격을 획득하고 떠났다.

그때부터는 차츰차츰 유저들 사이의 대화를 통해 정보를 얻었다.

"귓속말로 헤리안 님이 알려 주었는데, 쟌 님이나 오템 님이 지금은 밴쉬가 되었다는군요."

울부짖는 밴쉬.

나쁜 기운을 퍼트리며 초자연적인 능력을 약간 발휘하고, 마법도 쓸 수 있는 유령이었다.

"어디서 사냥을 하고 있다고 해요?"

"사람이 살지 않는 마을이라고 합니다. 흉가들과 성이 있는데, 아직 많이 살펴보진 못했다고 하는군요."

"그곳의 몬스터들은요?"

위드가 아니더라도, 몬스터에 대한 정보를 알려고 하는 사람들은 많았다. 특히 네크로맨서들은 기본적으로 시체를 다루기 때문에 몬스터에 대한 정보들을 많이 원했다.

"엄청나다고 합니다. 불사의 군단에서 전투 물자를 성의 창고에 보관하고 있는데, 몬스터들이 하루에 서른 번도 넘게 대량으로 침입을 한답니다."

"캬아! 진짜 몬스터들이 원 없이 쏟아지겠네요."

네크로맨서들은 몬스터들이 많은 장소를 선호했다.

강한 몬스터를 기다려서 몇 마리씩 잡기보다는, 밀려드는 몬스터들을 잡는 쪽이 경험치나 언데드 소환 스킬의 숙련도를 올리기에 훨씬 좋았기 때문이다.

'그 정도라면 사냥터를 바꿔도 되겠군.'

위드는 다음 4명이 전직을 할 때 자신도 따라서 전직을 했다.

다들 밴쉬를 택했지만, 그는 해골 전사의 유령이 되었다.

모라타에서는 대성당과 대도서관을 건축하기 위하여 유저들이 3만 명이 넘게 투입되었다.

주민과 유저 모두가 도시 내에서 건설 작업에 참여하는 건 아니었지만, 사냥과 퀘스트를 하는 도중에 재료를 구해 오는 식으로 일조하는 이들도 많았다.

이플린 석재가 많이 모여 있는 장소를 제가 네비어 숲에서 찾아냈습니다.

—모험가 카슈

모험가의 공고문이 영주성의 벽면에 붙었다.

"네비어 숲에 석재들이 많다는군."

"땅을 파서 캐 오자."

곡괭이를 든 유저들이 모여들더니 석재들을 몽땅 캐 왔다.

그들이 떠나고 난 네비어 숲은 쑥대밭!

"돌요."

"나무 뽑아 가져왔어요."

초보자들도 그들이 저마다 할 수 있는 수준에서 자재들을 구해 왔다.

벌 떼처럼 모여든 건축가와 석공 들에 의하여 대도서관과 대성당의 탑과 벽이 세워졌다.

대성당의 천장에는 거대 돔을 올림으로써, 모라타의 어느 곳에서나 볼 수 있을 정도로 높아졌다.

"우리가 정말 이걸 만든 거야?"

"어떻게 이렇게 큰 건물들을, 벽과 돌을 쌓아서 올릴 수 있는 거지?"

작업에 참여한 사람들조차, 스스로 만들어 놓고도 믿을 수 없어 할 정도로 웅장한 건물!

천장의 돔에는 스테인드글라스로 창문을 만들어서 빛이 성당의 내부로 들어왔다.

"다 끝난 게 아닙니다. 아직 작업이 많이 남아 있습니다."

조각사와 화가 들의 작업을 위해 마법사들이 도움을 주었다.

플라이 마법을 펼쳐 줘서, 기둥의 높은 부분과 천장에 그림을 그리고 조각을 새기기가 편해졌다.

각계각층의 풍부한 지원을 바탕으로 대작업에 참여할 수 있었으니 예술가들은 수고를 아끼지 않았다.

프레야 교단의 성기사들이 조각품으로 만들어졌고, 화가들이 천장화도 그리는 중이었다.

끝을 모를 정도로 넓은 과수원과 곡창지대를 갖고 있는 프레야 여신!

남자들이 무릎을 꿇고 여신에게 고백하고 있었다.

최고급 물감들을 아끼지 않고 듬뿍 칠하고, 색도 수백 가지 이상 사용해서 곡물들과 풍경, 프레야 여신의 옷차림과 남자들까지도 화려하고 세밀하게 표현했다.

풍요와 아름다움을 확실하게 보여 주는 것이다.

물론 프레야 여신의 외모는, 위드가 모라타에 세운 여신상을 바탕으로 했다.

화가들은 대성당의 외벽에도 신경을 썼다.

"이곳에는 모라타의 기원에 대해서 그려 봅시다."

중앙 대륙에서 온 화가들이나 이곳에서 처음 시작해서 화가가 된 이들은 말로만 들었던 모라타의 과거.

위드와 프레야 교단의 교황 후보 알베론이 와서 뱀파이어들을 물리치고 이 마을을 살려 낸 일.

북부의 추위를 물리치고 위드가 정식으로 영주의 자리에 오른다. 프레야 여신상 들이 세워지고 인구가 늘어나며 마을이 확장된다.

이렇게 대성당, 대도서관이 만들어지기까지의 과정이 벽화로 그려졌다.

대도서관은 예술적인 아름다움은 부족했지만, 방대한 자료들을 보관할 수 있도록 석재들로 크고 튼튼하게 지어졌다.

당장 진열할 책들은 잡화점에서도 판매되는 흔한 역사서나, 베르사 대륙의 북쪽의 민담들을 엮어 낸 것 정도가 될 수밖에 없을 것이다. 하지만 정식으로 문을 열면 몬스터들을 사냥해서 얻은 두루마리나 지도 조각, 모험가들이 들은 이야기들을 책으로 만들어서 보관하게 되리라.

대륙 북부의 정보들이 모이게 되면 퀘스트들도 활성화되며 의뢰를 해결하기도 지금보다 훨씬 더 쉬워질 것이라는 기대감에, 모라타의 유저들은 대도서관이 완공되기를 손꼽아 가며 기다렸다.

"예전에 꽃 파는 아가씨한테 이상한 말을 들은 적이 있는

데… 그게 퀘스트의 단서였을까?"

"하다가 정보가 부족해서 포기한 퀘스트가 있는데 대도서관이 지어지면 다시 도전을 해 볼 수도 있을 것 같아."

어려움을 겪다가 포기한 의뢰들을 다들 몇 개씩은 가지고 있었다.

퀘스트들은 특정한 조건에만 발생하거나, 별거 아닌 의뢰가 연계 퀘스트로 이어지기도 했으므로 기대심이 생길 수밖에 없었다.

중앙 대륙에서 건너온 유저들도 좋아했지만, 모라타에서 시작한 유저들에게는 긍지와 자부심이 생겼다.

다른 대도시보다는 부족한 면이 많을 수밖에 없는 모라타였지만 그들의 손으로 하나씩 이루어 가는 재미!

판잣집에 정을 붙이고 살다 보면 활력이 넘치는 광장과 거리를 사랑하게 되었다.

"정말 최고의 도시야."

"이렇게 빼어나게 아름답고, 빠르게 커지는 도시는 없을걸."

"친구들도 모라타에서 시작하도록 해야지."

"난 모라타로 전부 오라고 할 거야."

ᚱᚷᚫᚺᚷᚱ

모라타까지 수영으로 건너가기로 한 검치 들!

"절반도 넘게 온 것 같다!"

"우와아아, 벌써요!"

여객선을 탔다면 진작 도착했겠지만 검치 들에게는 목적지가 절반도 남지 않았다는 사실이 반가웠다.

"수영도 오래 하니까 조금 힘들긴 하네요."

"파도도 너무 세서 마음처럼 헤엄을 치기 어려운데요, 사형!"

남들은 해 보지 않고서도 생각할 수 있는 것들을 굳이 몸으로 겪어 보고야 아는 검치 들.

비라도 내리고 바람이라도 심하게 불면 그야말로 악전고투!

그래도 이미 수영해 온 거리가 만만치 않게 길었다.

며칠이 더 지나자 땅이 보였다.

"벌써 도착인가!"

검치 들이 흥분해서 뭍에 올랐다.

"이 근처에서는 해류의 덕을 좀 본 거 같죠?"

"그러게. 훨씬 편하게 수영을 할 수 있었어."

북부로 가까워지면서, 바닷물은 차가워졌지만 해류의 덕에 빠르게 수영을 할 수 있었다.

"그런데 여기가 대륙이 맞나?"

모라타 근방이라고 하기에는 왠지 너무 빨리 도착한 것 같았고, 해안가나 나무들의 모습도 조금 생소하다.

"사형, 밥이나 먹죠. 대륙이 아니면 어떻습니까. 다시 수영하면 되죠."

배가 고픈데 고민이나 하고 있을 수도 없는 노릇이었다. 검치 들은 원래 고민은 먹고 나서 해도 된다는 가치관을 가지고 있었다.

검치 들은 옹기종기 모여서 모닥불을 피운 후에 조개와 물고기를 구워 먹었다.

"이럴 때에 위드가 있었다면 맛있는 요리를 많이 해 주었을 텐데."

"술도 마실 수 있었을 테고요."

"위드가 담근 과일주 한 모금이면, 캬아!"

검치 들이 그렇게 잠깐 휴식을 취하면서 떠들고 있는 말라스카 섬!

섬에 먼저 머무르고 있던 검사가 냄새를 맡고 해변으로 걸어왔다.

그의 정체는 애쉬. 베르사 대륙의 9인의 검술 마스터 중 1명이었다.

조각술 마스터들과는 다르게, 검술의 마스터는 9명이나 되었다. 그리고 그들 중에서 3명은 매우 유명하여 행적이 알려져 있기까지 했다.

기사단의 단장 크로마, 루의 성기사 에비라탄 그리고 왕과의 약속을 지키고자 왕국의 보물을 찾기 위해 떠난 퍼시아.

크로마를 만나기 위해서는 엄청난 명성과 기품, 명예와 약속을 어기지 않는 신의가 기본 조건이었다.

검사들보다는 기사 출신이 조건을 달성하기가 쉬운 편이라서 꽤 여러 명이 크로마를 만나서 그가 가진 검술의 비기를 배웠다.

그가 가진 기술은 명예로운 약속으로, 하루에 잠깐 3배의 전투 능력을 발휘하는 것과, 독보적인 마상 검술이었다.

크로마를 만나기 위한 조건을 맞추기 위해 수행을 하는 검사나 기사도 흔할 정도였다.

에비라탄은 루의 성기사라서 비교적 만나기가 쉬웠다. 다만 그의 기술은 신성력에 바탕을 두고 있었기에 다른 교단의 성기사라면 만나더라도 기술을 전수받지 못했다.

퍼시아는 사라진 보물을 찾기 위해 네비어 호수를 탐색하고 있어서 그곳에서 만날 수 있다. 그의 스킬도 일반 유저들에게는 거의 알려지지 않았지만, 다크 게이머 연합의 정보 게시판에는 올라와 있었다.

> **다른 하나의 검**
>
> 마나로 이루어진 하나의 검이 날아다니며 방어를 함.
> 직접 조종할 수는 없으며 검의 크기와 내구력, 방어력은 스킬 숙련도에 따라 바뀜.
> 마나 소비가 적으며, 화살이나 직접 노리고 날아오는 마법을 효과적으로 차단함.

모험을 두려워하지 않는 다크 게이머들과, 최상급 랭커에 속한 다른 유저들이 퍼시아의 검술을 배웠다고 한다.

그 외에 다른 6명의 검술 마스터들은 전혀 알려지지 않았다.

설혹 누군가 발견하더라도 자신만 알고 있지, 다른 곳에 소문을 낼 까닭이 없기 때문이다.

그런데 지금 검치 들이 바다 한복판에서 새로운 검술 마스터 애쉬를 만난 것이다.

"검술을 배우러 나를 찾아온 자들인가."

애쉬가 목소리를 낮게 깔았다.

검술의 마스터답게 맹수처럼 사나운 기세가 흘러나왔다.

"내 검술을 배우고 싶다면, 자격을 갖추어야 될 것이다."

채앵!

애쉬가 검을 뽑아서 전투를 위한 자세를 취했다. 하지만 구운 물고기의 살점을 발라 먹고 있는 검치 들은 대답도 하지 않았다.

먹는데 나타나서 떠드는 것처럼 귀찮은 건 없다.

식사 시간에 건드리면 유별나게 성질이 사나워지는 검치 들!

"검술의 극한을 보려는 자들이여, 검의 강함이 무엇인지 나 애쉬를 통해 알게 되리라."

검을 익힌 모든 이들이 만나고 싶어 한다는 검술 마스터 애쉬였다. 절대 어디 가서 이런 푸대접을 받을 사람이 아니었지만, 검치 들은 여전히 물고기를 뜯어 먹을 뿐이었다.

"쟤가 뭐라고 하는 거냐?"

"우리한테 도전하는 모양인데요."

"배고픈데 왜 귀찮게 해. 생선에 뿌려 먹게 소금 있냐고 물어볼까?"

사실 이건 검치 들에게는 황금 같은 기회였다.

그들은 무예인의 직업을 가지고 있었기에 무기와 관련된 스킬의 비기들은 전부 배울 수가 있었다.

검이나 창, 도끼, 도, 활, 단검 등.

무기에 따른 공격 스킬들에는 어느 정도 공통점이 있기에 많이 배운다고 해서 다 좋은 것만은 아니었다. 공격 스킬의 숙련도나 효율성을 위해서는 주로 사용하는 무기가 정해져 있을 수밖에 없기 때문이다.

검치 들이 쓰는 것은 당연히 검!

무기술 스킬이 고급 6레벨을 넘어가면서, 그들이 다루는 검의 파괴력도 무서울 정도로 늘었다.

스킬 사용 시에 마나의 양을 자유롭게 정할 수 있게 되었다. 최대 5배를 사용해서 스킬의 파괴력을 높이는 것은 물론이고, 마나가 부족하면 적은 양으로도 스킬을 발휘할 수 있었다.

더 빨리 달리거나 높이 뛰고, 검으로 마나의 방어막을 형성하는 것도 가능했다.

다른 유저들에게 보여 주거나 동영상으로 찍어서 인터넷에 올린다면 큰 인기를 끌 수도 있겠지만, 검치 들에게는 전혀 관심 없는 일이었다.

하지만 어쨌든, 검술의 마스터 애쉬를 만난 것은 실로 대단한 일이었다.

검십칠치가 말했다.

"뭐, 도전이니 받아 주도록 하지. 오백오치야, 잘 싸워 봐라."

"옛."

검오백오치가 꼬치에 꿰어 먹고 있던 물고기를 내려놓고 일어났다.

"승부를 청합니다. 제 이름은 검오백오치입니다."

"와 보게. 검의 세상에 눈뜨게 해 주지."

검오백오치는 무릎을 살짝 굽히고 검을 늘어뜨리며 수비 자세를 취했다.

'먼저 막아 내고, 반격을 가한다.'

검을 겨루는 승부였기에 적의 능력을 알지 못하는 상태에서도 자신의 역량을 최대한 발휘할 수 있도록 싸운다.

검오백오치가 적의 공격을 기다리고 있을 때, 애쉬의 몸이 하나씩 늘어나더니 30개가 되었다.

30인의 애쉬가 검을 들며 공격 자세를 취하자 검오백오치의 긴장감은 더욱 높아졌다.

❧❦❧❦❧❦

—흐헤헤헤헤헤헤헤헤헬.

—우키우키우키키키키키키키키키.

유령들이 사는 마을에서는 음산한 웃음소리가 들렸다.

위드는 불사의 군단에 속한 유령들과 다른 유저들과 함께 마을에 배치되었다.

> **카푸아의 유령!**
> 불사의 군단에서 유령들은 천덕꾸러기 신세이다. 카푸아에 보관된 전투 물자를 지키는 일을 잘 수행한다면 약간의 신뢰는 얻을 수 있을 것이다.
> 난이도: C
> 제한: 언데드 한정.

> 퀘스트를 거부할 수 없습니다.
> 퀘스트를 수락하였습니다.

"여여여여, 기기기기, 가가가가, 어어어어, 디디디디, 죠죠죠죠."

유령이 된 유저들은 말도 메아리치듯이 들렸다.

"카카카카, 푸푸푸푸, 아아아아, 성성성성, 이이이이, 있있있있, 는는는는, 곳곳곳곳, 이이이이, 에에에에, 요요요요."

쟌이나 오템, 고슈를 비롯해서 먼저 온 유저들은 지원군이 도착해서 다행이라면서 잡담을 나누었다.

위드는 유령이 된 몸을 이리저리 움직여 보았다.

마나를 소비하면 높이 날 수 있었으며, 빠르게 움직일 수도 있다.

'그것도 가능할까.'

벽으로 가서 팔을 내밀어 보니, 벽에 닿아 멈추지 않고 통과해 버린다.

'가능하군.'

위드는 그대로 앞으로 이동하면서 벽을 관통하여 지나가 보았다.

벽을 통과하였습니다.
장애물을 통과하며 생명력과 마나가 200씩 감소합니다.

유령의 특기.

위드는 언데드 중에서도 유령을 많이 소환해 보았기에 알고 있었던 것이다.

"어어어어, 라라라라?"

유저들은 위드의 행동에 관심을 가졌다.

스켈레톤이었을 때에야 비슷비슷하게 생겨서 누가 누군지를 알 수 없었다. 지금 유저들은 모두 밴쉬로 전직을 했는데, 혼자 해골 전사의 유령이었으니 눈에 띄었다.

유령이 장애물들을 통과하는 것은 특기를 발휘하는 것이기 때문에 이상하지 않다.

하지만 위드는 너무 빨리, 잘 적응하는 것이 아닌가.

더군다나 유령은 다리가 흐릿하게 땅에 닿지 않고 공중에 둥둥 떠다니는 존재였다. 물에서 걸어 다니는 느낌으로 돌아다녀야 하기에 신체적으로도 부자연스러움을 느끼게 된다.

쟌이나 오템도 아직 움직임이 어색했는데, 위드는 금세 달라진 감각에 몸이 적응한 것이다.

위드가 들고 있는 장검이나 갑옷도 유령화되었다.

녹슬어 버린 명검

몬스터를 베는 검. 공작으로부터 하사받은 명검이다. 언데드들이 오랫동안 쓰면서 관리가 전혀 되지 않았으나, 아직 예기가 남아 있다. 어렵겠지만 수리를 한다면 예전의 모습을 되찾을 가능성도 있다.

내구력: 34/51
공격력: 29~41
제한: 언데드 전용.
옵션: 명예 +34. 기품 +30. 원한 +170. 불사의 군단 소속 언데드들의 공격 등급 향상.

원래 녹슨 검 중에서는 최고의 검을 갖고 있었다. 갑옷도 마찬가지였는데, 최소한으로 수리를 해서 착용했다.

그런데 유령화가 되면서 검과 방어구들의 상태가 바뀌었다. 공격력이 절반 이하로 떨어졌지만, 제대로 적중했을 시에는 치명적인 공격 확률이 늘고 대미지도 2배가 넘게 높아진 것이다.

더 이상 파손되지 않는 것은 당연한 변화.

그때 성과 마을을 지나다니며 떠들던 유령들의 시끄러운 소리가 뚝 끊겼다.

쟌이 말했다.

"준준준준, 비비비비, 놈놈놈놈, 들들들들, 이이이이, 몰몰몰몰, 려려려려, 올올올올, 시시시시, 간간간간."

징그러운 녹색 괴물들이 등장하더니 카푸아 성을 향해 진격해 왔다.

밴쉬들이 듣기 힘든 고함을 지르며 싸움을 개시했다.

언데드들을 소환하면서 싸우는 네크로맨서 출신 유저들!

마을에서 폐가들을 배경으로 벌어진 전투에서도 위드는 대활약을 보였다.

언데드들과 유령 그리고 몬스터들이 이리저리 뒤엉켜 싸울 때, 그만이 자유롭게 움직였다.

"동동동동, 화화화화."

위드의 몸이 은신술을 펼친 것처럼 벽 사이로 파고들었다.

유령의 전용 스킬을 활용하여서 숨은 후에 가까이 접근한 몬스터들을 암습!

은밀함을 주특기로 살리면서 몇 마리의 몬스터를 처리했지만, 본격적인 실력 발휘는 전투가 더 치열해졌을 무렵부터 시작되었다.

위드는 건물과 벽 사이를 질주했다.

> 벽을 통과하였습니다.
> 장애물을 통과하며 생명력과 마나가 200씩 감소합니다.

> 벽을 통과하였습니다.
> 장애물을 통과하며 생명력과 마나가 200씩 감소합니다.

벽을 뚫고 지나갈 때마다 시야가 완전히 바뀌었다. 눈에 보이는 몬스터들마다 검을 휘두르면서 지나쳤다.

> 치명적인 일격이 터졌습니다!

찰나의 순간을 가르고, 전리품까지 쓸어 가는 위드!

몬스터들이 뒤쫓아 왔지만 위드가 벽을 통과해 버려서 목적을 이룰 수가 없었다.

기습에 매우 효과적일 뿐 아니라, 방어는 지형지물로 한다.

'언데드들과 몬스터들이 날뛰는 곳에서는 역시 따로 움직이는 게 최고야.'

상처 입은 몬스터들이 널려 있으니 경험치와 아이템을 위해서는 혼자 움직이는 편이 더욱 유리했다.

마을에 성, 이것이야말로 유령들을 위한 최고의 전장이라고 할 수 있다.

그렇게 열일곱 번의 방어에 성공했을 때에는 위드에게 말이 생겼다.

푸히히히힝!

유령마!

위드의 갑옷은 짙은 어둠 같은 흑색이었으며, 투구로 얼굴을 가리기도 했다.

날뛰는 유령들과 언데드들 사이에서 유령마를 타고 달리며 경험치와 아이템을 쓸어 담았다.

카푸아에서는 스켈레톤이었을 때에 비해 몬스터들이 비교도 안 될 정도로 자주 침입했을 뿐만 아니라 수준도 높았다. 눈에 띄지 않고 활약하기에는 너무나도 훌륭한 사냥터였던 것이다.

해골 전사의 유령이 아니라 직위도 대폭 올라갔다.

흐릿한 습격자

직위에 따라 명성을 500이나 얻었으며, 투기가 발산되어 적들을 심리적으로 강렬하게 위축시키는 스킬까지 얻었다.

물론 아쉽게도 유령일 때에만 쓸 수 있는 기술이었다.

카푸아의 유령

유령들이 지키는 카푸아 마을에 네크로맨서 유저들이 많이 늘어났다.

언데드들도 대거 소환되면서 마을을 지키기는 편해졌다.

"크크크크. 우우우우, 리리리리, 만만만만, 고고고고, 생생생생, 을을을을, 한한한한, 것것것것, 같같같같, 군군군군."

오템이 약간 불만스럽게 이야기했지만, 다수의 유저들이 부러움과 존경 어린 눈으로 바라보았으므로 정말 싫은 눈치는 아니었다.

마법사들은 지혜와 지식의 힘을 존중한다.

대량의 마나와, 남들이 사용하지 못하는 마법 주문!

네크로맨서들의 경우에는 소환할 수 있는 언데드의 수량과 종류에 직접적으로 연관된다.

듀라한이나 데스 나이트들을 수십 명씩 소환하여 가지런하게 대열을 지어 놔두는 것과, 스켈레톤이나 좀비 등이 무질서

하게 서 있는 장면은 눈으로 보기에도 너무나도 차이가 컸기 때문이다.

동반자인 골렘을 데리고 다니며, 해골 지팡이를 구해서 휘두르는 유령들이 카푸아 마을에 많이 늘었다.

위드는 다시 승급을 해서, '카푸아의 잡히지 않는 학살자'가 됐다.

카푸아를 노리는 몬스터 퀘스트 완료
푸르골의 침공은 격퇴되었다. 불사의 군단에서는 유령들의 존재에 대해 다시 평가할 것이다.
바뀐 평가: 시끄럽고 성가신 유령들 따위는 없어도 괜찮지만 가끔은 도움이 돼.

명성이 101 올랐습니다.

죽은 자의 힘이 14 증가합니다.

경험치를 습득하였습니다.

카푸아 성에 들어갈 수 있는 권한을 얻었습니다.

아직 다른 유저들이 성에 들어가는 것에 대해 말하지 않는 걸로 봐서 위드가 최초였다.

'성에는 전투 물자가 쌓여 있다고 하는데…….'

언데드들이 착용할 무기와 장비 등이 가득 쌓여 있을 것이라는 기대감!

하지만 위드는 쉽게 마을을 떠나기가 어려웠다.

전사의 유령을 택한 사람은 채 5명도 안 되었기에 그는 상당히 눈에 띄었다. 유령마를 타고 전투에 임했을 뿐만 아니라, 투지와 카리스마 때문에 몬스터들은 그를 보기만 해도 다리가 풀리며 몸을 떨었다.

인간이었을 때는 이 정도는 아니었지만, 공포를 퍼트리는 유령이다 보니 심약한 몬스터들이 저항도 못하는 경우가 있었다.

위드가 유령마에 앉아서 물끄러미 보기만 하는데도 몬스터들이 죽음의 공포에 휩싸여서 벌벌 떠는 장면!

네크로맨서들은 상당한 호기심을 드러낼 수밖에 없었다.

—흐헤에에에에에에.

—끼리야흐ㅇㅇㅇㅇㅇㅇㅇㅇ.

위드는 그래서 전투가 끝날 무렵에 몬스터들과 뒤섞여서 성으로 향했다.

쿵쿵쿵쿵!

쇠로 된 망치 같은 것으로 닫혀 있는 성문을 두들기는 몬스터들.

성에서는 해골 병사들의 유령이 화살을 쏘고 끓는 기름을 뿌리면서 몬스터들을 격퇴했다.

유저들이 많아지고 언데드들이 소환되었다고 해도 마을에서 몬스터들을 전부 격퇴할 정도로 전투가 쉽진 않았다. 성으로 향하는 물자들이 많아지면서 냄새를 맡은 몬스터들이 더 많이 몰려왔던 것이다.

'이 사랑스러운 경험치들. 전리품들.'

성까지 오는 몬스터들은 레벨이 더욱 높은 편이다.

악어처럼 머리가 앞으로 튀어나온 녹색 생명체, 푸르골의 중간 지휘관들이나 돌격대장들이었다.

위드가 유령마를 타고 검을 휘두를 때마다 푸르골들이 초록색 체액을 뿌리면서 쓰러졌다.

"사사사사, 랑랑랑랑, 한한한한, 다다다다, 경경경경, 험험험험, 치치치치, 들들들들, 아아아아."

사랑 고백을 하면서 거침없이 죽이는 위드!

네크로맨서가 아닌 전사로서도 체력이 떨어지지 않아서 좋았다.

위드는 유령마에 탄 상태로 15연환 참격을 퍼부으면서 돌진했다.

유령마가 최고 속도로 내달리며 몬스터들을 지나칠 때마다 정확한 공격을 이어 나가기란 굉장히 어려운 일이다. 가공할 집중력과 순간적인 판단력, 넓은 시야 확보 그리고 호흡 조절이 필수였다.

'전리품, 전리품, 전리품, 전리품, 전리품.'

박자를 이어 가면서 몬스터들을 베어 버리는 위드였다.

15연환 참격은 중간에 멈추지 못하는 스킬이기 때문에 말도 잘 몰아야 한다.

유령마는 명마는 아니지만 상급 유령에게 절대복종했으며 살육을 즐겼다. 위드가 조종하는 그대로 따라와 주었다.

돌격 속도가 최대치입니다. 적이 항거하지 못하는 속도로 치명적인 일격을 돌격을 하며 몬스터들을 베어 버리는 것이기 때문에 막히지 않는 공격은 대부분 치명적인 일격에 공격력까지 추가되었다.

창을 쓰면 관통하는 힘으로 정말 강력한 파괴력을 발산할 수 있지만 연속 공격에는 불리한 면이 있다.

위드의 손에서 장난감처럼 회전하며 몬스터들을 베어 버리는 검은 아름답기까지 할 정도였다.

마나의 소비를 늘려서 원거리를 검의 기운으로 베어 버리는 스킬과는 달리 말과 호흡을 맞추면서 박력 있게 달렸다.

위드는 몬스터들을 베어 버리고, 성문을 불과 10여 미터 앞두었을 때에도 말의 속도를 늦추지 않았다.

"달달달달, 려려려려, 라라라라!"

위드와 유령마는 붙어 있는 하나의 몸처럼 붙어서 달리며 철문으로 향했다.

막 부딪쳐서 그 충격으로 큰 대미지를 입을 수도 있는 상황!

위드와 유령마가 안개처럼 변하며 거짓말처럼 철문을 통과했다.

푸히히히히힝!

성문을 지나고 나니 해골 병사의 유령들이 줄지어서 서 있는 모습이 보였다. 아마도 성문이 뚫렸을 때를 대비하는 수비 병력인 듯했다.

위드가 고삐를 힘껏 잡아당기자 유령마가 내달리던 속도를 늦추며 서서히 멈췄다.

푸릉푸릉.

숨이 가쁘기라도 한 것처럼, 실컷 달리고 난 이후에 콧김을 뿜으면서 바닥을 긁는 유령마.

해골 병사의 유령이 다가와 부러진 녹슨 검을 들며 말했다.

"카카카카, 푸푸푸푸, 아아아아, 성성성성, 에에에에, 온온온온, 것것것것, 을을을을, 환환환환, 영영영영, 한한한한, 다다다다."

꽃무늬 장식

카푸아 성을 돌아다니는 동안 위드는 무수히 많은 유령들을 볼 수 있었다.

귀족들과 성주의 유령들을 포함하여 기사와 병사, 궁수, 주민 들의 유령을 만났다.

심지어는 복도를 닦는 하녀의 유령도 있었다.

"닦닦닦닦, 아아아아, 도도도도, 닦닦닦닦, 아아아아, 도도도도, 금금금금, 방방방방, 더더더더, 러러러러, 워워워워, 지지지지, 네네네네. 그그그그, 럼럼럼, 안안안안, 닦닦닦닦, 아아아아, 도도도도, 될될될될, 까까까까?"

말을 듣기가 짜증이 났지만, 위드는 하녀나 주민을 만나 대화를 나누었다.

병사들은 몬스터들이 계속 몰려온다고 불평하고 있었으며, 성주는 왕의 명령을 지켜야 한다고 전투준비에 열을 올렸다.

여기서 왕이란 바르칸 데모프, 언데드들의 왕을 뜻했다.

'유령들이 성까지 차지하고 있다니. 다 망한 줄 알았는데, 불사의 군단이 꽤 대단한 세력이야.'

리치 샤이어로 왔으면 받을 수 있었을지도 모를 여러 의뢰에 대한 아쉬움이 잠깐 스쳐 지나갔다.

단 1명, 그에게만 허락된 퀘스트를 포기한 건 쉬운 결정은 아니었다.

하지만 샤이어의 의뢰는 나쁜 쪽으로 치우치게 될 가능성이 지극히 컸다.

지금도 불사의 군단에 속해서 전투를 하고는 있지만, 원한다면 그만두고 나갈 수도 있다. 언데드가 된 육체는 프레야 교단으로 가서 정화를 받으면 고칠 수 있다.

그렇지만 이곳의 사냥터는 몬스터의 홍수라고 해도 좋을 정도로 워낙 좋았고, 바르칸의 데스 오라로 인하여 언데드들이 강화되어 있다.

위드도 마찬가지로 평소보다 훨씬 큰 힘을 낼 수 있었기 때문에 계속 퀘스트와 사냥을 하고 있는 것이다.

'절대 프레야 교단에 바쳐야 될 돈이 아까워서가 아니지.'

위드는 탑에도 올라갔다.

마을에 침공해 온 몬스터들이 있는지, 한창 전투가 벌어지고 있었다.

몬스터들이 마을을 통과하면 성이 공격을 받게 된다.

성이 완전히 무너지면 연속된 퀘스트가 실패하게 되고, 어떤 식으로 끝나게 될지는 알 수 없는 일.

'아무튼, 빨리 이곳을 돌아보고 다시 마을로 돌아가야겠군.'

카푸아 성의 내부보다 마을에서가 몬스터들과 싸울 기회가 많았다.

유저들이 많아지고 있다고 해서 방심할 수는 없다.

전투 물자가 성에 쌓이면서 몬스터들도 훨씬 더 많이 몰려오고 있었던 것이다.

2c@6~9°

마을에서 사냥을 하는 유저들은 그들끼리 파티 대화를 나누었다.

> 보흐람: 같이 사냥하던 해골 유령이 아까부터 안 보입니다.
> 헤리안: 좀 전에 성 쪽의 몬스터를 추격해서 갔는데 그 이후로 안 돌아오는 것 같아요.
> 바레나: 네크로맨서이면서도 언데드 소환을 하지 않는 쪽을 택하다니 무슨 생각인지는 모르겠지만, 상당히 강한 것 같더군요.
> 보흐람: 그래도 잘못된 판단입니다. 그렇게 많은 몬스터들을 사냥하지는 못 하는 것 같더군요.

유저들은 위드가 사냥을 하는 순간을 제대로 보진 못하였다.

소환한 언데드들이 제멋대로 굴지 못하도록 다루어야 했으며, 또 벽이나 집 등에 의하여 시야가 막혀 있기도 했다. 마을에 유령들도 많으니 위드의 행동만 주시하지는 못했던 것이다.

파티원이나 전투 상황을 항상 파악해야 하는 성직자가 있었다면 교묘하게 움직이는 위드에 대해 좀 더 알아챌 수 있겠지만, 네크로맨서들은 할 일이 너무나 많았다.

> 헤리안: 그런데 쟌 님은 참 대단하시군요. 우리 2명 이상의 몫을 하는 것 같아요.
> 보흐람: 아까 데스 나이트를 7명이나 추가로 더 소환했습니다. 네크로맨서 스킬이 중급 4레벨은 된다는 거겠죠.
> 그루즈드: 골렘과 관련된 스킬도 높은 것 같던데…….

네크로맨서들은 동일한 직업을 갖고 있기 때문에 협력자라기보다는 경쟁자에 가까웠다.

가장 뛰어난 네크로맨서인 쟌의 행동을 관찰하는 것만으로도 바빴다.

> 보흐람: 그런데 얻는 경험치가, 기분 탓인지 조금 늘어난 것 같지 않습니까?
> 헤리안: 저도 그렇게 느꼈어요. 아이템도 갑자기 쓸 만한 게 나오네요.

‧ᴥ‧ᴥ‧

이현은 쾌재를 부르고 싶었다.

"드디어 끝났구나!"

마지막 시험을 치렀으니 오늘부터 겨울방학이다.

캠퍼스에는 낭만적인 흰 눈이 쌓여 있었지만, 그저 봄이 올 때까지 학교에 오지 않아도 된다는 점이 기쁠 뿐이었다.

다른 학생들이 복도에서 이야기하고 있었다.

"시험 잘 봤어?"

"가상사회개론 너무 어렵더라. 시험 완전 망쳤어."

이현에게는 상관없는 남의 이야기였다.

'낙제만 안 하면 되지.'

성적에 대해서는 대단히 긍정적인 생각을 갖고 있었다.

이현이 집으로 빨리 뛰어가려고 하는데, 벤치에 서윤이 앉아 있었다. 겨울옷을 입고 있어도 눈부신 미모는 남학생들을 불러 모았다. 비교할 수 없을 정도로 좋은 집안에, 잘생긴 외모, 훤칠한 키 그리고 보장된 미래.

이현은 서윤과 어울리는 게 마냥 편하지만은 않았다.

"가상현실학과의 이현이라는 신입생 놈이 그녀와 밥을 같이 먹는다면서?"

"신입생이긴 한데, 나이는 좀 많다던데."

"대체 뭘 보고 그런 놈이랑 다니는 거지?"

학교 내에 무성한 구설수가 있었다. 가상현실학과에도 이현을 불편하게 보는 선배들이 많을 정도였다.

이현은 그런 시선들에 굴복하는 성격은 아니지만, 그녀가 꾸는 잠깐의 꿈이 오래가지 않을 거라고는 생각했다.

'나 같은 놈과는 어울리지 않으니까.'

그녀에게 맞는 멋진 상대가 나타날 것이다.

이현은 그녀의 말문을 틔워 주고 사람을 만나는 것을 두려워하지 않을 때까지 지켜 주면 될 뿐이었다.

이현을 발견했는지 서윤이 자리에서 일어났다.

추위 때문인지 볼이 붉게 물들어 있는 그녀가 이현을 향해 걸어왔다.

"나를 기다린 거야?"

이현의 말에 서윤이 고개를 끄덕였다. 그리고 말했다.

"겨울 여행 때문에요."

그녀의 말이 많이 자연스러워졌다.

이현은 크게 신경 쓰지 않았지만, 그가 서윤의 손을 잡고 닫혀 있던 그녀만의 세계에서 나오게 해 준 장본인이었다.

서윤은 이현에게 말을 할 때마다 기대와 설렘을 안고 있었다.

"참, 여행을 가자고 했지."

이현도 과거에 했던 말을 똑똑하게 기억했다.

서윤이 갑자기 같이 여행을 가고 싶다고 했다. 겨우 바다에 다녀오는 여행이었는데, 귀찮아서 수백만 원이 필요하다면서 불가능한 액수를 말했던 것이다.

"어쨌든 약속은 지키라고 있는 거잖아."

이현의 말에 서윤은 고개를 끄덕였다.

"네, 그래요."

"나도 여행을 가고 싶긴 했어. 이제 방학도 했고, 여유 시간도 많아졌잖아?"

서윤이 어색하지만 살짝 기쁜 표정을 지었다.

이현은 물론 그 시간을 〈로열 로드〉에만 쓸 작정이었다.

카푸아 마을에서의 사냥 속도는 지금까지의 어떤 사냥터보다도 훨씬 빨랐다. 퀘스트들도 널려 있으니 경험치를 올리기에 최고의 장소.

이현이 부드럽게 말을 이었다.

"약속은 약속이니까, 나도 많이 아쉽지만 이렇게 된 이상 먼 훗날 언젠가 가도록 하자."

전혀 기약도 할 수 없는 미래로 미루어 버리려는 이현이었다. 그런데 서윤이 가방을 열더니 만 원짜리들을 꺼냈다.

"여기 여행비 벌어 왔어요."

그녀가 꺼낸 돈은 적어도 600만 원은 되었다. 불과 1달이 조금 넘는 동안에 모을 수 있으리라고는 생각하지 못한 금액!

"아이템을 팔았어?"

약속을 할 때는 미처 생각하지 못했지만, 서윤이 〈로열 로드〉에서 착용하는 장비들을 판다면 얼마든 모을 수 있는 금액이었다.

"도시락을 만들어서 벌었어요."

서윤은 정말 순수하게 노동으로 모은 것이었다.

돈을 꺼내서 보여 주는 그녀의 손에 물집이 잡혀 있었다. 요리를 하며 베이거나 기름에 덴 자잘한 상처 자국도 많았다.

평생 고생이라고는 해 본 적이 없는 그녀가 돈을 벌면서 피곤해하고 아파했던 것이다.

"저랑 여행 갈 거예요?"

이현은 괜히 착잡해진 마음에 고개를 끄덕이지 않을 수가 없었다.

서윤과는 현실의 시간으로 나흘 후에 여행을 가기로 했다.

막상 떠나려고 하니 준비할 것들이 많았기 때문이다.

"프라이팬과 냄비, 버너도 챙겨 가고… 김밥은 삶은 계란이랑 같이 미리 싸 가면 좋겠지. 목마를 때 마실 식혜도 페트병에 담아 가면 되고."

이현 혼자 가는 여행이었다면 무전취식을 했을지도 모를 일.

초특급 럭셔리 여행은 하려고 하지 않았다. 어렵게 번 돈인데 사치를 하며 쓸 수는 없었기 때문이다.

둘이 가야 되니 챙겨야 할 짐이 제법 많다.

참기름, 김치, 들기름을 바른 김, 밭에서 뽑은 후에 깨끗하게 씻어 놓은 야채, 낚싯대 정도를 챙길 작정이었다.

현지에서 직접 생선만 낚는다면 완벽한 식사 준비 완료.

"여행 당일까지 필요한 물품들이 생각날 때마다 준비해 놔야겠군."

무인도에 고립되어도 너끈히 생존할 수 있을 정도의 준비성!

집 떠나면 고생일 뿐만 아니라, 돈까지 든다.

왜 그런 여행을 가기를 원하는지는 알 수 없었지만, 최대한 예산을 아끼기 위해서는 나흘 후가 딱 적당했다.

"월요일이면 주말도 지났으니 바가지요금도 없을 테고."

이현은 그렇게 정리를 해 두고 캡슐로 들어갔다.

〈로열 로드〉에 접속할 시간이었다.

※

위드는 카푸아 성을 돌아다니면서 누군가 써 놓은 낙서를 많이 발견했다.

　무엇인가 번쩍거리는 걸 보았지.
　왜 그런 곳에… 인간들이 좋아하는 것들이 많이 버려져
있을까.
　책장의 옆에는 길이 있는데.

성에 숨겨진 보물들에 대한 수수께끼 같은 낙서들이었다.
비밀을 풀고 보물을 찾을 수 있는 카푸아 성!
'먼저 온 보람이 있군.'
다른 유저들이 오기 전에 위드는 성을 돌아다녔다.
하녀들과 시종들을 만나서 정보를 얻고, 굴뚝이나 하수구,
마구간에서 보물들을 발견했다.
정말 오래된 유물들이라 골동품이라고 해도 좋을 정도의 작
품들!
몇백 골드나 1,000골드가 넘는 보물들이 있었기에 위드의 마
음도 흡족했다.
'유령의 몸이 보물찾기에는 꽤 좋아.'
막혀 있는 장소를 뚫을 수 있었기 때문에 정확한 위치만 알
고 있다면 찾는 게 어렵진 않았다. 벽돌 사이, 계단 뒤에 숨겨
진 물품들도 유령의 장기를 활용해서 찾아냈다.

　새벽에 본 그 여자아이는 무엇을 잃어버려서 슬프게 울고
있었을까?

이상한 글귀를 바탕으로 복도를 빠르게 달려가는 여자아이의 유령도 만났다. 그리고 잃어버린 인형을 찾아줌으로써 마법 목걸이를 받아 냈다.

언데드의 목걸이

언데드가 성장하며 그 힘이 깃든 목걸이.

내구력: 29/43

제한: 네크로맨서 전용.

옵션: 네크로맨서 스킬 레벨 +1. 언데드 소환의 효과 +8%.

네크로맨서들에게 도움이 되는 아이템은 희귀했다. 그래서 네크로맨서들은 주로 마법사 장비들을 착용했는데, 언데드 소환 스킬을 늘려 주는 아이템을 구한 것이다.

위드는 태양이 뜬 이후에는 인간으로 변했기에 유린의 도움을 받아 모라타로 돌아왔다. 카푸아 성이 안전한 것을 몇 번씩이나 확인하고 골방에서 그림 이동술을 통해 움직인 것이다.

하지만 죽은 자의 힘이 점점 커져서, 해가 뜨고 난 이후에도 언데드로 활동하는 시간이 늘어나고 있었다.

"퀘스트나 전투를 거치면서 죽은 자의 힘이 상당히 많이 올라가는군."

위드는 조각품을 만들 때의 불편함을 빼고는 대수롭지 않게 넘겼다.

하지만 실제로는 대단히 위험하고, 네크로맨서를 특별하게 만들어 주는 스탯이었다. 네크로맨서 유저들의 대화를 통해서 죽은 자의 힘에 대해서 정확히 알게 되었다.

"죽은 자의 힘이 또 늘어나 버렸어."

"벌써 한계치라는 거야? 처음에는 엄청 좋은 스탯인 줄 알았는데……."

"어지러움 때문에 언데드 소환의 마법까지 실패했을 정도라니까."

죽은 자의 힘은 언데드들을 강화할 뿐만 아니라 흑마법의 위력마저 늘린다.

보통의 마법보다 흑마법은 훨씬 강하고 빠르며 까다롭다. 마법사들 중에서도 흑마법사들이 괜히 우대를 받는 게 아니다.

위드의 경우에도, 언데드가 되어서 사냥할 때에는 힘과 민첩성을 추가적으로 향상시켜 주는 역할을 했다.

전투와 퀘스트를 할수록 스스로 성장하는 우월한 스탯!

네크로맨서들은 죽은 자의 힘, 그리고 그들만의 세계에 사는 고유한 흑마법사들은 암흑의 권능을 가졌기에 일반 마법사들에 비해 훨씬 강했다.

하지만 죽은 자의 힘이나 흑마법사들이 다루는 암흑의 권능에 신앙심과 정신력을 넘어설 정도로 빠지게 되면 지독한 저주와 병에 걸리게 된다고 한다.

심한 경우에는 악인이 되어 버리고, 마법과 육체를 자신의 뜻에 따라 제어하지 못하고 언데드들을 일으켜서 주변을 해치게 된다.

흑마법사의 경우에는 마족이 육체를 강탈할 수도 있다고 하니 섬뜩한 노릇!

그런 파멸의 단계에 이르게 되면 가지고 있는 마나의 상당부분을 잃어버릴 뿐만 아니라, 쉽게 벗어나기 어려운 각종 저주들에 시달리게 된다.

그렇기 때문에 전체적인 균형을 맞추기 위해 체력이나 힘, 정신력 등의 스탯도 올려야 했다.

아깝다는 생각에 정신력과 신앙심에 스탯을 덜 올리게 되면, 처음에는 티가 나지 않지만 나중에는 부작용이 엄청난 것이다.

네크로맨서와 흑마법사는 일반 직업보다 빠르게 강해지는 대신에 아슬아슬한 경계를 오가야 하는 직업이었다.

위드는 정신력이나 신앙심에 스탯을 투자하기는 아까워서 꽃잎과 풀잎을 모아서 조각품을 만들었다.

꽃잎은 조각품으로 만들기에 적합한 재료가 아니다. 재질이 여리고, 금방 시들어 버리기 때문이다. 자연 조각술을 쓰면 재료의 신선함이 그대로 오랫동안 유지되니 새로운 작품에 도전할 수 있었다.

"재료만 놓고 보면 지금까지 만들었던 어떤 조각품보다도 어렵군."

밤에는 사냥을 하고 낮에는 조각품을 만들었다.

그렇게 밤낮을 가리지 않고 정성으로 만들어 낸 작품은 실제 크기와 동일한 8마리의 말이 끄는 마차였다.

말은 물론이고 마부까지 예쁜 잎들로 장식해서, 동화에나 나올 듯한 아기자기한 아름다움을 표현해 놓았다.

마차 안에는 어렸을 때의 꼬마 숙녀였던 여동생을 조각해 놓았다.

완성된 작품은 지극히 낭만적이고 아름다웠다.

"여동생에게 주는 생일 선물."

유린에게 생일 선물을 만들어 주기 위해서 탄생시킨 작품이었다. 이 마차를 타고 모라타를 돌아다닌다면 평생 잊지 못할 생일 선물이 되리라.

물론 풀잎과 꽃잎들로 만든 조각품의 제조 원가는 0원!

"맞아."

조각술이 놀랍도록 섬세하고 세밀해집니다. 예술에 대한 안목이 넓어지면서 지력과 지혜 스탯이 37 증가합니다. 매력이 62 늘어납니다. 자연 조각술을 익혔기 때문에 자연과의 친화력이 31 오릅니다.

손재주 스킬의 숙련도가 향상되었습니다.

명성이 1,841 올랐습니다.

예술 스탯이 13 상승하였습니다.

지구력이 9 상승하였습니다.

인내가 21 상승하였습니다.

매력이 7 상승하였습니다.

위드의 조각술이 드디어 고급 8레벨이 되었다.

"정말 힘들게 해냈군."

스킬의 레벨이 올라갈 때마다 기하급수적으로 증가하는 숙련도의 요구치. 대작을 만들었는데도 불구하고 숙련도가 3.7% 밖에 오르지 않았다. 그럼에도 조각술 마스터까지는 2단계가 남아 있을 뿐이었다.

"이제 헬리움을 조각하고, 그러다 보면 그리 머지않았겠지!"

조각술로 명성이 가장 높아지면 귀족들과 국왕의 조각술 퀘스트를 쉽게 받을 수 있다.

최고의 재료들을 바탕으로 의뢰들을 해결하면서 숙련도를 올릴 수 있으리라.

"대재앙의 조각술이나 정령 창조 조각술을 통해서도 올릴 수 있을 테니까."

어떤 스킬보다도 올리기 어렵다는 예술 계열 스킬, 조각술을 마스터하게 되는 것이다.

"예술을 위해서 여기까지 하라고 했다면 절대 해내지 못했을 거야."

작품을 만들기 위하여 어려운 재료를 채취하고 모험, 퀘스트도 많이 수행했다. 창조의 고통, 조각품을 깎는 데 기나긴 시간을 보내야 했다.

그나마 오로지 순수하게 돈 때문에 하다 보니 지금 이 단계까지 온 것이 아니던가.

　

ಲ◠◠◠ಿ

　

"드… 드디어 노력이 결실을 맺는 순간이다."

"이 장면은 적어도 1달 이상은 게임 방송사를 통해서 방송될 거야."

"몇천만, 몇억 명이 보게 될걸."

모라타의 주민들과 유저들은 일손을 놓고 광장과 지붕, 거리로 나왔다.

그들이 들고 있는 것은 모자와 꽃가루였다.

"끄으응!"

조경용 나무와 돌판을 등에 지고 있는 유저들이 개미 떼처럼 도시 밖에서 걸어왔다. 얼굴이 땀으로 범벅이 되어 힘겹게 한 걸음씩 떼고 있었다.

대성당과 대도서관을 짓는 데 필요한 마지막 자재.

드디어 완공을 앞둔 것이다.

"힘내세요."

"마지막까지 같이 갑시다."

서로를 응원하면서 향한 곳은 빛의 광장과 빙룡 광장.

건축 자재가 산더미처럼 쌓여 있고, 주민들과 유저들이 힘을 합쳐서 작업했던 장소에는 대성당과 대도서관이 모습을 드러내고 있었다.

대성당은 웅장하고 화려한 아름다움을 보여 주었고, 대도서관은 장엄하고 거대했다.

엄청난 규모, 경외감밖에 들지 않는 위대한 건축물들이 모라타의 주민들과 유저들의 힘으로 지어진 것이다.

조경용 나무를 정원의 빈 곳에 심고, 돌판들을 다듬어서 바닥에 깔았다. 마지막에 온 자재들까지 가공되어 제자리를 찾음으로써 대성당과 대도서관은 마침내 완성되었다.

기념일로 만들기 위해서, 일부러 대성당과 대도서관의 완공 날짜와 시간을 맞추었다.

이 순간만을 기다려 온 모라타의 유저들은 물론이고 북부와 다른 지역에서도 구경하기 위해 여행객들이 많이 왔다.

띠링!

위대한 건축물, 프레야 교단의 북부 대성당이 완공되었습니다.

총 건축 기간: 5개월 11일
소모된 비용: 167만 8,291골드 25실버
참여한 인원: 29만 9,362명
건축물의 가치: 189,614

북부 대성당으로 인해 관련 종교가 인근 지역으로 퍼집니다. 프레야 여신의
시선이 이곳으로 향하게 되면서 대풍년을 이룰 가능성이 커지고, 자연재해
를 방지합니다.

북부 지역에서 프레야를 믿는 사제들과 성기사들이 더욱 강한 신성력을 부
여받습니다. 성직 계열의 2차 전직이 가능해지며, 추기경을 선출할 수 있습
니다.

성당 기사단과 사제단이 거주하면서 인근 지역의 몬스터들을 토벌하게 됩니
다. 프레야 교단에 공적치를 가지고 있는 모라타의 주민들에게도 참여할 수
있는 자격이 부여됩니다.

위대한 건축물, 모라타의 대도서관이 완공되었습니다.

총 건축 기간: 5개월 11일
소모된 비용: 107만 4,412골드 78실버
참여한 인원: 21만 8,302명
건축물의 가치: 127,939

모험과 관련된 자료들을 모을 수 있습니다. 사라진 마법 주문의 복원, 던전
의 발굴에 도움이 될 것입니다. 마법과 학문의 발달을 촉진합니다. 발견물,
지형, 역사적인 사실, 몬스터 기록 등을 전시하거나 판매하고 명성과 보상을
받을 수 있습니다.

기록을 통해 퀘스트가 발생합니다. 희귀 기록들로만 생성되는 고고학 퀘스
트가 진행 가능합니다.

도서관의 자료가 많아질수록, 지역 주민들의 지식이 증가합니다.

"만세!"

"드디어 완성됐다."

"오늘부터 실컷 마시고 즐깁시다!"

프레야 교단의 북부 대성당과 대도서관의 완공으로 인하여 모라타 유저들의 생활이 편해질 것은 두말할 필요도 없는 일이었다.

위대한 건축물에 참여했던 유저들에게는 별도의 메시지 창이 떴다.

> 북부 대성당의 건설에 참여하여 건축물에 대한 경험과 업적을 얻습니다. 건축 스킬의 숙련도가 향상됩니다. 특별한 건축물에 대한 지식을 얻어 스탯이 올라갑니다.

> 대성당에 그림을 남긴 업적으로 인해 명성과 관련 스킬의 숙련도가 증가합니다. 종교화에 대한 경험으로, 미약하나마 프레야 교단의 신성력이 깃든 그림을 그릴 수 있습니다.

> 대성당의 벽을 조각한 업적으로 인해 명성과 관련 스킬의 숙련도가 증가합니다. 프레야 교단의 신성력이 깃든 조각품을 만들 수 있습니다. 단, 프레야 여신의 축복이 담긴 나무를 사용해야 합니다.

> 모라타와 프레야 교단의 공적치가 오릅니다. 모라타 주민들과의 친밀도가 향상됩니다. 작업에 참여한 유저로서 신앙심이 생성됩니다.

> 아름다운 2개의 건축물이 모라타를 대표하게 되어, 멀리 떨어진 성과 도시에서 북부 대성당과 대도서관의 건설에 대한 이야기를 사람들에게 들려주면 명성을 얻을 수 있습니다.

위대한 건축물 건립에 참여하며 고생한 보상도 톡톡히 받을 수 있었다.

그리고 영주만 볼 수 있는 메시지 창도 떴다.

모라타의 지역 정치가 증가합니다. 모라타의 지역 명성이 증가합니다. 조건이 충족된다면 세 가지의 특산품이 더 입소문을 탈 수 있습니다.
주민들은 프레야 대성당을 보며 마음의 안정을 찾습니다. 치안이 안전해집니다. 병의 발생을 억제시킵니다.
모라타의 문화를 대륙 전역으로 퍼트립니다. 도시에서 창출된 문화는 추가적인 명성과 정치력을 획득할 수 있도록 도움을 줍니다. 관광산업이 발달하여 부유한 여행객들을 부르게 됩니다. 예술품의 발주가 많아집니다.

프레야 교단에 대한 공적치가 1,639 높아집니다.
대신관에게 영예로운 작위 '여신을 알리는 기사'를 수여받을 수 있습니다. 작위를 수여받으면 프레야 교단을 대표하는 명예 기사가 됩니다. 기품과 매력, 신앙, 명예, 카리스마가 높아질 것입니다.

위드는 공사를 하는 동안 너무 큰 정신적인 피로를 느꼈다.

"돈이 이렇게 많이 들 줄은……."

애초에 지으려고 했던 돈으로는 계획에 맞는 규모의 대성당과 대도서관을 짓기에는 무리였다.

위드가 통이 크게 넓은 구역을 설정했고, 또 고급 자재들로 지어야 했기 때문에 90만 골드와 70만 골드라는 천문학적인 금액으로도 불가능했다.

"철골이나, 안 보이는 기둥 몇 개는 빼도 괜찮을 텐데……."

부실 공사를 내심 간절히 원하는 위드였다.

하지만 모라타의 건축가들은 몇백 년이 갈 수 있는 튼튼한 건물을 지으려고 했다.

워낙에 많은 사람들이 참여하는 작업이다 보니 인부들의 실

수도 적지 않았다. 천장에서 빗물이 새는 정도는 애교 수준에 불과했다. 기둥이 옆으로 떨어지거나, 돌판이 아래로 푹 꺼지는 경우도 다반사였다.

그때마다 건축비가 늘어나면서 도시 내에서 모금 활동도 활발하게 벌어졌지만, 항상 돈이 부족했다. 모라타의 3달 치에 달하는 세금이 추가로 들어가야 했다.

"괜찮아. 어쨌든 완성은 되었으니까."

위드는 건축물을 보며 아쉬움을 떨쳐 냈다.

그나마 나은 솜씨의 건축가 파보와, 미숙한 점이 많은 조각사와 화가 그리고 인부로 참여한 무수히 많은 초보 유저들의 노력으로 만들어진 건축물이다.

천장에 빗물이 조금 새서 천장화가 흐려진 부분이 있었고, 벽에 조각된 부분은 모서리가 깨지기도 했다.

건축물이니만큼 자세히 보면 흠잡을 곳이 100군데도 넘겠지만, 대성당과 대도서관은 전체적으로 입이 벌어질 정도로 웅장하고 멋지게 보였으므로 쓰린 속을 달랠 수 있었다.

"나쁘지 않아. 오히려 오랜 시간이 지나면 역사와 전통이 있는 건축물로 보일 테니까."

위드는 흐뭇하게 썩은 미소를 지었다.

이 위대한 건축물들이 앞으로 많은 돈을 몰고 올 수 있을 것이기 때문이다.

"클클클클!"

죽은 자의 힘이 성장했고, 불사의 군단에서도 조금 더 상급의 언데드로 올랐다.

데스 나이트!

직접 전투 계열로는 높은 지위, 실전 지휘관의 계급이었다.

"킬킬. 세금 수입이 더 늘어나겠어."

영주성에서 북부 대성당을 보며 비열하게 웃는 데스 나이트 위드였다.

∂✦✧◈✧✦∂

"연주를 시작합시다."

"모닥불을 피우세요!"

광장에 모닥불이 피워지고, 바드들은 대성당과 대도서관의 완공을 기념하는 연주를 했다.

밤이 되자 곳곳을 밝히는 불빛과 음악으로 더욱 아름다워진 도시 모라타!

모라타에서 영주를 찬양하는 축제가 벌어졌습니다.
주민들이 그들을 이끌어 주는 영주 위드를 칭송하고 있습니다. 종교적인 만족과 확고한 치안. 북부 대륙 최고의 식량 생산의 공을 영주에게 돌리고 있습니다. 그들은 모라타의 미래가 더욱 밝을 것을 의심하지 않습니다.
마을 주민들의 향후 범죄율이 절반 이하로 떨어지게 될 것입니다. 아이들의 학문적인 성취가 높아지게 됩니다. 마을 주민들의 생산력이 추후 1달간 330% 증대됩니다. 주민들이 더 행복해하고, 더 나은 직업을 구할 수 있게 될 것입니다.
축제에 참여하고 즐길 수 있습니다.

모라타에서는 여러 차례 맞이하는 축제였다.

하지만 중앙 대륙에서 온 유저들은 도시에서 축제가 벌어지는 일을 대단히 신기해했다. 대륙의 어떤 곳에서도 영주에 대한 주민들의 충성심과 사기가 높게 유지되는 곳이 없기 때문이었다.

대성당과 대도서관이 있는 빛의 광장과 빙룡 광장에는 사람들이 계속 모여들었다.

"멧돼지와 사슴이 왔습니다!"

모닥불에 소금을 뿌려 통구이를 하고, 지나가는 사람들에게 나누어 주었다.

"목재 운송에 참여했던 분들, 이쪽으로 오세요."

"풀죽! 풀죽!"

"풀죽신교에서 2시간 후에 단체 사냥을 떠납니다. 레벨 제한, 직업 제한 없습니다. 같이 가고 싶은 분들은 2시간 후에 동문 앞으로 오세요."

유저들끼리 즐겁게 보내고 있을 때, 상인들은 약간이나마 아쉬워했다.

"진작 사 두는 건데……."

"이쪽에 건물을 지어 놨으면 정말 대박이었을 텐데 말이지."

"앞으로 유동 인구가 엄청난 지역이 될 텐데."

모라타에 유저들과 주민들이 더 많이 늘어날 테고, 그만큼 상권이 커지게 될 것은 의심할 필요가 없는 일이다.

상인들의 입장에서는 좋은 일이었지만, 단 한 가지 아쉬운 부분이 있다면 대성당과 대도서관 근처의 땅들이었다.

대성당에는 사제들과 성기사들이 자주 찾아올 것이고, 사냥과 모험에 나가기 전에 사람들이 물밀듯이 방문할 것이다. 대도서관에도 퀘스트나 지도, 몬스터에 대한 정보를 구하기 위해서 찾아오는 사람들이 많으리라는 건 불을 보듯 뻔한 일.

"땅 주인이 따로 있다던데, 대체 누가 이 땅을 가지고 있는 거야?"

"정말 너무 아까운 땅인데……."

상인들이 허탈해하고 있을 때, 대성당 옆의 비어 있던 땅에 갑자기 건물들이 올라왔다.

오로지 영주만이 할 수 있는, 내정 모드에 의한 신속한 집짓기였다!

원조 북부 대성당 사제용품점, 원조 성기사 물품점, 대성당 방문 기념품 상점.

대도서관 옆에도 건물들이 지어졌다.

모험을 떠나기 전 가장 가까운 잡화점, 던전 탐험용품점.

땅 주인은 투기할 기회만을 벼르고 있던 위드였다.

무너지지 않는 모래성

"에휴, 왜 이렇게 안 오는 거야."

이현은 기차역에서 서윤을 기다렸다.

방학을 맞아 데스 나이트가 되어서 한창 사냥을 하고 있던 참이었다.

철판 갑옷도 입을 수 있었고, 암흑 투기를 사용하는 것도 가능했으며, 검술의 위력도 커졌다.

기사의 공격력은 극악무도한 수준!

많은 유저들이 택하는 직업답게 장점들이 많고 균형도 잘 잡혔다.

기마술도 타고나서, 이동속도도 상당히 빠른 편이었다.

말을 신경 써 줘야 하는 번거로움은 있었지만 전투에 많은 도움이 되었으니 충분히 돌볼 만한 가치가 있다.

유일한 단점이 체력 감소가 검사나 다른 직업에 비해서 훨씬 빠르다는 것이었지만, 언데드인 데스 나이트에게는 해당되지 않는 말이었다.

"레벨을 정말 실컷 올릴 수 있는 기회인데……."

이현은 약속은 지켜야 한다는 생각에 일찍 준비해서 나왔다.

들고 온 가방은 3개!

해외여행을 가는 사람이라고 해도 믿을 수 있을 정도로 많이 싸 온 것이다.

서윤은 약속 시간인 오전 8시를 10분 앞두고 도착했다. 그녀도 여행용 가방을 2개나 들고 있었다.

청바지에 흰 반팔 셔츠만 입고 있는데도 광채가 났다. 기차역에 있는 사람들이 그녀에게서 시선을 떼지 못할 정도였다.

그녀의 얼굴을 스쳐 지나가듯이 짧게 보면, 정말 맑고 예쁜 느낌이 크게 남았다. 그래서 다시 그녀의 얼굴을 보면, 시선을 떼지 못하고 한 곳씩 살펴보게 된다.

눈은 마음의 창이라는 말이 거짓말이 아니었다. 깊고, 순수하고, 영롱하다. 세상에서 가장 맑은 보석을 가져다 놓은 것 같았다.

눈썹은 곧고 가지런하고 흠잡을 곳이 없다.

콧날과 입술, 볼, 턱선, 이마, 귓불. 어느 부위를 보더라도 결점을 찾을 수가 없었다. 그녀를 보면 모든 게 제자리에 있는 것처럼 느껴진다.

차원이 다른 아름다움이라는 게 무엇인지를 보여 주는 그녀.

"먼저 와서 기다렸어요?"

"아니야. 방금 왔어. 일단 차표부터 끊자."

여행은 기차를 타고 남쪽 바닷가의 큰 도시로 간 후에 차를 빌려 돌아다니기로 했다. 서윤이 면허증을 따서 차를 몰 수 있다고 했기 때문이다.

"근데 면허증은 언제 땄어?"

"지난번에 시험 통과하고 어제 받았어요."

"……."

◦◦◦◦◦◦

기차를 타고 가면서 집에서 싸 온 김밥에 사이다를 마셨다.

이현은 창밖을 보다가 가만히 잠이 들었다. 여행이라고 하니 왠지 마음의 긴장감이 풀어졌던 탓이다.

"아……."

이현이 낮은 목소리로 무언가 말하려고 하니, 서윤이 귀를 가까이 댔다.

"…이템……."

잠꼬대를 하는 이현!

서윤도 새벽부터 준비하느라 잠을 제대로 못 자서 이현의 어깨에 머리를 기대고 깜빡 졸고 말았다.

기차가 잠깐씩 정차할 때마다 손님들이 탑승하며 그 광경을 보았다.

'여자가 너무 아깝다.'

'왜 저런 평범한 놈에게…….'

'이 더러운 세상. 불공평한 세상!'

기차가 목적지에 도착하자 둘은 가방을 들고 내렸다.

자동차를 빌리는 장소는 기차역 가까이에 있었다. 예약해 놓은 소형차를 빌리고 나서 서윤이 운전석에 앉고, 이현은 조수석에 앉았다.

"그럼 출발할게요."

"시동부터 걸고."

서윤은 시동을 걸고 나서 말했다.

"이제 출발할게요."

이현은 조마조마했지만, 서윤은 실전에 강했다.

막상 출발하고 나니 부드럽게 운전을 잘했던 것이다. 그러다 갑자기 작동되는 와이퍼!

"방향지시기가 어느 쪽에 있어요?"

"반대쪽이야."

이현은 운전면허를 미리 따 놓지 않은 것을 후회해야 했다.

도심을 나가서 국도를 따라 돌아볼 수 있는 대한민국의 남쪽 바다.

서해나 동해도 그만의 매력이 있겠지만, 남해는 따뜻한 기후와 함께 구경할 장소들이 많고 바가지도 심하지 않았다.

차를 타고 해안가를 따라 큰 섬들을 한 바퀴 돌 수도 있었다.

바다를 옆에 두고 구불구불 이어진 길이나 길가에 피어 있는 꽃들.

바닷가에 도착해서는 서윤이 카메라를 꺼냈다.

"우리 사진 찍을래요?"

"당연히 찍어야지."

여행의 필수 항목이라고 할 수 있는 사진이 아니던가.

"제가 찍어 줄게요."

이현은 바다를 뒤로하고 사진을 찍었다. 멋진 배경에 어색하게 끼어 있는 관광객 같은 구도였다.

"이번엔 내가 사진을 찍어 줄게."

이현은 카메라를 받아서 서윤의 사진을 찍기 위해 셔터를 눌렀다.

사진을 찍을 때마다 그대로 화보인 서윤이었다.

그녀는 가만히 서 있을 뿐인데도 이현과는 전혀 느낌이 다른 사진들이 찍혔다.

괜히 모래알이 갑자기 반짝이는 것 같고, 싱그러운 바람이 불어오는 느낌이 난다. 웃거나 다양한 포즈를 취하지는 못했지만, 겨울의 바다에도 더없이 잘 어울리는 서윤이었다.

그들이 있는 해변가에는 다른 관광객들도 많았다.

이현은 바닷가에 있는 관광객들에게 부탁했다.

"저기… 사진 한 장만 찍어 주시겠습니까?"

공대의 남자들이 대학의 졸업 여행을 온 것이었다.

"그 정도야 뭐, 얼마든지 해 드리죠."

남학생들은 이현과 서윤이 같이 있는 사진을 찍었다.

찰칵!

정확하게 서윤에게 초점을 맞추며 이현을 배제시켜 버리는 기술!

'우주의 물리법칙에 맞지 않는 커플이군.'

'전생에 은하계를 구했을 거야.'

여러 장소를 차로 돌아다니고, 관광지에도 들어가서 사진도

넉넉하게 찍었다.

〈로열 로드〉에서도 단둘이 보낸 시간이 꽤 많았지만, 지금은 사냥이나 구체적인 목적 없이 둘만의 데이트였다.

그렇게 돌아다니다 보니 순식간에 찾아와 버린 밤!

해가 지고 나서 날씨가 꽤 추워졌기 때문에 숙소를 잡아야 했다.

"내가 알아 둔 장소가 있는데… 이쪽이었던가?"

차를 타고 조금 헤매서 도착한 장소는 캠핑장!

아주 적은 이용 요금만 내면 마음 놓고 사용할 수 있는 장소 였다.

가족 단위로 온 캠핑족들이 벌써 텐트를 많이 쳐 놓은 게 보였다.

"우리는 좀 늦었네. 서둘러야겠다."

이현은 커다란 가방에서 캠핑 장비들을 꺼냈다. 도장에서 마상범에게 빌린 것들이었다.

텐트를 치고, 버너를 꺼내서 물을 끓이고 저녁 준비도 했다. 물은 캠핑 장소에서 구할 수 있었다.

서윤이 밥을 안치는 동안에 이현은 낚싯대를 들고 바닷가로 나갔다.

"저녁용 물고기 좀 잡아 올게."

아저씨들이 딸과 아내를 데리고 낚시에 열중하고 있었다.

"여긴 물고기가 참 안 잡히네."

멋지게 낚시를 하는 모습을 가족들에게 보여 주고 싶었지만, 타고난 낚시꾼이 아닌 이상 쉽지만은 않았다.

이현은 큰 돌 위에서 작은 통을 열었다.

힘 있게 꿈틀거리는 지렁이들은 아침에 마당에서 직접 잡아 온 것들. 지렁이들을 미끼로 낚싯대를 던질 때마다 금세 물고 기들이 물렸다.

63센티 광어!

"지렁이만 버렸군."

49센티 우럭!

"매운탕감이 필요했는데 잘됐군."

그리고 이 지역에서 별미라는 볼락 11마리.

"이것들은 잠도 없나. 귀찮게 자꾸 무네."

이현이 가져온 대야에는 생선들이 담겨서 비좁다고 북적거렸다.

아저씨 낚시꾼들은 아내와 딸을 생각하며 위안 삼았다.

'가정이 행복하면 되지.'

'바가지를 자주 긁기는 해도, 마누라랑 같이 여행을 온 기쁨이야말로…….'

이현이 낚싯대를 들고 구시렁거렸다.

"저녁 하려면 빨리 가야 되는데… 감성돔이나 1마리 물어 주면 좋을 텐데. 이놈의 물고기들은 뭘 하고 있나."

아저씨들은 속으로 생각했다.

'감성돔이 어디 붕어처럼 쉽게 잡히는 어종인 줄 아나.'

'여기 열두 번째인 나도 구경을 못 해 봤는데.'

그 순간 이현의 찌가 슬쩍 가라앉았다.

낚시의 핵심이라고 할 수 있는 위치 선정에, 낚싯대를 미묘하게 흔들면서 지렁이를 꿈틀거리게 만드는 고급 기술. 그렇게 또 1마리가 문 것이다.

낚아 보니 기대했던 감성돔은 아니었고 바닷장어였다.

"구워 먹으면 먹을 만하겠군."

이현이 슬슬 돌아갈 채비를 하고 있을 때, 캠핑촌에서 서윤이 걸어왔다.

"많이 잡았어요?"

"내 팔자에 무슨. 그냥 배부르게 먹을 정도 잡은 것 같아."

이현과 서윤이 캠핑장으로 돌아가고 난 후에, 아저씨들의 눈가에는 촉촉한 물기가 어렸다.

"아빠, 자꾸 모기가 물잖아. 집에서 텔레비전이나 보려고 했는데 뭐 하러 여기 오자고 한 거야."

"여보, 취미 생활은 혼자 해도 되잖아요."

학교에 갔다가 돌아온 딸과 하루에 몇 마디 나눌 기회도 거의 없다. 아내는 아줌마들끼리 제주도나 해외여행을 다닌다면서 집을 비우기 일쑤.

아저씨들은 한창 잘나가던 고등학교 시절, 대학교 시절을 떠올렸다.

'아… 그때로 돌아갈 수만 있으면 좋을 텐데.'

이현은 익숙한 손놀림으로 숯불을 만들고 불판을 올렸다.

불이 안정될 때까지는 된장찌개를 하고 나서, 화력이 적당히 잦아들었을 때부터는 고기를 구웠다.

돼지고기나 소고기가 아니라, 다양하게 잡은 생선구이!

"혹시 볼락과 바꿔서 드실래요?"

다른 텐트들을 찾아다니면서 남는 생선으로 조개와 게, 소시지, 저렴한 와인도 얻었다.

생선을 돌리면서 굽고, 매운탕도 같이 끓였다.

파도치는 소리가 은은하게 들렸고, 조금 춥긴 했지만 날씨가 맑아서 별도 보였다. 묵은지까지 있었으니 따로 호텔이 부럽지 않은 저녁 식사였다.

"먹자."

야외에서 생선 살점을 발라 먹는 맛은 일품이었다.

생선을 굽는 불빛에 비친 서윤의 얼굴.

이현은 푸짐한 식사를 마치고 설거지까지 깨끗하게 했다.

"커피 한잔할래?"

"좋아요."

해변가에 앉아서 마시는 커피 한잔의 여유까지 챙겼다.

그리고 완전히 밤이 되어서 풀벌레 우는 소리가 들리고, 다른 텐트들에도 불이 꺼졌다.

"우리도 이제 자러 가자."

4인용 텐트라서 둘이 자기에는 충분히 넓었다.

그럼에도 불구하고 왠지 좁게 느껴지는 공간이었다. 침낭 안에 들어가서 눕고 나니 상대방의 숨소리까지 들을 수 있었다.

서윤은 심장이 콩닥거릴 정도로 긴장이 됐다.

텐트 안에서, 각자 다른 침낭 안에 있다고는 해도, 사실 한방에서 잠드는 것과 별로 다르지도 않았다.

파도치는 소리, 풀벌레 우는 소리에 섞여 그녀 자신의 심장 소리가 들릴까 봐 걱정되었다.

그런데 금방 이현의 코 고는 소리가 들렸다.

ഉ᷍ᄱᄿᇰᄽ

새벽에 새소리를 들으며 이현은 잠에서 깼다.

집이 아닌 낯선 장소에서도 뒤척이는 성격이 아니라서 푹 자고 일어난 것이다.

가만히 고개를 돌려 보니 서윤이 그를 쳐다보는 방향으로 눈을 감고 잠들어 있었다.

이현은 조용히 침낭에서 몸을 빼내어 텐트 밖으로 나왔다.

아직 해가 뜨지 않았지만 일찍 일어난 캠핑족들이 아침을 준비하고 있었다.

"해물대게탕이나 해 볼까?"

이현은 간단히 아침 재료를 씻고 정리해 놓고 나서 서윤이 깨기를 기다렸다. 하지만 그녀는 여행의 피로가 완전히 가시지 않았는지 해가 뜨고 나서도 일어나지 않았다.

사실 서윤은 이현이 잠든 모습을 2시간 넘게 쳐다보느라 늦게 잤던 것이다.

처음 만났을 때 느낀 감정이나, 〈로열 로드〉에서 봤을 때마다 했던 생각 그리고 여행을 같이 와 줘서 고맙다는 말 등.

속마음을 털어놓는 여러 이야기를 했지만, 이현은 코를 골며

잤기 때문에 전혀 모르고 있었다.

"간단히 산책이라도 해 봐야겠군."

이현은 상쾌한 아침 바람을 맞으면서 백사장을 걸었다.

"날씨가 정말 좋구나."

새들이 먹이를 찾아다니며 울고 있었다.

일찍 일어난 아이들이 파도가 치는 해변에서 성을 쌓으면서 놀고 있는 모습이 보였다.

"나도 한번 해 볼까?"

바다에 오면 누구나 한번 해 본다는 놀이.

이현은 해 본 적 없지만, 시간 때우기로 괜찮을 것 같았다.

구석에서 적당히 흙을 뭉쳐서 짓기 시작하는데, 10여 분이 지난 이후에는 아이들이 몰려서 구경을 했다.

그가 쌓는 모래성은 실제를 방불케 하는 1.5미터짜리 건축물이 되어 가고 있었기 때문이다.

정교한 성벽과 탑들이 세워지면서, 어른들도 와서 구경했다.

이현이 공사장과 〈로열 로드〉에서 조각품을 만들면서 익힌 실력이 발휘된 덕분이었다.

그렇게 1시간 정도가 걸려서 완전한 모래성이 만들어졌다.

주변에서는 정말 잘 만든다고 칭찬했지만, 이현은 별로 감동적이진 않았다.

"부동산으로 거래할 수도 없고… 돈이 나오거나 쌀이 나오는 것도 아니고."

철저한 실리주의!

바닷물이 깊이 들어온다면 허물어지고 쓸려 나가 버리고 말

것이다. 바람이 조금만 심하게 불어도 무너져 버리고 말 위태로운 모래성에 불과했다.

모래성이 다 만들어지고 나니 구경하던 사람들도 밥을 먹거나 집에 간다면서 하나둘 떠났다.

이현은 밀려오는 파도와 모래성을 허무하게 쳐다보았다.

"지금은 이렇게 여행도 같이 왔지만, 언젠가는 가까이 다가갈 수도 없을 정도로 먼 곳으로 떠나고 말겠지."

이현은 그녀를 위해서 기꺼이 떠나보내 줄 수 있었다. 지금까지 같이 보낸 시간이 적지는 않아도 나중에는 추억만으로 남겨 두어야 하리라. 그래서 곧 파도에 쓸려 갈 모래성이라고 생각하며 아래에 글씨를 써 두었다.

이현, 서윤의 집

해변에서 텐트로 돌아오니 서윤이 일어나서 아침 재료들을 가지고 요리를 하고 있었다.

든든히 아침을 먹고 나서, 남해를 조금 더 차로 돌아보다가 낮에 기차를 타고 올라가는 일정이었다.

이현은 짐을 챙기고, 머물렀던 장소를 청소하면서 서윤에게 말했다.

"여긴 내가 치울 테니 좀 쉬고 있어."

"저도 도울게요."

"운전해야 되잖아. 조금이라도 더 쉬고 있어."

서윤은 이현이 하는 일을 구경하다가 백사장 쪽으로 걸음을 옮겼다.

다시 도시로 돌아가게 되면 이렇게 바다로 올 기회가 없다. 밖으로 잘 돌아다니지 않던 그녀였기에, 산책도 하면서 여행의 작은 기념품으로 소라나 돌멩이라도 주우려고 갔다.

'오늘이면 다시 돌아가야 하는구나.'

백사장의 모래를 밟으며 가볍게 걸어 다니던 그녀의 눈에 유난히 커다란 모래성이 보였다.

누가 만들었는지 모르겠지만, 아주 튼튼하게 지어진 모래성이었다.

서윤은 그 모래성으로 걸어갔다.

⋘⋄⋗

불사의 군단에서 모라타를 목표로 진격하는 4개의 언데드 군단.

막상 모라타에서 일주일 거리까지 도착한 언데드의 숫자는 고작 2개 군단을 넘는 정도였다.

언데드들의 특성상 다리가 없거나 걸음걸이가 불편해서, 늦게 오는 숫자가 상당하다. 중간에 엉뚱한 방향으로 새 버리거나, 우물에 떨어져서 빠져나오지 못하는 언데드, 숲에서 빙글빙글 도는 언데드들이 많았다.

언데드 군단은 움직이면 많이 분산되기 때문에 피해가 더욱 크게 발생하기도 한다.

하지만 북부에는 일반 몬스터들도 많았기 때문에 시간이 지나면 알아서 사라지기도 했다. 고블린과 트롤, 오우거 같은 몬스터들도 자신들의 영역을 지키기 때문이다.

"언데드 군단이 이쪽으로 오고 있다고 합니다."

모험과 사냥을 떠났던 유저들이 언데드를 발견하고 모라타로 소식을 전했다.

초보자와 상인 들에게는 그야말로 대형 사건이었다.

프레야 교단에서는 모라타에 성당 기사단을 배치하자마자 출동하게 되었다.

"성당 기사단이 언데드를 사냥하러 가는 것 같습니다."

"루의 교단, 프레야 교단에서 언데드를 사냥하는 퀘스트가 발생했습니다."

모라타에서 사냥을 하던 파티들도 사제와 성당 기사단을 따라서 언데드를 퇴치하는 임무에 참여했다.

영주성에서도 언데드를 섬멸하는 토벌대를 모집했다. 적 중에는 약한 스켈레톤들이 있었기 때문에 30레벨만 넘으면 누구나 참여할 수 있었다.

"놀러나 가 볼까요?"

"언데드를 때려잡으러 갑시다!"

초보자들에게는 좋은 구경거리였고, 또한 대규모 토벌 의뢰에 참여하는 경험도 얻을 수 있다.

프레야 교단의 성당 기사단 450기.

모라타의 기사단과는 비교가 안 될 정도로 엄청나게 강력한 신성 기사들이었다.

도시와 마을에 소속되지 않아서 영주의 권위로도 명령을 내릴 수가 없다.

종교적인 분쟁이나 몬스터들로부터의 위기가 찾아오면 교단에 의해서 싸우는 성당 기사단.

루의 사제들과 프레야의 사제도 불사의 군단과 싸우기 위하여 840명이나 참전했다.

그 전력이 사뭇 대단했지만, 일반 유저들로 결성된 토벌대에는 사제만 3,000명이 넘었다.

모라타에서 사제의 직업을 가진 이들은 신앙심을 올릴 수 있는 이번 퀘스트에 웬만하면 참석을 했다. 시간적 여유가 없거나 이미 다른 의뢰를 수행 중이지 않다면, 사제들은 눈썹을 휘날리며 전장으로 달려왔다.

"아싸, 언데드다!"

"언데드 완전 좋아하는데."

언데드를 보면서 사제들은 기쁨을 만끽했다.

이들은 말을 탈 줄 알아서 성단 기사단과 토벌대와 비슷하게 먼저 온 것이고, 뒤늦게 합류하는 사제들도 많았다.

여신상과 대성당으로 인하여 사제들의 인기가 다른 도시에 비해서 상당히 높아서, 프레야의 사제를 택한 유저만 해도 수만 명이나 될 정도였다.

그 사제들이 오히려 불사의 군단의 언데드를 향해 뜀박질하며 진격해 오고 있는 상황!

성기사들도 출동하고, 용병과 전사, 마법사, 정령술사, 소환술사, 바드 등의 직업을 가진 유저들도 토벌대에 속해서 불사의 군단의 침입을 격퇴하기 위하여 모였다.

모라타는 중앙 대륙에서 건너온 고레벨 유저들이 제법 있음에도 불구하고 전체적인 평균 레벨이 높다고는 할 수 없었다. 매일 엄청난 숫자의 초보자들이 모라타에서 새로운 삶을 시작하기 때문이다.

그러한 부분이 장점이 되어 사람 숫자만큼은 이제 웬만한 대도시에 버금갈 정도였다.

모라타 초기의 유저들은 밤이 되면 마을이 고요하고 한적했다고 기억하지만, 지금은 한밤중에도 광장마다 상인들이 진을 치고 있을 정도였다.

사슴 가죽 열 장을 팔기 위해서 2~3시간씩 기다리는 초보자들이 많기 때문에 하루하루가 달라지고 있음을 실감할 수 있을 정도였다.

성당 기사단과 사제들에 속해서 일찍 도착한 토벌대가 5만!

2개의 언데드 군단, 6만을 조금 넘는 적들에 비해서는 약간 적은 병력이었다.

하지만 먼저 언덕에서 진을 치고 기다리고 있었으며, 보급을 완전히 끝냈다.

사제들로부터 단체 축복 마법도 받아 놓고 기다렸으니 사기는 최고조였다.

토벌대장으로 퀘스트를 받은 쟈프란이 크게 외쳤다.

"우리의 새로운 고향, 우리의 땅을 침략하는 언데드들을 무찌릅시다!"

"우와아!"

"공격!"

성당 기사단과 토벌대, 언데드들이 서로를 향해 달렸다.

토벌대에 참여한 유저들이 후속대로 계속 도착하고 있었으며, 불사의 군단에도 넘쳐 나는 것이 언데드였다.

바야흐로 모라타와 불사의 군단 간의 전쟁이 개시된 것이다.

ℓↄↄ◌ⅈↄↄↄ

폴론은 헤르메스 길드를 통해서 정보를 입수했다.

네크로맨서들이 알 수 없는 힘에 의해 소환되어 불사의 군단 소속 언데드가 되어 싸우고 있다는 정보였다.

길드 소속의 네크로맨서도 불사의 군단에 속해 있다고 했다.

헤르메스 길드에는 여러 직업군의 강자들이 모여 있었지만, 불행히도 네크로맨서는 최근에 탄생한 마법 계열 직업.

길드의 네크로맨서는 레벨이 높은 편도 아니고 사냥 속도가 떨어져서 스켈레톤에서 상급 정도의 계급에 머무르고 있다고 한다.

> 자부린: 이곳에는 베르사 대륙의 네크로맨서들이 전부 모인 것 같습니다.

자부린이 길드의 원정대 통신 채널을 이용하여 보고했다.

폴론을 비롯하여 기사단과 마법병단, 레인저 부대 등이 보고 있었고, 헤르메스 길드의 간부들도 통신 채널에 들어와서 지켜볼 수 있었다.

자부린은 보고를 하면서도 기분이 좋았다.

헤르메스 길드에서는 필요하다고 생각되면 적극적인 지원을
해 준다. 장비를 맞춰 주고 사냥터를 제공하는 것은 물론이고,
퀘스트까지 동행하며 도와주기도 한다.

제대로 공로만 세운다면 자부린이 따라갈 수 없는 등급의 파
티 사냥에 끼워 주는 것도 기대해 봄 직한 상황!

더 앞서가는 네크로맨서들과 같이 다니지 못한다는 말을 했
으니, 조금만 도와주더라도 레벨이 300이 안 되는 자부린에게
는 큰 이득이 생길 것이다.

그가 헤르메스 길드에 가입한 이유도, 지원을 받으면서 쉽게
성장하고 싶은 욕심이 있었기 때문이다.

스켈레톤도 따로 종족 제한이 걸리지 않은 장비는 착용할 수 있고, 유령으로 변한 이후에도 마찬가지다.

저주가 걸려 있는 아이템, 예를 들어 생명력을 깎으면서 마나를 늘리는 아이템은 두 가지를 동시에 올려 주었다.

자부린의 입장에는 저주 아이템들이 훨씬 도움이 되었다.

폴론: 필요한 게 뭐든 지원해 주겠습니다. 하지만 매일 보고해 주셔야 되고, 뭐든 중요한 정보를 들으면 그 즉시 알려 주셔야 됩니다. 특히 위드에 대한 정보가 필요합니다.
자부린: 저를 믿어 주십시오. 저 역시 헤르메스 길드 소속으로, 실망 드리는 일은 없을 겁니다.

ଽ୬ଡ଼ଡ଼ଡ଼ୡ

"클클클클!"

여행에서 돌아와서 다시 접속한 위드는 불사의 군단이 있는 협곡에 있었다. 데스 나이트로 승급이 이루어지면서 전장의 협곡에 배치되었다.

띠링!

킬리자르의 수비병

불사의 군단에서는 그대의 능력에 대해 믿음을 가지고 있다. 지금까지의 모든 임무를 성공적으로 수행하였고, 킬리자르 협곡에서도 적들을 완벽하게 무찌를 것을 기대한다.
난이도: B
제한: 언데드 한정.

퀘스트 난이도가 대폭 올랐다.

다행이라고 볼 수 있는 점은 쟌과 오템, 보흐람, 헤리안, 그루즈드, 바레나, 고슈를 비롯하여 네크로맨서 33명도 먼저 와 있다는 사실이었다.

그들의 경우에는 원래 마법사나 소환술사 등의 직업을 가지고 있다가 전직했기 때문에 레벨이 높았다.

쟌은, 네크로맨서로 전직을 한 이후로도 레벨을 많이 올린 덕분이겠지만, 현재는 408 정도는 넘을 것으로 짐작됐다.

사람마다 스탯과 스킬 숙련도가 다르기에 장비나 소환한 언데드만을 바탕으로 정확하게 레벨을 추정하기는 어려웠다. 실력의 일부는 감출 수도 있다는 점을 감안하면 더욱 까다롭다.

바레나의 레벨이 390이라고 밝혀졌는데, 엄청난 마나를 사용하며 언데드들을 소환하고 시전하는 흑마법들을 감안한다면 쟌은 최소한 레벨이 408 이상이라고 볼 수밖에 없었다.

'확실히 네크로맨서 중에서 최고를 다툴 만하군.'

위드도 쟌이나 오템 등 이 자리에 있는 네크로맨서들을 인정했다.

언데드들을 다루는 실력이 빼어날 뿐만 아니라, 스킬을 연마하고 전투에서 시전하는 데에 주저함이 없었다.

위드는 직접 전투를 하는 쪽으로 전직을 했지만, 그들은 언데드를 소환하는 계열을 택하고 있다.

데스 위저드, 데스 위치!

다른 유저들은 마법사와 마녀의 직업을 가졌다.

언데드들을 쓰려면 시체들을 일으켜야 하며, 전투가 벌어지기 전에 강화 마법을 써 주어야 했다.

적들에게도 온갖 저주 마법을 시전해서 약화시키고, 느리게 만들고, 혼란을 일으켜야 했다.

시체들을 폭발시키거나 뼈를 소환해서 방어하느라 네크로맨서는 대단히 바쁜 직업이었다.

다른 마법사, 성직자 들이 파티원들의 보호를 받으며 차분하게 마법을 준비하는 것과는 달리 많이 뛰어다녀야 되고, 전장을 관찰하여야 한다.

1인 군단으로 불리는 만큼 언데드를 위해 해야 할 일이 많았고, 키워야 하는 스탯과 스킬이 다양했다.

네크로맨서 본인의 관찰력이나 순발력, 상황을 파악하는 능력에 따라서 전투력에 많은 차이가 발생하는데, 그들의 종합적인 능력은 수준급이었던 것이다.

'역시 나쁘지 않군!'

위드는 데스 나이트가 된 것에 매우 만족했다.

'뛰어난 아군이 있다는 건 행복한 일이야.'

네크로맨서들이 언데드를 불러 일으켜서 싸우고 있으면 몬스터들을 해치우면서 경험치와 전리품을 얻으면 된다.

언데드와 몬스터 수천 이상이 뒤엉켜서 싸웠으니 잡을 적들이 수두룩했던 것이다.

'몬스터들이 계속 몰려드는군.'

이 주변은 그야말로 거친 몬스터의 천국이라고 해도 좋을 정도였다.

그도 그럴 것이, 인간들은 북부에서도 외곽에 치우쳐 있는 이곳까지 와서 사냥하지는 못했다. 그래서 몬스터들이 많이 번식했고, 집단으로 몰려다닐 정도로 약간의 지성까지 겸비했다.

불사의 군단이 대단히 강하긴 했지만, 몬스터들의 수준 또한 높았다.

니플하임 제국이 몰락하고 난 이후로 병기고가 털렸던지 수십 년 묵은 무기와 방어구를 착용하고 있기도 했다.

몬스터들은 불사의 군단을 심한 위협으로 느꼈던지 계속 공격했고, 바르칸은 과거 싸움의 후유증으로 끝없는 마력을 쏟아 낼 수 있는 절대적인 존재가 아니다.

그 때문에 지독하게 혼란스럽고 격렬한 언데드와 몬스터들의 전장이 마련된 것이다.

위드도 사냥에 흠뻑 빠져들면서 레벨도 두 단계 더 올라서 394가 됐다.

키야호오!

몬스터들의 무리는 격퇴한 지 10분도 지나지 않아서 또 몰려왔다.

데스 나이트는 어둠 속에서도 대낮처럼 환하게 볼 수 있었다. 일어나는 흙먼지를 보았고, 멀리서부터 다가오는 생명력의 따스한 온기를 느꼈다.

"곧 적들이 다가옵니다. 언데드에 강화 마법을 사용하세요."

쟌의 말에 유저들이 마나를 보충하기 위한 명상을 풀고 급하게 전투를 준비했다.

네크로맨서들은 전투를 지휘하는 대표로 쟌을 인정한 것이었다.

매번 전투 때마다 언데드 부대들이 협력할 필요가 있었기 때문에 맡은 바 임무들이 정해졌다.

"싸워라. 절대 밀리지 마라."

"몽땅 죽여 버려!"

오템과 보흐람, 헤리안, 그루즈드가 소환한 언데드들이 협곡 아래에서 무기와 방패를 들었다.

"본 스트라이크!"

"아이스 필드!"

"포이즌 클라우드!"

"언홀리 웨폰."

쟌과 바레나, 고슈는 다른 유저들과 함께 협곡 위에서 공격 마법을 펼쳤다.

고레벨 네크로맨서들의 온갖 저주 마법과 공격 마법 들이 협곡을 돌진하는 몬스터 부대에 작렬했다.

스켈레톤 메이지와 스켈레톤 궁수 들은 화살을 쏘았다.

다시 몬스터들과의 전투가 시작되는 늦은 밤!

언데드들이 유리한 지점을 잡고 싸웠지만, 몬스터들의 돌격도 대단했다.

도끼를 들고 언데드를 베면서 돌파해 오고 있었다.

"유령마 소환!"

위드는 말을 불러서 탔다.

> 말의 사기가 최대입니다.
> 말에 탑승하면서 투지와 카리스마, 민첩성이 10%씩 늘어납니다.

유령마가 성장하면서 데스 나이트의 스탯도 올려 주었다.

"가자!"

푸히히힝!

위드는 유령마를 타고 절벽을 거꾸로 달려 내려갔다.

기마술 스킬이 원래 좋은 편은 아니었지만, 스켈레톤 나이트와 데스 나이트로 활동하면서 약간이나마 성장했다.

그렇다고 하더라도 말을 타고 절벽을 거꾸로 달려 내려올 수 있는 용기!

"내 경험치와 아이템들아!"

화살과 마법이 오가는 절벽을 타고 거침없이 아찔한 질주를 하며 몬스터들을 향해 돌진했다.

협곡의 데스 나이트

위드는 바릿이라는 이름의 몬스터들을 45마리도 넘게 사냥했다.

유령마를 타고 협곡의 경사를 달리면서 휘두르는 검에 정확히 생명을 잃어버리는 바릿들!

"저 데스 나이트 누구죠?"

"모르겠는데요. 언데드 소환이 아니라 전투를 택한 데다 그러면서도 우리가 싸우는 이곳까지 오다니… 누구 아는 사람 있어요?"

"카푸아에서 본 것도 같은데요. 그때 어떤 유령 기사가, 몬스터들을 쳐다보는 것만으로도 공포에 휩싸이게 만들었잖아요. 그 사람 같지 않아요?"

"아! 그 유령 기사."

네크로맨서들은 협곡의 끝에서 내려다보며 위드의 움직임에 감탄했다.

그의 검이 손끝에서 자유롭게 놀면서 바릿들을 베어 버리고 있었다.

말에서는 기사들의 차지 스킬이 굉장히 유용했다. 돌격 능력에 따라 속도와 무게가 실려서 공격력이 몇 배까지도 오르는 것이다.

그런데 말을 달리면서 검을 이용하여 차지가 아닌 일반 스킬을 시전하면서 싸우거나 검을 휘두르는 건 정말 어려웠다.

평원도 아닌 크고 작은 바위들이 깔려 있는 협곡이다. 천방지축으로 날뛰는 말에 탄 채로 완벽하게 몸의 균형을 잡고 적과의 간격을 재서 정확하게 공격을 해야 한다.

이 어려움은 원래 기사의 직업을 택해서 수천 시간을 말 위에서 싸운 유저들도 하기 힘든 정도였다.

"어떻게 저렇게 싸우지?"

"완전 눈이 4~5개는 있는 거 같네요. 어이가 없네."

"스킬의 조합이나 강약의 조절도 말도 안 되는데. 진짜 어떤 사람인지 궁금하네요."

말은 항상 도움만 되는 존재는 아니었다.

질주하며 공격을 성공시키더라도 반발력이 생긴다. 감당하지 못할 정도라면 밀려서 말에서 떨어지거나 쓰러질 수도 있는 것이다.

갑옷을 입고 떨어지면 충격 때문에 혼란이나 마비 현상이 올 수도 있으니 대단히 위험하다.

말을 타고 저런 식으로 싸우다니, 네크로맨서들은 그저 신기했다.

괴물을 보는 듯한 눈이었다.

바릿은 만만치 않은 몬스터다.

곰처럼 큰 덩치에, 호전적이고, 집단을 이루어서 돌아다니는
데 레벨도 350이 넘는다. 본능에 따른 전투 감각도 뛰어나서,
사냥하기가 정말로 까다롭다.

웬만한 사냥 파티라고 해도 바릿들이 모여 있으면 여러모로
골치가 아프고 위험하기 때문에 피해 다닐 정도였다.

그런데도 위드는 그런 바릿들에게 주저하지 않고 돌격하고
있다.

언데드와 바릿 들이 뒤엉켜서 싸우는 전장에서 최적의 움직
임을 보이면서 싸움을 했다.

당연히 바릿들은 위험했기 때문에 상처를 입는 경우도 많았
지만, 이곳에서 멀지 않은 장소에 바르칸이 있다.

데스 오라의 효과를 해골이었을 때보다 더욱 강하게 받으면
서 생명력을 보충하며 전투를 하는 모습이었다.

세 번의 협곡 수비를 마쳤을 때에는 네크로맨서들도 잠깐 여
유가 생겼다. 새벽이 다가오는 무렵에는 몬스터들도 잘 오지
않았던 것이다.

위드가 유령마를 타고 협곡을 따라 올라오자, 오템이 말을
걸었다.

"저기, 이보세요."

"예."

위드는 투구의 안면 가리개를 올리지 않은 채로 대답했다.
사실 올려 봐야 해골밖에는 보일 게 없었기 때문에 감춰 주는

게 예의였다.

네크로맨서 유저들도 대부분 원래 가지고 있던 로브로 몸을 가리거나 해서 상당히 기괴한 광경이었다.

"직접 전투 계열을 택한 사람은 몇 안 되는 걸로 아는데… 몸놀림이 상당하시네요. 원래 전투를 좋아하시나 봅니다."

"……."

위드는 칭찬이 상당히 어색했다.

'잘 싸웠다고 이야기하는 건가. 최대한 눈에 안 띄었어야 하는데. 그래야 아이템을 마음껏 가지는데.'

양심상, 직접 사냥한 몬스터에서 떨어진 아이템만 주웠다. 하지만 상처 입은 몬스터들도 솔직히 많이 사냥했다.

협곡 아래는 아수라장이었는데, 멀쩡한 바릿들만 찾아서 일대일로 잡을 수는 없었다.

언데드들과 싸우고 있는 바릿들도 사냥했고, 그 와중에 저주 마법이나 시체 폭발 마법이 상당한 도움이 됐다.

정확히 누가 쓴 것인지는 모르지만, 마나에 여력이 있는 네크로맨서 2명 정도는 그를 도와주기도 했다.

바릿들 사이를 질주할 때 본 실드나 본 월을 소환해서 주변에서의 공격을 가끔 막아 주기도 했던 것.

솔직히 남이 다 잡아서 죽음을 목전에 두고 있는 바릿도 많이 잡았다. 물론 그 대신에 때려서 기절 상태로 만들어 놓고 미처 마무리를 못 한 바릿들도 많았지만.

그럼에도 어쨌든 대장 바릿들은 부지런히 찾아다니면서 잡았다.

협곡 아래에서 싸우다 보니 카푸아 마을에서처럼 눈에 잘 띄지 않기란 불가능했던 것이다.

"쭉 지켜봤습니다."

"……."

"상당히 강하신 것 같은데요. 이 협곡에서는 서로 힘을 모으는 편이 유리하지 않을까요?"

오템은 같이 힘을 합쳐서 싸우자는 제의를 하고 있었다.

이곳에 있는 유저들 중에는 유일한 여자인 헤리안도 말했다.

"그래요. 저희랑 같이해요. 손해는 보지 않으실 거예요. 우리도 도움이 필요하고, 그쪽도 언데드가 필요하잖아요."

아무래도 위드가 언데드를 소환하는 게 아니라 직접 전투 계열이다 보니 경계나 질투는 생각하지 않는 모습이었다.

협곡에서도 퀘스트를 원만하게 성공시키기 위해서 손발을 맞출 필요성이 있었고, 또 네크로맨서는 시체를 구해서 최초의 언데드를 만드는 게 굉장히 고생스럽다. 오죽하면 용병 길드에서 비싼 돈을 치르고 낮은 레벨의 용병이라도 구하려고 애쓰는 네크로맨서들이 많을 정도였다.

하지만 보통 네크로맨서들은 평판이 나빠서 용병들도 잘 고용이 안 된다.

그런데 직접 전투를 맡아 줄 수 있는 사람이 합류한다면 여러모로 많은 도움이 될 것이다.

위드도 이곳에서만큼은 협곡에서 밀려오는 몬스터들을 혼자 막기란 불가능했다.

협곡이라고 해도 마차 일곱 대는 한꺼번에 지나갈 수 있을 정도로 넓었고, 혼자 싸운다면 24시간 내내 싸워도 모자랄 것이다.

몬스터들도 궁수 부대를 운용하거나 주술을 쓰기도 했으니 혼자서는 버거웠다.

"협곡을 방어하기 위해서는 서로 도움을 주는 게 좋을 거라고 생각합니다. 앞으로도 어떻게 될지 모르는데, 우리끼리라도 힘을 합쳐야 되지 않겠습니까?"

쟌까지도 이렇게 말할 정도였으니 위드도 거절할 이유가 없었다.

"그렇게 하죠."

언데드들을 적당히 나누어서 배치하고, 위드는 지금처럼 자유롭게 협곡을 오가면서 싸우기로 했다.

네크로맨서들은 애초에 파티 사냥에 적합한 직업이 아니었고, 또 이곳의 지형상 최선의 방법이었다.

⁑ᴗ⧫⧫⧫ᴗ⁑

"으으히히히히히히히."

자부린은 헤르메스 길드에서 전해 준 아이템을 착용하고 나서 카푸아 마을로 왔다.

"역시 길드에는 아이템이 많군."

헤르메스 길드의 보물 창고에는 희귀 아이템과 저주 아이템들도 산더미처럼 쌓여 있었다.

자부린은 저주 아이템도 소중하게 쓸 수 있는 상태였기 때문에 착용할 수 있는 물건 중에서 가장 효과적인 것을 골라 왔다.

행운을 140 깎는 대신에 스펙터들의 호위를 받을 수 있는 반지, 몸 전체에서 부패한 독기를 퍼트리는 갑옷, 체력을 희생하여 마나와 힘을 만들어 내는 목걸이에, 해골용 틀니!

원하는 대로 다 고를 수는 없었어도, 헤르메스 길드에서 가져온 언데드가 착용할 만한 물품들은 대단하기 짝이 없었다.

자부린의 부족하던 마법력이 2배 이상 향상되었다.

그가 들고 있는 지팡이는 네크로맨서 전용 아이템!

언데드들을 거칠고 빠르게 만드는 대신에 수명을 단축시키기는 했지만, 시체들이 널려 있는 이곳에서는 문제가 되지 않았다.

'이제야 조금 할 만하군.'

헤르메스 길드에 가입했던 선택은 역시 잘한 것이었다.

무서운 전력을 갖춘 길드에 붙어 있으면 권력과 힘을 얻을 수 있다.

자부린은 유령이 되어서도 언데드를 이용한 사냥을 쉬지 않았다. 착용할 자격만 갖춘다면 그가 얻을 수 있는 아이템들은 많이 준비되어 있었다.

❧

"크으."

검이백팔십칠치가 땅에 주저앉았다.

"또 졌군!"

검오백오치부터 시작한 결투는 더욱 상위 등급 수련생들의 도전으로 이어졌으나 하나같이 패배를 맛봤다.

검술 마스터 애쉬의 분검술!

스킬이 시전되면 육체가 최대 40개까지도 늘어난다고 한다.

진짜와 가짜를 구분하기가 어렵고, 설혹 가짜라고 해도 마나가 담겨 있는 일격이라서 원래 공격력을 15%까지 발휘한다.

괜히 검술 마스터의 스킬들을 갖기 위하여 유저들이 혈안이 되어 있는 게 아니라는 것을 증명하는 것처럼 환상적인 스킬이었다.

애쉬는 싸워서 이길 때마다 말했다.

"나의 기술을 익히기 위해서는 지고의 검술이 필요하다. 너는 그 자격을 갖추었으니 분검술을 가르쳐 주겠다."

어마어마한 제안이었다.

애쉬와 싸워서 이기지는 못했지만, 검치 들은 그래도 상당히 오랫동안 버텼다.

결투에서 보여 준 순발력이나 전투 감각 그리고 익히고 있는 무기술 등을 종합적으로 고려하여 분검술을 전수해 주겠다는 이야기였다.

검치 들은 강한 자를 존중했다.

"가르쳐 준다면 잘 배워서 써먹겠다."

더 강한 기술을 알려 준다고 하는데 굳이 거부하지는 않는 현실주의!

분검술을 습득하였습니다.

애쉬와 대충 싸움을 해도 되지만, 검치 들은 정당한 승부를 원했다. 최대한 가진 실력을 발휘하면서 진지하게 전투에 임하다 보니 시간이 많이 걸렸다.

검오치는 애쉬와 상당히 대등한 싸움을 벌였다.

생명력이 얼마 안 되는 분신들을 공격하다가, 애쉬를 직접 타격했다.

애쉬를 검으로 벤다고 해도 무지막지한 방어력과 생명력으로 인해서 호랑이에게 꿀밤을 때린 정도에 불과하다.

그러나 검오치는 힘만 앞세워서 싸우는 바보가 아니었다.

사범이 되기까지, 한창때인 10대에 공부는 뒷전으로 하고 매일 싸우면서 자랐다. 20대에는 진짜 생명이 오가는 싸움도 많이 했기 때문에, 싸움을 잘 알았다.

'본체를 때려서 분신을 약화시키면 돼.'

카가가가강!

검오치의 검이 애쉬의 검날을 타고 미끄러졌다. 검을 찔러서 부딪친 순간, 그 짧은 찰나에 손목을 뒤틀면서 애쉬의 검날을 뭉개 버린 것이다.

제아무리 명검이라고 해도 두꺼운 검이 짓누르고 지나가면 예리함이 줄어든다.

현실에서야 그렇더라도 여전히 검이기 때문에 부러지지만 않으면 전투에 부족할 것은 없지만, 이곳은 〈로열 로드〉다.

애쉬의 검의 내구도를 4% 하락시켰습니다. 공격력이 11% 감소합니다.

그리고 이어진 공격!

애쉬의 가슴을 베었습니다.

갑옷 사이로 애쉬의 무릎을 베었습니다.

애쉬의 검이 무뎌지자 분신들도 함께 공격력이 약해졌다.

분검술이라고 해도 만능은 아니라는 것을 검오치는 보여 주었다.

"훌륭한 검사로군. 그대의 이름을 기억하고 싶다."

"검오치라고 합니다."

띠링!

검술 마스터 애쉬와의 검술 대결에서 훌륭한 능력을 보였습니다.
검사들의 기록에 남을 만한 눈부신 대결로 인해 전투와 관련된 스탯이 6씩 오릅니다. 명성이 5,800 증가합니다. 무기술 스킬의 숙련도가 증가합니다.

애쉬보다 많이 낮은 레벨과 무기, 방어구를 가지고 싸웠기 때문에 추가로 모든 스탯이 3씩 오릅니다.

전투를 통해 검술 스킬, 분검술을 획득하였습니다.

검사치는 치명적인 일격을 연속으로 무려 여섯 번이나 적중시켰다.

검삼치도 그에 뒤지지 않고, 애쉬의 갑옷에 구멍을 뚫어 놓았다. 분신들을 빨리 없애면서 애쉬의 생명력을 줄여 놓을 수 있는 방식을 택한 것이다.

검치 들은 싸우고 나서야 애쉬를 인정했다.

"저놈도 진짜로 강하네. 웬만큼 때려서는 맞은 흔적도 안 나니까."

"체력도 지칠 줄을 모르고 말입니다, 사형."

"스킬도 어쨌든, 일대일로 싸워서는 깨기가 어려울 것 같다. 레벨이라도 한 200개 이상 더 올리지 않는다면 말이지."

애쉬는 검치 들과 싸우면서 어느 정도는 수준에 맞춰 주었다. 그러지 않았다면 힘에 밀려서 검을 마주 댈 수도 없었을 것이다.

검사백팔십칠치가 애쉬와 싸우고 나서 말했다.

"그래도 못 잡을 거 같진 않은데요."

검과 갑옷이 전투로 인해서 누더기가 되었다.

검사가 주먹으로 싸워야 될 수준에 이르게 된 것.

검치 들이 한꺼번에 달려들면 검술 마스터 애쉬의 생명도 장담할 수가 없는 상황이었다.

길드나 파티들끼리, 레벨이 높은 몬스터를 사냥할 때에는 당연하게 합공을 한다. 각종 축복을 받고, 성직자들의 후방 지원은 필수였다.

그러나 검치 들은 상대가 검사였기 때문에 깨끗하게 일대일 승부를 냈고 그것으로 만족했다.

"뭐, 좋은 경험 했지. 그보다, 충분히 쉰 것 같으니 수영이나 하러 가자."

북부 대륙으로 횡단하기 위하여 다시 바다로 뛰어들려는 검치 들이었다.

애쉬와의 애틋한 이별도 했다.

생선을 잡아서 같이 구워 먹을 정도로 친해지고, 치열한 몸의 대화도 나누었기 때문이다.

"안녕히 가십시오. 제가 전수한 기술을 좋은 일에 써 주기를 바랍니다."

"약자에게 검을 휘두르는 일은 없을 겁니다."

검치 들은 속마음까지는 이야기하지 않았다.

'언젠가 이놈을 꼭 잡아 봐야 되는데… 여기가 어딘지 모르니 돌아올 수도 없고.'

'다음에는 검으로 꼭 죽여 줘야지.'

ᕲᕬᕲᕲᕲ

11차 협곡 방어전까지, 위드는 네크로맨서들과 협력하며 성공적으로 수행했다.

퀘스트의 내용이 그때마다 조금씩 바뀌었지만 변하지 않는 것은 협곡을 지키라는 임무였다.

"이 뒤에 불사의 군단 중앙 주둔지가 있다니."

퀘스트의 정보를 통해서 약간이나마 현재 위치를 짐작할 수 있었다. 가끔씩 불사의 군단이 위치한 지역에서 충원 병력이 도착하기도 했다.

위드는 해골이었을 때부터 언데드 소환이 아닌 전투 계열로 성장시켰다. 그렇기 때문에 언데드들에 대한 기대는 크게 갖지 않았다.

하지만 전투가 거듭되면서 그에게도 부하가 생겨났다.

"명…령을 내려 주십시오, 로드!"

위드가 활약을 할 때마다 근처에 있던 데스 나이트나 듀라한, 스켈레톤 들이 복종을 하려는 것이었다.

퀘스트를 성공할 때마다 계급이 오르거나 보상으로 데스 나이트를 얻기도 했다.

"흠!"

위드는 언데드 부하들에 대해서는 애착이 없었다. 기껏 성장시켜 봐야 한순간 소멸되거나 죽으면 그것으로 끝이다.

"혼자 잘 먹고살기도 힘든 세상이니까."

그렇기 때문에 위드의 본성이 튀어나왔다.

"선두에서 앞장서서 싸워라. 물러서지 말고 끝까지 버티면서 놈들을 박살 내라. 모조리 살육하라!"

"예, 로드!"

"로드의 명령을 따릅니다."

"암흑 군단의 실전 지휘관의 명령을 이행하겠습니다."

위드는 부하 언데드들을 들러리로 세우고 몬스터들을 때려잡았다.

"공격. 공격. 공격하라!"

평소에 적극적으로 활용하던 전술은 여기에 없다. 전투를 독려하고 부추겼을 뿐이다.

몬스터들과 언데드들이 극렬하게 싸울수록 위드에게 더 풍부한 사냥 기회가 열렸기 때문이다.

언데드들이야 쓰러지더라도 네크로맨서 유저들이 다시 살릴수 있고, 가까운 장소에 불사의 군단이 있었으므로 아껴야 할 필요성도 없다.

그런데 저돌적으로 공격을 하라고 했을 뿐인데, 위드조차 예상하지 못했던 일이 벌어졌다.

데스 나이트로서 휘하 부대의 적극적인 공격을 지휘하고 있습니다.
기사의 지도력이 발동됩니다. 소유하고 있는 아이템, 대륙의 지배자의 도장의 효과가 발생합니다. 황제의 권위로 언데드들의 충성심과 사기의 최대치가 25% 증가됩니다. 부족했던 사기가 보완되면서 언데드들의 공격 능력이 17% 커집니다. 언데드 군단에 공격 명령이 전해집니다.

대륙의 지배자의 도장, 아르펜 황제의 옥새에 따라서 언데드들이 놀라운 공격 능력을 발휘하면서 몬스터들과 싸우는 것이었다.

위드가 조각사였을 때에는 지휘 능력이 온전히 발휘되지 않았다. 그런데 기사 계열의 데스 나이트가 되니 지휘 능력이 100%나 증가되어서 효과가 발생했다.

"로드, 충성을 바치고 싶습니다."

"실전 지휘관의 명령에 따라 전원 공격하라!"

듀라한과 데스 나이트 들이 복종을 맹세해 오는 횟수가 늘어났다.

게다가 위드의 명령에 따라서 적극적으로 싸우게 되면서 언데드 군단은 끔찍스러운 위력을 발휘하며 몬스터들을 몰아치고 있었다.

오로지 공격만 하며 잠재된 전투력까지 발휘하는 언데드들.

가끔이지만 지휘 계열의 스탯도 얻으면서, 위드는 언데드들과 싸웠다.

네크로맨서들이 일으킨 언데드와, 불사의 군단의 언데드들이 틀림없이 주력이다. 하지만 위드가 존재함으로 인하여 언데드 군단의 전체 전력이 달라져 있었다.

어찌나 말을 잘 듣는지, 위드가 명령을 내리기만 하면 즉각 수행되었다.

"데스 나이트들은 뒤로 물러서라."

위드는 후퇴를 지시했다.

"명령을 따릅니다, 로드!"

데스 나이트들이 물러서자마자 많이 다친 바릿 지도자가 채찍을 휘두르며 발광했다.

"넌 내 몫이야."

사리사욕을 챙기는 위드!

다른 스탯들처럼, 조각사란 직업은 카리스마와 통솔력, 투지가 남달리 높은 편. 게다가 대륙의 지배자의 도장이 적용되기는 했지만, 콜드림의 데몬 소드나 트레세크의 뿔피리는 꺼내지도 않았다.

위드는 지금껏 사냥과 퀘스트를 하며 웬만큼 좋은 아이템을 많이 모았다고 할 수 있을 정도였다.

경매에 내놓는다면 큰 이슈가 되고도 남을 장비들을 모두 꺼낸다면 어떻게 될까!

하지만 지금은 참기로 했다.

'언데드들에게 내놓기는 아깝지!'

장비가 좋아진다면 전투력도 오른다. 그러나 뿔피리까지 꺼내고 사자후를 쓸 필요도 없이, 지능이 많이 뒤떨어지고 본능에 충실한 언데드들은 명령을 잘 따랐다.

위드가 말을 하는 대로 철저히 수행했으며, 몬스터들에게 소멸되는 순간까지도 충성을 바쳤다.

협곡 아래에서 언데드들을 지휘하며 몬스터들을 막는 대활약은 네크로맨서 유저들도 볼 수 있었다.

위드가 협곡에 오기 전까지만 하더라도 퀘스트를 매번 성공하지는 못했다. 몬스터들이 방어선을 뚫고 주둔지로 진입하게 되었을 때는 퀘스트에 실패해서 명성과 평판이 조금 깎였다.

강한 동료들이 오기만을 간절히 바라던 상황에서 뜻하지 않게 데스 나이트인 위드가 온 것이다.

그런데 기대도 하지 않았던 그가 보여 주는 실력이 너무나도 발군이었다.

언데드들을 소환하고, 뼈로 방어진을 쌓고, 플랜트 데드라는 식물 마법을 활용할 때를 제외하고 마나를 모으는 시간에는 위드의 행동을 구경했다.

위드가 한마디 꺼낼 때마다 언데드들이 민첩하게 반응한다.

언데드들을 수족처럼 부리면서 몬스터들과 결사 항전을 하는 모습!

가히 언데드의 왕, 혹은 기사 중의 기사라고도 할 만하지 않은가.

말을 탄 기사! 막강한 방어력과 공격력, 명예와 충성심으로 알려진 직업이 기사였다.

비록 지능이 떨어지고 말을 잘 따르는 편인 언데드라고 해도 이 정도의 통솔력을 발휘하면서 전투를 이끌 수 있다니, 놀라울 따름이었다.

"꿀꺽!"

"캬아, 대단하군."

"어떻게 저렇게 강할 수가 있는 거지? 원래부터 데스 나이트인가?"

"언데드가 아니라 인간들을 지휘하더라도… 진짜 몇만까지도 어렵지 않게 통솔하겠는데. 저런 사람이 공성전이라도 펼친다면 어마어마한 광경이 벌어지겠어."

언데드들은 네크로맨서의 말은 비교적 잘 듣는 편이었다. 통솔력이나 카리스마가 낮더라도 소환한 네크로맨서의 명령은 따르는 것이다. 그렇다고 해도 진형을 형성하라거나 하는 등의 복잡한 지시는 잘 알아듣지 못한다.

하지만 위드는 언데드들의 둔함까지도 감안하면서 전투를 했다.

데스 나이트와 스켈레톤 궁수, 스켈레톤 메이지의 조합.

때때로 깊이 끌어들이고, 구울들을 거침없이 희생양으로 사용하여 마법과 화살을 총동원했다.

퇴각하는 바릿들에게 공포 효과를 전염시키면서 싸운다.

공격의 집중과 적의 유인, 괴멸시키면서 진군하는 속도가 다르다.

대규모 전투를 많이 겪어 본 능숙함이 공격법에 자연스럽게 녹아들어 있었다.

"정말 최고이긴 한데."

"저런 사람이라면 이 퀘스트에서 어디까지 갈 수 있을까?"

네크로맨서들은 부러움 반, 호기심 반이었다.

불사의 군단의 퀘스트는 어디가 끝인지 알지 못한다. 의뢰를 충분히 성공적으로 계속 완수하게 되면 더 높은 등급의 언데드가 될 수 있다.

지금까지를 돌아보면 점점 막중한 임무가 부여되고 있는데, 어디까지 오를 수 있을지는 궁금한 부분이었다.

네크로맨서 유저들이 그간 익히지 못했던 언데드 소환이나 언데드와 관련된 스킬들은 굉장히 많았다. 네크로맨서는 아무래도 죄악시되었던 게 사실이고, 학파와 길드 전체가 무너져 버림으로써 기록에만 남아 있는 채로 실전된 기초 마법들도 상당했기 때문이다.

그런데 불사의 군단에 있으면서 공적을 쌓고 바르칸의 선물에 따라 언데드와 관련된 마법 주문을 가끔 배울 수 있었다.

언데드와 관련된 모든 마법을 익히고 있다는 바르칸 데모프.

전설적인 리치인 그를 만나 보고 싶은 마음도 유저들에게는 있었다.

그렇게 네크로맨서들끼리의 순수한 경쟁 같은 것이 이루어지고 있는 와중에, 데스 나이트 위드가 대활약을 펼쳤다.

'젠장. 조금 미워지는데……'

그루즈드는 협곡의 아래에서 활약하는 위드의 주변으로 마법을 시전했다.

"시체 폭발!"

시체 폭발은 가까운 거리에서는 생전에 가지고 있는 생명력의 몇 배나 되는 피해를 입힐 수도 있다.

일부러 저지르기는 했지만, 많이 강하다는 것을 봤기 때문에 죽으라고 한 정도까지는 아니었다.

'맛 좀 봐라.'

큰 피해를 입으라고 시전한 마법.

그런데 위드는 미리 알고 있기라도 한 것처럼 바릿들의 틈으로 파고들어서 폭발력에서 벗어날 수 있었다.

시체들이 터지는 와중에도 바릿들을 용감무쌍하게 사냥하는 위드의 멋진 모습!

위드는 네크로맨서 유저들의 동향도 의식하고 있었다.

시체들이 늘어나면 금방 언데드 소환이 되어야 끊임없이 감소하는 전력을 보충할 수 있다. 쌓여 있는 시체들이 주변에 많아지자 주의하고 있다가, 마법이 적용되자마자 몬스터들 사이로 끼어든 것이었다.

눈칫밥을 어디 하루 이틀 먹어 본 것도 아니고, 위드에게는 당연한 일이었다.

◌◦◦◦◌◦◦◌◦◦◦◌

킬리자르 협곡의 방어전을 거듭하면서 위드의 퀘스트 내용도 계속 바뀌었다.

"이놈의 뒤치다꺼리는 끝을 모르는군!"

시간이 정해져 있는 퀘스트가 아니었기 때문에 위드는 언데드들에 대해서는 신경을 안 썼다.

"싸워라. 돌격이다. 돌격!"

명령을 내리고 데스 나이트 부대, 듀라한 부대와 함께 바릿들을 적극적으로 공격했다.

주위에서 싸우는 언데드들이 쓰러지기도 했지만 조금도 아깝지 않았다.

'어차피 또 되살릴 테니까.'

네크로맨서 유저들이 언데드를 소환하면 다시 일으킬 수 있다. 그렇게 되면 위드의 부하가 아니게 되지만, 별로 아쉽지도 않았다.

이곳에 넘쳐 나는 게 언데드들인데 망설일 필요가 무엇이겠는가.

"실전 지휘관의 명령을 따르고 싶다."

"불사의 군단에서 그대의 명성을 듣고 찾아왔다. 데스 나이트 테트라, 전투를 함께하고 싶다."

오는 언데드 안 막고, 죽는 언데드 안 도와줄 뿐!

> 스켈레톤 궁수가 엘리트로 승급하였습니다.
> 추가된 스킬은 '꿰뚫는 화살', '독화살', '높이 쏘는 화살'입니다. 스켈레톤 궁수의 민첩성이 15% 증가합니다.

전투를 거듭할 때마다 위드의 언데드 군단은 정예 병력이 됐고, 퀘스트도 완료했다.

"이제 지휘관의 명령을 이해할 수 있을 것 같다."

"분노로 싸우면서 정신을 잃었지만, 지휘관의 명령을 우선하겠다."

> 데스 나이트의 지혜와 지식이 2% 늘었습니다.

> 듀라한의 시야가 확장됩니다. 전투에 대한 이해 능력이 오릅니다.

위드가 전투를 승리로 이끌 때마다 휘하로 들어오는 언데드들이 많아졌다.

그가 거느리는 휘하 부대는 스켈레톤 궁수 142명, 엘리트 스켈레톤 궁수 57명, 듀라한 11명, 덩치 큰 듀라한 29명, 데스 나이트 9명, 데스 나이트 친위대 23명.

불사의 군단에 속해 있는 언데드들은 다른 지역보다 훨씬 레벨이 높다. 바르칸의 언데드 축복 마법이나 데스 오라 등으로 강화되어 있다는 점을 감안한다면 적지 않은 전력이었다.

협곡에 유저들도 시간이 갈수록 많아지면서, 언데드 측의 전력은 더욱 커졌다.

바릿들도 만만치 않았지만, 1인 군단이라고 할 수 있는 네크로맨서들이 많아지면서 사냥 속도가 무서울 정도로 빨랐다.

베르사 대륙에서 막 네크로맨서로 전직한 사람들을 제외하면 사실상 모두 이곳에 모여 있는 것이다.

띠링!

언데드들의 푸르골 원정

불사의 군단에서 종사하는 마녀들은 푸르골의 침략을 귀찮아한다. 푸르골들이 있는 서식지로 가서 놈들을 무찌르고 언데드로 만들어서 돌아온다면 성가신 일도 끝낼 수 있을 것이다. 그러나 마녀들이 입수한 정보에 따르면 수상한 언데드들의 움직임을 눈치채고 다른 지역으로 흩어져 사냥하던 푸르골의 용사들이 일주일 후에 도착한다고 한다.

난이도: A

보상: 마녀들의 마법 주문이나 다음 단계의 언데드 진급을 선택할 수 있다.

제한: 언데드 한정.

협곡에 있는 유저들을 대상으로 발생한 단체 퀘스트!

위드나 유저들이나, 불사의 군단에서 부여되는 연계 퀘스트가 어디까지 이어질지 궁금했다.

'무지막지한 보상으로 이어지지 않을까.'

'바르칸에게서 금단의 언데드 소환 마법이나 흑마법을 배울 수 있을지도……'

'불사의 군단에 있는 유니크 언데드라도 얻으면 좋을 텐데!'

네크로맨서들은 상급의 언데드 소환 마법이나 아이템, 혹은 반 호크처럼 언제든 소환할 수 있는 유니크 언데드를 바라고 있었다.

"퀘스트의 난이도가 높아진 만큼 여기서부터는 모두 협력을 해야 될 것 같습니다."

협곡의 네크로맨서들은 쟌을 원정대장 겸 그들의 대표로 뽑았다.

"저에게 큰일을 맡겨 주시니 최선을 다해 보겠습니다."

"역시 쟌 님이 이끌어 줘야 안심이 되죠."

"계획으로는, 먼저 시간부터 정해야 될 것 같습니다."

가능한 한 많은 네크로맨서들이 접속할 수 있는 나흘 후로 결정했다.

카푸아 쪽에 있는 유저들에게도 이야기해서, 그들끼리 서로 도우면서 그날까지 최대한 많이 승급할 수 있도록 배려했다.

기다리는 동안은 헛되게 보내지 않고 쟌이나 오템, 헤리안, 고슈가 몇 명의 유저들을 데리고 정찰을 위해 푸르골의 서식지에 다녀오기로 했다.

많은 사람들이 모일 수 있도록 해서 언데드 군단을 이끌고 푸르골의 서식지를 공략하는 것이 계획!

단순하지만 그 이상의 계획은 없을 것 같았다.

위드도 나중에 결정을 전해 들었지만, 딱히 트집 잡을 만한 구석은 없는 작전이었다.

'고레벨 유저들이니 역시 앞가림은 알아서 잘하는군.'

그때까지 부지런히 쉬지 않고 사냥만 하면 되는 것.

'정찰 때문에 몇 명이 빠지면 내 몫이 더욱 커지겠어!'

크엑켁켁켁!

크롸롸라라라라라라!

모라타에서 제법 먼 곳에 있는 산과 숲은 몬스터들로 들끓는 지역이었다.

모라타의 유저들이 가끔 파티를 꾸려서 사냥을 오곤 했지만, 깊은 곳까지는 아직 들어오지 못했다. 레벨이 높은 모험가들이 파티에 있다면 아무래도 보물이나 명성, 경험치를 얻을 수 있는 던전 탐험 쪽에 더 관심을 갖기 때문이다.

숲이나 산에서 몬스터들이 지속적으로 번식하며 식구를 늘려 가다 보면 결국 마을로 내려와서 약탈하거나 치안을 악화시키게 된다.

그런 몬스터들이 어느 날부터 날벼락을 맞았다.

빙룡과 와이번, 불사조, 그 외 다수의 조각 생명체들이 사냥을 개시한 것이다.

"이놈들이 맛있다."

몬스터들을 잡아먹는 야만성.

"돈도 많이 준다."

누구를 닮아서인지 돈도 밝혔다.

"우리는 살아남아야 된다."

안전을 유별나게 신경 쓰기도 했다.

과거 아르펜 제국이 있었을 때에는 대륙에 조각 생명체들이 많았다. 그 뒤로 시간이 흐르며, 조각 생명체들은 태생을 잃어

버리고 몬스터가 되거나 문화를 만들어 새로운 종족으로 정착했다. 더 이상 번영하지 못하고 사라지기도 했다.

그러한 역사를 가진 조각 생명체들이기에 각자의 삶을 지키기 위하여 성장에 힘을 쏟고 있는 것이다.

"골골골골. 내가 왔다!"

빙룡과 불사조, 와이번들이 있는 장소로 누렁이를 타고 금인이가 나타났다.

"금인아!"

와삼이가 먼저 와 얼굴을 비비면서 반겼다.

다시 태어나서 기억을 잃어버린 줄로만 알았는데, 금인이는 와이번들을 껴안으면서 기뻐했다.

"와이번들, 다시 보니 반갑다. 골골골."

사실 위드에게는 그냥 기억을 잃은 척했던 것뿐이었다.

조각 생명체들끼리 감격적인 해후를 나누고 있을 때, 눈이 좋은 와이번들은 금인이의 외모가 예전과는 달라진 것을 발견했다.

"금인이 눈이 변했다."

과거보다 눈이 좀 커졌다. 그리고 쌍꺼풀까지 되어 있었다.

위드가 특별히 그를 살리기 위해 몸을 던졌던 금인이에게 해준 보상이었다.

～⁓⁓～

선발대 겸, 푸르골의 서식지를 정탐하러 갔던 잔과 다른 네크로맨서들이 돌아왔다.

"이건 쉬운 퀘스트가 아닙니다. 푸르골의 일반 서식지가 아니라 왕국입니다."

푸르골 대왕에서부터 전사와 경비병, 마법사, 샤먼 들이 지키는 요새라고 한다.

"절벽 위에 세워진 요새라서, 언데드들이 기어오르는 데만도 피해가 돌이킬 수 없을 정도일 것입니다."

언데드의 장점은 시체만 제공된다면 무한에 가까운 개체 수라고 할 수 있다. 그런데 절벽을 오르다가 떨어져서 산산조각이 나 버리면 되살리기도 힘들뿐더러, 처음부터 다시 올라가야한다는 문제가 생긴다.

네크로맨서들이 완전히 공성전을 벌여서 요새를 점령해야하는 퀘스트!

"현재로써는 불가능할 것 같으니 무슨 다른 방법을 찾아야될 것 같습니다."

쟌과 네크로맨서들은 심각하게 회의를 열었다.

위드는 이럴 때일수록 나서지 않고 가만히 있었다.

'적당히, 남들 하는 만큼만 해야지!'

특별히 뛰어난 실력을 보이면 성가신 일을 많이 맡긴다.

"제가 운이 좋았습니다."

"언데드들을 다루는 능력은 조금 있는 편이죠. 그런데 원래지성이 부족한 언데드들이라 제가 아닌 누구라도 이 정도는 할수 있을 텐데요."

"최전방에서 열심히 싸운다고요? 그렇지 않습니다. 언데드들이 정말 많아서 옆에서 거드는 정도인데요. 기마술이나 공격력이 강해 보인다고 해도, 모여 있는 언데드들의 활약만 하겠습니까?"

진실을 눈으로 보았다고 해도, 자꾸 자신 없고 약한 말들만 한다면 제대로 인정해 주기란 힘든 법이다.

솔직히 네크로맨서들은 위드가 데스 나이트로서 대단해 보일지라도, 자신이 소환해 놓은 언데드들이 있기 때문에 활약할 수 있다고 생각했다.

겸손까지 교묘하게 얌체처럼 활용하는 위드!

네크로맨서들의 토론이 계속 이어졌다.

"마법 공격으로 요새를 붕괴시킬 수 있지 않겠습니까?"

"저는 주로 언데드 소환 마법의 숙련도나 시체 폭발, 저주 마법 쪽으로만 발달을 시켰는데……."

"공격 마법이나 흑마법의 경지가 높은 분들?"

"요새를 붕괴시키거나 성벽을 무너뜨릴 정도의 마법은 없습니다만……."

네크로맨서도 흑마법을 쓸 수 있는 직업이었다.

흑마법은 마법을 배우는 순간 페널티가 무척이나 크다.

악명을 많이 얻는 것은 물론이고 신앙심은 바닥까지 떨어진다. 평판과 도덕성이 마이너스가 되고, 지혜와 지식의 일부를 잃어버리기도 했다.

흑마법을 수련하는 과정도 다른 마법들과는 다른 독특한 면이 있었다. 살아 있는 동물들을 제물로 바치거나 해서 흑마법을 강화하면서 악명이 오르고 스탯들이 하락하며 다음 단계로 넘어가게 된다.

네크로맨서들은 언데드 소환만으로도 여러 부작용을 갖고 있었기 때문에, 공격적인 흑마법까지 익힌 유저를 찾기란 어려웠다.

"흑마법을 2단계까지 익히기는 했는데……."

"그 정도라면 큰 전투에서 도움이 되기는 힘들겠습니다. 더 위력적인 흑마법을 익히신 분은 없습니까?"

흑마법을 알고 있는 네크로맨서는 43명 중에서 12명.

간단한 흑마법은 언데드 강화에도 도움이 되었기 때문에 익혀 두었다. 하지만 전투에서 직접 활용하여 타격을 줄 수 있는 수준은 2명에 불과했다.

"이렇게 된 이상 언데드들을 끌고 가서 전투를 해 봐야 될 것 같은데요."

"그쪽으로 가서 도발하면 푸르골이 성문을 열고 뛰쳐나올 수도 있겠죠."

"그렇게만 나와 준다면 고마운 일인데……. 일단은 시간을 정해 놓고 네크로맨서들이 가장 많이 모이면 공격하죠."

시키는 일이 없으니 위드는 그저 가만히 있기로 했다.

공성 무기를 제작하여 대장장이 스킬을 올릴 수도 있지만, 지금은 그렇게 유용하지는 못한 마당이다. 재료들을 빠짐없이 다 주변에서 구해야 하고, 공성 병기를 작동시킬 사람이 없다.

네크로맨서들은 숫자가 적고, 그렇다고 언데드들에게 공성 병기를 다루라고 할 수도 없다. 해골은 지성이 낮고 본능에 의존해서 전투 외에는 그다지 쓸모가 없었기 때문이다.

듀라한은 머리를 손에 들고 다니니 공성 무기의 조준이 안 된다.

데스 나이트 정도의 지성을 가지고 있다면 유용하겠지만, 언데드를 통솔하며 전투에 투입하기에도 모자랐다.

게다가 공성 병기를 만들면 이동에서부터 모든 부분에 문제가 생겼다.

네크로맨서들의 치명적인 약점이라고 할 수 있는 변변한 보호 마법의 부재로 인해 공성 무기는 마법 공격에도 취약했다.

다룰 수 있는 기술자와 지켜 줄 수 있는 수단이 없다면 공격 무기도 있으나 마나 한 것.

공성전이란 원래 공격하는 측이 3배 이상의 불리함을 안고 싸우는 전투였다.

푸르골 요새

오템이 앞에서 길을 인도하고, 네크로맨서들이 언데드들을 끌고 따라갔다.

멀리서 본다면 언데드들의 군단이 잔뜩 따라오는 것을 볼 수 있으리라.

위드도 휘하의 언데드 부대들과 함께 뒤쪽에서 따라왔다.

유령마를 타고 당당하게 움직이는 그와 스켈레톤과 듀라한, 데스 나이트 들.

숫자가 많다고 할 수는 없지만 힘든 전투를 거듭하면서 추리고 추린 정예병들이었다.

엘리트급 스켈레톤과 친위대 데스 나이트들!

"크으으, 로드께서 뭉쳐서 따라오라고 하셨다."

"모두 빨리빨리 움직여라."

언데드들은 위드를 두려워했다.

카리스마와 통솔력의 스탯뿐만이 아니라 전투에서 보여 준 위드의 의지!

언데드들의 어떤 피해를 감수하더라도 적들의 주력을 꺾어 버리는 과감한 행동을 많이 지켜봤기 때문이다.

> 언데드 부대가 느끼는 공포심: 87%

적당한 공포심은 전투력에 도움을 주고, 충성심처럼 위드의 명령을 잘 따르게 만든다. 대규모 전투에서는 한 곳이 무너지게 되면 연쇄적으로 붕괴해 버리는 경우가 잦은데, 그런 상황을 사전에 방지하는 데에도 도움이 됐다.

"크흠, 길이 꽤 멀군."

위드의 헛기침 소리만 들어도 사시나무 떨듯이 하는 해골들!

스켈레톤들이 검을 땅에 끌며 걸어오고, 듀라한들과 데스 나이트들이 옆과 뒤를 지켰다.

별로 필요하지는 않지만 그나마 지켜보기에 이동 중에도 진형을 이루는 편이 낫겠다는 판단에서 그렇게 하도록 시켰다.

다른 언데드들은 군데군데 종류별로 뭉치거나, 멀리 뒤처져서 뜀박질로 따라오는 등 제멋대로였다.

네크로맨서들도 언데드들을 이끌고 행군을 하는 경우는 많은 편이 아니었다. 사냥터를 거의 정해 놓고 다니면서 먼 거리 이동은 하지 않기 때문이다.

네크로맨서들은 언데드들을 다루는 데에도 여러 번 신경을 써야 했다.

위드는 그저 뭉쳐서 따라오도록 했는데도 스켈레톤들의 이탈이 적었다.

"어서 빨리 움직여라."

"로드의 말씀이다. 자리를 벗어나지 마라!"

데스 나이트와 듀라한 들이 지속적으로 위드의 명령을 반복하면서 지휘하였던 것이다.

이동 중에 푸르골 수색대를 발견했지만 네크로맨서들이 마법을 퍼부어 처리했다.

"마나를 아껴야 되니 적당히 싸우세요."

수색대와 여러 번 맞부딪치게 되면서, 네크로맨서들은 마나를 절약하기 위해 공격 마법을 많이 사용하지 않았다.

그 덕에 몇 명의 푸르골들이 살아서 도망쳤다.

"언데드들의 습격을 성에 알려라!"

"놈들이 쳐들어온다!"

푸르골들과는 거리가 있었고 마법으로 공격해야 했다.

그런데 몇 명이 살아 돌아가는 걸 보며 위드의 인상이 찌푸려졌다.

"좋을 건 없겠군."

네크로맨서들은 걱정하지 않는 듯했다.

"수색대는 상관하지 마세요. 어떻게든 우리가 가는 것을 모를 수가 없습니다."

오템이 행군을 지휘하고 있었다.

레벨이 높은 다른 네크로맨서들은 언데드들이 끄는 수레에 타고 이동하면서 명상으로 마나를 채우는 중이었다.

명상의 효과로는 마나 회복이 빠르다는 점 외에도, 일시적으로 마나의 최대치를 2배까지 늘릴 수 있다는 점을 들 수 있다.

고위 마법을 쓰거나 큰 전투를 앞두었을 때에는 필수라고 할 수 있다.

"수색대가 가까이 접근하면 언데드 부대를 출동시켜서 사냥하고, 지금은 마나를 아끼면서 이동합시다."

오템의 말에 따라 네크로맨서들은 언데드 부대를 이끌고 전진하는 데 신경 쓰고 푸르골은 내버려 두었다.

푸르골 수색대가 가까이 접근해서 사냥당하는 경우도 있었지만, 대체로 멀찌감치 떨어져서 언데드들의 이동을 지켜보기만 했다.

'푸르골들이 우리의 접근을 모르도록 했어야 하는데.'

위드는 영 탐탁지 않았다.

지금 모여서 이동하는 언데드 군단은 엄청나게 많은 숫자다. 진군 속도도 느리고, 위장을 하기에는 지리를 잘 아는 것도 아니다.

그렇다고 해도 잘만 대비한다면 푸르골의 왕국에서 늦게 알아차리게 할 수 있었다.

인간들처럼 적들의 접근을 보고 산봉우리에서 봉화를 올리는 것도 아니니, 살아서 돌아가지 못하도록 최대한 빨리 사냥을 해 버린다면 모를 수도 있다.

게다가 위드의 방식으로는 생존자를 보내 주는 건 절대 안될 일이었다.

수색대의 무력이 그렇게 높은 편이 아니더라도, 전쟁이 벌어지면 요새로 가서 싸우게 될 것이다.

귀찮게 적들을 늘려 줄 필요가 없다. 잡을 수 있을 때 잡으면서 남김없이 쓸어버리는 쪽이 위드의 방법이었다.

'뭐, 알아서 하겠지.'

위드는 그래도 묵묵히 따라가기만 했다.

네크로맨서들끼리 최고를 다투고 있어서, 경쟁심이나 은근한 질투들이 보통이 아니다.

참견하기에는 시기가 좋지 않았고, 또한 여기의 주력은 네크로맨서들이 이끄는 언데드들이었다.

'전체 언데드 전력에 비하면 난 약한 편이니까.'

푸르골 수색대의 관찰을 받으면서, 요새가 있는 장소로 도착했다.

흙을 구워서 벽돌로 만들어서 쌓은 성벽, 경사면이 심한 장소에 세워진 요새는 언데드들이 오르기에 매우 힘들어 보였다.

푸르골 병사들은 벌써 성벽에서 전투를 대비하고 있었다.

싸움이 시작되면 어느 쪽이 강한지 알 수 있으리라.

쟌이 명상을 멈추고 눈을 떴다.

"언데드 군단 공격!"

네크로맨서들의 명령을 따라서 언데드들이 앞으로 달렸다.

스켈레톤, 구울, 좀비, 듀라한, 데스 나이트!

위드의 부대도 다른 언데드들을 따라서 달렸지만 절대 앞으로 나서지는 않았다.

위드가 싸우지 말고 기다리라고 명령해 놓았기 때문이다.

언데드들이 되살리기 좋다고는 해도, 쓰러졌다가 다시 일으키면 지금까지 키워 놓은 능력들이 사라진다.

탐색전에서부터 전력을 잃을 수는 없는 법!

푸르골들이 쏘아 낸 화살들이 언데드들을 향해 비처럼 쏟아졌다.

스켈레톤과 같이 생명력이 적은 일부 언데드들이 쓰러졌지만, 나머지들은 요새로 올라가는 좁은 길목에 도착했다.

"키야우우!"

"전진하라!"

언데드들이 오르막길을 달렸다.

외길에는 푸르골의 화살이 집중되었을 뿐만 아니라, 바윗덩어리들이 굴러 내려오면서 언데드들을 뭉개고 지나갔다.

모여 있던 언데드들이 피하려다가 무더기로 절벽 아래로 추락도 했다.

피해만 막대할 뿐, 요새 근처에 다가가지 못했다.

"길을 포기하고 절벽을 기어 올라가라!"

쟌이 고함을 질렀다.

그의 지휘 능력으로는 언데드들을 일사불란하게 다스리는 게 현저히 무리였다.

하지만 다른 네크로맨서들도 같은 명령을 내리면서, 언데드들이 절벽에 붙어서 두 팔과 두 다리를 움직이며 위쪽으로 올라갔다.

본능이 상당히 남아 있고, 육체적인 능력이 뛰어난 언데드들이기 때문에 절벽을 오르는 게 불가능하지 않다.

쟌과 네크로맨서들의 생각으로는 적의 공격이 집중되는 길을 통해 요새를 점령하는 건 무리였다.

길의 끝자락에 다다르더라도 요새의 성문을 통과하기도 어려웠고 피해가 너무 컸으니, 공격을 분산시키기 위하여 절벽을 타고 전 방향에서 습격하는 것.

"언데드들이 올라갈 수 있는 시간을 벌어 줍시다."

네크로맨서들이 시전한 공격 마법들이 요새를 향하여 날아갔다.

불덩어리들이 요새에 부딪치고, 흑마법 계열로 시커먼 연기가 피어오르면서 푸르골들에게 닿을 때마다 생기를 빨아먹으면서 커졌다.

네크로맨서들의 공격 마법은 취약한 편이라서 성벽을 무너뜨린다거나 하는 위력은 어림도 없었다. 궁수들이 잠깐 피했다가 다시 화살을 쏘게 만드는 정도였다.

흑마법도 경지가 낮아서, 일정 시간이 지나면 중화되어 사라져 버렸다.

언데드들이 그사이에 절벽을 많이 올라갔지만, 다리를 헛디디거나 손이 미끄러지거나 하면 어김없이 지상까지 추락해야 했다. 땅에 떨어질 때에는 다른 언데드들끼리 연쇄적으로 부딪쳤다.

또한 언데드들은 대공세를 펼치고 있었기 때문에 많이 몰려 있기도 했다. 무방비로 화살을 맞을 때마다 피해를 입고, 하나가 아래로 추락할 때면 수십 구씩 부딪쳐서 같이 땅에 떨어져서 박살 났다.

절벽 오르기가 분명 나쁜 전략은 아니고 시도해 봄 직도 했지만, 준비가 없었다.

헬멧이나 갑옷, 하다못해 나무 방패라도 들었으면 좋겠지만 언데드들의 취약한 방어력이야 보나 마나 한 것.

그러한 역경을 딛고도 요새까지 올라가려고 했지만 꼼꼼하게 벽돌로 쌓은 성벽은 사다리도 없이 스켈레톤이나 듀라한, 데스 나이트 들이 손으로 오르기는 무리였다.

자꾸 미끄러지다 보니 떨어지지 않게 버티려다가 화살 공격을 맞아 죽곤 했다.

"안 되겠다. 후퇴합시다!"

쟌이 결국 포기를 선언하고 네크로맨서들과 같이 언데드들을 뒤로 물렸다.

절벽 아래로 다시 내려오는 것도, 푸르골들이 가만히 있진 않았으니 보통 일은 아니었다.

무사히 돌아온 언데드들을 세어 보니 약 3할 정도의 피해를 입었다.

위드의 병력은 물론 거의 피해가 없어서 다소의 눈총을 받아야 됐지만, 어느 누구도 따질 수 있는 상황은 아니었다.

ꝺꙮꙮꙮꙮ

"불사의 군단 퀘스트를 이렇게 포기해야 하는 걸까요? 이대로 시간이 가면 푸르골 용사들까지 돌아와서 더욱 어려워질 텐데요."

"글쎄요. 몇 번은 공격을 더 시도해 봐야지요. 그렇다고 해도 뾰족한 수단이 없으니까 큰 기대는 할 수 없겠죠."

"아무래도 네크로맨서들이 더 많았어야 깰 수 있는 퀘스트일 것 같기도 한데. 우리끼리는 무리였을까요?"

"여기서 이렇게 막혀 버리고 마는 걸지도 모르겠습니다."

불사의 군단, 바르칸의 퀘스트가 이대로 끝나 버리는 것은 너무도 아까웠다.

네크로맨서들 전체에게 부여되는 퀘스트나 다름이 없었으니, 단순히 퀘스트의 난이도를 볼 것만이 아니라 그보다 훨씬 어려웠다.

네크로맨서들이 빠르게 성장하고 수도 많았더라면 지금보다 쉬웠겠지만, 불행히도 그런 상황이 아닌 것이다.

네크로맨서들이 의욕을 상실하고 실망 속에서 앞으로의 대책을 논의하고 있을 때에, 위드는 평소처럼 떨어진 단추를 꿰매고 있었다.

"역시 거저먹는 건 안 되는군."

구경만 하다가 끝날 수 있었으면 참 좋았을 텐데 그러지 못했다.

네크로맨서들을 보면 협력이나 집단 전투에 대해서는 굉장히 익숙하지 못한 것 같았다. 기껏 언데드들을 많이 소환해서 정직하게 싸우기만 하면 된다고 판단하다니, 너무 답답했다.

"도대체 네크로맨서라는 직업을 택해 놓고 침략이나 약탈, 방화 한 번 저지른 적이 없는 순진한 사람들이라니……."

위드가 처음부터 조각사가 아니라 네크로맨서였더라면 언데드를 모아서 상업 도시를 몇 개쯤은 잡아먹었을지도 모를 일이었다.

어찌나 순박하고 양심적인 네크로맨서들인지 침략의 기본도 알지 못하는 게, 허둥지둥하는 행동들을 보며 훤히 알아낼 수 있었다.

푸르골의 성문이 열리면 창고에 보물이 얼마나 있을지 숟가락부터 들이밀 작정이었는데, 이젠 요새를 점령할 걱정부터 해야 할 처지였다.

"방법은 여러 가지가 있겠군."

여러 전투의 경험 덕분에 요새의 허실을 파악한 공략법이 한순간에 떠올랐다.

위드는 그중 한 방법을 헤리안의 근처에서 중얼거렸다.

"…해도 되는데."

"네?"

"퀘스트의 목표가 요새 점령이라고 하더라도 지원군이 도착할 때까지 서두르지 않아도 된다는 이야기인데……."

위드는 대화를 나누는 게 아니라 먼 산을 보면서 혼잣말처럼 중얼거리고 있었다.

ᒿᡄᢧᗞᢙᡄᣕ

"쿠아아! 더 빨리 가자. 우리 왕국이 언데드들의 공격을 받고 있다는 소식이다."

푸르골의 지원군!

흩어져서 사냥하던 푸르골 용사들이 왕국으로 달려오고 있었다.

그 숫자가 약 9,000!

푸르골이 모두 모인다면 네크로맨서들을 역으로 포위하여 섬멸할 수도 있는 병력이었다.

"쳐라!"

하지만 네크로맨서들은 공성전을 하며 전력을 잃어버리지 않고 역으로 푸르골 용사들이 돌아오는 길목에서 기다렸다.

언데드들을 숨겨 놓고 있다가 급습을 가하여 섬멸하기 좋은 장소들을 이용했다.

푸르골 용사들이 죽어서 언데드가 되면서 네크로맨서들의 세력이 늘어났다. 더 긍정적인 부분은, 푸르골 측의 지원군이 끊겨 나간다는 점이다.

"지원군이 오는 것을 알고 있으니 무리해서 시간을 단축하며 요새를 점령하려다 위험에 빠질 게 아니라, 그냥 지원군부터 잡으면 되는 거였어!"

평지에서 언데드들의 위력은 발군이라고 할 수 있다.

스켈레톤으로 규모부터 적들을 압도할 수 있었으며, 푸르골들이 사망할 때마다 시체 폭발로 피해를 늘리거나 언데드로 만들 수 있다.

여러 방향에서 네크로맨서들이 언데드 부대를 끌고 오면서 모여 있는 푸르골 용사들을 전멸시켰다.

퀘스트를 위한 사냥이 아니라 순수하게 보더라도 경험치와 아이템의 수확이 상당히 좋았다.

"모조리 잡아라. 다음에 또 이동할 곳이 많으니까 서둘러."

위드도 휘하의 언데드 부대를 이끌고 푸르골 용사를 사냥 다니면서 경험치를 모았다.

그가 헤리안에게 넌지시 일러 주었던 대로 무슨 천재적인 지략이 있거나 해서 떠올린 발상은 아니었다.

"몬스터는 일찍 잡든 늦게 잡든 차이가 없지. 남기지 말고 다 잡아야 돼!"

선후 관계를 따지지 않고 경험치와 아이템으로만 보았을 뿐!

네크로맨서들은 푸르골 용사들의 8할 이상을 사냥할 수 있었다.

잃어버린 언데드 군단도 확실하게 복구한 것은 물론이고, 제법 더 많아졌다.

공성전에 걸맞게 가볍고 맷집이 좋은 스켈레톤 워리어와 스켈레톤 메이지, 스켈레톤 궁수 등으로 재편하기도 했다.

요새에 갇혀 있는 푸르골들이 버티더라도 지원군이 없는 이상 네크로맨서들의 파상 공세를 언제까지고 감당해 내지는 못한다.

전염병을 요새 내부로 퍼트리고, 거듭된 전투로 인하여 성벽이 조금씩 무너졌다.

푸르골 병사들이 보수하러 나왔을 때에도 공격함으로써 지속적으로 피해를 입힌 끝에 결국은 요새를 점령할 수 있었다.

퀘스트 성공!

큰 전쟁일수록 싸우는 방법에 따라서 전력이 하늘과 땅만큼 차이가 났다.

"감사드려요. 그쪽의 조언 덕분에 편하게 이길 수 있었어요."

헤리안이 와서 고마움의 뜻을 표현했지만, 위드는 푸르골의 창고에 쌓여 있는 말린 나무 열매들을 보며 절망했다.

그저 씁쓸하게 열매들의 껍질 말린 것을 씹으며 돌아설 뿐이었다.

ↂↂↂↂ

위드의 불사의 군단에서의 등급도 중견 지휘관이 됐다. 불사의 군단에서 언데드 부대를 통솔할 수 있는 위치!

"전투에서 큰 공을 올리셨다고 해서 찾아왔습니다. 충성을 다짐합니다."

위드의 휘하로 들어오는 언데드들도 많아졌다.

스켈레톤이 뼈마디를 달그락거리면서 걸어오면 귀찮았다.

"각자 알아서 줄 맞춰서 서."

듀라한 정도도 조금은 식상했다.

"칼 뽑을 줄 알지? 대충 잘 싸우면 될 거야."

데스 나이트들이 휘하로 들어온다고 해도 위드는 눈 하나 깜짝하지 않았다.

"어, 왔구나."

대충 이 정도!

애써 공들여 키우더라도 그의 원래 직업이 네크로맨서도 아니고, 진짜 부하로 만들 수는 없는 언데드였다.

1회용 나무젓가락도 씻어서 다시 쓰는 위드였지만, 퀘스트가 끝나면 언제 적으로 돌변할지 모르는 게 언데드인 것이다.

실제로 불사의 군단에서 1차로 모라타를 정벌하기 위하여 떠난 병력은 몰살했다.

무려 12만에 달하는 언데드 대군이었지만 행군 과정에서 흩어진 수도 만만찮았고, 나머지는 성당 기사단과 모라타 유저들의 참전으로 막아 냈다.

오랫동안 묻혀 있던 골동품들이나 갑옷, 검 들을 아이템으로 얻고 신앙심도 올리면서 유저들은 기뻐했다.

하지만 불사의 군단에서 들리는 소식에 의하면 더욱 많아진 19만의 언데드 대군이 다시 출발했다고 한다.

모라타와 불사의 군단 사이에서는 전쟁이 계속 벌어지고 있었다.

바르칸이 완전한 힘을 되찾거나 한다면 모라타는 잿더미가 되어 버리고 언데드들에게 점령당한 도시가 되고 말리라.

모라타의 치안이 급속도로 낮아지고 있었으며, 불안을 느끼고 초보자와 주민 들의 유입도 적어졌다. 대성당을 짓지 않았더라면 지금보다 훨씬 최악으로 곤란했을 수도 있는 일이었다.

어쨌거나 현재 위드가 지휘하는 언데드 군대도 만만치가 않았다.

계급이나 등급에서 조금씩은 차이가 있지만 스켈레톤들도 꾸준하게 늘어서 600이 넘고, 듀라한이 123, 데스 나이트가 89였다.

이때부터 위드가 받는 퀘스트는 부대를 이끌고 진행하는 것이었다.

언덕과 동굴의 몬스터를 토벌하라거나, 언데드 군단의 이동로를 확보하라는 등의 명령이 떨어졌다.

위드의 카리스마가 높았기 때문에 언데드들이 말을 잘 들어,

난이도 C급 이하의 의뢰들은 가뿐하게 해결할 수 있었다.

"그럭저럭 할 만은 하군. 사냥하는 거에 비해 퀘스트 보상이 별 볼일 없지만."

위드가 그렇게 의뢰들을 해결하고 있는데 언데드 부대를 이끌고 다가오는 네크로맨서 유저가 있었다.

"안녕하세요."

그쪽에서 먼저 인사를 하기에 위드도 고개를 끄덕였다.

"안녕하세요."

보통 네크로맨서들은 로브를 머리까지 뒤집어쓰고 해골 지팡이를 구해서 들고 다닌다.

위드야 갑옷을 입고 있었으며 검까지 찼지만, 보통 언데드를 끌고 다니는 사람들끼리의 산뜻한 인사란 기괴하기 짝이 없는 모습이었다.

'마레이라고 했던가.'

이곳에 있는 유저들 중에서 협곡에는 최근에 도착해서 이름만 듣고 있는 정도.

네크로맨서들이 협력할 때도 있지만 경쟁 때문에 쉴 새 없이 사냥과 퀘스트를 하느라 화기애애하게 파티라도 열지는 않았기에 상대에 대해 알고 있는 게 적었다.

마레이가 먼저 작은 목소리로 자신의 이름을 소개했다.

"제 이름은 마레이라고 합니다. 지나가다 많이 뵀죠. 스켈레톤 때에도 그렇고 유령이었을 때도 그렇고요. 지금 이쪽 협곡에서도 와서 봤고요."

"알고 있습니다."

"그러시군요. 그런데 제 원래 직업이 바드입니다."

"예?"

위드는 웬만해서는 잘 놀라지 않는 성격이었지만, 이번에는 크게 놀랄 수밖에 없었다.

마레이 스텐버드. 원래 직업이 바드라고 한다면 틀림없다. 할스부르그 왕국의 작위까지 가지고 있는 랭커였으며, 바드 중에서 최고라고 알려진 굉장히 유명한 유저인 것이다.

"어떻게 여기에……."

"궁금하신 모양이군요. 복잡하게 설명하자면 한도 끝도 없지만, 바람을 타고 도착해서 지금은 언데드들의 노래를 만들고 있다고 할까요?"

"……."

바드들은 가끔 수수께끼 같은 모험을 하곤 한다.

전설이나 던전을 집요하게 파고드는 모험가와는 다르게 정처 없이 방랑하며 돌아다니는 게 바드였다.

소문이나 온갖 잡다한 이야기들을 알고 있으며, 악기를 연주할 수도 있는 직업!

명성이 낮아도 쉽게 호감도를 이끌어 내서 주민들이 사연을 말하게 한다. 퀘스트를 중간에 포기하더라도 페널티가 적다.

꽤나 매력적이라서 선택하는 유저들이 많았고, 모라타에서도 바드는 정말로 인기 있는 직업이다.

마레이가 신기하다는 듯이 물었다.

"그런데 그쪽은 혹시 전쟁의 신 위드 님이 아니세요?"

위드가 조각 변신술로 정체를 감추려고 했을 때에는 외모가 완벽하게 바뀌기 때문에 눈썰미가 좋더라도 알아보기 어렵다.

지금은 조각 변신술을 사용하지 않았지만, 퀘스트 때문에 불사의 군단에 속해서 데스 나이트의 행세를 하고 있는데 알아차린 것이다.

"어떻게 아신 겁니까?"

"바드의 장점이라면 유별나게 귀가 밝다는 거죠. 동물들이 내는 소리와 땅의 울림을 통해서도 이야기를 들을 수 있어서요. 이렇게 정보를 엿들을 때가 있습니다. 지금 그쪽이 가장 큰 공적을 세우고 있다고 하는군요. 다른 네크로맨서들과는 비교할 수도 없을 정도로 말이지요."

유저들끼리의 경쟁이 엄청난 편인데, 단연 앞서 나가고 있는 게 위드라는 의미.

네크로맨서들은 전투에 집중하고 언데드를 끌고 다니느라 다른 사람에 대해서는 크게 관심을 쏟지는 못했다. 하지만 마레이는 모험의 경험도 많았기 때문에, 들려오는 이야기들을 바탕으로 가장 뛰어난 공적을 쌓은 사람이 위드라는 것을 알아차린 것이다.

"순수한 네크로맨서는 전투에서 그런 움직임을 보일 수 없습니다. 언데드를 소환하지도 않고 이렇게 앞서 나갈 수 있는 사람은 위드 님밖에 없죠. 오랫동안 지켜보다 보니 확실하다고 생각했습니다."

네크로맨서 유저들끼리도 사실 위드가 퀘스트를 하고 있을 거라는 이야기가 파다하게 퍼져 있었다.

연계 퀘스트를 계속하다 보면 언젠가 바르칸의 옆에 있을 위드를 만날 수도 있을 거라는 호기심!

정작 그들과 함께 스켈레톤으로 맨 밑바닥에서부터 올라오고 있다는 것을 모르고 있었던 것이다.

"추리력이 대단하시군요."

위드는 가만히 검으로 손을 가져갔다.

솔직히 여기저기 쌓아 놓은 원한들이 많으니 마을과 도시가 아닌 장소에서는 절대 방심할 수 없다.

상대방이 최고의 바드라고는 하지만, 자신도 유저들 사이에 현존하는 가장 뛰어난 조각사다.

바드가 좀 더 민첩하고 갑옷이나 검도 착용할 게 많으며 전투에 가까운 직업이라고는 하지만, 그 정도의 불리함은 가뿐히 날려 버릴 수 있는 잡캐!

게다가 지금은 데스 나이트이고, 데리고 다니는 언데드도 훨씬 많다.

'때려잡을까?'

마레이는 넓은 베르사 대륙에서, 수많은 사람들 중에 위드를 만났다는 반가움에 말을 걸며 다가왔다. 하지만 위드의 머릿속에는 유혹이 오가고 있었다.

'죽이면 괜찮은 아이템이 떨어질 거야. 레벨 380대가 쓸 수 있는 유니크 하나 정도는 떨어지겠지?'

견적까지 뽑아 버린 위드!

사실 마레이는 〈로열 로드〉의 랭커 중에서도 매우 평가가 좋은 편이었다. 자유롭게 여행 다니면서 가끔 사고도 치지만, 초보자들에게도 친절하고 정말 뛰어난 악기 연주 실력을 갖고 있다고 한다.

'뜬소문일 거야. 그런 걸 어떻게 다 믿겠어.'

깊고 헤어나기 어려운 불신의 늪.

'그래, 유니크까지는 아니어도 그럭저럭 봐줄 만한 아이템이 떨어질 거야. 그러면 그것을 팔아서 쌀을 사서 밥을 지으면 끼니때마다 행복할 수가……'

이미 마레이를 처치하고 아이템을 경매 사이트에 올릴 시간대까지 정하고 있었다.

다른 고레벨 유저들을 살인하러 다니면서 돈을 버는 건 위드의 방식이 결코 아니었다. 사냥을 통해서 레벨을 올리는 편이 꾸준한 수입을 위해서 훨씬 좋았기 때문이다.

하지만 너무나도 큼지막한 먹잇감이 눈앞에 등장했다.

마레이의 생명이 돌이키기 어려울 정도로 위태로워지고 있었다.

그런데 마레이가 먼저 손을 내밀었다.

"저와 파티 사냥을 하지 않으시겠습니까?"

"예?"

"솔직하게 말씀드리자면, 저는 위드 님이나 이곳에 있는 분들과 목적이 달라서요. 바드에 대해서 잘 알고 계십니까?"

위드는 당연히 바드라는 직업에 대해 남들만큼은 알았다.

직업의 특징이나 사용하는 악기, 장비들의 가격, 심지어 노래와 연주 실력에 따른 공연 수입금까지 꿰고 있을 정도였다.

"저는 언데드와 관련된 노래를 만드는 게 목적이고, 가능하면 큰 퀘스트를 하는 사람의 옆에 붙어 있으면 서사시를 지을 수 있거든요. 그러니 사냥이나 의뢰로 얻는 아이템에 대해서는 모든 권리를 포기하겠습니다."

바드가 지은 노래나 서사시는 유행이 되면 대륙 전역으로 퍼진다.

바드는 명성과 돈을 얻을 수 있으며, 자신이 작곡한 노래가 유명해지면 카리스마와 매력 같은 스탯도 획득할 수 있다.

대륙을 떠돌며 퀘스트와 전투를 경험하는 것이 바드의 낭만이라서, 자신의 능력이나 제한 때문에 수행할 수 없는 의뢰들도 받을 수 있다는 장점을 갖고 있었다.

마레이가 낡고 구멍 뚫린 망토를 오른손으로 잡아 상체를 가린 채 살짝 몸을 숙였다.

"대륙을 떠돌며 노래를 짓는 것, 그것이 음유시인의 숙명이라고 할 수 있습니다. 어떤 의뢰를 수행하는지 모르겠지만 방해가 될 일은 없을 겁니다. 저와 함께 파티 사냥을 해 주시겠습니까?"

바드는 남들이 하는 큰 모험을 옆에서 구경하는 것만으로도 보상을 받을 수 있는 직업.

위드에게 손해를 입힐 만한 제안은 아니었다.

다만 마레이가 먼저 다가온 거야말로 은행 강도에게 적립식 펀드를 드는 격!

"같이하도록 하죠."

본업만 놓고 봤을 때, 조각사와 바드의 어색한 조합의 탄생이었다.

자부린은 카푸아 마을에서 푸짐하게 성과를 올렸다.

유령으로 진급하면서 필요한 아이템을 이야기하면 헤르메스 길드에서 조달을 해 준다.

"역역역시시시, 아아아이이이템템템이이이 최최최고고고야 야야."

레벨은 좀 낮아도 아이템의 엄청난 효과를 받을 수 있었다.

헤르메스 길드에서 흑마법사도 2명 도착해서 축복 마법을 걸어 주었으니, 자부린은 대량으로 몬스터들을 몰아서 사냥했다.

유령이나 언데드 계열이 착용할 수 있는 뇌격의 반지, 파괴의 반지에 깃들어 있는 주문을 적극 활용했다.

카푸아 마을에는 네크로맨서 유저들의 절반 이상이 모여 있었다.

"필필필요요요한한한 아아아이이이템템템이이이 있있있다 다다면면면 나나나눠눠눠 드드드리리리죠죠죠."

자부린은 아이템으로 인심을 쓰면서 유저 세력을 모았다.

폴론과 기사단, 마법병단 등이 위드를 잡기 위해 온 것은 사실이었다. 그러나 의도했던 바와는 달리 네크로맨서들이 그들의 관심에 들어왔다.

파티 사냥이나 모험에는 그다지 썩 좋은 직업은 아니다.

아예 마을에 들어가지 못하는 경우도 있고, 또 퀴퀴한 냄새가 난다면서 질색을 하며 싫어하는 사람들이 많기 때문!

네크로맨서들은 강력한 힘을 가졌으나 그런 쪽의 차별에 대해 설움을 느끼는 직업이었다.

하지만 전쟁에서의 활용도는 최고라고 할 수 있다.

중앙 대륙에서는 끊임없이 크고 작은 전투들이 벌어지고 있었다.

하벤 왕국을 장악한 헤르메스 길드는 잠시 휴식하면서 전력을 보충하고 있지만, 그 기다림이 오래가지 않을 것임은 누구나 아는 사실이다.

설혹 헤르메스 길드가 먼저 나서지 않더라도 인근 왕국에서 세력을 넓히는 길드들이 동맹을 맺고 선제공격을 가하게 될 것이다.

이런 상황에 네크로맨서들을 길드로 끌어들이게 된다면 전투에 유용하게 활용할 수 있는 큰 전력이 되는 셈이었다.

헤르메스 길드의 수뇌부 회의에서는 자부린을 이용하여 최대한 많은 유저들을 포섭할 수 있도록 선물을 뿌리라고 지시를 내렸다.

"불사의 군단도… 얻을 수 있을까?"

헤르메스 길드는 당연히 바르칸의 불사의 군단도 탐냈다.

완성된 언데드 군단들!

어마어마한 숫자에 식량 보급도 필요하지 않다.

자부린의 보고에 따르면, 이곳에 도착한 이후로 끊임없이 퀘스트가 발생하고 있다고 한다.

퀘스트의 마지막에 무엇이 있을지는 모르지만, 꿈꾸는 목표는 있었다.

최고의 네크로맨서가 되어서 바르칸의 후계자가 된다. 그리고 언데드 군단을 물려받는 것.

"그렇게만 되면 위드를 사냥하는 정도의 문제가 아니야."

위드도 이곳 어딘가에 있을 확률이 높지만, 없더라도 상관할 바가 아니다.

언데드들을 이끌고 모라타를 잿더미로 만들어 버릴 수도 있으며, 헤르메스 길드에 적대하는 세력들에 끔찍한 피해를 입힐 수 있는 기회.

헤르메스 길드에 날개를 달게 할 수도 있는 셈이었으니, 자부린에게 지원하는 아이템들이 조금도 아깝지 않았다.

폴론은 길드의 수뇌부와 수시로 대화를 나누었다.

—협곡에 있다는 상급 네크로맨서들은 어떻게 처리합니까?
—쟌이나 헤리안 등을 말하는 겁니까?
—예, 그렇습니다.
—가능하다면 포섭을 하는 편이 좋겠죠. 자부린보다는 여러모로 불사의 군단의 지휘권에 가까울 테니 말입니다.
—포섭을 시도해 보겠습니다.

쟌을 포함한 어지간한 네크로맨서 유저들은 이미 소속된 길드가 있다. 하지만 헤르메스 길드에서 가입을 권유한다면 어찌될지는 모를 일이었다.

—헤르메스 길드원이 되는 것을 거절한다면…….
—적절하게 처리하겠습니다.
—그리고 확실하게 신원이 확인되지 않은 네크로맨서들이 있을 겁니다. 그들 중에 위드가 있을 확률도 꽤 높겠죠?
—가능한 일입니다. 네크로맨서들은 일부러 이름을 드러내지 않고 활동하기도 하니까요.

> ─알아보고 증명이 불가능한 이들은 모두 죽이세요. 따르지 않는 이들에게
> 좋은 본보기가 될 수 있을 겁니다.

헤르메스 길드는 애매하게 넘어가는 것을 싫어한다.

가질 수 없다면 짓밟아 놓는다.

길드의 악명이 높아지게 되는 원인이었지만, 하벤 왕국에서는 그들을 거스를 수 있는 존재가 존재하지 않는다.

불만이 있더라도 감히 헤르메스 길드가 있는 곳까지 일부러 찾아오거나 보복을 가하는 경우란 아직까지 없었다.

데스 나이트의 노래

마레이는 쾌활하고 입이 쉬지 않는 수다쟁이였다.

"내가 이렇게 언데드들에 섞여서 사냥해야 하다니… 아, 이 놈의 냄새! 그래도 훗날 지금의 경험담을 들려주면 술집에서의 인기는 정말 대단할 텐데. 바노사 성에 가 본 적이 있습니까?"

위드가 말을 받아 주지 않더라도 혼자 잘 떠들었다.

"바노사 성에는 맛있는 요리를 하는 식당들이 많지요. 위드 님도 가 보시면 반할 겁니다. 뭐, 그게 중요한 건 아니고, 거기서 만났던 세드리안이라는 아가씨와 참 많이 친했는데, 알려주는 유용한 정보들도 많았고… 그런데 그만 술값이 밀리는 바람에 더 가지 못했지요."

마레이는 자신이 대륙을 떠돌던 이야기를 그치지 않고 했다.

위드는 정보라는 생각에 기억해 두려고 했지만 폭포수처럼 쏟아져 나오는 그의 수다를 다 외우기란 불가능했다.

"중앙 대륙은 지금 전쟁으로 시끌벅적하죠. 바드들도 경쟁이 치열해서 다른 이들은 전쟁을 구경하고 그걸 노래로 만들려고 하지만 저는 다릅니다. 지겨운 전쟁보다는 모름지기 모험이라고 할 수 있죠. 북부에서 이렇게 화끈한 모험을 할 수 있다니 얼마나 기쁜 일입니까?"

그래도 그가 혼자 떠드는 것을 내버려 둘 수 없기에 예의상 대답은 했다.

"네."

"나중에 위드 님과 제가 모험을 했다는 이야기가 알려지면 질투하는 사람들이 많겠군요. 지금 겪고 있는 불사의 군단과 관련된 의뢰들이 벌써 많이 유명해지기도 했지요."

"네."

네크로맨서 유저들이 방송국에 제보하고 인터넷에 동영상을 올려서 꽤나 큰 화제가 되고 있었다.

나중에 위드와 마레이가 함께 파티 사냥을 했다는 게 알려진다면 그것도 커다란 사건이 될 수 있으리라. 마레이도 〈로열 로드〉를 하는 사람이라면 모두 알지는 못하더라도, 이름이 자주 노출되는 사람이었기 때문이다.

마레이가 작곡한 노래와 연주 모음집, 그가 겪은 모험들을 함께 모아 놓은 동영상이 최고의 인기를 구가할 정도다.

자유롭게 돌아다니는 바드 마레이는 〈로열 로드〉의 명예의 전당에 동영상을 등록할 수 있는 자격을 당연히 가졌고, 방송국에서도 단골로 나오는 인물이었다.

"참, 어떤 여자를 좋아하세요?"

"네."

"데스 나이트는 특징이 뭔가요?"

"네."

"엠비뉴 교단이 대륙에 출몰하면서 난리가 났습니다. 알고 계셨나요?"

"네."

"킹 히드라를 사냥할 때의 쾌감은 끝내주겠죠?"

"네."

대꾸를 해 주는 것도 열 번을 넘어가니 귀찮았다.

위드가 그저 건성으로 대답을 하는데도 마레이는 재미있다는 듯이 밝게 웃으면서 말을 이어 갔다.

순수하고 열정적이며 긍정적인 사람. 마레이 스텐버드.

위드는 마레이의 말을 들으면서 언데드 부대를 이끌고 몬스터에게 접근했다.

협곡에서 사냥을 하긴 했지만, 마레이와 직접적으로 손발을 맞추면서 전투하는 건 처음이었다.

전투 계열 직업을 가진 사람들의 동영상을 참고삼아 본 적은 있지만 마레이가 싸우는 장면은 본 적이 없었다.

위드가 먼저 물었다.

"어떻게 싸우실 겁니까?"

"언데드들을 이끄는 경험은 저보다 위드 님이 훨씬 많으신 것 같더군요. 그리고 데스 나이트로서 지휘 능력도 탁월하시니까 제 언데드들의 지휘권도 넘겨드리겠습니다."

"그러면 마레이 님은요?"

"저는 바드답게 연주를 맡도록 하지요."

마레이의 언데드들은 그렇게 고위급은 없었다.

위드처럼 엘리트나 친위대 언데드도 없지만, 그래도 200 이 상은 됐다.

협곡까지 진출한 네크로맨서들을 기준으로 한다면 상당히 적은 편.

"가자!"

위드가 암흑 투기를 발산하며 스켈레톤들과 데스 나이트, 듀라한들을 이끌고 전진할 때에 뒤쪽에서 음악이 연주되었다.

묵직하고 웅장하게 울리는 비올이었다.

바이올린과 비슷하게 생긴 악기를 연주하는 마레이에게서 마치 고귀한 신성 마법을 사용할 때처럼 금빛으로 후광이 일어났다.

마레이는 정신없이 비올을 연주했다.

현란하게 움직이는 활, 그리고 가슴에 불덩이를 들어앉게 만드는 것처럼 뜨거운 활력을 불러오는 음악!

마레이의 연주 능력은 탁월한 수준을 넘어서 경탄이 나올 정도. 최고의 바드라는 세인들의 평가가 단지 유명하기 때문만은 아니라는 것을 증명하는 듯했다.

단지 듣고 있는 인간이 위드라는 사실이 불행할 뿐.

마레이의 연주는 어느 곳에서도 독보적이었고 그로 인해 사람들의 엄청난 관심과 호감을 받았는데, 슬프게도 위드는 평범한 인간이 아니었다.

'시끄럽군.'

좋은 연주를 들으면 깊은 잠이 몰려와 절로 고개를 꾸벅꾸벅 숙이게 될 것 같다는 잘못된 선입관!

"캬오!"

"시끄러운 소리부터 죽여라!"

위드만 그렇게 생각한 건 아니었던지, 몬스터들이 먼저 소리에 반응하여 달려왔다. 인근에 있는 모든 몬스터들이 마레이를 공격 목표로 삼은 것이다.

연주가 아군 부대에 커다란 효과를 주는 대신에 몬스터들에게는 심하게 거슬리는 것 같았다.

위드의 눈가가 번뜩였다.

"스켈레톤들은 원거리 공격 준비. 데스 나이트들과 듀라한은 두 줄로 넓게 펼쳐져라. 물러서지 마라!"

데스 나이트와 듀라한을 일직선으로 세우고 몬스터들과 부딪쳤다.

"공격. 물러서지 말고 전진하라!"

위드는 언데드들을 소모품으로 썼기 때문에 몬스터들에게 한 걸음도 뒤로 물러서지 말고 싸우도록 지시했다.

"아무리 많은 몬스터가 오더라도 후퇴하지 마라. 그 자리에서 싸우고, 앞으로 나아가라."

위드는 가장 앞에서 싸웠다.

하지만 버티면서 앞으로 가는 무모하기 짝이 없는 방식으로만 전투를 이끄는 건 아니었다.

듀라한과 데스 나이트의 뒤쪽에 있는 스켈레톤 궁수들이 뼈를 던지고 화살을 쏘는 방식으로 몬스터들에게 피해를 입혔다.

몰려드는 몬스터들을 강력하게 분쇄시켜 버리는 파괴력!

일부러 달려가면서 쫓아다닐 필요가 없었고, 가까운 거리라서 능력이 다소 떨어지는 스켈레톤들의 정확도에 대해 걱정할 필요도 없다.

> 뼈마디가 바스러질 정도의 전투를 통해 데스 나이트의 레벨이 올랐습니다.

더욱 지독한 전투를 거쳐서 살아남는 언데드들은 더욱 강해지는 것이었다.

"더 깊은 곳으로 갑시다."

위드는 마레이와 함께 몬스터들이 들끓고 있는 산속으로 들어갔다.

어두운 밤, 마레이의 연주 소리가 크게 울려 퍼질수록 많은 몬스터들이 나무 사이에서 뛰쳐나오고 바위에서 뛰어내리며 덤볐다.

간신히 이기면서 같이 싸웠던 언데드의 절반 이상을 잃은 적도 있다.

하지만 끝내 전투에서 승리하면서 불사의 군단 사이에 그 용맹에 대한 소문이 자자하게 났다.

더 많은 언데드들을 부하로 거느릴 수 있었다.

༺ஃ༻

경험치와 아이템 그리고 무자비한 공격!

위드가 언데드들을 몰고 다니는 방식이었다.

바드와의 조합도 나쁘지 않은 것 같았다.

'그렇다고 해도 파티 사냥에 바드가 있다는 건 그리 효율적이지 않은 것 같지만.'

보통 던전 탐험을 할 때의 파티는 5~6명 정도가 각자의 역할을 맡는다.

조각사나 바드, 댄서 들이 끼기 어려운 이유가, 필요한 직업으로만 파티원을 채워서 효율을 높이기 때문이었다.

그런데 대규모 전투가 될수록 바드의 존재는 필수적이었다.

전투와 의뢰들을 완벽하게 수행하면서 위드는 2,000마리의 언데드를 공식적으로 지휘할 수 있는 권한을 갖게 됐다.

데스 나이트 부대장.

불사의 군단에서 필요한 스켈레톤 같은 하급 언데드들은 차출해서 쓸 수 있었다. 명성이나 전투에 대한 소문이 많이 퍼져 있다면, 높은 등급의 언데드라고 해도 데려올 수 있다.

네크로맨서 유저들이 마법 실력을 갈고닦으면서 불사의 군단에서 점차 더 중요한 역할을 맡는 데 반해, 전투 계열은 말 그대로 싸워서 이기면 되는 것이다.

"더 많은 적들이 있는 곳으로!"

위드는 언데드들이 보충되면 조금의 망설임도 없이 전에는 엄두도 내지 못했던 몬스터들의 소굴로 들어갔다.

"싸워라!"

언데드들이 죽거나 말거나 관심 밖!

큰 전투를 해야 경험치와 전리품을 많이 얻을 수 있기 때문에 의뢰나 전투에 대해 우유부단하게 미적거릴 까닭이 전혀 없었다.

'질 거 같으면 나만 도망가면 되니까.'

계급이 떨어지거나 명성을 좀 잃어버리더라도, 그 정도의 페널티는 중요하게 여기지 않았기 때문이다.

큰 싸움을 서슴지 않고 벌이면서 레벨을 올리고 아이템을 얻을 이 기회가 소중할 뿐이었다.

끊임없는 전투로 인해 위드의 레벨도 396이 되었고, 다음 단계로 레벨을 올리는 데 필요한 경험치도 얼마 남지 않았다.

그야말로 무모한 전투에 뛰어들어서 언데드들과 같이 버티며 생존하고 지휘했던 것이다.

> 호칭! '영광의 언데드 지휘관'을 획득하였습니다.
> 다수의 불가능한 전투를 승리로 이끈 자! 언데드들에게 강렬한 두려움과 복종심을 이끌어 내며 전투를 수행할 수 있습니다.
> 통솔력이 5 오릅니다. 행운이 5 오릅니다. 언데드들에 한정되어 지휘 능력이 21% 증가합니다.

마레이는 연주를 하면서 틈나는 대로 위드의 활약을 구경하고 있었다.

'소문대로 정말 잘 싸우는군.'

첫 전투를 치렀을 때의 평가였다. 몬스터들이 그를 목표로 했을 때, 우왕좌왕하거나 머뭇거리지 않고 대응을 하는 점을 높이 사 줄 수 있었다.

그런데 그 이후의 전투들을 보며 평가가 계속 바뀌었다.

'전쟁의 신이라는 평가가 아주 뜬소문만은 아니었어. 전투를 잘하긴 하는군.'

…….

'경험치가 정말 쑥쑥 오르는데? 어떻게 이런 식으로 몰아치듯이 경험치를 올리지? 아니, 저 많은 몬스터들을 언제 이렇게 잡았지?'

…….

'언데드들이 이렇게 순한 양처럼 말을 잘 듣는 게 가능한 일이었나?'

위드의 스탯은 초보 시절부터 비슷한 레벨보다 훨씬 높았다. 스킬 숙련도와 스탯을 쌓아 가듯이 더 높게 유지하면서 벌어진 격차가 효과를 발휘하고 있었다.

사냥 속도에 대해서는 특히 놀라움의 연속이었다.

몬스터들이 많이 모여 있으면 언데드들을 활용해서 군사교범에나 나올 법한 전술들을 썼다.

데스 나이트들을 유령마에 탑승시킨다.

위드가 직접 데스 나이트들을 이끌고 적진을 관통하여 적을 분리시킨 후에 언데드 부대를 투입하여 각개격파!

스켈레톤 부대의 집단 사격, 속성을 이용한 마법의 순환 공격 등등.

전투에 관한 한 분야를 따지지 않고 지식과 경험이 많았고, 이를 너무나 자연스럽게 활용한다.

보통 일반적으로 전력상 유리할 때만 싸우는데, 여러 시도를 해 보면서 공략 방법을 정착시키고 화끈하게 사냥을 해 버리는 것이다.

마레이도 차마 싸우고 싶지 않은 전투들이 있었다.

'이건 못 이길 텐데.'

그러나 위드는 언데드 부대를 끌고 가서 탁월한 용병술을 보여 주며 승리했다. 잘했다는 말이 절로 나올 수밖에 없는 훌륭한 전투였다.

그 후에 언데드 부대를 보충하고 나서 더 큰 몬스터 무리에게 덤볐다.

'여긴 정말 무리인데.'

위드도 심하게 고생을 하고 언데드들도 많이 잃었지만, 결국은 이겼다.

싸우고 살아남으면서, 최종적으로 승리하며 강해진다. 마레이의 상식이나 고정관념이 자연스럽게 부서지는 전투였다.

'그래도 이곳만큼은 자살행위인데.'

더 큰 몬스터 집단!

마레이도 말려 보고 싶은 마음이 없던 것도 아니지만, 위드가 과연 어떻게 싸우는가를 보고 싶어서 따라다녔다.

위드는 믿기지 않는 생고생을 하며 하루가 꼬박 넘는 전투 끝에 승리를 거머쥐었다.

마레이도 옆에서 도왔고, 마지막까지 버틴 데스 나이트가 8 구밖에 남지 않았을 정도로 극렬하기 짝이 없는 전투였지만 이 겼다.

전투를 마치고 나서 위드가 사람으로 보이지 않을 정도로 멋 지게 느껴졌다.

바드로서 지켜봤던 전투들이 많았지만, 이런 식으로 아슬아 슬하게 한계까지 몰아붙이며 싸우는 사람은 없었다.

마레이 자신조차도 살기 위해 능력을 총동원해서 버텨야 했 고, 그럼으로써 승리를 쟁취했다.

전리품을 대량으로 획득한 건 물론이고, 시체들도 언데드로 일으킬 수 있다.

위드도 불사의 군단에서 언데드 부대를 다시 소집하고, 끝까 지 버텼던 데스 나이트들과 함께 다시 사냥터로 향했다.

마레이는 위드가 강하고, 사람들로부터 높이 평가받는 이유 를 알 수 있었다.

'이러니까 강하지.'

10의 전력을 가지고 있을 때 7 정도의 적과 싸우는 게 현명 한 생각이라고 할지 모른다.

그런데 위드는 10을 가지고 있으면서 11, 12, 어쩔 때는 15 와도 싸운다.

최대한의 집중력과 지휘력, 판단 그리고 마레이의 시선을 잡 아끌어 연주를 잊을 정도의 몸놀림을 보이면서 이긴다.

10으로 15를 이길 수 있는 이유는, 물론 여러모로 뛰어난 결정들을 하기 때문이지만, 근본적으로는 싸우기 때문이었다.

　더 큰 적에게 덤비기 때문에 그들을 이길 수 있는 것이다.

　'위드를 따라다니기로 한 건 정말 최고의 판단이었어.'

　마레이는 안도감과 함께 동정심이 생겼다.

　네크로맨서들이 불쌍하게 여겨졌다. 만약 위드와 퀘스트를 경쟁한다면 절대 이기지 못할 거란 확신이 들어서였다.

2℃◦◦◦◦

　퀘스트의 보상으로 8,000구의 언데드를 지휘할 수 있는 권한을 획득했습니다.
　현재 직위: 데스 나이트 사령관

　위드의 계급도 많이 오르고, 장비와 탈것들도 바뀌었다.

　악령이 붙은 갑옷, 수배자의 낙인, 파괴자의 부츠.

　데스 나이트가 착용할 수 있는 상급의 아이템들을 얻었다.

　"나중에 반 호크에게 주면 좋아하겠군."

　반 호크와 토리도는 소환하지 못했다.

　원래가 불사의 군단 소속이었고, 그들이 소환되면 언데드들 사이에서 어떤 사태가 벌어질지 짐작조차 할 수가 없었기 때문이다.

　"이리 와라."

　키야아아아악!

　하늘에서 괴성이 들리더니 가고일들이 내려와 앉았다.

위드와 데스 나이트들은 유령마에서 발전하여 뼈로 된 가고일들을 탈 수 있었다.

언데드들에게는 지상에서 싸우도록 명령하고 공중에서 휘젓고 다니는 데스 나이트 친위대!

스켈레톤들도 해골에 칼자국 3~4개쯤은 기본으로 가진 엘리트들이었다.

"역시 사냥은 즐거워."

마레이는 간신히 따라다니고 있었다.

바드라고 해도 공연과 작곡만 하지는 않았다. 모험도 하고, 던전도 들어가고, 전투도 어느 정도 꽤 한다. 그러나 위드를 따라다니면서 조금만 쉬었으면 하는 생각이 아주 간절했다.

"이곳은 다 정리되었으니 갑시다."

"잠깐만 앉아서 쉬었다 가요. 이틀 동안 전투만 하고 있잖습니까."

"좀 전에 충분히 쉬었는데요."

"언제요?"

"하품 두 번 했거든요."

그게 휴식이라면 직장인이 점심시간에 낮잠 잠깐 자는 것은 휴가라도 된단 말인가!

"몬스터들이 다른 장소에 남아 있을 텐데, 지체할 시간이 없습니다."

언데드들은 체력이 무한한 데다 식사를 하지 않아도 됐기에 위드는 끊임없이 전투로 이끄는 것이었다.

그렇게 전투를 하며 언데드들을 성장시켰으니 마레이가 생각하기에도 위드의 부대가 매우 강해진다고 느껴졌다.

아슬아슬하게 승리하는 전투들을 경험하며 데스 나이트들이 매우 세졌다. 레벨도 레벨이지만, 힘겨운 전투에서 살아남을 때마다 투기가 엄청나게 늘어났다.

데스 나이트들이 이끌어 주면서 언데드 부대들의 전체적인 실력도 일취월장했고, 이제는 몬스터들에게 둘러싸여 위험한 상황이 오더라도 오랫동안 버티면서 수비력이 탁월해졌다.

언데드들의 최정예 부대.

그때 위드만이 아니라 마레이 그리고 협곡과 그 너머에서 사냥하는 유저들에게 까마귀가 날아와서 물고 있는 쪽지를 전해 줬다.

다시 퀘스트가 발생한 것이다.

나달리아 평원의 몬스터

불사의 군단에 도전할 만한 큰 규모의 몬스터들은 근처에 거의 남지 않았다. 최후까지 몰린 몬스터들은 연합하여 나달리아 평원으로 향하고 있다. 사흘 내로 그들마저 격퇴된다면 정식으로 불사의 군단의 진영으로 들어가서 언데드의 왕 바르칸 데모프를 만날 수 있다. 죽음의 기사는 한계를 넘어서 마지막 진급이 가능하다. 사흘이 지난 후에는 불사의 군단의 주력이 출동할 것이다. 날짜가 지난 후에는 퀘스트를 성공시킬 수 없다.

난이도: A

보상: 진급, 언데드 소환 마법.

제한: 언데드 한정. 시간제한. 다시 발생되지 않는 퀘스트.

네크로맨서 유저들과 협력해야 하는 퀘스트.

불사의 군단에 들어가기 전에 수행해야 할 마지막 의뢰였다.

"바로 가 보죠."

위드와 마레이는 언데드를 이끌고 곧바로 협곡 쪽으로 이동했다.

네크로맨서 유저들의 접속률은 매우 높은 편이었다.

"흐길길길."

"내, 내 머리를 왼팔로 들고 있는지 오른팔로 들고 있는지 잊어버렸다."

"언데드들은 정렬하라, 바르칸 님을 위하여!"

협곡으로 갈수록 어마어마한 언데드들이 모여 있는 것이 보였다.

네크로맨서들 중에는 상급의 언데드를 소수 소환해서 싸움하는 취향을 가진 사람도 있지만, 그 반대의 경우가 많다. 스켈레톤과 구울을 풍부하게 소환하고 저주를 활용하며 전투를 하는 편이 안정적이기도 했다.

네크로맨서 유저 1인당 적어도 수백 구, 많으면 2,000구가 넘는 언데드들을 데리고 다닌다.

직접 소환하거나, 불사의 군단에서 떨어져 돌아다니는 언데드들을 붙잡아 둔 경우도 있었다.

마레이가 정말 보기 힘든 광경이라는 듯이 각양각색의 언데드를 둘러보았다.

"적어도 10만은 되겠군요."

위드는 벽을 쌓듯이 차곡차곡 눕혀져 있는 스켈레톤들도 발견했다. 자리가 좁아 그런 식으로 공간을 아끼는 모양이었다.

"그보다 더 많아 보입니다."

네크로맨서들은 소환한 언데드들을 멀리 떨어진 장소에 두려고 하지 않기 때문에 협곡 주변은 언데드 천지라고 할 수 있었다.

그런 그들이, 위드의 부대가 다가서자 멀찍이 물러섰다.

소멸의 위기를 열 번 이상씩 넘긴 데스 나이트들이 내뿜는 투기에 스켈레톤들은 겁에 질린 듯이 숨기 바빴다.

캬아아아옥!

위드의 언데드 부대에 포함된 데스 나이트 일부는 가고일을 타고 빙글빙글 선회하며 따라왔다.

데스 나이트들의 멋진 광경에, 협곡에 있는 네크로맨서들의 시선이 위드에게로 향했다.

"뭐야, 저렇게 많은 언데드 부대를 2명이 데리고 있어?"

위드와 마레이의 언데드를 포함하면 9,600 정도였다.

위드의 지휘력과 카리스마가 높아서 계급에서 허용하는 숫자 이상으로 부대를 늘릴 수 있었지만, 효율적인 통제를 위하여 정원을 엄격하게 제한했다.

그렇지만 네크로맨서들이 보기에는 그 정도의 숫자도 크게 느껴졌다.

"정말 많다."

"데스 나이트들도 꽤 있고… 듀라한이나 스켈레톤들 종류별로 다 갖췄네. 정말 언데드 군대라고 해도 틀리지 않겠는걸."

"저런 군대를 거느릴 수 있다면……. 우리도 전사 계열로 진급해 볼 걸 그랬나?"

위드를 보며 뒤늦게 후회하는 유저들도 제법 됐다.

시선을 떼지 못하고 부러워하고 있는 그들에게 위드와 마레이가 걸어갔다.

"안녕하세요."

헤리안이 먼저 알아보고 가볍게 인사를 했다.

위드가 살펴보니 그녀나 쟌, 오템, 그루즈드 모두 장비들도 많이 바뀌어 있고 수정 구슬을 손에 들고 있기도 했다. 장비들은 알아볼 수 없는 종류들도 꽤 많은 편이었다.

'이들도 열심히 했나 보군.'

불사의 군단에서 진행하는 퀘스트는 위드에게만 주어진 게 아니었다. 저마다 최선을 다해서 의뢰들을 하면서 성장했던 것이다.

협곡에 모여 있는 네크로맨서들은 58명이었다.

"7명이 더 오기로 했어요. 조금 늦어지고 있는데… 그들이 도착하면 나달리아 평원으로 가게 될 거예요."

헤리안이 간단하게 상황 설명을 해 주었다.

카푸아 마을에서 이곳까지 온 유저들이 65명이었다.

'네크로맨서 총 65명이 같이 수행하는 퀘스트라…….'

참여 인원은 상당히 높은 레벨들이었다. 언데드들까지 데리고 있는 점을 감안하면 거대한 군대라고 봐도 됐다.

ʕ·ᴥ·ʔ

자부린은 간신히 며칠 전에 협곡에 도착해서 사냥을 하고 있었다.

더 좋은 장비들을 착용하고 레벨을 올리는 와중에도, 함께 사냥하는 네크로맨서들에게 가벼운 선물을 돌렸다.

"그냥 남는 아이템이 조금 있습니다. 가지세요."

"그래도 부담이 되어서……."

세상에는 위드 같은 사람만 있지는 않았다.

매우 유용한 아이템이라고 하더라도, 네크로맨서 유저들은 친하지 않은 사이에 공짜로 받기 어려워하며 거절했다.

"괜찮아요. 제가 가입한 길드에서는 이런 아이템을 막 나눠 주니까요. 네크로맨서를 특별히 우대하는데… 제가 쓸 것은 여기 많이 있거든요."

아이템을 가지고 다른 유저들을 포섭하는 건 제법 쉬운 일.

네크로맨서들은 다른 직업군에 비해서는 길드를 갖지 않는 경우가 많다. 자부린은 서두르지 않고 그런 이들을 같은 편으로 만들면서 1명씩 분류했다.

'이 사람도 신분은 확실하고.'

파티 사냥을 할 때 이름을 공개하거나 친구 등록을 한다면 완벽하게 증명이 된다.

어지간한 네크로맨서들은 베르사 대륙에서 꽤 알려져 있기도 했다.

일반 유저들로서는, 숲이나 산에서 언데드들을 끌고 다니면서 사냥을 하는 네크로맨서를 우연히 마주친다면 크게 놀랄 수밖에 없다. 네크로맨서가 신기하기도 해서, 그 장면을 촬영하여 게시판에 올리는 경우가 많았다.

그들과도 대조해서 신분이 확실한 이들을 제외해 나갔다. 그렇지만 자신을 공개하지 않으면서 혼자 사냥을 하는 사람들은 알아보기가 어려웠다.

'7명 정도만 오는 대로 살펴보면 되겠군.'

쟌, 오템, 보흐람, 헤리안, 그루즈드, 바레나, 고수도 헤르메스 길드로 끌어들이기 위해 조사해 봤더니 최소 레벨이 380을 넘는 수준이었다.

쟌, 헤리안, 오템은 레벨이 400을 넘는 것으로 판단됐다.

원래 네크로맨서가 되기 전부터 마법사로도 대단히 뛰어난 실력을 가진 인물들이었다.

전직하게 되면 본래 갖고 있던 마법 능력이 상당히 약해진다. 비슷한 계열의 마법을 새로 익히는 게 아니라 상충되는 흑마법과 언데드 소환 마법을 습득하기 때문에 기존의 마법 능력이 퇴화하는 것.

네크로맨서로 다시 시작하기가 쉬운 결정이 아니겠지만, 그들은 저주와 언데드 소환의 숙련도를 착실히 올리고 있었다.

'헤르메스 길드로 끌어들이면 매우 큰 공으로 인정받을 수 있겠어.'

자부린은 확실한 기회를 엿보고 있었다.

그들이 헤르메스 길드 소속이 되어 준다면, 당연히 길드 내에서 자부린의 공로가 인정받는다.

협곡에서도 같은 길드 소속이 있다면 도움을 받으며 따라다닐 수도 있다. 불사의 군단 퀘스트에 끼어서 같이한다면 레벨과 명성, 언데드 소환 마법까지 함께 얻을 수 있는 기회였다.

주변 사람들을 포섭하고, 정보를 모으며 사냥을 하고 있던

그에게 나달리아 평원의 몬스터를 퇴치하라는 전체 퀘스트가
발생했다.

그리고 조금 지나서 위드가 마레이와 함께 언데드 군대를 끌
고 도착했다.

다른 유저들의 언데드들도 있었지만, 위드와 마레이가 끌고
온 언데드들은 단연 발군이었다.

데스 나이트들이 내뿜는 투기에, 어지간한 언데드들조차도
멀리 떨어지려고 했다. 가고일을 타고 빙글빙글 순회하면서 경
계를 서는 데스 나이트들도 보통 강해 보이는 게 아니었다.

'아마 저들 중에 위드가 있을지 모른다.'

위드나 마레이나 마침 정체가 알려지지 않은 유저들!

의심을 받고 있는 다른 5명도 있지만, 그들은 언데드들이 적
거나 무난했다.

'아무튼 보고해야겠군.'

자부린은 헤르메스 길드의 폴론과 마법병단 측에 나달리아
평원으로 간다는 이야기와, 위드로 의심되는 인물에 대한 이야
기, 쟌과 오템이 소속 길드가 없다는 사실을 전했다.

대재앙의 자연 조각술

언데드들이 나달리아 평원으로 걸어가는 데에는 많은 시간이 필요했다.

스켈레톤들은 두 다리가 멀쩡하다면 행군은 정말 잘하는 편이다. 검을 바닥에 질질 끌면서 시키는 대로 걸어갔기 때문이다. 하지만 좀비나 구울 들은 비틀거리면서 걸어서 방향이 자꾸 틀어지기 일쑤였다.

"똑바로 가자!"

네크로맨서들은 언데드들을 관리하느라 바빴다.

11만이 넘는 언데드들!

스켈레톤도 공격력은 꽤 되기 때문에 전투에서 유용한 편이었다.

다시 되살릴 수도 있고, 여차하면 시체들을 통한 저주 마법을 발휘할 수도 있기에 최대한 많은 언데드를 끌고 가느라 시간이 지연되었다.

"나달리아 평원에 몬스터가 얼마나 많든 무난하게 이길 수 있겠지."

"우리의 전력이라면 웬만한 보스급 몬스터는 다 잡을 수 있을걸."

네크로맨서들은 언데드를 보고 든든했는지 안심하고 있었지만, 위드는 초조하게 전투를 기다렸다.

'내가 더 많이 사냥해야 되는데. 내가 아이템을 더 먹어야 돼. 이렇게 언데드가 많이 가면 사냥할 수 있는 몬스터들이 적을지도 모르는데.'

끝없는 욕심의 원천!

어쩌면 허무할 정도로 쉽게 끝날 거라는 퀘스트에 대한 기대감은, 나달리아 평원에 도착하자마자 무너졌다.

에르벤스 수도원.

니플하임 제국의 황실에서 만들어 놓은 수도원이 있는 자리였던 것이다.

> 신성한 힘이 깃든 장소입니다.
> 언데드의 육체를 약화시키고 저주 마법을 해소합니다. 네크로맨서들의 마법 발휘 능력이 24% 저하됩니다. 부서진 언데드들을 재생할 수 없습니다.

은은한 신성력의 기운이 땅에서부터 피어오르고 있었다.

몸에 신성력이 닿자 따스한 느낌이 돌며 검을 들고 있는 팔에 힘이 빠졌다.

> 힘이 3 줄어듭니다. 생명력이 240 감소합니다.

바르칸의 데스 오라의 영향으로 생명력은 다시 보충되었지만, 나달리아 평원에서는 그런 신성력의 기운이 굉장히 많이 올라오고 있었다.

어두운 밤.

대지에서 하늘로 솟구치는 신성력 줄기들은 아름다웠지만, 네크로맨서들에게는 심각하게 공포스러운 것이었다.

"크으… 이대로면 어떻게 언데드로 공격하란 말이야."

"마법은?"

"저주 마법이나 흑마법도 신성력을 뚫다 보면 위력이 약화될 테고, 사정거리도 닿지 않을 거야."

"먼저 써 보기나 합시다."

쟌과 오템이 함께 힘을 모아 독 구름을 부르는 흑마법을 발휘했다.

몬스터들은 에르벤스 수도원의 담장 안쪽에 숨어 있었다.

수도원이라고 해도 담장이 매우 높고 넓은 건물이라서, 몇만 마리가 넘게 모여 있을 수도 있다.

몬스터들의 번식력은 상상을 초월할 정도였다.

"가라. 지독한 독의 비를 내려라!"

독 구름이 수도원이 있는 방향으로 몰려갔지만, 솟구치는 신성력에 타서 사라지고 말았다.

"이거 정말 골치 아프군."

위드도 수도원을 보며 인상을 썼다.

'괜히 바르칸을 만나는 마지막 퀘스트가 아니로군.'

언데드로서는 가장 끔찍한 신성력을 뚫어야 된다.

나달리아 평원 외곽의 신성력은 그리 강하지 않았지만, 수도원 내부에는 환한 빛들이 어려 있었다.

평원과 멀리 떨어진 곳에 음침하게 모여 있는 언데드 대군이 빛을 보며 인상을 쓰고 있는 광경.

인간이었을 때는 신성력이 그저 조금 밝게 느껴졌을 뿐, 지금처럼 눈이 따가울 정도까지는 아니었다.

'언데드라서 신성력을 더 민감하게 느끼는 거로군.'

네크로맨서 유저들은 딱히 해답을 찾지 못하고 신성력이 미치지 않는 뒤쪽 땅에 서 있었다.

위드는 시간이 돈이라는 주의였기 때문에 명령을 내렸다.

"스켈레톤 막내야."

"예, 로드."

"앞으로 달려라."

위드의 부대에서 가장 키가 작은 스켈레톤이 수도원을 향해 절뚝거리면서 달려갔다.

언데드라고 해도 죽음에 대한 본능은 남아 있기 때문에 신성력을 무서워한다. 그런데 위대하기 짝이 없는 위드의 카리스마와 통솔력은 스켈레톤을 완벽하게 지휘했다.

타다다다닥, 저벅저벅, 쿵!

스켈레톤은 신성력에 의해서 이리저리 얻어맞으면서도 열심히 앞으로 달렸다.

수도원의 담장까지 절반 정도 갔을 무렵에는 신성력에 의해 불에 타는 것처럼 보였다. 생명력도 많이 줄어들어서, 걸어가기만 하다가 검 한번 휘둘러 보지 못하고 쓰러지고 말았다.

이윽고 스켈레톤이 시체도 남기지 못하고 완전히 정화되는 것을 보며 네크로맨서들은 혀를 내둘렀다.

위드는 손가락을 들어서 이번에는 스켈레톤 워리어를 가리켰다.

"전진."

"예, 로드!"

스켈레톤 워리어는 조금 더 버티면서 몇 걸음 더 갈 수 있었지만, 그렇다고 해도 담장에 도착하지는 못했다.

"스켈레톤으로는 못 가는군."

네크로맨서들은 언데드 부대에서 가장 많은 숫자를 차지하고 있는 스켈레톤이 쓸모가 없다는 사실에 크게 실망했다.

막연하게만 생각했던 신성력의 두려움을, 스켈레톤이 녹아 버리는 광경을 목격하며 심각하게 절감할 수 있었다.

"듀라한, 너도 앞으로 가라."

"예. 명령을 따릅니다."

듀라한이라면 꽤 사나운 전사라고 할 수 있다.

전투에서도 공을 많이 세울 수 있는 수준이었지만, 위드는 아낌없이 실험했다.

듀라한은 금방이라도 허물어질 것 같은 담장을 넘어가려다가 몬스터들의 공격을 받고 소멸!

데스 나이트들은 위드를 보며 공포에 질렸다. 다음 차례는 곧 그들이기 때문이다.

언데드들은 무자비한 군주인 위드의 부하가 되어 전투를 치르면서, 엄청난 두려움에 떨고 있었다.

"흐음."

하지만 위드는 듀라한까지 보내 본 이후로 더 이상 언데드를 투입하진 않았다.

'듀라한이 저 정도라면 데스 나이트들은 싸움을 할 수도 있겠군. 오랫동안은 안 되겠지만……'

다른 유저들의 데스 나이트들까지 다 모아 놓더라도 2,000이 넘긴 어려울 것이다.

그 정도만 보내 놓고 몬스터들과 싸우라고 한다면 조금 활약은 하겠지만 뜨거운 여름의 아이스크림처럼 몽땅 녹아 버릴 수 있다.

'그걸로 퀘스트는 실패겠군.'

사흘의 제한이 있는 퀘스트!

언데드들이 재빠르지 못해서 오는 데 7시간 정도를 썼다.

언데드들이 다 소멸되고 나서 이 정도 수준과 양을 다시 모아 싸울 만한 시간은 없었다.

'기회는 딱 한 번이야.'

위드가 적진을 살피며 골똘히 생각에 잠겼다. 여러 가지 세심한 전략들이 필요했다.

"이거 퀘스트 난이도가 너무 높은 거 아닌가요?"

"진짜 깨라고 있는 퀘스트가 맞아요? 완전 불가능인데."

"언데드들로는 해답이 안 나오잖아요. 우리의 레벨이 더 높았어야 성공할 수 있는 퀘스트였나? 여기서 이렇게 막혀 버리다니……"

"어쩌면 사전에 몬스터들이 이곳에 모이지 않도록 하면서 사냥을 했어야 되었을지도 모르겠습니다. 협곡에서도 그렇고 몇 번 몬스터들이 도망치는 걸 놔둔 적이 있는데, 그놈들이 결국 여기로 다 모인 걸 테니까 말이죠."

네크로맨서들이 갈피를 못 잡고 있을 무렵이었다.

헤리안이 위드와 마레이가 있는 장소로 다가왔다. 그녀는 저번에도 위드에게서 방법을 들은 적이 있기 때문에 조언을 구하기 위해서 온 것이다.

위드는 심각하게 중얼거리고 있었다.

"잡템이… 가죽들은 별로인데… 수도원에도 보물이 남아 있으면…….."

무언가 깊은 고뇌에 잠겨서 힘겨워하는 모습!

"혹시 이 퀘스트를 해결할 전략을 생각하고 계신 건가요?"

"몬스터들의 성향으로 짐작할 때… 금은보화의 가능성은… 하지만 역시 보물이…….."

헤리안이 대답을 기다리고 있으니, 쟌과 오템도 다가왔다.

그들도 위드를 지켜보면서 대단한 유저라고 여기고 있었다. 언데드 소환을 할 수 있는 마법 계열이 아닌 전투 계열로 여기까지 진행을 해 왔으니 능력을 인정하지 않을 수 없다.

위드의 언데드도 단일 세력으로서는 가장 많다.

10분 정도가 경과했을 때, 위드는 땅바닥에 손가락으로 글자와 숫자까지 쓰고 있었다.

가죽. 거칠고 결함이 많아서 1,750.

잡템. 다양한 물건. 퀘스트 연관성은 적음. 마판 님에게 일괄 처분.

수도원. 니플하임 제국 역사서에서 아직 발굴되지 않은 신성 무구들에 대한 정보 부족. 판단 보류.

쟌, 오템, 마레이는 암호 문구 같은 글귀들을 보며 앞에 있는 몬스터들과 무슨 관계가 있는지 알기 어려웠다.

헤리안이 참다 참다 물었다.

"이 퀘스트를 해결할 방법은 역시 없는 건가요?"

위드가 글귀를 뚫어져라 보다가 고개를 들었다.

"예?"

"지금 퀘스트를 해결할 방법을 찾는 중이 아니었어요?"

"다른 계산을 하고 있었는데요."

"아……."

헤리안은 위드의 엉뚱한 행동에 기대하며 기다리고 있었다고 생각하니 허탈하기 짝이 없었다.

"휴우. 무슨 실낱같은 희망이라도 건져 보겠다고……. 괜히 지켜보고 있었네요."

쟌과 오템도 네크로맨서들에게 돌아가려고 했다.

그들에게 가더라도 막상 해답을 찾기는 어려운 문제였지만 고민하다 보면 조금이라도 나은 방법을 찾기 마련이니까.

어떤 수단이든 빨리 찾아야 하는 처지였다. 그런데 위드가 전혀 문제도 아니라는 듯이 말했다.

"수도원의 몬스터들이야 그냥 때려잡으면 되는 거죠."

"그러니까 어떻게요?"

"방법이야 많이 있죠."

위드는 몬스터들에 대해서는 오랫동안 끙끙댈 필요도 없다고 여겼다. 금방 결정을 내리고 나서, 지금은 사냥 후의 견적을 뽑고 있었던 것이다.

내부에 있을 몬스터들의 개체 수와 대략의 레벨, 전리품 그리고 수도원의 구조와 보물이 숨겨져 있을지 모를 장소까지도 대략적으로 감안!

'신성력이 넘쳐 나니까 뭔가 하나 있긴 있을 거야. 지하가 가능성이 크겠지.'

어쩌면 그 보물이 굉장한 가치를 지니고 있을지도 모르기에 심각해져 있었던 것이다.

꽃무늬 장식

네크로맨서들은 모든 언데드 부대의 지휘권을 위드에게 넘겨줬다.

"제발 좀 가."

"조금만 걸어가 봐라. 응?"

네크로맨서들이 하는 말을 언데드들이 따르지 않았기 때문이다.

그런데 위드가 명령하면 즉시 따랐다.

"앞으로."

"예, 로드."

"데스 나이트, 사령관님의 명령을 따릅니다."

언데드들은 위드의 말을 거스르지 않았다.

데스 나이트라는 직업도 이유의 큰 부분이겠지만, 터무니없을 정도로 높은 지휘 능력과 아이템이 영향을 줬다.

대규모 전투를 해서 피해를 입은 적은 많지만, 위드는 끝내 승리를 거둠으로써 영광의 언데드 지휘관이라는 호칭을 얻었다. 과거 리치가 되었을 때, 지골라스에서 쿠비챠를 사냥하고 불멸의 전사라는 호칭도 부여받고 있었다.

그 때문에 언데드들은 위드의 명령이라면 죽음으로 향하는 길이라도 믿고 따른다.

네크로맨서들의 마나로 유지되는 언데드들이지만, 그들은 위드의 명령에 따라서 움직였다.

"전군 공격. 앞으로 달려라!"

위드가 큰 소리로 외쳤다.

스켈레톤과 듀라한들이 수도원을 향해서 일제히 달리기를 시작했다.

11만에 이르는 대공세!

이 언데드들이 사라지고 나면 다시 모을 시간도 없다.

"크에엑!"

"몸이 뜨겁다. 너무 뜨거워!"

신성력에 의해 몸에 불이 붙어서 타오르는 스켈레톤들. 그럼에도 스켈레톤들은 꾸역꾸역 달려가고, 넘어진 동료를 밟고 넘어갔다.

한밤에 뼈에 불이 붙은 스켈레톤들이 평원을 달린다.

언데드의 불길이 번져 나가는 것처럼, 네크로맨서들이 보기에도 멋진 광경이었다.

"길을 열어 줍시다. 본 월!"

"다크 그로우!"

뼈로 된 벽을 소환하고, 어둠을 먹고 사는 식물을 자라게 하여 네크로맨서들이 언데드들의 전진을 약간이나마 보조해 주었다.

스켈레톤과 듀라한 들은 그 뼈와 식물을 밟으면서 조금이나마 가까이 갈 수 있었다.

물론 땅에서부터 솟구치는 신성력에 오래 버티지 못하고 군데군데 타 버렸지만, 징검다리를 밟듯 하며 지나가는 데 도움이 됐다.

언데드들이 상상하기도 어려운 피해를 입으면서도 끈질기게 앞으로 간다. 위드는 모든 언데드를 몰아쳐서 몬스터와 싸우는 결전을 계획한 것이다.

막중한 책임이 걸려 있는 언데드 군단의 총사령관 자리. 보통 배포로는 하기 어려운 일이지만, 이것 이상의 나은 방법이 없었다.

몬스터들과의 거리를 좁히기만 하면 시체 폭발이나 저주를 이용해서 싸울 수 있다.

땅에서부터 무작위로 솟구치는 신성력 줄기들이 언데드에게 많은 피해를 주고 있지만, 전 언데드를 일거에 투입해서 1마리라도 더 그 위로 밟고 넘어가기 위한 계획.

"너무 무리입니다."

다 같이 힘을 합쳐도 모자랄 판에 언데드 속도 증가와 방어력 향상 같은 마법을 펼치지 않고, 불만만 쏟아 내는 네크로맨서들이 있었다.

처음부터 위드의 계획에 대해 반대하는 입장이었지만, 쟌과 오템, 헤리안이 동의하면서 다른 네크로맨서들도 따르기로 했다. 하지만 막상 언데드들이 평원을 건너가면서 대량의 피해가 발생하자 불만 많던 네크로맨서들이 들고일어난 것이다.

"아직 늦지 않았습니다. 여기서 멈추고 다른 방법을 찾아봅시다."

"시작하기 전부터 무모한 계획이라고 했잖습니까. 이렇게 되면 수도원에 들어간다고 해도 몬스터들과 얼마 싸우지도 못하고 전멸하고 맙니다. 몬스터들의 전투력에 대해서는 우리 모두 잘 알고 있습니다. 지금이라도 이 말도 안 되는 작전은 취소해야 됩니다!"

위드의 계획에 찬성하기로 했던 유저들도 마음이 흔들렸다. 온통 언데드들이 불타오르고 신성력에 의해서 정화되는 장면뿐이니 그럴 법도 했다.

성공에 대한 가능성이 별로 보이지 않는 게 사실이다.

그렇다고 여기서 언데드들을 멈추거나 되돌린다면, 그것으로 퀘스트는 완전한 실패다.

행동하기 이전에 말을 했어야지, 이미 심하게 늦었다.

벌써 언데드가 절반 넘게 투입된 이후이기 때문!

그런데 네크로맨서들이 들고일어난 이상으로, 언데드들도 동요를 했다.

"앞으로 가면 소멸당한다."

"이대로 타 죽고 싶진 않아!"

대량의 언데드들이 신성력에 의해 없어지면서, 남아 있는 언데드들이 위드의 명령을 거부하려는 사태가 벌어졌다.

추가적으로 언데드들이 계속 밀고 가야만 되었다. 언데드 투입이 이대로 끝난다면 현재 평원에서 앞으로 달려가고 있는 병력은 전부 타거나 녹아 버릴 뿐이다.

위드가 가고일에 탄 채로 녹슨 명검을 들어 올렸다. 그리고 턱을 열었다.

냄…새, 냄새가 나네
노래를 하는데도 냄새가 나
멈춰도 냄새가 그치진 않지

"……?"

음정도 박자도 없이, 가사는 막 떠오르는 대로 부르는 게 틀림없는 노래.

데스 나이트의 약간 쉰 듯한 음성이 평원 전체로 넓게 울려 퍼졌다.

나달리아 평원 가까이에서 마법을 쓰고 있던 쟌이 고개를 돌렸다.

"이런 노래를 부를 사람은……."

헤리안이나 오템, 보흐람, 그루즈드, 바레나. 고위급 네크로맨서들도 하던 일을 멈추고 위드가 있는 쪽을 향해 시선을 옮겼다.

일찍이 들어 본 적이 없는 노래였다.

이렇게 무모한 노래가 어디서 작곡되었을 리가 없다.

하지만 전투를 하며 이런 노래를 부르는 사람을 그들은 알고 있었다.

오늘은 어두운 밤, 깜깜한 밤

나는 데스 나이트

세수를 하지 않아도 되는 데스 나이트

발을 씻지 않아도 되지

"전쟁의 신……."

"위드다!"

전투 계열의 직업을 택하고, 남들보다 훨씬 앞서 있었기 때문에 약간 의심하긴 했다.

그런데 바로 그가, 너무 엉터리라서 다른 누구는 절대 따라 할 수 없는, 말도 안 되는 노래를 한다.

베르사 대륙의 유저들 중 할머니와 할아버지까지 그를 알고 있으며, 동영상을 보고 밤을 새우며 설레게 만들었던 존재.

그것으로 모든 설명이 되었다.

"위드가 우리와 함께 있었다니……."

"마법을 써라. 수도원을 침략하고 몬스터들을 다 죽이자!"

안 될 거라고 말만 많던 네크로맨서들이 자기 할 일을 하기 시작했다.

마레이는 위드가 노래하는 때만을 기다렸다.

달빛 조각사

드워프들이 만든 하프를 꺼내 노래에 맞춰 가며 즉흥연주를 했다. 앞뒤가 전혀 다른 박자에 맞추며 하려니 힘들기도 했지만, 위드가 붙이는 노래에 어색하지 않게 연주를 했다.

'처음 곡을 만들 때보다도 더 힘들군.'

최고의 바드가 위드의 노래에 맞춰 주고 있었다.

ㅋㅎㅇ, ㅋㅎㅇ
참외값이 올랐어
딸기는 정말 비싸
굴은 아까워서 먹을 수가 없지
밤에는 아무것도 먹지 마
그냥 일찍 자면 돼

이곳에 모인 언데드들이여, 노래를 부르라
배고픔도, 지칠 줄도 모르는 우리는 언데드
어서 앞으로 갈지어다

위드는 노래를 마치자마자 뿔피리를 꺼내 들었다.

트레세크의 승리를 알리는 뿔피리. 병사들의 능력을 엄청나게 이끌어 낼 수 있는 유니크 아이템.

소유하고 있는 것만으로도 그 사람이 유명해질 수 있는 보물이었다.

위드는 입에 뿔피리를 대고 힘껏 불었다.

뿌우우우우우우우우!

> 언데드들의 사기가 오릅니다. 언데드들이 승리를 갈망하게 됩니다. 일시적
> 으로 잠재되어 있던 육체 능력을 120% 발휘할 수 있습니다. 적들에게 불행
> 한 일이 자주 생기게 됩니다.

"진격하라!"

위드가 사자후를 터트렸다. 그러자 동요하던 언데드들이 수
도원을 향해 일제히 질주를 개시했다.

신성력에 의하여 괴로움을 당하던 언데드들도 속력을 올리
며 앞으로 나아갔다. 신성력으로 약화되었지만 잠재 능력 이상
을 발휘하고 있었다.

스켈레톤들의 손실이란 이루 말할 수 없을 정도지만, 수도원
이 가까워졌다. 영악하고 강인한 스켈레톤들은 동료들의 어깨
와 머리를 밟으면서 앞으로 뛰쳐나가기까지 했다.

"데스 나이트가 출동할 시간이다."

위드는 가고일을 타고 높이 날았다.

휘하의 데스 나이트들도 가고일을 타고 옆에서 날아올랐다.

"팬텀 스티드 소환!"

위드의 부대가 아닌 데스 나이트들은 네크로맨서들이 소환
해 준 팬텀 스티드에 탑승했다.

나달리아 평원에는 신성력이 하늘로 솟구치고 있었지만, 지
금은 언데드들이 땅을 가득 뒤덮었다. 언데드들이 방패막이가
되어 주는 것이다.

언데드를 꿰뚫거나, 빈 곳으로 올라오는 신성력 줄기들만 피
한다면 하늘을 날아서 접근하는 게 가능했다.

"가자!"

위드는 데스 나이트 부대를 이끌고 수도원으로 날아갔다.

그때쯤에는 언데드들도 도착해서, 세 곳의 담장을 무너뜨리고 수비하는 몬스터들과 싸움을 벌이고 있었다.

거의 생명력이 떨어진 언데드들이라서 몬스터들의 반격에 무너지는 모습들이 보였다.

'그래도 많이 약하군.'

위드가 예상했던 대로 몬스터들도 정상은 아니었다.

언데드만큼은 아니더라도, 몬스터 역시 신성력에 의하여 위축되기는 마찬가지 신세. 다수의 언데드들이 달려와서 몬스터 1마리에 3~4마리씩 달라붙었다.

"지상으로 내려가자."

위드는 가고일을 타고 수도원 안쪽으로 들어갔다.

지상에 밝은 빛들이 뭉쳐 있는 게 보였다. 빛들이 모이다가 땅을 꿰뚫으면서 굵은 신성력 줄기들이 위협적으로 솟구쳐 올랐다.

데스 나이트를 태운 가고일 몇 마리가 추락했지만, 대부분은 급격하게 회피하여 무사히 수도원 안쪽에 내렸다.

> 에르벤스 수도원에 도착했습니다.
> 충만한 신성력으로 인하여 육체적인 능력이 45% 감소합니다. 생명력이 1초에 300씩 줄어듭니다.

성당이나 신전에서는 언데드들이 활약하기 어렵다. 데스 나이트가 오래 버틸 수 있는 장소가 아니었다.

위드에게는 몬스터들이 마구 몰려왔다.

"언데드다. 죽여서 없애라."

"언데드들을 지휘하는 데스 나이트다!"

몬스터들도 사고 능력이 있었기 때문에 위드를 가장 먼저 노리는 것이다.

위드를 사냥하게 되면, 그 혼자만이 죽는 것이 아니라 휘하에 있는 언데드들도 지휘관을 잃고 갈팡질팡하게 된다.

인간이나 엘프라면 영향이 덜하겠지만, 언데드들에게는 그야말로 절망적인 사태!

물론 오크들은 지휘관이 죽거나 말거나 상관없었다. 글레이브를 들고 먼저 소리치는 사람이 대장이 되는 것이었으니까.

"헤라임 검술!"

위드는 공격을 위한 스킬을 시전하면서 몬스터들을 베었다.

헤라임 검술은 스킬의 레벨이 올라서 총 열세 번의 연속 공격이 가능했다. 그리고 연속 공격이 성공할 때마다 힘과 민첩, 파괴력이 늘어난다.

스킬 마스터가 그리 머지않다 보니 쓸 때마다 검술 스킬의 숙련도가 부쩍 증가했다.

위드의 휘하에 있는 데스 나이트들도 그를 호위하며 같이 싸웠다.

ℓↄↄↄↄↄↄↄↄↄ

"허… 진짜 대단하기는 하네. 아무리 위드이고 퀘스트를 성공하기 위해서라지만 어떻게 저렇게 몬스터들이 우글거리는 곳으로 뛰어드는 거야?"

"가고일을 탈 때까지만 해도 설마 했는데 정말 들어갈 줄이야. 목숨이 아깝지도 않나."

네크로맨서들 모두가 위드의 용기 있는 행동에 큰 감명을 받았다.

전투에 승리하기 위해 지휘관이 온통 위험으로 가득한 적진으로 뛰어들다니!

'소문 그대로야.'

'정말 이번 전투가 승산이 있을 것 같다.'

위드가 네크로맨서들에게 희망과 용기를 불어넣었다.

네크로맨서들은 완전히 파괴되지 않은 언데드에 생명력을 주고, 보조 마법으로 강화시켰다.

"이 앞은 비교적 안전하니 우리도 전진합시다."

대량의 언데드들이 쓰러진 땅은 뼈와 시체로 오염되었다. 신성력이 위로 발출되지 못하고, 언데드의 잔해만 타들어 가게 만들었다.

네크로맨서들은 구울의 등에 타고 마법을 날릴 수 있는 거리를 목표로, 수도원으로 접근했다.

ꡋꡙꡙꡙꡙ

"덤벼라!"

위드는 몬스터를 도발하며 더 많이 사냥하기 위해 노력하는 한편으로, 곁눈질을 했다.

용감무쌍한 데스 나이트들과 수도원의 내부를 공격하면서, 몬스터들이 활약할 수 있는 기회를 더 주기 위함…은 물론 아니었다.

위드는 영웅심으로 위험한 일에 앞장서기보다는, 언데드들을 싸우게 만들고 뒤에서 고구마나 구워 먹으며 유리한 때를 기다리는 편!

"수도원의 굉장한 보물이 어딘가에 있을 거야."

아이템에 대한 욕망이 그를 수도원 안쪽까지 오게 만든 것이었다.

전투를 마치고 난 이후에 네크로맨서들과 같이 온다면 보물을 나누어야 된다.

하지만 아무도 몰래 혼자 주운 보물은 나눠 가질 필요가 없는 법!

수도원을 탐색할 수 있는 기회는 오직 지금뿐이다.

푸슈슈슝!

눈앞에서 신성력이 모여서 하늘로 분출되고, 멀리서는 네크로맨서들과 스켈레톤 메이지들이 시전한 마법이 날아와 땅에 적중되었다.

언데드들을 투입하고 나서 약간 안전해졌다는 판단이 들자, 네크로맨서들도 나달리아 평원으로 전진을 했으리라.

'보물이 어딘가 있을 텐데. 무너진 건물이나 계단으로 내려가는 장소를 찾아야 돼.'

몬스터와 잔해 속에서 어떻게 생겼는지도 모를 보물의 실마리를 찾기란 위드라고 해도 매우 힘들었다.

몬스터들이 그를 향해 몰려들고 있었기 때문에 데스 나이트들과 함께 싸우기도 바빴다.

"모두 베어라!"

데스 나이트들의 사기를 올리기 위해서 명령을 내렸다.

"지휘관의 명령을 따른다."

"몬스터들을 죽여라!"

위드의 직업은 전투 계열의 데스 나이트. 그리고 같은 직업의 부하들이 있었음에도 덤벼드는 몬스터의 머릿수에는 장사가 없었다.

수도원에서는 버티기도 힘든 언데드로서, 신성력의 기운을 이기지 못하고 데스 나이트들이 쓰러지기 시작했다.

위드의 생명력도 무섭게 줄어들었다.

남들이 보았을 때에는 용감무쌍하거나, 완벽하게 미친 짓이었다.

'오래되어서 폐허밖에 없는 수도원에 신성력이 이렇게 많이 남아 있을 까닭이 없지.'

엄청난 보물이 있을 것 같은 느낌을 받지 못했다면, 이렇게 무모한 전투까지 하지는 않았으리라.

"어쩔 수가 없군."

위드는 품에서 조각품을 꺼냈다.

걸작, 명작, 대작에 속하는 조각품은 아니었다.

나무로 만들어진 조각품으로, 지골라스에서 돌아오는 배에서 폭풍을 보고 만든 작품이다.

조각품으로서는 어디 팔기도 곤란한 물건이었다.

그런데도 위드는 언젠가 쓰게 될 날을 기다리며 소중하게 보
관해 왔다.

"그날이 바로 오늘이로군."

위드는 조각술의 비기를 사용하기로 결정하고, 즉시 행동에
옮겼다.

"대재앙의 자연 조각술!"

수도원에는 몬스터들이 널려 있음에도 불구하고 위드는 검
을 해제하고 땅에 엎드렸다.

"데스 나이트들도 검을 버리고 누워라!"

데스 나이트들은 전투 중의 갑작스러운 명령 변경을 미처 따
를 수가 없었다.

위드가 다시 명령했다.

"검을 버리고, 나무 방패로 막아라!"

데스 나이트들은 녹슨 검을 버리고 기본적인 나무 방패를 들었다. 깨지고 썩어서 어디 구실이나 할 수 있을지 의문이었지만, 없는 것보다는 나았다.

그렇게 일방적으로 몬스터들의 공격을 받아 내기를 10여 초, 엎드려 있던 위드가 빼꼼히 고개를 들었다.

"스킬이 실패인가?"

대재앙의 자연 조각술은 자연과의 친화력에 따라서 위력에 차이는 있지만 스킬 숙련도를 따로 올리지는 않아도 됐다.

위드가 잠깐 혼란스러워하고 있을 때에, 스킬이 사용되었던 나무 조각품이 고운 모래처럼 부서져서 사방으로 퍼졌다.

"캬오! 데스 나이트, 죽어라."

몬스터가 도끼를 들고 데스 나이트와 싸우고 있었다.

콰과과광!

몬스터에게 떨어지고 만 낙뢰!

그 여파가 상당해서, 주변에 있던 몬스터들 6마리 정도가 같이 시커멓게 타 버렸다.

엄청난 위력을 기대했던 위드에게는 커다란 실망감이 밀려왔다.

"역시 명작이나 대작을 바탕으로 스킬을 썼어야 하나?"

조각술의 비기임에도 불구하고 허전하기 짝이 없는 재앙.

겨우 마법사가 쓰는 라이트닝 볼트 정도의 위력이 아니던가.

전투의 흐름을 완전히 바꾸어 놓을 정도는 아니더라도, 이런 수준이라면 스킬을 익히기 위해서 고생한 보람이 없었다.

그런데, 새벽이라서 알아차리는 사람은 없었지만, 별들이 하늘에서 점차 모습을 감췄다.

어느덧 검은 구름들이 뒤덮어 버린 하늘.

심상치 않은 소리들이 발생했다.

파지지지지지지직.

본능적으로 소름이 돋게 만들었다.

"조금 늦게 오는구나."

위드는 서둘러 구덩이로 몸을 숨겼다.

헤르메스 길드의 습격

하늘에서 지상을 향해 벼락이 내리꽂혔다.

콰르르르르르르르릉.

콰광, 쾅!

쾅! 쾅! 콰과과광!

먹구름이 움직이는 방향으로, 벼락이 대지를 날카로운 발톱으로 긁어내는 것 같았다. 대지를 초토화할 기세로 건물을 부수고 나무를 쪼개며 몬스터들을 태웠다.

쿠웨엑!

크야오오!

네크로맨서들이 봤을 때는 수도원 위에 있는 시커먼 구름으로부터 엄청난 번개가 아래로 작렬하고 있었다.

하늘에서 벼락이 지상으로 꽂힐 때마다 주위가 눈부실 정도로 밝아졌다.

수도원에서 들리는 소리와 힘을 바탕으로 그 위력이 짐작이

갔다.

"굉장하군. 저것도 위드의 공격 스킬인가?"

"대단위 마법을 능가하는 위력인데……. 몬스터들이 엄청나게 죽어 나가겠군."

네크로맨서들의 생각처럼 수도원에 있는 몬스터들은 피해가 막심했다.

그들이 들고 있는 검은 벼락을 유도하는 훌륭한 표적이었다.

벼락을 정면으로 맞은 몬스터는 곧바로 회색빛으로 변해서 사라졌다. 그러나 여력이 남아 있는 번개의 힘은 주변으로 퍼지면서 다수의 몬스터를 감전시켜 부차적으로 생명력을 깎아 놓았다.

마법사들은 엄청난 대마법을 펼치고 나서, 그 마법이 발휘하는 효과를 구경하며 만끽하곤 한다. 하지만 위드는 그런 여유를 부릴 틈이 없었다.

'살아야 한다.'

파바바바박!

벼락 치는 소리를 귀로 듣는 즉시, 구덩이에서도 불안해서 양손을 이용해 땅을 파고 들어가고 있었기 때문이다.

끊임없는 생존 본능. 며칠 전 파묻어 놓은 간식을 찾으려는 동네 개를 능가하는 속도!

이렇게 심하게 번개가 칠 줄은 몰랐다.

자연 조각술에 괜히 '대재앙'이 붙은 게 아니라는 걸 증명하기라도 하는 것 같았다.

몬스터들이 죽으면서 지르는 괴성들! 건물들이 처참히 부서지고 터지는 소리가 온 사방에 가득했다.

가뜩이나 수도원에서 언데드들은 생명력이 계속 감소하는데, 벼락이라도 맞는 날에는 위드도 목숨을 장담할 수가 없다.

대재앙의 자연 조각술은, 전투에서 발휘되는 광범위한 공격력만큼은 기대했던 수준을 몇 배나 초과하는 정도였다. 다만 문제라고 할 수 있는 것은 그 스킬을 위드도 같이 겪어야 한다는 점이었다.

"위드는 저런 곳에서 싸우는군."

"아무나 전쟁의 신이 되는 건 아니지."

"어떻게 저런 사지에 뛰어 들어가서 전투할 생각을 다 할 수 있을까."

네크로맨서들은 수도원이 있는 방향으로 엄지손가락을 치켜들었다.

벼락의 지옥이라고 해도 될 정도로 아득한 장소에서 망토를 휘날리며 몬스터들을 도륙할 데스 나이트 위드의 모습을 생각한 것이다.

"영화보다도 수십 배는 멋진 상황이겠군."

"우리도 조금 더 힘을 내자!"

네크로맨서 유저들은 수도원으로 더 가까이 다가오며 언데드에 대한 지원 마법을 펼쳤다.

다행스럽게도 벼락은 3분도 되지 않아서 그쳤지만, 직접 경험하는 당사자에게는 지겹도록 긴 시간이었다.

몬스터들은 대부분 맨몸으로 벼락을 버텨야 됐다. 생명력과 개체 숫자에도 타격을 입었지만, 전투에 필수적이라고 할 수 있는 사기를 크게 낮춰 놓았다.

"크으… 이제 끝났나?"

위드는 소리가 그치고 나서 땅에서 고개만 내밀었다.

영락없이 두더지를 연상시키는 꼴이었지만, 사는 게 우선이었다.

파지지지…….

쏙!

소리가 들리자마자 망토로 얼굴을 가리고 다시 땅속으로 숨어들었다.

간헐적으로 아직도 벼락 줄기들이 떨어지기는 했다.

크게 숨을 두 번 정도 들이쉴 동안에도 계속 잠잠한 걸 확인하고 나서야 위드는 땅 위로 올라왔다.

"많이 죽었군!"

몬스터들의 시체가 많이 널려 있었다.

데스 나이트들도 사분의 일 정도가 줄어들었다. 재수 없이 벼락에도 맞았고, 위드가 피한 사이에 몬스터들과 악전고투를 벌였기 때문이다.

그런데 이번에는 멀리서는 회오리바람이 불고 있었다.

대재앙의 자연 조각술은 완전히 끝나지 않았다.

나달리아 평원에 있는 몬스터와 언데드들이 회오리바람에 휘말려서 사방으로 나가떨어졌다.

위드는 가고일을 타고 피하려고 했지만, 회오리바람은 방향을 바꾸어서 수도원과 한참 먼 곳을 스치고 지나가더니 금세 사라졌다.

대재앙의 자연 조각술만 쓰더라도 지금보다 훨씬 유명해질 수 있을 것 같았다.

물론 매우 나쁜 쪽으로!

"일단 가고일에 타고 퇴각하라!"

위드 혼자라면 더 버틸 수 있었지만, 데스 나이트들의 상태가 좋지 않아서 수도원에서 물러났다.

데스 나이트들도 적들 중 지휘 능력이 있는 몬스터를 많이 사냥하기는 했지만, 대재앙의 자연 조각술의 위력이 너무나도 컸기에 그리 큰 효과를 보았다고 할 수는 없었다.

네크로맨서들의 도움을 받아서 생명력과 저주 마법들을 받고 난 뒤에 다시 수도원을 공격했다.

그때에는 언데드들의 주력이 담장을 넘어 들어가 전투를 벌이고 있었다.

몬스터와 언데드의 치열한 교전이 벌어졌고, 신성력에 의해서 소멸되기도 했다.

고개를 돌려서 멀리까지 살필 여유도 없이 온통 전투가 벌어지고 있었다.

언데드와 몬스터의 싸움으로 아비규환이었던 것이다.

도끼질을 한 스켈레톤 워리어는 푸른빛에 휩싸여서 사라졌지만, 신성력의 발출이 약간은 줄어들었다.

"모두 부숴라!"

데스 나이트들이 고함을 지르면서 언데드를 독려했다.

언데드들에 의하여 산산이 파괴되는 수도원의 유적들.

위드의 신앙심도 그에 따라서 조금 떨어졌지만, 감수할 수밖에 없는 일이었다.

> 수도원을 보호하던 신성력이 약화되었습니다.
> 생명력의 하락 속도가 감소합니다. 언데드들의 능력을 쓸 수 있습니다. 네크로맨서들의 마법 능력이 돌아옵니다.

"몬스터들을 전부 쓸어버려라!"

위드가 앞장서서 몬스터를 사냥했고, 네크로맨서들도 달려와서 시체들을 언데드로 일으켰다.

수도원을 보호하는 신성력이 약해질수록 언데드의 세력은 무섭게 충원되었다.

데스 나이트들도 전투력을 되찾았으며, 몬스터들은 이제 싸우기보다는 갑자기 도주하는 쪽을 택했다. 수도원이 더 이상 언데드들로부터 안전하지 않다고 판단했기 때문이리라.

"추격하라!"

도망치는 몬스터를 사냥할 때 가장 큰 공을 세울 수 있다.

위드는 데스 나이트와 함께 추격하며 수도원에서 벗어나려는 몬스터들을 사냥했다. 그리고 상당한 경험치를 모을 수 있었다.

띠링!

명성이 2,937 올랐습니다.
불사의 군단 내부에서 새로운 언데드 지도자로서 이름을 떨칩니다.

죽은 자의 힘이 64 증가합니다.

통솔력이 25 상승하였습니다.

투지와 카리스마가 12 상승하였습니다.

레벨이 올랐습니다.

레벨이 올랐습니다.

사실 전투에 동원된 언데드는 11만이 넘고, 수비에 나섰던 몬스터들은 고작 14,000에 불과했다.

신성력이라는 큰 장애 때문에 언데드들은 극심한 피해를 입었지만, 결국은 승리할 수 있었다.

"이제 바르칸을 볼 수 있게 되겠군."

위드는 크게 심호흡을 했다. 언데드의 왕 바르칸과 만나는 1차 목표가 완수된 것이나 다름이 없었다.

모라타가 불사의 군단의 침략 대상이 되면서, 치안과 상업, 농업, 인구 증가에 많은 피해를 입고 있다. 차후에 언제라도 힘을 되찾게 될지도 모를 바르칸은 북부의 엄청난 우환거리였다.

위드가 성실하게 불사의 군단에서 퀘스트를 하면서 지위를 높여 나갔던 이유는 바르칸을 영원한 안식으로 돌려보내려는 생각을 갖고 있었기 때문이다.

지금까지 했던 모든 게 반역을 일으키기 위한 사전 준비 작업이었다!

구울을 타고 수도원으로 가까이 접근했던 네크로맨서들이 하는 이야기도 들렸다.

"드디어 다음 단계의 저주 마법도 얻을 수 있게 됐네."

"난 언데드를 부르는 마법을 얻는데… 오르보 님은 보상이 뭐예요?"

"시체의 로브를 보상으로 받기로 했습니다."

네크로맨서들은 공적에 따라서 퀘스트도 차이가 있고 보상도 다른 모양이었다.

위드처럼 바르칸을 만나 볼 수가 있다고 떠드는 유저들은 없었다.

마레이와 헤리안이 수도원의 안으로 들어왔다.

"밖으로 나가서 축하의 파티를 열어요."

수도원은 여전히 신성력이 쌓여 있었기 때문에 언데드에게는 좋지 않은 장소였다. 데스 나이트들도 가고일에 타고 퇴각 명령만을 기다리는 중이었다.

'보물을 찾아야 되는데…….'

아쉬움은 남았지만 지금은 물러나야 할 때라서, 위드는 언데 드들과 같이 수도원을 빠져나왔다.

언데드를 이끌고 커다란 승리를 거두고 네크로맨서들에게 돌아가는 길.

"전쟁의 신 만세!"

"위드 님 덕분에 퀘스트를 쉽게 성공할 수 있었습니다. 고맙 습니다."

유저들이 앞다투어 축하 인사를 했다.

끝나고 나니 쉽게 이긴 것 같았지만, 위드의 지휘 능력이 없 었더라면 절대 승리를 장담할 수 없었다.

언데드들을 강제로 전진시키기도 마땅치 않았고, 게다가 몬 스터들이 악착같이 수도원에서 버틴다면 성과를 내기 전에 신 성력에 의해 몰살이었다.

그런데 위드가 데스 나이트들과 같이 수도원에 침투하여 주 의력을 흩뜨려 놓고 시간을 단축시켰다.

몬스터들이 1시간만 더 버텼더라도 언데드들은 사라질 수밖 에 없는 처지.

시간과의 싸움에서 결국 이긴 것이다.

네크로맨서들은 아주 아슬아슬하게 느꼈고, 위드의 과감한 결단 덕분에 퀘스트를 겨우 해결했다고 고마워하고 있었다.

위드는 말뿐인 인사는 달갑지 않았다.

"별거 아닌 일을 했을 뿐입니다."

생일이나 입학, 졸업에는 선물을 받는다. 그런데 퀘스트를 성공시켜 줬는데도 고맙다는 말만 하니 그저 답답한 노릇.

뇌물이나 상납, 접대와 같은 훌륭한 친목 문화를 모르는 게 원망스러울 뿐이었다.

'뭐, 나도 혼자서는 못했겠지.'

위드도 따지고 보면 네크로맨서들의 전폭적인 협조로 인하여 퀘스트를 성공시킬 수가 있었다.

얼마라도 같이 사냥을 다닌 마레이는 그렇다고 쳐도, 헤리안이 그의 의견에 귀를 기울여 주고 적극적으로 다른 사람들을 설득했다. 쟌과 오템도 충분히 실현 가능성이 있다고 여기고 동참해 주었기 때문에 이길 수 있던 것이기에, 어떤 요구를 할수는 없었다.

위드가 가장 큰 역할을 하기는 했지만, 네크로맨서 전부와 함께 이루어 낸 승리였다.

"정말 언데드들의 숫자가 엄청나군."

폴론은 기사단과 마법병단, 레인저 부대를 데리고 나달리아 평원과 멀리 떨어진 장소에서 대기했다.

불사의 군단 소속의 언데드들도 돌아다니는 장소이기 때문에 오기가 쉽지는 않았지만, 자부린의 상세한 설명 덕분에 정확히 도착할 수 있었다.

"네크로맨서들이 이길 수 있을까?"

전투를 흥미진진하게 기다렸다.

헤르메스 길드의 타격대가 이곳까지 온 것은 완벽한 보안 속에서 이루어진 은밀한 일이기 때문에 모습을 드러내지 않았다.

그런데 전투가 벌어지고 나서 잠시 후 자부린으로부터 귓속말이 들어왔다.

> ─전쟁의 신 위드가 나타났습니다!

폴론은 불사의 군단을 수중에 넣고 네크로맨서들도 차근차근 포섭하려고 했지만 원래의 목표는 위드였다.

감히 헤르메스 길드 바드레이의 경쟁자로 손꼽히는 자.

그때부터는 레인저와 마법병단에 속해 있는 마법사 유저들도 들을 수 있게 헤르메스 길드의 통신 채널을 이용했다.

> 폴론: 정말 위드가 맞습니까?
> 자부린: 노래를 불렀습니다. 네크로맨서들도 모두 그가 위드라고 합니다. 신원이 밝혀지지 않은 유저 중에 있었습니다.
> 폴론: 틀림없겠죠?
> 자부린: 뿔피리를 불었습니다. 트레세크의 뿔피리입니다!

위드가 입수했다고 알려진 아이템이다. 그것이라면 진짜 위드가 나타났다고 믿을 증거로는 충분했다.

'위드와의 전투다.'

폴론은 흥분으로 손끝이 가늘게 떨렸다.

그는 높은 레벨을 이룬 랭커였고, 기사단장이었다. 지금까지 많은 전투를 경험해 왔지만 전쟁의 신 위드와 같은 거물을 잡아 본 적은 없다.

헤르메스 길드의 통신 채널이 바빠졌다.

이름만 들어도 알 수 있는 많은 유저들이 상황을 물어보고 관심을 보였다.

> 자부린: 지금 위드는 가고일을 타고 수도원 안으로 들어갔습니다.
> 폴론: 언데드가 들어갈 수 없는 곳이라고 하지 않았나요?
> 자부린: 그게… 아주 위험한 곳인데 위드는 들어갔습니다.
> 폴론: 그렇다면 마법병단과 레인저, 기사단도 진격 준비를 갖추고 대기합니다. 위드가 살아 나오면 바로 공격할 것입니다.

폴론은 자부린으로부터 상황 설명을 들으면서 기다렸다.

> 자부린: 언데드들이 몬스터들을 쉽게 뚫지 못했습니다. 여기는 지금까지 싸웠던 장소 중에서 정말 최악입니다.

자부린은 전투에서 벌어지는 일을 헤르메스 길드의 통신 채널을 통해 고스란히 일러 줬다.

유명한 랭커들이 그의 말에 귀 기울이는 순간이었으니, 마법을 외울 틈도 없이 수다를 떨기에 바빴다.

꽈르르르릉!

수도원에 번개가 칠 때에는, 언데드들과는 거리가 있는 폴론이 있는 장소까지 계속 환하게 밝아졌다.

자부린의 말을 들으면, 그리고 천둥 번개가 치는 소리를 들으면 수도원에서 벌어질 격전이 얼마나 대단할지 상상할 수 있었다.

'데스 나이트들을 끌고 그런 곳으로 들어가다니.'

위드라고 해도 불사의 존재는 아닐 것이다. 하지만 폴론은 위드가 수도원의 안에서 죽지 않기를 바랐다.

'놈의 생명은 내가 거두어야 된다. 그래야 이곳까지 온 목적을 달성할 수 있으니까.'

그렇게 기다리고 있는데, 언데드들이 수도원을 점령했다는 소식이 자부린을 통해 들려왔다.

자부린이 매우 어려운 퀘스트라고 했는데, 위드가 또다시 성공으로 이끈 것이다.

> 자부린: 이제 오시면 됩니다. 놈이 나왔습니다.

정보를 전달해 주는 사람이 있는 건 여러모로 편했다.

"이제 우리도 출발한다."

폴론은 기사단과 레인저 부대, 마법병단을 이끌고 이동했다.

"깃발을 들어라."

기사단이 헤르메스 길드의 문양이 그려져 있는 깃발을 높이 들었다.

왕관과 성이 그려져 있는 헤르메스 길드의 표시!

이 깃발을 들게 되면 사기와 투지가 오르게 만드는 효과가 생긴다.

하지만 그보다도 베르사 대륙 최강의 길드라는 점이 상대방을 심리적으로 강하게 압박했다. 적대 길드의 세력권이 아니라면, 어디서든 한 수 접어주게 만드는 깃발이었다.

"언데드들이 사정거리에 들어왔습니다."

위드와 네크로맨서들이 있는 나달리아 평원 외곽의 장소까지는 다소 거리가 있었지만, 마법병단의 사정거리에는 금방 들어왔다.

"언데드들이 회복할 틈을 주지 않고 바로 공격한다."

마법병단의 마법사들이 손을 휘저으면서 주문을 외웠다.

"파이어 서클!"

거대한 불덩이들이 만들어지더니 언데드 부대를 향해 일직선으로 날아갔다.

환한 불빛과 시커먼 연기를 내뿜으며 언데드들을 향해 날아가는 마법!

"공격이다!"

"마법사들이 이곳에 있다!"

네크로맨서들이 놀라서 외쳤지만, 파이어 서클은 이미 언데드들 사이에서 작렬하고 있었다. 화염이 살아 있는 것처럼 옆으로 번지면서 언데드들을 집어삼켰다.

이동 능력이 뛰어난 레인저 부대도 전진해서 자리를 잡았다.

"일제사격."

푸슈슈숫!

레인저들이 쏜 화살이 언데드들이 모여 있는 곳에 비처럼 떨어졌다.

"캬아오!"

언데드들은 유난히 고통스러워하고 괴로워했다.

생명력이 높은 덩치 큰 구울이 멀리서 쏜 화살을 두 대 맞고 소멸되기도 했다.

레인저들이 쏜 화살은 사제들의 축복을 받아서 만들어진 신성한 은으로 제작됐고, 성수도 발라 놓았다. 위드가 과거 샤이어와 싸우던 것을 참고해서 언데드와 싸울 무장을 갖추고 온 것이다.

언데드들은 미처 대응도 하지 못하고 마법 공격과 은화살에 당하고 있었다.

"뭐, 뭐야. 저건 유저들이잖아. 네크로맨서 외에 다른 유저가 있었어?"

"저들도 무슨 퀘스트를 받고 온 건가? 그런데 왜 우릴 공격하는 거지?"

"들고 있는 건 헤르메스 길드의 깃발이잖아. 어떻게 이곳에…….."

"랭커다. 크레마 기사단의 단장 폴론이 우릴 공격하는 거야."

헤르메스 길드의 공격대가 올 줄은 그야말로 생각지도 못했던 네크로맨서들은 당황하여 어쩔 줄을 몰랐다.

ᡓᡄᠯᢇᢉᠪᡅᠣᠣᡓ

"정렬하라. 나무 방패를 들고 방어하라!"

위드가 명령을 내리자 언데드들이 방어 태세를 갖추었지만, 신성력에 약화되어 있다가 갑작스럽게 기습당하니 피해가 엄청났다.

레인저들의 은화살은 스켈레톤으로서는 막기에 버거운 수준이었고, 마법 공격은 대규모의 타격을 입히기에 1,000씩은 우습게 죽어 나간다.

제자리에서 막기보다는 물러서는 쪽이 나았다.

그런데 나달리아 평원으로 돌아가면 신성력에 의하여 타격을 받기에 퇴로가 막혀 있다.

위드의 대응으로 언데드가 분산 배치되고 있었지만, 마법 공격이 신나게 그들을 유린했다.

기습을 당했기 때문에 어쩔 수 없이 막대한 피해를 입었다.

"데스 나이트들은 가고일에 탑승해라. 공중에서 우회하여 저들을 공격할 것처럼 시도하는 모습을 보여라."

위드는 마법사들을 견제하기 위하여 비상수단까지 급하게 동원했다. 수도원의 전투로 만신창이가 되어 있는 엘리트 데스 나이트들이었지만 언데드들을 지키기 위해 쓰지 않을 수가 없었다.

폴론은 그 모습을 지켜보다가 검을 높이 들었다.

기사인 그의 전투 방식은 마법과 화살로 상대에게 피해를 입히고 기사단으로 정면 타격을 하는 쪽을 선호했다. 조금 성급한 면이 있었지만, 빨리 위드에게 돌진하고 싶었다.

"진격하라!"

두두두두!

크레마 기사단에 속한 200인이 질주했다.

기사들이 타고 있는 말은 대단한 명마였기에 먼 거리에서 좁쌀처럼 작았던 그들이 무섭게 가까워졌다.

"기사들의 돌격에 대비한 방어 진형으로. 구울이 앞을 막고 스켈레톤들이 뭉쳐서 저항하라. 절대 흩어지면 안 된다."

위드는 적들이 나타나자마자 신속하게 대비했다.

보통 때의 명령이라면 척추가 부러지더라도 따를 스켈레톤이었지만, 크레마 기사단의 질주에는 혼란을 조성하는 효과가 있다. 사기와 투지를 낮추기 때문에, 언데드들이 진형을 정렬하는 데 시간이 걸렸다.

네크로맨서들도 정신을 차렸다.

"계속 우리를 공격하잖아."

"우리도 보고 있을 게 아니라 싸워야 되는 거 아니야?"

네크로맨서들이 기사단을 향해 저주 마법과 뼈로 된 벽을 만드는 주문을 외웠다.

하지만 기사들의 마법 저항 갑옷에 의하여 저주 마법의 효과가 제대로 들어가지는 못했다. 기사들은 뼈로 된 벽도 단숨에 부숴 버리면서 돌진했다.

가시넝쿨을 소환하고 늪지대를 만드는 방식으로 기사단의 진격을 성가시게 할 수는 있었다.

폴론이 큰 소리로 외쳤다.

"네크로맨서들과는 원한이 없다. 우리는 위드만을 죽일 것이니 전투에 끼어들지 마라! 위드를 돕는 자가 있다면 그자 역시 헤르메스 길드의 척살령을 받아야 될 것이다."

헤르메스 길드의 척살령!

하벤 왕국에는 발을 붙이기가 불가능하고, 동맹 길드의 영역에도 들어갈 수 없다.

중앙 대륙의 어디에도 안전한 장소란 존재하지 않았다. 헤르메스 길드에서는 암살단도 운용하면서 척살령에 오른 사람들을 없애 왔기 때문이다.

그들의 악명이 너무나도 자자했기 때문에 네크로맨서들조차
도 머뭇거릴 수밖에 없었다.

위드는 오히려 빙긋 웃었다.

"그래, 인생은 언제나 혼자 사는 거지."

헤르메스 길드에서 다시 그를 노리고 공격을 할 것이란 예상
은 했다. 단지 하벤 왕국의 전쟁이나 건국식 등이 걸려 있기 때
문에 아직 북부에서는 안전할 거라고 여겼다.

그런데 언데드와의 전투준비를 갖추고 도착해 있었다면, 굉
장히 빠르게 대응을 했다는 뜻이다.

보통 때에는 조각 생명체들이나 믿을 만한 동료들이라도 옆
에 있었다.

그러나 여차하면 불사의 군단 퀘스트 자체를 포기할 생각까
지 가지고 있었으므로 헤르메스 길드에 대응할 만한 지원군을
데리고 다녔을 리가 만무했다.

레벨이 300대 중반을 넘는 마법사가 10명만 있더라도 개인
이 상대하기는, 근접전이 아닌 이상 곤란한 전력이었다.

레인저나 마법사라는 큰 전력을 위드를 척살하기 위하여 부
대 단위로 움직이다니!

그에 비하여 위드는 혼자였다.

거대 명문 길드와 싸울 때에는 언제나 이런 불합리한 경우를
마주해야 된다.

"겨울에 난방용 가스비를 올리고 여름이면 양은 줄어들면서
가격은 오르는 아이스크림보다는 훨씬 낫지."

위드는 야비한 사회를 비난하며 검을 뽑았다. 그리고 손가락

에 힘을 주어서 검을 비틀어 잡았다.

기사단이 바람처럼 빠른 속도로 다가오고 있다.

'몸이 최악의 상태로군.'

언데드라서 체력은 지치지 않는다고는 해도, 생명력이 삼분의 일도 남지 않았다.

수도원과 나달리아 평원에서 벗어났다고 해도, 신성력의 피해로 떨어진 전투 능력이 완벽히 회복되지 못하고 아직 15% 정도는 감소된 상태다.

가고일을 타고 도망가는 것도 고려해 보았지만, 그렇게 되면 화살과 마법 공격이 그에게 집중되리라.

데스 나이트를 다시 부르기에는 시간도 모자랐고, 여럿이 모인다면 마법 공격을 당할 것은 필연적인 사실이었다.

위드는 사자후를 터트렸다.

"전 언데드는 들어라!"

아직 남아 있는 14,000의 언데드에게 내리는 명령!

크레마 기사단이 파죽지세로 달려오고 있는데, 위드는 빨리 말하지 않고 뜸을 들였다.

500미터. 400미터. 300미터.

네크로맨서들의 방해도 없으니 순식간에 거리를 좁혀 오는 크레마 기사단이었다.

"방어 진형 해체, 총공격으로 전환!"

기사단의 돌격을 막기에는 구울이나 스켈레톤, 좀비 들의 방어력이 너무나도 부실하기 짝이 없다. 위드의 직속부대인 엘리트 언데드들이라고 하여도 기사단의 적수는 아니다.

그렇다면 수비가 아닌 공격을 택하는 게 위드의 방식!

기사들과 뒤섞이면 화살이나 마법 공격은 당하지 않을 것이기 때문이다.

"일제 공격!"

기사단을 노리고 정면과 좌우에서 흩어져 있던 언데드들이 모여들었다.

상처를 입고 절뚝거리는 언데드들이었지만, 그 숫자가 엄청났다.

폴론이 실망으로 고함을 질렀다.

"위드여, 이름값이 아깝구나. 고작 이런 얕은 수작으로 우리의 발목을 잡을 수 있다고 생각하는 것이라면 정말로 우스울 뿐이다!"

크레마 기사단의 돌격은 제대로 갑옷을 갖춰 입은 워리어와 전사들만이 막아 낼 수 있다. 방어력 약한 언데드 따위는 관통해 버리면 된다.

"돌격!"

기사단과 언데드들의 충돌!

스켈레톤이 박살 나서 뼈다귀째로 튕겨 나가고, 구울도 회색빛으로 변했다.

기사들이 달려오던 속력을 이용하여 창으로 찌르고 검으로 벨 때마다 언데드들이 죽어 나갔다.

그들이 쓰는 창과 검에도 은이 씌워져 있었기 때문에 버틸 수가 없었다.

신성력과 은, 성수에는 약함을 보이는 언데드의 단점이 어김

없이 드러난 것이다.

위드와 네크로맨서들이 어렵게 모으고 에르벤스 수도원도 함락시켰던 백전노장 언데드들이 무참하게 몰살을 당한다.

하지만 기사들이 언데드를 처리하고 있는 사이에 위드가 움직였다.

'언데드들이 크게 도움이 되지 않을 것이라는 건 잘 알고 있었지.'

기사단의 질주를 막기엔, 절반 이상 약해진 언데드로는 무리일 것이다. 하지만 그렇더라도 언데드의 숫자를 이용해 보는 수밖에 없었다.

위드는 언데드의 틈에 뒤섞였다.

가고일에 타지 못한, 네크로맨서들이 소환한 데스 나이트도 130명 이상이 살아남아 있었다.

언데드 무리를 꿰뚫는 기사단을 향해 듀라한과 데스 나이트들이 돌진할 때에, 위드도 그들 틈에 섞여서 공격했다.

"암흑 투기!"

마나를 소모하여 공격력을 늘리는 데스 나이트의 기술을 사용하며 접근.

"헤라임 검술!"

위드는 옆에 있는 듀라한에게 창을 찌르느라 기사가 빈틈을 보이고 있을 때 타고 있는 말을 노렸다.

> 1차 연속 공격이 성공하였습니다.
> 민첩이 20% 늘어납니다.

푸히히힝!

말이 쓰러지면서 기사가 땅에 떨어졌다.

기사의 질주에는 위험이 따르는 법!

낙마를 하게 되면 생명력이 크게 감소할 뿐만 아니라 혼란 상태에 빠지게 된다.

다른 동료들이 구조를 하기 위해 덤벼 올 수 있기 때문에, 위드는 말에서 떨어진 기사를 공격하지 못했다. 동료가 앞에서 쓰러져 있는 모습을 보고 밟고 지나가지 않기 위해 급하게 말을 세우려는 기사가 목표였다.

창을 쥐고 있는 오른손까지 써서 힘겹게 고삐를 잡아채고 있는 그 기사를 목표로 뛰어올라서 검을 두 번이나 휘둘렀다.

그림처럼 이어지는 연타!

"둘, 셋."

> 2차 연속 공격이 성공하였습니다.
> 힘이 40% 늘어납니다.

> 3차 연속 공격이 성공하였습니다.
> 민첩이 추가로 40% 늘어납니다.

기사가 공격을 당하고 말에서 떨어지자마자, 위드가 공중에서 두 바퀴 돌며 말을 빼앗아 탔다.

"넷, 다섯, 여섯!"

> 4차 연속 공격이 성공하였습니다.

힘이 추가로 40% 늘어납니다.

5차 연속 공격이 성공하였습니다.
말을 즉사시켰습니다.

6차 연속 공격이 성공하였습니다.
적의 투구를 때렸습니다. 혼란에 빠트립니다. 마나를 사용하는 스킬의 사용을 25초간 할 수 없게 만듭니다.

크레마 기사단을 따라서 같은 방향으로 말을 달리면서 기사들을 공격했다.

헤르메스 길드 소속의 기사를 뒤따라서 달리는 데스 나이트!

"놈이 뒤에서 온다."

"말을 돌려라."

"계속 쫓아오고 있다!"

위드는 마치 거머리처럼 뒤쪽에 따라붙으면서 기사들을 공격했다.

말의 속도는 갑옷이 가벼운 데스 나이트 쪽이 월등히 빠르다. 위드가 검을 휘두르며 스쳐 지나갈 때마다 기사들이 말에서 떨어지거나 사망했다.

데스 나이트가 보여 주는 압도적인 위용!

위드는 데스 나이트들이 주인 잃은 말을 타고 신속하게 따라와서 지원해 주기를 바랐지만, 아쉽게도 낙마한 기사들을 처리하느라 그러지는 못했다.

위드는 혼자라서, 입을 열어서 언데드를 지휘하고 챙겨 줄 시간이 없었다.

"오늘이 오기를 기다렸다. 너를 잡는 영광은 나 인포어가 가질 것이다!"

크레마의 기사들이 상체를 뒤로 돌려 검과 창을 휘둘렀다.

제대로 무게가 실리지 않으면 공격력도 모두 발휘되지 않는다. 말을 타고 앞으로 내달리면서 힘껏 베어 버릴 수 있는 위드와는 비교가 안 되었지만, 욕심을 참지 못했다.

인포어는 욕심과 부담감으로 어깨에 잔뜩 힘이 들어가서 동작까지 매끄럽지 못하고 경직되어 있었다.

위드는 창에 스치지 않도록 말에서 몸을 뒤틀며 기사들을 베었다.

앞이 아닌 뒤로 찌르는 것이라서 피하기가 어렵진 않았지만, 신성한 은으로 코팅이 되어 있다 보니 찔리기라도 하면 전투 능력에 막대한 타격을 입는다.

인포어는 상당히 괜찮은 방패를 떨어뜨리고 사망했다.

제법 쏠쏠한 소득을 올리는 위드였다.

> 폴론: 많이 지쳤을 텐데 상당히 성가시게 저항하는군. 말을 멈춘다면 연달아 격파되면서 피해가 클 것이고, 그 틈에 놈이 다른 쪽으로 도망가 버릴 수도 있다. 4번부터 6번까지의 조는 그대로 정면으로 달려라. 1번부터 3번까지는 나를 따라온다.

폴론의 지휘 아래, 추격을 당하던 기사들은 두 갈래로 갈라졌다.

한 부류는 위드를 끌어들이면서 공격과 수비를 하고, 폴론이 속해 있는 다른 기사들은 원을 그리며 크게 우회해서 돌아왔다. 지상에 언데드들이 많이 있었지만 숫제 없는 것처럼 거칠게 없었다.

두 무리의 기사들이 교차하는 시점이 다가오고 있었다.

폴론과 기사들 그리고 네크로맨서들은 위드의 행동을 놓치지 않기 위해 눈을 부릅뜨고 주시했다.

신성력에 노출된 오합지졸이나 다를 바 없는 언데드를 활용하며 본인이 직접 나서서 짧은 순간 큰 타격을 입히고 있다.

추격하던 기사들을 놓아두고 이탈하여 언데드들의 사이로 다시 들어갈 것인가!

위드의 시선이 하늘로 향했다.

데스 나이트들을 태운 가고일들이 날아다니고 있었는데, 그들에게 마법과 화살이 집중되면서 불에 타 추락하는 모습이 보였다.

레인저와 마법사 들의 경계를 뚫고 들어가서 피해를 입히기란 무리였다.

'어렵겠군. 이렇게 남은 언데드로는… 기사단도 다 잡지 못하겠어.'

위드는 기사들을 계속 추격하면서 베었다.

"헤라임 검술!"

언데드들이 설치고 있는 땅으로 떨어뜨리고 마상에서 살육했다.

헤라임 검술의 무시무시한 위력이 발휘되고 있을 때, 다른 한 무리의 기사들이 도달했다.

"위드, 죽을 시간이다!"

폴론이 측면에서 창을 찌르며 지나갔다.

그런데 위드가 겨우 몸을 비틀어서, 어깨만 스치고 말았다.

기사의 맹렬한 돌격을 맞았습니다.
큰 피해로 인해서 갑옷의 내구도가 떨어집니다. 방어력이 7% 감소합니다.
사용 중인 헤라임 검술 스킬이 취소됩니다. 스킬의 중간에 중단됨으로 인하여 1.3초 동안 균형 감각을 상실합니다.
성스러운 은이 입혀져 있는 무기에 공격받았습니다. 생명력이 2배 더 많이 손실됩니다. 죽은 자의 힘이 감소합니다. 일시적으로 마비 현상이 올 수 있지만, 지금은 해당되지 않습니다.

대왕 아반나

크레마의 기사들도 이어서 도착했다.

위드가 검을 들어서 막았지만, 여러 개의 공격을 거의 동시에 막진 못했다.

> 치명적인 일격을 당하였습니다.
> 단련된 맷집으로 인하여 피해를 조금 줄입니다.

> 치명적인 일격을 당하였습니다.
> 고통으로 혼란 상태에 빠져들 뻔했지만, 막대한 인내력으로 참아 냅니다.

> 내구도가 한계에 이르러 검이 부서집니다.

위드의 검이 산산조각이 나서 깨어졌다.

녹슨 명검이라도 나름 수리를 잘해서 썼지만, 수도원에서의 전투 그리고 기사들의 맹렬한 돌진을 막다 보니 내구력이 급격히 하락해서 깨지고 만 것이다.

치명적인 일격을 당하였습니다.

치명적인 일격을 다섯 번 연속으로 당하고 나니 성스러운 은무기 때문에 맷집에도 한계가 와서 몸 전체에 마비 현상이 일어났다.

그리고 세 번의 공격을 더 당하고 났을 때는 생명력이 거의 다 소진되어 위드는 말에서 굴러떨어졌다.

질주하던 말에서 떨어진 것은, 갑옷이 비교적 가벼운 데스나이트에게도 큰 타격이 됐다.

생명력이 목숨이 위태로울 정도로 낮아졌습니다.
생명을 공유하는 배우자의 도움을 받습니다.

서윤과 고통을 공유합니다. 광전사의 스킬을 배우자의 70%의 숙련도로 사용할 수 있습니다.
최대 생명력 한계: 114,290

미친 전사의 춤 스킬을 중급 8레벨로 사용할 수 있습니다. 광전사의 검술을 중급 4레벨로 사용할 수 있습니다. 사형 집행자 베인트의 검술을 중급 6레벨로 사용할 수 있습니다.
방어 스킬 전투의 인내, 중급 7레벨이 적용됩니다. 전투를 하는 동안 급격한 생명력의 하락을 방지하고, 상처를 억제합니다.

위드는 서윤으로부터 생명력이 전해진 덕분에 겨우 일어날 수 있었다.

"미친 전사의 춤, 광전사의 검술이라……."

검술마다 몇 개의 스킬이 존재하고 어떤 효과가 있는지 확인
해 볼 시간은 없었다.

그냥 써 보는 수밖에…….

서윤과 같이 사냥을 했던 시간이 꽤 길지만, 그녀가 주로 쓰
던 스킬이 몇 가지 되지 않았던 것이다.

"이판사판이다."

> 원혼의 기사의 검을 무장하였습니다.

검을 서둘러서 무장하고 스킬을 시전했다.

"미친 전사의 춤!"

위드는 달려오는 기사들을 향해 스킬을 시전했다.

그들의 검을 막아 낼 때마다 몇 미터씩 뒤로 밀렸지만, 그 자
리에는 피처럼 붉은 마나가 그대로 남아 있었다.

"죽어라!"

위드는 달려드는 적들의 공격을 막을 때마다 휘청거리면서
생명력을 잃었다.

'이 스킬은 본 적이 있다.'

서윤이 혼돈의 대전사 쿠비챠를 상대로 썼던 스킬이다.

굉장히 짧은 순간이었지만, 쿠비챠와 묶어서 위드의 생명까
지 위험하게 만들었던 기술이다.

피처럼 붉은 마나가 많이 퍼지게 되었을 무렵, 그 마나들이
특수한 문양을 형성하더니 강기로 변해서 사방으로 폭사됐다.

> 미친 전사의 춤이 시전됩니다.

땅이 뒤집히는 대폭발이 일어났다.

데스 나이트는 전투를 하면서도 암흑 투기로 공격력을 높인다. 주로 투지가 크게 관련된 스킬이었고, 헤라임 검술도 마나를 많이 사용하지는 않는 편이었다.

그러나 미친 전사의 춤은 위드가 쓰지 않고 모아 두었던 마나의 70%를 조금 넘게 소모할 정도로 강력하기 짝이 없는 공격이었다.

> 크레마의 기사가 6명 사망하였습니다.
> 명성이 469 오릅니다.

> 경험치를 약간 획득하였습니다.

날카로운 강기의 공격이라서 갑옷으로도 완벽하게 막아 내지 못했다.

위드는 스킬의 반발력으로 몸의 균형을 잃었지만, 바로 땅을 박차면서 뒤로 돌아 달렸다.

적이 어느 곳에나 있었기 때문에 가릴 필요가 없다.

'공격자의 검술에 포함된 첫 번째 스킬. 죄수의 낙인.'

먼지를 뚫고 달려가니 미친 전사의 춤으로 말에서 떨어진 기사가 있었다.

위드는 급소인 목을 노리며 검을 휘둘렀다.

> 죄수의 낙인이 적중되었습니다.
> 성직자의 치료를 받거나 죽는 순간까지 낙인은 지워지지 않습니다. 끊임없이 피를 흘리며 생명력이 1초에 160씩 줄어듭니다.

위드는 기사들 8명에게 죄수의 낙인을 썼다. 한 기사에게는 네 곳이나 스킬을 적중시킬 수 있었다.

'두 번째의 스킬로는… 투혼의 검.'

투혼의 검은 위드가 당하고 있는 심각한 부상만큼이나 공격력을 늘려 주는 스킬이었다.

위드는 기사들을 덮치면서 세 번째 스킬인 살육의 검도 시전했다.

생명력이 많이 떨어져 있을 때만 쓸 수 있는 스킬.

그러나 적과 자신, 어느 한쪽은 반드시 죽는 필사의 검술이었다.

스킬의 대상이 된 적을 죽이기 위하여 모든 방어력을 포기하는 대신에, 그만큼 파괴력을 기하급수적으로 높여 줬다.

꾸불꾸불

위드가 기사들을 상대로 대활약을 하고 있을 때, 폴론과 크레마 기사단은 상당히 당혹스러웠다.

그의 부상 정도라면 죽었어야 정상인데 끈질기게 버티고 있었다.

'생명력이 얼마나 많은 거지?'

'사용하는 스킬이나 움직임도 조금 변했다.'

전투를 처음 할 때보다도, 맷집과 공격력이 몇 단계씩 증가한 것 같은 믿기지 않는 현실.

폴론은 결투를 신청할 계획도 가지고 있었다.

막다른 길에 몰아 놓고 일대일의 결투로 승부를 내서 완벽한 승리를 거머쥐는 것이다.

솔직히 위드를 잡는 건 최고의 영광이라고 할 수 있기 때문에 꼭 승부를 내고 싶었다.

'우선 위드를 죽이는 게 최선이다. 회복할 시간을 주어서는 안 되겠어.'

위드에 대한 전반적인 평가가 올라갔다.

그저 레벨이 높다거나 스킬을 잘 활용하는 정도에서 그치는 게 아니라, 싸울 줄을 알고 얼마 안 되는 전력으로도 전투를 주도할 줄 안다.

헤르메스 길드의 통신 채널에서도 고위층들이 될 수 있는 한 수단과 방법을 가리지 말고 위드를 죽이라고 지시했다.

'위드에게 빠져나갈 기회를 주어서는 안 된다. 그리고 더 이상의 피해를 받을 수도 없어.'

크레마 기사단은 그가 키운 직속 부하들이다.

싸움이 길어질수록 점점 힘을 되찾는 언데드에 의하여 괴롭힘을 당하고, 죽어 나갔다.

> 폴론: 마법사들과 레인저들이 위드를 직접 공격하는 것을 허가한다.

폴론은 마법병단과 레인저들에게 명령을 내리고 기사들과 뒤로 물러났다.

아침이 밝아 오고 있었다.

위드는 이미 수상한 낌새를 눈치채고 크레마 기사들에게 가까이 붙어서 공격 기회를 주지 않았다.

일부 기사들까지 공격 범위에 포함된 마법이 발동되었다.

위드와 기사들이 엉켜 있는 장소로 마법이 시전되고 화살이 발사되는 순간.

'지금이구나.'

위드는 재빨리 말을 훔쳐 타고 전력을 다해서 달렸다.

크레마 기사단에 속해 있는 유저들의 표정과 행동을 관찰하다가, 마법사들이 있는 방향으로 고개를 돌리니 뒤도 돌아보지 않고 도주하는 것이었다.

동물적인 생존 본능.

꽈과과광!

위드가 달리는 뒤쪽으로 크레마의 기사들이 화살과 마법 공격에 의해서 죽어 나갔다.

"계속 공격해라. 죽여라!"

폴론의 고함 소리가 들리는 가운데, 위드는 판단을 내려야 했다.

기사들과 언데드들이 뒤섞여 있는 나달리아 평원에서 도망칠 곳은 없다. 이곳을 완전히 벗어나려면 레인저와 마법사들의 공격을 계속 피해야 되는데, 그건 솔직히 불가능할 것 같았다.

하늘을 가득 뒤덮은 화살이나 일직선으로 날아오는 불덩어리, 얼음 송곳, 흙의 뒤덮음 등을 피해서 도주할 수는 없다.

'남은 생명력은 32% 정도.'

계산상 마법 공격을 연속으로 두들겨 맞다 보면 순식간에 사망한다.

기사들의 질주도 감당하기에 버거웠다. 광전사의 직업 특징을 이용하여 더 버틴다고 하여도 따돌리고 도망가는 건 다른 문제다.

기사들이 여러 갈래로 갈라져서 추격하고, 마법과 화살의 지원까지 받으면 멀리 벗어나지도 못하고 사망하리라.

'그렇다면 내가 갈 수 있는 유일한 장소는……'

위드는 에르벤스 수도원을 향해 말을 달렸다.

"가자!"

유일하게 포위망이 형성되지 않은 장소였고, 마법사와 레인저 부대들은 반대편에 있었다.

언데드에게는 치명적이라고밖에 할 수 없는 에르벤스 수도원이 있는 장소로 다시 들어간다는 것은 바보가 아닌 한 할 수 없는 선택이기 때문이다.

"추격해라. 놈이 도망치지 못하게 막아라!"

크레마의 기사들이 뒤를 쫓아왔지만, 마법과 화살 공격의 범위에 들어서 죽은 동료들을 보았기 때문에 눈치를 보는 사이에 거리가 벌어졌다.

하지만 기사들은 금세 다시 쫓아오기 시작했다.

위드는 에르벤스 수도원으로 가까이 가면서 신성력의 영향을 받아 전투력과 생명력이 계속 감소했다.

광전사의 직업 특성을 갖고 있다고는 하지만, 언데드로서의 취약한 부분도 그대로 이어졌다.

도망치는 입장에서는 여러모로 악조건들만 겹쳐 있는 셈!

수도원에 도착했을 때 위드는 만신창이가 되어 있었다.

"역시 먹고사는 데 쉬운 일이 없어."

주변을 돌아보니 언데드와 몬스터의 시체들이 널려 있다.

네크로맨서 스킬을 쓸 수 있다면 유용하겠지만, 전투 계열로 키워서 언데드 부대를 더 효율적으로 거느릴 수 있을 뿐이었다. 빨리 벗어나느라 언데드들에게는 다른 명령도 내려놓지 못했다.

이곳에도 다른 기사들이 불과 10여 초 후에 도착할 테니 망설이고 있을 시간도 없었다.

대재앙이 지나가고, 언데드들이 파손한 흔적들이 많았다.

위드는 제단의 아래쪽에서 시커먼 틈을 발견했다.

원래대로라면 그다지 눈에 띌 만한 장소는 아니었지만, 언데드 상태이다 보니 신성력에 민감하다. 시커먼 틈에서 신성력이 대량으로 방출되고 있었다.

위드의 입가에 침이 고였다.

"정말 선택의 여지가 없군."

목숨이 오락가락하는 상황에서도 아이템의 느낌이 오면 따라야 한다.

위드는 제단 아래로 파고 들어갔다.

৵৵৵৵৵

"없습니다."

"방금 이곳으로 들어갔다. 숨어 있을지도 모르니 샅샅이 뒤져 봐!"

"기습을 가하면 위험할 수도 있습니다."

"놈은 언데드다. 여기에서는 얼마 버티지도 못할 테니 찾아라. 최대한 빨리 찾아야 된다."

위드가 사라지고 나서 불과 몇 초 후에 크레마 기사단이 도착했다.

위드에게는 불리하게 작용하는 신성력이지만 그들에게는 축복의 효과가 걸렸으며, 체력과 생명력의 회복도 이루어졌다.

평소보다도 2배 이상의 능력을 발휘할 수 있게 된 크레마 기사단이었기 때문에 위드를 찾아내기만 하면 죽이는 것은 시간문제였다.

던전 에르벤스 수도원의 지하 세계의 최초 발견자가 되었습니다.
혜택: 명성 900 증가. 일주일간 경험치, 아이템 드랍률 2배. 첫 번째 사냥에서 해당 몬스터에게 나올 수 있는 것 중에서 가장 좋은 아이템이 떨어진다.

적들의 추격을 피해서 달아난 곳이라, 위드는 던전의 혜택을 보면서도 기뻐하지 않았다.

언데드에게 이곳은 위험지역으로 분류되기 때문에 로그아웃도 할 수 없었다. 전투 중이거나 생명력이 깎이는 도중에 로그아웃하면 육체가 계속 남아서 결국 사망에 이르게 된다.

"어쨌든 계속 가 보는 수밖에 없겠군."

위드는 검을 들고 앞으로 뛰었다.

광전사는, 싸울 때는 좋지만 멈춰서 쉬고 있다 보면 평소보다도 더 약해진다.

"어디 끝까지 가 보자!"

크레마의 기사들이 던전의 입구를 발견하는 건 그야말로 시간문제였다.

빠르면 수십 초에서 늦어도 몇 분.

위드는 던전의 통로를 내달렸다.

굳이 언데드의 시야가 아니더라도 내부는 대낮보다도 밝았다. 벽과 구석마다 박혀 있는 크리스털들이 빛을 발산하고 있었기 때문이다.

남아 있는 생명력: 19%

신비로운 광경을 지켜보지도 못하고 정면으로만 뛰었다.

"침입자. 오랜만의 침입자다."

나방을 2미터 정도로 크게 키운 것처럼 보이는 몬스터가 덤벼들었다.

이름은 아반나.

신성력을 먹고 사는 몬스터로, 보통 레벨은 300 정도다.

생명력이 낮고 날개를 먼저 노리면 사냥하기 쉬워서, 아반나가 나오는 던전은 치열한 쟁탈전이 벌어진다. 명문 길드들의 전용 사냥터라고 해도 과언은 아니었다.

아반나들이 주로 사는 환경에서는 신성력의 혜택까지 받을 수 있으니 금상첨화였다.

하지만 상대해 줄 시간이 없었기 때문에 위드는 계속 앞으로 달리기만 했다.

"네발 뛰기!"

위드는 속도를 늘렸다.

던전 안에서 흐르는 실개천을 건너뛰고, 구덩이가 있으면 벽에 검을 찍고 뛰어넘었다.

야생동물이나 보일 법한 동작들이었다.

아반나들은 일정한 영역이 있는지, 실컷 공격하며 쫓아오다가 실개천을 건너거나 하면 원래 있던 곳으로 돌아갔다.

그렇다고 해도 위드의 생명력을 11%나 깎아 놓은 후였다.

"이대로라면 싸움도 못 하겠군."

남은 생명력은 고작 8%였다.

신성력이 퍼져 있는 장소라서 전투 능력도 약화되고 있고, 몸에서 힘과 마나도 빠져나간다.

"어디 안전한 장소로 통하는 텔레포트 게이트라도 있으면 좋을 텐데……."

희망을 품어 보았지만 그게 발견될 확률은 십분의 일도 안 됐다.

던전을 완전히 클리어했을 때 가끔 텔레포트로 다음 장소로 이동하는 경우가 있다.

그런데 지금은 그저 막연히 바라고만 있을 뿐, 던전의 지형도 몰랐다.

"그래도 이쪽에서 신성력이 강해지고 있어."

위드는 언데드를 약화시키는 신성력을 쫓아갔다.

이래도 죽고 저래도 죽고, 온통 죽음이 가깝다면 끝에 뭐가 있는지라도 확인하기 위한 행동이었다.

그리고 길의 끝에서 먼저 발견했다.

대왕 아반나 로드리암!

일반 아반나와는 달리, 대왕 아반나는 희귀할 뿐만 아니라 강력한 신성 마법을 사용하고 공격력도 높다.

대왕 아반나가 나오면 경험 많은 이들로 파티를 조직해서 사냥하는 게 일반적이었다. 레벨 450이 넘는 몬스터이다 보니 실수라도 나오면 사냥에 실패하는 일도 다반사다.

눈멀기나 발 묶기, 자가 회복을 감안하면 사냥하기가 대단히 힘든 몬스터.

위드 앞에 있는 대왕 아반나 로드리암은 손가락으로 작은 보석을 움켜쥐고 있었다.

그 보석에서 신성력이 발출되었다.

축복받은 성소의 다이아몬드.

사제와 성기사 들에게 주어진다면 신앙심을 크게 높일 수 있을 뿐 아니라 신성 마법의 효과와 범위도 늘려 준다는 보석이었다.

위드는 아이템 앞에서 용기를 얻었다. 보석은 거래가 잘되는 종류였다.

100미터 경주라도 하듯이 네발로 달려서 로드리암을 향해 높이 뛰었다.

'싸워서 이길 수 있는 방법은 더듬이를 자르는 것뿐이다.'

로드리암은 눈이 퇴화되었고 더듬이를 통해서 미세한 기척을 읽는다.

더듬이가 유일한 약점이라고 할 수 있었다.

'미친 전사의 춤.'

위드의 공격 능력이 약화된 지금이라면 로드리암에게 타격을 줄 수 있는 스킬은 이것뿐이다.

마나를 쥐어짜 내어 8개의 더듬이에 검을 휘두르고 나서 땅에 내려섰다.

피처럼 붉은 마나의 강기들이 엇갈리며 이동하더니 로드리암의 더듬이들에 적중되었다.

치명적인 일격을 가하였습니다.

위기라고 생각할수록 더욱 발휘되는 집중력!

평소에는 하지 못하던 공중에서의 정확한 움직임을 선보이며, 위드는 로드리암의 더듬이들을 잘라 버렸다.

케에에엑!

로드리암이 발버둥을 치기 시작했다.

더듬이를 잘랐다고 해도 끝난 게 아니었다.

신성 마법으로 치료할 수 있다. 더듬이가 잘려서 고통에 몸부림칠 때 최대한 피해를 입혀야 했다.

"죄수의 낙인. 투혼의 검!"

광전사의 스킬을 써 가면서 로드리암을 공격했다.

보통 보스급 몬스터를 보면 마음의 준비를 하거나 머릿속에 계획을 세우기 마련이다.

그런데 위드는 로드리암을 발견하자마자 네발로 뛰어와 공격하고 두들겨 패는 것이다.

매 앞에 버틸 수 있는 몬스터가 없다는 사실을 증명하는 것처럼 주변을 돌며 검을 휘둘렀다.

로드리암이 신성 마법을 발현시켰다.

고요의 정화.

인근의 사악한 생명체를 무로 돌리는 신성 마법. 축복받은 성소의 다이아몬드로 효과가 증폭되었다.

위드의 몸은 뼈들이 부서지면서 생명력이 2%도 남지 않게 되었다.

'어떻게든 잡아야 되는데……'

어떻게든 로드리암을 향해 칼질을 계속하려고 했지만, 또 하나의 신성 마법이 사용됐다.

턴 언데드.

언데드에게는 상극과도 같은 마법!

스켈레톤이 아니라 데스 나이트급 정도의 언데드라면 턴 언데드에 의해서 바로 쓰러지지는 않는다. 하지만 위드는 생명력이 너무 낮아져 있었기 때문에 로드리암의 신성 마법을 견뎌내지 못했다.

> 생명력의 저하로 사망하였습니다.
> '죽음을 거부할 수 있는 힘'의 스킬 레벨이 낮습니다. 육체에 스며든 신성력으로 인해 스킬이 발동되지 않습니다. 24시간 동안 로그인이 불가능합니다.
> 죽음으로 인해 레벨과 스킬의 숙련도가 하락합니다.

위드가 죽고 나서 불과 3분 정도 후, 크레마의 기사들이 도착했다.

수도원에서 흔적을 뒤쫓다가 던전에 들어온 이후로 아반나를 만났지만, 급했으므로 최대한 빨리 사냥하고 이곳까지 온 것이다.

"대왕 아반나다."

"더듬이가 잘려 있습니다."

로드리암은 몸에 자잘한 상처를 꽤 많이 입은 상태였다.

크레마의 기사들은 더듬이가 완전히 복원되지 않은 로드리암을 사냥했다. 신성 마법에 의해서도 언데드만큼은 타격을 받지 않았기 때문에 그렇게 어렵지는 않았다.

폴론은 로드리암을 사냥하고 나서 위드가 그렇게 갖고 싶어 했던 성소의 다이아몬드를 손에 쥐었다.

"이 귀한 물건을……."

전투가 끝나고 로드리암에게서 떨어진 아이템이 아닌 것들도 다수 찾아냈다.

"이건 위드가 죽으면서 떨어뜨린 아이템이겠군."

가까이 있던 기사가 일단 아이템을 먼저 주웠다.

> 오래된 보리빵을 3개 습득하였습니다.

> 파전 요리에 좋은 쪽파를 습득하였습니다.

녹슬어서 깨진 투구를 습득하였습니다.

꿈틀거리는 지렁이를 습득하였습니다.

스켈레톤의 어금니를 습득하였습니다.

"이런 허접스러운 아이템은 언제 마지막으로 주워 본 건지 기억도 안 나는군. 왜 이런 걸 가지고 다니는 거야!"

기사는 치밀어 오르는 짜증을 이기지 못하고 잡템을 내팽개 쳤다.

언데드라면 성향이 불행하고 나쁜 쪽에 치우칠 수밖에 없게 된다. 악명을 쌓거나 하면 가지고 있는 아이템 중에서 좋은 물품을 떨어뜨릴 가능성이 몇 배나 늘어났다.

그런데 위드는 쓸모없는 물건들만 잔뜩 떨어뜨리고 죽은 게 아닌가.

이것은 위드의 철저한 준비성 덕분이었다.

"네크로맨서들이 많이 있군. 일단 언데드나 좋아하는 네크로 맨서들은 정상인이 아냐."

불사의 군단 퀘스트를 받았을 초기부터 사람들이 많은 것을 보고 믿지를 않았다. 원래 착용하던 검과 갑옷, 값비싼 물품들은 모라타의 영주성에 남겨 놨다.

뿔피리와 옥새처럼 지휘력을 증가시켜 주는 아이템만 필요에 의해 가지고 다녔는데, 헤르메스 길드가 나타나자 곧바로 빼돌렸다.

"지금 죽으면 어차피 잃어버릴 아이템이니……."

마레이에게 신신당부를 하면서 맡겼다.

"나중에 꼭 돌려주셔야 됩니다."

"그렇게 하지요."

"아이템의 밑바닥 구석을 보면 작게 '위드 거'라고 쓰여 있습니다."

"……."

죽음을 미리 대비한 덕분에 중요한 아이템을 잃지 않을 수가 있었다. 물론 위드 입장에서는 잡템들까지는 미처 빼돌리지 못했던 게 천추의 한이었다.

♾

위드가 몬스터에 의해 죽었다는 사실을 확인하고 난 이후에 폴론은 기사들과 함께 나달리아 평원으로 돌아왔다.

"네크로맨서들은 헤르메스 길드에 가입할 것인지 아닌지를 결정하라."

마법병단과 레인저 부대가 네크로맨서들을 공격할 준비를 취하였다. 강압에 의해서였지만 헤르메스 길드에 들어오지 않는다면 죽이겠다는 뜻을 명백히 보인 것이다.

"이런… 어떻게 하지?"

"혼자 다니는 게 편한데. 그래도 헤르메스 길드에 가입하게 되면 이득이 많을 것 같고."

네크로맨서들이 동요하고 있을 때, 쟌은 어깨를 펴고 앞으로 나섰다.

"헤르메스 길드에 가입하지 않겠다."

"네가 쟌이군."

폴론은 자부린을 통해 네크로맨서들에 대해서 듣고 있었다.

"길드에 들어오지 않겠다는 이유는?"

"내가 네크로맨서가 될 수 있었던 건 위드 덕분이라고 할 수 있기 때문이다."

"고작 그런 이유로? 헤르메스 길드를 거부한다면 앞으로 많은 위험이 따를 텐데? 지금도 죽게 되면 잃어버릴 게 많을 것인데, 아직 결정을 되돌릴 수 있는 기회를 주겠다."

"다시 선택해도 마찬가지다. 전직에서부터 이곳에서의 퀘스트까지, 나뿐만이 아니라 모든 네크로맨서들이 위드에게 큰 은혜를 입었다. 헤르메스 길드원이 되지는 않을 것이다."

폴론은 비웃음을 흘렸다.

"다른 네크로맨서들도 과연 그런 판단을 존중해 줄 것이라고 생각하나? 확실히 말해 둔다. 그곳에 있으면 죽는다. 헤르메스 길드에 가입할 네크로맨서들만 이쪽으로 넘어와라."

자부린과, 헤르메스 길드에 가입하기로 한 네크로맨서들이 폴론이 있는 쪽으로 걸어왔다. 그러나 10명이 넘는 네크로맨서들이 그대로 서 있었다.

쟌, 오템, 헤리안, 그루즈드, 바레나를 비롯하여 협곡에서 전투를 함께했던 유저들.

이미 길드에 가입되어 있는 경우도 있었지만, 자발적으로 헤르메스 길드를 거부한 것이다.

마레이는 위드의 아이템을 지켜야 하기 때문에 헤르메스 길드의 편에 섰다.

"이대로 끝나진 않을 것 같은데… 좋은 이야기의 노래가 나올 것 같군."

KMC미디어는 네크로맨서들의 모험을 생방송으로 중계해서 내보냈다.

위드가 참여하고 있는 모험이기 때문에, 그가 정체를 밝힌 순간부터 실시간 방송을 개시한 것이다.

네크로맨서와 불사의 군단에 대한 프로그램은 다른 방송국에서도 진행하고 있었기에 시청률에 큰 변동은 없었다.

모기업의 막대한 자금력을 동원하여 시청률을 높이는 CTS, 24시간 방송 체제를 구축한 디지털미디어, 퀘스트를 전문적으로 다루는 LK게임에서도 방송을 하고 있었기 때문이다.

그 외 신규 방송사와 인터넷 전문 방송사들이 1달이 멀다 하고 개국했다.

무수히 많은 사람들의 삶이 〈로열 로드〉를 통해 즐거워지면서 전문 채널들도 생겨났다.

〈로열 로드〉 낚시 채널.

로열 골프 채널.

던전 요리사.

베르사 대륙의 어린이.

바드의 낡은 부츠.

게임 방송의 영향력이 증대되면서 경쟁 또한 갈수록 치열해
졌다.

KMC미디어는 폭넓은 유저들의 지지를 바탕으로 하여 고정
시청자를 다수 확보한 인기 채널이었다.

―위드와 언데드들이 드디어 수도원을 점거했습니다.

위드의 모험이 방송되는 날이면, 일반인 시청자들도 게시판
에 찾아와서 호응을 해 준다. 게임 방송 채널들만이 아니라 각
종 포털의 뉴스에도 소식이 올라올 정도로 큰 인기를 누렸다.

〈마법의 대륙〉에서의 전설을 넘어 〈로열 로드〉에서도 흥미
로운 모험을 계속하고 있는 위드였기 때문이다.

―헤르메스 길드가 갑자기 나타나서 공격하고 있습니다. 아, 엄청난 전력입
니다. 폴론과 크레마 기사단, 레인저 부대, 마법병단까지 함께 있습니다.

위드가 퀘스트를 성공하는 장면으로 끝낼 준비를 하던 방송
에서는, 진행자들이 급하게 바뀐 상황을 설명하며 자막까지 띄
웠다.

헤르메스 길드 출현! 위드가 지휘하는 언데드를 공격 중!

위드와 헤르메스 길드의 분쟁이 끝날 때까지 방송을 연장하
기로 한 것이다.

시청률이 급격하게 올랐다.

그러나 위드의 상태는 의미 있는 변수를 만들어 내기에는 너무나도 열악했다.

나름 대단한 활약을 하다가 수도원으로 들어가서 결국 죽음을 당했다는 사실이 알려지게 되었다.

헤르메스 길드에 의해 직접 죽음을 당한 건 아닐지라도, 전쟁의 신 그리고 불패의 신화가 깨진 것이다.

이어 시청자 게시판에 위드의 죽음에 대한 글이 올라왔다.

게시판에는 헤르메스 길드를 신랄하게 비난하는 글들이 가득했다.

༄༅ ♥ ༄༅

모라타에서 동쪽으로 가다 보면 나오는 해변.

북부 대륙이 사람들에게 거의 알려지지 않았을 때에는 찾아오는 사람이 없었다.

하지만 지금은 사냥할 만한 몬스터들이 많아서 유저들이 항상 있었다.

비가 주룩주룩 내리는 날, 얼굴에 진흙을 묻힌 유저들이 일을 하고 있었다.

"몇 개나 캤어?"

"1,430개 정도 될걸. 앞으로 400개만 더 캐면 장검을 살 수 있겠어."

돈을 벌기 위해 바지락과 꼬막을 캐는 작업을 하는 유저들.

모라타가 대도시가 되면서 거주 인구가 엄청나게 늘어났다. 밀과 보리 농사를 지어서 식량을 조달할 수는 있지만, 초보자들은 이처럼 해산물 가게에 재료를 대기 위한 퀘스트를 하여 돈을 벌기도 했다.

그들이 가끔 허리를 펴면서 쉬고 있는데, 바다에서 파도와 함께 걸어오는 사람들.

검치 들이 드디어 베르사 대륙의 북쪽에 도착한 것이다.

북부 대륙, 모라타에 인접하는 신규 항로를 발견하였습니다.
항로의 개척으로 인하여 명성이 420 증가합니다. 모험의 성공으로 인해 전 스탯이 3 증가합니다. 용기 스탯이 7 늘어납니다. 항해 스킬의 숙련도가 증가합니다.

최초로 수영으로 바다를 횡단하였습니다.
불가능에 가까운 무모한 도전을 성공으로 이끌었습니다. 인내력이 24 오릅니다. 지구력이 31 오릅니다. 체력이 15 오릅니다. 모든 스탯이 9씩 증가합니다.

명성이 2,890 증가합니다.
술집에서 바다를 횡단한 이야기를 할 때마다 추가로 40씩의 명성을 더 얻을 수 있습니다. 선원이나, 바다에 대해 특별한 감정을 가진 사람들에게 이야기를 한다면 매우 높은 친밀도를 형성할 수 있을 것입니다.

물에 대한 이해 능력이 높아집니다.
물과 관련된 마법 저항력이 높아지고, 물의 정령에 대한 친화도가 생깁니다.

호칭, '바다의 전설이 된 철인'을 획득하였습니다.
거친 바다를 몸으로 겪으며 지나온 남자들. 다른 이들이 감히 따라 할 수 없는 전설을 바다에 남겼습니다.
바다 위에서의 전투 능력이 증가됩니다. 뱃사람들의 절대적인 지지를 이끌어 냅니다. 항해 스킬의 레벨을 3단계 높입니다. 제독의 자질 중 해류의 흐름을 읽는 능력을 증가시킵니다. 해양 몬스터들의 습격을 감소시킵니다.

　바다를 터전으로 삼은 유저들이 꿈에도 바랄 수밖에 없는 업적과 칭호를 얻은 검치 들.
　"수영으로 오길 잘했네."
　"그러게요. 뭐, 언제가 될지 모르겠지만 다시 갈 일이 있으면 또 수영을 하죠."
　"배고프다. 밥 먹으러 가자."
　모라타가 있는 방향으로 향하는 검치 들.
　바다에서 대단한 일을 이루었지만, 애석하게도 언제 다시 바다로 돌아갈지는 기약할 수 없었다.

KMC미디어는 위드가 죽고 나서 원래 예정되어 있던 프로그램 〈베르사 대륙 이야기〉를 내보냈다.

신혜민과 오주완이 진행하는 인기 프로그램이었다.

"오늘은 참 많은 일이 벌어진 하루였는데요, 하벤 왕국에서 새로운 국가가 탄생하는 건국식이 있었다죠?"

"네, 그렇습니다. 기다렸던 시청자분들도 많을 텐데요. 헤르메스 길드의 건국식이 바로 오늘 개최되었습니다."

"참여한 인원이 굉장히 많았을 것 같은데요."

"참석자들이 수도인 아렌 성을 가득 메웠다고 하면 과장일까요? 하벤 왕국의 유저들뿐만 아니라 대륙의 각 길드와 다른 왕국들에서도 사절이 찾아왔습니다."

화면에서는 헤르메스 길드에 의해 새롭게 탄생한 하벤 왕국의 건국식이 보였다.

화려한 왕궁과 내성, 외성에 사람들이 몰려 있었다.

바드레이는 머리에 왕관을 쓰고, 국왕을 상징하는 옷을 입고 허리에는 검을 착용했다.

—도리아 지역을 다스리는 백작으로 봉한다.

—충성을 다하겠습니다.

—보라스크의 자작으로 임명한다.

—영광입니다.

헤르메스 길드의 고위 유저들을 정식 영주로 임명했다.

중앙집권 체제 아래에 재건국될 하벤 왕국이었지만, 영주로 임명을 하면 여러 스탯들과 명성을 얻을 수 있다.

바드레이의 경우에는 왕국 내에서 최고의 명성 그리고 상당한 양의 기품과 통솔력, 위엄, 명예 스탯이 올랐다.

국왕은 통치력도 따로 있었다.

통치력이 높을수록 왕국민들의 충성도가 높아지고, 기사와 병사 들의 사기가 높게 유지된다.

통치력은 스탯을 추가하는 게 아니라, 다스리는 영토와 주민들의 숫자, 기사, 마법사, 상업과 기술의 발전 등에 따라서 올라갔다. 전쟁에 패배하거나 승리하고, 대규모 무역이 이루어지거나, 가뭄이나 홍수가 들 때에도 오르고 내렸다.

훌륭한 통치를 한다면 여러 긍정적인 사건들이 벌어지기도 하며, 신들의 축복도 받을 수 있다.

바드레이는 베르사 대륙에서 가장 높은 레벨의 유저일 뿐만 아니라 최고의 권력자까지 된 것이다.

"정말 화려한 광경입니다. 건국식의 마지막에는 기사들의 대결을 통해서 많은 볼거리들도 만들어졌습니다. 이 영상은 잠시 후에 보내 드리겠습니다."

"엠비뉴 교단에 대한 부분도 시청자 여러분이 정말 많이 궁금해하실 것 같아요. 오늘도 엠비뉴 교단에 대한 뉴스가 준비되어 있겠죠, 오주완 씨?"

"당연히 준비되어 있습니다. 엠비뉴 교단이 장악하고 있는 지역에 종교재판관들이 돌아다니고 있다고 합니다."

폭풍처럼 나타나서 베르사 대륙을 혼돈으로 몰아가는 엠비뉴 교단.

각 길드들의 영토 다툼이 심하게 벌어지던 중앙 대륙에서 다수의 성을 점령하고 엄청난 군대를 보유한 악의 세력 엠비뉴 교단이었다.

나쁜 쪽을 상징하는 세력이었지만, 유저들은 엠비뉴 교단의 가입을 선택할 수 있었다. 유저들의 가세로 인하여 엠비뉴 교단은 더욱 들불처럼 번져 나갔다.

엠비뉴 교단이 지배하는 땅에는 작물이 시들고, 강물이 메말랐다.

베르사 대륙이 홍역을 앓고 있는 와중에, 드워프의 왕국 토르와 북부 지역만은 엠비뉴 교단의 준동 없이 멀쩡했다.

토르 왕국의 경우에는 무슨 일이 벌어졌는지 모르겠지만, 대륙의 북부에 있던 니플하임 제국이 망한 것도 엠비뉴 교단 때문이라고 할 수 있다. 위드가 엠비뉴 교단을 몰아내고 북부와 모라타를 재건하고 있기 때문이었다.

아마도 사전에 엠비뉴 교단의 세력을 척결해 놓았다면 갑자기 창궐하여 피해를 입히지 않았을지도 모른다는 추측이 가능할 뿐이었다.

"엠비뉴의 종교재판관들에게 걸리면 이단을 심판한다는 명목으로 공격을 받습니다."

"사제나 성기사의 경우는 더 피해가 있다면서요?"

"네. 사로잡히게 되면 신앙심을 상당히 잃어버리게 되니 주의하셔야겠습니다."

"엠비뉴 교단에 대해서는 2부에 손님들을 모셔서 이야기를 더 나눌 테니 채널 고정! 잊지 마시고요, 그럼 다른 이야기도 전해 주세요."

"예. 그러면 다음 소식으로……"

౭◌◌◌◌౨

이현은 캡슐에서 나와서 시장으로 향했다.

다크 게이머에게는 쉬는 날이 없다. 베르사 대륙이 언제나 열려 있기 때문에, 남들보다 앞서 나가기 위해서는 편안히 휴식을 취할 수 없다.

오직 목숨을 잃었을 때만, 24시간 동안 접속이 안 되니 지금이 기회였다.

"김치를 담가야지."

겨우내 먹을 김치를 담글 수 있는 날이었다.

이현은 배달된 배추와 김장 재료들을 마당에 쌓아 놓고 김치를 담갔다.

배추를 찢을 때마다 중얼거렸다.

"폴론."

지익.

"헤르메스 길드……"

지이익.

"나를 건드렸어."

부우우욱.

"내 잡템."

부욱!

"경험치……."

쫘아아악!

"내 밥그릇을 엎다니."

무려 배추 200포기를 담그면서 축적되어 가는 원한!

〈로열 로드〉에서 사망하게 되면 레벨도 문제지만 숙련도의 타격이 너무 크다. 소중한 아이템도 빼앗길 게 아닌가.

이현은 김장을 하면서 텔레비전을 켜 놓고 KMC미디어를 시청했다.

정보 게시판을 통해서 〈로열 로드〉에서 벌어지는 여러 가지 일들을 어느 정도 파악하고 있다고는 해도, 전혀 무관한 땅에서 벌어지는 사건들에 대해서는 관심이 적었다. 하지만 방송 프로그램에서는 보통 중요한 사건들이 추려져서 상세히 보도된다.

"엠비뉴 교단의 확장이라……."

프레야 교단의 교황 후보 알베론이 경계했을 만큼 대단한 세력이었다.

베르사 대륙에 야욕의 손길을 뻗치는데, 예전에 대지의약탈자 길드의 데이몬드가 가졌던 힘도 사실상 엠비뉴 교단의 것이었다. 데이몬드와는 다크 게이머 연합의 채팅 창에서 친해져서 슬쩍 사연을 들을 수 있었던 것이다.

대지의약탈자 길드의 사람들은 전투 중에 사망하면 육체가 영원히 엠비뉴 신에게 제물로 바쳐진다고 한다. 캐릭터가 삭제되는 것이나 다를 바 없으니 초보자로 다시 시작했는데, 길드의 사람들이 택한 장소는 모라타.

데이몬드는 측근 몇 명과 함께 숨어서 퀘스트를 하며 돌아다닌다고 한다.

언젠가는 그도 죽겠지만, 그날까지 최대한 많은 아이템을 얻으려는 다크 게이머의 생활에 충실하고 있었다.

"엠비뉴 교단이야 당장 내가 신경을 써야 할 문제는 아니고."

모라타는 불사의 군단에 침략당하는 신세였고, 헤르메스 길드는 공격대를 보내서 그를 괴롭히고 있다.

"평화롭게 해결되진 않겠지."

이현도 〈마법의 대륙〉에서 길드들은 보이기만 하면 다 죽였으니, 명분이나 정당성에 대해서 논하는 게 얼마나 무의미한지 알고 있다.

힘!

힘의 법칙에 따라서 결정되는 세계.

여동생도 도서관에서 돌아와서 도우면서 김치를 담그고, 저녁에는 보쌈을 만들어서 싸 먹었다.

"오빠, 많이 먹어."

대학생이 되더니 보쌈도 입에 넣어 주고 과일도 깎아 주며, 어엿한 숙녀티를 내는 여동생이었다.

'이런 행복이 올 줄은 몰랐는데…….'

딱 5년 전만 하더라도, 이현은 극단적인 생각도 가끔 했다. 그래도 늘 최후의 순간에 마음을 돌이켜야 했던 건…….

'이놈의 팔자가 좋지 않은 게… 죽을 수도 없었지.'

조의금을 받을 만한 친척도 없고, 관을 짜고 화장을 하는 데도 돈이 드니 죽어서도 안 된다.

길거리 포장마차에서 공짜로 주는 어묵 국물이 그렇게도 먹고 싶었던 시절.

지금은 재료를 사다가 맛있는 요리를 해 먹을 수가 있고, 그의 이름으로 집도 가졌다.

소소한 행복을 느끼면서 사는 이현이었다.

"오늘은 일찍 자야겠군."

이튿날에는 새벽 시장에 가서 장도 든든히 보고, 도장에 가서 육체를 단련하는 일도 빠뜨리지 않았다.

'헤르메스 길드······.'

이현은 이를 조심스럽게 갈면서 검을 휘둘렀다.

치과만큼 병원비가 많이 들어가는 업종도 없었으니까.

살기와 원한이 잔뜩 실려 있는 검이었다.

하루의 일과를 마치고 집에 돌아와서 청소도 하고 텔레비전도 보면서 시간을 보냈다.

그리고 다시 〈로열 로드〉에 접속할 수 있는 시간이 됐다.

이현은 조금도 주저하지 않고 캡슐로 들어갔다.

༺༼ᴥ༽༻

검치 들은 모라타에서 여덟 곳의 식당을 돌았다.

"여기도 맛있네."

"이 집도 장사가 잘되는 이유가 있었습니다, 사형."

검치 들의 입맛이 까다로워서 맛만 보고 나오기 때문이 아니었다. 음식의 거리에 있는 여덟 곳의 식당에서 식재료를 동 낼 정도로 푸짐하게 먹어 대면서 옮겨 다니는 것이었다.

과식, 폭식!

〈로열 로드〉에서도 많이 먹으면 살이 찌지만, 전투나 육체적인 활동을 많이 하는 검치 들에게는 아직까지 살이 찔 겨를이 없었다.

마음껏 먹으면서 돌아다니던 와중에 지나가는 사람이 하는 이야기를 들었다.

불사의 군단의 2차 진격!

전투 계열의 직업을 가진 유저들이 모라타를 지키기 위하여 참전하고, 예술 계열 직업들은 자진해서 그들을 응원해 주고 있다고 한다. 갑옷에 문양을 그려 주는 것은 물론이고, 바드와 댄서 들은 전쟁터에 따라가서 공연을 했다.

영주성과 프레야 교단, 루의 교단, 용병 길드에서 내거는 의뢰들도 대부분이 언데드를 사냥해 오라는 내용들이었다.

모라타는 위급한 상황에 맞춰서 전시체제로 운영되고 있었던 것이다.

성문 앞에는 여전히 새로 시작하는 초보자들이 많이 있었고, 광장에도 장사를 하는 유저들이 가득 찼다. 여행객의 방문도 정상적으로 이루어지고 있었지만, 모라타의 사람들은 불사의 군단의 진격으로 누구나 위기감을 가졌다.

"언데드들이 막내 사제의 땅으로 진격하고 있다는데, 어이가 없어."

"우리가 많이 소홀했던 모양입니다."

"지금까지 공짜로 얻어먹은 밥값이라도 해 주러 가야 되지 않을까요?"

"몸이나 좀 움직여 볼까?"

검치 들은 음식거리들만 잔뜩 사서 불사의 군단이 온다는 전장으로 향했다.

언데드 병사들이 칼날을 옆으로 세운 마차를 끌고 달려들었으며, 모르기스와 누칼리의 시체로 만든 중형 언데드들도 뿔을 휘저으며 뛰어다녔다.

모라타의 군대와 프레야 교단의 사제, 성당 기사단 그리고 유저들이 길게 배치되어 방어선을 형성하고 싸우고 있었다. 풀죽신교의 깃발을 들고 있는 대량의 유저들, 중앙 대륙에서 건너온 레벨이 높은 유저들도 몰려 있다.

진짜 전쟁터라고 해도 과언이 아닌 장소였다.

"마음에 드는 장소군. 사제들아, 가자."

"예, 사형!"

검치 들이 언데드를 향해 걸어갔다.

언데드들이 멋모르고 사납게 덤벼들었지만, 검으로 베어 버리면서 검치 들은 전장을 가로질렀다.

'뭐든 덤벼라.'

'더 강한 놈이면 좋다.'

전투 마차, 모르기스, 누칼리, 듀라한, 데스 나이트.

구분할 필요도 없다.

검치 들의 영역에 들어오기만 하면 덤벼들어서 박살을 내 주었다.

많은 언데드들이 몰려 있는 구역으로 가게 되면서 사형제들과 떨어져서 사방에 온통 해골들밖에 보이지 않았지만, 그래도 괜찮았다.

검치 들은 근처에 보이는 언데드들은 전부 베었다.

무아지경!

현실에서는 솔직히 답답한 경우가 많았다.

고도로 육체를 단련하고 검을 익히더라도 쓸 일이 드물다. 우연히 길거리에서 시비가 걸리더라도 못 본 척 참으며 지나가야 한다. 절제와 인내를 미덕으로 삼으면서 수행해야 되었다.

남들보다 뜨거운 피를 가졌지만, 터트리기에 마땅한 장소가 없다.

〈로열 로드〉는 분출구였다.

강함만을 생각하며, 더 강한 이들을 찾아다니면서 싸운다.

남자의 본능 깊숙한 곳에 숨어 있는 야성을 숨기지 않는다.

목숨이란 싸우기 위해 필요한 것.

"오라, 언데드들이여! 너희보다 강한 자를 불러오라!"

검치 들은 미칠 것만 같았다.

바다를 돌면서 수행을 했지만, 지금처럼 몸을 쓰면서 싸우는 일이 좋다.

갇혀 있던, 갑갑한 모든 것들을 잊어버리고 순간마다 벌어지는 전투에 충실할 때의 거부할 수 없는 쾌감!

"부족하다. 더 많이!"

검치 들은 언데드를 닥치는 대로 때려잡았다. 보이는 족족 죽였다.

그들은 주로 검을 썼지만 철퇴나 도끼, 쇠사슬, 대검 등 전장에서 주울 수 있는 거라면 뭐든 사용했다.

검치 들은 무기술을 익히고 있었기 때문에 어떤 종류의 무기든 적응이 된다. 무기마다 무게중심과 타격점이 차이가 있었지만, 발목에서부터 허리가 돌아가는 힘이 어깨를 타고 올라와서 적을 갈라 버린다.

거칠기 짝이 없는 전투 속에 녹아들어 있는 기교까지!

불사의 군단이 퇴각합니다.
전투가 모라타 수비군의 승리로 끝났습니다.

검치 들이 주력 언데드를 맡아 주니, 성당 기사단이 그사이에 불사의 군단을 통솔하던 비얀카라는 마녀를 죽여 승리를 거둔 것이다.

반역을 꿈꾸는 둠 나이트

위드가 다시 접속해서 나타난 장소는 불사의 군단의 진영이 있는 바르고 성채 안이었다.

나달리아 평원에서 수도원을 공략하는 퀘스트를 마쳤기 때문에 새로운 지역에서 되살아난 것이다.

레벨이 300에서 400을 넘어서는 고위 언데드들이 아무렇지도 않게 돌아다니고 있는 극악의 위험한 장소!

본 드래곤 2마리가 성벽과 탑에 서 있었으며, 1마리는 공중에서 날아다녔다.

"엘프들의 저항이 심하다는군."

"바르칸 님이 움직이기만 하면 금방 쓸어버릴 수 있을 텐데… 페어리들의 반격 때문에 함부로 나서시긴 어렵지."

"드워프들의 도끼질이 무서워."

페어리의 여왕 테네이돈이 머무르는 던전에서의 전투가 언데드들 사이에서 화제가 되고 있다. 바르고 성채의 황량한 정원에는 수천이 넘는 정예 언데드들이 있지만, 대화를 나누는 언데드들은 몇 안 되었다.

위드는 말라비틀어진 나무 근처에 앉았다.

"우선 확인부터 해 봐야겠군."

대왕 아반나와 싸우다가 죽었으니, 얼마나 피해를 봤는지 살펴봐야 할 시간이다.

레벨은 예전에는 398이었는데, 1개가 떨어져서 397이 되어 있었다.

"잃어버린 물건은……."

위드는 잡템까지도, 가지고 있던 물건은 대부분 기억했다.

아이템에 대한 것은 아무리 생소한 이름이라도 정확한 수량을 알고 있었다. 장사를 하더라도 항상 기본이 되는 것이 재고 조사였으니까.

"보리빵과 쪽파, 투구, 지렁이, 스켈레톤의 어금니를 잃어버렸군."

위드의 레벨에 쓸 만한 장비는 없어도 여러모로 속이 쓰렸다. 죽더라도 사람이 많은 장소가 아니라면 아이템을 회수해 오곤 했기 때문이다.

완전히 잃어버린 아이템에 대한 미련도 잠시였고, 스킬 숙련도도 확인해 봤다.

고급 8레벨에 이른 조각술 스킬의 숙련도는 0%가 되어 있었고, 다른 스킬들도 4%에서 13%까지 떨어져 있다.

정의롭지 못한 언데드로 활동하고 있었기 때문에 죽음의 대가를 다른 때보다 더 크게 받은 것이다.

"이 정도의 피해라면 내 나이가 70대 되기 전에는 잊을 수 있겠군."

자칫 평생 동안 잊지 못할 원한을 일시불로 사게 된 폴론과, 그의 배경인 헤르메스 길드!

바르고 성채는 매우 거대한 요새였고, 유명한 언데드 기사인 벤들러 기사단이 주둔하고 있었다.

'베르사 대륙의 역사에 이름이 나온 언데드들이 많군.'

불사의 군단에는 최고의 언데드들이 즐비했다. 위드는 퀘스트를 마쳐서 더 높은 단계의 언데드로 승급이 가능했지만, 아직은 데스 나이트였다.

위드가 이곳저곳 기웃거리며 돌아다니고 있을 때였다. 그에게로 시종의 유령이 찾아왔다.

"바르칸 님이 기다리고 계십니다."

언데드로서의 승급을 위하여 바르칸을 만나는 것이다.

위드는 시종의 유령을 따라서 내성으로 들어갔다. 불사의 군단에서는 삼엄한 경계를 펼치진 않았다. 물론 위드가 언데드인 덕분(?)에 그냥 가만히 서 있을 뿐, 살아 있는 생명이 접근하면 매우 민감하게 반응하리라.

'여기를 뚫긴 상당히 어렵겠군.'

시종의 유령은 위드를 지하로 인도했다.

바르고 성채의 지하에는 오래전부터 뜯지 않은 술들이 오크 통에 담겨 밀봉되어 보관되어 있었다.

'최상급의 와인과 브랜디.'

위드는 냄새만 맡고도 가격이 얼마나 비싼지 짐작할 수 있었다. 잘 만든 술은 금과도 같은 무게로 판매되는 실정이다.

'언제부터 묵혀 놓은 술인지는 몰라도 대단하겠군.'

아무 술이나 대책 없이 오래 보관한다고 해서 고급술이 되진 않는다.

바르고 성채는 예전부터 술로 유명했고, 또한 리치 바르칸이 머무르면서 마나의 기운이 충만해졌다. 술은 환경의 영향을 민감하게 받아들이기 때문에 마셔 보면 엄청난 술들이 완성되어 있을 것 같은 예감이었다.

언데드들이 술을 마신다면 이미 다 동나 버렸을 테지만, 바다 해적의 유령들도 마시는 시늉만 할 뿐 실제로 술이 줄어들지는 않는다. 게다가 여기에는 바르칸이 머무르고 있었기에 평범한 언데드들이 와서 술을 마실 수는 없었다.

'돈이 쌓여 있는 셈이구나.'

탐욕스럽게 눈독을 들여 놓은 술 창고를 지나서, 위드는 큰 문을 열고 바르칸이 머무르는 장소로 들어갔다.

서늘한 공기가 밀려오는 장소.

지하에는 물이 흘렀고, 시커먼 암석들이 수로와 제단의 역할을 했다.

바르칸은 그곳에서 왕이 사용할 법한 화려한 의자에 앉아 있었다.

고급스러운 재질로 만들어졌지만 먼지가 잔뜩 쌓여 있는 로브, 머리에 쓰고 있는 큼지막한 보석 왕관, 독수리의 머리가 달린 스태프는 여전했다.

가슴에는 성검이 박혀서 신성한 힘을 줄기줄기 뿜어내고 있었다.

"데스 나이트여, 가까이 오라."

공동을 은은하게 울리는 바르칸의 음성!

"군주시여……."

위드는 바르칸의 앞으로 걸어가서 공손히 무릎을 꿇었다.

모라타를 공격하고 있는 불사의 군단만 생각하면 쌍욕을 퍼부어도 모자랄 판이다. 하지만 받을 게 있다면 받고 나서 처리해도 될 일.

위드는 여기까지 오는 내내 그리고 바르칸이 머무르는 이 장소로 들어온 후에도 허실을 찾기 위해서 구석구석 잘 쳐다보고 머릿속에 각인시켜 두고 있었다.

베르사 대륙의 역사서에 바르고 성채에 대한 서술이 조금 나온다. 그리고 과거 북부에 존재했던 성들에 대한 지도도 도움이 되었다.

지금은 멀쩡히 남아 있는 성이 얼마 안 되고, 바르고 성채도 언데드들이 점거하면서 훼손되고, 무너지고, 쓰이지 않는 장소들이 많았다. 하지만 탑들을 연결하는 복도나 방, 계단의 구조들을 파악하는 데 참고할 수는 있다.

조각술로 만들었던 작품 덕에 전체적인 구조에 대한 인식이 어느 정도 해박한 편이었다.

"군주께서 시키신 일을 처리했을 뿐인데, 저에게 직접 뵐 수 있는 영광을 주셔서 감사드립니다."

투박한 데스 나이트들이 잘하지 못하는 아부를 위드는 주저하지 않고 했다.

"성가신 몬스터들을 많이 처리했다고 들었다."

"제가 무슨 공이 있겠습니다. 전부 군주님의 은덕입니다."

"불사의 군단에는 너처럼 재능 있는 언데드들이 많이 필요하다. 데스 나이트는 너의 능력을 펼치는 데 부족한 것 같으니 새로운 몸을 내리겠다."

바르칸이 마법을 외웠다.

지은 죄가 있었으므로 가슴이 철렁 내려앉는 기분이었지만, 위드는 그대로 얌전히 있었다.

"너희가 살아서 움직이던 땅으로 돌아오라. 이곳은 어두운 곳, 검고 부패한 땅. 영영 사라지지 않을 암흑의 율법을, 모든 이들에게 새길 수 있도록 하라. 언데드 라이즈!"

위드의 몸에서 시커먼 연기가 흘러나오더니, 잠시 후에는 진한 회색 근육을 가진 육체로 바뀌었다. 다리도 길어지고, 등과 팔이 두꺼워졌다. 키도 40센티 정도 커져서 바바리안보다도 체격이 좋은 모습이었다.

> 바르칸 데모프의 언데드 소환 마법에 의하여 둠 나이트로 변했습니다.
> 최상의 언데드 소환 마법에 의하여 전투와 관련된 스탯들이 15% 증가합니다. 방어력이 뛰어난 뼈로 된 갑옷을 착용합니다. 전투 스킬들이 최소 고급 2레벨로 오릅니다. 흑마법에 의해 공격당한 적들에게 영원한 고통과 그치지 않는 절규가 시전됩니다. 다만 둠 나이트 상태를 벗어나면 원래대로 돌아가게 됩니다.
> 언데드로서의 지위가 바르칸의 직속 부하가 되었습니다. 대부분의 언데드 부대에 대해 직접적인 영향력을 행사할 수 있습니다.

일대일 전투에서는 최강의 언데드라고 불리는 둠 나이트.

사실 깊은 절망 속에서 탄생한다는 어비스 나이트도 있었다.

본 드래곤을 가볍게 사냥할 수 있을 정도라는 절대적인 몬스터였다.

전설에 의하면 리치 바르칸과도 맞먹을 수 있을 정도였다.

그러나 어비스 나이트는 네크로맨서에 의해 언데드로 소환이 불가능하고, 특정한 조건이 성립되면 스스로 탄생한다. 물론 아직까지는 베르사 대륙의 전설에만 존재했다.

"여기 이 바르고 성채를 지켜라. 엘프들의 반격에 맞서 싸워야 한다."

엘프들의 척살

우드 엘프들은 페어리의 여왕을 지키기 위해서 불사의 군단을 기습하고 있다. 그들의 정령의 힘이 깃든 화살은 언데드들을 완전히 소멸시킨다. 엘프들의 잠입을 막고, 그들에게 언데드의 무서움을 알려 주어야 한다. 바르칸 데모프의 직속 부하 신분으로 평소보다 2배나 더 많은 언데드를 부대에 포함시킬 수 있을 것이다.

난이도: A

제한: 언데드 한정.

바르칸이 직접 내려 준 퀘스트!

직속 부하가 되었으니 부릴 수 있는 언데드가 더욱 많아지고 질도 높아졌다. 불사의 군단에 있는 언데드를 영입하여 부대를 꾸려서 전쟁에 참여할 수 있다.

아부와 친밀도만으로는 오르지 못하고, 스켈레톤 병사와 유령, 데스 나이트를 거치면서 철저히 실적을 쌓은 덕분에 이룩한 경지였다.

'여기까지 해 놓은 게 아깝군.'

위드는 바르칸의 편에 서서 페어리 여왕의 생명을 빼앗을 생각은 없었다. 엘프들과 싸우고 드워프들을 살육해서 바르칸을 도와주지는 않을 것이다.

오히려 불사의 군단에서 반란을 일으킬 작정이었다.

위드는 바르칸 데모프를 사냥하기로 결정했다.

'지금밖에는 기회가 없어.'

바르칸이 힘을 되찾거나 되찾지 못하거나, 모라타를 계속 공격할 거라는 사실에는 변함이 없다.

어떻게든 바르칸을 없애야 하는 입장에서 지금까지 순순히 퀘스트를 해 왔던 건, 믿음을 받으면서 불사의 군단의 허실을 찾기 위한 작업! 외부에서 불사의 군단을 공격하기 어렵다면 내부에서 무너뜨려야 하지 않겠는가.

하지만 언데드를 통해 바르칸을 사냥하는 것은 절대로 불가능했다.

위드의 레벨이 바르칸을 넘어서고 또한 어비스 나이트가 된다면 모를까, 그 전에 언데드로서 바르칸에게 적대할 수는 없었다.

'모라타 군대를 데려올 수도 없고…….'

영주의 특권으로 군대를 이용할 수는 있어도 바르칸에게 언데드만 늘려 주는 꼴이 된다. 바르칸은 그를 잡기 위해 오는 허약한 인간의 군대를 보며 너무나도 기뻐하리라.

조각 생명체를 몰고 오지 않은 이유도 있다.

'음식으로 표현하자면 떡갈비, 회무침, 보쌈, 갈비찜, 신선로, 삼합, 대게, 전복, 샐러드에 식혜까지 갖춘 한정식이나, 양

식 풀코스가 되겠지!'

바르칸의 강화 마법에 의해서 지배받는 불사의 군대와의 정면 승부는 위험부담이 너무나도 컸다. 조각 생명체들까지 언데드가 되어 버린다면 바르칸의 힘은 더욱 강성해질 것이기 때문이다.

'그렇다면 바르칸을 사냥할 수 있는 방법은……'

위드는 언데드 승급을 마치고 밖으로 나왔다.

그리고 바르고 성채를 원하는 대로 돌아다니면서 언데드를 만나 보았다.

"젤젤젤. 바르칸 님을 위하여 최선을 다하겠습니다, 둠 나이트 님."

"경계하는 동안 특별한 일은 없었습니다. 엘프들의 흔적은 찾을 수 없습니다."

"클클. 인간을 구경한 지도 오래되었습니다."

보초병들과 파수꾼을 통해 병력의 배치와 질도 파악할 수 있었다.

언데드들은 하루 24시간 내내 경계를 섰다. 바르고 성채에서 몇 년째 경계를 서고 있는 이도 있었다.

경계병이 인간이 아니라서 위드에게는 허점이 보였다.

"완벽한 기습에 성공할 수만 있다면 조용히 돌파할 수는 있겠군."

북이나 뿔피리를 불기 전에만 처리한다면 경계병을 해치우고 내부로 잠입하기란 어렵지 않다.

바르칸이 엘프와 바바리안, 드워프, 페어리 들이 지키고 있을 던전으로 뛰어든다면 전투 도중에 습격할 기회가 생길지도 모른다.

하지만 바르칸은 하실리스를 비롯하여 불사의 군단 언데드에게 임무를 맡겨 놓고 바르고 성채를 떠나지 않으니, 몰래 사냥하는 방법밖에는 없다.

불사의 군단이 진을 치고 있는 바르고 성채에서 언데드의 왕 바르칸을 없애는 것이다.

"레벨이 100개 정도는 올라야 승산이 눈곱만큼은 있겠군."

위드 혼자 힘으로는 불가능한 계획.

그때 황야의여행자 길드의 채팅 창이 분주해졌다.

> 사비나: 이제 1층만 더 내려가면 보스 몬스터다.
> 에드윈: 미공개 던전이라서 정말 힘들었죠. 어쨌든 끝이 보이네요.
> 핀: 빨리 끝내고 쉬고 싶어요.
> 헤르만: 좋은 금속이라도 얻을 수 있으면 좋겠는데……

위드가 가입한 황야의여행자 길드는 심심치 않게 모여서 고위 몬스터 사냥을 즐겼다.

길드 자체가 규모를 키우기보다는 은둔형에 가까웠지만, 그들의 수준은 상당히 높은 편. 다양한 직업의 조합으로 몬스터들을 사냥하는 정석에 가까운 방식을 사용했다.

'보스 몬스터 레이드라……'

여러 개의 파티나 실력자들로 구성하여 대규모 사냥을 하는 것이다.

혼자서는 절대 잡을 수 없는 몬스터를 합심하여 사냥하는 방법이었다.

위드는 먼저 페일에게 귓속말을 보냈다.

> ─페일 님, 사냥 같이하실래요?
> ─물론이죠. 어디 계세요?

대답은 정말 빨리 돌아왔다.

위드가 헤르메스 길드에 쫓기다가 죽었다는 사실을 알고 걱정하고 있었기 때문이다.

정작 위드는 나중에 더 크게 복수해 주면 될 뿐이라고 마음을 편하게 먹었는데 동료들이 더 신경을 써 주고 있었다.

> ─불사의 군단이 있는 장소입니다.
> ─그쪽으로 우리가 가겠습니다. 그런데 어떤 몬스터를 잡으실 건데요?
> ─바르칸…….
> ─예? 그런 몬스터는… 혹시 리치 바르칸요?

페일도 불사의 군단의 수장인 바르칸 데모프에 대해서 알고 있었다. 모라타를 침공하는 1, 2차 언데드와 맞서 싸우고 있었던 것이다.

전설적인 몬스터!

보통 사냥을 하려고 하는 던전의 보스급 몬스터와는 차원이 달랐다.

> ─바르칸이 현재 인간들이 잡을 수 있는 몬스터인가요?
> ─지금 확인해 보려고 합니다.
> ─잠시만요. 여기에 검치 님들도 와 계십니다.

잠깐의 시간이 흐르고 나서, 검삼치로부터 귓속말이 왔다.

—위드야, 방금 들었는데 바르칸을 잡는다고?
—예. 잡으려고 왔습니다.
—그런 재밌는 일이 있으면 진작 우리한테 알려 주지 그랬냐.

먼저 말하지 않았다며 서운해하는 검삼치였다.

—우리도 가도 되냐?
—오셔도 되기는 하는데 위험해서요.
—위험하면 더 좋지. 몬스터들은 많고?
—강한 몬스터들이 깔려 있습니다. 본 드래곤도 3마리나 있고요.
—본 드래곤? 꼭 가겠다.
—다른 사형들은요?
—잠깐, 물어보고 알려 줄게.

검삼치에서 검오백오치까지 합의를 보는 시간은 1분도 안 걸렸다.

"바르칸 잡으러 갈 건데 빠지고 싶은 사람 빠져."

"……."

"위험하다니까. 웬만하면 좀 빠지지 그러냐. 그곳에서는 뼈도 못 추린대. 죽어서 언데드가 되고 싶냐? 본 드래곤도 3마리나 있다는데."

"……!"

"너희 불사의 군단 알아? 언데드로 이루어진 강력한 놈들인데, 그놈이랑 싸우러 가는 거야."

검치 들은 빨리 싸우고 싶어서 몸이 근질근질했다.

—다 가고 싶어 하는데 안 되겠냐?

　─그렇다면 뭐, 어쩔 수 없죠. 위치는 페일 님한테 알려 드릴 테니까 같이 오세요.
　─알았다.

　눈이 좋은 페일은 길 찾기를 잘하는 편이었다.

　모험가만큼은 아니더라도 별자리만 보고도 찾아올 수 있었고, 또 경험이 많고 지도를 보는 법도 아니까 불사의 군단 진영이 있는 장소까지 오는 것은 어렵지 않을 것이다.

　'사형들이 이곳에 와 준다…라.'

　검치 들이 바르고 성채로 침입한다면 언데드와 싸워 볼 만할 것이다. 불사의 군단이 대단하긴 하지만 평야가 아닌 성 내부에서 벌어지는 전투라면, 협소하다는 지형적인 이점을 누릴 수 있다.

　사형들은 위드가 어느 곳에 있더라도 달려와서 싸워 줄 사람들이었다!

　"성기사와 사제 들도 필요한데……."

　이리엔 1명으로는 사제가 너무 부족했다. 황야의여행자 길드에서는 아쉽게도 다른 고위 몬스터를 사냥하는 중이라니, 모라타에서밖에 데려올 사람이 없다.

　위드는 마판에게 귓속말을 보냈다.

　─바르칸을 사냥하려고 하는데요, 믿고 도와줄 만한 성기사나 사제가 없을까요?

　모라타의 광장에서 장사하며 아는 사람이 가장 많아진 마판이니 그에게 물어본 것이다.

> ─제가 거래하는 사제들이 몇 명 있는데요, 몇 명이나 필요하세요?
> ─많을수록 좋습니다.
> ─그럼 알아보고 나중에 연락드릴게요.

＊＊＊

마판은 광장에서 거래를 하며 친숙해진 사제들에게만 위드와 함께 바르칸을 사냥할 생각이 있냐고 물어봤다.

"물론 있죠."

"언제 어디로 가면 되는데요?"

중앙 대륙에서 건너온 유저들은 위드와 함께 퀘스트와 사냥을 하고 싶어 했다.

'바르칸을 사냥한다고? 뭔가 계획이 있겠지.'

'바르칸을 죽일 수 있겠구나!'

'위드 님이니까 그런 생각도 하는군. 잘 따라만 다니면서 치료만 해 주면 될 거야.'

위드가 바르칸 사냥을 한다니까 어떤 계획인지도 모르는 채 너도나도 끼려고 했다.

"그런데 제가 아는 누나도 프레야 교단의 고위 사제인데 같이 가도 돼요?"

"모르는 사람이 끼면 곤란한데……."

"누나 말고 다른 사람한테는 절대 말 안 할게요."

"내일 아침 6시까지 동쪽 포도밭 너머 큰 나무 아래로 오면 됩니다."

"꼭 갈게요."

마판에게 제안을 받은 사제들은 또, 각자 친한 유저들에게
알렸다.

—형, 위드 님이 바르칸 사냥한다는데……
—무조건 가고 싶어. 내가 전쟁의 신 위드 님 때문에 모라타에 온 거 너도 알
잖아. 나도 데려가 줄 수 있지?
—아침에 동쪽 포도밭에 모여서 가기로 했어. 6시까지는 와야 돼.
—1시간 먼저 도착해서 기다릴게.

연락을 받은 사제들은 매우 귀한 기회라고 여겨서, 다시 친
한 사람들에게 말했다.

—위드 님이 바르칸 사냥하는 거 알고 있었어?
—정말?
—사제들과 성기사만 낄 수 있다더라.
—나 직업이 성기사잖아. 위험할 텐데, 나도 가도 될까?
—응. 같이 가자.

성기사도 소식을 퍼트렸다.

—위드 님이 바르칸 사냥하는데, 언데드 죽이러 가자.
—준비하고 갈게.

연락을 받은 사람이 다른 사람들에게 알리는 방식으로, 1시
간도 되지 않아서 200명이 넘는 이들에게 전해졌다.

소식은 풀죽신교에도 퍼졌다.

모라타를 총괄하는 초거대 단체!

가입된 유저만 현재 80만 명이 넘는다. 대부분이 초보자들이었지만, 북부 전역에서 사냥과 모험을 하는 고레벨 유저들도 포함되어 있었다.

> —위드 님이 사냥을 하시는데, 사제와 성기사 들을 모집한답니다.
> —도움이 될 만한 실력을 가진 사람들을 추려 볼까요?

다음 날, 모라타의 동쪽 포도밭 앞에 있는 큰 나무에 도착한 페일 일행과 검치 들은 사제만 330명, 성기사도 223명이나 되는 큰 무리를 만나게 되었다.

위드가 그냥 불렀더라면 더욱 많은 사람이 왔겠지만, 바르칸을 사냥한다고 해서 나름 실력자들만 온 것이었다.

"마판 님, 이렇게 많은 인원은 뭐죠?"

"글쎄요. 저는 딱 14명만 불렀는데…….."

모라타에 있는 고위 사제와 성기사 들은 바르칸을 사냥하는 일에 모두 참여하려고 했다. 위드의 사냥이었기 때문에 참석하고 싶어서 난리였다.

페일은 한숨을 쉬더니 말했다.

"여기 오래 있으면 사람들의 눈에 너무 띄니 출발하죠. 헤르메스 길드에서 알게 되면 안 좋을 테니까요."

"갑시다!"

검치 들은 물론이고 모라타의 사제들, 성기사들이 황소를 타고 달렸다.

목적지는 불사의 군단이 있는 바르고 성채였다.

위드는 바르고 성채의 그늘진 곳과 하수로를 이용해 정탐하며 돌아다녔다.

"보수가 되지 않아서 개구멍이 많군!"

워낙 엄청난 몬스터들이 들끓는 장소인지라, 바르고 성채의 성벽은 높고 두꺼웠다. 그런데 돌이 빠져 있거나 해서 사람 1명 정도씩은 드나들 수 있는 공간이 곳곳에 숨어 있었다.

언데드들에게 성벽을 보수하는 일은 무리였던 것이다.

"엘프들의 습격도 자주 일어나고……."

낮에는 언데드들의 행동이 굼떠지고 약해진다. 그럴 때 엘프들이 바람처럼 나타나서 화살을 쏘며 공격했다.

불사의 군단의 언데드들이 출동하긴 했지만, 엘프들의 기동력을 따라잡기는 만만치가 않았다. 엘프들을 따라서 계속 쫓아가다 보면 드워프와 바바리안의 매복까지 당해서 오히려 언데드들이 전멸하기 일쑤!

바르칸의 마법, 다크 룰에 의하여 나중에 되살아나서 영락없는 패잔병의 몰골로 돌아왔다.

"엘프들과 싸우고 싶진 않군."

위드는 엘프야말로 만만치 않은 상대라고 생각했다.

레벨이 높은 엘프는 말을 타고 쫓아가지 않고서는 따라잡기가 어렵다. 활을 귀신처럼 다루며, 나뭇가지를 타고 도약하고 다니니 사냥이 힘들었다.

언데드들과 같이 싸워도 그다지 재미를 보기는 어려웠다.

페어리나 엘프를 사냥하면 자연과의 친화력도 많이 떨어질 텐데, 그러면 대재앙을 일으키기도 힘들어진다.

"굳이 엘프가 아니더라도 싸울 대상은 많지."

경험치나 전리품으로 볼 때 몬스터보다 훨씬 나은 대상이 이곳과 가까운 장소에 있었다.

"마법사, 레인저, 기사. 폴론이라고 했던가? 복수해 줄 시간이다!"

헤르메스 길드에 가입하지 않기로 한 쟌과 오템, 헤리안, 그루즈드, 바레나를 비롯한 30인은 고충을 겪고 있었다.

"협곡에서 물러나라. 사냥을 금지한다!"

레인저와 마법사 들의 견제 때문에 아무것도 하지 못하고 구경만 해야 했다.

폴론은 처음 했던 말과는 달리 그들을 공격해서 죽이지는 않았다.

헤르메스 길드에 가입하지 않으면 어떤 불이익을 당해야 하는지 몸으로 겪게 만든다.

아직까지 네크로맨서들을 포섭할 생각이 있었으므로 기회를 준 것이라고 봐도 되지만, 당하는 입장에서는 보통 분통이 터지는 게 아니었다.

보흐람과 다른 34인은 기다렸다는 듯이 헤르메스 길드에 가입했다. 그들만이 협곡에서 사냥하면서 경험치와 스킬 숙련도를 올렸다.

"젠장. 더러워서 못 해 먹겠네."

오템이 불만을 토해 냈다. 다른 네크로맨서들도 비슷한 기분이었다.

"이럴 바에야 그냥 확 돌아가 버릴까?"

불사의 군단에서의 의뢰나 사냥을 포기하고 원래 혼자 사냥하던 장소에서 착실하게 스킬을 올리는 편이 나을 것 같단 생각도 들었다.

마레이가 그들을 말렸다.

위드가 몰래 넘겨준 아이템을 지키기 위해 어쩔 수 없이 헤르메스 길드에 가입하려고 했지만, 생각할 시간을 달라고 말하고 돌아와 있었다.

"그러면 안 됩니다. 그렇게 하면 헤르메스 길드는 공식적인 척살령을 내리고 계속 괴롭힐 겁니다."

이곳에 머무르는 동안에는 길드에 가입할 수도 있기 때문에 죽이진 않는다. 일정한 영역을 정해 놓고, 협곡의 근처로 오거나 사냥을 하지 못하게 막을 뿐이다.

하지만 여기를 떠나서 중앙 대륙으로 넘어간다면 그때부터는 헤르메스 길드의 적으로 간주한다.

네크로맨서들은 누구 도와줄 사람도 없기 때문에 그 점이 두려웠다.

답답했던지 헤리안도 말했다.

"차라리 시원하게 싸우다가 죽는 게 낫겠어요."

죽이지도 않으면서 격리만 시켜 놓는 게 더 화가 나는 일이었다.

바레나가 주변의 유저들을 돌아보았다.

"이대로 참고 있을 겁니까? 싸워 보는 건 어떻습니까?"

"싸움요?"

"밟으면 꿈틀거린다는 거라도 보여 줘야죠."

네크로맨서들의 전력만 놓고 보면 쟌과 오템, 헤리안 등이 있는 이쪽이 월등했다. 하지만 헤르메스 길드의 공격대를 감안한다면 계란으로 바위 치기.

언데드와 싸울 준비까지 하고 있는 그들이고, 또한 이쪽의 움직임을 지켜보고만 있어야 할 이유도 없다.

네크로맨서의 큰 단점이, 바로 충분한 양의 언데드를 소환하는 데에는 시간이 필요하다는 것이다. 시체들을 모아야 되고, 사냥도 하면서 언데드 부대를 키워야 한다.

그러다 보면 눈에 띄지 않을 수가 없고 헤르메스 길드가 즉각 공격할 테니, 무의미한 죽음이 되어 버릴 가능성이 컸다.

차라리 의미 있게 헤르메스 길드에 피해라도 줄 수 있다면 좋을 텐데, 이러지도 못하고 저러지도 못하는 처지였다.

마레이가 빙긋 웃으며 얘기했다.

"기다리면 다 잘될 겁니다."

마레이가 유명한 바드라는 사실을 알기에, 쟌이 혹시나 하며 희망을 갖고 물었다.

"무슨 작전이라도 있습니까?"

"그냥 지켜보면 됩니다. 좋은 소식이 올 테니까요."

마레이는 대외 관계도 좋고, 여러 유저들을 만나면서 다양한 인간상을 겪어 보았다.

그들 중에서 그 누구도 위드만큼 속이 좁진 않았다.

편협하기 짝이 없는 마음!

화해, 용서, 포용력은 유치원에서부터 제대로 배우지 못한 게 분명하다.

당한 것은 잊지 않으며 몇 배 크게 보복해 줄 사람이 위드라는 걸 알고 있기 때문에 기다릴 수 있었다.

헤르메스 길드와의 격돌

위드는 불사의 군단에서 병력을 모집했다.

땅바닥에 엎어져 있는 해골들도 들어 본 적이 있을 정도의 명성!

영광의 언데드 지휘관이나 불멸의 전사라는 호칭도 갖고 있었기 때문에 병사들을 모으는 건 쉬웠다.

위드는 바르고 성채를 걸어 다니며 쓸 만한 언데드에게 말을 걸었다.

"나와 함께 가자."

"알겠습니다."

데스 나이트가 부하가 되었습니다.

"같이 싸우자."

"바르칸 님의 신임을 받고 계시다는 말을 들었습니다. 전투에서 훌륭한 활약을 하고 싶습니다."

> 둠 나이트가 부대에 합류합니다.

"너희도 놀지 말고 전투하러 가자."

"기다리고 있었습니다."

> 펠리컨 기사단의 언데드들이 부대에 합류합니다.

바르칸의 직속 부하라는 신분은, 벤들러 기사단만 제외하면 꽤나 높은 편이다. 둠 나이트, 데스 나이트 들을 묶어서 얼마든 부하로 쓸 수 있다. 대단히 큰 권력이 주어진 것이다.

"권력이란 마구 쓰라고 있는 거지. 안 그러면 뭐 하러 출세하려고 하겠어."

위드는 휘하의 언데드 부대를 마구 확충했다.

둠 나이트는 아직 일반 네크로맨서들은 소환도 하지 못하는 언데드다. 언데드 부대를 거느리고 헤르메스 길드를 괴롭힐 생각이었다.

불사의 군단에는 우선 바르칸의 명령에 따라서 엘프와 바바리안, 드워프 연합군을 공격하라는 방침이 세워져 있다. 방침에 어긋나게 행동하면 불사의 군단에서 평판이 하락하고, 쌓아 올린 경력과 신뢰도가 감소한다.

"어차피 바르칸도 사냥할 바에야……."

반역까지 꿈꾸는 마당에 못 할 짓은 없다.

위드는 정예 언데드 기사들만 골라 700명으로 부대를 편성했다.

인간들이었다면 굉장히 뛰어난 전력이었다.

주력은 아니더라도, 구색을 맞추기 위해 싼 맛에 유령 계열의 스펙터들도 배치했다.

"화살이 무제한은 아닐 거야."

　마법사들의 마나와 레인저들의 화살을 낭비하게 만드는 데에는 유령이 최고다. 마법 공격을 당하더라도 완전한 대미지가 들어가지 않는 경우가 많고, 가져온 은화살은 수량이 한정되어 있을 것이다.

　위드처럼 대장장이 스킬이 중급 이상이라면 재료만 있어도 현장에서 간단히 만들 수 있지만, 그런 유저는 베르사 대륙을 전부 뒤져도 찾기가 쉽지 않은 현실이었다.

"나처럼 대장장이 스킬을 익혀 놓으면 어디서든 빛을 보기 마련이지."

　무기점에서 손쉽게 살 수 있는 것을 굳이 대장장이 스킬을 익혀 만들려고 하는 유저가 있을 리가 없으니까!

　　　　　　　　　　❧❦❧

"왔다!"

　위드가 언데드 부대를 끌고 갔을 때, 폴론은 기사와 레인저, 마법사 들과 함께 대비하고 있었다.

　마레이도 위드가 복수를 하기 위해서 다시 돌아올 것을 예상하고 있었듯이, 폴론도 마찬가지였다.

　지난번의 싸움이 전초전이라면, 이번에는 본격적인 전투다.

　헤르메스 길드의 수뇌부에서도 절대로 지지 말라고 따로 당부할 정도였기 때문에, 폴론과 그의 부하들은 방어에 유리한 구릉에서 싸움을 기다리고 있었다.

"놈이 정면에서 옵니다. 혼자가 아니라 언데드들과 같이 오고 있습니다."

"둠 나이트, 데스 나이트… 보통 언데드들이 아닙니다. 우리 기사들보다야 약하더라도, 만만치 않은 전력입니다."

"숫자가, 기사들만 치면 우리보다 더 많습니다. 어디서 기사 병력을 저렇게 많이 모을 수 있었던 건지 모르겠습니다."

헤르메스 길드에서 기대했던 상황과는 많이 다른 모습이었다. 위드가 분노를 참지 못하고 성급하게 다시 덤벼 오기라도 한다면 가볍게 죽여 주려고 했는데…….

그럼에도 정면 승부라면, 폴론과 헤르메스 길드 유저들의 입장에서는 다행이었다.

"언데드가 많다고 해도 마법에 화살을 퍼붓고 나서 싸우면 크레마 기사단으로 짓밟을 수 있습니다."

"놈들이 사정거리에 들어오면 쏘자!"

언데드들이 가까워지기만을 기다리는 동안 폴론과 유저들은 입안이 바싹바싹 말랐다.

하늘을 뒤덮는 화살과 마법 공격으로 본때를 보여 주리라.

마법 공격은 규모가 큰 전투에서는 승패를 좌우할 수 있을 정도로 대단한 위력을 갖는다. 하지만 위드가 둠 나이트가 되어 있고, 부담스러울 정도로 뛰어난 언데드들을 많이 끌고 왔기 때문에 긴장이 될 수밖에 없었다.

"쏴라!"

사정거리 안에 들어오자 레인저들이 시위를 당겼다. 때를 맞춰 마법사들은 마법을 퍼부었다.

은화살들이 하늘을 가르며 날아오고, 불덩어리들이 언데드의 머리 위로 떨어진다. 위드의 명령이 떨어지면 부하들은 무수히 많은 공격을 뚫고 돌진할 것이다.

"후퇴한다."

위드는 언데드들과 함께 빠르게 뒤로 물러났다.

대부분이 기사 계열이거나 유령이라서, 기동력이 강했다.

마법이 대지에 작렬하고 은화살들이 하늘을 온통 뒤덮었지만, 언데드들은 십분의 일도 죽지 않고 사정거리를 벗어날 수 있었다.

생각 외로 강한 공격이었던 듯이, 위드는 언데드들을 멈추고 잠시 대기했다. 그리고 언데드를 부채꼴로 넓게 펼쳐서 다시금 진군을 시도했다.

"다시 온다. 공격 준비. 쏴라!"

레인저와 마법사 들의 공격이 넓은 곳으로 분산되어야 했다.

"레인저들이 중앙을 맡고, 마법병단은 왼쪽과 오른쪽을 타격한다."

폴론이 많이 훈련시킨 병력이었기에 어느 한쪽만 집중 공격을 하지 않고 전체적으로 골고루 타격할 수 있었다.

무서운 화력에, 위드는 이번에도 더 이상 다가오지 못하고 언데드들과 함께 다시 뒤로 물러났다. 부대가 넓게 펼쳐져서 전진했기 때문에 비교적 피해가 적었을 뿐, 언데드들이 90마리 이상 회생 불가능한 부상을 입었다.

"우와아아!"

"언데드들이 가까이 오지도 못한다!"

마법사와 레인저 들의 사기가 올랐다.

더 가까이 다가왔을 때 공격을 했더라면 더욱 많은 피해를 입힐 수 있으리라. 하지만 기사들 위주로 편성된 언데드들의 기동력이 빠를 것이기 때문에, 더욱 여러 번의 공격을 위하여 최대 사정거리 안에만 들어오면 바로 타격을 했던 것이다.

그런 식으로 네 번이나 비슷한 상황이 반복되었다.

위드와 언데드들은 공격을 할 듯 말 듯 하면서 레인저의 은 화살만 소모시켰다.

불사의 군단 본진에 있던 언데드들이라서, 몸에 웬만큼 은화살이 꽂혀 있어도 꿈쩍도 하지 않았다. 바르칸의 언데드 강화 스킬인 데스 오라 덕분에 마법 공격의 저항력도 상당히 높았을 뿐만 아니라, 생명력의 회복이 빨랐다.

"많이 얻었군. 일단 수거부터 하자."

위드는 스펙터들만 동원해서 땅에 빼곡히 쌓여 있는 은화살들을 챙겼다. 수도원에서 잃어버린 아이템을 은화살로 보충할 셈이었다.

"룰루루."

콧노래를 부르면서 은화살을 싹 챙겨 가는 위드!

목적은 처음부터 은화살에 있었던 것이다.

"이런 식으로 계속해서 싸운다면 몇만 골드도 금방 모을 수 있겠어."

언데드야 죽거나 말거나 알 바가 아니었다.

다음 날에도 위드는 언데드를 다시 보충해서 끌고 왔다.

전날 전투에서 진 것과 다름없이 언데드를 무의미하게 잃어 버렸기 때문에 사기가 다소 많이 떨어져 있었다.

언데드들은 사기가 떨어지면 불행한 일이 자주 생긴다. 전투 중에 검이 부러지거나, 적의 행운에 의하여 약한 공격에도 큰 대미지를 입곤 한다.

위드도 어쩔 수 없이 감수해야 하는 부분이었다.

언데드를 모으는 동안 시간이 남아서, 바르고 성채에서 벤들러 기사에게도 말을 걸어 보았는데 반응은 좋지 않았다.

"햇병아리 둠 나이트로군. 언데드로서 큰 업적을 더 쌓지 못한다면 우리와 함께할 수 없다."

본 드래곤에게는 차마 말도 걸어 보지 못했다. 목숨은 여러 개라도 소중하기 때문이었다.

하루가 지났지만 폴론과 헤르메스 길드는 그대로 같은 구릉 지대에서 머무르고 있었다. 이곳이 방어가 쉬울 뿐만 아니라 이동도 빠르게 할 수 있기 때문이다.

그들의 첫 번째 목적은 위드의 척살. 그게 불가능할 경우에는 위드가 다시는 퀘스트를 성공하지 못하도록 적극적으로 방해하는 것이다.

"오늘도 언데드를 다시 몰고 왔습니다."

첫날에 은화살의 소모가 막대했기 때문에 폴론과 헤르메스 길드 유저들의 대응도 바뀌었다.

"화살을 아끼자. 마법으로 타격하고, 기사단으로 쓸어버려!"

오늘은 언데드들에게 실제 물자가 소모되지 않는 마나 화살과 마법을 퍼붓고 나서, 크레마 기사단을 돌진시키기로 작전을 바꿨다.

둠 나이트 등이 부담스럽더라도 그들은 축복받은 성소의 다이아몬드를 가지고 있다.

언데드들에게는 천적과도 같은 아이템으로서, 네 가지 신성 마법이 기사단에 자동으로 걸렸다.

축복, 보호, 집중, 약간 빠른 회복.

네 가지의 단체 신성 마법으로 크레마 기사단은 언데드를 사냥할 때 최적의 능력을 발휘할 수 있다.

전력상으로 충분히 이길 수 있다는 자신감에, 단숨에 쓸어버리고 위드를 잡으려는 계획이었다.

"쳐라!"

"모두 짓밟아라!"

하벤 왕국의 전쟁에서 증명되었던 크레마 기사단의 용맹!

기사단이 가속이 붙으면 그보다 10배가 넘는 적이라도 충분히 물리친다. 더구나 마법병단의 지원을 받는다면 기사의 전력은 무시무시할 정도로 올라간다.

크레마 기사단에서도 최고라고 불리는 10인의 기사들. 그들의 레벨은 380이 넘고, 완벽하게 갖춰진 무장 상태로 전투마를 타고 있었다.

기사단이 함께 움직인다는 점을 감안하면 그 위력은 훨씬 배가되었다.

속도와 뭉쳐 있는 파괴력이야말로 기사단을 특별하게 만드는 힘이라고 할 수 있다.

"어차피 기껏해야 위드는 1명이고 나머지는 언데드들이다. 돌격으로 모두 쓸어버리자!"

"우와아아!"

위드에게도 크레마 기사단의 돌격은 매우 위협적이었다. 지난번에 사용했던, 말을 타고 추격전을 벌이는 방식도 두 번 사용할 것은 못 됐다.

"지면서 이기는 싸움을 해야겠군."

위드는 돌격하는 기사단을 보며 둠 나이트들에게 명령을 내렸다.

바르고 성채에서 데려온 이들이라, 그가 거느리고 있는 불사의 군단의 전력도 상당하다. 하지만 오랫동안 중앙 대륙에서 명성을 떨친 크레마 기사단의 돌격에 마법과 화살 공격까지 받으며 싸워서 이길 정도는 아닐 것이다.

그래도 데스 나이트가 되었을 때 데리고 다니던 9,800구의 언데드보다 오히려 강했다.

그렇다면 싸움을 하며 피해를 주기에는 충분한 전력이었다.

"전투가 벌어지면 일곱이 기사 1명에게만 공격을 집중해서 죽여라. 그리고 말에서 떨어진 기사는 최우선 목표다. 목표가 아닌 다른 적들에게는 상관하지 마라."

"예, 알겠습니다."

위드는 뒤로 빠졌다.

언데드들은 시킨 일은 그럭저럭 해도, 생각하는 능력이 많이 떨어진다.

마법에 의하여 계속 타격을 받는 상태에서 위드의 승패에 연연하지 않는 무리한 명령을 수행하느라, 언데드들의 전열이 급속도로 빨리 무너졌다.

하지만 전투 와중에 크레마 기사단도 27명이나 사망했다. 마법과 화살이 타격한 지역을 관통하고 있는 동안 둠 나이트들이 위드의 명령을 철저히 수행한 덕분이었다.

기사단의 특성상, 돌격하는 동안에는 주변에 쓰러지는 동료 기사들을 돕기가 어렵다.

피해를 최소화하는 싸움을 해야 했지만 작렬하는 마법들로 정신도 없었고 의외로 언데드들이 빨리 무너지기에 조금 신을 냈는데, 기사들이 삽시간에 많이 사망하고 만 것이다.

"나름 소득이 괜찮아."

둠 나이트가 되었지만 무기와 갑옷도 제대로 갖춰 입지 않았던 위드는 바람처럼 달려 불사의 군단 진영으로 돌아왔다.

그리고 초등학교에서 처음으로 선생님에게 야단을 맞은 어린아이를 능가하는 고자질!

"인간들이 우리를 물리치려고 진군을 해 왔다. 불사의 군단, 나아가서는 존경해 마지않는 바르칸 데모프 님을 업신여기지 않는다면 있을 수 없는 일이다. 인간들을 그대로 두고 볼 것인가. 나와 함께 싸우자. 전투를 하러 가자!"

바르고 성채에서 사자후를 터트리며 고자질을 하자, 언데드가 금방 모였다.

"이, 인간들을 없애야 한다."

"나는 바르칸 님을 위하여 싸운다."

둠 나이트와 데스 나이트의 조합으로 부대를 구성하고 다시 출격했다. 그리고 폴론의 부대를 다시 괴롭히다가 전멸했다.

위드도 손해가 없지는 않았다.

연속 패배로 인하여 불사의 군단에서의 평판이 급속도로 나빠졌다.

"그대의 부대에 속해서 무사히 귀환한 언데드가 없다는 이야기를 들었다."

"매번 도망만 치는 무능한 둠 나이트라는 말이 있던데. 그래도 아직은 믿을 수 있고 인간들이 더 싫으니 그대의 부하가 되겠다. 뜬소문에 불과하다는 것을 보여 다오."

위드는 지휘력을 바탕으로 언데드를 더 섬세히 다룰 수 있었다. 시간이 걸려도 모은 언데드를 바탕으로 하여 유기적인 전략과 전술을 펼치지 말란 법도 없다.

그냥 원래대로 엘프와 드워프 들을 공격하는 방향으로 노력한다면 벤들러 기사단의 단장이 되거나, 정말 만의 하나의 행운이 따른다면 바르칸의 최측근이 되어서 본 드래곤을 부하로 부리거나 타고 다닐 수 있을지도 모른다.

말만 들어도 흥분되는 본 드래곤 나이트.

베르사 대륙에 아직 탄생하지 못한, 다시없는 영광이었다.

언데드 군단을 이끌고, 본 드래곤에 탄 채로 인간들의 마을이라도 침략한다면 그 짜릿함과 전율이란!

"모라타만 가까이 없었어도 좋았을 텐데……."

그러나 유감스럽게도 이곳에서 가까운 큰 도시는 모라타.

바르칸을 배신하게 되면 딱히 쓸모도 없어지는 평판이다. 언데드를 모으는 용도로 제대로 활용되고 있었다.

상대가 마법을 쓰건 은화살을 쏴 주건 기사단을 출격시키건, 개의치 않는다.

"고맙게도 은화살이다. 스켈레톤들은 어서 달려가서 맞고 돌아와! 마나를 낭비시키는 것도 좋다. 기사단이 오면 이기려고 하지 말고 한두 놈씩만 차근차근 죽여라."

불사의 군단 퀘스트를 한 번도 실패하지 않으면서 쌓은 신뢰도를 바탕으로, 비겁함과 야비함을 무기 삼아 백배로 되돌려주는 위드!

은화살은 1개, 2개 모아서 은괴를 만들었다.

쌓여 가는 은괴를 보면서 위드는 간사하게 웃었다.

"클클클. 역시 최고의 사냥터는 만들어 가는 것이었어."

ℯℴℴℴℴℴ

폴론과 헤르메스 길드의 유저들은 신출귀몰하게 움직이는 위드를 죽일 수가 없었다.

"한 번은 실수로라도 잡힐 만한데… 저렇게 잘 도망 다니는 놈은 처음 보는데요."

"레인저와 마법사의 공격이 가능한 범위를 절묘하게 이용합니다. 그렇다고 우리가 움직이면 진형이 흐트러지게 되고요."

위드는 언데드들에게만 전투를 시키고 뒷전에서 구경만 하다가 싸움이 끝날 때쯤 불사의 군단 진영으로 돌아가 버렸다.

위드만을 목표로 기사단도 출격시켜 봤다.

폴론이 선봉에 서기도 했지만, 언데드를 방패막이 삼아서 놔두고 빠져나간다.

그리고 기사단이 남은 전장을 정리할 때쯤에는, 위드는 더 많은 언데드를 끌고 왔다.

맛있는 반찬을 싸 온 날, 친구들을 놀리는 유치원생을 능가하는 야비함!

"클클클클."

위드는 스켈레톤들로 하여금 은괴가 잔뜩 실린 수레를 끌고 오게 해서 도발했다.

은화살을 쏴 달라고 약 올리기라도 하듯이, 언데드들이 일부러 느리게 슬금슬금 접근한다. 간혹 춤을 추거나 뒤로 돌아서서 거꾸로 걸어오기도 했다.

영화나 드라마에 나오는 악역과는 비교도 안 될 정도로, 위드는 심술궂었다.

그런데도 텔레비전으로 지켜보는 사람들은 위드만을 응원하고 있으니 환장할 노릇.

"이대로는 안 되겠다."

전투가 거듭되면서 폴론의 부대에도 야금야금 피해가 누적되었다.

크레마 기사들이 유저들로만 이루어져 있다면 레벨과 스킬 숙련도의 피해만 발생했을 것이다. 하지만 유저들보다 NPC가 더 많았기 때문에 규모가 갈수록 줄어들었다.

폴론에게 있어서 크레마 기사단은 어디까지나 아끼는 부하들이었다.

"놈이 퀘스트를 하거나 사냥을 할 때 우리가 기습하는 편이 훨씬 더 낫겠다."

폴론: 여기에 머무르는 것은 의미가 없습니다. 이대로는 위드를 죽이지 못할 테니 이동이나 퇴각을 허가해 주십시오.

폴론은 헤르메스 길드의 통신 채널을 통해서 수뇌부에 요청했다.

그의 직속부대만 있는 게 아니라 길드로부터 마법병단을 지원받았다.

또한 이곳에 온 것도 길드의 명령으로 인한 것이었기 때문에 허가가 있어야 이동할 수 있었다.

라페이: 지역의 장악은 중요합니다. 네크로맨서들을 포섭해야 하고, 이미 많은 사람들이 방송을 통해 전투를 지켜보고 있습니다. 그리고 엄밀히 말하면 아직 우리의 손으로 위드를 죽이지 못했지 않습니까? 성공하기 전에 부대를 움직여서는 안 됩니다.
폴론: 여기는 시야가 탁 트인 곳입니다. 암습을 할 수도 없으며, 마법과 화살의 사정거리를 잘 알고 있기 때문에 경계를 넘어오지 않습니다. 넘어오더라도 그건 유인책입니다. 미꾸라지도 이런 미꾸라지가 없습니다.
라페이: 그래도 계속 머무르십시오. 위드의 퀘스트를 방해하는 것도 수확입니다.

위드가 더 이상 퀘스트를 성공시키지 못하도록 적극적으로 저지하는 것도 헤르메스 길드의 목표였다.

길드 수뇌부 입장에서는 폴론과 그의 부대 자체가 소모품이었기 때문에 위드의 발목을 잡아 두는 정도로도 충분했다.

"계속 싸우면서 피하지 않는다니 이상하군."

위드는 언데드 부대를 데리고 계속해서 폴론과 헤르메스 길드의 유저들을 괴롭혔다.

그사이 바르칸을 잡기 위해서 모라타에서 출발했던 페일 일행과 검치 들이 도착했다. 전투가 벌어지고 있다는 소식을 듣고 밤낮을 가리지 않고 황소를 달려서 도착한 것이다.

"커험, 저놈들이냐."

검삼치가 황소에서 내리며 언덕 위에 있는 폴론의 기사단과 마법병단, 레인저 쪽을 쳐다보았다.

"아직 다 끝난 거 아니지?"

"사형들 몫은 남겨 놨습니다."

폴론도 바보는 아니라서 몇 번 피해를 입고 난 이후부터는 수비에만 주력했다. 언데드가 가까이 다가올 때까지 마법과 화살 공격을 하다가, 언데드들이 피해를 많이 입었다 싶으면 위치를 지키면서 싸웠다.

그래도 처음 왔을 때 크레마 기사단은 정원을 가득 채운 200명이었는데 지금은 127명으로 규모가 줄었다. 대신 1,000의 레인저와 마법병단의 마법사 130인은 아직 그대로 건재했다.

위드도 불사의 군단에서의 평판이 형편없을 정도로 나빠졌지만, 크레마 기사단이 73명이나 줄어들었다는 어마어마한 피해를 입은 폴론과 비할 바는 아니었다. 하벤 왕국에서 보병과 함께 진군하면 어지간한 성은 그대로 점령할 수 있었던 크레마 기사단이었지 않은가.

검치 들은 타고 온 황소에서 음식 재료들을 내려놓았다.

"위드야, 배고프다. 불고기나 해 먹자꾸나."

맛있고, 빨리 익혀서 먹을 수 있는 불고기.

얼른 먹고 더 먹고 많이 먹기 위해 검치 들은 모라타에서부터 음식 재료들을 가져왔다.

헤르메스 길드가 가까운 장소에 있거나 말거나 밥 먹고 싸우면 될 뿐!

위드는 양념 불고기를 만들어서 굽고, 검치 들의 검과 갑옷을 넘겨받았다.

"많이 낡았군요."

"바다에 다녀와서 그래. 고칠 수 있겠냐?"

검치 들이 쓰던 검은 듬성듬성 이도 빠지고, 내구력이 20도 남지 않았다.

"완전히 부서지지 않았다면 어려운 일도 아니죠."

위드는 수리를 해서 최대 내구력을 복구하고, 숫돌을 꺼내서 검날을 시퍼렇게 갈았다.

"안녕하세요. 둠 나이트가 잘 어울려요."

"벨로트 님도 오랜만입니다."

페일은 신중한 성격답게 폴론의 진영을 정찰하고 돌아왔다.

"으흠, 저들이 헤르메스 길드라……. 레인저들을 보니 만만치 않겠군요. 참, 오늘은 메이런도 같이 왔습니다."

"시간이 됐나 보죠?"

"이번에는 확 사표 써 버릴 수 있다고 했거든요."

매번 일하느라 중요한 전투에는 끼지 못했던 메이런도, 이번에는 큰 결심을 하고 휴가까지 내서 바르칸 사냥에 참여했다.

이렇게 위드가 동료들과 평범한 대화를 나누는 걸 보며 모라타에서 온 성기사와 사제 들은 새삼 감탄했다.

'저런 배포는! 큰 전투를 앞두고도 긴장하지 않는군.'

'헤르메스 길드가 무섭지 않은 걸까?'

위드는 숫돌에 슥삭슥삭 검을 갈면서 성기사와 사제 들에게 인사를 건넸다.

"안녕하세요."

"반갑습니다, 위드 님!"

군기가 바짝 들어 있는 성기사와 사제 들!

위드가 둠 나이트였기 때문에 표정을 읽을 수가 없었다.

위드는 성기사와 사제 들을 찬찬히 훑어보다가 말했다.

"혹시 필요한 물건 있으세요?"

"네?"

"알뜰 구매 한번 해 보실래요?"

그러면서 배낭에서 꺼내는 것은 온갖 잡템들과 녹슨 무기류, 사제들이 사용하는 불량 메이스류였다.

사제들이 쓰려면 신앙심을 올려 주는 스탯이나 신성력이 가장 중요한데, 언데드의 손에 닿아서 그런 것들은 말끔히 사라지고 난 고물이었다.

위드가 끌고 오는 언데드들과 주기적으로 싸우던 폴론과 헤르메스 길드 측에서도 난리가 나 있었다.

"저들은 누구야?"

"위드의 동료들인가?"

"여기까지 온 이유를 모르겠군. 설마 위드를 도와서 우리를 공격하러 온 건 아니겠지?"

위드에 대해서 조사를 했을 때에는, 주로 혼자 다니거나 소수의 동료들과만 함께한다고 했다. 그런데 사제와 성기사 들을 비롯하여 검치 들로 구성된 1,000명이 넘는 인원이 도착한 것이다.

위드는 개인적인 싸움이 있을 때에는 도와 달라고 요청하는 성격도 아니었다.

바르칸 데모프를 사냥하기 위해서 모라타에서 출발한 인원이 도착한 거라고는, 폴론 측에서 짐작도 할 수 없는 일이었다.

"큰일 났다."

폴론과 헤르메스 길드의 유저들에게는 날벼락이었다.

⋰⋱⋰⋱⋰

〈로열 로드〉와 관계된 게시판마다 위드와 헤르메스 길드의 싸움이 화제였다.

- 위드, 빛나는 별의 몰락
- 헤르메스 길드야말로 베르사 대륙 최강의 세력인가?

게임 방송사에서 중계를 해 주면서, 위드가 다시 폴론의 부대를 몰아붙이는 모습이 나왔다. 그러자 여론도 급반전되었다.

여러모로 초미의 관심사가 되었다.

일반 유저들 사이에서는 위드를 응원하는 쪽이 압도적으로 많았다. 각 방송사에서도 전투가 벌어질 때마다 위드를 편들어 주는 말을 많이 할 수밖에 없었다.

그냥 방송만 해도 시청률이 평소보다 2~3배씩 늘어나는 즐거운 상황!

방송 관계자들은 입가에 웃음을 매달고 살았다.

"요즘처럼만 계속 싸워 주면 더 바랄 게 없겠네."

"광고도 금방 붙고……. 방송을 안 보던 사람들도 많이 봐 주는 거 같아."

아예 계속 언데드를 끌고 폴론의 부대와 싸움을 했으면 바랄 정도였다.

헤르메스 길드의 유저들이 죽어 나갈 때마다 시청자들의 반응은 뜨겁기 짝이 없다.

그런데 위드의 지원군이 도착했다.

대규모 성기사와 사제 들은 그 힘이 막강할 뿐만 아니라 치료와 축복 능력 때문에 장기전으로 갔을 때에는 결정적인 역할을 한다.

방송국의 진행자들은 생방송으로 추측들을 이야기했다.

—성기사와 사제 들이 착용한 장비를 보면 레벨은 헤르메스 길드 쪽이 더 높을 것 같습니다. 그래도 직업적인 조합을 무시할 수가 없겠죠.

—저기 검사들로 보이는 이들의 장비는 많이 낡았습니다. 전투에 쓸 수 있을지 의문스러운 지경인데요?

—언데드와 신성력은 서로 충돌할 수밖에 없는데요, 위드도 언데드를 쓰기에 곤란할 것으로 보입니다. 여전히 헤르메스 길드 측이 유리하다고 볼 수 있을까요?

—결과는 싸워 봐야 알 것 같습니다. 굳이 한쪽을 택하라면 헤르메스 길드가 이길 것으로 예상하겠습니다.

—이제 언데드가 아닌 유저들로 구성된 병력을 거느리고 있다면, 위드도 싸움을 붙이고 도망치는 방식을 더는 쓰지 못할 겁니다.

방송국마다 견해가 조금씩 달랐다.

하지만 대부분 폴론의 부대 쪽이 레벨은 더 높을 테니 그들이 우세할 거라고 전망했다.

⌇⌇⌇

모라타에서 온 사제들과 성기사들은 그들끼리 모여서 회의를 했다.

"우리도 싸워야 되는 걸까요?"

"바르칸과 싸우는 줄로만 알고 왔는데……."

전설적인 몬스터보다 헤르메스 길드의 위세가 더 무서웠다. 당장 보복을 당할 수도 있으며, 차후 헤르메스 길드가 더욱 커지게 되면 정말 곤란한 상황에 처하게 될지도 모른다.

왕국 규모로 커진 길드를 거스르기란 곤란할 수 있는 일.

"그래도 저는 위드 님의 모험을 좋아했습니다. 바르칸을 잡으러 왔지만 여기까지 와서 빠질 수도 없으니, 같이 싸울래요."

"어디 싸워서 이겨 보죠, 뭐. 원래 저들이 마음에 들지 않았습니다."

성기사들은 중앙 대륙에서 시작했던 유저들이기 때문에 헤르메스 길드의 힘을 누구보다 더 잘 알면서도 싸우기로 결정한 사람이 절반을 넘었다. 물론 이미 헤르메스 길드의 공격대와 호각으로 싸우는 위드가 아니었다면 감히 전투에 끼어들 생각도 하지 못했으리라.

헤르메스 길드의 무자비함도 한몫을 했다.

"이곳에 끼었다는 것만으로도 헤르메스 길드는 우리를 내버려 두지 않을 거예요."

"위드와 전투에 참여하기로 한 분들이니 남은 사람들도 안전하지 못할 겁니다. 차라리 다 같이 싸우기로 하죠."

각자 결정을 내린 사제들과 성기사들이 위드가 있는 곳으로 돌아와서 말했다.

"저희도 같이 싸우겠습니다."

결의에 차서, 위드에게 동료가 되겠다고 말하는 것이었다.

영화처럼 감동적인 분위기가 될 수도 있었지만 위드는 고개를 저었다.

"곤란합니다."

"괜찮습니다. 저희도 앞가림은 할 줄 압니다. 앞으로 헤르메스 길드로부터 어떤 불이익을 당하더라도……."

"이건 제 몫입니다."

"네?"

"사형들에게는 양보할 수밖에 없지만, 늦게 온 여러분은 자격이 없습니다."

위드는 폴론의 부대를, 뜬금없이 몰려와서 나눠 달라고 하는 성기사와 사제 들에게 절대 내줄 수 없었다.

이게 콩 한쪽까지 나눠 먹자고 요구하는 파렴치한들과 뭐가 다를 것인가.

연락 끊긴 지 5년이 넘는 친구가 결혼한다면서 청첩장을 보내는 것보다 약간 나은 수준!

성기사와 사제 들은 검치 들에게 간단한 축복 마법을 쓰는 정도로 역할을 다하고 싸움에는 끼지 못했다.

폴론도 위드를 돕기 위해 온 지원군들이 만만치 않게 느껴져서 헤르메스 길드와 긴급 협의에 들어갔다.

> 타르킨: 저들이 착용하고 있는 장비 일부는 하급품입니다. 레벨이 200만 넘어도 입지 않는 것들입니다.

헤르메스 길드에서는 동영상을 보고 장비들의 내력을 분석했다.

KMC미디어를 비롯한 여러 방송국에서 생중계도 진행하고 있었지만, 헤르메스 길드에서는 무기 상인과 대장장이 들이 즉시 정보를 알아냈다.

> 폴론: 그러면 무시해도 되겠군. 레벨이 200 정도라면 마법 저항력도 약할
> 것이고, 그럼 마법병단을 불러서 쓸어버리면 될 일이니까.
> 타르킨: 그 뜻이 아닙니다. 이해가 안 가는 부분인데… 착용하고 있는 방어
> 구들은 확실히 초보들이 입는 것이 꽤 됩니다. 그것도 관리 상태가
> 상당히 안 좋습니다.

잘 제련된 최상의 판금 갑옷을 입고 있는 크레마 기사단과는 비교할 수 없을 정도로 검치 들의 방어구는 허술하다. 이음새가 뜯어져 있거나 보호대의 일부가 깨져 있기도 했다.

어떻게 저런 방어구를 입고 돌아다니는지가 의문스러울 수준이었다.

> 타르킨: 하지만 들고 있는 검은 최소한 레벨이 320을 넘어야만 쓸 수 있습
> 니다.
> 폴론: 320이나?
> 타르킨: 힘과 민첩의 제한이 높아서, 사실상 320 레벨로도 들 수 없는 검이
> 죠. 350은 넘을 것으로 보입니다.

위드가 조각품을 만들면서 착실히 스탯을 올렸다면 검치 들은 육체 단련과 검술 수련, 용맹한 사냥으로 스탯을 올렸다.

특별한 경우를 제외하면 검치 들이 많이 착용하고 있는 울림의 검이나 장대한 투쟁의 검, 마법검은 레벨이 350은 되어야 쓸 수 있었다.

> 폴론: 최소 350이라면 매우 껄끄러운 적들이군.

검치 들은 외모만 봐도 왠지 한가락씩 하게 생겼다. 레벨이

높다고 하니 오히려 쉽게 납득이 가는 상황!

지원군까지 도착했으니 위드에게 날개가 달렸다고 봐야만 한다.

여전히 레인저와 마법병단이 있었기 때문에 쉽게 접근전이 벌어지진 않겠지만 전력의 균형은 넘어간 것 같았다.

> 폴론: 이곳에서 장기간 주둔하는 것은 어렵겠습니다. 길드에서 새로운 지휘 명령을 내려 주시죠.

폴론이 위드로부터 공격을 받으면서도 버텼던 건 퀘스트를 방해하기 위해서였다. 하지만 이젠 그들의 안전조차 위험하게 될지 모른다.

> 라페이: 알겠습니다. 그래도 한 번은 싸워서 이기고 움직이는 편이 좋지 않 을까요?
> 폴론: 저도 그런 부분을 생각하고 있었습니다. 기사단은 기동력이 뛰어나지 만 레인저와 마법병단이 따라오려면 저들과 싸워서 한 번은 물리쳐야 됩니다.
> 라페이: 이길 수 있겠습니까? 더 많은 지원 병력을 미리 보내지 않은 것은 미 안하지만, 헤르메스 길드의 이름으로 나간 전투에서 패배하는 건 곤 란합니다.
> 폴론: 싸워 봐야 알 것 같습니다. 그렇지만 우리에게 유리하진 않을 거라고 생각됩니다.

성기사와 사제 들도 위드와 함께 싸운다고 믿고 있었기 때문에 폴론은 쉬운 전투가 아닐 거라고 여겼다.

> 폴론: 상황이 어려우니 헤르메스 길드에 가입한 네크로맨서들에게도 협조 를 구하려고 합니다. 그들이 도와준다면 상당한 전력이 될 수 있을 것 입니다. 적어도 사제들의 마나를 낭비시키는 데는 도움이 되겠죠.

라페이: 마법병단과 레인저에, 언데드의 조합이라… 나쁘지 않겠군요. 허락
합니다.

헤르메스 길드가 위드를 노골적으로 적대하는 이상, 폴론의
부대가 패배한다면 자부린을 포함한 네크로맨서들도 된서리를
맞을 수 있다. 그럴 바에야 아예 같이 싸워야 한다는 폴론의 의
도를 라페이는 받아들였다.

각 방송국에서 생방송으로 진행되는 나달리아 평원에서의
전투!

연락을 받은 네크로맨서들이 팬텀 스티드를 소환해서 허겁
지겁 날아왔다.

하지만 전투는 뜻하지 않게 조금 늦춰지고 있었는데, 그 이
유는 검치 들이 불고기로 양이 차지 않아서 갈비까지 굽기 시
작한 때문이었다.

많은 시청자들과 유저들이 전투가 벌어지기만을 기다렸다.

목숨보다 무서운 견적

"이제 몸 좀 풀어 볼까."

검치 들은 불고기와 갈비에 얼큰한 찌개까지 먹고 나서야 싸우기 위해서 일어났다.

먹고 자고 싸우는 일만 매일 일어나면 행복한 그들이었다.

시간을 지체한 틈에 폴론의 부대는 헤르메스 길드에 가입하기로 한 네크로맨서의 증원군을 받아들였다.

언데드 군단까지 보유하게 된 폴론에 비하여, 위드와 검치 들은 사제와 성기사 들의 도움을 계속 거절했다.

"사형들이 있으니 괜찮습니다."

검치 들만 있다면 베르사 대륙에서 어떤 싸움이라도 할 수 있다.

드래곤을 상대로도 호기롭게 뛰어들 수 있는 사람들이 검치 들이었다. 단지 결과는 숯불구이 신세를 면하기 어렵겠지만 말이다.

"정말 이길 수는 있는 거야? 헤르메스 길드를 상대로 만용을 부리는 건 아닌지……."

"언데드에게 싸움을 시키고 도망치는 게 고작이었잖아. 저쪽에도 이제 언데드가 있고 네크로맨서들의 도움까지 받고 있는데 도대체 어떻게 이기려고 하는 거지?"

성기사들은 미간을 찌푸리면서 걱정스러워했다.

바르칸을 사냥하기 위해서 이곳까지 왔다. 위드를 믿고 있었지만, 검치 들과 동행해서 이곳까지 오면서 본 모습들이 먹고 자는 것뿐이었으니 그럴 만도 했다.

고레벨 유저라면 다 하는 레벨이나 스킬, 장비 자랑 따위는 일절 없었으니까.

전투가 벌어지고 난 뒤에야 비로소 진가를 보여 주는 게 검치 들이었다.

위드에게는 나름 계획도 서 있었다.

"언데드들이라… 여러모로 많으면 많을수록 좋지."

지금까지는 싸움만 붙이고 도망갔다면, 이제는 전투를 지휘해야 할 시간이다.

위드는 싸움에 대한 각오를 다시 다졌다.

"성소의 다이아몬드, 레벨, 숙련도, 잡템……."

헤르메스 길드에 대한 뿌리 깊은 원한!

마레이로부터 돌려받은 트레세크의 뿔피리와 옥새는 품 안에 있었다.

"전투를 개시하자."

따각. 따각. 따각.

위드의 명령이 떨어지자 말발굽까지 맞춰서 이동하는 데스 나이트와 둠 나이트 들이었다. 아이템으로 권위와 지휘 능력을 되찾고 언데드 부대를 통제했다.

검오치가 물었다.

"우리는 어떻게 싸우면 되는 것이냐?"

위드는 아무래도 좋다는 듯이 대답했다.

"사형들은 싸우고 싶은 곳에서 싸우시면 됩니다. 화살과 마법이 무서우니 조심하시고요."

"그거야 염려하지 않아도 된다. 우리가 새로 배운 스킬이 있는데, 화살을 피하기에는 그냥저냥 쓸 만한 편이거든."

위드의 언데드들이 말을 타고 접근하면서, 폴론의 진영에서도 전운이 감돌았다.

폴론과 크레마 기사단, 제7마법병단, 레인저 부대에 속해 있는 유저들은 위드와 검치 들만이 언데드를 따라오는 것을 보며 마음이 한결 가벼워지는 걸 느낄 수 있었다.

"그런데 성기사와 사제 들은 움직이지 않는 모양이군."

"저들만 가세하지 않는다면 쉬운 싸움이 될 수 있겠는데요."

가장 까다로운 전력인 사제들만 없다면 얼마든지 이길 수 있었다.

헤르메스 길드 측에는 전투에서 매우 큰 역량을 발휘하는 네크로맨서들까지 추가되었다. 위드도, 언데드만 싸움을 붙이고 빠지는 전술은 검치 들이 있기 때문에 이제는 쓰지 못하리라.

이번 한 번만 진짜 싸움을 하면 되는 것.

폴론의 진영에서 창을 든 기사 1명이 혼자서 말을 타고 앞으로 달려 나왔다.

"나는 크레마 기사단 소속 반 페르트다. 그쪽에도 사람이 있다면, 누가 나서서 나와 싸우겠는가!"

크레마 기사단에서 기사의 결투를 신청하였습니다.
결투에서 이긴 쪽은 많은 명성을 얻으며, 부대의 사기가 오릅니다. 결투를 거절하거나 지게 되면 부대 전체의 사기가 감소할 것입니다. 결투를 받아들이겠습니까?

본격적인 전투에 앞서서 기사전을 신청한 것이다.

크레마 기사단 측에서는 위드만 나서지 않는다면 그들이 이긴다고 보았다. 또 위드에게 죽는다 해도 잃을 게 없었다. 위드와 검을 맞대고 싸우는 것도 기사를 택한 유저로서는 큰 영광이었던 것이다.

"내가 나간다!"

검삼백오십일치가 황소를 타고 앞으로 나갔다.

양측의 결투가 성립되었습니다.
결투 중에도 부대를 움직이거나 전면전을 수행할 수 있습니다. 결투에 난입하여 상대방을 죽여도 됩니다. 다만 이 경우에는 비겁자라는 호칭이 붙으며, 병사들의 충성도가 크게 감소할 것입니다.

위드와 검치 들은 그냥 편하게 구경이나 하기로 했다.

〈로열 로드〉에서 적용되는 레벨이나 스킬에 따라서 검삼백오십일치가 질 수도 있다. 충분히 가능한 일이었지만 걱정하진 않았다.

"지면 앞으로 1달은 화장실 청소지."

"매일 5,000번씩 내려치기를 연습시켜야죠."

그저 잔혹한 형벌이 기다리고 있을 뿐!

반 페르트와 검삼백오십일치는 말과 황소를 타고 두 바퀴를 크게 빙글빙글 돌았다.

상대의 허실을 간파하기 위한 탐색전!

숨을 거칠게 내쉬면서 적을 관찰했다. 그러다가 거의 동시에 상대방을 향해 말과 황소를 달렸다.

"이랴!"

푸히히힝!

"가자."

음머어어어!

기사는 말에서 창을 높이 들었고, 검삼백오십일치는 소에 탄 채로 가볍게 검집에 손을 올렸다.

기사들의 마상 결투는 굉장히 위험하다.

말과 함께 최대한의 속도를 내서 한 지점을 공격하기 때문에 막대한 무게가 실리고, 방어력의 한계를 뛰어넘는 공격력을 발휘한다.

같은 방향으로 달리는 게 아니라 서로를 향하여 돌진한다면 단 일 합, 눈 깜짝할 사이에 승부가 결정지어지는 게 마상 결투였다.

그리고 둘이 스쳐 지나간 직후 땅에 떨어진 것은 기사 쪽이었다.

> 명예로운 결투에서 아군이 승리를 거두었습니다.
> 명성과 사기, 충성심이 증가합니다.

"……."

폴론의 진영은 쥐 죽은 듯이 조용했고, 위드 쪽에서도 승리의 함성은 없었다.

"화장실 청소는 못 시키겠군."

"설거지도 시키려고 했는데……."

이긴 것이 전혀 놀랍지 않다는 태도였다.

검삼백오십일치는 〈로열 로드〉에서 오히려 그의 재능이 꽃을 피웠다. 레벨과 검술 스킬을 올리고 몬스터를 잡는 것이 좋아서, 훈련하지 않을 때는 내내 사냥을 위주로 했다.

검치 들 중에서 가장 높은 레벨인 380대였으니 크레마 기사와 싸워서 이기는 것은 너무도 당연했다.

상대의 눈빛과 어깨의 움직임, 호흡만 보고도 공격할 위치를 간파했기 때문에 정확하게 대응할 수 있었다.

"나와 싸워서 이길 수 있는 자가 있다면 나오라!"

검삼백오십일치가 폴론의 진영을 향해서 외쳤다.

방송에도 중계되고 있을 것이니 배에 힘을 주고 어깨를 쫙 폈다.

'동생들이 날 보겠지.'

동생들도 〈로열 로드〉의 열혈 팬이었다. 가족들이 본다고 생각하니 더욱 멋진 모습을 보여 주고 싶었다.

"발머라고 한다. 그 콧대를 꺾어 주겠다!"

"네케르다. 어디 이름도 없는 놈이 운이 좋았구나. 이제 죽여 주마!"

크레마 기사 4명이 연달아서 도전했고, 검삼백오십일치에게 모두 패배했다.

전력 질주를 해서 맞부딪치고 말에서 떨어지면 최소 전투 불능이거나 사망이다. 3명이 죽고 2명이 죽기 직전의 상태에 다다르자, 크레마 기사단에서는 도전자가 더 나오지 못했다.

본격적인 전투가 벌어지기도 전에 폴론이 결투에 나선다는 것은 말도 되지 않았고, 다른 기사들이 나가서는 이길 수가 없었다.

크레마 기사들이 줄어들면 전력 손실도 막대했기 때문에 누구도 더 이상은 섣불리 결투에 나서지 못하는 것이었다.

상대측이 결투를 포기했습니다.
전투를 시작하기 전에 전체 아군의 사기가 최대치가 됩니다.

검삼백오십일치는 카리스마와 투지, 힘, 민첩 등의 여러 스탯과 검술 스킬의 숙련도 그리고 많은 명성도 얻었다.

폴론이 신경질적으로 외쳤다.

"이제 싸울 시간이다! 언데드들은 진군하라!"

시작은 너무나 안 좋았더라도, 아직 진짜 전투가 벌어진 것도 아니다. 네크로맨서들이 부리는 언데드를 앞세워서 전투를 개시하고 레인저와 마법사 들이 활약을 하면 이 정도는 극복할 수 있다.

그를 위하여 레인저와 마법사 들이 언데드의 뒤쪽에 배치되어 있었다.

그런데 위드가 사자후를 터트렸다.

"언데드들이여, 들어라!"

폴론과 헤르메스 길드의 유저들은 위드도 불사의 군단 소속 언데드를 먼저 앞세워서 전투를 하려는 것이라 짐작했다. 그리고 코웃음을 쳤다.

"우리 쪽에는 네크로맨서가 있지. 쓰러진 언데드도 다시 일으킬 수 있으니 전투가 일어나면 우리가 무조건 이득이다."

검치 들의 레벨이 높고 수도 많았지만, 전부 직접 전투형 직업들이다. 시체들이 만들어진다면 네크로맨서들에 의해 헤르메스 길드에 지극히 유리하게 전개될 것이다.

"모든 언데드들의 아버지, 지극히 존귀하신 바르칸 데모프의 이름을 걸고 말한다."

위드의 사자후가 굉량하게 전체 진영을 휩쓸었다.

이쯤 되자 헤르메스 길드 측에서도 약간 불안감을 느꼈지만, 그래도 설마 했다. 그것만큼은 떠올리고 싶지 않은 가장 나쁜 경우이기 때문이다.

"바르칸 데모프를 따르는 나를 공격하는 것은 언데드로서의 존재를 부정하는 것! 암흑 군단의 율법을 따르라! 나의 적은 너희에게도 적! 바르칸 님을 위하여 싸우라! 죽여라!"

사자후 스킬을 사용하였습니다.
스킬의 영향 범위에 있는 모든 아군의 사기가 200% 상승합니다. 존재하는 모든 혼란 상태가 해제됩니다. 5분간 통솔력이 285% 추가 적용됩니다.

위드의 언데드로서의 지위는 바르칸의 직속 부하!

그에 비한다면 네크로맨서들은 소환자의 신분이었다.

데스 오라의 범위에 있었기 때문에 언데드들은 바르칸의 존재를 직접적으로 느낄 뿐만 아니라 그의 힘에 영향을 받는다. 위드가 권력을 남용하니 통솔력과 지배력, 충성도의 싸움이 된 것이다.

데스 나이트들이 먼저 돌아섰다.

"바르칸 님의 명령을 따라야 한다."

"우리의 거스를 수 없는 군주이며 영원한 생명의 권한을 가진 바르칸 데모프 님의 지위를 존중합니다."

네크로맨서들이 소환한 언데드 부대가, 위드의 말에 따라 뒤에서 대기하고 있던 레인저와 마법사 들을 공격하기 시작했다.

"뭐야, 이거! 이 미친 언데드들 좀 누가 어떻게 해 봐!"

"네크로맨서들은 어서 이놈들을 역소환해 줘!"

레인저들의 경우, 가까운 거리에서의 전투에서는 활을 사용한 공격을 하기가 어려웠고 방어력도 약했다. 비싼 활대로 언데드의 공격을 막으면서 유저들이 고함을 질렀다.

그나마 이들은 상황이 훨씬 나은 편이었다.

마법사들은 매우 강한 공격력을 가지고 있는 대신에 마법 시전에 긴 시간이 필요했으며, 낮은 생명력과 방어력을 가졌다. 지혜를 높이면서 체력과 힘이 줄어드는 부작용이 있는 것이다.

그런 그들이 언데드들의 습격을 받자, 순식간에 사망자가 속출했다.

미리 발현시켜 놓았던 공격 마법이 마법사의 죽음으로 폭발하면서 폴론의 진영은 완전히 난장판이 되어 갔다.

"언데드가 역소환이 되지 않습니다."

"무슨 미친 소리야! 자기가 소환한 몬스터를 되돌릴 수 없다는 게 말이 돼?"

"여기는 바르칸의 영역으로, 언데드들을 유지시켜 주는 힘이 있는 것 같습니다."

언데드들을 막기 위하여 크레마 기사들이 급하게 투입되었다. 마법사들은 매우 귀중한 전력으로, 1명도 잃어버리기 아까웠기 때문이다.

"언데드여, 진격하라!"

위드는 둠 나이트와 데스 나이트 기사대를 출진시켰다.

시간과의 싸움. 적들을 혼란에 빠뜨렸으니 수습하기 전에 공격해야 성과를 올릴 수 있다.

"라면도 익자마자 먹어야지. 내버려 두면 면이 퉁퉁 불어 터지고 말아."

때를 놓쳐서는 곤란하다는 깨달음을 주는 사례.

냉장고에 처박힌 채 유통기한을 넘겨 버린 음식만큼 아까운 것이 없다.

언데드 기사대가 최대 속도로 적들을 향하여 돌진했다.

폴론의 진영 측에서는, 처음에는 미숙한 점들이 다소 있었더라도 위드와 여러 번 싸움을 치러서 대응 능력이 많이 올라 있었다.

위드는 전투의 기본서라고 불러도 될 정도였다.

적으로 싸우다 보며 배운 점으로는, 포기할 부분은 빨리 택하고 진형 변화는 수시로 이루어야 한다는 것이다. 대충 싸우는 게 아니라 가지고 있는 병력 효율의 극대화를 끊임없이 이루면서 유혹하고 교란하여 함정에 빠뜨렸다.

폴론은 부대에 명령을 내렸다.

"기사들은 언데드에 맞서 마법사들을 지켜라. 레인저들은 지금 출발한 언데드 부대에 화살을 쏘도록. 전투를 구경하지 말고 내가 내린 명령만 따르라."

위드는 객관적인 수치상 더 강한 적들과 싸워 본 경험이 많았기에 전력을 쥐어짜 낼 줄 알았다. 모든 부대들에 명확하게 임무를 부여하고, 그들을 조합하여 결과를 만들어 낸다.

폴론도 그와 자주 싸우면서 보고 배운 바에 따라 부대 운용을 적극적으로 하려고 했지만 때늦은 감이 있었다.

"이게 다 얼마야."

위드는 폴론의 대응이나 뒤섞여 있는 레인저와 마법사, 언데드 들을 보며 벌써 견적을 뽑았다.

이거야말로 〈로열 로드〉에서는 사형선고라고 부를 수 있는 일이었다!

크레마 기사들은 전쟁에도 동원되었고, 무고한 상인들의 습격 같은 나쁜 짓도 많이 저질렀다. 그 탓에 악명도 굉장히 높고, 살인자 상태가 유지되고 있었다.

하벤 왕국의 정식 소속이라서 살인자 상태이더라도 부작용은 적었지만, 죽게 되면 내놓아야 하는 아이템은 매우 크다.

값비싼 풀 플레이트 메일을 통째로 떨어뜨릴 수도 있는 일이었다.

"유린이 옷 한 벌 사 주고, 할머니도 겨울 외투 한 벌 사 드리고… 요즘에 은행에 특판 예금이 하나 떴던데."

저축 계획까지 세우고 있는 위드였다.

KMC미디어를 비롯하여 게임 방송국들의 합계 시청률이 사상 최대에 육박했다.

게임 방송사 통합 80%가 넘는 시청률!
게임 방송사의 절반 이상이 이 전투를 방송하다
〈로열 로드〉 유저들 중에서 모르는 사람을 찾기 어려운
전투!

그다음 날 뉴스의 제목들이었다.
위드와 헤르메스 길드의 전투가 이미 예상되어 있었기에, 많은 시청자들이 기다렸다가 보았다.
광고주들도 예약을 받아서 중간 광고를 했기 때문에 대단히 만족스러워했다.
전투는, 위드의 명령에 따라서 언데드들이 돌아서서 피해를 입히고 진형을 무너뜨렸다.
미리 대비를 하고 있었더라면 피해를 적게 받고 수습하는 시간도 줄일 수 있었겠지만, 어쨌거나 폴론이나 그의 진영에 있는 레인저와 크레마 기사들은 당황한 와중에도 나름 잘 싸우는 듯했다.
그러나 이어서 돌격한 검치 들이 압도적인 힘으로 짓밟아 버리는 건 버텨 내지 못했다.
최고의 명장면 중 하나였다.

"빨리 다 죽이고 해장국이나 한 그릇 하자."

"어디 새로 익힌 스킬이나 시험해 볼까? 분검술!"

"밥 먹어야 되지만 너희도 어쨌든 검에 목숨을 건 인생을 살고 있지 않냐. 그러니 최선을 다해 봐라."

용맹 높던 크레마 기사들이지만, 검치 들과 붙으니 가차 없이 짓뭉개져 나갔다.

검치 들의 공격력은 기사들을 정면에서 압도할 지경이었다.

혼란 상황이었고, 크레마 기사들은 그 점에 큰 충격을 받아 지금까지 보였던 실력을 반도 내보이지 못했다.

"이놈들 왜 이리 약해."

"전에 잡았던 대왕 오징어보다 진짜 약하네."

"바닷속에서 싸우던 갑갑함에 비하면 정말이지 여기는 편하구나."

검술 마스터 애쉬의 비기도 사용되면서, 크레마 기사들과 시청자들을 경악하게 만들었다.

분검술이 시전되면 검치 들의 분신이 2개에서 4개 정도씩 나타났다. 스킬 숙련도의 탓도 있었지만 지혜와 지식이 너무나도 낮아서 그 이상은 무리였다.

그럼에도 수습조차 되지 않는 속도로 빠르게 무너지는 기사들의 진형!

스킬의 숙련도가 낮았기에 망정이지 그렇지 않았다면 기사들이 지푸라기처럼 쓰러졌을지도 모를 일이었다.

검치 들은 크레마 기사들보다 평균 레벨도 뒤처지지 않고, 검술 스킬, 승부욕, 경험은 훨씬 많았다.

지옥 밑바닥에 던져 놓더라도 강한 몬스터를 찾아 돌아다닐 천생 싸움꾼들!

위드의 활약도 빼놓을 수 없는 부분이었다.

"갑옷이 마음에 드는군!"

기사들 중에서도 레벨이 높은 자들만 잘도 골라 거침없이 베면서 다닌다.

"헤라임 검술!"

혼자 외롭게 싸우지 않아도 되었다.

검치 들이 있으니 방어에 신경을 덜 써도 되었고, 고립되는 것을 걱정할 필요도 없다.

"먹을 것이 널렸구나!"

그저 전투를 위해서 태어난 사람인 것처럼, 크레마 기사들을 베었다.

위드가 탄 말은 바르칸의 마법에 의하여 대단히 빠르고 흉포했다.

얼굴 생김새까지도 말이 아니라 몬스터에 가까울 정도다.

그런 말이 독한 주인 만나서 제대로 길들여진 후에 전장을 헤집으며 뛰어다녔다.

바람처럼 누비는 자유로운 둠 나이트의 모습이 시청자들의 눈에 선명하게 각인되었다. 향후 기사를 직업으로 선택하는 비율이 압도적으로 높아지게 될 것을 예고하는 부분이었다.

위드가 불사의 군단에서 데려온 언데드를 견제하느라 레인 저들은 공격할 타이밍을 놓쳐 버렸고, 이어서 검치 들이 크레마 기사들에게 달라붙는 순간 전투는 끝난 것이나 다름없었다.

레인저와 마법사, 거리에 강점을 두고 있는 병력 편성에 기사단까지 있었지만, 순식간에 무너져서 어느 하나의 장점도 살리지 못했다.

일방적인 학살이었고, 위드의 표현대로라면 조금 편한 수금이었을 뿐!

폴론은 성소의 다이아몬드를 갖고 있기 때문에 언데드에 대해서는 유리한 점이 있었지만, 검치 들은 인간이라서 해당될 일도 없었다.

상대를 찾지 못한 검치 들의 일부가 레인저와 마법사 들에게 덤벼들었고, 네크로맨서들에게도 향했다.

폴론도 끝까지 싸우면서 검치 들 셋을 베었지만, 다른 검치 들에 의해서 사망했다.

보통은 싸우면서 몇 명을 죽이면, 자신은 죽지 않으려고 겁을 먹어야 하지 않는가.

그런데 검치 들은 잘 싸우는 상대를 다른 이들에게 뺏기지 않기 위해 서로 경쟁해 가며 몰려들었다.

폴론의 레벨이 아무리 높다고 해도, 결투가 아닌 전투에서 검치 들의 합공을 받으며 멀쩡할 정도는 아니었다.

"설거지와 화장실 청소 담당이 정해졌군."

"빨랫감도 많이 쌓였습니다, 사형."

위드는 그렇게 수금을 마치고, 검치 들은 싸워서 이긴 자리에서 말고기를 구워 먹었다.

시청자들은 게임 방송사와 〈로열 로드〉의 각 게시판에 시청소감을 올렸다.

의학적으로 증명되지 않은 현상들을 본인이 겪고 말하는 사람들이 있었으며, 여러 방송국을 돌아가면서 시청하는 유저들도 많았다. 재방송이니 중요 부분 편집 방송이니 해서 방송국마다 열심히 다시 보내는 바람에 하루에도 몇 번씩 볼 수 있을 정도였다.

헤르메스 길드를 비롯한 명문 길드들이 저질렀던 악행들이 있었기 때문에, 시청자들은 더욱 위드의 편이 되었다.

꧁ঌ◦ঌ꧂

정득수 회장은 서윤의 건강 상태에 대해 정기적으로 보고받았다.

"의사소통에 무리가 없고, 오랫동안 말을 하지 않았음에도 적응이 빠르다니 좋은 소식이오."

서윤이 사회생활도 가능할 정도로 회복이 된 건 그를 기쁘게 만드는 소식이었다.

"하지만 이현이라는 청년과 너무 가깝게 지내는 것 같아서 말이지……."

경호원들을 통해서 둘이 여행을 다녀왔다는 사실도 들었다. 부모의 입장에서는 펄쩍 뛰고도 남을 일이었지만, 서윤의 마음에 상처가 생길지 몰라 말리지도 못했다.

재계에서는 냉혈한이라고 해도 딸에게는 보통의 아버지일 뿐이다.

"그래도 평범한 남자보다는 보다 훌륭한 조건을 갖춘 남자와 만났으면 좋겠군. 무슨 방법이 없겠소?"

서윤에 대해서 보고하던 차은희 박사는 책상에 서류를 내려놓았다.

"아시다시피 서윤이 심리 상태가 안정적이 되었다고는 하지만, 강제로 둘을 갈라놓기라도 한다면 어떻게 될지 짐작하기 어렵습니다."

"그건 나도 알고 있소. 우리 애의 마음이 다치지 않는 게 최우선이 되어야겠지."

정득수 회장은 이현에게 손끝 하나도 건드릴 수가 없는 처지였다.

"염려하시는 부분에 대해서도 잘 알고 있습니다. 그럼 회장님이 보시기에 괜찮은 남자를 소개시켜 주는 건 어떨까요?"

"그래도 되겠소?"

"회장님이 일부러 자리를 만들어서 소개해 주는 게 아니라, 서윤이 근처에 머물게 해서 일상생활에서 많이 만나게 해 주는 거죠."

"자주 보며 정을 쌓게 만든다…라. 좋군!"

서윤에게 강제로 만나게 하는 게 아니라, 자연스럽게 맡겨 두는 일이었다.

'H그룹의 장남이 말도 잘하고 외모도 뛰어났지.'

정득수 회장과 H그룹은 업무상 가까운 관계일 뿐만 아니라, 직접 만나 본 H그룹의 장남은 사내다우면서도 여자를 잘 배려하는 세심한 성격까지 갖추었다.

'서윤이와 잘 맞겠어.'

차은희는 회장실을 나오면서 생글생글 웃었다.

"서윤이 마음이 그렇게 쉽게 바뀔 수 있을지……."

이현에게 어떤 비결이 있는지는 잘 모르지만, 서윤은 그를 볼 때마다 밝게 웃곤 했다.

얼마나 웃지 않던 서윤이었던가.

가끔 보여 주는 모습들만으로도 서윤이 이현을 어떻게 생각하고 있는지를 알았다.

"하지만 남녀관계가 너무 지지부진해도 곤란해."

둘이 만난 시간으로만 따지면 벌써 제법 흘렀다. 요즘 시대가 어떤 때인데 제대로 손도 못 잡고, 팔짱도 안 끼고, 스킨십이 이렇게 적단 말인가.

"둘 다 연애에 익숙하지 않으니 진도를 빨리 나가게 해 주려면 조그만 자극 정도는 있어야겠지?"

⁓

위드는 폴론의 부대에 속해 있는 기사들과 레인저들이 25명 정도만 겨우 살아 도망칠 정도로 완벽하게 격파했다. 네크로맨서들과 마법병단의 마법사들은 1명도 살지 못하고 전멸하고 말았다.

검치 들과 페일 일행의 도움이 없었더라면 절대 불가능했을 압도적인 승리였다.

"드디어 바르칸을 사냥할 시간이군."

이제 남은 일은 언데드의 군주 바르칸 데모프를 사냥하는 것뿐이었다!

성검이 가슴에 꽂혀 있어 약화되었다고는 해도 전설적인 몬스터다.

모라타에서 사제들과 성기사들도 몰려왔고 일단은 복수도 끝냈으니 드디어 대규모 사냥을 벌일 시간이었다.

위드가 사제들과 성기사들을 격려하며 나서려고 할 때, 그들이 떠드는 소리가 들렸다.

"아, 정말 멋진 전투였어."

"말달리는 거 봤어? 완전히, 어떻게 그런 식으로 말의 방향을 지그재그로 바꾸어 가면서 싸울 수 있는 건지."

"박력 그 자체잖아."

둠 나이트로서 전장에서 눈부실 정도로 활약하며 누비고 다닌 덕분에 유저들이 존경스러워하고 칭찬을 했다.

위드는 검을 어루만지면서 가만히 서 있었다.

칭찬이 계속 이어지도록 기다려 주는 미덕!

머리카락이 있었다면 쓸어 넘기기라도 했을 텐데, 유감스럽게도 해골밖에 없는 대머리였다.

'크흠. 헤라임 검술도 연속으로 적중시켰고, 마법을 가르면서 돌진할 때도 꽤 멋있었지. 그리고 또… 칭찬받을 만한 순간이 몇 번이더라.'

차후 같이 싸워야 하는 입장에서는, 설득하거나 세세하게 설명을 붙이는 방식도 있겠지만 힘을 보여 주는 것처럼 확실한 게 없다.

"근데 저쪽의 잘생긴 오빠 봤어?"

"진짜 멋있게 싸우더라. 소에 탄 채로 무슨 줄을 던져서 1명씩 붙잡고 달리는데……."

여성 사제들은 위드보다는 제피에게 더욱 큰 관심을 쏟았다. 제피가 늘어져라 하품을 하고 기지개를 펴기만 해도 꺅꺅거리면서 좋아했다.

"턱선도 갸름하고, 완전 멋있지 않니?"

"응. 진짜 반할 것 같아!"

"친구 등록 청하면 해 줄까?"

여자들의 칭찬은 오래 들으면 민망할 것 같았기 때문에 위드는 괜찮았다.

'역시 남자는… 남자들끼리 통하는 거지.'

주로 남자들로 이루어져 있는 성기사들 쪽의 이야기를 집중적으로 들었다.

"검치 님들이라고 하는데, 무지 거칠게 싸우잖아. 나도 저렇게 싸우고 싶었거든."

"저쪽에 엄청 몸매 좋은 댄서가 있더라. 봤어?"

"전투 중에 춤을 추는데, 어찌나 매력적이던지 눈을 떼지 못했잖아. 기사들도 춤 구경하다가 픽픽 쓰러지더라니까."

"얼굴이 예쁜 바드도 있었지. 목소리가 정말 맑더라."

검치 들과 화령, 벨로트가 성기사들의 많은 관심을 끌고 있었다.

위드에 대한 이야기도 중간마다 자주 나왔지만, 동료들을 보며 놀라는 반응이 대단했다.

위드는 푸근하게 웃으면서 지켜볼 수 있었다.

이번 전투로 그는 기사들의 풀 플레이트 메일 4개에, 마법병단에 속한 마법사들이 입던 로브, 팔찌, 부츠, 목걸이, 반지를 여러 개씩 획득했고, 레인저용 갑옷과 활도 골고루 많이 주웠다. 금화, 은화, 동전류와 여러 잡템들은 말할 것도 없다.

검치 들도 푸짐하게 장비들을 챙기면서 더 고급 검이나 방어구들을 장만할 수 있는 돈을 벌었다.

"올겨울 난방비는 걱정하지 않아도 되겠어."

잠시 여유로운 마음을 가질 수 있는 이유였다.

꾾꾾꾾꾾

위드는 바르칸을 사냥하기 위한 준비 작업에 착수했다.

"사형들, 전리품으로 얻은 검과 방어구 들은 일단 저에게 주세요. 성기사분들도, 언데드와 싸우려면 저한테 잠깐 장비를 맡겨 보시죠."

검치 들이 얻은 장비는 녹여서 언데드에게 강력한 무기로 만들었다. 기사들의 두꺼운 검과 갑옷은 그들이 바로 사용하기에는 적합하지 않았기 때문에, 은과 미스릴을 소량 섞은 복합 검으로 만드는 것이었다.

언데드와 싸우고 나서는 다시 녹여서 강도를 약화시키는 은을 뺀 검을 만들어 주면 된다.

위드의 대장장이 스킬은 일반적인 검 종류를 만드는 데에는 문제가 없었기 때문에 어려운 일이 아니었다.

"정말 더 좋은 검으로 만들어 주시는 겁니까?"

"적어도 나빠지진 않을 겁니다."

성기사들은 반신반의하면서 쉽게 무기를 맡기지 못하고 머뭇거렸다. 위드의 명성이 아무리 대단하다고 해도, 성기사들에게 검은 귀중한 재산이었기 때문이다.

"어, 진짜 예전보다 더 좋아졌는데! 공격력도 조금 올랐고, 옵션으로는 언데드에게 회복하기 어려운 피해를 입힌다고 되어 있고 내구력도 조금 올랐어."

하지만 검치 들의 무기를 만들어 주고, 간간이 성기사들의 것도 챙겨 주니 신뢰를 얻는 것은 금방이었다. 위드의 대장장이 스킬은 사람들의 존경심을 받기에 충분한 경지에 올라 있었던 것이다.

'이걸 확 챙기면…….'

좋은 검을 받았을 때에는 이렇게 군침을 흘린다는 사실을 알았으면 절대로 무기를 맡기지 않았겠지만, 모르니 다행이었다.

위드는 장비를 개조하는 한편으로, 마판을 기다렸다.

"슬슬 올 때가 되어 갈 텐데……."

모라타에서 후발대로 오는 성기사와 사제 들과 같이 출발한 마판은 보급 물자를 잔뜩 가져오고 있었다. 그러면서 함께 헬리움을 녹일 수 있는 대형 화로의 부품을 옮겨 오고 있었다.

위드는 전투 중에도 틈틈이 조각을 해서 헬리움을 녹여서 넣을 형틀을 완성해 놨다.

신의 눈물.

대형 화로를 가져와서 마나와 신성력의 원천인 헬리움을 녹여 조각품으로 완성하면 바르칸과 싸울 준비가 끝나는 것이다.

헬리움 조각품

KMC미디어, CTS미디어, 온 방송국, 디지털미디어, LK게임 등등 〈로열 로드〉에서 손꼽히는 방송국들에 제보가 입수되었다.

위드가 언데드의 왕, 바르칸 데모프를 사냥한다.
모라타의 사제들과 성기사들은 헤르메스 길드와 싸우기 위하여 그곳까지 간 게 아니었다.
헤르메스 길드는 안중에도 없었다.
위드가 불사의 군단에서 퀘스트를 하면서 가장 빨리 성장하고 계급을 올렸던 이유도, 바르칸을 사냥하기 위한 목적이었다.

위드의 꿍꿍이가 모라타의 유저들을 통해서 퍼져 나간 것이었다.

성기사와 사제 들을 모았을 때부터 알음알음 전해졌던 사실이지만, 폴론의 부대가 소멸한 지금은 굳이 비밀을 지킬 필요가 없었으므로 마음껏 떠들고 다녔다.

각 방송국들은 주력으로 하는 뉴스 프로그램에서 이 사실을 공개했다.

—여러분, 놀랄 만한 사실을 알려 드리겠습니다. 전쟁의 신 위드가 현재 바르칸 데모프를 사냥하려고 합니다.

—며칠 전에 위드가 헤르메스 길드의 공격대를 전멸시키는 영상을 보신 분들이 많을 겁니다. 그런데 앞으로 리치 바르칸을 사냥하려고 한다는 특종을 시청자 여러분에게 알려 드립니다.

—바르칸! 불사의 군단을 이끄는 수장이고, 위드가 퀘스트를 하면서 많이 유명해진 리치이죠. 위드와는 많은 인연이 있는 몬스터라고 볼 수 있는데, 드디어 사냥에 도전한다고 합니다.

여러 방송국들이 속보를 냈다.

단체로 몰려가서 보스급 몬스터를 사냥하는 일은 자주 있었지만, 이번에는 가히 전설적인 등급의 몬스터.

위드를 비롯하여, 폴론의 부대와 싸우면서 실력을 보여 준 전사들이 전투를 한다.

싸움이 아직 벌어진 것도 아니지만, 명장면들이 셀 수 없을 만큼 많이 나올 것은 두말할 필요가 없는 사실이다.

리치 바르칸과 위드가 싸운다는 사실만으로도 시청자들을 열광하게 만들기에는 너무나 충분했다.

족발과 통닭, 피자를 기다릴 때보다도 더 흥분되는 기다림이었다!

―아, 미치겠네. 진짜 위드는 왜 이런 싸움만 하는 거죠? 다른 사람들처럼
  그냥 만만한 몬스터나 사냥하고 레벨이나 올리면서 살아도 될 텐데…….
  완전 기뻐요.
―왜 사람들이 위드, 위드, 그에 대한 소문을 들으면서 좋아하는지 이제 알
  것 같네요.
―너무 늦게 아셨네요. 저는 명예의 전당에 오크의 동영상이 올라왔을 때부
  터 완전히 팬이었어요.
―여러분, 과연 저만 할까요? 저는 행운아입니다. 로자임 왕국에서 시작해
  서 위드가 초보 시절에 팔던 여우 조각품도 사서 간직하고 있으니까요. 여
  자 친구랑 같이 있을 때 5실버에 사서 엄청 바가지를 썼다고 생각했는데,
  지금은 최고의 보물입니다. 여자 친구랑 저랑 사람들을 만날 때마다 자랑
  하지요.
―앗, 그 귀하다는 아이템을……. 지금 그 여우 조각품 저한테 10골드에 파
  세요.
―위의 분, 완전히 거저먹으려고 하시네요. 지금 시세가 100골드가 넘어요!

게시판에는 위드의 용맹에 대한 찬사들이 넘쳐 났다.

〈로열 로드〉에서 모험으로 유명해진 유저는 정말 많지만, 위
드만큼 대중의 인기를 한 몸에 누리는 사람은 없었다.

꧁꧂

신혜민과 오주완이 진행하는 〈베르사 대륙 이야기〉는 이현
과의 전화 인터뷰도 성사시켰다.

출연료를 준다고 하니 이현은 마다하지 않고 나왔다.

"오늘 〈베르사 대륙 이야기〉에서는 들려드릴 소식들이 정말
많은데요, 전쟁의 신 위드 님을 전화로 모셨습니다. 위드 님?"

―예.

짧고 귀찮은 듯한 음성!

"그동안 모험을 많이 하셨잖아요. 가장 힘들었던 모험이 무엇이었나요?"

―모험은 다 힘들었죠.

"겸손한 말씀이신데요. 그래도 많은 장소를 다니신 만큼 제일 기억에 남을 만큼 고생하신 때가 언제인지 시청자분들이 궁금해하실 것 같은데, 말씀해 주실 수 있을까요?"

이현은 잠시 생각하다가 대답했다.

―조각사로 전직했을 때…….

신혜민은 너무나도 공감할 수밖에 없었다.

솔직히 〈로열 로드〉에서 사냥과 요리, 생산할 때를 제외하고 나무토막을 손에서 떼어 놓는 것을 본 적이 없었다. 눈을 감고도 조각품을 만들었기 때문에, 예술 계열 스킬들이 지독할 정도로 올리기 어려움에도 지금 고급 조각술 8레벨이 된 것이다.

게다가 재봉, 대장일, 요리, 낚시, 수리, 붕대 감기, 항해, 약초학 등도 익혔으니 진정한 노가다의 전설이라고 할 수 있다.

이현은 돈만 많이 준다면 평생 이쑤시개나 나무젓가락만 만들며 살지도 몰랐다.

오주완은 농담인 줄 알고 넘어가며 다음 질문을 했다.

"위드 님도 시청자 게시판을 보시는지 모르겠는데요. 시청자들이 많이 감탄하는 것 중에… 사람들은 어느 정도 높은 자리에 오르면 안정을 추구하게 되지 않습니까? 이루어 놓은 것도 있고, 또 실패에 대한 두려움도 커지게 되고요. 지치지 않고 도전할 수 있는 비결에는 무엇이 있을까요?"

―제 팔자가 그랬습니다.

함축된 말에는 많은 의미가 내포되어 있었다.

가만히, 평탄하게 살려고 해도 온갖 모험들에 휘말려 버리는 박복한 인생.

천공의 도시에 방문한 이후부터 자세히 설명을 하자면 눈물로 밥을 지어 먹을 정도라서 말을 더 잇지 못하는 것이다.

"남들이 얻지 못하는 특별한 퀘스트를 받으시는 비결은 정말 알려 주시기 어려운 부분일 텐데요, 그래도 이 순간 모험을 위하여 베르사 대륙을 떠도는 사람들을 위하여 조언이라도 해 주실 수 있을까요?"

―아부를 철저히 그리고 퀘스트 함부로 받으면 생고생.

삶의 경험에서 우러나온 한마디였다.

이현은 인터뷰를 하기 위해 나왔던 다른 사람들과는 완전히 달랐다.

〈베르사 대륙 이야기〉 같은 인기 프로그램에 출연하게 된 사람들은 물건을 팔러 나오기라도 한 듯이 여러 가지 이야기들을 쏟아 낸다. 그러다 보면 결국에는 자기 자랑으로 끝나기 마련인데, 이현은 짤막하게만 말하는 것이다.

'인터뷰가 길어진다고 해서 추가 요금을 받는 건 아니니까.'

남들에게 많이 알려 줘 봐야 입만 아픈 일.

―마지막으로, 리치 바르칸 데모프를 사냥하실 계획이 있는 걸로 아는데요. 이것도 대답하기 곤란한 질문이 될 것 같은데, 이기실 수 있겠죠?

이현은 과거에 바르칸이 싸우는 모습을 보았다. 그렇기 때문에 전투에 필요한 전력을 갖추었지만, 사실 승산을 점치기란 어려웠다.

각 방송국에서는 바르칸 사냥이 성공할 것이냐 실패할 것이냐로 토론회가 벌어질 정도였다.

바르칸은 레벨이 높고 잠재된 힘이 거대할 뿐만 아니라, 최고의 네크로맨서다.

전투 중에 죽은 시체들이 끝없이 그의 원군이 될 테니, 강하기만 한 다른 전설적인 몬스터를 잡는 것보다 훨씬 어려운 부분이었다. 대군이 몰려가더라도 몽땅 언데드가 되어 버릴 수 있기 때문이다.

불사의 군단 소속의 언데드가 되어 버리면 그만큼 바르칸의 전력을 높여 주게 되는 것이고, 또한 잃어버린 아이템을 되찾지도 못하리라.

위험부담이 너무나도 큰 사냥이었다.

이현은 담담하게 대답했다.

"안 될 것 같으면 곧바로 도망칠 계획을 갖고 있습니다."

죽으면 경험치와 스킬 숙련도 하락 등 어마어마한 피해를 입는다.

끝까지 이기겠다면서 싸움만 하려는 것은 용기가 아닌 만용!

이현은 지극히 현실적인 생각을 가지고 전투에 임했다.

꿍꿍꿍

폴론은 헤르메스 길드의 레인저들과 기사들, 마법사 유저들과 함께 〈로열 로드〉에 접속했다.

그들이 나타난 장소는 위드를 습격하기 전에 만들어 놓았던 은신처였다.

"살아남은 기사와 레인저 들은?"

"중앙 대륙 방향으로 도주했습니다. 무사히 북부를 빠져나간 사람이 20명도 안 됩니다."

"너무 많이 죽어 버렸군."

폴론은 크레마 기사들의 죽음이 안타까웠다.

헤르메스 길드의 유저들은 일정 시간이 지난 후에 다시 접속할 수 있지만, 일반 기사들은 완전한 사망이었다. 다시 양성해야 하는데, 고급 기사들을 키우려면 시간과 돈이 많이 든다.

헤르메스 길드 내부의 경쟁도 치열하기 때문에 잃어버린 병력을 복구할 때까지는 고생해야 하리라.

"여기서 더 있으면 위험하니 중앙 대륙으로 돌아가는 편이 낫겠습니다."

폴론은 세력이 확 꺾여 버렸기 때문에 위드와 검치 들에게 발각되지 않고 도망쳐야 하는 입장으로 바뀌고 말았다. 헤르메스 길드의 유저들이 착용한 장비를 보면 잃어버린 아이템이 많다는 것도 알 수 있었다.

패전으로 잃은 게 많지만, 싸워서 항상 이길 수만은 없다.

"그래도 축복받은 성소의 다이아몬드는 건졌군."

"위드와 싸워 본 것도 재미있지 않았습니까?"

"맞다. 그와 싸워서 우리 크레마 기사단은 더 유명해졌다고 할 수 있지."

폴론에게 후회는 없었다. 위드와의 전투는 흔히 경험하기 어려운 기회였다.

"우리의 복수는 헤르메스 길드에 맡기자. 헤르메스 길드의 진짜 힘은 이런 정도가 아니니까."

폴론은 그가 몸담고 있는 헤르메스 길드의 전력에 대해 대충 알고 있는 편이다.

그는 헤르메스 길드에 가입하고 나서 차차 높은 자리를 차지한 경우로, 나중에 길드의 실체를 알고 나서 얼마나 전율했는지 모른다.

그 넘치는 힘이 곧 칼라모르 왕국을 향해 분출될 준비를 하고 있었다.

대전쟁을 일으킬 것이며, 중앙 대륙을 점령하기 위한 사전 작업들이 진행되고 있다.

지독하게 실리를 추구하는 헤르메스 길드에서는, 위드와의 전투 정도는 여흥으로 여기는 분위기마저 가졌다.

물론 그 고고하던 자존심이 깨졌기 때문에 더욱 분노하게 되리라.

"위드… 지금까지는 그럭저럭 순탄하게 베르사 대륙을 여행하면서 지냈지만, 앞으로는 그 어디서도 발붙이지 못하게 될 것이다."

폴론과 그의 병력은 그대로 철수하기로 했다.

"마법사들은 텔레포트 게이트를 만들도록 해라. 지금 바로 귀환한다."

뚱땅뚱땅!

위드는 대장장이 스킬로 검치 들과 성기사들의 장비를 손보는 일을 끝냈다.

상당한 노가다였지만 워낙에 익숙한 일이기도 했고, 재료들을 녹여서 다시 만드는 것으로 대장장이 스킬 경험치도 얻을 수 있었다.

위드의 대장장이 스킬은 중급 5레벨, 전문적으로 익히지 않은 사람 중에서는 최고라고 봐도 됐다.

"사람은 한 우물만 파서는 안 돼. 가뭄을 대비해서라도 열 우물은 파 놓고, 저수지도 만들어 놔야지."

이것이 위드의 삶의 방식!

"위드 님, 오랜만입니다."

"여기까지 오시느라 수고가 많으셨습니다."

마판이 대형 화로의 부품을 갖고 도착하면서 헬리움도 녹일 수 있게 됐다.

"운송비는 그동안 모아 둔 잡템들로 드리려고 하는데……."

"위드 님의 잡템은 언제나 최고죠."

"다른 잡템도 많이 있는데, 저번이랑 같은 가격으로 처리해 주실 거죠? 일부러 여기까지 오셨는데 이렇게 신세만 지는 것 같아서 미안하네요."

"위드 님과 거래하는 일인데, 얼마든지 뛰어와야죠."

위드와 마판이 잡템을 처분하는 장소에는, 네크로맨서들도 많이 구경을 와 있었다.

네크로맨서들도 레벨이 300대 후반에서 400을 넘기도 한다. 언데드를 끌고 다니면서 어마어마한 사냥과 의뢰를 했기 때문에 잡템들이 다들 많이 쌓여 있었다.

마판은 위드가 직접 잡템을 상점에 판매할 때에 비교하여 15%의 추가 금액을 줬다. 자신의 이익을 5%로 계산한 것이다.

마을과 성에서 잡템을 거래할 때에는 상인들이 훨씬 적은 마진을 받기도 하지만, 지금처럼 원정을 나온 경우에는 10% 정도는 기본으로 챙겨 간다.

"완전히 착한 상인인데?"

"그러게. 예전에 나도 몇 번 거래하던 상인이 있었지만, 이렇게 멀리 와서 고작 5%밖에 마진을 안 받는 경우는 처음 봐. 친하니까 그런 거겠지?"

네크로맨서들은 슬쩍 자신들도 거래하고 싶은 기분이 들었다. 잡템을 많이 가지고 다니면 챙기기 부담스럽기도 하고, 신경도 많이 쓰이는 것이다.

그런 마음을 짐작하기라도 한 듯이 위드가 쟌과 헤리안에게 마판을 소개시켜 주었다.

"여기 인사 나누세요. 예전부터 저랑 친한 동료 상인 마판 님. 혹시 처분할 잡템들이 있으면 맡겨 보세요. 제가 특별히 저랑 같은 가격으로 처리해 달라고 부탁을 해 놓았습니다."

"정말 그래도 될까요? 위드 님과 같은 금액 수준이라면 상인

님이 너무 남기시는 게 없는데요."

"5%면 여기까지 오신 수고에 비해서 정말 가져가시는 게 없는 것 같은데……."

네크로맨서들이 처음 만나는 마판에게 미안해할 정도였다.

운송료나 이동 시의 위험을 감안한다면 너무 높은 판매 가격이었다.

"괜찮습니다. 마판 님도 큰 상인이라서요. 예전에는 잡템 거래를 많이 했지만 요즘에는 거의 하지 않고, 무역과 상점 운영을 중점적으로 하시거든요."

마판도 맞장구를 쳤다.

"저는 모험을 좋아해서 위드 님을 보러 여기까지 온 겁니다. 덤으로 잡템도 처분해 드리고 조금이라도 남기면 좋고요. 파실 물건 있으면 부담 없이 내놓아 보세요."

네크로맨서들은 가지고 있는 잡템들을 내놓았다.

모라타로 가져가면 2%나 3%까지도 더 받고 팔 수 있지만 번거롭기도 하고, 이 정도면 충분히 좋은 가격이었다.

'이게 다 얼마야.'

마판은 잡템들을 대량으로 거래하며 많은 돈을 벌었다.

네크로맨서들이 내놓는 잡템!

녹슬고 부서진 무기와 방어구, 액세서리 들이 많았다.

위드는 마판과 거래하면서 일부러 잡템으로 분류를 했지만, 수선을 해서 판다면 더 이윤을 남기게 된다. 위드가 대장장이 스킬로 녹여서 재가공을 한다면 어엿한 쓸 만한 장비가 된다.

마판의 실질적인 이윤은 5%보다는 조금 더 높았을 뿐만 아니라, 우량 고객들을 다수 확보할 수도 있는 기회였다.

잡템 거래를 마치고 나서, 위드와 마판은 조용히 마차 뒤로 돌아갔다.

손이 몇 차례 오고 가는 현장!

그들은 은밀하게 귓속말로만 대화를 나누었다.

―소개비는 여기…….
―수고하셨습니다. 녹슨 물건들은 재료가 좋으면 분류해서 저한테 넘겨주세요. 녹여서 장비로 만들어 드릴 테니.
―뭘요. 다음에 또 이런 기회가 있으면 불러만 주세요. 그런데 네크로맨서들에게 판매할 물건들은 많이 챙겨 오셨죠?
―흑마법사, 네크로맨서용으로 모라타에 있는 물건들을 쓸어 왔습니다.

네크로맨서들에게 잡템만 사 가는 게 아니라 물건도 팔아먹을 계획을 갖고 있었다.

ᐧᐧᐧᐧᐧᐧᐧ

대형 화로가 임시로 설치되고, 불이 크게 지펴졌다.

"잘되어야 하는데… 실패는 절대 있어서는 안 돼."

헬리움이 너무도 귀한 금속이기 때문에 위드도 긴장했다.

"대장장이 스킬이 더 높았으면 좋았을 텐데."

대장장이 스킬의 마스터라면 최고의 아이템도 만들 수 있는 헬리움!

성물이나, 왕국을 대표하는 무구를 만들 수도 있는 재료다.

하지만 위드는 헬리움을 가지고 조각품을 만든다는 게 조금도 아깝지 않았다.

"조각품은 레벨 제한이 없으니까. 일단 쓰다가 나중에 녹여서 검을 만들어야지."

조각사로서 예술을 우선하지 않는 실용적인 태도를 가진 위드였다.

"형틀은 일단 준비가 되었고……."

헬리움을 넣어서 굳힐 형틀은 데스 나이트, 둠 나이트로 사냥을 하면서 고운 흙으로 수없이 많이 시도한 끝에 미리 만들어 놨다.

위드가 대형 화로에서 작업을 하니, 주변으로 사냥을 나간 페일 일행과 검치 들을 제외하고 성기사와 사제 들이 모두 모여들었다.

대형 화로까지 꺼내 놓고 대체 무엇을 만들기 위해서 그러는지 궁금해할 수밖에 없었다.

위드는 불의 온도를 뜨겁게 만들었다.

대형 화로 안에 장작을 가득 쌓아 두고 활활 타오르게 한다. 그리고 계속 화력이 강한 나무들을 넣으면서 불을 키웠다.

"아직 모자라. 장작은 많이 있으니까."

위드가 쓰는 장작도 마판을 통해 돈을 주고 주문해서 마차로 운송해 온 것들이었다.

헬리움을 작업하는 일이었기 때문에 나무값을 아낄 겨를이 없었다. 화력이 강하고 유지가 잘되는 최고급 나무들을 사용했다.

불을 키우기 위하여 소모되는 나무의 가격이 10분에 300골드가 넘었다.

"아직도 모자라."

위드는 불을 다스리는 일에만 집중했다.

"미스릴로만 검을 만들려는 걸까?"

"바르칸을 사냥하려고 좋은 무기를 만들려는 걸 거야."

성기사와 사제 들은, 위드가 바르칸을 사냥하기 전에 꼭 해야 할 일이 있다고 하니 기다리고 있었다. 대형 화로를 다루는 모습으로 보아 곧 이유가 밝혀지리라는 긴장감에 휩싸였다.

그들은 네크로맨서들과는 다르게 파티 사냥을 많이 하다 보니 대부분 길드가 있었다.

> 노엘: 위드 님이 화로에 불을 피우면서 뭘 만들려고 하네요. 마을에나 있는 대형 화로를 가져온 걸로 봐서 대단한 걸 제작하실 것 같아요.

실시간으로 길드와 풀죽신교 등에 알려졌을 뿐만 아니라, 동영상이 인터넷에 나가고 있기도 했다.

위드가 다른 유저들과 자주 다니지 않는 이유에는, 전리품을 나누기도 싫었지만 너무 대단한 유명세 때문에 사생활이 없다는 점도 크게 작용했다.

전투에서의 비결이나, 조각품을 만들고 다른 생산 스킬들을 활용하는 모습들, 위치까지 다 공개되어 버리니 유저들이 많이 있는 장소에서 정체를 드러내기가 어려운 처지였다.

"이제 불의 온도가 적당해졌군."

1미터 떨어진 거리에서도 토끼 고기 정도는 곧바로 익어 버릴 정도로 뜨거웠다.

위드는 엄청난 열기를 참으면서 헬리움을 꺼냈다.

신의 눈물이라는 하늘색의 금속. 고귀한 가치를 가진 헬리움이 화로에 들어갔다.

대형 화로에서는 많은 금속들을 한꺼번에 녹일 수 있었지만, 집중하기 위하여 헬리움 외에 다른 금속들은 넣지 않았다.

그리고 불을 다스리는 기다림!

위드가 중얼거렸다.

"많이 바라지도 않아. 사람이 욕심을 버려야 좋은 결과를 얻지. 그냥 헤레인의 잔이나 파고의 왕관 정도만 나와 주면……."

프레야 교단의 3대 성물 중에서 위드가 구해 온 두 가지.

사실 그런 성물들을 가지고 있으면서 착용할 수만 있다면 더할 나위 없이 좋다.

위드가 지금 헬리움으로 만드는 건 아쉽게도 장비가 아닌 조각품이었으니 그저 마음으로만 바랄 뿐이었다.

"파고의 왕관을 머리에 쓰고 사냥하면 얼마나 좋을까. 헤레인의 잔만 있으면 성수를 강물처럼 흐르게 할 수 있는데."

끝없이 솟아오르는 욕심으로 헬리움이 녹기만을 기다렸다.

위드는 보통 때보다 5배는 긴 시간이 지나고 나서야 헬리움을 꺼냈다.

돌그릇에 하늘색의 물이 담겨 있었다.

무사히 헬리움이 녹았다.

"지금부터가 진짜야."

대형 화로를 사용하고 녹이는 것은, 일정한 스킬만 있다면 실패할 가능성은 별로 없었다. 조각품으로 바뀌는 것은 이제부터라고 할 수 있다.

위드는 그 하늘색의 물을 맞추어 놓은 형틀에 부은 다음에 적당히 식을 때까지 기다렸다.

"실수가 없어야 되는데……."

초조한 기다림이었다.

대장장이 스킬을 익힐 때 많이 해 봤고, 금인이도 같은 방법으로 만들었다. 하지만 긴장되는 것은 어쩔 수가 없었다.

어떤 작품이 완성될지에 대해서는 전혀 짐작도 할 수가 없었기 때문이다.

헬리움이 금속의 재질을 가지고 있다 보니 실패하더라도 무한정 다시 녹여서 더 나은 작품을 만들면 될 것 같지만, 재료에 상당한 손실을 감수해야 하는 일이다.

마법이 붙은 금속의 경우에는 자주 녹이다 보면 원래의 성질을 조금씩 잃어버린다. 신성력과 마나의 원천인 헬리움도 제련을 반복하다 보면 불에 의하여 조금씩 약화되는 것이다.

"지금이다."

위드는 평소보다 빨리 흙으로 만든 형틀을 벗겨 내었다. 그러자 헬리움으로 이루어진 작품이 모습을 드러냈다.

어두움을 비추는 횃불!

맑은 하늘빛의 헬리움이 횃불 모양으로 표현되어 있었다.

"역시… 부족했어."

대장장이 스킬이 헬리움을 다스리기에는 너무 낮았기 때문에 횃불의 세밀한 부분들이 완벽하게 살아나지 못했다. 실패작이라고 할 정도는 아니지만, 위드가 평소에 정성껏 만들었던 조각품에 비해서는 세밀함이 많이 떨어졌다.

위드는 자하브의 조각칼을 꺼냈다.

헬리움과 자하브의 조각칼처럼 귀한 아이템은 모라타에 있는 영주성에 놔두었다가 출입 허가가 있는 유린이가 가져다준 것이다.

탈로크의 갑옷, 바하란의 팔찌, 콜드림의 데몬 소드, 그 외에 위드가 직접 만든 장비도, 아직 쓰지 않았지만 유린이 몇 번에 걸쳐 모두 옮겨 왔다.

"조각은 이제부터야."

슥슥.

위드는 헬리움의 둔탁한 표면을 조각칼로 긁어냈다. 잘못 튀어나온 부분은 과감하게 잘라 내기도 했다.

> 신성력에 접촉하였습니다.
> 힘이 35 감소합니다. 생명력이 950 저하됩니다. 죽은 자의 힘이 4 떨어집니다.

둠 나이트였기 때문에 헬리움을 건드릴 때마다 막대한 피해를 입었다.

'오래 끌지 않고 바로 해치워야 된다.'

죽기 전에 조각을 끝내야 했다.

헬리움은 내구도가 엄청나기 때문에 완전히 식지 않고 열기가 남아 있는 지금밖에 조각이 안 된다.

> 뜨거운 금속에 데었습니다.
> 생명력이 318 줄어듭니다.

불과 신성력!

두 가지 종류의 피해를 입으면서 위드는 조각칼을 놀렸다.

다른 여러 예술 계열 직업과도 차별화되는 조각사라는 직업은, 육체의 고난까지도 자주 짊어져야 됐다.

"고통 속에 탄생한 작품이 더……."

위드는 무언가 뒤로 말을 더 하려다가 말았다.

따지고 보면 편하게 조각한 적은 별로 없었던 것 같으니까.

"그냥 내 팔자가 이렇지."

위드는 형틀로 전체적인 구도를 잡고, 조각칼을 이용하여 다듬으며 세세한 표현을 했다. 횃불 전체를 살피면서 만들어 가는 과정에는 지금까지 조각품을 만들었던 많은 경험들이 녹아 있었다.

헬리움은 식어 가면서 점점 단단해졌고, 그러다 보니 점점 마나와 신성력을 방출하기 시작했다.

"어라, 마나의 최대치가 늘어나네?"

"나도 신성 마법의 스킬의 효과가 커진다는데. 이런 경우는 거의 없었는데."

"마나의 회복 속도도 50% 이상 빨라졌어."

조각품이 완성되어 가면서, 사제와 성기사 들은 몸의 변화를 느꼈다. 위드가 만들고 있는 헬리움의 횃불. 그곳에서 나오는 신성력에 의하여 능력이 강화된 것이었다.

> 신성력에 의하여 육체가 취약해집니다. 방어 능력이 사라집니다. 저항력이 감소합니다.

반대로 신성력이 몸을 휘감으면서 위드는 점점 쇠약해졌다. 빠르게 늙어 가는 사람처럼 힘이 빠지고 뼈가 굳어졌다.

"조금 더 다듬어야 하는데……."

헬리움의 가치를 생각하면 차분하고 꼼꼼하게 마지막까지 손을 봐야 하지만 생명력이 위험한 지경에 이르렀다.

"이것으로 완성이다."

횃불 아래에 들기 편하게 막대를 끼우는 것으로 작업을 완료했다!

막대기도 미스릴과 아다만티움으로 만들어져 있었다. 불사의 군단에서 사냥을 하며 얻은 오래된 무기류 중에서 조금씩 모은 것이었다.

> 만든 조각품의 이름을 정해 주십시오.

위드는 서둘러 대답했다.

"조각사들이 남긴 횃불."

생명력이 20% 정도밖에는 남지 않았기 때문이다.

> 〈조각사들이 남긴 횃불〉이 맞습니까?

"맞아."

많은 조각사들이 지골라스에 가서 목숨을 잃으면서 헬리움을 찾았다.

위드가 만든 작품은 조각사들로부터 물려받은 유산이었다.

매우 훌륭한 작품이 나와 주면 좋겠지만, 대장장이 스킬이나 손재주, 조각술 등이 마스터가 되지 못하였다는 점이 내내 아쉬움으로 남았다.

대작 〈조각사들이 남긴 횃불〉을 완성하였습니다.

헬리움으로 만들어진 조각품! 대륙의 조각술의 역사에 기록되기에 충분한 작품. 조각술을 대표해서 이끌어 간다고 해도 과언이 아닐 정도로 위대한 명성을 쌓고 있는 위드에 의하여 탄생했다. 신의 금속으로 만들어진 이 작품은 더없이 고귀하며, 찬란한 영광을 가져올 것이다.

예술적 가치: 18,619

옵션: 〈조각사들이 남긴 횃불〉을 본 이들은 생명력과 마나 회복 속도가 하루 동안 52% 증가한다. 추가로 조각품을 소유하고 있는 사람의 마나 회복 속도를 30% 빠르게 한다. 모든 스탯 29 상승. 스킬 사용에 따른 마나의 소모량을 75%로 낮춘다. 신성 마법을 2레벨 더 높은 효과로 사용할 수 있다. 마법 위력 33% 증가. 마나를 사용하는 전투 스킬의 위력을 14% 늘려 준다. 적의 행운을 빼앗아 온다. 특정 범위 내에서 원거리 공격을 막는 마나 배리어(고급 4레벨)가 형성된다. 어두움을 물리친다. 상태 이상 해제. 부대 전체의 사기 증가. 흑마법과 저주 마법에 대한 강한 내성. 조각품을 감상하면 신앙심과 지혜, 지식이 영구적으로 10씩 증가한다. 다른 조각품과 중복해서 적용되지 않는다.

지금까지 완성한 대작의 숫자: 8

조각술 스킬의 숙련도가 향상되었습니다.

손재주 스킬의 숙련도가 향상되었습니다.

대장장이 스킬의 레벨이 중급 6으로 상승했습니다.
제련에서 금속의 고유한 성질을 보다 잘 이끌어 냅니다.

대장장이 스킬의 레벨이 중급 7로 상승했습니다.

가벼운 종류의 갑옷을 만들 때 방어력과 내구도가 올라갑니다.

명성이 4,921 올랐습니다.

예술 스탯이 51 상승하였습니다.

지혜가 7 상승하였습니다.

인내가 3 상승하였습니다.

지구력이 4 상승하였습니다.

카리스마가 13 상승하였습니다.

매력이 25 상승하였습니다.

대작 조각품을 만든 대가로 전 스탯이 3씩 추가로 상승합니다.

신성한 조각품을 만들어, 죽은 자의 힘이 대량으로 감소했습니다.

위드가 만들어 낸 여덟 번째 대작 조각품!

들고 다닌다면 전투에 굉장한 도움이 될 것만 같은 조각품이었다.

"역시 내가 만든 조각품이라서… 이 정도는 기본이지."

검이나 갑옷도 아닌데 스탯을 올려 주고 마나 소모율을 낮춰 주는 효과는, 조각품으로서는 대단했다. 옵션으로 봤을 때에는 마법사나 성직자에게 가장 좋을 것이다.

헬리움을 가공한 덕분에 대장장이 스킬이 단숨에 두 단계나 올랐다. 6레벨이 되기까지 숙련도가 얼마 안 남은 것도 이유이 지만, 인간이 다룰 수 있는 최고 등급의 금속이었기 때문이다.

"조각품 하나가 만들어졌다고 이렇게 든든하다니……."

위드의 턱뼈가 귀에 걸렸다.

조각사들의 꿈의 재료인 헬리움으로 작품을 만들었습니다. 조각사 길드로 간다면 추가적인 보상을 받을 수 있을 것입니다.

대단히 기쁜 일들이 연속으로 벌어졌지만, 둠 나이트에게는 모든 옵션들이 부정적으로만 적용되었기 때문에 오히려 몸의 힘은 갈수록 떨어졌다.

조각품을 만들어서 오래 들고 있다가 죽는다면 그것처럼 허무한 죽음도 없다.

위드는 조각품을 흰 천으로 감싸서 배낭에 넣었다.

〈조각사들이 남긴 횃불〉의 영향을 벗어났습니다.
몸에 신성력의 기운이 남아 있습니다. 기운이 완전히 사라지고 나면 원래의 전투 능력을 되찾을 수 있을 것입니다.

위드가 헬리움으로 조각품을 만든 장면도 방송과 인터넷으 로 생중계되어 무수히 많은 사람들이 지켜보았다.

이것은 어차피 도저히 숨길 수가 없는 일이었다.

베르사 대륙의 주민들이 떠들었기 때문이다.

A급, S급 퀘스트를 성공해 낸 이상으로 대단한 일이었다.

프레야 교단의 성물 같은 물건을 헬리움으로 만들어 낸 것이
었으니까.

"굉장한 조각품이 세상에 만들어졌다지. 예술적으로 훌륭한
지는 모르겠지만, 신비로운 힘이 깃들어 있는 조각품이라네."

"베르사 대륙의 보물이 한 가지가 더 늘었다는군. 인간의 손
으로, 노력으로 만들었기 때문에 더 대단한 일이라고 생각해."

"그 조각사를 만나 보기 위하여 국왕 폐하께서 안달이 나셨
다더군. 그 조각사가 왕궁의 출입문을 지키는 경비에게 간다면
두말하지 않고 통과시켜 줄 텐데……."

턴 언데드

위드의 전투준비는 요리로 모두를 배부르게 먹이는 일까지 하고 끝났다.

"우리는 반드시……."

성기사와 사제 들은 바르칸과의 싸움에 앞서 위드의 연설을 기다렸다.

"엄청 길게 하겠지. 나라도 그렇게 할 거야."

"그러게. 방송으로도 중계되잖아. 위드 님은 최고의 유명인이니까."

KMC미디어를 비롯한 방송국들의 생방송도 진행되었다.

바르칸을 사냥하기로 한 오늘은, 베르사 대륙뿐만이 아니라 여러 방송국들을 통해 수많은 사람들이 지켜볼 것이다.

긴장과 흥분이 되지 않는다면 거짓말이리라.

성기사들은 위드의 지휘를 받으면서 불사의 군단, 바르칸과 싸운다는 데 전율을 느꼈다.

전투에 나서기 전에 지휘관의 명연설을 들으면서 그들이 하는 일의 정당성이나 가치를 되새기는 것은 필수적이라고 할 수 있지 않은가.

위드는 헛기침을 하며 다시 말을 이었다.

"우리는 반드시 바르칸을 사냥해서 그가 가진 보물들을 싹쓸이할 겁니다."

"……."

명확한 목표 의식!

그리고 청중의 주의력을 산만하게 만들지 않는 간결함.

"그럼 모두 수고합시다."

"……."

위드는 연설이나 하면서 시간을 보내기가 아까웠다.

'그냥 다 죽이면 되지.'

계획은 세워져 있으니 시원하게 싸우면 될 뿐이다.

성기사와 사제, 검치 들까지 해서 대규모의 공격 부대는 그렇게 바로 출정했다.

페일 일행은 물론이고, 마레이를 비롯한 네크로맨서들도 동행했다.

마레이는 바드로서 위드의 전투와 이번 바르칸의 싸움을 지켜보고 멋진 노래를 지어서 부르기 위해서 따라왔다.

네크로맨서들은 위드와 같이 싸우기로 결정했다.

바르칸의 휘하에 있으면서 얻은 마법이나 아이템이 적지는 않지만, 악명과 죽은 자의 힘이 계속 증가한다.

바르칸은 네크로맨서들의 복이며, 동시에 장애물이었다.

불사의 군단 소속으로는 어떤 마을이나 성에도 들어가기 어려웠으니 자유로워지기 위하여 싸움을 결정했다.

ℓ᷐᪈᪈᪈᪈᪈᪈᪈

성기사들의 사기는 드높았다.

그들의 공격 능력과 방어 능력은 언데드를 상대로 할 때 최고조에 오른다.

'위드 님과 같이 싸운다면 심장이 저릿저릿한 전투를 할 수 있겠지.'

'죽더라도 조금도 후회하지 않을 거야.'

방송으로도 중계되었으니 각자 전투에 대한 의지로 불타올랐다.

불사의 군단 본진이 주둔하고 있는 바르고 성채!

하늘은 어둡고 장대비가 내리는데 진군을 한다니 너무나 떨리고 가슴이 벅차올랐다.

"여기 이 하수구로 들어가면 됩니다."

하지만 위드가 인도한 장소는 좁고 더러운 하수구!

첨벙첨벙!

성기사와 사제, 검치 들은 위드가 먼저 일러 준 방향대로 하수구를 걸었다.

페일 일행과 상인인 마판도 함께였다.

하수구를 복잡하게 이동해서 지상으로 올라오고 나니, 둠 나이트인 위드가 기다리고 있었다.

위드는 불사의 군단 소속이었기 때문에 언데드들이 열어 주는 성문으로 걸어 들어와 있었던 것이다.

적당히 젖은 망토와 갑옷을 부러워하지 않을 수 없었다.

"이곳은 바르고 성채의 외성에 있는 주방입니다. 언데드들은 밥을 차려 먹지 않기 때문에 안전한 장소죠."

바르고 성채로 들어오자 사제들은 긴장으로 몸이 으슬으슬 떨리는 기분이었다.

페일이 물었다.

"바르칸이 있는 장소는 여기서 가까이 있는 건가요?"

"내성의 지하로 가야 됩니다."

외성은 쉽게 들어왔지만 남은 길이 만만치는 않았다. 언데드들이 많이 있는데 발각되지 않고 바르칸에게까지 간다는 건 불가능했기 때문이다.

"제가 먼저 가겠습니다. 시간을 두고 따라오세요."

위드는 앞장서면서 언데드들의 동향을 살폈다.

주변에 언데드들이 없으면 더없이 좋았고, 정찰을 해서 정보를 알려 주기도 했다.

"7마리. 아주 가까운 곳에 다른 언데드들은 없습니다. 신속하게 해치우고 움직여야 됩니다."

"홀리 마이트!"

"리커버리!"

사냥을 해야 할 때는 사제들의 신성 마법으로 처리했다.

사제들의 치료 마법, 축복 마법 그리고 턴 언데드 마법은 언데드에게 매우 치명적이었다.

"쉬면서 마나를 보충할 시간은 없습니다. 언데드들이 바르고 성채에서 자유스럽게 돌아다니니 계속 바르칸이 있는 곳으로 움직여야 됩니다."

위드는 지체하지 않고 계속 움직였다.

바르칸에게 향하는 길을 정확하게 파악해 놨기 때문에 언데드를 처리하는 시간을 포함하더라도 이동이 빨랐다.

언데드들에게 발각되는 순간 엄청난 병력이 몰려올 것이란 두려움을 안고 움직여야 했다.

검치 들은 아무래도 상관없었다.

다만 위드가 원 없이 싸울 기회를 준다고 했고, 기왕이면 바르칸과 싸워 보고 싶었기 때문에 조용히 뒤를 따라왔다.

이곳 외성에도 많은 몬스터들이 돌아다녔지만, 위드가 불사의 군단에서의 지위를 이용하여 그나마 경계망을 약화시킨 것이었다. 이동 경로에서 놀고 있는 언데드들을 부하로 거두어서 성문 밖에다가 많이 버려 놓았기 때문이다.

하지만 구석에 쪼그리고 있는 언데드도 레벨이 300을 넘는 경우가 허다했고, 공중에는 본 드래곤이 3마리나 날아다닌다.

벤들러 기사단 등도 유령마를 타고 외성과 내성을 오가면서 돌아다녔기 때문에 내부 사정을 잘 아는 위드라도 마음을 놓지 못했다.

"크엑, 인간이다!"

성기사와 사제 들은 신성 마법을 발출할 준비를 하고 즉시 사용했지만, 가끔 언데드들은 비명을 지르고 죽었다.

그럴 때마다 주변의 언데드들이 몰려오고, 재빨리 제압과 도주를 반복했다.

"인간! 인간들의 침입이다."

"종을 쳐서 알려라."

"어딘가에서 싸움이 벌어지고 있다."

"피 냄새가 난다. 살아 있는 것들이 우리에게 도전했다."

뎅! 뎅! 뎅!

바르고 성채의 탑 중의 어딘가에서 커다란 종소리가 울렸다.

"이젠 발각되었다고 봐야 합니다. 지금부터는 정찰을 하지 않고 무조건 내성으로 뛰겠습니다."

위드를 따라서 성기사와 검치 들이 달렸다.

체력이 약한 사제들조차 스태프와 성서를 손에 들고 뛰었다.

"길을 막는 언데드들은 다 해치우고 돌파합니다."

이제는 속도와의 전쟁이었다.

바르고 성채 전역에서 몰려드는 언데드들에게 포위당하면 비참한 죽음을 맞을 뿐이다.

"사형들이 나서 주셔야 됩니다. 무조건 최단시간에 뚫어야 합니다. 위험할지도 모르겠습니다만 부탁드립니다."

"그쯤이야 쉽지. 걱정 마라."

검치 들은 언데드 방어 병력이 나타나는 족족 깨부쉈다.

몸을 사리지 않는 적극적인 공격과 돌파!

사제들의 정화 마법이 아니라면, 검과 체력을 이용한 일반적인 공격으로는 언데드가 다시 시체로 돌아간다. 바르칸의 다크 룰 마법에 의해서 조금의 시간이 지나면 다시 언데드로 일어나게 되지만, 이것저것 가릴 처지가 아니었다.

위드는 복도에서 앞장서서 달렸다.

그는 둠 나이트였기 때문에 언데드들에게 공격받지 않았다.

"습격자들이다!"

위드는 고함을 질러서 언데드들의 이목을 끌었다.

"오른쪽 복도에서 인간들이 오고 있다."

언데드들이 위드가 말한 방향으로 우르르 달렸다.

위드는 정탐과 길 안내 그리고 언데드를 혼란시키는 역할까지 했다.

그렇게 뚫고 달려서 뒤처진 사제들 몇 명을 제외하고는 모두가 내성으로 향하는 관문에 도착했다.

"이곳을 지나야 됩니다. 통과할 수 있는 다른 길에는 언데드들이 너무 많습니다."

위드가 정한 위치는 내성과 물 위의 다리로 연결되었다.

아래쪽에서 언데드 악어들이 인간들을 보고 입맛을 쩝쩝 다셨다.

"갑시다."

성기사와 사제 들이 내성을 향해 다리 위를 달렸다. 그들이 지나온 뒤쪽에서는 외성의 언데드 병사들이 모여들고 있었다.

"쳐라! 모두 죽여라!"

"바르칸 님의 뜻을 거역하려는 자들이다. 죽음으로 동료로 만들자."

언데드들이 다리를 달려서 추격해 왔다.

너무나도 다양한 언데드들이 있었고, 가고일들은 공중에서 습격을 해 왔다.

"디바인 실드!"

사제들이 보호 마법을 펼치며 막았다.

"어서 내성으로 달려요."

"빨리빨리 갑시다."

바르고 성채에 들어오고 난 이후로, 잠깐도 정신 차릴 수 없도록 싸움이 벌어졌다. 언데드를 빨리 해치워야 할 뿐만 아니라, 신속하게 움직여야 된다.

유저들은 어떤 식으로 위드가 전투 지휘를 해 보일지 의문을 품고 있었지만, 이제 해결되었다. 도태되거나 무리에서 떨어지거나 혹은 말을 따르지 않으면 죽음이다.

전투의 난이도가 상상보다 더 대단했기 때문에 위드의 일거수일투족을 놓치지 않으며 따라오려고 애썼다.

위드는 하늘을 올려다보았다.

3마리의 본 드래곤들이 아직은 보이지 않았다.

"역시 날을 잘 잡았군."

며칠 전부터 엘프와 바바리안 들이 바르고 성채를 공격하지 않았다.

바르고 성채 근처에 있는 숲에서 희귀한 하이엘프들도 몇 명 모습을 드러냈는데, 철수한 것이 아니라 큰 공격을 준비하고 있는 것 같은 조짐이었다.

"엘프들과의 큰 싸움을 해야지."

"공을 많이 세우면 바르칸 님이 기뻐하실 거야."

"바바리안을 많이 해치우면 벤들러 기사단에 뽑힐 수도 있지 않을까?"

"오늘 밤에도 잠잠한 것을 보니 내일은 공격을 할 것 같아. 우리 불사의 군단에서는 바르고 성채에서 수비를 한 후에 반격에 나설 계획이지. 이번에는 숲으로 따라 들어가서 엘프들을 뒤쫓을 거라고 하니, 공적을 올릴 좋은 기회지."

언데드가 하는 말을 통해서 대략적인 공격 날짜를 추측했다.

지금 바르고 성채를 멀리서 본다면 한쪽에서는 위드가 데려온 인간들이 내성으로 향하는 길목에서 싸우고 있었다. 그리고 성벽 부근에서는 엘프, 바바리안, 드워프 연합군과 언데드들의 대대적인 전투가 벌어졌다.

페일과 메이런은 화살을 시위에 걸자마자 쏘았다. 은화살로 가고일의 이마를 맞히면서 내성에 들어섰다. 그래도 입구 근처에 서서 계속 화살을 쏘아 사제들을 보호해 줬다.

검치 들과 성기사들은 그럭저럭 방어력이 높아서 괜찮았지만 사제들은 금세 죽을 수 있기 때문이었다.

사제들은 보통 편안하고 안전한 후방에서 전투를 지원해 준다. 파티 사냥에서 핵심이라고 할 수 있는 축복과 치료를 전담했기에 잘 움직이지 않는 편이었다.

"허억. 허억!"

모라타에서 손꼽히는 사제 브리만은 내성으로 들어오자마자 가쁜 숨과 함께 주저앉았다.

어디를 가서도 우대를 받으며 지내던 브리만이었지만, 위드의 레이드에 참가하고 나서는 누가 시키지 않아도 열심히 달려야 했다. 출렁이는 뱃살로 느리게 걸었다가는 뒤쫓아 오는 언데드에게 금방이라도 죽을 것 같았기 때문이다.

브리만은 위드를 따라서 무사히 내성까지 들어오고 나서야 안심했다.

"위드 님, 여기는 안전한가요?"

위드는 그저 말없이 앞쪽 복도를 가리킬 뿐이었다.

외성보다도 훨씬 강력한 몬스터들이 있는 내성!

벤들러 기사 3인이 유령마를 달리며 인간들에게 돌진했다.

"조심하세요!"

"습격입니다."

사제들이 잇따라 경호성을 터트렸다.

검치 들은 벌써 대비를 하고 있었다.

무예인으로서의 감각. 모험가나 도둑처럼 다양한 종류의 위험을 감지하지는 못해도 강자들이 나타나면 등줄기에 서늘한 기운이 흐르며 경고를 해 준다.

"오랜만에 싸워 볼 만한 상대로군."

"조심해라. 방심하면 그대로 죽을 것 같다."

벤들러 기사단의 추정 레벨은 430 이상이었다.

기사 개인이 각자 이름을 부여받은 고위 언데드였으며, 바르칸의 데스 오라에 의하여 강화되어 있다.

"분검술!"

검치 들은 검술의 비기를 사용했다.

벤들러 기사단이 강해 보였기 때문에 처음부터 전력을 다하려고 했다.

검십구치, 검오십육치 그리고 검백일치, 검백사십칠치의 몸이 각자 10개 이상씩으로 늘어났다.

"바르칸 님은 살아 있는 생명을 원한다."

"너희는 제물로밖에 쓸 수 없으리라."

벤들러 기사 3인이 순식간에 쇄도하면서 검치 들의 분신을 베었다.

검에 베일 때마다 희미해지면서 분신들이 사라졌다.

검치 들은 분신을 이용하여 적의 생명력을 야금야금 깎아 놓는 방법은 선호하지 않는 편이다. 적의 빈틈을 만들어 놓으며 공격을 위한 수단으로 쓴 것일 뿐이었다.

"타합!"

공격하느라 노출된 벤들러 기사들의 취약점을 검치 들이 공격했다.

"크오어아!"

벤들러 기사들은 데스 오라의 보호 능력과 갑옷 덕에 검치 들의 공격에도 크게 부상을 입지 않았다. 등이나 무릎 같은 관절 부위를 때렸음에도 불구하고 평범한 타격만 입었을 뿐이다.

"치료의 손길."

"전사의 치유."

"태양신의 가호!"

사제들과 성기사들의 신성 마법이 조금 늦게 벤들러 기사들에게 작렬했다. 언데드에게는 끔찍한 피해를 주는 치료와 축복 마법들이었다.

"끝없는 광휘."

"활력 재생."

벤들러 기사들이 약해지는 틈을 타서 검치 들은 무차별 난타를 했다.

화령은 새로 습격해 온 벤들러 기사 둘 앞에서 춤을 추었다. 그녀만의 부비부비 댄스!

벤들러 기사들은 인간이라면 일단 증오하며 공격한다. 하지만 춤의 범위는 가까울수록 위력이 커지기 때문에, 검을 아슬아슬하게 피하면서 추어야 했다. 화령으로서도 어려운 일이었지만 다행히 성공시킬 수 있었다.

"이거 제법 괜찮네."

"팰 만한데요."

직접 전투에 참여한 사람들의 입장에서는 기사들의 방어력이 높다 보니 손맛이 보통 좋은 게 아니었다.

공격과 관련된 스킬 숙련도와 스탯을 올리기에도 좋은 기회!

벤들러 기사들이 죽을 무렵, 위드는 구석으로 들어갔다.

"이제 더 이상 언데드로는 안 되겠군."

바르고 성채의 내성은 둠 나이트도 마음대로 돌아다닐 수 없는 장소다.

외성에서처럼 언데드들에게 명령을 내리거나 하는 것은 불가능할 뿐만 아니라, 바르칸에 의하여 지배를 받는다. 바르칸이 공격하라고 하면 육체의 통제권을 잃어버리고 검치 들과 싸우게 될 수도 있다.

"다시 몸을 바꾸어야 할 때야."

위드는 배낭에서 조각품을 꺼냈다.

"원래 모습으로 돌아가야지."

미리 조각해 놓은 머리와 다리, 팔, 몸통 등을 결합하니 위드의 원래 얼굴과 비슷하면서도 미묘하게 달랐다.

조각품은 콧대도 오뚝하게 서 있고, 적당히 각진 턱선에 눈썹이 진하고 좌우 비례도 좋았다. 전반적으로 잘생겨졌을 뿐만 아니라 키도 12센티 정도 크다.

엄밀히 본다면 분류만 같은 인간일 뿐 이것은 완전히 다른 사람이었다.

성형외과 전문의들이 보고 잘 고쳤다고 감탄하고 동창회에 가면 아무도 몰라볼, 그런 외모.

"오랜만에 거울을 본 것처럼 편안하군. 조각 변신술!"

위드는 언데드의 육체에서 인간으로 돌아왔다.

여러모로 육체가 조금 바뀌었지만, 둠 나이트였을 때와 키는 비슷했기 때문에 적응에 어려움은 없다.

콜드림의 데몬 소드와, 인간이었을 때 착용하던 장비들을 장착하고, 마지막으로는 조각사의 횃불을 들었다.

"이제 좀 편해졌네."

둠 나이트였을 때처럼 육체가 전투적으로 강화되진 않아도 훨씬 좋은 장비를 착용할 수 있다. 사제들의 치료나 축복도 받을 수 있기 때문에 나쁠 것은 전혀 없었다.

위드가 다시 사람들 앞에 섰을 때, 사제와 성기사, 페일 일행과 네크로맨서들은 전부 내성 안으로 들어와 있었다.

"어?"

"지금 조각품의 효과가……."

위드가 들고 있는 횃불 덕분에 유저들의 능력이 훨씬 높아졌을 뿐 아니라 신앙심, 지식, 지혜가 영구적으로 10씩 증가했다.

"그때 만들었던 조각품이다."

"위드 님이 만든 조각품이 이 정도구나. 조각사도 정말 굉장한 직업인데!"

유저들의 존경을 받으면서 위드는 앞으로의 계획을 말했다.

"계속 바르칸이 있는 장소로 이동합니다. 그리고 내성의 몬스터들이 계속 모여들 텐데… 여기서는 신성 마법을 아끼지 말고 써서 잡아야 됩니다."

검치 들만 싸워서는 벤들러 기사들에게 피해가 클 수 있다. 언데드가 넘치는 바르고 성채에서는 전력을 다하여 뚫고 나가야 되었다.

"언데드들이 앞뒤로 계속 모여들 텐데 어떻게 하지요?"

성기사들 중의 누군가가 물었다.

지금 이들은 고위 사제 8명이 가지고 있는 마나를 전부 소모해서 완성한 신성 결계 안에 있었다. 내성으로 접어드는 길목에서 잠깐 숨을 돌리고 있는 것이지만, 이 결계도 불과 3~4분밖에 지속되지 않는다.

외성에 있는 몬스터들의 진입도 문제였지만, 내성의 강한 몬스터들이 덤비는 것도 곤란했다.

"계속 가다 보면 지하로 내려가는 계단이 나옵니다. 그 밑에 바르칸이 있죠. 계단을 장악한 후에 언데드와 싸우는 방어선을 칩니다."

지하로 내려가는 유일한 통로인 계단에서 전선을 좁힌 채로 언데드와 싸운다. 성기사와 사제 들도 휴식을 취하고, 그곳에 병력의 일부를 남겨 놓은 채로 목숨을 걸고 바르칸과 싸우기 위하여 진입하는 게 계획이었다.

상당히 기초적이고 단순하지만, 그곳까지 얼마나 피해 없이 도착하느냐에 따라 성공과 실패가 크게 좌우될 수 있었다.

위드는 바르고 성채의 내부 구조를 잘 알았으니 헤매지도 않았고, 길잡이로서의 역할을 충실히 해낼 수 있었다.

"후우……."

유저들은 긴장으로 크게 숨을 내쉬었다.

전설적인 몬스터 바르칸과의 싸움을 남겨 놓고 있다.

승리하면 다행이지만, 만약 그러지 못하고 물러나거나 도망친다면 내성도 벗어나지 못하고 꼼짝없이 전멸이었다.

사제들이 고개를 끄덕였다.

"갑시다."

"여기까지 온 이상 끝을 봐야죠."

체력을 회복하기 위하여 잠깐 쉰 뒤에 계속 움직였다.

언데드들이 끊이지 않고 몰려들었지만, 성기사와 사제 들의 신성 마법이 작렬했다.

벽과 천장, 땅에서 악령들이 몰려들었으며, 벤들러 기사들이 시시때때로 등장했다.

위드가 횃불을 들고 앞에서 전진하고, 그 뒤를 검치 들과 페일 일행, 사제, 성기사, 네크로맨서가 바싹 따랐다.

"이거 언데드들이 계속 몰려드는데, 성공할 수 있을까요?"

"글쎄요. 그래도 위드 님이 이끄는 거니까 당연히 성공할 거예요."

"그래도 첫 실패가 우리는 아닐지……."

불안과 초조함이 뒤따를 수밖에 없었다.

오래된 그림에서도 몬스터가 튀어나오면서, 바르고 성채는 위험한 던전을 훨씬 능가하는 수준이었다.

"벽이다!"

"벽에서 유령들이 튀쳐나오고 있습니다. 어서 피하세요."

"천장에 붙은 몬스터를 주의하세요!"

사제들과 성기사들이 많이 모여 있음에도 불구하고 언데드의 기습에 의해 희생자가 속출했다.

생명력이 약간이라도 남아 있으면 치료 마법을 마구 사용하여 살릴 수 있었지만, 레벨이 너무 높은 언데드들은 잠깐 사이에 검치 들과 성기사들을 대여섯씩 죽였다.

사제들은 모든 위협에 가장 우선해서 지킴을 받았지만 그들도 피해가 많이 발생했다.

앞뒤로 협공을 당하기도 하면서 위험한 때도 많았지만, 마침내 목표로 했던 와인 저장소가 있는 계단까지 이동을 완료!

드디어 문만 열면 바르칸이 있었다.

❧⌒☙

─아! 이제 바르칸과의 싸움을 앞두고 있네요. 정말 많이 기다렸던 순간입니다.

─위드로서는 대단히 많은 것이 걸려 있는 싸움이 되겠네요.

위드가 유저들을 데리고 바르고 성채에 진입하는 장면은 모든 방송국들이 생방송으로 중계했다. 미리 일정이 예고되었기 때문에 정규 프로그램을 취소하고 특집 프로그램으로 만든 것이다.

기다리던 시청자들이 〈로열 로드〉와 관련된 게시판에 글을 올리고 있었기 때문에 하나의 거대한 축제라고 해도 됐다.

한마디로 표현하자면, '미치도록 즐거운 일'.

시청자들의 반응은 각 방송국의 기대치를 훨씬 뛰어넘을 정도였다.

단 한 번도 실망시킨 적이 없는 위드의 모험이라는 점도 이유가 됐다.

하지만 그보다, 시청자들이 좋아하는 이유는 따로 있었다.

─완전 무모해.
─간이 부었잖아. 순대 1인분을 시키면서 간만 달라고 할 사람인가?
─위의 분, 재미없는 농담이시네요. 위드는 간만 5인분씩 먹는다고 합니다.
─바르고 성채! 어떻게 저런 장소로 사냥을 하러 들어갈 수가 있는 거지?

예측할 수 없는 행동을 하는 위드였다.

다른 유저들은 알고도 절대 하지 않을 행동을 위드는 서슴지 않고 저지른다.

이럴 때 느껴지는 통쾌함과 스트레스 해소!

여러 방송국들이 동시에 중계했지만, 방송국 진행자들의 성향에 따라서 하는 말들은 달랐다.

―호경 씨 분석에 따르면 사냥은 실패할 가능성이 크다고요?

―예, 그렇습니다. 현재까지 알려진 전력을 모두 분석해 봤는데, 제 판단으로는 이길 가능성은 보이지 않습니다.

―언데드들의 천적이라고 할 수 있는 성기사와 사제 들이 많이 있는데도요?

―바르칸의 마법을 중요하게 고려하지 않을 수가 없습니다. 네크로맨서가 가장 무서운 이유가 무엇입니까? 바로 시체로 아군을 계속 만들어 낸다는 점이죠. 그런데 저렇게 많은 인원이 몰려가니, 자칫하면 이점보다는 불리함이 더 많을 것입니다. 최악의 경우 모두 언데드가 되어 버릴 수도 있겠죠?

―그러면 어떻게 해야 바르칸을 이길 수 있을까요?

―레벨이 아주 높은 소수가 가야 합니다. 현재로써는 아직 바르칸을 사냥할 만한 레벨의 유저가 없으니 잡지 못하는 몬스터라고 봐야겠죠. 그리고 솔직히 말해서, 어떤 식의 전투가 벌어질지 매우 걱정됩니다.

하지만 이렇게 부정적으로 진행하는 방송국은 시청자들이 싸늘하게 외면했다. 시청자 게시판도 졸음이 나올 정도로 한가한 수준이었다.

―위드의 전투를 감안한다면 많은 대비를 해 왔을 테고, 그렇기 때문에 잘 싸울 수 있을 겁니다. 지켜보면서 그가 꺼내 놓는 전술을 하나씩 감상하는 것도 재미있는 포인트가 되겠네요. 먹혀들지 않을 수도 있겠지만요.

―불사의 군단이 모라타를 공격하고 있기 때문에 위드는 바르칸을 사냥하지 않으면 안 되는 입장입니다. 사냥에 실패한다면 모라타의 존립이 위태롭겠죠.

객관적이고 중립적인 방송을 하는 경우도 시청률이 낮았다.

—바르고 성채의 내성으로 들어오더니 벌써 바르칸이 있는 장소로의 진입을 앞두고 있습니다. 진격부터 엄청 빠르지 않습니까?

—보통 이런 전설적인 몬스터에 대해서는 수식어가 여럿 붙습니다. 움직이는 공성 병기나 언데드의 제왕 등. 하지만 이번에는 상대가 안 좋습니다. 위드는 전쟁의 신이거든요.

—〈마법의 대륙〉에서부터 위드에게 전쟁의 신이라는 별명이 붙은 이유가 지금 설명되고 있는 거죠?

—여러 말 할 필요 없이, 화면을 보시면 될 것 같습니다. 생면부지의 유저들을 데리고 성채로 진입하여 이렇게 효율적이고 체계적으로, 위드 외에 또 누가 저렇게 싸울 수 있겠습니까?

위드에 대해서 칭찬과 응원을 적극적으로 하는 방송국은 시청률 폭등!

여러 방송국에서 중계되고 있었기 때문에 시청률은 더 민감한 부분이었다.

방송 관계자들은 찬양의 말을 하면서도 다른 면을 생각하지 않을 수 없었다.

지금까지 〈로열 로드〉와 관련된 방송을 하며 이렇게 남녀노소를 가리지 않고 대중적인 인기를 누리는 유저는 단 1명도 본 적이 없다. 대개 세력과 힘, 남보다 높은 레벨을 가지고 있어 많이 알려졌던 것이지, 인기라는 측면에서는 위드와 비교가 안 되었다.

냉정하게 볼 때에 바드레이가 아니라 어지간한 길드의 수장이라도 그 세력과 실질적으로 발휘하는 영향력이 위드보다는 훨씬 컸다.

그럼에도 사람들이 위드를 응원하는 이유는, 조각품도 만들고 여러 가지 기술들을 보이면서 짜릿짜릿한 모험을 하기 때문이다.

　고리타분한 세력 형성이 아니라 누구나 꿈꾸던 모험을 하면서 돌아다닌다.

　자신들은 하지 못하는 모험. 넓은 베르사 대륙을 무대로 활약하는 조각사를 좋아하지 않을 수가 없다.

　"사람들이 이렇게 좋아한다면……."

　"다음에 위드를 배경으로 프로그램을 제작하는 것을 고려해 봐야겠죠?"

　"위드가 만든 조각품이나 사냥터를 위주로 정보를 전달해 주는 방법도 괜찮을 것 같습니다."

　"이미 여러 번 방송에 나왔지만 항상 시청률이 높았지요."

　방송 관계자들은 위드의 인기를 그들이 활용할 수 있는 수준에서만 보았다.

　하지만 최근 자주 방송을 보면서, 그들 사이에서도 위드의 팬이 갈수록 늘어 가고 있었다. 모두 베르사 대륙을 여행하는 유저들이었다.

2ᵉ◎Ⅾᴑᵉ9

　"문을 열겠습니다. 전투준비를 하고 바로 돌격합니다."

　위드가 문을 열자마자 커다란 의자에 앉아 있는 바르칸 데모프가 보였다.

공포 상태에 빠집니다.
육체가 일시적으로 경직됩니다. 생명력과 마나의 최대치가 20% 감소합니다. 힘이 45% 줄어듭니다. 민첩이 23% 저하됩니다. 지혜가 40% 줄어듭니다. 체력이 28% 저하됩니다. 불행해집니다.

정신이 붕괴되어 환각 상태에 빠집니다.
어지러움을 느낍니다. 스킬과 마법의 실패 확률을 증가시킵니다. 환영을 보게 됩니다. 체력의 저하가 빨라집니다.

솔직히 어느 정도 예상도 하고 마음의 각오도 다졌다.

하지만 바르칸을 쳐다보기만 했는데도 이 정도의 효과!

위드는 투지와 정신력, 신앙심이 골고루 높았는데도 피해가 막심했다.

둠 나이트로 왔을 때는 같은 편이라서 괜찮았지만, 적대적으로 돌아선 이상 바르칸의 강대한 위세를 정면으로 마주해야만 한다.

"꺄아아악!"

"이러지 마. 다가오지 마세요!"

사제들은 아예 물리적인 대미지를 크게 입고, 환영의 위협을 당하기도 했다.

괜히 전설적인 몬스터가 아니라는 듯 단박에 인간들을 혼란에 빠뜨린 것이다.

검치 들은 의외로 크게 나쁘지 않았다.

여러 무모한 도전들로 정신력과 투지가 만만찮게 높았을 뿐만 아니라, 무예인이란 직업은 매우 강한 적을 마주하면 힘을 바닥까지 긁어내서 싸우기 때문이었다.

따라라란!

마레이가 악기를 꺼내어 연주했다.

음악은 공포를 이기는 데 유용한 수단이다.

'대륙 최고의 바드가 나라는 사실을 알려 주마.'

바르칸 사냥은 여러 방송국으로 생중계되고 있으니 기다렸던 기회다. 전투의 시작에 앞서 위드가 노래를 부르던 장면은, 바드에게 있어서 질투가 날 정도로 멋졌던 것이다.

바르칸 사냥이라는 무대는 왕궁의 홀도 부럽지 않으리라.

전쟁의 신, 그의 발길이 닿은 곳

얼어붙은 땅과 불사의…….

작곡했던 회심의 노래를 작은 목소리로 불렀다.

처음은 잔잔한 멜로디로 부드럽게 시작했다. 그러다가 중간쯤부터 폭발적인 가창력을 발휘하는 게 마레이의 노래 성향이었다.

그런데…….

"너무 강해. 단단히 보이는 언데드!"

위드가 노래인지 사자후인지 모를 것을 터트렸다.

마레이는 밀릴 수 없었기에 자신이 부르려던 곡에 맞춰 연주를 계속했다.

발걸음은 역사를 만들고…….

"떨리도록 강해 보이는구나! 하지만 오늘은 죽을 거야! 얼마 짜리들을 입고 있는 거니! 자자자자잡, 템템템템!"

불어오는 바람을 따라⋯⋯.

"로브는 비싸다! 머리에 쓰고 있는 왕관은 얼마지? 들고 있는 해골 지팡이도 내게로! 자자자자잡, 템템템템!"

이건 노래방에서 가장 잘 부르는 노래를 준비했는데 마이크를 뺏어 간 것보다 훨씬 더 잔인한 행동!

마레이의 서사적인 장중한 노래는 위드의 음정과 박자도 안 맞는 고함에 묻힐 수밖에 없었다.

단순하지만 따라 부르기도 쉬운 후크송!

> 음악을 들음으로 인해 공포와 환각 상태의 효과가 58% 감소합니다.

마레이는 절망하면서도, 바드로서의 자존심을 지키기 위해서 연주라도 계속했다. 위드가 마구 부르는 노래를 절묘하게 따라가면서 부각시켜 주었다.

'언제쯤 끝낼 거지? 어떤 식으로 마무리를 지을 거지?'

사전 협의가 전혀 없었기에 마레이는 초조하게 노래에 따라서 연주를 했다. 하지만 위드의 노래는 제대로 끝맺음도 없이 갑자기 끝났다.

"돌격!"

위드의 명령이 떨어지자 성기사들은 계획했던 대로 바르칸을 목표로 달려들었다.

지상에서는 벤들러 기사를 비롯하여 불사의 군단의 언데드가 계속 지하 계단으로 내려오려 시도했다.

바르칸을 사냥하지 못하든, 시간을 끌어 불사의 군단이 내려오든, 전멸할 수밖에 없었다.

바르칸이 의자에서 일어났다.

"버러지들. 헛된 생명을 일찍 끊기 위해서 찾아왔다니 잘했다. 너희의 쓸모없는 머리는 없어도 되니 육체만 언데드로 만들어서 영원히 복종시키리라."

네크로맨서의 선언이 시전되었습니다.

성기사들은 돌격하였지만 각각 다른 방향이었다.

그들은 제대로 달려가고 있다고 여겼지만 실상은 바르칸의 환영에 사로잡힌 것이었다.

"프로스트 웨이브!"

바르칸이 손가락을 튀기자 냉기의 파도도 밀려들었다.

환한 신성력에 휩싸여 있는 성기사들이었지만, 결빙의 효과로 인하여 속도가 느려지며 몸이 굳어 갔다.

"인간들을 없애라."

땅속에서 둠 나이트가 50기나 한꺼번에 일어났다.

바르칸을 지키는 직속 호위병이었다.

"언데드들이 이곳에도 있어."

"어서 해치워야 해. 바르칸이 다른 마법을 계속 쓸 시간을 주면 안 돼!"

성기사들은 더 다가가기 위해 먼저 둠 나이트들과 전투를 치러야 했다.

이렇게 전투가 벌어지다 보면 시체가 나오는 즉시 전투의 균형은 바르칸 쪽으로 유리하게 이루어질 것이다.

성기사들은 놀라지 않았다.

'위드가 이런 식의 전투가 일어날 가능성이 크다고 했지.'

성기사들이 돌격한다면, 바르칸은 일단 그들에게 공격을 집중시킬 거라고 했다. 리치의 육체적인 능력도 나쁘지는 않지만, 성기사들이 근접 거리까지 달라붙는다면 마법사로서는 굉장히 곤혹스러운 일이기 때문이다.

네크로맨서들이 선호하는 방식대로 여러 치명적인 저주를 사용하며, 성기사들을 제물로 언데드를 일으키려고 할 것이다.

성기사들은 미끼 역할이었다.

남다른 방어 능력과 신체 보호력으로 인하여, 바르칸의 마법 공격에도 상대적으로 피해가 덜하다. 수비적으로만 싸운다면 둠 나이트의 공격도 아주 오랫동안 버틸 수 있었다.

진짜 공격은 사제들이 준비했다.

"턴 언데드!"

사제들이 일제히 언데드 정화 마법을 펼쳤다.

바르칸의 환영들이 사라지고, 흑색 오라가 출렁거릴 정도로 거대한 충격이 발생했다.

"크에에엑!"

전설적인 몬스터 바르칸이라고 해도 상극이나 다름없는 공격에 피해를 입지 않을 수는 없었다.

바르칸의 육체와 주변이 신성력으로 환하게 빛났다.

로뮤나는 급히 마법을 사용했다.

"움트고 있는 생명력, 그 전부를 보여 다오. 뷰 라이프 포스!"

띠링!

리치 바르칸 데모프

어둠의 주술사이며, 인간의 한계를 초월한 흑마법사. 언데드를 일으켜 대륙을 장악하려고 한다. 리치의 육신을 가지고 있으며, 가슴에 박힌 성검으로 인하여 육체적인 활동과 마법력에 제약을 받고 있다. 전설적인 몬스터로, 모든 왕국과 교단의 공적!

생명력: 87%

마나: 99%

3마리의 본 드래곤

사제들의 공격이 성공했음에도 바르칸의 생명력은 죽음과는 거리가 한참이나 멀었다. 시체와 살아 있는 생명만 있다면 군대를 만들고 무한에 가깝게 생존하는 것이 리치다.

"깨어나라, 나의 부하여!"

바르칸이 외치자, 땅에서 높이가 5미터 정도 되는 스톤 골렘이 일어났다.

천장에 닿을 정도의 키에 무식해 보이는 두께의 팔다리!

고위 네크로맨서들은 골렘 종류의 가디언을 하나씩 데리고 다니는데, 바르칸의 경우에는 스톤 골렘이었다.

쿠르르르릉!

스톤 골렘이 팔을 휘두르자 성기사들이 나가떨어졌다.

골렘이 뛰어다닐 때마다 땅이 울리고, 천장에서 돌가루들이 떨어졌다.

철벽과도 같은 방어력과 체력, 공격력을 가졌다.

마법으로 만든 가디언이기 때문에 신성 마법에는 피해를 입지 않는다.

"조심해라. 이놈도 확실하진 않지만 레벨이 400대 중후반 정도는 되는 것 같다."

"바르칸에게 가려면 골렘의 방어부터 뚫어야 될 것 같은데."

"골렘부터 해치우자."

바르칸 1명만 상대로 하니 단순할 줄 알았던 전투가 금방 난장판이 됐다.

바르칸은 의자에서 일어나서 스태프를 휘두르며 무언가 마법을 외웠다.

보통 마법사들은 작은 공격을 한두 번만 당하더라도 마법이 취소되어 버리고 마나에 요동이 생긴다. 그런데 바르칸은 사제들의 빛의 구와 턴 언데드 마법을 계속 맞으면서도 건재했다. 리치의 높은 마법력 덕분에 외우고 있는 마법이 취소되지도 않았다.

"쫓아가는 화살!"

페일과 메이런은 화살에 마나를 모아 바르칸을 향해 쐈다.

바르칸도 어쩔 수 없는 마법사라서 주문을 외울 때에는 격렬한 회피 움직임을 하진 않기 때문에 백발백중이었다. 그런데 자잘한 공격은 맞아 주더라도 상관이 없는 것 같기도 했다.

리치의 특성상 위험하면 살아 있는 생명을 취해서 생명력과 마나를 늘릴 수 있기에 절박한 시기도 아니었다.

"대기의 침묵."

바르칸의 저주 범위에 들어 있는 200명이 넘는 성기사들에게 검푸른 기운들이 씌워졌다.

숨 쉬는 것을 방해하는 강력한 저주 마법!

"뼈 파괴."

두두두둑!

이번에는 30명 정도 되는 성기사들의 뼈들이 부서졌다.

갑옷을 입고 있다고 하더라도 저항력이 낮으면 저주 마법을 벗어나지 못했다.

"파이어 히드라 소환."

바르칸은 파이어 히드라도 소환했다.

땅에서 머리부터 솟아난 파이어 히드라가 저마다 입에서 불을 내뿜었다.

연속으로 세 가지의 마법을 시전한 바르칸.

아주 잠깐의 휴식 뒤에 바르칸은 성기사들에게 공격 마법도 사용했다.

"프로스트 링!"

냉기의 고리가 만들어져서 성기사들을 덮쳤다.

사제들의 회복 마법은 바르칸과 성기사들에게 집중되고 있었다. 그렇기 때문에 이렇게 연속적인 마법에도 대량 학살은 이루어지지 않았다. 본래 성기사들의 마법 방어력, 저항력은 워리어를 능가하기 때문이기도 했다.

위드는 냉정하게 상황을 지켜봤다.

'바르칸의 저주 마법, 네크로맨서 마법은 최고 수준으로 봐도 무방하겠군. 불러오는 언데드들이 살 떨리게 강한 걸 보니 시체만 있으면 본 드래곤도 마구 만들어 낼 수준이야. 소환 마

법도 제법 사용할 줄 알고. 그래도 공격 마법은 다소 약해.'

어디까지나 바르칸의 다른 마법의 수준에 비하여 약하다는 것이었다.

레벨이 400대를 넘는 대마법사보다 공격 마법을 더 빨리 사용한다. 전투에서는 마법의 위력만이 아니라 주문을 외울 때의 속도가 중요하다는 점을 감안하면, 대단한 강점이라고 할 수 있다.

게다가 성기사들은 바르칸을 본 것만으로도 심하게 위축되었다.

소환된 둠 나이트, 스톤 골렘은 오히려 더욱 날뛰고 있었다.

바르칸은 전격계와 빙계 마법을 번갈아서 썼고, 성기사들 중에서도 희생되는 이들이 생겨났다.

로뮤나가 확인해 본 바로는 사제들의 턴 언데드 공격이 계속 이어지면서 바르칸의 생명력도 73%로 떨어졌다고는 하나, 희망적인 소식은 아니었다.

시체들이 벌써 19구나 만들어졌기 때문이다.

바르칸의 언데드 소환 마법에 의하여 만들어질 고위 언데드를 감안한다면 이번 사냥은 실패했다고 보는 게 맞았다.

현재 제대로 집계되고 있지는 않지만 방송국으로 중계되는 화면을 통해서 1억 명 이상이 시청하고 있다고 추정되었다.

위드와 함께하는 동료들, 유저들만이 아니라 시청자들도 다양한 바람을 갖고 지켜보았다.

'실패해라.'

'망해라.'

'콱 죽어 버려라.'

'위드도 이제 끝물이구나.'

명문 길드에 속한 유저들, 레벨이 높은 랭커들은 합심해서 실패를 바랐다.

인간들에게는 아직 움직이지 않은 병력, 검치 들이 있었다.

전투가 벌써 시작되었음에도 불구하고 바르칸의 대응을 보아야 했기에 성기사들이 먼저 덤벼들도록 내버려 둔 채 몸이 근질근질한 것을 필사적으로 참았다.

"우와악!"

"웃차!"

검치 들은 몸에 잔뜩 힘을 주어서 기합을 질렀다. 맷집과 정신력, 용기를 바탕으로 하여, 바르칸을 보았을 때의 공포 효과에서 완전히 벗어난 것이다.

이제 검치 들은 평소처럼 제약 없이 싸울 수 있게 되었다. 바르칸을 상대로 할 때에는 그것만으로도 큰 장점이었다.

"가자!"

"이놈들을 쓸어버리자."

검치 들이 나가서 골렘과 둠 나이트들에게 검을 휘둘렀다.

바르칸이 직접 만든 언데드는 수준이 달랐다.

데스 오라에 의하여 강화된 둠 나이트들은 준보스급의 위력을 보였지만, 검치 들이 실력을 발휘하면서 얼추 대등하게 싸울 수 있었다.

사제들의 축복까지 받고 있었기에 검치 들은 평소보다도 훨씬 거칠고 무식하게 싸웠다.

"철저하게 부숴 버려!"

"전투 불능으로 만든 다음에는 사제들이 신성력으로 완전히 정화시킬 때까지 방심하지 마라."

바르칸은 성기사들을 견제하고 있었다. 그 틈을 이용하여 검치 들은 둠 나이트를 파괴하고 정화했다.

모두가 이처럼 열심히 싸우고 있을 때에 문득, 잔잔하게 흐르는 음악 소리!

벨로트는 전장에서 악기를 연주했다. 사제들의 신앙심을 북돋아 주고, 성기사들에게 힘을 주는 성가를 불렀다.

로뮤나는 간간이 마법을 날리고, 수르카는 검치 들과 함께 둠 나이트와 싸웠다.

제피와 화령은 다른 유저들과 함께 언데드들이 내려오는 지하 계단을 담당했다. 제피의 넓은 범위 공격과 화령의 몬스터를 재울 수 있는 스킬 때문에 바르칸 사냥에는 끼지 않았다.

"미개한 인간들이여, 어리석은 저항이구나. 이 땅은 암흑의 율법이 지배한다. 영원한 불사의 힘이 장악하리라. 다크 룰!"

바르칸의 3대 마법, 주변의 시체를 모두 언데드로 소환하는 마법이 시전되었다.

바르칸 데모프는 고위 네크로맨서이며 마법사로서 특별하게 세 가지의 마법을 사용할 줄 알았다.

다크 룰, 데스 오라, 절대 마법 방어!

절대 마법 방어는 그에게 위협이 되는 모든 마법 공격을 원천부터 차단해 버리는 것이었다. 대마법사의 수준이 아니라면 바르칸의 뼈끝도 감히 건드리지 못한다.

당연히 로뮤나의 실력은 그보다 훨씬 떨어졌지만, 일단 언데드에게 마법을 사용하는 것만으로도 충분히 도움이 됐다.

다크 룰에 의해 지하 공간, 그리고 바르고 성채 전체가 검붉게 물들었다.

성기사와 검치 들의 시체를 바탕으로 언데드를 만들면 바르칸의 전력은 더욱 늘어나게 된다.

데스 오라에 의하여 언데드가 싸우면서 얻는 생명력과 마나를 저절로 흡수할 수도 있었다.

그러나 지금까지 기다렸던 네크로맨서들이 좀 더 빨리 움직였다.

어차피 언데드를 데려와 봤자 바르칸에게 복종할 것이 뻔하니 맨손으로 그냥 오긴 했지만, 놀고먹으려던 것은 절대 아니었다.

"일어나라. 눈 감지 못한, 잠들지 않은 원혼들이여. 여기 살아 있는, 너희를 죽인 자들에게 복수하라! 데드 라이즈."

성기사들의 시체가 최하급 스켈레톤이 되어서 일어났다.

"키리릭?"

"인간들… 바르칸 님을 공격하고 있다."

해골들은 주변을 두리번거리더니 곧바로 바르칸을 위하여 싸움을 시작했다.

"뭐야, 이 거치적거리는 건."

하지만 검사백팔십칠치가 밀치고 지나가니 그대로 허무하게 부서지는 몸!

바르칸의 다크 룰이 아니라 네크로맨서들이 일으켜 허약하기 그지없는 최하급 언데드는 사제들의 정화 마법을 통하여 금세 소멸되었다.

바르칸의 최대 장기인 언데드 소환을 막는 데 네크로맨서들이 혁혁한 공로를 세운 것이다.

마판도 억지로 끌고 온 마차에서 흰 천을 벗겨 냈다.

강림하는 일곱 천사상.

데이크람이 만든 대작 조각품을 예술 회관에서 가져왔다.

조각품 주인, 집주인이기 때문에 가능한 권력 남용!

신성력의 효과 증가, 마나 회복 속도를 늘려 주는 조각품을 배달해 와서 전투에 적극적으로 활용했다.

물론 패배라도 한다면 미스릴로 만든 강림하는 일곱 천사상은 바르칸의 것이니 위드로서도 엄청난 패를 던진 셈이었다.

❧

"이쪽으로 가야 됩니다."

위드는 상위 서열의 검치 들 150명, 사제들 30명과 함께 지하를 다시 뚫고 나와 바르고 성채의 내성으로 향했다.

처음에는 그들을 추격해 오던 언데드들도, 지하의 바르칸을 지켜야 한다는 생각이 더 급했는지 어느 순간부터 따라오지 않았다.

'리치의 생명력이 봉인된 라이프 베슬을 없애야 한다.'

바르칸은 신성력으로도 없애기 어려운 전설적인 몬스터다.

가슴에 성검이 꽂혀 있기 때문에 마력이 심하게 제약되고 있지만, 실제 그의 레벨은 추측하기조차 어렵다.

성검이 박혀서도 죽지 않는 바르칸을 해치우기 위해서는 라이프 베슬부터 파괴해야 확실하다.

생명력이 줄어든 바르칸이 자신의 라이프 베슬 부근으로 역소환이 된다면, 불사의 군단을 다시 지휘하여 바르고 성채로 들어온 유저들을 모두 죽음으로 몰고 갈 것이다.

'아마 그곳에 있을 거야.'

위드는 둠 나이트로 내성을 구경할 때 라이프 베슬이 있을 것이라고 의심하며 지나쳤던 지역이 있다.

"시간이 없으니 달립니다."

"알았다. 빨리 가자!"

위드와 검치 들은 복도를 빠르게 뛰었다. 바르칸을 담당하고 있는 사람들이 계속 죽어 나갈 것이기 때문에 머뭇거릴 틈이 없었다.

사제들은 이렇게 육체적으로 고생을 한 경험이 거의 없었다. 지혜나 신앙심에만 몰아서 스탯을 올려 왔기 때문에 오래 걷기만 해도 쉽게 피곤해지는데, 위드와 검치 들의 속도에 맞추려니 다리가 후들거릴 정도였다.

"업히세요."

검치 들이 바닥에 앉아 건장한 등을 내밀었다.

"하지만 그래도 실례가 되어서……."

"남자 등이 넓은 이유가 이럴 때 쓰라고 있는 거죠. 여태껏 살면서 쓸 일이 없었는데, 괜찮습니다!"

씩씩하게 말하는 검치 들에게 사제들은 조심스럽게 업혔다.

검치 들을 위하여 일부러 여자 사제들만 데려온 위드!

"언데드다!"

복도 중간마다 지키는 몬스터들이 등장했지만, 위드와 검치 들의 활약으로 무난히 돌파했다.

"자, 이쪽을 봐라. 헤라임 검술!"

조각사의 횃불을 들이밀면 언데드들은 신성력에 노출되어 해골을 감싸 쥐면서 괴로워했다. 그 틈에 과감한 검술로 베고 올라갔다.

내성의 상층부로 향하면서도 멀리까지 내다볼 수 있는 위드가 확인해 본 결과, 외성 밖에서도 온통 치열하게 전투가 벌어지고 있었다. 화염과 연기가 피어오르고, 스켈레톤들이 성벽 위를 뛰어다니고, 유령이 공중에서 날아다녔다.

"바르칸 님의 영광을 위하여!"

"엘프들을 물리쳐라. 우리의 동료가 되기 위하여 찾아온 엘프를 맞이해라."

"지하로 내려가서 바르칸 님을 돕자."

통로에서는 언데드들이 무리 지어서 뛰어서 이동하기도 했다. 그럴 때마다 위드는 빈방이나 복도 뒤에 숨어서 검치 들, 사제들과 함께 언데드들이 다 지나갈 때까지 기다렸다가 움직였다.

"사형들, 다시 가죠."

위드가 목적지로 한 장소는 내성의 3층.

밴들러 기사 스물이 지키고 있던 철문으로, 아마도 그 뒤에 바르칸의 라이프 베슬이 있을 것으로 추측됐다.

'그곳이 아마 맞을 거야.'

리치들은 라이프 베슬을 철저히 숨겨 놓는다. 위드도 들어가보진 못했지만, 엄중한 경비를 감안하면 가능성이 컸다.

"침입자다."

"바르칸 님에게 거역하는 인간들이다."

철문 앞에 도착하자마자 벤들러 기사들과 바로 전투에 돌입했다.

사제들이 축복과 회복 마법을 걸어 주고 검치 들이 다른 이들을 상대하는 사이에, 위드는 벤들러 기사 1명과 맞섰다.

"기사 엘리엇이다."

"위드입니다. 이렇게 뵙게 되어 영광입니다."

본능적으로 친밀도를 높이기 위한 아부를 하는 위드. 상위등급의 언데드에게 아첨하며 지냈던 습관이 몸에 남아 있었던 것이다.

"이곳에 온 이상 죽어야 한다. 파헤드 검술."

벤들러 기사가 앞으로 나왔다.

그동안 언데드로 활동하면서 벤들러 기사와 싸워 보고 싶긴 했다. 착용하고 있는 장비가 범상치 않았고, 현재 위드의 레벨이라면 벤들러 기사 정도는 잡아 주어야 경험치가 팍팍 오르기 때문이다.

대장장이 스킬을 익힌 위드는, 인간형의 몬스터는 대충 눈으로 보기만 해도 장비의 성능이나 가격을 짐작할 수 있었다.

벤들러 기사는 중갑옷으로 몸을 감싸고 있기 때문에 방어력에서는 월등하지만 유연함에서는 다소 불리했다.

"바르칸 님의 땅에서 물러나라!"

벤들러 기사가 검을 휘두를 때마다 흑색의 기운이 넘실거리면서 반경 5미터씩을 휩쓸었다. 스치기만 했는데도 그 여파로 위드의 생명력이 급격하게 떨어졌다.

"달빛 조각 검술!"

위드도 오묘한 색채의 빛의 검을 휘두르며 벤들러 기사를 공격했다. 근접전을 선호하는 편이지만 직접 타격을 하기가 어려워서 달빛 조각 검술을 쓴 것이다.

"와, 대단하다!"

"진짜 예뻐!"

급박한 와중에도 사제들을 감탄하게 만드는 위드의 모습이었다.

그들이 봤던 어떤 스킬보다도 아름다운 달빛 조각 검술!

검사들이 특성에 따라서 내뿜는 희고 검거나 붉은 단순한 빛깔의 검기에 비하여 오묘하고 화려했다.

대미지 자체는 효과에 비해 약한 편이었다. 적의 방어력을 무시한다는 강점이 있지만, 큰 힘으로 밀어치거나 범위가 아주 넓은 것도 아니다.

그런데도 조각 검술보다 마나 소모가 3배나 심했다.

헤라임 검술을 익힌 이후로는 아주 가끔씩, 그것도 짧은 시간 동안만 사용했지만 지금은 마구 써도 된다. 마나를 지원해주는, 헬리움으로 조각한 횃불을 들고 있기 때문이다.

회사에서 첫 월급을 받은 직장인이 친구들과 초등학교 앞에 있는 분식집을 간 것처럼 든든한 기분!

"자, 골고루 실컷 맞자."

위드는 벤들러 기사를 확실하게 두들겨 팼다.

불사의 군단에서 둠 나이트보다 훨씬 고위의 언데드인 벤들러 기사!

양쪽 모두 방어를 도외시하고 오직 서로를 두들겨 패기만 하는 난타전이 벌어졌다.

위드도 피해를 입었지만, 사제들이 치료를 해 주었을뿐더러 인내력과 맷집 그리고 장비들로 인해 방어력이 훨씬 높았다. 사제들이 있으니 여러모로 신경 쓸 필요 없이 빨리 사냥하는 데에만 전념할 수 있었다.

> 엘리엇의 부츠를 획득하였습니다.

> 엘리엇의 망토를 획득하였습니다.

> 81골드 34실버 58쿠퍼를 주웠습니다.

유니크 아이템도 획득!

위드가 벤들러 기사를 처리했을 때에는, 검치 들도 전투를 마쳤다. 더 많은 수로 합공했던 검치 들은 온갖 부상으로 만신창이가 되어 있었다.

"커헉… 정말 힘든 전투였군."

"그래도 다들 잘 싸웠어."

여사제들의 시선을 의식하여 몸을 사리지 않고 싸우며 치료의 손길을 한 번이라도 더 느껴 보기 위하여 일부러 부상까지 당했던 것이다.

"이제 이 문을 열면……."

검치 들과 사제들이 완전히 회복하기 전이었지만, 위드는 철문으로 곧장 다가갔다. 바르고 성채에는 언데드들이 돌아다녔기 때문에 휴식할 수도 없는 일이었다.

검십오치가 벤들러 기사를 처리하고 얻은 전리품 중에 있던 열쇠를 자물통에 넣고 돌렸다.

덜컹!

잠금장치가 풀렸다.

'드디어 바르칸을 완전히 죽일 수 있다. 전설의 몬스터, 리치 바르칸 데모프의 최후가 왔다.'

위드는 양손으로 철문을 힘껏 열었다.

그리고 감동하고 말았다.

"오오, 이렇게 훌륭한 장소가!"

바르칸의 라이프 베슬만 덩그러니 놓여 있을 거라는 짐작과는 달리, 방 안 가득 오래된 검과 갑옷 그리고 금은보화가 산처럼 쌓여 있었다.

위드가 검치 들과 들어온 장소는 바르고 성채의 보물 창고였던 것이다.

෧෮෨෨ා

"이게 다 얼마야."

위드의 입가가 찢어질 듯이 벌어졌다.

항아리와 궤짝에 담겨 있는 금화만도 수십만 골드는 넘을 것 같았다. 하지만 가치로 친다면 검과 갑옷 들이 훨씬 더 엄청나리라.

"바르칸의 마법 물품도 있군."

바르칸이 직접 제작한 마법 물품들도, 그 성능과 희소성 때문에 팔면 엄청난 자금이 될 것이다.

특정한 속성의 마법을 증폭해 주는 지팡이. 하늘을 날고, 물위를 걸을 수 있게 해 주는 부츠도 있었다.

"대박이구나!"

실컷 기뻐하던 위드에게 든 불행한 생각 첫 번째!

'나만 왔어야 되는데…….'

검치 들과 사제들, 노래를 만들기 위해 따라온 마레이와 몫을 나누어야 하는 것이다.

퀘스트를 주도했던 게 위드라서 발견된 보물의 3할에 대해서는 소유권을 가지지만, 나머지는 사람 숫자에 따라서 나누는 게 관례였다.

콩 한쪽도 나눠 먹으면 아까운 이 세상에 어떻게 금은보화와 아이템들을 나눠 가지란 말인가!

두 번째로 든 생각은, 보물의 분배는 심각한 문제도 아니라는 것이었다. 전투에서 승리해야 금은보화도 가지고 나갈 수 있는 게 아닌가.

위드의 얼굴이 딱딱하게 굳었다.

'바르칸의 라이프 베슬이 여기에 없다.'

내성의 중심인 데다 삼엄한 경계가 이루어진다는 사실을 바탕으로 해서 이곳이 틀림없다고 확신했다. 그런데…….

위드는 급하게 마판에게 귓속말을 보냈다.

—바르칸의 상황은 어떻습니까?

조금도 시간이 지나지 않아서 대답이 돌아왔다.

—바르칸이 계속 언데드를 소환하면서 버티고 있습니다.
—생명력은요?
—사제들의 마나가 많이 떨어지기도 했고, 성기사들과 검치 님들의 생명력과 마나를 흡수해서 여전히 건재합니다.

라이프 베슬을 파괴하지 않는 한 바르칸도 못 없애고, 전투도 패배하고 만다. 바르고 성채에 들어온 인간들 모두가 이곳에 뼈를 묻어야 하는 일이 벌어질 수 있다.

"라이프 베슬을 찾아야 돼. 바르고 성채에는 분명히 있다. 다른 장소는 아닐 거야. 언데드의 경계가 가장 철저하고 안전한 장소는 여기였는데."

위기 상황에서 더욱 빠르게 회전하는 위드의 두뇌!

바르칸이 있던 방에는 딱히 숨길 곳이 없었다. 그렇다고 해서 생명력을 지하의 와인병에 담아 두지도 않았을 것이다.

"바르칸이 벤들러 기사들을 호위병으로 세워 놓았던 이곳보다도 안전하다고 믿을 수 있는 장소여야 한다."

찬찬히 기억을 더듬어 보니 라이프 베슬이 어디에 있는지 알 것 같았다.

외성과 내성보다도 몇 배는 더 안전한 장소가 있었다.

3마리의 본 드래곤이 날아다니는, 바르고 성채의 중앙 탑 꼭대기!

바르고 성채의 내성까지 들어와서 언데드를 뚫고 다니느라 모두 지쳐 있다. 한데 이제 본 드래곤과도 전투를 벌여야 할 판이었다.

 ❧

엘프, 바바리안, 드워프 연합군은 바르고 성채의 외성을 함락시키지 못하고 계속 싸웠다.

종족의 전사들이 모두 왔더라면 외성은 점령할 수 있었겠지만, 주력은 페어리의 여왕을 지키기 위해 출발하지 않았던 것이다.

그럼에도 종족 연합군 쪽에 있어서 언데드들의 전력이 분산되고 있다는 점은 약간 다행스러운 일이었다.

어차피 내성에서는, 좁은 복도로 인하여 싸울 수 있는 숫자는 한계가 있었다.

"모두 죽여라."

"영광을!"

인근 야산의 흙더미에서 일어난 언데드들이 물밀듯이 외성으로 향했다.

"언데드들을 몰아내고 이 땅에 자유를 되찾기 위해서 용기를 내요!"

엘프와 드워프, 바바리안도 용맹하게 싸웠다.

외성에서 벌어지는 소란 속에서 위드는 심한 오한을 느꼈다.

'3마리의 본 드래곤이라니……'

일반 본 드래곤도 무서운데, 바르칸이 직접 만든 명품 본 드래곤이었다.

"어쩔 수가 없군."

궁지에 몰리고, 밟힐 때마다 타오르는 불굴의 의지!

"사형들, 바르칸을 죽이기 위해서는 중앙 탑에 있는 본 드래곤과 싸워야 되는데 어떻게 할까요."

검치 들에게도 좋은 생각이 있을지 몰라 의견은 물어보았다.

"때려잡아야지."

"좋은 칼 놔두고 뭐 하러 말해?"

순식간에 의견 일치!

사실 정작 본 드래곤을 잡지 않는다고 생각하면 왠지 허전하게 느껴지기는 위드도 마찬가지였다.

"이쪽입니다."

중앙 탑으로 이동하는데, 복도에서 언데드들이 계속 충원되었다.

모여드는 언데드를 계속 처리하면서 중앙 탑으로 가려다가는 시간도 너무 많이 지체될뿐더러, 그 전에 몰살당할 수도 있었다.

"지름길을 택하는 수밖에. 제가 먼저 가겠습니다. 조금 뒤에 따라 나오세요."

위드는 창문을 깨고 내성의 바깥벽으로 나갔다.

시원한 바람이 불어오는 바깥에는 가고일이 날아다녔다.

"인간이다."

"죽여!"

성벽이나 망루에서 경계를 서던 스켈레톤 궁수들이 위드를 향해 화살을 쏘았다.

위드는 돌출된 부위들을 잡고 벽을 타고 이동했다.

"네발 뛰기!"

샤샤샤샤샥.

빗발치는 화살들 사이로 거미처럼 움직이다가 뛰어올라서 성벽의 부서진 부분이나 돌출물을 잡고 매달렸다.

"인간부터 쏴라."

"저놈이 가장 나쁜 놈 같다. 바르칸 님을 위해 저놈부터 없애야 한다."

스켈레톤 궁수들의 공격이 위드에게로 집중되었다.

케애애애액!

가고일들도 와서 위드를 부리로 쪼았다.

"달빛 조각 검술!"

성의 벽면에 매달려 있는 불리한 상황에서 불편한 왼손으로 검을 휘둘렀다.

검치 들과 마레이, 사제들이 안전하게 꼭대기로 올라갈 수 있도록 시선을 집중시키는 것.

"저기 버티는 인간을 완전히 죽여라."

"우리 언데드의 위대함을 보여 주자."

지상에서 스켈레톤 메이지들도 손에 마법을 모아 쏘았다.

위드에게 공격에 적중되었다는 메시지 창이 계속 떠올랐다.

'이러다가는 죽겠다.'

위드는 우선 바르고 성채의 지붕으로 벽을 타고 올라갔다.

내성의 지붕은 비스듬히 경사가 져 있었다.

커다란 여러 개의 탑들이 지붕보다도 더 높이 우뚝 솟은 게 보였다.

위드를 따라 가고일과 박쥐 떼도 올라오며 공격을 했고, 화살과 마법 공격도 잇따랐다.

생명력이 15% 정도밖에 남지 않았다.

검치 들과 사제들이 다른 방향에서 올라올 때까지 확실히 시간을 끌어 주어야 한다.

"이렇게 된 바에야 어쩔 수 없지."

위드는 조각품을 꺼냈다.

걸작 조각품, 청동으로 만든 〈잡템을 안고 있는 상인〉상.

"다시 쓰고 싶진 않았지만… 본 드래곤과 싸워야 되는 처지에 이것저것 가릴 수야 없지. 조각 파괴술! 이 모든 것들이 민첩이 되어라."

조각상을 자신의 손으로 직접 부쉈다.

그 순간.

위드의 몸에 빛이 어렸다.

조각 파괴술을 사용하였습니다.
걸작 조각상이 파괴된 고통! 슬픔! 예술 스탯이 5 영구적으로 사라집니다.
명성이 100 줄어듭니다. 예술 스탯이 1 대 4의 비율로 하루 동안 민첩으로 전환됩니다.
예술 스탯이 너무 높고 원래 가지고 있던 민첩 스탯이 낮기 때문에, 한꺼번에 전환이 이루어지지는 않습니다.

민첩 850이 고급 스킬 8레벨의 '바람의 질주'로 바뀝니다. 마나를 사용하여 바람을 타고 달릴 수 있습니다.

민첩 650이 고급 스킬 8레벨의 '회피술'로 바뀝니다. 적의 공격을 정확하게 맞지 않게 해 줍니다. 가죽 갑옷의 성능을 더 이끌어 냅니다.

민첩 410이 고급 스킬 4레벨의 '행운의 도움'으로 바뀝니다. 우연한 행운이 자주 벌어져서 최대 3배의 속성 공격을 할 수 있습니다.

민첩 520이 고급 스킬 6레벨의 '정확한 공격'으로 바뀝니다. 치명적인 일격의 확률을 높여 주며 공격력을 증가시킵니다.

조각술의 숙련도가 증가했습니다.

위드는 몸이 정말 깃털처럼 가볍게 느껴졌다.

"100미터 달리기를 해도 좋을 정도군."

〈로열 로드〉에서는 스탯이 늘어남에 따라서 신체적 변화도 생긴다.

초보 때에는 100미터를 질주하더라도 30초 가까이 걸린다. 갑옷이라도 입고 있으면 1분이 지날 수도 있다. 그러다가 힘과 민첩을 키우면서 점차 빨라져서 나중에는 현실에서는 육상 선

수들이나 낼 수 있는 10초대가 가능하고, 레벨이 높아지면 그
보다 빠르게 뛸 수도 있다.

　지구력에 대한 부분도 달라져서, 체력만 받쳐 주면 마라톤을
해도 거뜬했다.

> 화살이 스쳐 지나갑니다.
> 생명력이 130 감소합니다.

　날아온 스켈레톤의 화살이 위드를 제대로 맞히지 못하고 다
시 추락했다.

　별도로 움직이지 않아도 자연스레 회피하게 되는, 민첩의 효
과였다.

　"그럼 어디 반격을 해 볼까?"

　위드는 품에서 하이엘프 예리카의 활을 꺼냈다. 화살값이 아
깝지만, 지금은 써야 할 때!

　나무와 강철이 있으면 대장장이 스킬로 화살을 만들 수 있어
서, 300개 이상 미리 만들어 놓은 것들이었다.

　위드는 탑과 지붕 위를 달렸다.

　박쥐 떼와 가고일 떼가 쫓아오지도 못하게 빨랐다. 그러면서
화살을 시위에 끼워 스켈레톤들을 향해 쏘았다.

　엉뚱한 곳으로 쏜 것처럼 빗나갈 듯 보이다가 방향을 바꾸어
서 정확하게 적중하는 화살들!

> 물의 정령들이 추가적인 대미지를 입힙니다.

　물의 소용돌이가 일어나서 스켈레톤들을 휩쓸었다.

"맞혀라!"

"저 인간부터 죽여."

위드는 지붕을 뛰어다니며 가까이 접근하는 가고일들을 베고, 시위에 화살을 끼워서 스켈레톤 궁수들을 향해 쐈다.

스켈레톤 궁수들의 화살이 그에게로 집중되고, 성벽과 탑에 앉아 있던 가고일들이 전투를 위해서 일제히 날아올랐다.

거침없는 속도로 빚어 나오는 짜릿한 쾌감!

위험하기 짝이 없는 바르고 성채를 마음껏 뛰어다니는 위드였다.

위드가 손을 휙 내밀자 스켈레톤 궁수들이 쏘아 낸 화살이 거짓말처럼 붙잡혔다.

강철 화살을 획득하였습니다.

바로 화살을 쏘아서 되돌려주었다.

ᆞᆞᆞᆞᆞ

페일은 두려움 가득한 눈으로 바르칸을 보았다.

"진짜 몬스터가, 해도 너무하는구나!"

네크로맨서들이 있었지만 생겨나는 시체를 모두 바르칸보다 먼저 언데드로 소환하지는 못했다.

바르칸에 의하여 소환된 언데드는 최소 둠 나이트급이었다.

엘리트 둠 나이트.

친위대장 둠 나이트.

학살꾼 둠 나이트.

역병을 몰고 다니는 둠 나이트.

전부 이름을 가진 네임드 몬스터급이었다.

벤들러 기사까지 5명이나 소환되면서, 갖가지 저주에 시달리는 성기사와 검치 들은 바르칸을 직접 공격하기는커녕 그의 친위 부대와 계속 싸움을 벌여야 했다.

바르칸은 사제들의 틴 언데드 마법도 버텨 내고 있었다. 데스 오라에 의하여, 언데드를 통해 생명력과 마나를 흡수하며 생존했다.

성기사들은 당황하지 않을 수가 없었다.

"언데드가 계속 많아지는 것 같아."

"바르칸은 죽으려면 아직 멀었어?"

"도대체 죽일 수나 있을까? 오히려 우리가 전멸하게 생기지 않았어?"

로뮤나가 감동에 빠질 정도였다.

"지금이라도 늦지 않았다면 네크로맨서로 전직할까? 고생하더라도 리치까지만 되면…….

성검에 의해 힘이 제약을 받고 있는 상태에서도 작게는 성, 크게는 왕국도 도모할 수 있다는 리치의 위력이 여지없이 드러났다.

༄༅ཉྫ

이 시간 방송국들은 행복한 고민에 휩싸였다.

바르칸이 있는 지하에서 벌어지는 전투는 언데드와 성기사, 사제 들이 겨루는, 선과 악의 대결이라고 불러도 무방할 정도였다.

검치 들의 눈부신 활약이 있었지만 바르칸의 네크로맨서 마법은 너무나도 두려울 정도라서, 희생자가 발생하면 언데드의 세력이 야금야금 늘어나고 있다.

지하로 들어오는 불사의 군단도 막아야 했기에 전력이 분산된 것도 문제였다.

다른 한쪽으로는 위드가 바르고 성채의 지붕을 뛰어다니면서 싸우고 있다.

지붕에서 쭉 미끄러지면서 화살을 쏘고, 겁 없이 도약하여 날아드는 가고일들을 화려한 달빛 조각 검술로 베었다.

바르고 성채를 배경으로 보여 주는, 가슴 뛰는 전투 영상.

명예의 전당에 오르더라도 단숨에 1위를 맡아 놓을 게 분명할 정도였다.

최고의 장면들을 보여 주고 있기에 눈을 뗄 수가 없게 만들었다.

"이거 어느 쪽을 방송에 내보내야 되는 거야!"

전체적인 국면을 보면 바르칸의 전투가 아무래도 중요하다고 여겨져서 그쪽을 위주로 틀었지만, 위드에 대한 부분이 궁금하다는 시청자들의 의견에 장면을 바꿔야 됐다.

—바르칸과의 싸움은 어떻게 됐어요?
—위드가 지붕에서 움직이는 것 좀 보여 주세요.

—저렇게 몬스터로 가득한 장소에서, 어쩜 저렇게 자유롭게 확 트인 곳인 것처럼 싸우죠? 위드라서 그런 걸까요? 만날 던전이 지겨운데, 저도 고레벨이 되면 위드처럼 싸울 수 있을까요? 그래도 바르고 성채 같은 곳에서 몽땅 몰려드는 몬스터와 싸우는 건 자살행위인데.
—바르칸을 잡아야 전투가 결국 승리하는 건데… 바르칸을 보여 주셔야죠.
—뭐 하세요, 한창 집중해서 보고 있었는데! 위드 다시 틀어 주세요!

시청자들의 열화와 같은 요청에 방송국은 이러든 저러든 욕을 먹을 수밖에 없는 처지였다.

폭풍의 부름

위드는 불어오는 바람에 몸을 맡기고 5미터, 10미터씩 미끄
러지며 화살을 쐈다.

"이래서 궁수들이 인기가 높겠군."

위드는 화살을 쏘면서 중얼거렸다.

백발백중!

쏘는 족족 거짓말처럼 적중할 뿐만 아니라, 하이엘프의 활이
기 때문에 정령의 추가 대미지까지 들어간다.

푸슈슈슈슈슈슉!

잇따라 발사되는 화살이 스켈레톤들이 서 있는 성벽 위에 차
례대로 박혔다.

불의 정령에 의해 화염 폭발이 일어나고, 물의 정령으로 해
일이 나타난다. 땅의 정령으로 흙더미가 주변을 파묻었으며,
바람의 정령에 의해서 스켈레톤들이 멀리 날아가서 지상으로
추락했다.

일렬로 초토화!

궁수와 레인저를 선택해서 하는 유저들이 어떤 재미를 느끼고 있는지 알 것 같았다.

정작 텔레비전 등을 통해서 보는 궁수와 레인저 유저들은 입을 쩌억 벌리고 황당해하고 있다는 사실도 모르는 채.

"그래도 궁수는 나한테 맞지 않는 직업이야."

멀찍이서 화살을 쏘아 몬스터를 맞히는 쾌감은 컸다. 어떤 언데드들은 자신이 왜 소멸되는지도 알지 못하고 사라졌다.

하지만 멀리 떨어져 있는 스켈레톤들을 쏘다 보니 화살만 소모되고 전리품은 줍지도 못했다. 손을 뻗어도 가질 수 없는 아이템에 대한 아쉬움이 있었다.

안정적인 장소에서 파티나 독립 사냥을 할 때라면 몰라도, 이런 전장에서 할 직업은 아니라는 생각이 들었다.

"역시 검을 써야지."

가까운 몬스터들을 죽여야 아이템을 확실히 얻는다. 수금의 중요성을 위드는 터득하고 있었던 것이다.

그사이에 검치 들도 지붕으로 모두 올라오고, 사제들과 마레이까지 올라섰다.

바르고 성채의 탑과 성벽 위에 있는 스켈레톤들은 그들을 향해 화살을 쐈다.

고립된 섬처럼 느껴질 뿐 아니라, 하늘과 땅이 모두 몬스터!

"자, 시작해 보자."

검삼치가 검을 휘둘러서 가까이 있는 가고일을 베었다.

어느덧 새카맣게 주변을 덮고 있는 가고일 떼에게, 드디어 반격이 시작되었다.

"몽땅 다 죽여라."

"이놈들부터 처리하고 본 드래곤에게 가자!"

검치 들은 무모한 사고들을 셀 수도 없을 만큼 많이 일으켰지만, 그들이 추구했던 목표는 강해지는 것 외에는 없었다.

그들이 숭상하는 강함은 스스로의 한계를 깨뜨리기 위한 수단이었다.

"일단 패면 다 죽어!"

"다 없애 버려!"

검치 들은 뛰어다니면서 가고일을 검으로 베었다.

바르고 성채의 지붕에서 엄청난 소란이 벌어지다 보니 공중에 있던 본 드래곤들의 시선이 아래로 향했다.

"인간들이 있다."

탑보다도 훨씬 거대한 크기의 본 드래곤 1마리가 뼈밖에 없는 날개를 펄럭이며 접근했다.

드래곤의 머리 부분에서 새까만 광채가 줄기줄기 뿜어져 나왔다.

> 공포 상태에 빠집니다. 하지만 극복해 냅니다.
> 민첩이 4% 저하됩니다. 지혜가 25% 줄어듭니다.

본 드래곤도 공포를 전염시키는 효과를 가지긴 했지만, 바르칸에 비하면 그 위력이 절반도 되지 않아 버틸 만했다.

곧 본 드래곤이 주둥이를 크게 벌리면서 숨을 들이마셨다.

영락없이 브레스를 사용하기 위한 자세!

거리가 가까운 데다가 사람들이 피할 장소가 마땅치 않았다.

위드는 사자후를 터트렸다.

"나에게부터 덤벼라! 내가 이곳에 온 목적은 바르칸을 죽이는 것이다. 나를 쓰러뜨리지 못한다면 아무도 건드릴 수 없다."

검치 들조차도 깜짝 놀랄 만한 사내의 호기!

위드가 죽기라도 한다면 정말 큰일이었다.

죽음을 거부할 수 있는 힘에 의해서 언데드로 되살아나 버리면 바르칸의 명령을 거역하지 못하게 된다. 본 드래곤의 편에서서 강제적으로 검치 들과 싸워야 할 수도 있기 때문에 그렇게 난감한 일이 없는데도 큰소리를 치는 것이다.

"안 그래도 네가 제일 나쁜 인간인 줄은 알고 있었다."

위드는 검치 들과 떨어져서 지붕에서 힘껏 앞으로 달렸다.

발을 내디딜 때마다 무섭게 뒤로 지나가는 풍경들!

"도망쳐 봐야 소용없을 것이다."

본 드래곤은 확실히 위드를 목표로 정하고 주둥이를 크게 벌렸다. 그리고 주특기라고 할 수 있는 산성 브레스를 내뿜었다.

푸화아아악!

하늘에서 밀려오는 산성 브레스.

위드가 지붕을 대단히 빠른 속도로 달리긴 했지만, 브레스를 피하기에는 무리가 있어 보였다.

"바람의 질주."

바람의 질주 스킬을 사용하였습니다.
체력과 마나의 소모가 3배 빨라집니다.

위드의 몸이 앞으로 튕겨 나가듯이 더 가속됐다. 최고 속력을 내는 말이라도 단숨에 지나칠 정도로 어마어마한 속도였다.

그리고 어느 순간, 텔레포트 마법이라도 시전한 것처럼 싹 사라졌다. 본 드래곤이 나타날 때부터 봐 두었던 지붕의 구멍을 이용해 아래층으로 뚝 떨어진 것이다.

산성 브레스는 위드가 지나간 자리를 휩쓸어 버리면서 바르고 성채 외벽까지도 함께 녹였다.

건물의 일부가 녹아내리고 무너지면서 오래된 양탄자와 가구, 벽화 들이 보일 정도로 형태가 바뀌었다.

"킬킬. 여기 시원한 바람이 부네."

머리를 들이밀고 기뻐하는 어린 스켈레톤!

위드가 다시 지붕으로 올라왔을 때에는 본 드래곤이 낮게 날아와서 검치 들이 몰려 있는 장소를 짓밟고 있었다.

"너희에게 바르칸 님의 땅을 침범한 죄를 묻겠다."

성채가 지진이라도 난 것처럼 흔들리고 성벽이 허물어졌다.

검치 들은 모여 있었기 때문에 미처 피하지 못하고 몇 명이 발에 밟혔다.

본 드래곤이 하늘에 떠 있으면 잡기가 굉장히 어렵다.

높은 하늘에서 브레스나 쏘고 마법만 사용한다면, 검치 들에게는 가히 절망적인 일이다. 그리폰이나 와이번이라도 길들였다면 하늘로 올라가서 싸울 수 있겠지만, 그것도 준비되지 않은 마당이다.

탑이나 건물 구조상 엄폐물이 조금 있는 바르고 성채의 지형 때문에 넓은 범위에 작렬하는 마법의 효과가 조금 떨어지기는 할 테지만.

하지만 본 드래곤은 일부러 지붕에 내려앉아서 검치 들이 더 전진하지 못하도록 싸우고 있었다.

다른 2마리는 중앙 탑 근처를 떠나지 않는다.

그게 의미하는 바는 오직 하나!

"확실히 바르칸의 라이프 베슬은 중앙 탑에 있는 거로군."

본 드래곤이 움직일 때마다 성채에 금이 가고 마구 부서졌다. 하지만 흉포하기 짝이 없는 본 드래곤은 그런 것쯤은 아랑곳도 하지 않았다.

"흩어져라."

"박살을 내 버려!"

은폐물 뒤에 숨어 있던 검치 들이 갑자기 나와서 본 드래곤을 에워싸고 공격했다.

"날개부터 공격해라."

"발목을 부러뜨려!"

검치 들은 본 드래곤에게 달라붙어서 찌르고 베면서 타격을 입혔다.

"이놈 뼈마디가 엄청 단단하다. 제대로 공격이 안 들어가!"

"생명력이 거의 안 깎이는 것 같아."

본 드래곤에게 달라붙어서 싸우는 건 큰 위험을 감수하는 일이었다.

본 드래곤의 앞발에 적중되면 생존이 위태로울 정도로 피해를 입었고, 밟히면 그대로 사망할 가능성이 크다. 운 좋게 살아남는 경우도 있었지만, 건물이 먼저 무너져서 빠져나왔던 행운의 결과물일 뿐이었다.

위드도 바람의 질주를 사용하며 신속하게 본 드래곤의 뒤쪽으로 달려갔다.

본 드래곤의 꼬리뼈에서부터 계단을 밟듯이 올라가서 목 위에 섰다.

"헤라임 검술!"

깨알처럼 작은 부위만을 타격하는 일점공격술을 활용했다.

검치 들도 본 드래곤과 싸우면서 일점공격술을 사용하고 있었다. 하지만 본 드래곤이 격렬하게 움직이면서 제대로 효과를 발휘하지 못했다.

"같이 때리자."

"여기서 공격을 해야 편하겠군."

검치 들은 위드처럼 본 드래곤의 몸 위로 올라왔다.

"인간들아, 바르칸 님의 위대함 앞에 무릎을 꿇어라!"

쿠구구궁!

본 드래곤이 인간들을 떨어뜨리기 위해 몸부림을 치면서 바르고 성채가 심하게 부서졌다. 일부는 연쇄적으로 3층이나 2층까지 무너지기도 했다.

본 드래곤의 몸통과 앞발, 주둥이와 꼬리를 이용한 정면 공격도 문제였지만, 건물의 붕괴로 인해서 검치 들은 더 많이 피해를 입었다.

본 드래곤이 검치 1명을 먹어 치우고 나서 거칠게 포효했다.

크와아아아아학!

드래곤 피어!

위드를 따라서 본 드래곤의 등과 날개, 목 위로 개미 떼처럼 달라붙은 검치 들은 쉴 새 없이 검을 내리쳤다.

본 드래곤의 단단하기 짝이 없는 몸뚱이를 때리면서, 검의 내구도가 급속하게 나빠졌다.

본 드래곤의 뼈에 부딪쳐서 검의 내구력이 저하되었습니다.
공격력이 3 줄어듭니다.

힘을 잔뜩 모아서 강하게 때릴수록 검의 내구도가 나빠진다. 도끼나 철퇴 등의 중병기를 쓰는 쪽이 본 드래곤의 생명력을 감소시키기에는 더 유리한 편이기는 했다.

내구도가 떨어지면 최대 공격력도 덩달아서 감소하지만 망설일 시간이 없었다.

본 드래곤의 생명력도 어느새 5할 이하로 떨어졌다.

지붕에 있는 검치 들도 밟히거나 먹힐 위기에서 사방으로 뛰어다니면서 본 드래곤의 좌우 측면을 공격했다.

"사형들, 방심하면 안 됩니다. 본 드래곤은 생명력 회복 속도가 워낙에 빠르니까요!"

"이놈이 완전히 부서질 때까지 때릴 거다."

위드는 목뼈 하나만을 놓고 계속 타격했다.

"달빛 조각 검술. 헤라임 검술!"

검술 스킬의 숙련도가 증가하였습니다.

본 드래곤은 검술 스킬을 늘려 주는 최적의 목표물이었다.

스켈레톤 궁수, 스켈레톤 메이지 들도 성채의 지붕으로 기어 올라왔다. 불화살과 냉기의 마법 등이 검치 들과 본 드래곤을 가리지 않고 떨어졌다.

> 화살이 비껴 나갔습니다.

> 애시드 애로우가 스쳐 지나갔습니다.

민첩의 높은 효과로 인하여 위드는 공격들에 제대로 적중되지 않았다.

검치 들은 저항력과 인내력으로 극복했다. 바다를 건너고 검을 계속 휘둘렀던 덕분에 급격히 늘어난 인내력으로 조금은 버틸 수가 있었다.

"이까짓 것쯤은 검을 휘두르는 데 장애가 될 수 없다. 네가 먼저 죽나 내가 먼저 죽나, 어디 해보자!"

죽음을 두려워하지 않고 싸우는 검치 들!

본 드래곤으로부터 공격을 당하거나, 어마어마한 몸부림에 중심을 잃고 바닥으로 떨어져서 짓밟혔다. 운 좋게 사제들의 치료를 받고 빠져나오는 경우도 있었지만, 죽어서 언데드로 되살아난 이후에는 동료들을 공격했다.

위드는 목뒤에 있었기 때문에 여러 상황을 볼 수 있었다.

본 드래곤이 머리를 들고 포효할 때마다 높은 산에 올라간 것처럼 시야가 사방으로 확 트였다.

바르고 성채의 지붕에서, 본 드래곤까지 타고 있으니 모든 전황을 고스란히 살필 수가 있었다. 외성의 전투까지도 원한다면 보일 정도였다.

'사형들의 피해가 크다.'

현재 움직이는 검치 들을 보면 적어도 30명 정도는 죽은 것 같았다. 부상자들이 많고 성채가 무너지고 있기 때문에 갑자기 더 많이 죽을 수도 있다.

죽은 검치 들은 다크 룰 마법에 의해 언데드로 되살아났다.

성채의 지붕과 탑으로 둠 나이트, 벤들러 기사 같은 언데드 들도 올라오면서 상황은 걷잡을 수 없이 나빠졌다.

바르칸을 지키는 게 그들의 목적이었지만, 라이프 베슬이 있는 중앙 탑과 가까워지면서 이쪽으로도 언데드들이 배치되고 있었던 것이다.

'시간이 문제구나.'

위드가 때리고 있는 본 드래곤은 생명력도 얼마 남지 않았다. 이대로 조금만 지나면 사냥할 수 있으리라. 하지만 더 빨리, 그리고 검치 들의 피해가 없어야만 했다.

"아깝지만 어쩔 수 없지. 사형, 이 자리를 부탁합니다."

위드는 본 드래곤을 공격하기에 최적의 장소라고 할 수 있는 목뼈에서 내려왔다. 검사치가 대신 그 자리를 맡았다.

위드는 중앙 탑이 있는 쪽으로 달려가며 사자후를 터트렸다.

"나는 중앙 탑으로 가서 바르칸의 라이프 베슬을 파괴한다!"

외성의 언데드들도 들을 수 있을 정도로 쩌렁쩌렁하게 울리는 목소리였다.

크르르르르.

검치 들을 공격하던 본 드래곤이 즉각 반응하며 뒤돌아섰다. 위드부터 해치우기 위함이었다.

본 드래곤은 건물을 부숴 가면서 위드에게로 달려왔다.

다른 스켈레톤 궁수와 메이지, 마녀 들의 표적도 일제히 위드로 바뀌었다.

수없이 많이 날아오는 화살과 마법 공격!

위드는 마법과 화살을 하나씩 피했다.

도저히 피할 시간이 없을 때는 비껴서 맞아 줬다.

위드의 생명력은 사제들의 도움으로 인해서 다시 87% 정도나 회복되어 있었다.

> 화살이 오른쪽 어깨를 스치고 지나갑니다.

> 화염 마법을 회피하였습니다.

> 글레셔 스파이크를 완벽하게 피해 냈습니다.

높은 민첩과 회피 스킬 덕분에도 화살이나 마법이 제 위력을 다하지 못했다. 설혹 생명력이 다 떨어지더라도, 서윤으로부터 상당한 도움을 받아 좀 더 버틸 수 있을 것이다.

'피한다. 피할 수 있을 것이다.'

위드는 똑바로 지켜보며 실낱같은 공간에 몸을 던졌다.

몸을 날리면서 본 드래곤의 주둥이와 앞발을 피하고, 그를 향해 날아오는 수많은 마법 공격과 화살 들을 아슬아슬하게 비껴 보냈다.

수백 번 연습하며 맞춰 보기라도 한 것처럼 거짓말 같은 움직임.

주변에서 얼음과 불의 마법이 부딪치며 일어나는 폭발을 배경으로 춤을 추듯이 아름답게 움직이는 위드!

"정말 잘 피하는구나."

"사제의 실력이 언제 저런 경지에까지……."

검치 들조차 일순간 경이로워할 정도였다.

감각으로 주변을 인지하고 연쇄적으로 날아오는 화살과 마법을 피해 내기란, 지금 저 상황에서는 거의 인간의 능력의 한계를 넘어서야 가능한 일이 아닌가.

물론 상당히 많은 부분이 위드의 실력이었지만, 고급 8레벨의 회피술이 적용된 덕분이었다. 수준 이하인 공격의 경우에는 흐름에 따라 이동하면서 자연스럽게 피한 것들도 꽤 되었다.

위드가 스스로 한 움직임과 스킬이 뒤섞였다.

수많은 공격들 속에서 평생 잊을 수 없을 것처럼 유려하게 움직였다.

지켜보는 사람의 입장에서는 그저 입만 벌리면 되었지만, 까딱하면 죽느냐 사느냐였다.

"어디, 할 수 있는 건 다 해 보자."

위드는 남은 마나로 스킬을 시전했다.

"달빛 조각술!"

몸 전체에 은은한 빛을 둘렀다.

빛들이 위협적인 마법들에 반응하며 뻗어 나가서 중간에 요격했다.

이런 식의 이용은 마나가 기하급수적으로 소모되지만, 오늘 죽을지도 모르는 사람이 카드값을 걱정할 필요는 없는 것!

위드는 중앙 탑이 있는 방향으로 뒷걸음질 치며 외쳤다.

"덤벼라! 너처럼 비쩍 마르고 뼈밖에 없는 도마뱀 사체에게는 지지 않는다!"

도발!

본 드래곤의 구멍 뚫린 코에서 연기가 나왔다.

"확실히 죽여 주마."

브레스는 아니었다.

본 드래곤은 앞발로 후려치고, 뒷발로 밟으려고 했다.

위드는 잽싸게 몸을 굴리면서 발을 피했다.

본 드래곤의 덩치가 워낙 컸기 때문에 피하는 데에만 집중해야 했다.

언데드들의 공격도 놓치지 않고 같이 피해야 한다.

콰지직.

위드가 막 몸을 날려서 피한 장소에 본 드래곤의 주둥이가 틀어박혔다.

입안에서 부서지는 돌벽의 일부분.

위드가 있던 부근으로 화살이 빼곡하게 박히고, 마법들이 파괴하고 지나갔다.

크아아아아아!

돌벽을 후려치고 화살과 마법에 맞은 본 드래곤이 고통으로 울부짖었다. 하지만 자신의 생명을 지키기보다 위드를 죽이기 위해서 더욱 거칠게 공격했다.

위드는 오로지 피하는 쪽에만 집중했다.

어설프게 반격하려다가는 당장이라도 죽게 생겼으니 공격을 피하고 살아남는 데만 전념했다.

"성령의 힘이여, 여기 고통받는 이를 구원해 주소서. 치료의 손길!"

사제들이 써 주는 회복 마법이 위드의 생명력을 보충해 주었다. 전투 계열 직업들은 이래서 사제들에게 고마워하고 쩔쩔맬 수밖에 없는 처지였다.

위드는 피하고 막으며 물러나면서도, 몸을 단숨에 움직일 준비를 했다.

이것이 진짜 전투다.

몬스터보다 훨씬 높은 레벨과 장비를 갖추고 싸우는 게 아니다. 순간의 판단에 따라 삶과 죽음이 갈릴 수 있는 전장에서 자신의 모든 역량을 발휘하며 싸운다.

본 드래곤이 크게 숨을 들이마셨다.

브레스!

얄밉게도 잘 피하는 위드에게 감당할 수 없는 최후의 일격을 가하려는 것이다.

하지만 그보다 먼저 온몸의 뼈들이 끊어지고 붕괴되고 있었다. 본 드래곤의 생명력이 드디어 마지막에 달했음이다.

브레스를 쏘고 죽느냐, 그 전에 죽느냐의 싸움!

"이렇게 되면 피하지 않겠다."

위드는 본 드래곤의 앞발을 밟으며 얼굴까지 뛰어올랐다.

"헤라임 검술!"

위드가 본 드래곤의 코를 밟고 서서 이마를 겨냥해 검을 휘둘렀다.

검의 내구력이야 떨어지거나 말거나, 높은 민첩성을 이용하여 연속으로 타격했다.

본 드래곤의 머리에 실금이 생겼다.

위드의 공격이 적중할 때마다 균열이 커져 갔다.

본 드래곤이 입안에 모으는 브레스도 함께 차올랐다.

"인챈트 홀리 웨폰!"

사제들 중의 누군가가 위드의 검에 신성력이 깃드는 마법을 써 줬다.

신성력까지 깃든 위드의 검이 본 드래곤을 계속 타격했다.

걷잡을 수 없이 머리 전체로 퍼지는 균열!

쩌저저저적!

검치 들이 두들겨 댔던 부위의 뼈들도 부서지기 시작했다.

다시 위드의 검이 떨어진 순간, 본 드래곤의 몸을 지탱하던 힘이 갑자기 사라졌다. 그리고 머리를 비롯하여 온몸의 뼈가 산산조각 나며 땅으로 떨어졌다.

동시에 위드에게 갑자기 메시지 창이 떠올랐다.

레벨이 올랐습니다.

레벨이 올랐습니다.

레벨이 올랐습니다.

바르고 성채에 있는 본 드래곤 다이아크가 영원한 안식에 들어갔습니다.

위대한 업적으로 인하여 명성이 915 올랐습니다.

카리스마가 1 상승하였습니다.

투지가 4 상승하였습니다.

불사의 군단 소속의 본 드래곤을 사냥하는 데 중요한 역할을 하여 전 스탯이 2씩 오릅니다.

본 드래곤의 죽음!

레벨 400을 달성하였습니다.

위드의 레벨도 드디어 400이 되었다.

샤샤샥.

파괴자의 문양을 획득하였습니다.

네크로맨서의 비전, 본 드래곤 제작법을 획득하였습니다.

썩은 드래곤 본을 대량 획득하였습니다.

오래된 책, 《베르사 대륙의 고대 역사서 #19》를 획득하였습니다.

고대의 망토를 획득하였습니다.

대단히 아쉽지만, 일반 언데드도 아니고 본 드래곤에게서 얻은 전리품은 전투에 참여한 사람들끼리 일정한 비율대로 똑같이 나누도록 협의되어 있었다.

본 드래곤의 몸뚱이가 부서지면서 위드와 검치 들이 지붕으로 추락했다.

"인간들을 죽여라!"

"인간들로부터 바르칸 님을 지켜야 한다."

언데드들이 본격적으로 지붕으로 올라오고 있었다. 지형적으로는 위드와 검치 들이 약간 유리했지만 사방에서 언데드들이 기어 올라왔다.

"이제 전원 중앙 탑으로 진격합니다. 사제분들은 최선을 다해서 따라오시고, 만약에 죽을 것 같으면 마지막에는 중앙 탑의 본 드래곤에게 신성력을 써 주셔야 합니다."

사제들에게는 무리한 요청이었지만 어쩔 도리가 없었다.

"알겠습니다. 어서 가요!"

사제들도 위드와 검치 들이 어떤 혈전을 벌였는지 봤기 때문에 수긍하며 따라왔다.

"갑시다."

위드와 검치 들은 지붕에서 달리며 가로막는 언데드를 처치했다. 뒤에서 사제들이 발휘하는 신성력이 계속 작렬하며 체력과 생명력을 회복시켜 줬다.

"목적지가 바로 이 앞입니다."

지붕으로 달리다 보니 중앙에 우뚝 솟아 있는 탑이 60미터도 남지 않았다.

2마리의 본 드래곤이 침입자를 보고 있었다.

그리고 기다렸다는 듯이 브레스!

약간의 시간차를 두고 발사된 브레스 두 줄기가 강렬하게 꿰뚫고 지나갔다. 성벽과 건물의 일부를 녹여 버리고, 언데드들도 소멸시켰다.

위드와 검치 들은 사방으로 흩어지고, 성채 안으로 몸을 날려 피했다.

몇 명이 죽었는지도 알지 못한 채로 다시 모여서 중앙 탑으로 내처 달렸다.

본 드래곤이 발휘하는 여러 마법들이 날아와서 폭발했다.

"건물을 은폐물로 삼고 계속 움직입니다."

위드와 검치 들은 오로지 나아갈 뿐이었다.

본 드래곤도 중앙 탑에 앉아서는 발휘할 수 있는 공격에 한계가 있다.

본 드래곤이 날개를 펼치며 하늘로 날아올랐다.

1마리는 마법을 쓰고 다른 1마리는 육체를 이용해서 싸우려는 의도가 뻔히 보였다.

"인간. 인간들을 죽여라."

"그들이 가서는 안 될 위험한 장소로 향하고 있다."

"바르칸 님을 지키기 위하여 싸우자!"

지붕으로 모이는 언데드까지 감안하면 본 드래곤에게 막혀 지체하는 순간 둘러싸여서 전멸이다.

위드는 품에서 또 하나의 조각품을 꺼냈다.

"결국 이것까지 쓰게 되는군. 정말 쓰고 싶진 않은데……."

여러모로 아픈 기억을 바탕으로 만들어 놓았던 조각품.

〈차가운 폭풍〉
베르사 대륙의 북부에 불었던 극단적인 자연현상, 눈과 얼음이 날리는 빙설의 폭풍을 표현해 놓았다. 조각사가 직접 겪은 사건을 바탕으로 한 생생한 표현이 일품인 걸작 조각품. 자연의 험난함과 더불어 아름다움이 잘 표현되어 있다. 현재는 북부에 사람들이 많이 늘어 빙설의 폭풍이 불어올 가능성은 많이 줄어서, 역사적인 가치도 시간이 지날수록 점점 커질 것이다.
내구도: 20/20
예술적 가치: 854
옵션: 빙계 마법의 스킬 효과를 3% 향상시킨다. 생명력 +200. 매력 +13.

"대재앙의 자연 조각술!"

대재앙의 자연 조각술 스킬을 사용하였습니다.
예술 스탯 20이 영구적으로 사라집니다. 생명력과 마나 20,000씩이 소모됩니다. 모든 스탯이 사흘간 일시적으로 15% 감소합니다. 자연과의 친화력이 떨어집니다.
대재앙의 자연 조각술은 하루에 한 번밖에 사용하지 못합니다.
위험한 재앙을 불러오게 되면, 그 피해에 따라서 명성이나 악명이 오를 수 있습니다. 재앙을 겪는 와중에 죽을 수도 있으니 주의하십시오.

바르고 성채의 주인

여러 가지 추억이 간직되어 있는 빙설의 폭풍!

대기의 온도가 급격하게 떨어졌다.

언데드들은 추위를 잘 느끼지 못하기 때문에 몰랐지만, 위드와 검치 들은 살을 에는 듯한 바람이 부는 것을 느낄 수 있을 정도였다.

하나둘 눈송이들이 내리기 시작하더니 금방 두꺼운 얼음 조각으로 변해 지상으로 묵직하게 내리꽂혔다.

바르고 성채 전역을 뒤덮으며 떨어지는 수천, 수만 개의 얼음 조각들!

빙하처럼 커다란 얼음덩어리도 보였다.

그리고 소용돌이와 거센 바람이 성채를 휩쓸면서 위험한 대재앙이 시작되었다.

언데드 중에 저항력이 약한 스켈레톤들이 제일 먼저 결빙 현상을 보이며 몸이 굳었다.

공중에서 날갯짓하던 본 드래곤은 제대로 빙설의 폭풍에 휩쓸렸다.

얼음 조각의 폭풍에 휘말리더니 그 거대한 몸집을 가누지 못하고 미친 듯이 빙글빙글 돌았다.

"캬아오오오!"

본 드래곤의 몸에 얼음이 두껍게 쌓이고, 공중으로 더 높이 치솟아 오르는가 싶더니 성채로 갑자기 추락했다.

지진이라도 난 것 같은 굉장한 충격!

여기저기 충격을 받아 약해진 상태에서도 지금껏 간신히 버티던 성채의 구조물 일부가 허물어졌다.

"여, 역시 더럽게 춥군."

위드는 바르고 성채를 급속도로 얼음의 땅으로 만들어 버리는 재앙의 위력을 보며 새삼 대단하다고 느꼈다.

"전투를 하다가 갑자기 얼어 죽는 느낌이란 정말 대단히 허무할 거야."

위드는 스킬을 시전하자마자 갑옷 위로 겉옷을 입은 상태였다. 검치 들도 사제들도, 가지고 있는 옷들을 두껍게 착용하고 건물로 들어가서 얼음 조각을 피했다.

위드가 빙설의 폭풍을 불러올지도 모른다고 말했기 때문에 발 빠르게 대응한 것이다.

몸을 피한 채 빠끔히 내다보니 옷이나 장비가 부실한 언데드 들이 속절없이 빙설의 폭풍에 휘말려 버리고 얼어 버리는 게 적나라하게 보였다.

"모두 숨어요. 지금 밖으로 나가면 안 됩니다."

"생명력이 갑자기 떨어져서 죽을 것 같은 분은 말씀하세요. 모포 남는 게 있습니다."

그 와중에도 검치 들은 사제들을 챙겨 주었다.

대재앙의 자연 조각술은 지속 시간이 제법 길었다.

빙설의 폭풍이 아직도 불어오고 있는데 위드는 지붕에 있는 구조물에서 나왔다.

"이, 이놈의 팔자. 여, 역시 난… 따다닥! 이래서 안 돼. 퍼퍼 퍼, 평생 고생만 할 거야."

추위 때문에 말도 잘 나오지 않았다.

위드는 거센 얼음 조각의 폭풍을 피하면서 중앙 탑으로 달려 갔다.

> 얼음 조각이 이마를 비껴 지나갑니다.

> 원뿔형의 얼음이 어깨에 꽂히려고 했지만 회피 스킬이 적용되어 피했습니다.

> 얼음 조각이 등에 박혔습니다.

> 얼음덩어리가 무릎을 스칩니다.

> 이동속도가 저하됩니다.

높은 민첩과 회피술이 있다고 하더라도 비처럼 쏟아지는 얼음 조각들을 완전히 피하는 건 무리.

위드로서는 바람에 휘말려서 날아가지 않도록 애쓰며 달리는 것이 최선이었다.

그때 검삼치로부터 귓속말이 전해졌다.

> ─본 드래곤을 해치울 방법이 있는 거냐?

위드는 폭풍을 피해 고개를 숙이며 대답했다. 우려했던 대로 차가운 바람과 얼음 파편에 맞아 몸이 굳어 가고 있었다.

> ─한 가지 있습니다. 그런데 이대로는 실패할 것 같습니다.

빙설의 폭풍이 그치더라도 몸이 얼어붙어 있으면 전투가 어렵다. 이렇게 되면 더 나아가지 못하고 중간에 숨어야 할 것 같았다.

> ─저 탑으로 가려는 거지?
> ─예. 원래는 그러려고 했는데, 지금은 힘들 것 같네요.
> ─가자.

검치 들이 숨어 있던 장소에서 나왔다. 나무 방패를 들어 올리고 중앙 탑으로 달렸다.

있는 힘껏 달리면 자칫 얼음덩어리에 맞을까 봐, 위드는 상황을 살피며 전진하느라 그리 빠르게 움직이지 못했다. 하지만 검치 들은 방패를 앞세우고 최대한의 속도를 냈다.

얼음 파편, 덩어리에 맞아서 쓰러지고 부상을 입으면서도 달리는 검치 들!

그들이 위드를 뒤쫓아 와서 방패로 덮어 주었다.

"더더, 빠, 빨리 가자!"

검치 들이 방패를 씌워 주고 사방을 에워싸 얼음 폭풍으로부터 가려 주는 덕분에 위드는 피해를 약간 덜 받았다.

그 상태로 중앙 탑으로 달리면서 검치 들은 생명력이 떨어지고 몸이 얼어붙어서 낙오되고 죽어 나갔지만, 감싼 방패는 끝까지 거두지 않았다.

다시 오기 힘든 빙설의 폭풍을 뭉쳐서 뚫는 사형제들!

위드는 그들 덕분에 성벽을 타고 이동해서 중앙 탑에 뛰어들어가는 데 성공했다.

중앙 탑에는 또 1마리의, 마지막 본 드래곤이 있었다. 하지만 빙설의 폭풍에 휘말려 가지 않으려고 안간힘을 쓰며 반대편에 매달려 있느라 위드가 탑으로 들어온 것을 미처 보지도 못했다.

그 순간 위드에게 떠오른 메시지 창!

> 동결 상태에 빠졌습니다.

검치 들이 지켜 주었음에도 위드의 갑옷과 몸에는 얼음덩어리들이 두껍게 쌓였고 지금까지 입은 부상도 심했다.

신성 마법으로 생명력을 보충해 주었다고는 해도, 완전한 치료가 이루어지지 않으면 상처가 남아서 오랫동안 영향을 준다. 위드는 인내력과 맷집 덕분에 살아 있는 것이라고 해도 지나친 말이 아니었다.

밖에서는 점차 바람이 잦아들면서 빙설의 폭풍도 역할을 다하고 소멸되어 갔다.

언데드들이 다시 움직이고, 얼음에 파묻힌 본 드래곤도 일어나리라. 검치 들 중에 죽은 이들조차도 언데드가 되어서 동료를 공격할 수 있다.

지금껏 연주하며 사제들을 따라온 마레이는 이 모든 걸 지켜보며 생각했다.

'이번에는 전설이 실패로 끝나게 되겠군.'

위드와 검치 들이 중앙 탑에 다가서는 장면은 뭉클했다. 바르고 성채로 진입한 이후의 몇 번의 전투 장면도 대단하였다. 위드와 그의 동료들이 아니었더라면 불사의 군단과 바르칸에 맞서서 이렇게 싸우지는 못했을 것이다.

하지만 〈로열 로드〉는 결과가 중요한 세상.

"정말 아쉽게 됐어. 바르칸을 사냥했으면 참 대단했을 텐데……."

✂◦◦◦◦◦◦✂

"아……."

KMC미디어의 생방송을 진행하는 팀에서도 탄식이 흘렀다.

"여기서 이렇게 끝난다고?"

각 방송국에서도, 빙설의 폭풍까지 나타난 이후로는 진행자들이 말을 못 하였다.

이렇게 처절하게 싸울 거라고는 그 누구도 감히 상상조차 못 했기 때문이다.

바르고 성채에 인간들이 들어온 이후로 꽤 시간이 지났지만,

그렇게 시간이 흐르는 것조차도 모르고 있었다.

그런데 위드의 상황이 생각만큼 아주 나쁘지는 않았다.

> 왼손에 들고 있는 〈조각사들이 남긴 횃불〉로부터 따뜻한 기운이 전해집니다. 동결 상태를 해소합니다. 마나를 회복합니다.

빙설의 폭풍이 끝나 가면서 위드의 조각품으로부터 힘이 전해졌다. 게다가 검치 들이 에워싸면서 지켜 주었던 덕에 조금 지나니 움직일 수 있을 정도로 괜찮아졌다.

"크아아아아아!"

본 드래곤의 포효!

중앙 탑 밖에서 드래곤 피어가 들렸다.

검치 들 모두가 목숨을 내던지면서 본 드래곤과 싸우고 있을 것이다.

페일로부터 바르칸과의 싸움에 대한 전황도 귓속말로 전해졌다.

> ─여긴 갈수록 어렵습니다. 바르칸의 마나가 떨어지지를 않는 것 같아요. 생명력을 낮춰 놓아도 적정 수준으로 금세 회복해 버리니…… 그래도 아직은 버틸 수는 있습니다.

바르칸 쪽도 좋진 않았다.

위드는 빙설의 폭풍을 뚫고 나서 떨어진 생명력을 회복할 틈도 없이 제대로 움직이지 않는 다리를 끌며 중앙 탑의 계단을 뛰어 올라갔다.

"인간이 여기까지 어떻게……."

"죽여 주겠다."

이곳도 언데드 보초병이 지키고 있었다.

원래는 벤들러 기사들이 지켰을 관문이지만 그들이 모조리 전투에 동원되다 보니 지금은 둠 나이트급!

위드는 그들을 스쳐 지나가면서 검을 휘둘렀다.

> 정확한 타격을 가하였습니다.

> 치명적인 일격을 가하였습니다.

> 연속 공격을 성공하였습니다.

방어가 불가능할 정도의 엄청난 속도로 검을 휘두르며 둠 나이트를 지나쳐 안으로 들어갔다.

중앙 탑의 최상층에는 넓은 공간이 있었다.

빙설의 폭풍에 깨진 창 너머로 본 드래곤이 검치 들을 공격하는 모습이 보인다.

본 드래곤이 움직일 때마다 탑이 진동했다.

그리고 위드의 눈에 보이는 자줏빛 항아리!

리치 바르칸 데모프의 생명력이 담긴 라이프 베슬이었다.

"드디어 여기까지 왔구나."

위드가 중앙 탑으로 들어오고, 둠 나이트들이 고함을 지르면서 쓰러지는 것은 한순간이었다.

밖에서 싸우던 본 드래곤이 앞발을 내밀며 중앙 탑으로 급하게 날아오고 있었다.

"내가 이런 곳에서 죽을 줄 알았나?"

위드는 항아리를 목표로 검을 휘둘렀다.

베르사 대륙의 역사에 길이 남게 될 순간, 엄청난 수의 시청자들이 경악하면서 지켜보는 순간이었다. 대수롭지 않은 한마디의 말도 명언이 되어 버릴 수밖에 없었다.

"내 밥그릇을 지켜야 하는 한 절대로 쓰러질 수 없다!"

가장으로서의 묵직한 책임감이 담겨 있는 검이 항아리를 깨뜨렸다. 그러자 시커먼 기운이 넘실거리면서 나와 사방으로 흩어졌다.

⁂

언데드들은 갑자기 쇠락하고 힘이 약해졌다.

"이, 이렇게 사라질 수는 없는데……."

"끄으으으!"

유령들은 햇빛에 흩어지고, 스켈레톤이나 구울 같은 언데드들은 땅에 쓰러지더니 회색빛으로 변해서 사라졌다. 바르고 성채의 언데드 절반 이상이 흙으로 돌아가고, 지역 전체를 장악하고 있던 불사의 군단에서는 8할이 넘는 언데드가 사라졌다.

바르칸의 생명력의 원천이 깨진 여파가 전체로 퍼져 가고 있었다.

"시체들이 언데드가 되어 일어나지 않아!"

"언데드들이 약해지기도 한 것 같아. 신성력에 금방 소멸되는데!"

바르칸의 3대 마법인 다크 룰과 데스 오라의 효과 또한 사라졌다.

대단히 강하던 언데드들이 평범한 수준으로 변했다. 그것만으로도 위협적이지 않은 것은 아니지만, 사제들의 신성력에 저항하는 능력까지 떨어졌다.

"어디로… 어디로 가야 하지?"

"저곳에서 생명의 기운이 느껴진다."

"가, 가 보자…….."

모라타를 정벌하기 위하여 떠났던 언데드들은 다수가 쓰러지고, 얼마 안 되는 병력마저 흩어져 버렸다.

그러나 가장 큰 변화라면 바르칸과 본 드래곤들에게 있었다.

바르칸이 발휘했던 저주 마법들이 저절로 해소되었다. 게다가 로뮤나가 살펴보니 생명력도 갑자기 크게 줄어들어 있었다.

"바르칸이 약해졌어!"

"신성력을 집중시켜서 공격하자."

유저들은 다시 희망에 불타올랐다.

바르칸의 넘치던 마력이 뚝 끊겼다.

리치로서 생명력과 마나를 흡수할 수는 있었지만, 무한에 가깝던 마나의 샘이 고갈되면서 바르칸은 괴로워하고 있었다.

본 드래곤도 약화된 게 눈에 보일 정도였다. 날갯짓이나 움직임도 둔해지고 몸을 가누는 것조차 힘들어했다.

"묻어 버리자!"

"뼈를 완전히 발라 주마."

검치 들이 본 드래곤에게 덤벼들었다.

중앙 탑에 붙어 있는 본 드래곤을 향하여 검치 들이 창을 던졌다. 무기술 스킬을 바탕으로 모든 종류의 무기들을 다룰 수 있는 검치 들의 특성은, 이런 경우에 큰 장점이었다.

크와아아아아……

본 드래곤이 포효하였지만 공포의 효과는 미약했다.

바르칸에 의해 만들어진 지 이미 시간이 너무나도 오래 지난 본 드래곤이라, 육체를 유지하는 데에도 힘과 마나가 많이 소모되었기 때문이다.

"죽여!"

"없애 버려!"

생명력도 얼마 남지 않은 검치 들이 마지막을 위하여 덤벼들었다.

사제들의 신성 마법도 본 드래곤의 몸에 작렬했다.

바르칸의 라이프 베슬이 깨졌다는 것을 아는 이상 마나가 모이는 대로 신성력을 아끼지 않고 쓸 수 있었다.

지붕에도 언데드들이 있었지만 많이 줄어들고 약해졌다.

위드는 중앙 탑을 빠져나오자마자 왔던 길을 되돌아갔다.

빙설의 폭풍에 휩쓸려서 얼음덩어리에 파묻혀 있는 본 드래곤이 목표물!

"이놈 끈질기네."

"도대체 생명력이 얼마나 큰 거야."

벌써 그곳에서도 검치 들 스물 정도가 붙어서 검으로 때리고 있었다.

본 드래곤이 몸에 두껍게 쌓인 얼음을 깨고 나오려고 했지만, 데스 오라가 사라지고 바르칸으로부터 공급받는 마나도 사라져서 그저 바둥거리는 수준에 불과했다.

"그냥 그대로 죽어!"

위드는 검치 들과 함께 본 드래곤을 공격했다.

본 드래곤이 발버둥 칠 때마다 바르고 성채의 건물과 탑이 부서져 갔다. 굉음을 내며 완전히 붕괴되는 건물도 있었다.

힘을 상당히 잃었지만 사라지지 않은 벤들러 기사처럼 몇몇 눈에 띄게 설쳐 대는 언데드들도 있었지만, 위드에게는 오로지 본 드래곤만 보일 뿐이었다.

'제대로 한밑천 챙겨 보자.'

그리고 마침내 본 드래곤이 회색빛으로 변해서 사라졌다.

> 바르고 성채에 있는 본 드래곤 부토리아가 영원한 안식에 들어갔습니다.

> 불사의 군단 소속의 본 드래곤을 사냥하는 데 약간의 역할을 하여 전 스탯이 1씩 오릅니다.

대부분의 피해를 다른 검치 들이 주어서 위드는 경험치와 명성을 크게 얻지 못했다.

그럼에도 얻는 스탯이니 고마울 뿐.

어렵고 힘든 대형 레이드에서 승리를 거둔 것만으로도 참가자들은 큰 보상을 받은 셈이었다.

"이쪽도 본 드래곤을 사냥했다!"

"이겼다. 본 드래곤을 모두 처치했다."

중앙 탑이 있는 쪽에서도 함성이 나왔다.

그쪽으로 더 많은 검치 들이 갔는데 사냥이 약간 늦은 이유는, 본 드래곤이 중앙 탑을 기반으로 움직였기 때문이다.

"이제 이 바르고 성채의 언데드는 끝난 것이나 다름없군."

많은 언데드가 땅에 쓰러져서 일어나지 못했고 본 드래곤들은 사냥당했다. 벤들러 기사들이 얼마나 남았는지는 위드도 알지 못했지만······.

"아무튼 엘프 연합군들과 계속 전투가 벌어진다면 언데드들은 버틸 수가 없을 거야."

바르고 성채에 모여 있던 불사의 군단은 이것으로 대충 정리되었다고 봐도 된다.

위드는 힘이 빠져서 비틀거리는 언데드들은 무시한 채로 지하로 달렸다.

민첩성 때문에 어마어마한 빠르기로 달리는 위드였다.

바르칸에게서 무언가 얻어먹을 게 있을지도 몰라 최대한 빠르게 갔다.

지하로 들어가는 계단 부근에, 힘을 잃고 무수히 많이 쌓여 있는 언데드들!

일부 언데드들이 위드를 발견했다.

위드는 공격을 그대로 몸으로 맞아 주면서까지 최대한 서둘러 지하로 내려갔다.

"어서 오세요!"

지쳐 있던 화령이 반갑게 맞이해 주었다.

"바르칸은요?"

"아직. 거의 다 죽어 가요!"

애쓴 보람이 있어서인지, 아직 늦지는 않은 모양이었다.

위드는 바르칸과의 싸움이 벌어지는 장소로 들어갔다.

"잡아!"

"조금만 더 몰아붙입시다."

"사제들은 언데드부터 정화를! 바르칸만 남겨 놓아야 사냥이 더 빠를 겁니다."

위드가 왔을 때에도 바르칸 사냥은 진행 중이었다.

바르칸이 검치 들과 성기사들의 시체들을 가지고 소환했던 언데드가 꽤 되었기 때문에 그들부터 처리하느라 싸움이 끝나지 않은 것이다.

"안식으로 떠나라, 턴 언데드!"

사제들의 신성 마법이 언데드들의 몸에 작렬했다.

위드가 마판을 통하여 가져왔던 강림하는 일곱 천사상!

조각상 주변에서는 신성력의 효과가 증가되기 때문에 엄청난 광휘가 일어났다.

인간들에게는 힘을 북돋아 주고 체력을 회복시키며 언데드에게는 손상을 입힌다.

"이렇게 끝날 수 없다. 인간들의 땅이 되고 있는 이 대륙을 파멸로 이끌어야 한다."

바르칸의 목소리가 지하를 으스스하게 울렸다.

"블링크!"

단거리 순간 이동을 하면서 성기사와 사제, 검치 들을 가리지 않고 마법으로 결박하여 생명력과 마나를 흡수했다.

하지만 바르칸의 몸에는 성검이 꽂혀 있었고, 그곳에서부터 시커먼 연기가 흘러나왔다.

지하 공간의 마나 밀도가 높아집니다. 마나 회복 속도가 증가합니다.

봉인된 생명력이 깨져서 생명력과 마나가 걷잡을 수 없이 새어 나가는 것이다.

바르칸이 마법을 외웠다.

"다시… 다시 돌아올 것이다. 게이트 오픈!"

다른 장소로 텔레포트를 할 수 있는 마법.

여기서 바르칸을 도망치게 해서는 안 된다. 위드와는 완벽한 원수 관계가 되었으니 빠져나갈 경우 모라타가 위험했다.

사제들의 신성 마법도 집중되면서, 텔레포트 마법은 성공하지 못했다.

상대방의 이동 마법이 취소되었습니다.

"바람의 질주!"

위드가 단숨에 거리를 좁히며 바르칸에게 다가섰다.

"소드 카이저!"

아껴 놓았던 스킬.

위드는 바르칸의 몸을 검으로 있는 힘껏 찔렀다. 속도가 빨라지면 그만큼 파괴력도 함께 커진다.

검치 들과 성기사들도 도착해서 바르칸을 같이 검으로 찌르고 베었다. 이미 바르칸이 소환한 다른 언데드들은 모두 힘을 잃고 소멸해 혼자만 남은 것이다.

레이드에서는 빼놓을 수 없는 무차별 공격.

생명력과 마나의 상실, 마법 주문도 외우지 못하는 바르칸이었기에 그대로 힘을 잃어 갔다.

위드와 검치 들, 성기사들, 사제들은 이 순간에는 다른 것은 모두 잊고 오직 공격만 했다.

그리고 마침내……

> 불사의 군단의 지배자, 어둠의 주술사이며 네크로맨서인 리치 바르칸 데모프가 영원한 안식에 들어갔습니다.

꼭대기에서 망토를 휘날리면서 바람을 맞았다.

위드와 생존자들은 바르고 성채의 가장 높은 중앙 탑으로 올라갔다. 그리고 꼭대기에서 망토를 휘날리면서 바람을 맞았다. 이 완벽한 고립감과 자유를 나누는 것이다.

성채에 새겨진 격렬하기 짝이 없는 전투의 흔적을 생생하게 볼 수 있는 곳이었다.

본 드래곤이 몸부림을 치다가 무너지고, 통째로 붕괴된 장소였다.

아직도 불이 꺼지지 않아 타오르고 있는 건물과 탑 들도 보였다.

외성을 지키던 언데드들은 엘프와 바바리안, 드워프 연합군에 의하여 사라지고 있었다.

"크흠."

"엣헴."

"이것 참… 이런 기분이었군."

지금 이 심정은, 그저 재미있다거나 즐겁다거나 하는 말로 표현할 수 있는 것이 아니었다.

'아직도 떨려 죽겠다.'

'워… 전투가 끝났다니 실감이 안 나네.'

'오늘 같은 전투가 다시 벌어질 수 있을까?'

'〈로열 로드〉를 안 했다면 죽을 때까지 평생 후회했을 거야.'

'친구에게 자랑해야지. 부모님에게도 자랑해야지. 직장 동료에게도 자랑해야지.'

'살았다. 살아남았다.'

저마다 최고의 기분을 만끽하면서 중앙 탑에 서 있었다.

거대한 전투를 마무리 지을 때까지 살아남은 기쁨을 나눴다.

검치 들과 사제, 성기사 들이 서로 친구 등록을 하는 것도 보였다.

위드도 승리로 인하여 흐뭇했다.

'많이 챙겼군.'

원래 대인원이 참여하는 레이드에서는 전투에 참여하여 승리를 거두기만 해도 보상이 크다.

바르칸으로부터 승리를 하고 나서, 사람들은 전투 공적에 따라 전 스탯이 최대 5개에서 2개씩 오르는 경험을 했다.

위드는 3개의 스탯이 올랐다. 처음부터 바르칸과만 싸웠던 게 아니기 때문이었으리라.

사실 바르칸에게 최후의 일격을 가했던 사람은 검백이십일치였다. 그래서 그의 레벨은 12개나 오를 정도였다.

위드도, 막판 전투에 참여했던 것만으로도 경험치가 24%나 늘었다. 이것만으로도 큰 소득이라고 할 수 있다

그래도 직접 모든 일을 준비하고 참여했던 사람으로서는 아쉬움이 남을 수도 있는데, 넓은 배포를 보여 주었다.

"이게 다 여러분의 덕분입니다."

힘든 전투를 마치고 나서도 다른 사람들부터 먼저 걱정했다.

"사형, 많이 다치셨지요? 붕대를 감아 드리겠습니다."

사형들을 챙기고, 다른 유저들에게도 스스럼없이 다가섰다.

"동료분들의 희생이 크셨는데… 다행히 내성에서 보물을 얻은 게 있으니 나중에 다 함께 나누도록 하죠. 이걸로 보상이 될 수는 없겠지만… 제 몫에서도 일부를 떼어 놓겠습니다."

유저들은 승리만으로도 좋았다.

"어떻게 그럴 수가 있어요. 이게 다 위드 님 덕분에 이루어진 결과인데요."

"정해진 몫만 주셔도 돼요. 알고 보니 위드 님이 바르칸의 라이프 베슬을 파괴하지 못했더라면 이기지도 못했을 거였더라고요."

염치를 가진 유저들!

명성과 스탯, 전투 경험. 승리를 거두면서 스킬의 숙련도도 제법 늘어났다.

이제 전리품도 분배받을 텐데 위드가 자기 몫까지 더 내놓겠다고 하니 어떻게 이렇게 훌륭한 사람이 있을 수 있단 말인가 하는 감탄이 절로 나왔다.

'난 웬만하면 사람을 안 믿는 편이었는데… 위드 님은 진정 천사구나.'

'도덕책에나 나오는 성인이 따로 없군.'

'대체 누가 위드 님에 대해서 인색하다거나 속이 좁다고 나쁜 소리를 하고 다녔던 거야? 역시 사람은 겪어 봐야 안다더니, 그런 헛소문이나 퍼트리고 다니는 사람이 있다면 혼내 줘야겠네.'

유저들이 단단히 착각해 버릴 정도의 위선!

위드는 보물에 대해서는, 생색을 내기 위해 아주 조금 양보하더라도 아깝지가 않았다.

바르칸에게서 나온 아이템은 처분하여 골고루 사람들에게 분배해 주어야 하며 위드의 몫은 보물과 마찬가지로 3할이다. 루 교단의 성검의 경우에는, 돌려주면 오늘 벌어졌던 전투 공적에 따라서 보상을 받을 수가 있었다.

그리고 위드에게는 매우 흡족한 보상 하나가 더 있었다.

> 언데드가 장악하고 있던 바르고 성채를 점령하였습니다.
> 모라타의 영역이 확장됩니다. 바르고 성채가 있는 지역을 영토로 편입합니다. 영주로서의 영향력과 명성이 커집니다.

땅은 배신하지 않는다.

척박하고 몬스터들이 들끓는 지역이지만, 유물들이 많이 묻혀 있으리라.

모험가와 사냥을 위한 파티들이 대거 몰려올 수 있었다.

바르고 성채를 보수하여 개방하고, 주민들이 이주해 오면 농사를 짓고 식량도 수확할 수 있다.

차근차근 발전이 이루어진다면 이곳에서도 초보자들이 시작할 수 있게 되리라.

머지않은 미래에, 본 드래곤이 날뛰었던 곳의 뒤쪽 언덕에 판자촌이 난립하는 광경이 마치 눈앞에 그려지는 듯 선명했다.

⋇⋇⋇

방송국과 인터넷 게시판의 폭발적인 반응!

그것은 이미 예견되어 있던 일이나 다름없었다.

언데드와의 싸움이었기 때문에 진행자들도 인간의 입장에서 설명했고 응원도 했다.

무난한 사냥은 아니었다.

바르칸에게 죽고, 본 드래곤에게 죽었으며, 언데드에 의하여 엄청난 피해가 발생했다. 바르고 성채의 내성으로 밀려오는 언데드를 보면서는 설명을 하며 긴장한 나머지 입안이 바싹바싹 말라 들어갔다.

그렇게 힘겹게 거둔, 믿기지 않는 승리!

—정말 제대로 보여 주었습니다. 우리는 언제 다시 또 이런 전투를 볼 수 있을까요?

—백 마디 말보다는 그저 지금을 만끽하면 될 것 같습니다. 제가 저곳에 있지 않은 게 너무 아쉬울 따름입니다.

—바람을 맞고 있습니다. 대격전이 벌어졌던 그 장소에서요. 내일 성탄절 최고의 선물이 되겠습니다.

진행자들은 시청자들의 뜨거운 반응을 받으면서 방송을 진행했다.

 바르고 성채의 전투를 중계하고 지켜보다 보니 어느새 현실의 시간으로도 새벽이 되었다.

 크리스마스이브!

 그리고 그다음 날은 성탄절로, 창밖에는 어느새 흰 눈이 내리고 있었다.

☾ 크리스마스의 눈 내리는 밤

밤새 내린 눈이 이현의 집 마당에 수북하게 쌓였다.

이현은 아침 일찍 깨어 창문 밖의 광경을 보고 중얼거렸다.

"도로가 엉망진창이 되어서 교통사고율이 높아지고, 거리에서는 미끄러져서 넘어지게 되겠지. 의사들이 돈을 많이 벌겠군. 역시 대한민국에서는 의사가 최고인데⋯⋯."

마당의 눈을 쓸어 내고 닭과 오리, 토끼, 개 들이 편안하게 겨울을 날 수 있도록 담요를 깔아 주는 등의 작업을 했다.

잠시 일을 하느라 우리에서 풀어 주었더니 동물들이 신나서 눈밭을 돌아다녔다.

"먹을 게 함부로 돌아다니면 안 좋은데⋯ 오늘은 특별히 봐 주지."

넓은 아량까지 베풀어 주는 이현!

크리스마스라고 해도 지금까지는 거의 〈로열 로드〉를 하면서 보냈다. 하지만 오늘은 특별히 할머니와 여동생에게 사 줄

옷을 고르러 시내에 나가기로 했다.

"동생도 여자애니까… 겨울 외투가 두 벌밖에 없으면 지내기 어렵겠지."

고등학생도 아니고 멋도 부릴 나이가 되었지만 옷을 사 준 일은 드물었다. 직접 옷을 사 입으라고 돈을 주면 저축을 해 버렸기 때문에 이번에는 이현이 사서 선물할 생각이었다.

"브랜드가 있는 옷으로 사 줘야지."

이현은 외출 준비를 서둘렀다.

바르칸 사냥에도 성공했고, 각 방송국들로부터 받을 돈도 많다. 그렇기에 이혜연에게 멋진 브랜드의 외투를 사 줄 결심도 할 수 있었던 것이다.

"지금쯤 겨울옷 세일을 시작했는지 모르겠군!"

※

"시장보다는 유행하는 디자인이 있는 아웃렛 쪽으로……."

이현은 전철을 타고 시내로 나갔다.

거리는 팔짱을 끼고 돌아다니는 연인들로 붐비고 있었다.

"범죄자도 아닌데 팔을 끼고 다니는 행위를 이해할 수가 없어. 가만 놔두면 어디 도망치기라도 할 것처럼 말이야."

이현은 그러면서 여성들이 입는 옷들을 유심히 관찰했다.

여자들은 유행이나 스타일에 굉장히 민감하다. 〈로열 로드〉에서도 방어력이나 옵션이 아무리 좋은 옷이라고 해도 디자인이 어딘가 마음에 들지 않거나 본인과 어울리지 않는다고 생각하면 잘 입지 않았다.

"요즘 잘나가는 옷으로 사 줘야 하는데."

외투만이 아니라 전체적으로 한 벌 맞춰 줄 작정이었다.

생일이나 성탄절에 옷을 선물받고 기뻐하는 여동생의 웃는 모습을 보고 싶었던 것.

"여자들은 정말 이해할 수가 없군!"

한겨울에, 눈까지 내리는데도 불구하고 미니스커트를 입은 여자들이 눈에 많이 띄었다.

"여자들은 추위를 느끼지 못하는 건가?"

대체적으로 여자들은 따뜻한 옷보다는 예쁜 옷들을 많이 입었다. 패션을 위해서는 다소의 불편함이나 추위 정도는 기꺼이 참는 모양이었다.

이현은 한참을 지켜보다가 혼자서는 고르기 어렵다는 사실을 알았다.

이현의 입장에서야, 겨울이라면 등산용 점퍼와 발열 내의가 최고의 선택이 아니던가! 그런데 여동생이 입을 옷을 고르라니 도무지 난감했다.

"여자 옷은 여자가 잘 알 텐데……."

이현은 여자들과의 인간관계도 넓은 편이 아니라 조언을 구할 사람이 많지 않았다.

"일단 연락이나 해 봐야지."

옷을 잘 알 만한 사람으로 제일 먼저 떠오른 정효린에게 일단 문자를 보냈다.

〈로열 로드〉에서도 화령으로 갖가지 옷을 입고 현실에서는 패션쇼에도 자주 나갔으니 전문가라고 할 수 있는 그녀.

영상통화도 안 되는 구형 기종이지만 문자를 보내는 데는 지장이 없었다.

여동생 옷을 사 주려고 하는데
시간이 되면 같이 봐 줄 수 있어요?

이현은 기본요금을 제외하면 통화 요금을 1달에 2,000원도 안 냈다. 설혹 어쩔 수 없이 여동생에게 전화하더라도 간단한 몇 마디 말이면 충분하다.

"어디야?"
"늦게 와?"
"집에 같이 가자."
"밥 먹고 와?"

대화는 10초면 충분한 것이다. 무료 300분 요금제, 400분 요금제 등을 쓰는 사람은 전화하다가 끊지 않고 잠들었기 때문이라고밖에 생각할 수 없는 통화 패턴!

문자를 보내고 나서 1분도 지나지 않아서 답장이 왔다.

오늘 스케줄이 잡혀 있어서요.
공연이라서 빠질 수 없는데 어떻게 하죠?

이현은 괜찮다는 답장을 보내고 나서 다른 사람을 떠올렸다.

김인영. 이리엔으로 활동하는 그녀라면 비슷한 또래인 여동생의 옷을 고르는 데 도움이 되리라.

친구들과 오늘 영화 보러 가기로 해서요. 죄송해요!

성탄절 하루 전에 약속이 잡히지 않은 사람이 없었다.

학교의 친구들은 남자 친구를 만난다며 거절하거나, 아예 답장도 안 왔다.

"그러면 딱히 보낼 사람이 없는데……."

이현은 잠시 고민을 하다가 서윤에게도 문자를 보냈다.

그녀를 생각하지 못한 건 아니지만, 이런 부탁을 하기가 미안했던 것이다.

시간 되면, 여동생이랑 할머니 옷 사러 가는데 좀 도와줄래?

⦿⦿⦿

서윤은 병원을 나와 주택으로 이사한 후 첫 번째 겨울을 맞고 있었다. 저절로 가동되는 벽난로 근처에는 몸보신이 드러누워 따뜻한 불을 쬐었다.

—위드의 모험이 다시 성공을 거두었는데요, 사람들의 찬사가 끊이지 않는다고요?

—네, 그렇습니다. 이번에는 혼자만이 아니라 다수의 동료들을 데리고

수행한 전투에서 대활약을 펼치며 승리를 거둠으로써 위드에 대한 칭송이 대단합니다.

─전투에 참여했던 사제들과 전사들 중에도 함께 유명세를 타는 사람들이 있다는데요. 어떤 사람들이죠?

─댄서 직업을 가지고 있는 여성 유저와 근육질의 전사들인데, 이들은…….

그녀는 텔레비전을 보고 있었다.

텔레비전을 통해 이현의 영상을 보면서 얼마나 가슴을 졸이고 걱정했는지 모를 정도였다.

그때 그녀의 휴대폰에 이현의 문자가 도착했다.

시간 되면, 여동생이랑 할머니 옷 사러 가는데 좀 도와줄래?

원래는 오늘 그냥 집에서 쉬려고 했지만 바로 외출 준비를 했다.

서윤이 집 밖으로 나가는데 옆집의 젊은 대학생이 친구들과 농구를 하고 있었다.

박진석.

서윤보다 일주일 늦게 이사를 와서 떡을 가져오면서 얼굴을 처음 봤다.

우연을 가장하여 만나게 된 H그룹의 장남!

아침 일찍 조깅하면서 서윤의 집 근처를 지나가고, 친구들과 함께 테니스나 농구를 하는 모습을 가끔씩 보여 주기도 했다.

아직까지 말도 나눠 보지 않았지만, 그녀가 밖으로 나올 때마다 자주 마주치곤 했다.

༚ၔႄၐ

　이현은 백화점 입구에 서 있었다.
　백화점의 정문은 커플들이 모이는 온상으로, 남자 여자 할 것 없이 많은 사람들이 저마다 누군가를 기다리고 있었다.
　"백화점도 나쁘지 않지."
　크리스마스이기도 했으니 아웃렛보다는 백화점으로 왔다.
　브랜드 제품을 살 때에는 가격적인 측면에서 크게 차이가 없기도 하고, 김인영이 문자로 백화점에서 특별 세일을 한다는 사실을 알려 주었던 것이다.
　"역시 쇼핑에도 정보가 필요해."
　이현이 서서 기다리고 있자니 서윤이 종종걸음으로 걸어와서 앞에 섰다. 눈이 내리고 바람도 부는 날씨 때문에 긴 외투를 걸치고 목도리까지 두른 차림이었다.
　"많이 기다렸어요?"
　"아니. 추우니까 들어가자."
　이현은 서윤과 함께 백화점 1층으로 들어갔다.
　"참, 근데 그 옷들은 어디서 산 거야? 제법 예뻐 보이는데."
　서윤이 입은 옷은 특별하게 시선을 잡아끌거나 하진 않아도 색상이 참 예쁘고 질감이 우수해 보였다. 보통 때라면 묻지 않았을 테지만 여동생의 옷을 사야 하니 질문한 것이다.
　"다른 백화점에서 샀던 것 같아요."

"그래? 가격은 얼마나 하는데?"

"기억이 잘 안 나요. 한 400만 원 정도 했을 거예요."

"······."

이현에게 백화점에 대한 진한 공포를 심어 주는 말이었다.

본 드래곤보다도 백화점이 더 무시무시했다.

백화점의 1층은 여러 잡화 브랜드와 가방, 명품, 귀금속, 화장품 코너가 있었다. 이현의 걱정과는 달리 명품 브랜드가 아니라면 심하게 부담스러운 금액은 아니었다.

"그냥 평생 잊지 못할 금액 정도······. 쌀을 80킬로 사고도 남고, 꿈에 나올까 두려운 액수 정도군."

작은 머리띠 하나에 몇만 원씩이나 나가는 세상!

"노란 고무줄을 발명한 사람에게 노벨상을 줘야 했어."

여성용 액세서리의 가격이 대단하다는 것도 새삼 실감했다.

2층과 3층으로 올라가서 여성 의류들도 훑어보았다.

"여동생의 체형과 대충 비슷할 것 같으니까··· 네가 대신 입어 봐 주면서 골라도 될까?"

"저는 좋아요."

이현은 예쁘다 싶은 옷들, 주로 마네킹에 걸려 있는 옷을 서윤에게 입혀 봤다. 일단은 점퍼나 외투를 사려고 했기에 간단히 걸쳐 보는 정도로도 알 수 있었다.

"손님, 두꺼운 점퍼가 정말 잘 어울리세요. 매장에 딱 한 벌 남았는데요. 제가 지금까지 장사하면서 본 손님 중에 가장 예쁘세요."

"요즘에는 조금 슬림한 라인이 들어간 제품들이 잘 팔리는데 요, 겨울이라도 몸매를 은근히 드러내는…… 그런데 너무 예 쁘시다."

"편하고 질리지 않는 기본 스타일인데 소재가 고급이라서 촉 감이 아주 좋죠. 그런데 연예인 아니세요?"

서윤은 뭘 입어도 예뻤다.

블라우스, 치마, 티셔츠, 모자, 하다못해 등산용 점퍼를 대충 걸치기만 해도 아름다웠다.

설혹 옷을 디자인한 사람이 와서 보더라도 자신의 옷이 이토 록 예쁘리라고는 생각도 못 했다고 감탄하리라.

"가격이 얼마죠?"

"얼마 안 해요. 54만 원 정도인데요, 지금 20% 세일하는 제 품이거든요."

이현은 대충 시장에서 구입한 두꺼운 점퍼와 청바지를 입고 있었다. 팔목에 착용하고 있는 시계도 2만 원짜리 전자시계!

'웬만한 부자들은 많이 봤지만, 진짜 부자들은 티가 안 난다 더니……'

'외국 물이야. 다른 나라에서 유학하면서 검소한 생활이 몸 에 배었을 거야.'

'돈이 얼마나 많으면 이런 여자 친구와 다닐 수 있을까?'

본인이 입을 옷이라면 엄두도 못 내겠지만 동생에게 주는 선 물이니만큼 이현은 과감하게 결심하고 구입했다.

외투 한 벌, 상의 세 벌, 치마와 바지, 구두, 머리띠까지!

스무 살, 발랄한 나이에 어울릴 만한 옷들로 고른 것이었다.

"가, 가방도 하나⋯ 필요할까? 필요하겠지?"

고민 끝에 가방도 중저가 브랜드에서 할인하는 걸 샀다.

할머니 옷들도 구입하느라 결국 이현은 백화점에서 예상보다 훨씬 많은 돈을 쓰게 되었다.

'그래도 필요한 것들이니까.'

〈로열 로드〉를 통해서 상당한 거금을 벌어들이고 있으니 이 정도는 큰맘 먹고 지출하기로 한 것이다.

물론 이러다가 악의 구렁텅이로 떨어지는 것은 아닌지 불안하기는 했다.

"그리고 이건 내가 주는 선물."

이현은 서윤에게도 선물을 줬다.

그녀에게 백화점에서 물건을 사 주는 건 큰 의미가 없을 것 같아서 직접 만든 공예품을 주었다.

이현은 현실에서도 조각하는 일에 익숙해지기 위해서 꽤 많은 나뭇조각을 깎았다. 조각과 관련된 책이나 동영상 강의를 보기도 하였다. 그러면서 정성껏 조각품을 만들었다.

서윤과 처음 만난 날, 그녀와 함께 모험을 떠났던 때, 와이번을 타고 지나가면서 봤던 그녀의 눈물, 북부를 탐험하며 고생했던 시간, 대학에서 만난 그녀, 최근에 남해로 여행을 가서 봤던 모습.

그녀에 대한 조각품이 15개나 되었다.

옷차림이나 머리 모양도 그때마다 다 달랐다.

만들어서 지금까지 다른 물건들과 같이 창고에 보관해 놓았던 물건을 종이 박스에 담아 그녀에게 준 것이다.

"비싼 게 아니라서 미안. 심심할 때 만들어 본 거야."

"…잘 간직할게요."

서윤은 조각품을 받았다. 그녀에게는 가장 멋진 크리스마스 선물이었다.

둘은 백화점을 나와서 거리를 걸었다. 따로 갈 곳은 정해 놓지 않았다.

음악이 흘러나오고, 커플들이 활개 치며 돌아다니는 시간!

조금이라도 싸고 예쁜 옷을 사기 위해 매장을 뱅뱅 도는 바람에 슬슬 배가 고파 왔다.

'밤이 되었군.'

헤어지기 전에 저녁밥 정도는 사 줘야 될 것만 같은 분위기였다.

'크리스마스 때에는 식당도 바가지인데…….'

오늘 같은 날은 갈 곳도 마땅치가 않다. 어디를 가도 비싸고 사람들이 복작복작할 테니 꺼려지는 것이다.

이현은 차라리 집으로 데려가는 게 낫겠다 싶었다.

"우리 집에 갈래? 동생은 친구들이랑 영화 본다고 해서 밤늦게 돌아올 건데."

어떻게 생각하면 오해의 소지가 깊은 말.

하지만 서윤은 고개를 끄덕이면서 따라나섰다. 이현을 단단히 믿고 있었기 때문이다.

집에 도착하자마자 이현은 밥부터 차렸다.

"동생은 밥 먹고 올 테니 둘이 먹을 것만 만들면 되겠군."

밖에는 여전히 눈이 조금씩 내린다. 돼지갈비나 감자탕이 먹고 싶은 날씨였다.

"재료는 없는데."

오늘 밤에는 간단히 된장찌개나 해 먹으려고 했으니 집에 미리 사 둔 고기가 없었다.

"그러면 다른 할 만한 요리로……."

이현은 냉장고를 뒤적였다. 그러다가 방송국에서 보내온 음식 재료를 발견했다.

연어와 철갑상어의 알 그리고 샴페인!

"KMC미디어에서 보낸 게 있었구나."

연말 선물이라면서 방송국에서 보내 준 음식 재료들이었다. 솔직히 한우 갈비 세트에 사이다 한 상자나 보내 주면 맛있게 먹을 텐데, 무슨 이딴 걸 보내는지 모를 일이었다.

"잘됐어. 알탕에 넣었다가는 맛 이상해질지도 모르니 이참에 먹어 치워 버려야지!"

이현은 연어와 캐비아를 손질해서 샴페인과 함께 꺼내 왔다. 오전에 여동생에게 만들어 주고 남은 쿠키도 조금 가져왔다.

"차린 건 없지만 많이 먹어."

연어 샐러드와 캐비아, 쿠키, 샴페인의 성대한 만찬을 만들어 놓고 텔레비전을 켰다.

막 나오는 프로그램은 크리스마스에는 반드시 봐야 한다는 〈나 홀로 무인도에〉였다.

크리스마스에 무인도에 갇힌 초등학생 둘이 겪는 모험 영화!

공룡에 쫓겨 다니고 악당까지 퇴치한 후에 보물을 발견하고 나서, 초등학생들은 서로 욕심을 부리다가 싸우게 된다. 둘이 최후의 승부를 겨루려고 할 때 연락을 받고 무인도에 엄마가 왔다.

말썽 그만 피우라고 엄청 야단맞고 집에 가서 공부를 하는 스토리!

1편이 워낙에 대대적인 인기를 끌어서 후속작으로 〈나 홀로 던전에〉도 촬영 중이라고 한다.

식사를 마치고 나서 창밖을 내다보니 눈이 제법 많이 쌓여 있었다.

서윤과 단둘이 밥을 먹으며 텔레비전에서 틀어 주는 영화를 시청했다.

~ഛ൸ഐ൸ഈ~

차은희는 크리스마스이브에 정득수 회장과 만났다.

이현과 서윤이 데이트를 하고, 밥도 먹으면서 함께 저녁 시간을 보내고 있다는 보고를 받았기 때문이다.

정득수 회장은 미간을 잔뜩 찌푸리고 있었다.

"지금까지 기회가 될 때마다 마주치게 했는데 진전이 없다고 하는구려."

H그룹의 장남.

남자답고 씩씩하고, 연애 경험도 많았다.

자연스럽게 마주치게 해서 끌리게 만들려고 했는데 서윤의 반응이 없었다.

"도무지 알 수가 없군. 그러면 그 이현이라는 청년을 떼어 내기 위해서 도대체 어떤 남자를 소개시켜 줘야 하겠소?"

차은희는 정득수 회장의 궁금증을 풀어 줄 때라고 여겼다.

"따뜻한 사람이어야 하죠."

"따뜻하다?"

"서윤의 얼어 있던 마음을 풀어 준 건 따뜻함이거든요. 이현보다 마음이 따뜻한 사람… 소개해 주려면 그런 사람을 해 줘야 될 거예요. 찾으려고 해도 쉽지는 않겠지만요."

ꊰꊰꊰꊰ

이현과 서윤 그리고 저녁에 집에 들어온 이혜연은 거실에서 판을 벌였다.

밥도 먹고, 영화도 보았다.

그리고 대미를 장식하는, 사람 3명이 오붓하게 시간을 보낼 수 있는 고스톱!

'지금 광이 두 장 내 손에 있고, 벌써 두 장을 먹었으니까… 1명은 광박을 씌울 수 있겠군. 그러면 무조건 쓰리 고!'

이현의 눈가가 파르르 떨렸다.

여러 가지 경우의수에 대해서도 생각해 놓았고, 패를 먹을 때의 우선순위도 완벽하게 챙겨 놨다.

'쓰리 고다!'

이현은 아무렇지 않은 척 외쳤다.

"뭐, 못 먹어도 이럴 때는 고를 해 줘야 재미가 있겠지? 고!"

결국 이현이 판을 쓸어버렸다.

현찰이 오가고 있었기에 집중력은 〈로열 로드〉에서와 비교할 바가 아니었다.

돈을 딸 때마다 굉장히 행복해하는 이현이었다.

바드레이와 헤르메스 길드의 전력은 하벤 왕국 장악 이후로 급상승했다. 다른 길드를 흡수하고, 하벤 왕국의 유저들을 받아들이면서 외형적인 성장을 크게 이루었다.

"헤르메스 길드의 소속이 아니면 이 사냥터에서 떠나라!"

"길드원 소속이 아닌 사람들에 대해서는 교역 세금을 35% 추가한다."

"던전에서 5인 이상의 파티 사냥 금지."

각종 규제 조치들을 만들어 내며 일반 유저들의 고혈을 쥐어짰다.

위드가 보았다면 겸손하게 한 수 배움을 청할 정도의 착취!

헤르메스 길드에 대한 지탄의 소리가 드높았지만 그들은 개의치 않았다.

주요 영주들과 귀족들을 장악하고 있었기에 일부 유저들이 소란을 일으키더라도 무력으로 금방 진압이 가능했다.

하벤 왕국 전체에 헤르메스 길드의 영향력이 미치지 않는 곳은 없었다.

"억울하면 하벤 왕국을 떠나라. 하지만 뜨내기들은 어떤 왕국에서도 환영받지 못할 것이다."

"베르사 대륙 최대의 길드이기 때문에 이 정도의 이권은 있어야 한다. 우리가 하벤 왕국을 경영하면서 무료로 봉사할 수는 없는 일 아닌가?"

하벤 왕국의 주민들에게도 높은 세율을 적용했다.

헤르메스 길드에 쌓여 가는 막대한 부!

대장간에서는 병장기를 만들고, 징병으로 군대를 몇 배나 양성했다. 헤르메스 길드의 현재 전력이 어느 정도 되는지는 추측하기가 어려울 정도였다.

중앙 대륙이 엠비뉴 교단으로 혼란스러울 때, 헤르메스 길드는 대제국을 이루기 위한 전쟁 준비를 진행하고 있었다.

그런 와중에 폴론과 기사단, 마법병단, 레인저들이 모조리 패배!

수뇌부끼리의 회의가 열렸다.

"위드에 대하여 본격적인 반격에 나서야 됩니다. 모라타를 잿더미로 만들어 버립시다."

"개미 새끼 1마리 남겨 놓지 않도록, 그곳의 주민이라면 몰살시켜야죠. 조각품? 박살을 내서 가루로 만들면 됩니다. 쓸 만한 게 있다면 여기로 가져와도 좋고요."

"척살령을 내려서 모두 죽입시다."

수뇌부 회의에서는 랭커들의 격앙된 의견들이 쏟아졌다.

위드가 개인으로서 명성이 대단하다고는 하지만 헤르메스 길드는 결코 바드레이와 같은 반열에 올려놓지 않았다. 강한 자들끼리의 경쟁이 치열한 중앙 대륙에서도 무신으로 불리는 바드레이가 그런 자와 비교되는 자체를 수치스럽게 여겼다.

게다가 헤르메스 길드의 패배는 용납할 수 있는 범위를 넘어선 일!

결국 바드레이가 직접 명령을 내리지 않는 이상, 길드장인 라페이가 결정해야 할 사안이었다.

ᴥᴥᴥ

헤르메스 길드의 홈페이지.

하루 방문자 숫자만 해도 엄청난 그곳에 새로운 공지 사항이 떴다.

> **제목: 척살령 296호**
>
> 조각사 위드를 헤르메스 길드의 최우선 척살 대상으로 정함.
> 위드에게 협력하는 자들 모두가 헤르메스 길드의 표적이 됨.
> 위드가 하벤 왕국이나 중앙 대륙의 가까운 곳에 있을 때 제보한 사람에게는 13만 골드를 수여함. 또한 어느 곳에서든 위드를 죽인 사람에게는 40만 골드를 현상금으로 지급함.

헤르메스 길드의 특별 공지가 가져온 위력이란 실로 어마어마한 것이었다.

위드의 모험을 조금씩 방해하던 수준에서 벗어나 실질적인 선전포고를 했다. 이 척살령이 취소되는 경우는 대상자가 더 이상 죽일 가치도 없어졌을 때와 헤르메스 길드에 굴복하는 때

뿐이었다.

—앞으로 헤르메스 길드와 위드의 전면전이 벌어지는 건가요?
—세력 면에서 비교가 안 되는데 전면전이 벌어질 수나 있을까요? 북부의
  도시 하나와 하벤 왕국의 싸움이라니.
—위드는 어떤 불리한 상황도 극복해 내는 마법을 가지고 있죠.
—헤르메스 길드에서도 군대를 움직이려고 했으면 척살령을 내리지도 않았
  겠죠. 위드가 인정할 만한 상대라는 증거나 다름없네요.
—그보다는, 위드가 암살단에도 무사할 수 있을까요?

헤르메스 길드는 척살령에 오른 사람들을 대상으로 암살단을 운용했다.

척살령을 받은 사람이 나타나면 가까운 곳에 있는 암살단이 움직여서 목숨을 빼앗는 방식!

헤르메스 길드의 척살령에 오르면 중앙 대륙 어느 곳에서도 안전을 보장하지 못할 정도였다.

어쌔신들은 들키지 않고 은밀하게 적에게 가깝게 다가갈 수 있다. 어지간한 적 길드의 인물조차도 어쌔신 3~4명이 함정을 파고 습격하면 살아남지 못했다.

늙은 시녀의 의뢰

유니콘 사의 시스템부에 있는 과학자들은 〈로열 로드〉의 상황을 확인했다.

"헤르메스 길드의 세력이 참 거대하군."

모니터에 보이는 헤르메스 길드의 숨겨진 군대는 칼라모르 왕국의 전력보다도 훨씬 위였다.

"인간들의 성장이 이 정도로 빠를 줄은 몰랐어."

과학자들은 중앙에 있는 대형 스크린을 보았다.

베르사 대륙의 지도가 영상으로 완성되어 있었다.

성들과 마을들이 표시되어 있었으며, 확대하면 몬스터 무리의 이동 현황까지 보인다.

대륙 전체를 실시간으로 살필 수 있는 시스템이었다.

인공지능 시스템을 통하면 퀘스트의 발생이나 유저들 중에서 업적이 높은 사람들도 찾아낼 수가 있다.

물론 과학자들은 간섭하지 못하고 그저 지켜만 볼 뿐이었다.

〈로열 로드〉의 세계를 통일한 〈로열 로드〉의 황제!

가상현실에서 모든 종족을 지배하는 절대자가 되기 위한 싸움이 은연중에 벌어지고 있다.

지금도 성과 도시를 차지하고 있으면 엄청난 부를 벌어들일 수 있지만, 황제가 되고 나면 권력과 수입이 천문학적인 수준이 된다. 이를 위하여 많은 유저들이 레벨을 올리고, 세력을 형성했다.

뛰어난 자들이 있었고, 또한 좌절도 무수히 겪게 된다.

〈로열 로드〉라는 세상에서 펼쳐지는 인간들의 모습을 지켜보는 것도 흥미로웠다.

그런데 대형 스크린에 검붉게 반짝이는 점들이 지난달에 비해 훨씬 많이 증가했다.

"엠비뉴 교단이 너무 커지는 거 아니야?"

중앙 대륙, 남부, 동부, 서부를 가리지 않고 엠비뉴 교단을 상징하는 검붉은 점들이 확산되고 있다.

유저들은 아직 모르겠지만 주민들이나 귀족, 왕 등을 포섭하면서 힘을 키워 갔다. 특히 각 길드들이 차지한 중앙 대륙이 전쟁으로 혼란에 휩싸이면서 엠비뉴 교단은 더 빠르게 퍼졌다.

"사람들이 엠비뉴 교단과 싸우기보다는 공성전을 통한 땅따먹기나 하고 있으니 어쩔 수 없지."

"그래도 지금 멈추게 하지 않으면 정말 곤란할 텐데……."

엠비뉴 교단은 역사적으로 대륙을 위험에 빠뜨리는 악의 무리다.

길드를 이끌고 있는 입장에서는 엠비뉴 교단과 싸우기보다는 근처의 만만한 성과 도시를 노리는 편을 택했다. 패권 동맹이라는 연합체의 경우에는 더욱 경쟁하듯 세력 확장을 하면서 무관심했다.

덕분에 엠비뉴 교단은 들불처럼 번져 나가고 있었으며, 비밀리에 마물들을 양성하였다.

과학자들이 보기에는 이대로라면 전 대륙이 엠비뉴 교단에 뒤덮일 수도 있을 것 같았다.

"어쩔 수 없지. 이것도 인간들의 선택이니까."

"만의 하나, 대륙이 엠비뉴 교단에 장악된다 해도 인간들의 자율에 맡기는 것이 〈로열 로드〉의 운영 방침이긴 하지."

암흑의 대륙!

다른 게임이었다면 적극적으로 엠비뉴 교단을 말리고 인간들에게 경종을 울려 주거나 했겠지만, 유니콘 사에서는 그럴 의도가 없었다.

인간들 각자가 스스로 알아낸 정보를 가지고 스스로 선택하게 한다.

암흑의 대륙이 되면 살아가기는 훨씬 힘들어지겠지만, 엠비뉴 교단의 박해에서 벗어나기 위하여 싸우는 것도 〈로열 로드〉의 일부가 될 수 있었다.

ᖇᕊᘿᓮᕬᕩᕬ

베르사 대륙을 만들어 낸 유병준도 인공지능 시스템을 통해 〈로열 로드〉를 살펴보고 있었다.

"결국 엠비뉴 교단 아래 모든 것들이 종식되겠군."

인간들에게도 기회는 있었다.

그들이 자신들의 욕심에 눈이 멀어서 외면하는 동안 엠비뉴 교단은 성장했다. 그리고 점점 커지고 있으며, 더 크게 세상에 나타나서 혼란을 일으키게 될 것이다.

"이런 식으로 끝나더라도 어쩔 수 없겠지."

유병준이 특별히 지켜보고 있는 몇몇 사람들이 있었다.

모험가, 발굴가, 전사, 기사, 마법사, 성기사, 사제 그리고 조각사!

각자 따로따로 활동하지만, 어느 정도 성장하고 나면 권력이나 돈에 대한 욕심을 갖는 것은 모두가 다 똑같았다.

솔직히 유병준은 위드라는 캐릭터가 활동하는 것을 자주 지켜보았다.

"그놈은 달라."

처음부터 끝까지 돈이었다.

인생의 제1의 가치관에 돈을 놓고, 절대 변하지 않을 인간!

남부럽지 않을 떠들썩한 모험으로 사람들의 인기를 모으고 또한 칭송받고 있기도 했다.

"차라리 다행이겠지."

유병준은 이현을 만났을 때 그가 200원을 주었던 사실에 대해 약간은 기분 나쁜 감정을 간직했다.

그것도 100원이 모자라 코코아를 마시지 못했다.

"계속 퀘스트를 하고, 시기하는 사람들로 인하여 방해받고… 그러다 보면 결국 아무것도 할 수가 없을 테니."

위드의 능력에 대해서는 정말 감탄할 수밖에 없다.

인공지능 시스템을 통해 초보 시절부터 쭉 살펴봤는데, 언제나 조각품을 만들거나 사냥을 하고 있다.

그런 끈기로 많은 걸작, 명작, 대작의 조각품을 만들었다.

대륙을 떠돌며 조각술의 비기 5개를 다 모은 것도 대단하다 하지 않을 수가 없는 일.

"조각술 최후의 비기 그리고 조각술 마스터 자하브를 만나지 않으니… 크크크. 사람들이 띄워 주는 칭찬에 빠져서 살면 되겠지."

꿀꿀꿀

위드는 〈로열 로드〉에 다시 접속했다.

어둠이 깊이 내린 바르고 성채!

그는 기울어진 중앙 탑에 앉아서 고독을 되새겼다.

"헤르메스 길드의 척살령이라……. 이제 나를 완전히 죽이기로 작정한 것인가?"

정보에 민감한 위드가 모를 수가 없었다.

척살령은 헤르메스 길드의 자존심이라서, 그 명단에 오르면 수단과 방법을 가리지 않고 죽인다.

상인들과 정기적인 무역과 관련된 거래를 하거나 다른 유저들에게 퀘스트 공유를 받을 수도 없다. 하벤 왕국은 물론이고 중앙 대륙에서는 활동하기가 어렵다.

헤르메스 길드에 잘 보이려는 사람들이 사방에 널려 있고,

현상금까지 걸려 있는 마당이다. 지금까지는 위드를 보고도 특별히 알은척하지 않고 지나갔지만, 앞으로는 모든 소식들이 헤르메스 길드와 현상금 사냥꾼들에게 전해질 것이다.

"이제부터 퀘스트 하기가 어려워지겠군."

위드가 어느 곳에서 퀘스트를 한다는 소문이 돌기만 하면 암살자와 현상금 사냥꾼 들이 구름처럼 몰려올 것이다.

"원래 의뢰는 장단점이 있긴 했지."

어려운 의뢰를 받아들여서 고생도 많이 했다.

고레벨로 갈수록 더 빨리 레벨을 올리기 위해 거의 사냥에만 전념하는 사람들이 많다. 그렇지만 위드는 의뢰를 해결하면서 남들이 갖지 못한 아이템과 보물들을 획득하고, 방송국을 통해서 돈도 벌었다.

명성과, 영지인 모라타도 얻었다고 할 수 있다.

천공의 도시에 갔던 사건, 프레야 교단의 성물을 찾아 주던 의뢰, 오데인 요새 공성전 참여, 피라미드 제작, 절망의 평원에서 오크 카리취로 활약했던 일.

여러 모험에 대한 기억들이 갑자기 떠올랐다.

위드가 그 혼자만 들을 수 있는 낮은 음성으로 중얼거렸다.

"사람들의 습격을 받다 보면 퀘스트와 사냥을 제대로 못 하고… 남들보다 뒤쳐지게 되겠지. 다크 게이머로서 돈을 못 벌면 결국 다른 직업을 구해야 될 테고……."

현재 취업난이 심각하다는 사실을 모르는 사람은 없다.

"터무니없는 금액을 받으면서 공장에 취직하는 거야. 하루에 17시간씩 일하면서 몸이 축나고… 공장에서 유해한 가스 등에 노출되어 병에 걸리겠지. 치료를 받으면서도 퇴사당하지 않기 위해 어떻게든 일을 하고, 아침에는 우유와 신문도 배달해야지. 그러다 어느 순간 길에서 쓰러지기라도 한다면……."

벌써 우울한 회색빛 미래를 그리고 있는 위드!

"그래도 아직은 건강한 편이니까 아파도 다시 일어나서 활동은 할 수 있겠지. 하지만 병 때문에 돈을 계속 까먹을 거야. 회사를 15년 정도 다니다가 쥐꼬리만큼 적은 퇴직금을 받고 갑자기 쫓겨나겠지. 일용직이나 공공 근로 일자리라도 찾아다니다 보면 나중에는 결혼도 못 하고 노인이 되어 있을 거야. 우리나라의 연금 재정은 그때쯤 파탄이 났을 텐데, 온몸이 아프고 병들어서 그렇게 살다가 죽으면 라면에 계란이라도 넣어 차린 제사라도 지내 줄 사람이 있을까?"

헤르메스 길드의 척살령으로 이끌어 낸 완벽하게 절망적인 미래!

위드는 그래도 혼자 희망을 찾아보려고 했다.

"정말 안 좋은 경우에는 폐지도 수집할 수 있고, 고철도 괜찮지. 부양해 줄 가족이 없으면 최저생계비라도 지원받을 수 있을 테고, 위기의 순간에는 신장이라도 하나 떼어 팔면……."

아무튼 앞으로는 정상적인 퀘스트나, 북부에서 그것도 모라타나 바르고 성채 주변을 벗어나서 사냥하는 건 굉장히 위험하리라.

바다를 건너가야 하는 지골라스에서도 만만치 않은 방해를 받았고, 불사의 군단 퀘스트를 하면서도 죽음을 겪었다. 헤르메스 길드의 영향권이 그토록 넓다는 증거였다.

갑자기 대규모 군대가 나타나거나 한다면 항상 검치 들과 동료들과 다닌다고 하더라도 감당하기가 어렵다.

"이제부터는 정말 조심해야겠군. 앞으로 사람들에게 노출되는 퀘스트들은 모두 진행할 수 없겠지."

알려진 퀘스트, 혹은 지난번이나 이번처럼 시간이 오래 걸리는 의뢰들은 위험해서 할 수가 없다.

'사냥이나 커다란 퀘스트에만 의존하는 건 조각사로서 제대로 된 성장법이 아니기는 한데…….'

잡캐라고 해도 주업은 조각사.

위드에게 갑자기 떠오르는 기억이 있었다. 정말 오래전부터 묵혀 왔던 기억이었다.

"퀘스트 정보 창!"

자하브의 유지를 이어라

자하브는 그날 죽지 않았다. 자신의 조각술을 시험하기 위하여 멀고 먼 대륙으로 떠났다. 자하브가 그라페스 지역으로 떠났다는 이야기가 있다. 조각술을 완성한 다음, 자하브를 찾아 그에게 노래를 배우고, 돌아와서 늙은 시녀에게 들려주도록 하라.

난이도: A.

제한: 늙은 시녀가 사망하기 전까지 완수해야 한다. 취소는 불가능하다.

자하브를 찾아가는 퀘스트!

로자임 왕국의 시녀와 관련된 퀘스트였는데, 그때는 레벨도 낮고 시간이 오래 걸릴 것 같아서 진행하지 않았다. 조각술에 대해 실망하고 있었던 시기라는 점도 큰 이유였다.

나중에는 가끔씩 로자임 왕국의 세라보그 성에 대한 정보 게시판을 통해 늙은 시녀가 죽지 않았는지만 확인하면서 미루어 두었다.

'오래전에 받았던 시녀의 퀘스트. 자하브를 만나서 노래를 배워 오고 조각술 최후의 비기와 관련된 퀘스트를 진행하다 보면…….'

조각술은 고급 8레벨에 머물러 있다. 마스터까지는 그리 많이 남지 않았다.

"조각술 마스터 그리고 조각술 최후의 스킬!"

헤르메스 길드가 건재한 이상 어쩌면 평생 쫓겨 다녀야 할지도 모른다.

'그렇다면 지금 꼭 해야 하는 의뢰인데…….'

조각술을 완성하기 위한 길!

사실 불사의 군단과 싸웠던 것도 모라타를 지키기 위해서라는 이유가 컸다.

위드가 깊은 생각에 잠겼다.

'헤르메스 길드에서 정말 끝까지 나를 공격하고 방해한다면. 그리고 정말 엄청난 힘을 가지고 있다면…….'

그때는 엎드려서 빌어야 할지 무릎부터 꿇어야 할지, 걱정이었다.

❧❧❧❧❧

위드는 바르고 성채의 언데드와의 싸움을 재개했다.

바르칸이 소멸되고 난 이후 불사의 군단 언데드는 더욱 약화되었다.

엘프, 바바리안, 드워프 연합군과 인간들이 협력해서 모두 몰아낼 수 있었다.

최후의 언데드까지 바르고 성채에서 사라졌을 때, 위드와 유저들의 눈앞에 동영상이 펼쳐졌다.

개구리처럼 녹색의 피부를 가지고 있는 하실리스가 언데드를 이끌고 유령선의 전함으로 이동했다.

"바르칸 데모프 님이 사라지셨으니 이제 나는 바다로 돌아가겠다."

안개를 헤치면서 위풍당당하게 사라지는 유령선들.

바르칸의 부하 하실리스는 휘하의 언데드들과 함께 바다의 유령 제독으로 돌아갔다.

아마도 불운한 사람들은 하실리스를 만나 볼 수 있을 것이고, 바다의 전설과 관련된 어떤 모험을 하게 될지도 모른다.

동영상에서는 하실리스가 바다가 집어삼킨 왕국을 찾으러 떠난다며 단서도 주었지만, 위드는 어제 먹은 보리빵만큼의 관심도 없었다.

"이젠 대충 보기만 해도 느낌이 오는군."

퀘스트에 휩쓸렸다가는 죽을 고생을 하며 바다를 헤매고, 폭풍과 암초를 맞아야 될 것 같은 느낌!

"정말 재수 없는 누군가가 저 퀘스트를 하게 되겠지."

위드는 그것으로 하실리스에 대해서는 관심을 버렸다.

당장 바르고 성채에는 엘프와 드워프, 바바리안 연합군이 방문해 있는 상태였다.

성기사와 사제, 네크로맨서의 직업을 가지고 있는 유저들은 벌써 발 빠르게 그들과 대화를 시도했다.

헤르메스 길드의 척살령을 받게 된 위드를 걱정하는 동료들과, 사실은 엘프들에게 말을 걸기가 민망한 검치 들만 자리를 지키고 있었다.

"썩 꺼져라. 추잡한 언데드나 소환하는 네크로맨서 주제에 어디서 말을 거느냐!"

"흙냄새와 자연의 소리가 전혀 들리지 않는군요. 저는 대화를 나눌 수 없습니다."

"가지고 있는 갑옷만도 못한 인간이군."

어떤 사람이 말을 거느냐에 따라서 바바리안이나 엘프, 드워프의 대응도 달라졌다.

언데드와 싸울 때에는 연합을 이루었지만, 다른 종족끼리는 여러 조건이 충족되지 않는 한 친해지기 어렵다. 명성, 직업, 레벨, 스킬, 스탯, 장비, 과거 진행했던 퀘스트까지, 많은 변수들에 좌우되는 것이다.

인간들은 항상 사제들에게 호의적이었지만 다른 신을 믿는 드워프와 바바리안, 엘프 들은 귀찮아하는 편이었다.

"크흠, 엘프들이 참 예쁘구나."

검백구십구치가 와서 위드에게 들리도록 말했다.

키도 작고 어두운 피부를 가진 다크 엘프와는 다르게 금빛 머릿결을 가진 늘씬한 몸매의 우드 엘프들은 상당히 아름다웠다. 활을 하나씩 어깨에 메고 있었으며, 갑옷을 입지 않은 가벼운 복장이었다.

누구와 대화하느냐에 따라 대응도 달라지지만, 동료에게는 퀘스트 공유나 비슷한 호감을 이끌어 낼 수도 있다. 그러므로 위드가 먼저 말을 걸어 보기를 바라는 것이다.

위드는 바로 가까이 있는 엘프에게 다가갔다.

"자연의 축복이 그대와 함께하기를. 당신이 북부의 자연을 되돌려 놓은 인간이군요."

> 명성이 34 늘었습니다.

> 자연과의 친화력이 25 증가합니다.

> 큰숲 엘프족과의 우호도가 17이 되었습니다.

위드의 명성은 숲에 사는 엘프도 알아볼 정도였다.

바르칸을 사냥하면서 엘프나 드워프, 바바리안 같은 NPC만이 아니라 유저들 사이에서도 그를 존경하는 사람들이 생겨났다. 방송국들이 전쟁의 신이라면서 경쟁적으로 영웅 만들기에 나선 영향이 컸으리라.

"저는 인간이지만, 자연의 풍요로움과 생명력을 존경하는 모험가이기도 합니다. 필요하다고 생각될 때 망설이지 않고 작은 일을 한 것뿐입니다."

"그대의 도움에 북부의 많은 엘프들이 고마워하고 있답니다. 인간들의 협력으로, 언데드도 땅으로 되돌릴 수 있었어요."

위드는 입술에 침을 잘 발랐다.

엘프들은 사람을 잘 믿는 순진한 종족이지 않은가!

"모험 중에 정말 우연히 페어리들의 여왕이 바르칸으로부터 위협받고 있다는 사실을 알았을 뿐입니다. 베르사 대륙의 정의를 지키려는 책임 있는 모험가로서, 어찌 싸우지 않을 수 있겠습니까?"

"훌륭한 인간 모험가이시군요. 모든 인간들이 위드 님만 같다면 세상이 평화로워질 것 같아요."

"저도 그렇게 생각합니다."

바바리안, 드워프 들과도 만나서 여러 이야기를 듣고 정보도 얻었다.

"사냥터? 이미 전사로서도 상당히 유명한 것 같은데 더 강해지고 싶은가? 이 근처에는 강한 전사가 되기 위해서 거쳐야 하는 곳들이 많지. 그래도 오고트 언덕 뒤쪽으로는 가지 말게. 거기에는 함부로 들어가서는 안 되는 던전이 있어."

"더 싸우고 싶어지는군요. 몬스터들이 강하다면 없애 버리면 됩니다."

"과연 좋은 마음가짐이군. 그러나 몬스터들을 경계하는 마음을 허술히 하면 안 될 거야. 몬스터들이 이곳으로 자주 쳐들어올 테니 성벽부터 쌓아야겠지."

명성이 21 올랐습니다.

"숲에서 열리는 과일들요? 무척 달콤하고 맛있죠. 엘프들은 많이 먹지 않으니까 과일을 원한다면 필요한 물건과 교환하면 좋겠어요."

"엘프들이 필요로 하는 물건에 대해 알려 주면 구해 보겠습니다. 엘프들의 숲에서 나오는 과일로 술… 아니, 아이들 간식을 만들어 주고 싶거든요."

교역에 대한 정보도 얻어 냈다.

위드가 상인이 아닌 이상 전문적으로 교역을 하고 돌아다니지는 않지만, 알아 두면 언제고 써먹을 수도 있기에 확실히 기억해 두었다.

"이 성채는 드워프들이 아주 좋아하던 곳이었는데 인간들이 차지하게 되었군. 드워프가 왜 언데드가 살던 장소를 탐내냐고? 자네만 알고 있게. 어디 가서 내가 말을 해 주었다고 하면 안 돼. 여기는 오래전부터 굉장히 질 좋은 철광산과 은 광산이 있던 장소였어."

"철광산이나 은 광산이라면 땅을 파서 돈이 나온다는 자원! 바르고 성채의 땅값이 오를… 아니, 드워프들이 필요로 하는 광석들이 있으면 캐야겠지요."

위드가 대장장이 스킬을 중급 이상으로 익히고 있다고 하니 드워프들은 호감을 표시하면서 함께 무언가를 만들어 보자고 했다.

제안을 받아들이면 드워프들과 협력해서 검과 갑옷을 만들 수 있는 소중한 기회로, 대장장이 스킬 숙련도를 올리는 데 도움이 되리라.

가식과 선량한 척은 사회에서 살아가기 위한 필수품이라고 생각하는 위드!

초등학교, 중학교 도덕 시간에 이런 걸 가르쳐 준다면 국가 경쟁력이 선진국을 압도할 것이라 믿었다.

위드가 대화를 나눈 엘프와 드워프, 바바리안 들에게는 검치들과 다른 동료들이 다가가 쉽게 말을 걸 수 있었다. 위드와 같이 온 사람이라는 호의적인 시선 덕분에 훨씬 편하게 대화를 나눌 수 있게 된 것이다.

모험가가 전투력이 약간 떨어지더라도 우대받는 이유는 이런 것 때문이기도 했다.

그리고 엘프들의 대장, 론세르크도 만났다.

다른 유저들에게는 그저 가벼운 인사만 할 뿐 지금까지 특별한 반응을 보이지 않았지만, 위드에게는 그가 먼저 말을 걸어 왔다.

"바르칸을 물리치는 데 중요한 도움을 주신 인간이군요."

"제가 해야 할 일이었을 뿐입니다. 그로 인해서 베르사 대륙이 평화로워질 수 있다면 더할 나위 없이 기쁜 일이지요."

"페어리의 여왕 테네이돈 님께서 그분을 도와주신 인간을 만나 보고자 합니다. 함께 가시겠습니까?"

론세르크가 제안을 했다.

페어리의 여왕이라면 일족을 거느리는 대단한 신분이다.

위드가 슬쩍 주위를 돌아보니 검치 들과 페일, 이리엔 같은 오래된 동료들 그리고 사제와 성기사 들도 옆에서 듣고는 흥분으로 눈을 반짝이고 있었다.

한 종족의, 그것도 쉽게 만나 볼 수 없는 종족의 여왕을 만나게 되니 위드도 기대가 되었다.

사실 바르칸을 사냥했으니 페어리의 여왕도 한 번쯤 만나 봐야 할 입장이었다.

"저만 가는 것입니까?"

"페어리 여왕 테네이돈 님께서는 여러분 모두를 초대하셨습니다."

유저들 사이에서 튀어나오는 함성!

"와!"

"정말 페어리의 여왕을 볼 수 있게 된 거야? 믿기지가 않아."

"바르칸과 싸우기를 잘했다."

"위드 님이 우리도 같이 갈 수 있는지 물어봐 주셨어."

바르칸을 사냥하고 나온 보물들만이 아니라 페어리의 여왕에게도 따로 보상을 받을 수 있다.

위드도 페어리의 여왕의 초대를 받아들이기로 했다.

"언제 가면 됩니까?"

"지금 바로 출발하셔도 됩니다."

"선물은 일단 챙기고 보… 아니, 페어리의 여왕님께서 무사하신 것을 눈으로 보고 싶으니 지금 가죠."

위드와 검치 들, 다른 유저들은 엘프와 드워프 들의 안내를
받으면서 이동했다.

"잘 따라오세요."

숲길을 지나는 내내 나뭇가지와 수풀 뒤에서 구경하듯이 쳐
다보는 엘프 여성들을 발견할 수 있었다.

"이런 곳이 다 있었구나."

"엘프들을 진작 만나러 올걸."

검치 들은 작게 속삭이면서도 남자의 자존심 때문에 내색하
지 않으려고 했다. 하지만 엘프들의 뾰족한 귀는 작은 바람 소
리도 들을 수 있었다.

"저 인간들이 우리에게 관심이 있나 봐."

"우리 취향은 아니야."

"무식해 보여."

엘프들의 사랑을 받을 수 있는 건, 전사보다는 비슷한 성향
을 가지고 있는 레인저나 마법사였다.

종족으로도 인간을 그렇게 좋아하지는 않기 때문에 쌓을 수
있는 친밀도에 한계가 있다.

엘프의 마을이 가까운 곳에 있지만, 허가받은 상인이 아니라
면 들어가지 못한다.

숲을 지나서 이제는 산으로 올라갔다.

이곳부터는 드워프들의 영토.

작게 지어진 집들과 화로들이 보이고 망치를 두들기는 소리

가 들리는 장소였다.

드워프 마을마다 기술력이나 특기가 다르기에 위드는 그들의 솜씨가 궁금하기도 했지만, 일단은 가까운 곳에 있는 던전으로 들어갔다.

던전, 테네이돈의 휴식처의 최초 발견자가 되었습니다.
혜택: 명성 890 증가. 일주일간 경험치, 아이템 드랍률 2배. 첫 번째 사냥에서 해당 몬스터에게 나올 수 있는 것 중에서 가장 좋은 아이템이 떨어진다.

던전이라고는 해도 작은 페어리들이 날개를 펼치고 날아다닐 뿐이었다. 페어리들을 사냥할 수는 없으니 경험치 등의 효과는 무용지물이었다.

"조심해서 따라오세요. 이곳에는 함정이 많아요. 엉뚱한 길로 가게 되면 끝없이 헤매거나 대륙의 다른 장소로 이동할 수도 있어요."

엘프들의 경고에 유저들은 호기심을 누르고 뒤만 졸졸 따라갔다.

페어리들은 지형을 무시하고 공간을 넘나드는 능력을 가졌다. 그렇기 때문에 자칫하면 사막의 한복판이나 몬스터들이 입을 벌리고 있는 마굴로 들어가 버리게 될 수도 있다.

묵묵히 엘프들을 따라가서 마침내 도착한 여왕의 쉼터.

커다란 나무의 뿌리였다. 매우 작은 몸집을 가진 페어리의 여왕 테네이돈은 그 뿌리에 걸터앉아서 쉬고 있었다.

"어서 오세요, 인간 여러분."

페어리의 여왕 테네이돈의 목소리는 너무 작아서 귀를 기울여야 간신히 들렸다.

여왕은 날개 한쪽이 찢겨 있을 뿐만 아니라 육체에도 큰 부상을 입은 상태였다. 나무의 생명력을 받아서 조금씩 회복하는 모양인데, 겨우 상처의 악화를 막아 주는 정도에 그치는 것 같았다.

"위드라고 합니다."

위드는 정중하게 여왕 앞에서 한쪽 무릎을 꿇으며 예의를 차렸다.

모라타의 영주이며, 귀족인 백작으로서 충분히 대화를 나눌 수 있는 자격을 갖췄다. 위드의 지금 명성이라면 못 만날 사람이 없을 정도였다.

"저를 도와주신 인간이군요. 그대의 활약은 페어리들이 전해 주어서 듣고 있었답니다."

페어리의 여왕 테네이돈과 대화를 합니다.
경건한 기품으로 인해서 일부 스탯이 오릅니다. 우아함, 기품, 명예, 예술.

테네이돈은 말을 하면서도 찢어진 날개를 가늘게 떨었다. 많이 아파하는 모습이었다.

위드의 머릿속에 불현듯 스치는 생각이 있었다.

'부상이 심한데 사제들이 치료해 줄 수 있을까?'

언데드가 아니라면 믿는 신이 다르거나 종족이 다르다고 해도 치유의 힘은 비슷하게 적용된다.

페어리들은 상당히 선한 종족이기 때문에 신성력에 대해서 부작용이 있다는 말은 들은 적이 없다. 베르사 대륙의 역사서에도 영웅이나 용자 들과 함께했다는 페어리들의 이야기가 간간이 나왔다.

"부상이 심하신 것 같은데… 제 동료가 사제이니 치료할 수도 있을 것 같습니다. 테네이돈 님께서는 어떠신지요."

위드가 정중하게 묻자, 테네이돈과 어느새 나타난 페어리들은 무척 반가워했다.

"고마워요. 고마워요."

"인간의 도움이 있으면 여왕님께서 빨리 나으실 수 있을 거예요."

"인간의 치료 마법. 금방 나을 뿐만 아니라 따뜻해요."

반딧불처럼 장난스럽게 빛을 내며 다니는 페어리들이 위드를 온통 감쌌다. 머리카락 사이로 들어가고 어깨에 올라가서 앉았으며, 심지어는 코에 매달리기도 했다.

페어리들은 친한 사람에게 장난을 많이 친다.

불사의 군단과 바르칸을 물리친 데다 치료를 해 주겠다는 말까지 꺼낸 덕에 최고의 친밀도를 얻은 것이다.

"저를 도와주실 수 있다면 고맙겠어요."

테네이돈의 허락마저 떨어졌다.

"이리엔 님, 이쪽으로 오세요."

유저들의 뒤쪽, 멀리서 구경하고 있던 이리엔은 장난치며 날아다니는 페어리들과 부딪치지 않기 위해서 조심스럽게 걸어왔다.

"여왕을 치료해 보세요."

"네? 그래도 될까요. 위험하진 않아요?"

"페어리들도 허락한 일이니 별일은 없을 겁니다. 간단한 치료 마법부터 써 보세요."

이리엔은 잠시 심호흡을 하다가 성호를 긋고 나서 신성 마법을 외웠다.

"성령의 힘이여, 여기 고통받는 이를 구원해 주세요. 치료의 손길!"

단순하면서도 빠르게 생명력을 채워 줄 수 있는 신성 마법이었다.

> 페어리 여왕 테네이돈의 생명력이 735만큼 회복됩니다. 상처 부위가 조금 진정됩니다.

이리엔의 신성 마법이 성공했다.

페어리의 여왕을 치료함으로써 경험치와 스킬 숙련도도 올랐다.

지금은 날지도 못하는 신세이지만 테네이돈은 역사서에도 나올 정도로 대단한 활약을 했던 페어리라서, 도움을 주며 명성도 같이 늘었다.

"와, 치료 마법이 돼요. 그리고 경험치도 얻었어요!"

이리엔은 테네이돈을 치료할 수 있었다는 것으로 많이 감격스러워했다.

"계속 치료해 주세요."

위드의 말에 이리엔은 가지고 있는 모든 마나를 사용하여 테네이돈을 치료했다.

그녀는 순수하게 회복 계열 마법을 익힌 사제였다.

성스러운 행동을 함으로써 신앙심이 커집니다. 정의로워집니다.

페어리의 여왕을 치료하면서 성직과 관련된 특별한 경험을 얻습니다.

페어리와의 관계가 친근해집니다. 그들이 크게 도움을 준 인간으로 기억합니다.

테네이돈을 치료하며 사제로서는 더없이 소중한 순간을 누리게 되었다.

"위드 님, 제 마나가 다 바닥났어요."

얼마나 심하게 다친 것인지, 이리엔이 마나를 다 쓸 때까지 회복 마법을 퍼부었는데도 테네이돈은 여전히 아파했다.

처음부터 부상이 커 보였는데, 몸집은 작아도 생명력이 엄청나리라.

"다른 사제분들도 치료해 주시죠."

위드의 말이 떨어지자마자 사제들이 치료를 위한 신성 마법을 외웠다. 안 그래도 이리엔이 테네이돈을 치료하는 광경을 보면서 잔뜩 부러워하던 참이었다.

"치료의 손길."

"힐!"

"리커버리."

"라운드 힐!"

"완전한 회복."

치료의 대제전이라고 하여도 지나치지 않을 정도였다.

하급 신성 마법에서부터 하루에 세 번밖에 쓸 수 없는 상급 치료 마법들까지 테네이돈을 대상으로 사용되었다.

성기사들도 회복 마법을 외울 수 있었기에 따라서 시전했다.

> 테네이돈의 생명력이 43%가 되었습니다.
> 집중적인 치료가 이루어지고 있습니다.

장엄하다고밖에는 표현할 수 없는 아름다운 치료의 빛이 테네이돈에게 집중되었다.

사제들은 마나가 채워지는 대로 쉬지도 않고 신성 마법을 시전하며 좋아했다. 특수한 경험과 신앙심, 스킬 숙련도와, 페어리들에게 공헌도를 얻었다.

"경험치가 전투하던 때보다 훨씬 많이 쌓여요."

"쌓이는 공헌도랑 스킬 숙련도 좀 봐요."

"신앙심도 차곡차곡 오르는데요. 지금까지만 해도 한 단계 높은 계열의 사제로 승급하던 때보다 더 올랐어요."

위드는 배가 아파 왔다.

불사의 군단이나 사제들 그리고 테네이돈의 관계를 보면서 퀘스트에 대하여 떠오르는 내용이 있었기 때문이다.

'불사의 군단이 다시 활약하는 것을 베르사 대륙의 교단들은 필사적으로 막으려고 했겠지.'

위드도 마찬가지이기는 했다.

바르칸이 힘을 되찾고 모라타를 침공할 낌새가 보이니 급한 불부터 끄기 위해 싸웠다.

하지만 그가 싸우지 않았다면, 바르칸이 테네이돈의 생명을 흡수하기 전에 전투를 펼치던 엘프와 드워프, 바바리안 연합군에 의해 아마도 불사의 군단에 대한 소식은 널리 알려지게 되었으리라.

그랬더라면 바르칸을 물리치기 위한 퀘스트가 만들어졌을 건 확실했다.

각 교단이나 왕국을 중심으로 하여, 위드처럼 그냥 사냥하는 게 아니라 막대한 보상을 걸고 바르칸과 전투를 했으리라. 그때가 되면 바르칸을 사냥하기란 훨씬 더 어려웠겠지만, 각 왕실을 대표하는 기사들까지 나서서 같이 싸웠을 수도 있다.

바르칸과 불사의 군단을 이기고 나서 엄청난 보상을 받으며 테네이돈을 만난다.

사제들이 그녀를 회복시키면서 다시 큰 역할을 하고 이득을 거둔다는 이야기!

'충분히 가능성이 있어.'

실제로는 위드가 주로 싸웠지만, 바르칸 사냥의 퀘스트에서는 사제와 성기사 들이 핵심이었을 수도 있다.

지금도 테네이돈을 치료하면서 그들이 많은 보상을 받고 있는 광경을 보며 위드의 배는 쓰라리고 아팠다.

급성 맹장염보다 참기 어렵다는, 염장에서 우러나오는 고통!

위드는 붕대를 꺼냈다.

붕대 감기 스킬을 쓰고 싶었지만 참아야만 했다.

붕대가 페어리의 여왕을 질식시킬 수도 있는 크기였기 때문이다.

사제들이 신성 마법을 집중시켰음에도 테네이돈은 완벽하게 정상을 되찾지는 못했다. 몸의 상처들은 많이 나았지만 찢어진 날개만큼은 복구되지 않았다.

"고맙습니다, 인간 여러분."

테네이돈의 말이 이제 모두에게 선명하게 전달되었다.

페어리들은 사제들의 몸에도 매달리고, 코를 간질였다. 그들의 여왕이 회복된 것을 보며 장난을 치며 기뻐하고 있었다.

치료에 참여한 사제들과 성기사들은 앞으로 페어리들의 친구가 되어 많은 혜택을 누릴 수가 있으리라.

위드는 테네이돈에게 다가가서 말했다.

"인간들의 도움으로 인하여 치료가 된 것 같아서 다행입니다, 여왕 폐하."

사제와 성기사 들의 공에 은근슬쩍 숟가락을 올리려는 위드였다.

"인간들이 보여 준 호의를 잊지 않을 것입니다."

> 테네이돈과 페어리 일족에 대한 공적치가 164 상승하였습니다.

위드의 입가에 살짝 썩은 미소가 맺히려고 하는데 다른 사제들이 하는 대화가 들렸다.

"공적치가 600이 넘게 올랐네."

"난 800도 넘었어."

위드의 표정은 다시 딱딱하게 굳었다.

배 속이 뒤틀리면서 끓어오르는 듯한 고통!

차라리 다른 사람들에게 욕을 먹는 게 마음이 편하리라.

"공적치로 아이템을 얻을 수 있을까?"

"페어리들은 정령 무기 같은 것도 전해 줄 수 있지 않아?"

"마침 목걸이가 필요한데……."

"이 공적치면 페어리 친구도 1명 둘 수 있겠다. 페어리와 사냥을 다니면 도움이 많이 된다고 들었어."

위드의 아픈 가슴을 송곳으로 후벼 파는 것만 같은 소리들!

전투 중에 생명력을 100 이하까지 낮추며 맷집을 증가시킬 때가 훨씬 덜 아팠던 것만 같다.

위드는 어쨌든 인간들을 대표해서 테네이돈에게 말하고 있었다.

"그런데 여왕님의 날개가 낫지 않으시는군요."

"제게 걸려 있는 저주 때문이에요. 날개를 고치기 위해서는 붉은 갈대의 숲으로 가서 어떤 물건을 구해 와야 한답니다."

테네이돈의 말을 들으니 퀘스트의 냄새가 진하게 풍겼다.

위드는 속으로 생각했다.

'이것만큼은 죽어도 하면 안 될 퀘스트 같다.'

바르칸에서 이어져 온 배경이나 테네이돈의 지위, 레벨을 고려한다면 명성이 높은 위드가 퀘스트를 받을 수는 있을 것이다. 하지만 어떤 고생을 하더라도 불가능할 퀘스트일 가능성이 컸다.

죽을 고생을 해서 성공시킨다면 아무튼 보람이 있겠지만, 그냥 노력만 하다가 죽어 버린다면 그거야말로 헛수고!

"인간들이여, 이미 큰 신세를 진 저로서는 감히 하기 어려운 부탁입니다만 여러분이 저를 조금 더 도와주실 수 있을지 모르겠군요."

페어리의 여왕 테네이돈은 호기심에 드래곤의 영역으로 들어갔다. 그리고 드래곤 라투아스의 영역에서 마음껏 놀던 그녀는 자신도 모르는 사이에 한쪽 날개에 저주를 받았다.

드래곤의 저주.

라투아스는 감히 그의 위엄을 거스른 페어리의 여왕에게 나타나서 말했다.

"장난을 좋아하는 여왕이여… 나는 침입자를 좋아하지 않는다. 만약 내 저주를 풀고 싶다면 가장 슬프게 사라진 드래곤의 유품을 가져오라."

위드의 짐작대로 드래곤과도 연결된 죽음의 퀘스트였다.

띠링!

드래곤의 저주

페어리의 여왕 테네이돈의 날개를 치료해 주기 위해서는 라투아스의 분노를 해결해야 한다. 페어리들은 그 일을 위하여 이리저리 뛰어다녔고, 붉은 갈대의 숲에 단서가 있다는 사실을 찾아냈다.

난이도: C

제한: 믿을 수 있는 자. 페어리를 도운 이만 가능하다.

'난이도 C. 하지만 이건 엄청난 연계 퀘스트로 이어질 테고, 나중이 되면 절대 감당을 못할 거야. 이 장면도 인터넷이나 방송국을 통해서 알려지겠지.'

위드는 속으로 계산을 마쳤다.

보통 감당 못할 퀘스트라면 애초에 받지 않는 편이 낫다. 퀘스트를 포기할 때 페어리들과의 관계가 나빠지는 부작용이 있기 때문이다.

바르칸과의 전투에는 언데드 소환 때문에 조각 생명체들도 데려오지 않았다.

애정 때문이라고 할 수 있었는데, 조각 생명체들이 언데드로 되살아나서 활동하는 광경을 보고 싶지 않았기 때문이다. 자칫 이 퀘스트를 받아들였다가는 조각 생명체들까지 몰살당할 판이다.

상식적으로는 절대 받아들여서는 안 될 퀘스트고, 그럴 마음도 없었다.

"퀘스트를 받아들일까?"

"전쟁의 신 위드 님이잖아."

"위드 님의 기록에 또다시 엄청난 퀘스트가 남겠구나."

유저들이 부러워하는 소리가 들렸다.

'하지만 내가 이 퀘스트를 받아들이는 것을 나를 노리는 수많은 사람들도 알게 되겠지. 일단 이 퀘스트를 받아 놓는다면, 방해 안 받고 다른 일을 해치울 수 있을 거야.'

위드는 고개를 끄덕였다.

"페어리의 여왕님의 날개를 제가 꼭 치유해 드리겠습니다."

퀘스트를 수락하였습니다.

"우와, 진짜 의뢰를 받아들였어!"

"페어리 여왕의 의뢰를 위드 님이 수행하기로 했다!"

"세상에! 또 게시판에 난리가 나겠는데!"

유저들이 놀라는 것도 당연했다.

위드의 속마음은 까맣게 모르는 채였다.

'어차피 시간제한이 없는 의뢰니까 내년 이맘때에나 시도해 볼까? 아니야. 그땐 아직 위험할 거야. 돌다리도 미끄러져 굴러떨어질 수 있으니까. 내후년… 아니, 여동생 대학 졸업부터 시킨 다음에……..'

위드의 부름

위드와 유저들은 페어리들의 만찬을 대접받았다.

베르사 대륙과 정령계, 요정계를 넘나드는 페어리들이 그릇에 가득 담아 온 각지의 독특한 음식들이었다.

"어서 먹어요."

"여왕님을 치료해 줘서 고마워요."

페어리들이 날아다니면서 음식을 가져다줬다.

아쉬운 것은 페어리들의 몸집이 워낙 작아서 그들이 주는 음식도 새끼손톱보다 작다는 것 정도?

크기를 비교하자면, 푸짐하게 담아 온 게 옥수수알 크기밖에 안 되었다.

"커허험."

"많이 먹었으니 그만 일어날까?"

검치 들은 눈빛을 교환하더니 먼저 던전을 떠났다. 맛은 있지만 양이 워낙 적다 보니 입맛만 버릴 것 같아 속 편하게 고기나 구워 먹으려고 나가는 것이다.

위드는 끈질기게 버티며 페어리들의 요리를 먹었다.

> 미각에 새로운 자극을 받습니다.
> 요리 스킬이 중급 이상이기 때문에 숙련도를 획득합니다.

쉽게 맛보기 어려운 정령계 음식, 요정계 음식은 요리 스킬을 올려 주었다.

"음, 먹을 만하군."

많이 써 본 재료들을 바탕으로 했을 때는 요리법을 터득하기도 했다.

독특한 향신료와 인간들이 쓰지 않는 풀을 이용해서 만든 요리들은 직접 개발하려면 정말 어렵다. 흔하지 않은 기회였기에 잘 활용하고 있었다.

페어리들의 음식을 먹고 배를 채우려면 최소한 250종류의 그릇은 비워야 했다.

'정령들의 음식이라고 내놓으면 바가지를 듬뿍 씌울 수 있을 거야.'

화령과 벨로트는 품위를 지키면서 음식들을 골고루 맛봤다. 식사를 위한 드레스로 갈아입고, 먹기에 까다로운 음식을 흘리지도 않으며 우아하게 먹고 마셨다.

> 페어리의 식사를 통해 기품과 예의가 향상됩니다.

그렇게 식사까지 마치고 나서는 바르고 성채로 돌아왔다.

위드는 음산하게 웃었다.

"크흐흐흐."

바르칸을 사냥하고 나온 아이템 그리고 보물들을 계산하니 그의 몫으로 무려 68만 골드가 책정되었던 것이다.

물론 보물들을 처분하기까지는 시간이 걸리고, 상인들이 바르고 성채로 와서 필요한 만큼을 사 가고 현금으로 내놓으면 나누기로 했다.

"부수입도 짭짤하군."

바르고 성채도 그의 영토가 됐다.

현재로써는 부서진 탑과 건물, 돌무더기만 남아 있다. 엄청난 전투가 벌어졌던 만큼, 심각할 정도로 파괴된 상태였다.

"과연 이곳은 어떤 곳일까. 지역 정보 창!"

> ### 바르고 성채
>
> 언데드가 차지했던 성. 인간들이 되찾은 지 얼마 되지 않았다. 과거에는 니플하임 제국의 요새였으며 중요한 관문이었다. 광활한 숲과 험준한 산을 영토로 보유하고 있다.
> 주민이 존재하지 않는다. 전쟁으로 성이 심하게 파손되어 대대적인 보수를 필요로 한다. 강이 오염되어 식수를 구하기 어렵다. 몬스터로 인하여 안전하지 못하다.
> 특산품: 없음.

초창기에 다 쓰러지려고 하는 집들만 있던 모라타보다도 훨씬 심각했다. 몬스터 때문에 치안도 문제라니, 차라리 한적한 강의 하류나 언덕이 사정이 나을지도 몰랐다.

보통은 위드처럼 모험으로 국왕이나 귀족, 마을 주민들의 믿음을 얻어서 영주가 되는 경우가 많다.

하지만 스스로 일으켜 세운 마을의 영주가 되는 경우도 간혹 있었다. 워낙에 넓은 베르사 대륙이다 보니 산이나 강가에 직접 집을 짓고 가축도 키우고 농사를 지으면서 살아가다가 유랑민을 받아들이면서 마을의 규모를 키우다 보면 영주가 되기도 했던 것이다.

"그래도 이렇게 큰 요새가 있다는 건, 과거에는 화려한 시절이 있었다는 뜻. 중요한 거점이라고 볼 수 있지."

바르고 성채는 불사의 군단이 머물렀을 정도로 매우 큰 요새였다.

본 드래곤이 지붕에서 설칠 수 있을 정도의 규모.

덕분에 파괴가 심각하기는 했다.

"언데드가 묻힌 땅은… 사제들이 정화하고 나면 곡물이든 뭐든 심어 볼 수 있을 거야. 그래도 오염되어 있던 탓에 수확량도 변변치 못할 테고, 최소한 2년 정도는 쓸모가 적겠지."

강물도 폭이 넓고 웅장하게 흘러갔다. 가뭄과는 거리가 멀고, 어류 자원은 괜찮게 있다는 증거였다.

산과 강이 있는 자연 풍경만큼은 모라타 못지않았다.

위드의 입장에서는 새로운 땅이 생긴 것이니 어찌 됐든 이곳도 발전을 시켜야 했다. 모라타를 이미 한번 키워 봤으니 그 경험이 많은 도움이 되리라.

"모라타 지역 정보 창!"

모라타 지역

니플하임 제국에 소속되어 있던 지방. 현재는 모라타 백작 위드의 훌륭한 선정에 힘입어 발전을 거듭하고 있다. 북부를 대표하는 최고의 도시이며 무역과 예술, 모험의 중심지.

황무지를 개간해서 만든 비옥한 곡창지대를 보유하고 있다. 농산물의 작황이 좋다. 특히 올해의 농사는 대풍년으로 예상된다.

최근 불사의 군단 언데드의 침입을 큰 피해 없이 격퇴하였다. 몬스터와 싸울 수 있을 정도의 군대를 보유하고 있다. 군사비 지출이 조금 많아지면서 병사들과 기사들이 높은 충성심을 가지게 되었다.

선정을 펼치는 영주 위드로 인해 주민들의 만족도가 높다. 불온한 움직임은 조금도 상상할 수 없다. 인구 유입이 계속되고 있지만 미리 정비된 도로와 충분한 주택 덕에 주민들은 불편함을 느끼지 못한다. 무역과 상업이 활발하게 이루어지면서 부유층이 생기고 있다.

훌륭한 조각품들이 주민의 삶에 행복을 준다. 그림 작품들도 수준이 높아지고 있다. 예술가들에 대한 끝없는 신뢰와 풍부한 지원이 문화를 발전시키는 원동력이다. 모라타 예술 회관은 북부 전체를 통틀어서, 신규 예술가들이 주력이 되어 만든 작품들을 가장 많이 보유하고 있다. 위대한 건축물, 프레야 교단의 북부 대성당과 대도서관이 완성되었다.

지역 신앙으로는 대부분 프레야를 믿는다. 투철한 신앙심과 확고한 치안으로 범죄가 많이 감소했다. 대성당과 대도서관은 주민들의 자랑거리. 대도서관으로 인해 학문과 마법, 모험이 활발하게 이루어진다. 교육과 높은 문화 수준 덕에 현명하고 똑똑한 아이들이 많이 탄생하고 있다. 10개를 가르치면 그날 5개는 잊어버릴 정도!

재봉 산업의 기술이 과거로부터 면면히 이어져 내려왔다. 재봉사들은 가죽과 천, 풍부한 산물을 이용하여 옷을 만들고 있다. 대장장이들이 철을 다루는 기술은 뜨겁게 가열하여 망치로 때리는 수준. 솜씨가 뛰어난 장인들이 나타나서 기술 발전을 이끌고 있다.

모라타의 지역 명성이 늘어나서 세 가지의 특산품이 추가되었다. 은세공품, 야자술, 고급 직물. 근처 지역들에 대해 정치적, 경제적, 문화적으로 큰 영향력을 행사한다.

군사력: 259　　　　경제력: 2,969　　　　문화: 3,129
기술력: 843　　　　종교 영향력: 87　　　　지역 정치: 69

도시 발전도: 269　　　위생: 39　　　　　　치안: 88%
인근 지역에 대한 영향력: 74%
구舊니플하임 제국의 영향력: 16.5%(영향력은 군사, 경제, 문화, 기술, 종
　　　　　　　　　　　교, 인구, 의뢰 등의 분야와 관련이 깊음)
특산품: 예술품, 가죽과 천, 토마토, 포도, 쌀, 소, 우유, 치즈, 와인, 은세공
　　　　품, 야자술, 고급 직물.
영토 전체 인구: 1,175,704
매달 세금 수입: 953,290골드
마을 운영비 지출 내역: 군사력 5%, 경제 발전 36%, 문화 투자 비용 14%,
　　　　　　　　　　　의뢰 및 몬스터 토벌 16%, 마을 보수 25%, 프레야
　　　　　　　　　　　교단 헌금 4%

모라타 주민들에 의하여 '북부 최고의 통치자'의 호칭을 얻었습니다.
주민들의 충성도 하락을 줄여 줍니다. 인구 유입을 증가시킵니다.

모라타는 어디에 내놓아도 자랑스러운 거대도시였다.

가만히 두기만 해도 날이 갈수록 확장되고 발전하고 있다.

북부의 모험가들은 발굴한 물품이 예술품일 경우에는 일단 예술 회관에 전시한다. 종교적인 물품은 대성당에 바치고, 그 외의 다른 물건들은 대도서관에 진열했다.

모험가들이 가져온 물건들을 통해서 북부에는 탐험 열풍이 불었다.

위대한 건축물의 효과도 컸고, 모라타에서 시작한 유저들의 입소문을 타고 매일 사람들이 늘어난다. 주민들과 유저들의 유입으로 인해서 하루가 다르게 기술이 발전하고 상업적인 경쟁력도 올라가서 재정도 부강해졌다.

하늘에서 보면 넓게 펼쳐진 건물들과 여신상, 〈빛의 탑〉, 위

대한 건축물들로 인하여 실로 장관이었다.

〈빛의 탑〉과 흑색 거성 그리고 허름한 마을 건물들만 서 있던 시절에는 상상도 못 할 변화였다.

~°☜☞°~

모라타에서 장사하던 상인들이 바르고 성채로 몰려왔다.

"여긴 내 자리야."

"무슨 소리. 내가 먼저 금 그어 놓고 앉았어!"

위드와 유저들은 불사의 군단과 전투를 펼침으로 인해 어마어마한 금액의 전리품과 잡템을 얻었다.

본 드래곤이나 벤들러 기사단에서 나온 물품들은 쉽게 구하지도 못하는 것들.

그 물건들을 거래하기 위해서 모라타에서 상인들이 몰려온 것이다.

"잡화 전문 취급 다팔아입니다. 언제라도 다팔아를 친구 등록해 주시고 편하게 이용해 주세요."

"무기점 코멧이 왔어요. 간단한 수리에서부터 감정, 매입이나 매각 합니다. 오세요. 가격 잘 쳐드릴게요."

"식재료 전문 하프트. 옆집 논밭에서 막 캐 온 신선한 식재료를 중간 마진을 최소화하여 넘겨드립니다. 맛있는 밥과 반찬을 해 드세요!"

바르고 성채에 온 상인들 100여 명은 자리 펴고 장사를 했다.

"수레를 끌고 이곳까지 온 거야?"

"여긴 사람이 기껏해야 1,000명 정도밖에 안 되는데… 상인들만 너무 많네."

여러모로 편하게 이용할 수 있어서 좋았음에도 불구하고 유저들은 상인들이 안쓰러웠다. 고객이 몇 안 되는 장소에서 장사하려니 경쟁이 얼마나 치열하겠는가.

모라타에서 제법 이름을 날리던 상인들까지 만날 수 있었다.

그런데 딱 그날 오후.

바르고 성채로 유저들이 밀려들었다!

"도착했다!"

"길이 뚫리지 않아서 완전 오기 힘드네. 그래도 여기가 사냥터가 그렇게 많다던데."

"엘프들도 만날 수 있다면서. 빨리빨리 얘기부터 해 보자."

"와, 완전 폐허구나! 멋지게 집 짓고 살아야지."

모라타에서 성장한 유저들이 위드가 새로운 땅을 얻었다는 정보를 접하자마자 바르고 성채로 몰려든 것이다.

위드가 영주이기 때문에 바르고 성채는 향후 엄청나게 발전하게 되리라고 생각했다. 미리 와서 선점한다면 그 혜택은 엄청날 것이다.

바르고 성채와 가까운 위치에 벽돌집이라도 짓고 살면 그게 친구들이나 다른 동료들에게는 굉장한 자랑거리가 된다.

개척할 땅도 많고, 미지의 사냥터라면 널려 있지 않은가.

"땅부터 보러 가야지."

농부들은 강 근처의 기름진 범람원이나 평원을 뒤적였다.

모험가들은 엘프와 바바리안 들과 대화를 나누면서 근처에서 가 볼 만한 던전을 찾았다.

사냥터에 갈 성기사와 사제 들은 많았고, 검치 들은 절정의 인기를 누렸다. 싸움 잘하고 믿음직하며 사제들을 철저히 보호해 주는 검치 들은, 누구나가 파티에 꼭 끼워서 사냥 가고 싶어 했다.

지금은 잔해만 널려 있는 돌로 쌓은 성채에 금세 사람들이 북적였다.

상인들은 이런 낌새를 눈치채고 부리나케 달려온 것이었다.

밤이 늦기 전에 두 번째, 세 번째 이주민들이 도착했다.

바르고 성채에는 모라타처럼 마법 등불 등이 없었기에 모닥불과 횃불을 밝혔다. 여관이나 식당도 없으니 불가 가까운 돌판에 누워서 잠시 잠을 청하기도 했다.

별빛을 보며 고기를 구워 먹는 낭만!

"크흠, 좋은 냄새를 풍기는 맥주로군!"

드워프들이 맥주 냄새에 끌려서 다가왔다.

"앉으세요. 한잔 드릴까요?"

"좋지."

드워프들과 술자리를 하면서 친해졌다.

여왕 테네이돈이 회복되면서, 페어리들의 활동도 잦아졌다. 모라타나 다른 장소에서는 가뭄에 콩 나듯 볼 수 있지만, 이곳 바르고 성채에는 신비한 은빛 날개를 펼치고 날아다니는 페어리가 사방에 가득했다.

장사를 하고 술을 마시며 떠드는 소리를 잠시 멈추면 페어리들의 말이 들렸다.

"고기다, 고기."

"냄새가 황홀해."

"먹어. 먹어. 와구와구."

사람들이 들고 있는 갈비의 살점을 먹는 페어리들이었다.

검이십칠치는 여사제와 친해져서 돌담 길을 걸으며 데이트를 했다.

"여기 분위기가 참 좋죠?"

"무서워요. 무너진 벽들하며… 금방이라도 몬스터가 나올 것 같아요."

"그러면 제가 꼭 지켜 드리겠습니다."

검이십칠치는 믿음직스러운 남자의 매력을 뽐내었다.

그들을 따라다니는 페어리들도 있었다. 마치 바닷가에서 갈매기들이 따라다니는 것처럼 졸졸 따라왔다.

여사제가 배낭에서 먹을 것을 꺼내 주면 공중에서 낚아채서 먹는 묘기까지!

그렇게 하룻밤이 지나고 나자 바르고 성채에는 사람들이 더욱 많아졌다.

가끔 페어리들이 은혜를 갚는다면서, 대륙의 다른 지역에 있는 과수원이나 논밭을 통째로 옮겨 오기도 했다.

"성기사 2명, 사제 3명이 파티원 구합니다. 목적지는 던전으로 잡고 있습니다."

"가까운 던전 사냥 가실 분! 레벨은 310대 이상인 분들로, 아직 위험하니 가능한 한 많이 모아서 갈게요."

"혹시 낚시꾼 계신가요? 낚시에 대한 정보를 교환하면서 제대로 낚아 봅시다."

하룻밤 사이 모라타에서 이주해 온 주민들로 인하여 늘어난 인구였다.

이주한 주민들을 바탕으로 성채의 보수 공사가 이루어졌다.

워낙에 방대한 성채라서 수리해야 할 부분도 많았다. 무너진 탑이나 건축물 들은 처음부터 다시 지어야 할 판이다.

그렇지만 계속 이주해 오는 주민들과 새로운 모험을 위해 찾아오는 유저들로 인해, 성채에는 생기가 돌았다.

바르고 성채에서는 인간 상인들만 물품을 사고파는 게 아니었다.

"나무 열매와 약초, 씨앗 팔아요."

여성 엘프들도 와서 장사했다. 그들은 숲에서 가져온 물품들을 팔고 필요한 것들을 구입해 갔다.

드워프들도 와서 질 좋은 병장기를 판매하고, 맥주를 수레에 가득 실어 갔다.

바바리안들은 필요로 하는 물품들이 많았다. 그들은 잡템이나 가죽들을 가져왔다.

북부 대륙의 중요한 관문이었던 바르고 성채가 조금씩이나

마 예전 모습을 되찾고 있다는 증거였다.

위드는 바라고 있었다.

"엘프의 과일로 술을 만들고 바바리안에게는 사냥용품을 바가지 씌우고 드워프는 인부로 부려 먹으면서 무기와 방어구를 만들고 집을 짓는다면……."

이거야말로 언제나 꿈꾸던 최고의 도시!

⌒ᑌᕮᕮᑌ⌒

크롸롸롸롸롸.

모라타 근처 산에서 사냥을 하고 있던 빙룡!

그가 포효할 때마다 몬스터들이 바닥에 납작하게 엎드렸다.

거대한 몸집으로 산 주위를 날아다닐 때마다 몬스터들은 공포에 휩싸였다.

"이놈들은 내 먹이다!"

와이번들도 숲을 자기 영역으로 하며 사냥에 힘썼다.

와이번들은 단체 사냥을 통해서 그들보다 훨씬 강한 몬스터와 싸우는 법도 익혔다.

만약 몬스터가 완강하게 저항하면 다음 날, 혹은 그다음 날에도 습격해서 결국에는 사냥에 성공하고 마는 집요함!

"더 먼 곳으로 가자."

"여기보다 더?"

"큰 놈을 잡고 싶다."

불의 거인과 피닉스는 바다 위를 날아다니면서 대형 몬스터들을 위주로 사냥했다.

그에 비하면 황금새와 은새, 금인이, 누렁이는 조용히 움직였다.

"이쪽이다. 새들이 말해 줬다."

새들이 알려 준 사냥터, 던전으로 들어가서 함께 사냥했다.

화기애애하고 친근한 시간!

지골라스에서 생명을 부여받은 조각 생명체들도 각자의 영역에서 사냥했다.

불행히 몬스터들의 습격에 죽은 생명체도 있었지만, 대부분은 훌륭하게 잘 적응하면서 성장하고 있었다.

그때 그들에게 한꺼번에 귓속말이 들려왔다.

> —잘 지내고 있지?

그들에게 생명을 준 존재!

빙룡은 급하게 대꾸했다.

> —너무 행복… 아니, 잘 지내고 있다.

와이번들도 반가운 주인에게 말했다.

> —등 따뜻하고 배부르다.
> —오늘 맛있는 짐승 먹었다.
> —와삼이가 더 많이 먹었다.

고자질이라면 우열을 가리기 어려운 와이번들이었다.

은새와 황금새, 금인이는 도도하게 잘 지낸다는 대꾸만 했을 뿐이다.

　누렁이는 친근하게 대답했다.

> ─주인, 너무 보고 싶다.

　위드도 순하고 늠름한 누렁이에 대한 감정만큼은 남다른 편
이었다.

> ─나도 그래.
> ─목소리라도 들을 수 있어서 마음이 놓인다. 음머어어어.
> ─이제 같이할 수 있어. 너희 모두 이리 와.

　조각 생명체들이 함께 활약할 시간이었다.

바드레이의 신위

위드와 검치 들, 사제들, 성기사들 앞에는 보물이 산더미처럼 쌓여 있었다.

바르칸과 불사의 군단을 처단하고 획득한 방대한 금은보화와 골동품, 장비 들!

"우와, 정말 나눠 주시는 거예요?"

"수십만 골드도 더 되겠다. 갑옷까지 다 처분하면 100만 골드도 넘는 거 아니야?"

유저들은 너무나도 기뻐했다.

"이거 받으면 정말 대박이겠다. 모라타에 별장이라도 한 채지을 수 있겠는데."

"위드 님 덕분에 우리가 이렇게 사냥에 성공했으니까 고마운 마음을 잊으면 안 되지. 고맙습니다."

"다음에도 이런 사냥거리 있으면 끼워 주세요. 위드 님이 부르시면 언제라도 달려올게요."

성기사와 사제 유저들로부터 감사의 인사를 들을 때마다 위드는 속이 부글부글 끓었다.

'이래서 착한 사람들은 오래 살지 못하는 거군!'

손안에 들어온 재물을 공평하게 나누어 주어야 하다니, 화병으로 단명하는 것은 아닐까 하는 의문.

"한 분씩 자기 몫을 받아 가세요."

마판과 몇 명의 유명한 성기사들이 보물 더미에서 금과 은의 무게를 재서 유저들에게 나눠 주는 역할을 맡았다. 전투 중에 개개인이 획득한 전리품은 어쩔 수 없지만 불사의 군단 성채에 있던 보물들은 참여한 인원수에 따라서 공정하게 분배하기로 했다.

"한동안 돈 벌기 위한 사냥은 안 해도 되겠다. 오늘은 실컷 먹고 마셔야지."

"마법 화살을 잔뜩 사서 사냥할 수도 있겠구나. 만세!"

유저들은 금은보화를 받고 기뻐하면서 위드에게 고마움의 뜻을 표시했다.

'이건 악몽이야. 눈을 감았다가 뜨면 모두 사라지고 없어질 거야.'

위드의 속은 까맣게 타들어 갔다.

정말 눈을 질끈 감았다가 떠 봤지만, 금은보화를 받고 기뻐하는 험상궂은 전사의 얼굴이 보였다.

술, 담배, 마약보다 건강에 해롭다는 재물 나눠 주기!

쌓여 있는 금은보화가 줄어들 때마다 위드는 피가 바짝바짝 마르는 기분이었다.

어쨌든 불사의 군단을 해치우고 얻은 재물의 3할은 위드의 몫이었다. 그것만 해도 천문학적인 금액이라고 할 수 있었고, 어려운 전투를 승리로 이끈 것을 모두 서로 축하했다.

꒰ꔛꕤꔛ꒱

이현은 저녁밥을 먹으면서 보기 위해서 텔레비전을 켰다.

주로 보는 방송 채널은 오래전부터 KMC미디어였다. 방송 출연도 했을 뿐만 아니라 진행도 깔끔하고 유용한 정보들을 많이 알려 주기 때문이었다.

—여기 쌓여 있는 보물들을 좀 보십시오. 아침부터 점점 줄어들고 있네요. 전쟁의 신 위드가, 같이 싸웠던 유저들에게 정말 보물들을 나누어 주고 있습니다.

—위드는 약속을 지켰군요.

—그렇습니다. 얼마나 보기 훈훈한 광경입니까. 바르칸을 안식으로 돌려보내고 불사의 군단을 격파한 전쟁의 신 위드! 대단하다고 하지 않을 수 없습니다.

밥맛이 뚝 떨어졌다.

꒰ꔛꕤꔛ꒱

불사의 군단의 보물 나누어 주기도 베르사 대륙에는 엄청난 화제가 되었다.

처음부터 그렇게 하기로 했던 것이지만, 정말 나누어 준다.

거짓과 사기, 불신이 횡행하는 세상에 이렇게 정직할 수 있다니!

베르사 대륙의 미담으로 남을 만한 일이었다.

위드도 솔직히 혼자서 챙기고 싶은 마음이 한겨울에 뜨겁게 타오르는 굴뚝 같았다.

그래도 바르고 성채를 얻었고, 루 교단의 성검도 임시로 획득했다는 것으로 위안을 삼았다.

"감정!"

루의 검

신이 인간들을 위해 내린 검. 오랫동안 리치 바르칸의 몸에 박혀 흑마력을 억제하는 역할을 했다. 검이 태양의 힘을 되찾으면 루의 교단은 신의 무기를 되찾을 수 있으리라.

내구력: 140/140

공격력: 165~317

제한: 루의 교단 성기사. 신앙 1,350 이상. 교단의 허락을 받은 자만 사용할 수 있다.

옵션: 어둠의 마나를 억제한다. 신앙심으로 전투 중에 기적을 일으킨다. 절대 파괴되지 않는다. 중급 이하의 몬스터들을 굴복시킨다. (나머지 옵션은 확인 불가능.)

물론 루의 교단에 돌려주어야 하는 물건이었다.

"루의 교단은 모라타에도 있으니까, 그곳에 가서 돌려주면 되겠군."

바르칸에게 마지막 공격을 했던 검백이십일치에게 받아서 위드가 잠깐 보관하고 있었다.

"들고튀려면 이런 걸 가지고 튀어야 하는데……."

위드에게는 다시 무럭무럭 욕심이 자라났다.

하지만 이런 종류의 무기는 성기사이거나 교단의 허락을 받은 이가 아니면 쓰지 못한다. 훔쳐 가서 사용하다가는 루의 교단의 공적이 되는 것은 물론, 저주받은 검이 되어 버릴 수도 있었다.

"어쨌든 돌려줘야지!"

크게 인심을 써서 루의 검도 돌려주기로 결정!

위드는 모라타에 있는 루의 교단에 가서 직접 반환하기로 했다. 전투에 참여한 사람들의 공적치는 그때 골고루 받을 수 있게 된다.

"단지 당분간 모라타에 갈 일은 없을 거 같긴 한데."

바르칸이 죽을 때 떨어뜨린 아이템은 주로 네크로맨서 전용이었다.

바르칸의 해골, 부츠, 망토, 로브, 반지, 목걸이로 이루어진 바르칸 세트 아이템!

이거야말로 부르는 게 값일 대박 아이템이다.

검백이십일치에게는 필요하지 않은 물건이었다.

게다가 위드가 가지고 있는 마법 책까지 합치면 바르칸의 풀세트가 완성된다.

바르칸의 세트 아이템이 한곳에 모였습니다.
네크로맨서라면 특수 기술, 리치의 능력을 사용할 수 있습니다.

리치 바르칸의 대를 이을 수 있게 해 주는 물품이었다.

여기에 리치가 되어 바르칸의 해골까지 사용한다면 3대 마법도 사용이 가능했다.

무시무시하기 짝이 없는 아이템!

부작용이 있어서, 아이템을 사용하고 나면 다시 인간 상태로는 되돌아오기 어렵다고 한다.

검백이십일치에게 평생 고기 무료 제공권, 무기 및 방어구, 술이 담긴 오크 통 2,000개를 제공하기로 하고 받았다.

네크로맨서 전용에 착용하기만 해도 나쁜 기운에 계속 물들어서 사용하지는 못하더라도, 위드는 일단 가지고 있기로 결정했다.

"세상에는 착한 사람만 있는 게 아니니까. 분명 바르칸처럼 되고 싶어 하는 사람들이 나타날 거야. 네크로맨서들이라고 언제까지 평화만 바라지는 않겠지. 그럴 때 팔아먹으면 되겠군."

악인을 꿈꾸는 리치가 나타나면 그를 제재하는 게 아니라 물건 흥정에 앞장설 위드였다.

하지만 어쨌든 바르칸의 장비들은 레벨 제한이나 스킬 제한이 높아서 한동안 오랫동안 다른 사람에게 주어질 가능성은 없었다.

위드처럼 대장장이 스킬을 갖지 않은 한 바르칸의 아이템을 쓰려면 레벨이 최소 460은 되어야 했다. 부츠가 그나마 레벨 제한이 낮은 편이고, 로브와 반지, 목걸이 등은 520이 넘어야 한다.

네크로맨서들은 갖고 싶은 장비 때문에라도 위드와 친하게 지내야 되었고, 단단히 코가 꿰인 신세가 되었다.

상인들이 바르고 성채로 가져온 상품들은 금세 동이 났다. 금은보화를 분배받은 유저들이 돈을 쓰고 다니는 덕분이었다.

엘프, 바바리안, 드워프, 페어리 들이 오는 바르고 성채가 활성화되면서 더욱 많은 주민들과 유저들이 모여들게 되었다.

마판은 발 빠르게 환전소를 세워서, 고대의 금화들을 바꾸어 주는 일을 하면서 수수료를 챙겼다.

"아, 돈이 진짜 많은데 어떻게 다 쓰지?"

"검이나 바꿀까, 우리?"

"그러면 사냥이 더 쉬워지겠지? 이참에 드워프제 장비들로 많이 바꿔 봐야지."

바르고 성채는 돈을 쓰고 싶어 하는 유저들로 붐볐다.

주변에 유저들이 들어가 본 적 없는 사냥터가 널려 있었다.

지형적으로도 산이나 언덕, 숲, 계곡에 사냥터가 많다. 바르고 성채 근처에 전투와 사냥을 위해 사는 종족인 바바리안의 거주지가 괜히 있는 게 아니었다.

위드는 높은 명성과 친밀도로 족장이나 장로들과 대화를 나누어서 던전에 대한 정보들을 알아냈다.

"굳은땅 드워프들에 의하면 이 근처가 던전인데……."

"조금 더 가 봐요. 드워프들이 말한 거니까 확실할 거예요."

위드는 페일과 이리엔, 로뮤나, 화령, 수르카와 함께 근처의 던전을 찾아다녔다.

"그때 맥주를 마시고 있지 않았으니 맞겠죠."

그리고 바위틈에서 던전의 입구가 발견되었다.

던전, 숨겨진 구덩이의 최초 발견자가 되었습니다.
혜택: 명성 415 증가. 일주일간 경험치, 아이템 드랍률 2배. 첫 번째 사냥에서
해당 몬스터에게 나올 수 있는 것 중에서 가장 좋은 아이템이 떨어진다.

바르고 성채 주변의 던전 탐색!

사냥이 가능한 레벨대가 맞으면 던전을 휩쓸고 다녔다.

모르는 던전들을 막무가내로 탐험하기란 솔직히 위험하다.
함정도 설치되어 있고, 몬스터의 수준이나 양이 상상 이상으로
많은 장소도 있었기 때문이다.

물론 그런 경우라도 일부는 화령이 춤으로 재울 수 있었고,
위드는 바르칸이 죽었으니 이제 마음 놓고 데스 나이트와 뱀파
이어 로드를 소환했다.

"반 호크, 토리도. 앞에서 싸워!"

긴 휴가의 끝이었다.

"오랜만에 불러 줘서 고맙다, 주인."

"따끈따끈한 피 맛이 그리웠다."

반 호크와 토리도가 활약할 시간이었다.

"몽땅 쓸어버립시다!"

오래 손발을 맞춘 동료들이기에 사냥 속도는 아주 빨랐다.

위드는 검치 들과 다른 동료들과도 번갈아서 사냥을 하며 성
장했다.

바바리안이나 드워프나, 위드와의 대화를 원하였기에 사냥
터를 찾기란 쉬웠다.

"몬스터들을 퇴치하고 싶습니다."

"오랫동안 놈들이 우리를 괴롭혀 왔지요. 그들의 흔적이 동쪽으로 이어져 있었는데, 우리 전사들이 쫓아갔지만 큰 나무 둘 옆 수풀 사이에서 사라졌습니다. 발견하실 수 있다면 꼭 도와주시오."

"맥주가 필요하지 않습니까?"

"맥주라면 언제든 환영이지."

"드워프들은 언데드와 같이 싸운 형제나 다름이 없지요. 여러분의 고민에 대해 알아보고 싶습니다."

"음, 최근에는 좋은 철광석을 구하기가 힘들어. 좋은 철광석이 있다면 요즘 같은 시기에는 값이 문제가 아닐 텐데. 예전에 이 성채가 멀쩡했을 때에는 뒷산에 있는 광산에서 철광석을 많이 캤는데……. 인간들이 도와준다면 우리 드워프들이라도 가서 철광석을 캐고 싶군."

"당연히 협력해야죠. 철광석이 많이 나와서 드워프 여러분이 원하는 무기와 방어구를 제작하시고, 그걸 바르고 성채에서 거래하며 세금을 잔뜩… 아니, 맥주를 많이 가져가셨으면 좋겠습니다."

바르고 성채에서는 사냥 외에도 바쁜 일이 많았다.

"죄송한데요, 바쁘신 줄 알지만 여기 재료 아이템 가져왔어요. 조각품으로 만들어 주시면 안 될까요?"

"불순물이 많이 섞인 금이군요. 순금 아니면 조각품으로는 잘 만들지 않는데… 뭐, 특별히 해 드리죠."

"이렇게 맡아 주셔서 고맙습니다. 조각품은 언제쯤 완성이 되나요?"

"주문이 많이 밀려 있어서… 좀 기다려 보세요."

"위드 님의 실력만 믿고 있으니 천천히 해 주세요."

바르고 성채에서 귀금속들은 위드의 몫이었다.

조각품을 만들어서 팔면서, 중간에 남는 재료들은 배낭으로 쏙! 식당에서 분명히 토끼 3마리를 가지고 요리를 했는데 토끼탕 3개가 나오고도 큰 냄비 하나가 따로 남는 원리!

"역시 조각사란 작품 활동을 하면서 버는 돈보다는 재료 횡령으로 부자가 되는 게 더 빠르겠군!"

조각사 위드의 명성이 너무나도 거대했기에 주는 비싼 재료들을 마다하지 않고 작품을 만들었다.

평소라면 나무를 갖고 다니면서 사냥 중간마다 작품을 만들었는데, 이제는 최소한 금이나 은, 가끔 미스릴 조각을 가져오기도 했다.

대부분 사람들이 원하는 취향의 조각품을 만들어야 했기에 과감한 시도는 하지 못했지만, 그러면서 조각술 스킬을 조금 올릴 수는 있었다.

아주 가끔 걸작이나 예술적 가치가 높은 작품이 나오기도 했다. 하지만 조각술 스킬이 고급 8레벨이라서 숙련도는 느리게 올랐다.

"괜찮아. 이제 고작 두 단계만을 남겨 놓고 있으니까. 느긋하게 만들면 돼."

새해도 사냥터에서 맞이했다.

화령이나 벨로트, 메이런은 일이 있어서 빠지고, 남아 있는 인원끼리 조촐하게 음식을 차려 놓고 떠오르는 해를 보며 소원도 빌었다.

'메이런과 여행이라도 갈 수 있게 장학금을 타고 싶어.'

'몬스터를 때리는 손맛이 더 좋아졌어. 많이 많이 때려야지.'

'네크로맨서로 전직이나 할까? 이대로 화염 마법의 끝을 보고 싶기도 한데…….'

'올해도 1명도 치료 실패로 죽는 사람이 없도록 해야지.'

'새해에는 유린이와 사귈 수 있게 해 주세요.'

'위드 님을 따라다니며 떼돈을 벌 수 있도록…….'

각양각색의 소원들이었는데, 그에 비하면 위드의 소원은 단순했다.

'아프지 말자. 병원비 드니까.'

건강이 최고였다.

❧❦❧

모라타에서 불러들인 조각 생명체들도 바르고 성채에 도착했다.

음머어어어.

누렁이가 발을 땅바닥에 질질 끌면서 억지로 다가왔다.

오기 싫은 것이 역력한 눈치!

"너도 나를 보니 반갑구나. 그렇게 보고 싶었다면 앞으로는 절대 떨어지지 말자."

음머어어어어어어어!

빙룡과 불사조는 몸집의 크기 때문에 던전 사냥은 할 수 없었다. 하지만 금인이, 황금새, 은새는 같이 싸우면서 어지간히 위험한 던전이더라도 거뜬히 돌파했다.

레벨 440대 이상의 던전은 특정한 배경이 있거나 주변 지역에서부터 위험한 냄새를 물씬 풍기는 장소에 있다.

킬데크 산의 둥지!

던전이 아닌 지역 전체가 사냥터인 장소도 있었다. 산의 봉우리를 배경으로 하여 넓은 지역에서 비행 몬스터들이 날아다닌다.

위드는 다른 동료들보다 접속 시간이 훨씬 길었다. 그들이 오지 않는 시간에는 검치 들과 사냥하거나 불사조와 와이번, 빙룡과 함께 킬데크 산의 몬스터 둥지에서 공중전을 펼쳤다.

쿠르르르르릉!

멀리서 벼락 치는 소리가 들리고 하늘이 잠시 밝아졌다.

하늘에서 비가 퍼붓는 것처럼 쏟아질 때, 위드는 와삼이를 타고 날았다.

"주인, 우리 이러다가 벼락 맞는 거 아닌가?"

"괜찮을 거야."

"그래도 맞으면 아픈데……."

"먹고살려면 날씨가 좀 궂은 날에도 일을 쉬어서는 안 되지."

하늘에는 위드의 부하인 와이번뿐 아니라 킬데크 산의 둥지에서 영역을 지키기 위해 날아오른 몬스터들이 한가득이었다.

제대로 보이지도 않는 상황에서 위드는 검을 휘둘렀다.

"달빛 조각 검술!"

와삼이와 한 몸처럼 움직이며 몬스터들의 날개를 베었다.

조금 더 높은 곳에서는 불사조가, 아래쪽에서는 빙룡이 몸을 사리면서 전투를 펼쳤다. 데스 나이트 반 호크도 소환되어 팬텀 스티드를 타고 다녔다. 뱀파이어 로드 토리도는 박쥐 떼와 함께 싸웠다.

"역시 잘 싸우는군."

위드는 지골라스에서 꽤 많은 조각 생명체를 부하로 거두었지만, 직접 조각해서 오랫동안 같이해 온 부하들에게 많은 정이 갔다.

"미운 놈은 떡 하나 더 주면 되고, 예쁜 놈은 사냥 백번 더 시키는 거니까."

위드에게 애정을 듬뿍 받아서 더 혹사당하는 부하들이었다.

그렇게 모든 것을 잊고 사냥에만 전념하면서 3개의 레벨을 더 올렸다.

위드의 현재 레벨은 403이 됐다.

400대의 유저들은 전체적인 숫자상으로도 그리 많지 않았기 때문에 어디를 가더라도 능력 있는 고레벨로 인정을 받는다.

조각품에 생명 부여를 하느라 늦춰지고, 생산 스킬과 퀘스트, 더욱 많은 조각품들을 만들어서 얻은 엄청난 스탯을 가지고 이룩한 레벨이었다.

~~~~

현실을 기준으로 1개월의 시간이 흐르는 동안 바르고 성채는 많은 개발이 이루어졌다. 인구도 3만 이상이 되었고, 무너졌던 성벽도 차츰 다시 쌓아 올렸다.

그래도 성채 자체적으로는 아직 성벽을 보수하고 성채를 운영할 돈을 벌어들이지 못해서, 위드가 이번에 번 재산이 고스란히 들어가야 되었다.

보수가 완료된 성벽 안쪽으로는 꾸불꾸불한 길을 따라서 주택들이 세워졌다.

기사들의 연무장, 초급 수련장, 전사 길드 등은 성채가 보수됨에 따라서 원래 있던 곳을 쓸 수 있었다.

본 드래곤이 뒹굴었던 장소를 비롯하여 치워지지 않은 장소가 절반 이상이었지만, 유저들은 더욱 많아져서 수만 명에 이를 정도였다.

"벌써 밤인가?"

중앙 광장에 있던 유저들이 하늘을 보았다. 어느새 해가 저물어서 어두워지고 달과 별들이 떠 있었다.

"슬슬 올 때가 되었군."

무기를 점검하며 쉬고 있던 사람들이 일어났다.

식당에서 무언가를 먹고 있던 전사들도 완전무장한 채로 밖으로 나왔다.

기사와 전사 들의 무장은 꽤 무겁기 때문에 전투가 벌어질 때가 아니라면 잘 하지 않는다.

사냥을 하기 위한 파티를 구하려던 사람들은 하던 말을 바꾸었다.

"서쪽 성벽을 함께 지키실 분을 구합니다."

"북문에서 넘어오는 몬스터와 싸울 분. 방패로 밀어 치기 스킬 중급 6레벨 이상인 분 우대합니다."

"남동쪽에 성벽이 무너져 있는 장소에 사제가 필요합니다. 사제분들은 저를 따라서 같이 가 주세요."

광장에서는 전투원들을 대거 모집했다.

마법사들이 등불을 밝히고, 횃불을 줄지어서 세웠다.

식량을 강탈하려는 몬스터들이 밀려옵니다.

밤마다 밀려드는 몬스터들!

네크로맨서들이 싸웠던 그 몬스터들이 바르고 성채를 침략했다.

성벽에 의지하여 방어할 수 있기에 사냥은 쉬운 편이었다. 유저들과 주민들이 힘을 합쳐서 화살을 쏘고 돌을 던지며 항전했다.

매일 밤 전투가 벌어지는 바르고 성채였다.

대륙의 어떤 곳에도 이런 식으로 자주 공성전이 벌어질 정도로 몬스터들이 몰려오진 않는다.

그러나 바르고 성채는 모라타와도 거리가 제법 떨어져 있고 서쪽과 북쪽으로는 산들이 있기에 몬스터들이 번식하면서 대대적으로 침입했다.

불사의 군단이 있을 때는 바르칸에 의하여 모두 언데드가 되어 버렸다.

그러나 이제는 불사의 군단이 없기에 유저들이 막아야 하는 것이다.

만약에 바르고 성채가 뚫린다면 몬스터들은 이곳을 지나서 북부 전체로 퍼지게 될 것이다.

성채를 지키고 몬스터의 대량 번식을 막기 위해 위드는 성과 성벽의 보수에 세금을 계속 투입해야 했다.

외부에서 덤벼 오는 대형 몬스터들의 무기에 파손이 끊임없이 일어났기 때문이다.

유저들이 성벽에 의존하여 싸울 수 있도록 도와주는 것도 영주의 임무.

사실 위드는 명성이나 모라타의 영주라는 자리 때문에 바르고 성채에 유저들과 주민들이 빨리 모여드는 등 특권을 많이 누렸다.

하지만 몬스터들의 습격에 의해서 부서지는 성채를 방치해 둔다면 유저들의 피해가 기하급수적으로 커지게 될 것이다.

사람들이 바르고 성채를 방치해 두고 떠나 버린다면 그때는 몬스터들로 인해 북부 전역이 난장판이 되고 엄청난 피해를 입지 않을 수가 없었다.

바르고 성채의 중앙 탑에서 위드는 피눈물을 흘렸다.

"주민들이 늘어나고 사냥이 이루어지더라도 세금이 남는 게 없군."

세금은 들어오기가 무섭게 다시 빠져나갔다. 잠깐 손에 쥐기도 어려울 지경이었다.

성채에는 쉴 새 없이 광범위하게 성벽 보수공사가 이루어지고 있을 뿐만 아니라, 아까운 돈을 쪼개서 군사력도 확충해야 했다.

모라타처럼 프레야 교단이 지켜 주지도 않으니 도저히 군대를 만들지 않을 수가 없다.

위드가 병력을 키우는 방식은, 살아남으면 강해진다는 식!

병사들은 모두 궁수로, 활을 쓰는 법을 익히게 하여 성벽에만 배치해 놓았다. 차후 궁수 부대가 제대로 자리를 잡으면 그때부터 보병을 대대적으로 징집해서 몬스터의 서식지로 원정을 허락할 계획이었다.

군대가 몬스터 소굴을 토벌하면 재물을 얻을 수도 있으며, 위험한 몬스터들이 성채 가까이 접근하는 빈도수가 줄어든다.

상점과 길드만 필요한 게 아니라 치안이 안정권에 이르러야 초보자들이 바르고 성채에서 시작할 수 있게 되는 것.

"오기만 하면 신나게 부려 먹을 수 있을 텐데."

바르고 성채에서는 해야 할 일이 많아서 노동력이 많이 필요했다.

착취를 간절히 원하고 있었기에 치안 확립이 우선이었다.

성벽을 사이에 두고 몬스터들과 전투가 벌어지면서 가끔씩 대단히 위험한 광경들을 연출하기도 했다. 유저들이 던전으로 많이 사냥을 나가거나 모험을 하러 떠나 버려 수비할 병력이 모자란 경우도 여러 번이었다.

유저들은 악착같이 싸워야 됐다.

중앙 대륙의 성들은 몬스터에 대한 대비가 잘되어 있어 성벽도 튼튼하고, 공성전을 위한 해자가 설치되어 있기도 했다. 하지만 몬스터들이 마을로 침공하는 일 자체가 극히 드물었다.

그런데 바르고 성채에서는 심심하면 크고 작은 무리가 덤벼온다.

오죽하면 바르고 성채에서는 따로 사냥을 나갈 필요도 없다는 말이 있을 정도였다.

"여기서는 어디서 사냥해요?"

"좋은 활 하나, 그리고 화살 넉넉하게 챙겨서 성벽에 올라가세요."

검사와 기사 들에게는 다른 조언을 했다.

"아주 원 없이 싸워 보고 싶으면 성벽 바깥에서 조금만 기다려 보세요. 죽거나 영웅이 되거나, 둘 중 하나일 테니까!"

그 정도로 몬스터들이 많이 몰려오곤 했다.

사실 불사의 군단에는 별로 노릴 것이 없었다. 온통 언데드들이니 빼앗을 식량이 쌓여 있는 것도 아니고, 가까이 와 봤자 언데드가 되어 버릴 뿐이다. 그런데 인간들이 성채를 차지하면서 식량이 대량으로 운반되기 시작했다는 사실이 몬스터들에게도 알려졌기에 더욱 악착같이 쳐들어오게 된 것이다.

위드는 모라타의 군대를 이쪽으로 끌어오거나, 혹은 영주로서 그곳의 자금을 대량으로 인출해서 바르고 성채에 투자할 수도 있었다.

"밑 빠진 독이 될지도 모르는데… 아직은 일러."

모라타는 더 훌륭한 도시로, 모자란 것이 없이 성장하고 있다. 주민들과 유저들이 넘어와서 발전에 도움 주는 정도로 족했다.

그래도 모라타에서 온 주민들 중에는 기술자들이 있어서, 상업과 기술의 발달이 다른 마을과는 비교가 안 될 정도로 빠른 편이었다.

성장률로만 놓고 본다면 북부에서 모라타를 제외하고 최고라고 할 수 있다.

매일 바르고 성채에서 벌어지는 전투는 게시판에 올라갈 정도였다.

제목: 최고의 성장을 원한다면 망설이지 말고 이곳으로 뛰어오라

레벨을 올리고, 쌓아 올린 스킬 숙련도를 발휘할 기회입니다.
와 보세요!
널려 있습니다. 쌓여 있어요.
친구들을 사귀며 같이 사냥해 보실 분.

제목: 오늘은 정말 위험했네요

안녕하세요.

매일 바르고 성채에서의 몬스터와의 전투를 올리는 리스입니다.

오늘 올릴 동영상에는 아찔한 시간이 2시간 정도 이어졌습니다. 전투 중에, 며칠 전에 쌓았던 동쪽 성벽이 우르르 무너지지 않겠습니까?

성벽 건축 속도가 요즘 들어 많이 빨라졌는데, 아마 지반이 약했거나 영주의 부실 공사가 아닐까 의심이 됩니다. 아무튼 한동안 무너질 조짐이 보여서 미리 피한 덕분에 인명 피해는 없었습니다.

하지만 그곳을 통해서 몬스터들이 들어오면서 성채 내부에서까지 전투가 벌어지는 바람에… 정신이 없었네요.

이렇게 힘들게 싸우면서 왜 던전이나 사냥터로 옮기지 않느냐고 물으셨죠?

아침이 밝아 오고 몬스터들이 물러난 후, 서로 얼싸안고 기뻐하는 마음은 전투에 가담했던 사람들만이 알 수 있을 것입니다.

바르고 성채와 관련된 동영상은, 불사의 군단이 주둔하고 있던 지역이었고 현재의 영주가 위드라는 사실 때문에라도 더욱 많은 관심을 끌었다.

처음에는 너무나 위험한 지역이라서 위드라고 해도 금방 손을 떼리라 생각했다. 하지만 주민들과 유저들이 모여들면서 성벽을 지키며 막아 내는 모습을 보면서 대단하다고 감탄하며 쭉 지켜볼 수밖에 없었다.

위험한 날들이 없지는 않았지만, 그럼에도 계속 막아 내면서 싸운다.

매일 전투를 하며 살아가는 지역.

요새가 사냥터인 장소.

바르고 성채는 발전도와 무관하게 인기를 끄는 곳이 되었다.

험악한 몬스터들과 싸우기 위하여 북부의 전사들이 모이는 최전선이었다.

로자임 왕국의 남쪽에 위치한 바란 마을!

마을 장로 간달바의 의뢰를 수행하면 천공의 도시 라비아스로 갈 수 있는 씨앗을 얻을 수 있는 마을로 유명했다.

위드가 미숙하던 솜씨로나마 만든 프레야 여신상, 서윤을 바탕으로 조각한 작품으로 인해서도 널리 알려진 마을!

"역시 정말 잘 만든 조각품이다."

"이런 여자가 실제로 존재한다면 정말 좋을 텐데. 그러면 얼굴만 보고 살아도 평생 행복할 거야."

"말도 안 돼. 세상에 저런 여자가 어디 있어? 위드의 조각술 실력이 엄청 뛰어난 거지."

여행자들은 한 번씩 와서 조각품을 구경하고 사냥을 떠나거나, 혹은 주민들과 이야기를 했다. 주민들을 만나 보면 의뢰에 대한 이야기, 사냥터나 새로운 던전에 대한 말들도 들을 수 있기 때문이었다.

던전은 원래 개척되기 전부터 만들어져 있던 장소도 있지만 나중에 몬스터들이 몰려오거나 숨어들어서 만들어지기도 한다. 보통 주민들이나 사냥꾼들은 그러한 조짐에 대해서 미리 알고 있기 때문에 친밀도와 신뢰도를 쌓아 놓으면 귀중한 이야기를 들을 수 있었다.

그런데 어느 날부터인가 마을 사람들이 조금 이상해지기 시작했다.

"성심껏 모셔야지."

"예?"

"이 보잘것없는 대륙을 지켜 주실 위대한 신의 가르침을 받아들이게나."

"……."

어떤 주민들은 멍하니 하늘을 보고 있기도 했다. 가까이 가서 말을 걸면 이야기를 하긴 했다.

"교단에 돈을 바쳐야 해. 더 많은 군대를 만들 수 있도록! 수입의 절반도 아깝지 않아."

"무슨……?"

"그 군대가 우리를 구해 줄 거야."

"어떤 군대가 구해 줘요?"

"똑! 더 이상은 말해 줄 수 없네. 신성한 마음을 가지고 있지 않다면 마을에서 썩 떠나게. 엠비뉴 신만이 혼탁한 이 세상을 깨끗하게 만들 수 있을 텐데……."

바란 마을의 퀘스트를 바라고 왔던 유저들은 주민들의 생소한 반응에 놀라게 되었다.

엠비뉴 교단이라면 중앙 대륙을 혼란에 빠뜨리는 존재들이 아니던가.

그리고 어느 날부터인가 마을 장로 간달바도 더 이상 퀘스트를 주지 않았다.

"엠비뉴 교단을 믿는 사람에게는 씨앗을 공짜로 나눠 드리겠습니다."

유저들이 쉽게 선택할 수는 없는 문제였다. 그래도 많은 변화가 오고 있다는 사실 정도는 직감했다.

그리고 어느 날, 위드가 조각했던 프레야의 여신상마저 파괴
되고 말았다.

~~~~

바드레이는 전투준비를 갖췄다.

"전장에 나서는 것도 오랜만이로군."

헤르메스 길드가 반석 위에 서고 나서 굳이 그까지 싸울 필
요는 없었다. 몬스터를 사냥하면서, 전사의 탑에서 레벨을 공
인받을 때에나 사람들 앞에 나섰다.

그 정도만으로도 〈로열 로드〉의 무신으로 일컬어지는 데에
는 부족함이 없었다.

그럼에도 이번에 전장에 나서기로 한 이유는, 헤르메스 길드
에 중요한 싸움이기 때문이었다.

"모두에게 힘을 보여 주어야 할 때. 그리고 반드시 승리를 거
두어야 한다."

바드레이는 국경에 있는 요새에서 무장을 갖추고 밖으로 나
갔다.

보병과 기사, 마법사 들이 공성 병기들과 함께 진격을 준비
하고 있었다.

그들의 목표는 칼라모르 왕국!

헤르메스 길드에서 장악한 하벤 왕국의 병력을 모아서 칼라
모르 왕국을 점령하기 위한 정복 전쟁을 개시하는 것이다.

흑기사 바드레이의 모습이 나타나자, 유저들과 병사들은 깊

은 침묵으로 그를 맞이했다.

그가 헤르메스 길드에서 발휘하는 절대적이고 무자비한 권력, 베르사 대륙에서 최강의 자리에 오른 사람에게 존경을 표시하는 것이다.

바드레이는 그들에게 이런저런 연설도 하지 않고 준비되어 있던 말에 올라탔다.

"진격하라."

지휘관의 말에 따라 요새의 문이 열리고 하벤 왕국의 군대가 칼라모르 왕국을 향하여 전진을 개시했다.

"하벤 왕국의 군대가 접근한다."

"비상종을 울려라!"

칼라모르 왕국 국경 수비대에서도 곧바로 대응이 일었다.

적들의 침입을 격퇴하기 위하여 성문이 열리고 방어군이 나왔다.

"공격! 공격해라."

바드레이는 먼저 말을 달렸다.

"바드레이의 출전이다!"

헤르메스 길드에 소속되어 있는 병사들과 유저들의 눈이 최전선의 바드레이에게로 향했다. 그가 전쟁에 함께 참여한다는 자체만으로도 아군에게는 굉장히 사기를 끌어 올리는 요인이었다.

"흑기사 바드레이가 하벤 왕국 편에 서서 우리와 싸운다고?"

"우리는 어떻게 싸워야 되지? 항복해야 하나?"

칼라모르 왕국의 성에서는 바드레이가 다가온다는 사실만으로도 겁을 집어먹었다.

바드레이의 전투의 용맹, 몬스터를 잡으면서 쌓은 위명이 대단하여 병사들을 두려움에 떨게 만들었다.

"항거할 수 없는 돌격!"

바드레이와 흑기사 친위대가 함께 달렸다.

기사단으로 같이 익힐 수 있는 스킬!

현재까지 베르사 대륙 최고라고 알려진 돌격 스킬이었다.

말의 속도를 빠르게 할 뿐만 아니라, 일직선으로 꿰뚫는 돌격에 거치적거리는 적들은 모두 박살이 난다.

바드레이와 흑기사 친위대가 불타는 적진의 방어군 사이를 꿰뚫으며 공을 세웠다.

신들린 듯한 질주에 하벤 왕국의 병사들이 커다란 함성을 질렀다.

"모두 공격하라!"

"벤튼 성을 점령하자! 칼라모르 왕국의 수도를 짓밟자!"

헤르메스 길드의 유저들과 병사들이 검과 방패를 앞세우고 달려들었다.

공성 병기가 성벽과 성문을 부수자마자, 바드레이가 먼저 안으로 들어갔다.

"바드레이를 죽여라."

"칼라모르 왕국을 지키기 위하여 흑기사 바드레이만이라도 죽여야 한다. 공격하라!"

덤벼드는 적들에게 바드레이가 검을 휘두를 때마다 10명, 20

명씩 나가떨어졌다.

그 어떤 방송이나 동영상에서도 일찍이 보여 준 적이 없는 강함!

바드레이는 베르사 대륙의 다른 랭커들과는 차원이 다른 무력을 발휘하며, 칼라모르 왕국의 국경에 있는 벤튼 성을 점령하였다.

헤르메스 길드에서는 미리 짜인 진격 계획대로 보급 부대와 정비 부대를 남겨 놓고 계속 진격했다.

그라페스

"역시 홀로 다닐 때 느끼는 이 고독함이란… 자유롭게 돌아다니면서 몬스터를 처단하는 맛은 최고지!"

위드에게는 와이번과 빙룡, 불사조, 금인이, 누렁이까지 따라다녔다.

"거기, 흘리지 말고 잡템 똑바로 주워!"

와이번들은 발톱과 주둥이를 이용해서 잡템들을 챙겼다. 전투가 벌어질 때마다 생고생이었다.

'고독이라니.'

'우리를 이렇게 부려 먹으면서…….'

한동안 그들끼리 쉬엄쉬엄 사냥했는데, 위드를 따라다니게 되면서부터 해야 할 일의 양이 부쩍 늘었다.

사냥하고, 잡템 줍고, 심부름하고, 요리를 돕고, 이동을 위하여 빠르게 날아다니기까지!

키이이이잉!

누렁이의 머리에 앉아 있던 은새가 갑자기 신음을 내며 날개를 파닥거리더니 옆으로 쓰러졌다.

위드에게는 물론 통하지 않았다.

"이 정도로는 지쳐서 죽지 않아. 어서 일어나."

몸살감기나 과로 따위야 신물 나게 겪어 본 위드라서 꾀병마저도 안 통했다.

바르고 성채의 주변으로는 누구도 들어가지 않은 던전들이 널려 있다. 몬스터들의 소굴, 부락과 은신처 들도 많았다.

다른 파티들이 먼저 와서 사냥하고 있는 경우도 가끔 있었지만, 개척 초기라서 위드가 동료들이나 조각 생명체들과 첫발을 내딛는 경우가 상당히 많았다.

고정된 동료들과 조각 생명체들이 있어서 좋은 점이라면 역시 믿을 만한 파티원을 구하거나 손발을 맞춰 보기 위해 헤매느라 버리는 시간이 없다는 점.

보통 초면인 사람들끼리 사냥을 나가게 되면 방식 때문에 의견 충돌이 벌어지기도 하는데, 그럴 일도 전혀 없었다.

"몽땅 잡자."

위드의 말이 떨어지면 던전 사냥을 다 끝낼 때까지는 누렁이도 꼬리를 바닥에 내리지 못할 정도로 긴장했다.

강한 몬스터들이 많이 나오는 던전에서는 각자 역할을 다하느라 방심할 틈이 없었다.

다소 약한 몬스터들이 나오면, 1시간에 1마리라도 더 잡기 위한 최고의 속도전이 벌어졌다.

"오늘은 날씨가 끄물끄물한 게 비가 올 것 같으니 계속 던전 사냥이나 하자."

사냥과 휴식에 대한 모든 절대적인 결정권은 오직 위드에게 있었다.

"햇볕이 참 따뜻하군. 이런 날씨에는 도시락이라도 싸서 던전 사냥 가자!"

완전한 사냥 독재였다.

~~~~~~~

"이틀 전에 찾아낸 던전 사냥 가실 분 구합니다. 종일 사냥하실 수 있는 분. 바로 준비해서 떠나실 수 있는 분 우대."

"보물 찾으러 떠나실 전투 계열 직업 구합니다. 저는 모험가입니다. 보물에 대한 단서가 있기는 한데 믿을 만한 건 아니에요. 그래도 같이 고생해 보실 사람 찾습니다."

"서쪽으로 같이 가실 탐험가분 계실까요? 평균 레벨 330대의 6인 파티입니다. 지도 작성하시면서 같이 탐험하실 분 구합니다."

바르고 성채는 수리 작업이 착실하게 이루어지고 있을 뿐만 아니라, 미개척지로 사냥과 모험을 떠나기 위해 몰려든 유저들로 성황이었다.

몬스터의 습격이 빈번하게 이루어지다 보니 유저의 수준이 대체로 높았다.

"바쁘지 않으시면 같이 사냥 가요. 네?"

"크흠, 바쁜 일이 없긴 한데……."

검치 들도 언제나 인기였다.

전투에서 가장 빛나는 그들을 보며 기사와 검사 들은 배움이 컸다. 악착같이 싸우는 그들과 함께라면 사냥의 효율은 극대화되었고, 던전에서도 위험한 길에서 항상 앞장선다.

덕분에 모험가들은 신났다.

"저분들이랑 함께라면 어디든 가도 돼."

"설혹 잘못되더라도 원망도 하지 않던데."

모험 중에는 죽는 일도 비일비재로 일어난다. 검치 들은 함정에 빠지거나 몬스터에 의해 목숨을 잃더라도, 원망은커녕 마지막까지 지켜 주지 못한 걸 미안해했다.

진정한 남자들!

마판도 상인으로서 레벨을 올리는 법을 터득했다.

"형님들, 여기 술과 고기를 가져왔습니다."

"오오!"

"심심하시면 사냥이나 같이 가실래요? 제가 요리 스킬을 익혔는데, 마차 두 대 분량의 술을 가지고 가서 다 마실 때까지 안 돌아올 작정이거든요."

"가자!"

상인에게는 그저 좋은 용병이 최고인 법.

검치 들과 함께라서 마판은 레벨을 올리기가 참 쉬웠다.

"나무 열매, 약초 있어요!"

"강철 제련. 검 강화. 원하는 인간들은 어서 오게!"

위드가 성채를 점령하고 나서 영주에 대한 믿음으로 이주한 주민들과 유저들이 많았다.

언제나 보수가 진행되고 있는 성채의 안쪽으로 상권이 형성되자 근처에 사는 엘프와 드워프 들은 이곳에 와서 매일 장사를 했다.

멀리서 보면 아직도 곧 언데드가 튀어나올 것처럼 으스스한 검고 오염된 돌들이 쌓인 성채였지만, 내부적으로는 활기차게 돌아가고 있었다.

부서진 성채가 고쳐지면서 건축가들은 새로 건물을 세워야 됐다.

파보를 위시하여, 모라타에서 실력을 발휘하던 건축가들이 바르고 성채로 몰려왔다.

"주거를 위한 건물은 나중에 지으면 될 거 같은데요."

"저도 그렇게 생각합니다."

주거용 건물은 바르고 성채로 올라가는 언덕에 판잣집을 마구 지으면 간단히 해결된다. 나중에야 물론 고급 주택도 필요하겠지만, 지금 당장은 성채를 보수하는 일이 우선이었다.

실력이 다소 뒤떨어지는 건축가들은 성벽 보수 작업에 매달려서 인부들을 지휘했다.

파보를 비롯하여 예술 회관이나 모라타의 상업 건물들을 지었던 1급 건축가들은 성채 건물들을 보수하는 작업에만 매달렸다.

"이 건물은 원래의 이미지 그대로 복구합시다."

"검은 돌이 많이 필요하겠군요."

"영주가 보수공사에 자금을 엄청나게 투입했기 때문에 현재 건축자재를 모아 오라는 퀘스트가 발생했습니다. 주민들과 초보 상인들이 계속 가져오고 있으니 당장 필요한 만큼은 될 겁니다."

위드는 가지고 있던 막대한 자금을 바르고 성채의 보수에 투자했다.

막대한 자금 투입의 결과 모라타에서는 축제가 벌어졌었지만, 이곳에서는 병사들의 사기가 오르고 주민들이 너도나도 나서서 보수를 지원했다.

"본 드래곤이 뒹굴었던 본성이 제일 문제인데……. 어디까지 살릴 수 있을까요?"

"하는 데까지 최대한 해 봐야죠. 브레스에 녹아내리거나 기둥까지 부서진 곳이 많아 절반 정도는 새로 지을 각오를 해야겠습니다."

"음, 그 정도라면 정말 건축 공사가 되겠습니다."

건축가들에게는 바르고 성채를 복원하는 일도 대형 프로젝트로 남길 만한 일이었다.

필요한 자금은 영주의 자금과, 세금에서 투입되는 보수 비용으로 즉각 충당되었으니 더욱 흥이 났다.

"본 드래곤들이 앉아 있던 중앙 탑도, 보니까 많이 기울어 있던데요."

바르고 성채에서 대번에 눈에 띄는 중앙 탑!

가까이서가 아니라 멀리에서 볼 때에도 이상하게 느껴질 정도로 기울어졌다.

무너지거나 쓰러지지 않은 게 신기할 정도였다.

건축가들이 땅을 살펴보니 단단한 지반 위에 기초공사가 잘

되어 있는 덕분에 붕괴할 위험은 없었다.

"중앙 탑은 일단 그대로 놔두라는 위드 님의 부탁이 있었습니다."

위드는 바르고 성채를 완벽하게 예전처럼 복원하려면 돈이 너무 많이 들어갈 거라고 생각했다.

"원래 인테리어나 건축이나, 한번 돈이 들어가기 시작하면 예상치 못한 부분에서 끊임없이 주머니가 열리게 되지."

중앙 탑은 유난히 시선을 끄는 곳일 뿐만 아니라 리치 바르칸의 라이프 베슬이 보호를 받고 있던 역사적인 장소다.

높고 거대한 이 건축물을 부수고 다시 새로 짓기란 너무 아까웠다.

"차라리 그대로 놔두자."

역사적인 건축물에 대한 최고의 보전 방법은 그냥 돈 안 들이고 내버려 두는 것!

피사의 사탑처럼, 기울어져 있는 중앙 탑이 어쩌면 바르고 성채의 새로운 명물이 될 수도 있으리라.

마법사들은 고위 레벨이 되고 부유해지면 자신의 탑을 건축하기도 한다. 하지만 그런 탑들과는 크기와 기울어진 정도가 달랐다.

"당장이라도 무너질 것 같은 이런 탑이 베르사 대륙에 흔하진 않을 거야!"

지금은 바르고 성채가 많이 파괴되었고, 그만큼 없어 보이기도 했다.

몬스터들의 침공으로 인해 사냥만 원활하게 이루어질 뿐 주변 지역이 전혀 개발되지 않았으니 당연한 일이기도 했다.

이럴 때 궁핍한 느낌을 달랠 수 있는 수단이라면 역시 조각술이었다!

위드는 와이번들을 이용해서 기울어진 중앙 탑에 조심조심 바윗덩어리를 날랐다.

"여기에 조각품을 만들면 성채에 있는 모든 사람들이 보게 될 거야."

조각품을 전시해 놓기에는 최고의 장소였다.

비바람을 견뎌 낼 수 있어야 하니 너무 섬세한 작품은 어울리지 않는다.

"바르고 성채와도 느낌이 맞는, 그런 작품을 만들어야 돼."

위드는 이번에도 무엇을 만들지 오래 생각하지 않았다.

"그냥 이곳에 만들어야 하는 조각품이 있지."

곧바로 단단한 돌을 잘라 가면서 조각품을 만드는 작업에 착수했다.

주민들과 유저들은 일을 하고 사냥을 다녀오면서, 위드가 조각품을 만드는 모습을 봤다.

"역시 여기에도 조각품을 세우시는군. 무슨 조각품이 만들어질지 기대가 되는데."

위드가 조각품을 만들기만 해도 사람들의 관심을 듬뿍 받을 정도였다.

모라타에서처럼 좋은 작품을 만든다면 여러모로 도움도 될 테니, 작품이 빨리 완성되기만을 다들 손꼽아 기다렸다.

하지만 위드는 던전 사냥도 다녀오느라 작품의 진척도가 현저히 느렸다.

"땀이 잔뜩 담긴 작품을 만들기 위해서 시간이 오래 걸리시나 보군."

"예술 작품이란 게 아무렇게나, 그렇게 쉽사리 만들 수 있는 건 아니잖아."

기다림조차도 행복하게 느끼는 유저들!

위드는 어디서건 볼 수 있게 6미터 정도 크기의 조각상을 만들었다.

위드가 매달려 있는 시간이 늘어 갈수록 조각품은 점점 또렷하게 완성되어 갔다. 그리고 드디어, 바르칸이 착용하던 아이템들을 그대로 장식품으로 쓴, 리치가 된 위드의 모습이 선명하게 드러났다.

과거에 지골라스에서 리치로 활약한 적도 있지만, 바르칸의 후계자가 되어서 불사의 군단을 이어받을 수도 있지 않았을까.

위드의 욕심이라면, 바르칸의 뜻을 충실히 따르다가 어느 순간 묻어 버리고 불사의 군단을 집어삼켰을지 모르는 일!

아마 조각사의 길을 오래 걷지 않았더라면 너무나도 당연했을 미래였다.

"이 조각품이 어떤 효과를 발휘할지는 모르겠지만, 아무튼 역사적인 기념물이기는 할 테니까."

조각술은 대단한 일을 일으키기도 한다.

위드는 실패작이 나오거나 주변에 언데드들이 되살아나면 다시 부술 생각까지 하면서 리치상을 완성했다.

기울어진 탑에 서 있는 리치는 위드의 조각술이 경지에 달한 것을 알려 주기라도 하듯이 어느 한구석 부족함이 없는 모습이었다. 중앙 탑 아래에서 멀리 떨어져서 보자면 실재인지 아닌지 구분하기조차 어려웠다.

"그래도 뭔가 허전하긴 한데."

위드는 이왕 조각품을 만든 김에 여기서 끝내지 않고 일을 좀 더 키워 보려고 했다.

"리치에게 호위병 하나 없으면 안 되지."

리치상을 크게 만들어 놨으니 2미터 정도짜리 둠 나이트, 데스 나이트 들도 조각해 놓았다.

하지만 그럼에도 리치의 위엄에는 어딘가 손색이 있었다.

바르칸의 불사의 군단에 비교한다면, 지금의 리치는 너무 외롭고 고독했다.

"더 특별한 게 필요해."

위드는 배낭에서 조각품 재료로 쓸 만한 것을 꺼냈다.

썩은 드래곤 본!

진짜 드래곤의 본이라면 황금이나 미스릴보다도 귀한 재료였지만, 언데드가 되어 버리면 대장장이 재료 아이템으로서는 성능과 수명이 확 줄어들어 버린다.

불사의 군단에 있던 본 드래곤들은 만들어진 지 너무 오래되어 내구성까지 너무 나빠 더더욱 그다지 쓸모가 없었다.

본 드래곤에게서 나온 아이템은 유저들끼리 분배했지만, 뼈는 기껏 뭘 만들어도 그리 좋을 것 같진 않아 인기가 없었다.

검치 들은 예전에 본 드래곤의 뼈를 이용해서 위드가 만들어

준 장비가 있고, 성기사와 사제 들은 아예 언데드의 뼈로 무언가를 만들어서 착용하지를 못한다.

그러한 이유로 위드는 유저들이 기피하는 드래곤 본을 2마리 반 분량이나 독차지할 수 있었다.

"이렇게 귀한 재료를 쓰게 되는군."

위드는 강철을 녹여서 잇는 방법으로 본 드래곤의 뼈들을 연결했다.

머리 부분은 3마리 분량이 다 있었지만, 몸통의 뼈는 갖고 싶다던 사람들이 기념품으로 조금씩 챙겼다.

그런 부위들은 황동을 녹여서 보충해 결국 3마리의 본 드래곤을 중앙 탑에 완성했다.

"이제야 뭔가 있어 보이는군."

라면에 김치, 순대에 떡볶이, 자장면에 탕수육처럼 환상적인 궁합이었다.

띠링!

> 만든 조각품의 이름을 정해 주십시오.

"음. 근엄하고, 멋있고, 잘생기고, 돈 많고, 키 크고, 언데드 부하를 많이 가진 리치 위드!"

> 〈근엄하고, 멋있고, 잘생기고, 돈 많고, 키 크고, 언데드 부하를 많이 가진 리치 위드〉가 맞습니까?

"잠깐. 너무 길어서 부르기가 어려울 거 같긴 한데……."

게다가 리치만 조각한 게 아니라 둠 나이트, 데스 나이트, 유령 등 불사의 군단에 있던 언데드들도 하나씩 만들어 놓았다.

위드가 직접 불사의 군단에 속해서 퀘스트를 했기 때문에 그 재현 능력이란 놀라울 정도였다.

"아니야, 조각품의 이름은 '언데드들을 지휘하는 리치'로 하겠다."

〈언데드들을 지휘하는 리치〉가 맞습니까?

"그래."

대작! 〈언데드들을 지휘하는 리치〉를 완성하였습니다.
불사의 군단이 잠든 장소, 전설적인 몬스터 바르칸이 영면에 든 장소에 만들어진 리치의 조각품!
베르사 대륙에 많은 해악을 끼쳤던 바르칸이다. 하지만 그가 역사의 흐름에 지대한 영향을 주었다는 사실도 부정할 수는 없을 것이다. 불모지나 다름없던 네크로맨서 스킬을 발전시켰다는 마법적인 공적도 가지고 있다.
높은 예술성과 명성으로 존중받고, 바르칸을 안식으로 돌려보낸 위드가 만든 조각품이기에 이를 비난할 수 있는 사람은 없으리라.
예술적 가치: 8,980
옵션: 〈언데드들을 지휘하는 리치〉를 본 이들은 생명력과 마나 회복 속도가 하루 동안 32% 증가한다. 모든 스탯 16 증가. 지식과 지혜가 영구적으로 3 증가한다. 인근 지역에서 네크로맨서들은 스킬 레벨이 2 증가한 효과를 누린다. 언데드들이 약간의 지성을 더 가진다. 길 잃은 언데드들의 공격을 방지한다. 마법을 사용할 때 마나 소모를 6% 감소시킨다. 흑마법의 위력이 2% 강화된다. 불굴의 기운에 의해서 생명력이 50% 이하로 감소했을 때 공격력이 14% 늘어난다. 다른 조각품과 중복으로 적용되지 않는다.
지금까지 완성한 대작의 숫자: 9

조각술 스킬의 숙련도가 향상되었습니다.

손재주 스킬의 숙련도가 향상되었습니다.

조각품에 대한 이해의 스킬 레벨이 1 상승하였습니다.

명성이 875 올랐습니다.

예술 스탯이 33 상승하였습니다.

카리스마가 3 상승하였습니다.

지혜가 2 상승하였습니다.

대작 조각품을 만든 대가로 전 스탯이 3씩 추가로 상승합니다.

위드의 고급 8레벨 조각술 스킬은 6%가 조금 안 되게 늘어서 14.6%가 되었다.

조각품이 형태를 갖춰 가면서부터 완성되기만을 기다리며 탑 아래에서 지켜보고 있던 유저들이 환호성을 질렀다.

"대작 조각품이다!"

유저들 중에서도 혜택을 주로 누리는 네크로맨서들이 더욱 크게 기뻐했다.

네크로맨서들은 아무래도 바르고 성채에서 멀리 떠나지 못할 운명이었다.

바르칸 데모프와의 전투, 재방송에서도 24.3% 시청률 기록!

하늘을 찌를 듯한, 위드의 인기. 베르사 대륙의 인기도 1위!

북부의 현명한 영주, 위드!

게임 방송사들은 위드에 대한 특집 프로그램을 계속 내보냈다. 안정적인 시청률을 낼 수 있고, 시청자들의 호응도 좋았기 때문이다.

바르고 성채가 매일 달라지는 모습을 취재하여 뉴스로 알려 주기도 했다.

불사의 군단이 점령했던 성채가 사람들이 거주하면서 바뀌는 모습은, 북부 출신 유저들에게는 대단한 관심사였다.

대륙의 여러 지역에 비해 북부의 유저들은 여전히 적다. 하지만 처음과 비교하면 이제 만만치 않게 늘어나 있었고, 중앙 대륙과 동부의 유저들도 북부에 많은 관심을 가졌다.

전쟁의 신 위드가 다스리는 땅이라서 가만히 있어도 주목을 받는다. 척박해도 스스로 일구어 가는 성과 마을 들은 모험심을 끝없이 자극했기 때문이다.

북부로 여행 오는 다른 지역 유저들도 날로 늘어났다.

"러셀리트 산맥으로 가실 분. 빨리 오세요. 지금 바로 출발합니다."

"탄로아 폐광 사냥단 조직합니다. 기본 규모는 200명 이상으로 잡고 있습니다. 폐광에 있는 몬스터들을 처리해 달라는 드워프들의 의뢰입니다."

기대했던 것보다 훨씬 좋은 환경에, 모라타에 처음 온 유저들은 적응하기가 힘들어 당황하곤 했다.

대성당과 대도서관 같은 역사적인 건축물들이 있다는 사실은 알고 왔다. 프레야 여신상, 〈빛의 탑〉에 대한 이야기도 들은 바가 있었다. 그런데 실제로 와 보니 조각품과 미술품이, 말 그대로 온 사방에 널린 것처럼 많았다.

다른 지역에 비하여 문화 예술이 굉장한 우대를 받았고, 공연도 곧잘 벌어졌다.

볼거리, 즐길 거리 그리고 프레야 교단의 풍요로움의 은총을 받아서 먹을거리가 끊이지 않았다.

축제가 자주 열리며 흥청망청 노는 분위기인가 싶으면, 아침 일찍부터 사냥과 퀘스트를 위하여 광장에 사람들이 몰렸다.

잡템 가격도 제대로 다 못 외운 상인들이 거리에 앉아서 장사하고 있었으며, 초보자들은 그들끼리 신나서 뛰어다녔다.

시끌벅적하고 유쾌한 분위기가 흐르는 멋진 도시였다.

원정대를 만들어서 사냥과 퀘스트를 가자면서 모이자고 하면 100명 정도는 금세 뭉쳤다.

사냥터로 향하는 그들의 표정에는 즐거움이 가득하다.

"왜 사람들이 모라타가 천국이라고 했는지 알겠어. 여기서는 정말 사냥할 맛이 나겠는데?"

"물가도 다른 곳보다 훨씬 저렴하고, 돌아다녀 볼 장소도 많고. 상업도 발달하고 있으니 여기서 지내면 부족할 게 없겠네. 진작 모라타에 왔으면 좋았을 텐데."

다른 지역은 어딜 가나 억압되고 폐쇄적인 분위기가 조금씩은 있다. 광장에서도 지배 길드의 눈치를 살펴야 하고, 그들을 거스르지 않기 위해서 항상 신경을 써야 되었다.

그에 반해 모라타는 자유분방했고, 모험을 적극적으로 장려했다.

위드는 예술가만이 아니라 모험가에 대한 대우도 흡족하게 해 주었다. 모험 발견물이나 의뢰에 대한 보상에 매달 재정을 16%나 책정했다.

다른 어느 지역을 뒤져 보더라도 비교도 안 될 만큼의, 압도적인 최고의 수치였다.

다른 마을에서는 기껏 해 봐야 재정의 2%, 3% 정도만을 쳐주는 수준이었다. 유저가 직접 운영하는 도시에서는 아무 보상도 안 주는 경우도 흔했다.

어차피 아쉬운 건 모험가들일 테니 별 필요를 느끼지 못하는 영주들이 자금을 인색하게 쓰는 것이다.

그러나 위드는 모험을 중요하게 생각했다.

북부 대륙에 잠들어 있는 장비들이나 보물, 발견물, 유물, 책들을 가져오면 도시가 더욱 발전한다. 도시를 성장시키는 일이야말로 향후 세금을 더 많이 거둘 수 있는 지름길이라고 보았기에, 모라타가 커진 이후에도 모험에 돈을 아끼지 않았다.

모라타에서는 퀘스트가 봇물 터진 것처럼 생겨나고, 사람들은 의뢰를 받아 어디로든 떠난다.

"죽을 위험을 무릅쓰며 고생을 해 주겠다는 사람들이 있는데 말릴 필요가 없지."

세금을 위한 발전지상주의!

위드와 모라타 그리고 몬스터의 공격을 받으면서도 눈부시게 변화하는 바르고 성채까지, 게임 방송사들은 많은 뉴스를 내보냈다.

하지만 최근에는 베르사 대륙을 더욱 큰 충격에 휩싸이게 만드는 사건이 터졌다.

헤르메스 길드의 전격적인 칼라모르 왕국 침공!

국지전이야 자주 있었지만 요새와 성을 점령하고 영토를 흡수하였다.

—헤르메스 길드가 다시 진격하고 있습니다.
—지금 이곳의 상황은 대단합니다. 헤르메스 길드의 군대가 칼라모르 왕국의 국경 수비군을 압도적으로 격파했습니다.
—바드레이가 선봉에 보입니다. 그가 전쟁에 직접 참여하고 있습니다.
—흑기사의 무력, 그 짐작 불가능한 힘! 바드레이의 활약을 직접 보십시오.
—헤르메스 길드의 유저들 대략 10만 명 정도가 진격하고 있습니다. 지금 마법사들이 펼치는 마법이 적진에 쏟아지고 있습니다!

헤르메스 길드의 거대한 힘이 방출되고 있었다.

하벤 왕국과는 앙숙 관계인 칼라모르 왕국까지 잡아먹으려고 했다.

방대한 곡창지대와 자원 그리고 기술까지 얻게 되면, 하벤 왕국은 중앙 대륙에서 명실상부한 최강 국가로 떠오르리라.

헤르메스 길드는, 누구도 거스를 수 없는 제국으로 거듭나기 위하여 전쟁을 일으켰다.

갈수록 모습을 드러내는 군대의 힘에, 모든 유저들이 경악을 금치 못했다.

꾸ﾗꈱꆌꈱꌚ

위드는 헤르메스 길드가 칼라모르 왕국을 침공하여 승승장구하고 있다는 소식을 바르고 성채에서 들었다.

"여기 다 됐습니다. 34골드요."

"고맙습니다. 소중하게 잘 쓸게요."

평소 하던 대로 대장장이 스킬, 재봉 스킬을 이용해서 가끔씩은 장사를 했다. 대장장이 스킬이나 재봉 스킬도 너무 오래 쓰지 않으면 실력이 감소하는 경우가 있기 때문이었다.

조각품도 계속 만드는 중에 상인들이 떠드는 소리가 들렸다.

"헤르메스 길드가 정말 엄청난 군대, 입이 떡 벌어질 정도의 화력으로 칼라모르 왕국을 잡아먹고 있다는군!"

위드는 마침 특수한 나무를 재료로 하여 독수리를 만들던 참이었다.

독수리의 느낌을 살리기 위해서는 섬세하게 조각을 해야 한다. 고고한 기상과 자유로움을 표현해야 하기 때문이다. 손끝을 바짝 긴장해 조각품을 만들면서 상인들의 대화에 귀를 기울였다.

"칼라모르 왕국이 언제까지 버틸 수 있을까?"

"못 버틸 거야. 헤르메스 길드가 그렇게 굉장한 힘을 갖추고 있는 줄은 정말 몰랐지 뭔가. 이번엔 칼라모르 왕국의 국경 수비군을 완전히 박살을 내 버렸어. 6만 명 중에 살아남은 병사가 몇 안 된다더군."

까드득!

위드의 조각칼이 실수로 독수리의 옆구리에 길쭉한 생채기를 만들었다.

"헤르메스 길드의 레벨 400이 넘는 강자들이 나서서 호스란 요새를 부수고 점령하는 데 2시간도 채 걸리지 않았지. 방송에서도 헤르메스 길드의 군대가 이 정도로 엄청날 줄은 몰랐다지 않은가."

"정말 그렇게 강해?"

"보병대는 대륙 최강이라고 해도 전혀 과언이 아니고, 전쟁에 동원한 인원만 해도… 어휴, 그냥 말도 안 나올 수준이야. 이름만 들어도 알 수 있는 랭커들이며, 아주 날고뛰는 유저들이 즐비해."

"그래도 위드 님에게는 안 되겠지?"

"뭐… 위드 님에게는 헤르메스 길드라고 해도 한 수 접어줘야 하지 않을까?"

"위드 님이야말로 전쟁의 신이니까. 헤르메스 길드도 두 번이나 물리쳤잖아."

위드는 그냥 묵묵히 조각품만 만들었다.

얼떨결에 완성된 조각품은 고개 숙인 대머리독수리!

조각사의 명성에 비하여 실망스러운 작품을 탄생시켰습니다.

> 명성이 15만큼 줄어듭니다.

다행히 구석에서 조각품을 만들고 있었기에 상인들의 눈에 바로 띄지는 않았다는 점이 위안거리였다.

바르고 성채에는 아직 선술집이 없었기에 방송국의 영상을 볼 수는 없었다. 그래도 헤르메스 길드의 위용이 대략 짐작은 갔다.

어느 한 성이나 도시만 점령하고도 운용할 수 있는 재정이나 병력이 상당하다.

위드만 하더라도 모라타를 북부 최고로 발전시키고 나니 매달 거둬들이는 세금이나 영토가 굉장했다.

중앙 대륙의 노른자위라고 할 수 있는 하벤 왕국을 통째로 집어삼켰으니 그 세력이란 얼마나 대단하단 말인가.

헤르메스 길드가 커질수록 위드의 영역은 좁아질 수밖에 없었다. 지금도 중앙 대륙으로 자유롭게 돌아다닐 수는 없는 처지였지만, 만약에 헤르메스 길드가 중앙 대륙을 완전히 차지한다면!

'발전도가 뒤떨어지는 북부나 동부, 서부, 남부의 장악도 시간문제.'

위드는 고립되어 사냥당할 수밖에 없다.

지금도 그를 노리는 암살자들이 어디서 다가올지 모르는 실정이었다.

바르고 성채에서는 위드의 편이 되어 줄 유저들이 많아서 암살자들이 활약하기 곤란했지만, 다른 지역에서는 현상금 냄새를 맡은 방해꾼들이 난리를 칠 것이다.

'내게 남아 있는 건 조각술 마스터 퀘스트 그리고 조각술 최후의 비기! 헤르메스 길드나 다른 명문 길드들이 지금보다 더 커져서 이것으로도 안전을 지킬 수 없다면 조각 변신술로 계속 외모를 바꾸고 정체를 감추며 대륙을 방랑할 수밖에 없겠지.'

위드는 여행을 떠날 준비를 했다.

조각술을 마스터하려면 아직은 시간이 조금 필요하다. 최후의 비기도 얻으면 좋겠지만, 조각술을 조금 더 키우는 게 우선이라서 조각술 마스터 자하브부터 만날 작정이었다.

 ⁊℮ↄ⁰⁰℅℩

붉은 갈대의 숲.

페어리의 여왕 테네이돈이 퀘스트에서 말했던 지역에는 어쌔신들이 매복하고 있었다.

그들은 규정상 말하면서 소리를 내지 않고 귓속말을 썼다.

—위드는 언제쯤 이곳에 오겠습니까?
—기다리면 꼭 온다.

어쌔신들은 수풀 속, 나무 위에 배치되어 있었다.

그들은 지루한 기다림에 익숙했다.

경지에 오른 암살자들은 보통 사냥하는 것보다, 강한 자를 죽이면 경험치와 숙련도가 더 많이 오른다.

위드를 죽이기 위해서 벌써 퀘스트를 하기 위해 올 장소를 선점했다.

"위드가 이곳에 오기로 했다고 그랬지?"

"놈만 잡을 수 있으면 헤르메스 길드로부터 한몫 단단히 챙길 수 있을 거야. 장비도 완전히 다 바꾸고, 스킬 북도 달라고 요구해야지."

"전쟁의 신 위드. 그러니까 나타나기만 하면 일제히 공격하는 거야."

"체면 같은 걸 차릴 필요는 없어. 그리고 보상은 동등하게 나누기로 하고."

일확천금을 노리는 현상금 사냥꾼도 붉은 갈대의 숲을 돌아다녔다.

솔직히 현상금 사냥꾼들 중에서 올바른 인간은 얼마 안 된다. 배신이나 배반은 웃으면서 저지르고, 죄책감도 전혀 느끼지 못했다.

서로가 그렇다는 걸 뻔히 아니 믿을 수는 없는 노릇이었지만 일단 힘을 합치기로 했다.

"놈이 오기만 하면……."

"죽은 목숨이지!"

"크흐흐흐, 한밑천 제대로 챙겨서 헤르메스 길드에 가입이나 해야지."

"우리를 받아 줄까?"

"헤르메스 길드에서는 힘만 있으면 받아 준다더군."

"그러면 무조건 들어가야지. 가입한 것만으로도 떵떵거리면서 살 수 있으니까 말이지."

이현은 다크 게이머 연합의 정보 게시판으로 들어갔다.

자하브가 떠났다는, 대륙의 10대 금역 중 한 곳인 그라페스 지역에 대한 정보를 모으기 위해서였다.

"어디, 괜찮은 정보가 많이 있으려나?"

나이 든 시녀로부터 퀘스트를 받은 것은 오래전이었다. 그 후로 그라페스 지역을 모험한 사람들이 남긴 정보가 많이 축적되어 있을 것으로 기대했다.

실제로 금역에 도전했던 유저들은 많았지만, 레벨 100이나 200대들의 이야기들은 가뿐히 넘어갔다. 대충 훑어만 보았는데, 몬스터들이 너무 강해서 전멸한 이후 나중에 다시 와야겠다고 하는 내용들이 많았기 때문이다.

> 괜히 왔네요. 낮에는 그런대로 사냥을 할 만도 한데, 밤에는 정말 무섭습니다. 탐험자 레벨 351. 비슷한 레벨의 파티원 7명과 함께 왔음.

> 황무지에는 커다란 유충들이 있습니다. 가까이 다가가면 대형 웜들이 잡아먹으려고 나타나니 절대로 가지 말 것. 탐험자 레벨 369.

> 그라페스 지역이 많이 알려져 있지는 않죠. 남들이 사냥하지 않는 장소에서 성장하기 위하여 팀을 짜서 왔습니다. 다크 게이머로 잔뼈가 굵은 사람들만 7명을 모아서요. 돌벽이 세워진 평야에서는 사냥을 할 만합니다. 밤에는 마수들이 우글거리는데요, 사냥을 위해서는 눈치가 굉장히 좋아야 합니다. 전

투에서 이기면 마법 봉인용 보석을 획득할 수 있습니다. 탐험자 레벨 382. 7인 파티.

그라페스 지역에서 지금도 가끔씩 사냥이 이루어지는 모양이었다.

어느 정도 레벨이 오르다 보면 사냥터가 중요해지는 시기가 찾아온다. 특히 다크 게이머들의 입장에서는 성장뿐만 아니라 몬스터들이 떨어뜨리는 아이템도 중요해서, 시도가 꽤 많이 이루어졌다.

초창기에는 레벨 100이나 200대의 유저들도 겁 없이 들어갔지만 깨끗하게 몰살하고, 요새는 보통 300대들이 심심찮게 들어간다.

다크 게이머들 중에는 레벨 400대의 유저들도 물론 꽤 되겠지만, 그들은 이런 정보 게시판에 글을 올리지는 않았다.

그들 정도의 레벨이 되면 사냥 방식이나 사냥터에 대한 이야기들이 너무나도 중요하기 때문에 남들에게 잘 말하지 않는 것이다.

퀘스트나 던전 사냥에 대해 알고 있는 정보들만 하더라도 다크 게이머 연합에서의 등급을 유지하는 데에는 별 어려움이 없기도 했다.

"레벨이 400 정도 되면… 그래도 그럭저럭 버틸 수는 있는 모양이군."

그라페스 지역의 몬스터들이 떨어뜨리는 마법 봉인용 보석들은 미스릴처럼 비싸게 거래된다.

마법을 부여할 수 있는 보석들만 전문적으로 찾아다니는 사냥 팀이 그라페스에도 몇 파티 있다고 한다. 대륙 최고의 다크게이머들과 전사들이라고 해도 과언은 아니었다.

다만 출몰하는 몬스터들이 있는 지역에 주로 머무르기 때문에 그들을 만날 가능성은 별로 없었다.

"일단 조각술 마스터 자하브에 대한 이야기는 아직 없는 것같고……."

자하브를 만나 본 사람이나, 혹은 거주하고 있는 집의 주소를 알아낸다면 결정적!

날로 먹을 수 있는 퀘스트가 되겠지만, 그런 운이 없더라도 자하브를 찾기가 아주 힘들 것 같지는 않았다.

'그라페스 지역에 몬스터가 아닌 인간이 머문다면 어떤 식으로든 티가 나기 마련이지. 와이번을 타고 쭉 훑어보기만 해도……. 몬스터 때문에 공중도 위험하다면 다시 까마귀로 변신해서 찾아보는 방법도 있으니까.'

이현은, 그리고 보면 스스로 참 기특한 면도 있다고 생각했다. 일찍부터 어려운 퀘스트를 많이 했더니 대륙 10대 금역 중의 한 곳인 그라페스로 떠나야 되는데 마음의 부담도 별로 없었다.

"항해해서 들어가야만 하는 지골라스보다는 가까우니까 좋지, 뭐."

어떤 어려움이 있더라도, 하늘이 무너지고 땅이 갈라지더라도 대충은 살아남을 것 같은 생존력에 대한 자신감!

위드는 조각 생명체들을 불렀다.

빙룡, 와이번, 불사조, 금인이, 누렁이, 황금새, 은새는 최근 사냥에 많이 지쳐 있었다. 빙룡의 레벨은 470, 와이번들을 빼면 다른 생명체들도 지속적인 사냥으로 인하여 400대 중후반 정도였다.

"너희에게 기쁜 소식을 알려 주겠다."

위드는 지쳐 있는 조각 생명체들의 사기를 높여 주기 위하여 말했다.

"당분간 사냥은 좀 쉬자."

"골골!"

금인이는 좋아하면서도 큰 소리로 웃지는 못했다. 기쁜 내색을 하면 또 어떤 트집을 잡아서 괴롭힐지 모르기에!

"음머어어어. 난 주인의 뜻이라면 받아들이기는 하겠다."

성질 더러운 주인에게 단련이 되어서 내숭과 가식은 기본이 되었다.

누렁이도 관심 없는 듯 근처에 있는 풀이나 뜯어 먹었지만, 귀를 쫑긋 세우며 그 말이 진심인지 궁금해했다.

"걱정 마. 그냥 해 보는 말이나 농담은 아니니까."

위드가 지금까지 사기에 횡령, 강제 노역을 시키긴 했지만, 거짓말은 잘 안 하는 편이었다.

"그리고 우리 여행이나 가자."

여행!

길을 떠나며 만나는 많은 인연들과, 일상을 떠나서 얻게 되는 즐거움.

불사조가 입에서 불을 내뿜으면서 좋아했다.

"크롸롸롸. 정말 가는 것인가?"

빙룡도 주인이나 다른 생명체들과 다녀 본 곳이 많진 않은 편이라서 기뻐했다.

"신선한 풀이 자라는 장소면 좋겠다."

누렁이는 등 따뜻하고 배부르면 어디든 천국이었지만, 여행을 가서 맛있는 음식을 먹고 쉬는 것도 나쁘지 않을 거라고 생각했다.

황금새와 은새는, 원래 조류인지라 어디든 잘 돌아다니기 때문에 마냥 행복해하는 편이다.

위드의 말이 이어졌다.

"어디로 가냐면, 그라페스라고… 대륙 10대 금역 중의 한 곳인데, 같이 가자!"

여행이 아니라, 집 떠나면 생고생이라는 말을 정확히 떠올리게 하는 발언.

조각 생명체들은 갑자기 가고 싶지 않아졌다.

"이곳에 머무르며 열심히 사냥을 하면서 강해지겠다. 그러니 거기는 주인 혼자 다녀오는 게 어떻겠는가?"

빙룡이가 순진한 척 맑은 눈을 번뜩이며 말했다. 하지만 위드에게는 씨도 안 먹힐 소리였다.

"같이 가야지. 이런 즐거운 여행에 빠지면 안 되잖아."

"여기 주변에 몬스터들이 많다. 주인이 얻은 새로운 땅을 지킬 필요가 있을 것 같다. 나 빙룡은 철저하게 몬스터를 막아 내겠다."

"그러지 않아도 돼. 걔들도 먹고살아야지. 다 살자고 하는 짓인데, 너무 나쁘게만 보면 안 돼."

몬스터에 대한 박애 정신이 갑자기 생겨났다.

"모라타는 블랙 이무기와 킹 히드라가 잘 지키고 있고, 이곳 근처로도 다른 조각 생명체들을 불러 놓을 거야."

과거 북부동맹군과 싸우기 위해서 조각했던 블랙 이무기와 킹 히드라.

그들은 모라타 주변에서 몬스터들을 해치우며 묵묵히 치안에 공헌을 하였다. 은근히 레벨도 많이 높아지고, 부자도 되었으리라.

블랙 이무기의 경우에는 특히 야비하고 약삭빠른 면이 있었다. 레어라면서 동굴을 차지하고 보물을 챙겨 놓는다는 이야기를 은새의 고자질을 통해 들었다.

"완전히 못된 날개 달린 까만 뱀이에요. 작으면 지렁이처럼 한입에 먹어 삼킬 텐데. 쨱쨱! 제가 살이 찔까 봐 참는 거예요. 근데 맛있는 고기를 달라고 해도 주지도 않고, 레어 부근에 둥지를 틀려고 했는데 못 들어오게 했어요. 뭔가 감춰 놓은 것 같아요."

"그래그래. 황금새는 어떠니?"

"별로 관심은 없지만! 저를 잘 챙겨 줘요. 몬스터도 사냥하는 것 같고요. 누렁이는 게을러진 것 같아요."

"앞으로도 친구들의 이야기는 잘 알려 줘야 한다."

치안의 악화를 막기 위해서 바르고 성채에도 조각품에 생명 부여를 해서 지키게 하는 게 좋겠지만, 굳이 새로 만들 필요 없이 지골라스에서 데려온 생명체들에게 맡겨도 된다.

인간들이 잘 찾아오지 않는 숲이나 산에서 몬스터의 서식지를 찾아다니며 싸우는 게 아니라, 성벽 내에서 주민들과 함께 전투를 할 수도 있으리라.

위드는 바르고 성채를 힐끗 쳐다보았다.

점점 단단하고 두껍게 쌓여 가는 성벽과, 공성전에서 지키기 위한 군사시설들!

병사들을 양성해서 지역의 몬스터를 몰아내고 성채를 지키고 있다. 경제 발전보다도 안전이 우선이었다.

유저들도 퀘스트를 받으면서 전투를 할 테니 주변에 들끓는 몬스터들도 약간은 줄어들게 될 것이다.

유저들이 성장하고, 모험의 결과물이 쌓이게 된다. 군대가 힘을 갖추면 광산과 황무지를 점령하고 개발도 할 수 있을 것이다.

그때 와삼이가 불만스럽게 구시렁거렸다. 일부러 위드가 들으라는 듯이 말이다.

"우리는 자유롭게 살고 싶은 욕구도 있다. 언제까지 주인을 따라다니기만 해야 하는 것인가."

완전한 독립을 이루고 싶다는 소원을 와삼이가 이야기했다.

위드는 대답했다.

"같이 행복하게 살자꾸나. 사냥도 다니고 이렇게 여행도 하고……. 평생 행복할 거야. 기왕이면 10대 금역을 다 한 번쯤은 가 봐야 되지 않겠니."

"……."

조각 생명체 전체의 사기를 하락시키는 말이었다.

"위드 님이 요즘 이곳에 계시다면서요?"

"검을 만들어 달라고 부탁할 게 있었는데… 모라타의 다른 대장장이들도 할 수는 있지만 위드 님이 만들어 주시면 더 좋을 것 같아요."

유저들이 장비를 맞추기 위하여 모라타에서 일부러 바르고 성채까지 찾아왔다.

위드가 만든 장비들은 섬세한 미적 감각으로 장식되어 있었다. 조각술로 검이나 갑옷, 부츠에 특수한 무늬들을 새겨 주었던 것이다.

물론 수고비는 다른 대장장이보다 훨씬 많이 받았다.

대신 고급 8레벨에 이르는 손재주로 인하여 흠이 없고 단단해서 내구력이 극히 뛰어났다.

위드가 만든 장비는 다른 사람들에게 자랑거리도 될 수 있었으므로 일부러 찾아오는 수고를 아끼지 않았다.

대장장이든 재봉사든, 실력을 기본으로 갖추고 유명해지면 그 뒤로는 일감 걱정은 하지 않아도 되었다.

물론 지긋지긋한 노동으로 인하여 질려 버릴 가능성은 컸지만 말이다!

"네? 위드 님이 떠났다고요?"

"모라타에서 일부러 여기까지 왔는데……. 벌써 붉은 갈대의 숲으로 퀘스트를 하러 가셨나요?"

바르고 성채에서 위드가 사라졌다.

하지만 건축가들에 의해서 보수 작업이 계속 진행되었고, 성기사와 사제, 검치 들도 새로 온 유저들과 함께 사냥과 퀘스트에 바빴다.

모라타에서 온 주민들이 내거는, 필요한 물건들을 구해 달라는 간단한 의뢰는 상인들이 대부분 해결했다. 하지만 엘프, 바바리안, 드워프, 페어리까지도 자주 오는 바르고 성채라서 다양한 퀘스트들이 수시로 만들어졌다.

모험과 전투가 많이 이루어지면서, 상인들에 의하여 잡화점을 비롯하여 무기점, 방어구점, 약초방, 귀금속점 등등이 세워졌다.

"위드 님의 땅, 그리고 모라타의 주민들이 옮겨 간 장소에 신앙을 전달해야 합니다."

프레야 교단도 신전을 건립하기 위하여 이미 공사에 들어간 상태였다.

위드에 대해 정확한 정보를 알지 못하는 유저들로서는 그저 추측해 보는 수밖에 없었다.

"붉은 갈대의 숲의 퀘스트를 하러 가셨나 봐."

"정말 헤르메스 길드를 두려워하지 않으시는군."

"위드 님은 다르기는 달라."

그리고 소문이 퍼지면서 현상금 사냥꾼들은 더욱 애타게 기다렸다.

헤르메스 길드에서도 혹시 모를 사태에 대비하여, 세 번의 패배는 없다는 생각으로 공격대를 붉은 갈대의 숲으로 보냈다.

ᦰᦲᢙᢙᧉ

서윤은 북부의 깊은 곳을 떠돌며 사냥했다.

위드를 따라서 갔던 지골라스에서도 힘의 부족함을 느꼈다.

'지금보다 더 강해져야 해.'

던전을 돌면서 혼자라는 어려움을 겪어 가며 사냥을 했다.

광전사로서 매번 혼자 다녀 왔기에 특별히 새로운 일도 아니었다. 함정에 부딪치고, 몬스터의 습격에 당하고, 독에 중독되었다.

광전사의 스킬들은 죽을 고비를 넘겨야, 강한 적과 싸워야 늘어난다.

서윤은 몬스터들이 가득 몰려 있는 장소로 들어가서 전투를 하고 살아 나왔다.

'반드시 돌아가야 해.'

서윤은 이러한 과정을 지나면서 레벨을 높이고, 공격 스킬들을 완성시켜 갔다. 위드에게 위험한 일이 벌어지면 지켜 주기 위해서였다.

페어리의 여왕 테네이돈의 퀘스트도 따라가서 도와줄 생각을 하고 있었다.

가끔 그녀는 위드에게 귓속말을 보내곤 했다.

—새로운 던전을 발견했어요. 몬스터들이 많아요. 레벨대도 높아서 제가 사냥하기에는 정말 좋은 던전인 것 같아요.

바쁜 일만 없다면 위드는 바로바로 대꾸를 해 줬다.

—축하해.

그리고 그날 저녁쯤.

—몬스터들을 사냥하고 단검을 하나 구했어요. 전에 쓰던 것보다 훨씬 좋은데요.
—자, 잘됐구나.

그리고 다음 날 아침.

—보스 몬스터를 사냥했어요.
—무, 무사히?
—힘들었지만, 호위 몬스터들부터 제거하고 나서 사냥에 성공했어요.

서윤은 몬스터를 끌어들이기도 하고 위험도 무릅쓰면서 천신만고 끝에 몸에 붕대를 감으면서까지 승리했다. 위드에 대한 마음이 없었더라면 이렇게까지 사냥을 집중해서 하진 않았을 것이다.

―아이템은?
―샤프 슈터 헬멧이라고… 저한테는 필요하지 않은 걸 얻었어요. 나중에 모
  라타에 가서 팔아 버릴 거예요.

샤프 슈터 헬멧!

궁수들이 눈에 불을 켜고 찾는다는 장비가 아니던가.

명중률은 물론이고 사거리, 관통력까지 다 늘려 줘서, 궁수
에게는 더 이상 좋을 수가 없는 아이템.

레벨 400대가 넘는 고레벨 유저들은 활까지 팔아서 사고 싶
어 할 정도라고 한다.

비싼 건 두말할 필요도 없고, 모라타에서 판다면 무기 상인
들이 펄쩍 뛸 일이었다.

―그, 그렇구나.

이렇게 일상적인(?) 일 이외에도, 서윤은 기쁜 일이 있을 때
마다 위드에게 알렸다.

―레벨이 올랐어요.
―벌써?

―조금 전에 아이템을 하나 주웠어요.
―또?

―'미친 전사의 춤' 스킬 레벨이 올랐네요.
―이렇게 빨리?

—축하해 주세요. 퀘스트 성공했어요.

……

서윤은 위드와 대화를 나누는 게 좋아서 더욱더 많이 사냥을 했다.

그녀가 다니는 던전은 위드가 갈 수 있는 장소보다 한두 단계는 위였다. 위드의 사냥 속도는 가히 베르사 대륙에서 손꼽힐 정도라고 해도 과언이 아니다. 그런데 서윤도 이에 뒤지지 않았다.

던전에 들어가기 시작하면 그때부터 스킬들을 난무하며 끝까지 돌파하는 광전사처럼 독한 직업도 없다.

대신에 혼자서 그런 험한 전투를 하다가 죽을 위험이 높고, 생명력을 채우거나 쉬지 않고 싸워야 전투력이 최고로 유지되기 때문에 그만큼 힘들기가 이루 말할 수 없을 정도다.

던전 사냥을 마치고 나서는 몸에 힘이 쭉 빠져서 회복할 때까지 시간도 걸렸다.

서윤은 그런 시기에는 다른 던전을 찾거나 간단한 퀘스트를 하며 보냈다.

—적보라의 보석이 뭐예요? 여기서 계속 나와요.
—그, 그걸 또 주웠니. 그건 인챈터에게 팔 수 있는 보석이야.

위드는 모르는 게 없었기에 대화를 나눌 때마다 적지 않은 도움도 되었다.

서윤은 던전 사냥을 마치고 나무에 기대어 쉬며 물었다.

—바르고 성채에 계속 있을 거예요?
—아니. 조각품도 완성시켰으니 이젠 떠나야지.
—붉은 갈대의 숲으로요?

　만약 그렇다고 하면 서윤은 위드보다 먼저 가서 현상금 사냥꾼이나 암살자 들을 쓸어버릴 생각을 했다.
　큰 싸움이 되겠지만 승산을 따지고 하는 일은 아니었다.

—지금 이미, 대륙 10대 금역의 한 장소인 그라페스로 출발했어. 그곳에 하지 못한 퀘스트가 있어서.

　서윤은 목적지를 듣자마자 배낭에서 지도를 펼치고 그라페스가 있는 방향을 찾아서 걷기 시작했다.
　위드가 가는 장소이니 당연히 그녀도 가야 하지 않겠는가.
　불사의 군단 퀘스트를 할 때에야 주로 언데드로 진행이 되었고, 레벨도 올리고 여행 비용을 벌기 위해 바빠서 따라가지 못했다.
　하지만 지금, 서윤은 위드를 만나기 위하여 그라페스 지역으로 향했다.

❧

—그라페스 지역으로 갑니다. 나중에 또 같이 사냥하죠. 그때는 맛있는 상어매운탕을 끓여 드리겠습니다.

위드는 귓속말을 통해 자주 함께 사냥을 하던 페일 일행에게도 알려 주었다.

화령은 굽이 높은 구두를 부츠로 바꿔 신었다.

"저도 그라페스 지역으로 가야겠어요."

"언니, 정말? 그곳은 너무 위험하다던데……."

벨로트가 말리려고 했지만 화령의 고집도 질긴 편이었다.

"위드 님과 같이 고생하면서 거리를 좁혀 나가야지. 단둘이 사냥도 하고 모험도 하고 밥도 먹… 우린 그런 시간이 필요했어."

매일 밤 매혹적인 춤으로 위드의 정신을 흘려 놓으려는 계산마저 끝났다. 새 앨범을 준비하며 안무가와 짜 놓은 춤을 그에게 먼저 보여 주려는 것이다.

화령은 그를 위해 상인들을 통해 중앙 대륙에서 가장 예쁜 드레스와 액세서리까지 사재기를 끝낸 후였다.

"그러면 저희도 같이 가죠."

페일이 그녀의 안전을 위하여 따라나서려고 했지만, 화령은 고개를 저었다.

"절대 오면 안 돼요!"

"네?"

"오붓한 시간에 방해가 될 테니까."

"……."

10대 금역이라고 해도, 화령의 열정 앞에는 데이트 장소에 불과했다.

화령은 말을 타고 그라페스 지역으로 출발했다.

검치는 외로이 길을 걸었다.

그는 로자임 왕국과 절망의 평원을 오가면서 지내고 있었다.

"당분간 할 일이 없겠군."

친하게 지내던 여성 유저의 가족과 많은 정을 쌓았다.

하지만 그녀가 얼마 전 3개월간 외국으로 연수를 다녀온다며 떠났기에 오붓하게 같이 사냥을 할 수는 없는 처지였다.

"둘째도 바쁘고……."

검둘치는 오크 세에취와 같이 부족 놀이에 흠뻑 빠졌다.

오크 로드!

세에취가 수행하는 퀘스트를 함께하면서, 오크들과 더불어 절망의 평원과 유로키나 산맥을 뛰어놀고 있었다.

오크 3마리가 밥만 먹고 쑥쑥 자라서 1달 후면 20마리가 된다. 다시 1달이 지나면 100마리 이상으로 늘어났다.

물론 아직은 세에취의 지휘력이 낮아서, 독립을 하고 싶다면서 혼자 나가는 오크도 많았다.

하지만 대부분은 부족에 남아서 같이 전투를 하고 영역을 넓혀 나갔다.

검둘치와 세에취와 함께 사냥을 하면서 죽기도 하고, 강해져서 오크 전사나 워리어가 되기도 했다.

오크들만큼 금방 자라고 금방 규모가 커지는 종족도 없었다.

"재미있게 지내는 다른 놈들이 부럽기도 하구나."

베르사 대륙의 북부에 있는 제자들도 유명한 전투에 참여하고 텔레비전에도 나오면서 검치는 씁쓸한 기분이 들었다.

나이가 들수록 조용하고, 혼자 지내는 시간을 보내기를 바랄 것이라는 건 크나큰 착각!

"힘으로 때려 부수고, 몸을 움직이는 게 최고지."

마음의 수련이 중요하다.

검에 담겨 있는 힘을 다스려라.

제자들에게 언제나 말해 왔다.

하지만 힘을 가졌으면서 쓰지 않는다면 그거야말로 화병의 지름길!

"이번 기회에 자유의 시간을 누려 봐야겠군."

검치는 여행을 하기 위해서 로자임 왕국의 수도로 갔다.

여러 사냥터와 던전, 주변 왕국으로 가기 위해 사람들이 광장에 모여 있었다. 그리고 어느 한구석에서 누군가가 외치고 있었다.

"북부로 모험을 떠나실 분 함께 갑시다! 전쟁의 신 위드가 다스리는 북부로 가서 같이 정착하실 분! 일단 모라타로 가고, 원하시는 분은 바르고 성채로도 갑니다."

상인들이 유저들을 포섭하고 있었다.

마차로 브렌트 왕국으로 가서 배를 타고 북부로 이동하는 경로였다.

운송을 위해서 어차피 북부까지 가야 할 경우, 최근 모라타로 이주하는 데 관심이 많은 유저들을 데려간다면 교통비를 벌고 몬스터로부터 호위도 되었다.

　여행하는 동안 말상대도 할 수 있고 장기적으로 고객으로 삼을 수도 있을지 모르기 때문에, 북부로 떠나는 여행자들을 적극적으로 구했다.

　"어디 놀러나 가 볼까?"

　검치는 제자들도 만날 겸 상인을 따라가기로 했다.

자하브의 예술품

끄아아아아악!

와이번 떼가 날개를 쫙 펼치고 비행했다. 빙룡, 불사조, 황금 새, 은새도 뒤를 따랐다.

조각 생명체들끼리의 오붓한 이동이었지만, 이들의 레벨을 감안한다면 무지막지했다.

흰 구름 위로 비행을 하다 보면 가끔씩 높게 나는 큰 새들을 지나친다.

위드는 와삼이의 등에, 누렁이와 금인이는 와일이와 와둘이 에 탔다.

"먹고 가면 안 될까?"

"맛있겠다!"

와오이, 와육이, 와칠이는 편하게 날 수 있었으므로 쫓아가 서 통째로 삼키고 돌아왔다.

"냠냠, 역시 맛있군."

"비린내 하나 안 나네."

그렇지 않아도 와삼이는 불만이 이미 한계치까지 누적되어 있었다.

"주인."

"왜?"

"다른 와이번들도 많이 있는데 왜 항상 내 등에 타는 건가?"

"그래서 싫냐?"

"그런 건 아니지만, 사람을 태우려니 무겁기도 하고 힘도 많이 들고 억울하기도 하고……."

위드는 넓적한 등판에 드러누우며 말했다.

"널 만들 때만 귀찮아서 등을 그냥 평평하게 했거든."

"케애액."

"집의 장판에서 뒹굴 때만큼 편해서 다른 와이번은 탈 수가 없어. 네가 최고야."

와삼이는 비밀을 알고 더욱 괴로워질 수밖에 없었다.

그라페스는 중앙 대륙에 있는 아이데른 왕국의 영역으로, 몬스터로 들끓는 지역이었다.

위드가 있던 바르고 성채에서는 꽤나 먼 거리였지만, 조각 생명체들을 타고 단숨에 날아왔다.

"넓이로 볼 때에는… 오래 걸려도 대충 20일이면 찾을 수 있겠지?"

반사적으로 다른 10대 금역의 한 곳인 지골라스에서 고생했던 일이 떠오르려고 하였지만, 그라페스 지역은 그렇게 넓은 장소는 아니다.

지골라스에서처럼 지하 던전들이 미로처럼 답답하게 이어져 있다는 말도 들은 바가 없었으므로, 자하브를 만나기가 그렇게까지 어렵지는 않으리라 판단했다.

위드는 예전에 받은 목조품을 꺼냈다.

늙은 시녀는 목조품에 자하브의 안식처가 안내되어 있다고 말했다.

목조품에는 물의 정령이 그려져 있었다.

"물이 있는 쪽부터 수색해 봐야 하겠군. 자하브가 아직도 살아 있다면 말이지. 어쨌든 몬스터들 때문에 엄청 위험한 장소니까!"

〈로열 로드〉에서는 유저가 아닌 원래 살던 주민이라고 해도 죽음을 겪을 수 있다.

유저는 페널티를 받고 되살아나면 되지만, NPC는 죽음으로 끝이다!

자하브가 이미 죽었다면 퀘스트는 포기해야 된다.

어떤 직업의 마스터라고 해도 당사자가 죽거나 실종되면 관련 퀘스트와 기술 들이 사라진다.

물론 다른 재능이 있는 자들이 마스터가 되어서 새로운 비기를 만들 수도 있고 상황에 따라서 퀘스트들이 새로 생성되기도 하지만, 기약 없는 일이었다.

위드가 사실 늙은 시녀의 퀘스트를 지금까지 끌어온 것은 상당히 위험한 일이었던 셈이다.

"이제 슬슬 시작해 보자. 그동안 많이, 푹 쉬었지?"

위드의 말에 누렁이는 안창살을 파르르 떨었다.

"음머어어. 만날 사냥에 모험에… 지금까지 나에게 해 준 것이 무엇이냐!"

조각 생명체로서 이유 있는 항변이었다.

생명을 부여해 주었다고 해도 자식을 고생시키려고 낳는 것은 아니지 않은가. 태어나서 평생 고생만 해 온 누렁이에게는 불만을 표현할 자격이 있었다.

위드도 진지하게 생각해 보았다.

누렁이에게 지금까지 해 주었던 것들은 별로 없었다. 위험한 지골라스까지 끌고 가고, 전투에 참여시키고, 짐까지 항상 들고 다니게 했으니 많이 소홀했다는 느낌이 들었다.

"젊어서 고생은 사서도 하는 거야. 너무 놀고먹으려고만 하면 안 돼. 아무튼, 그럼 노후 자금 마련해 줄게. 더 나이 먹으면 호강하면서 살아야지. 왕궁 같은 집에서 신선한 풀 뜯어 먹으면서 가족들과 살 수 있게 해 주면 되겠니?"

충성심이 높은 누렁이였기에 금방 설득되었다.

"그 정도까지 바란 건 아닌데… 만족한다."

"앞으로 매일 200골드씩만 내도록 해. 일단 그걸 받고, 나머지 더 필요한 돈은 내가 보태서 나중에 노후 자금으로 크게 불려서 돌려줄게. 참, 네가 좋아하는 암소들과 결혼식도 올려야겠지."

"고맙다, 주인. 더 열심히 일하고 싸우겠다."

누렁이는 늙어서 편히 살 생각에 좋았고, 위드는 매일 200골드씩 불로소득이 생겨서 만족스러웠다.

"불사조, 빙룡. 너희는 시선을 너무 끄니까 가까이 오지 말고 근처에서 대기하면서 언제든지 올 수 있도록 해."

"알았다, 주인."

빙룡이나 불사조처럼 큰 생명체들이 땅에 가까이 내려오면 주변의 몬스터들을 자극해서 불러들인다. 그렇기 때문에 수색은 위드와 와이번, 누렁이, 금인이로 해결을 봐야 했다.

"황금새, 은새."

"왜."

"아버지, 말씀하세요."

"너희는 여기서도 안전하지?"

황금새와 은새가 작은 머리를 끄덕였다.

새들은 숲에서도 몬스터들로부터 영향을 별로 받지 않는다. 굶주린 몬스터라고 해도 한입거리도 되지 않는 황금새와 은새를 웬만해선 노리지 않는다.

설혹 공격을 당하더라도, 금방 나무들 사이로 날아서 도망칠 수 있었다. 조인족으로 변해서 반대로 몬스터를 사냥해 버릴 수도 있었고.

"자하브를 찾는 게 우선이니까 너희는 따로 움직여. 숲 안쪽을 수색해."

"정 부탁이라면."

"아버지가 시키는 대로 할게요. 맛있는 벌레들을 먹느라 조금 늦게 돌아올지도 몰라요."

황금새와 은새가 날아서 숲으로 들어갔다.

목조품에는 물이 표시되어 있었지만, 자하브의 흔적은 어디서 발견될지 모르기에 둘은 따로 흔적을 찾는 일에 투입했다.

"그럼 우리도 가 볼까?"

위드는 토리도, 반 호크, 누렁이, 금인이 그리고 와이번들과 강의 하류에서부터 거슬러서 올라가 볼 작정이었다.

유사시에는 불사조와 빙룡도 소환하면서 그라페스의 몬스터들과 싸움을 해야 했다.

강이나 부근에는 여러 종류의 몬스터들이 있었지만, 위드나 조각 생명체들이 위협을 느낄 정도는 몇 종류 안 됐다.

강에는 물을 마시러 나오는 켈코그라는 몬스터들이 들끓고 있었다.

우갸. 우갸!

켈코그는 파충류의 일종으로 서식지가 물 근처였다. 인간처럼 걸어 다니기도 하며 수중과 지상에서 창과 같은 무기를 사용한다.

수직으로 무섭게 높이 뛰어오르는 능력에다 움직임이 대단히 날렵하고 무리를 지어서 활동할 뿐만 아니라, 레벨도 400을 훨씬 웃도는 수준!

그라페스 지역에서 안정적인 사냥을 하려면 400대의 레벨은 필수 조건이라는 말이 괜히 나온 게 아니다.

물론 파티의 장점을 극대화한다면 불리함을 좀 더 극복할 수 있었다.

"와이번들은 공중에서 선회하면서 싸우도록 해. 켈코그들이 뛰어오르면 덮칠 수 있게."

"알겠다."

뒤뚱거리며 걷던 와이번들이 하늘로 날아올랐다.

"콜 데스 나이트 반 호크, 콜 뱀파이어 로드 토리도!"

"불렀는가, 주인!"

요즘에는 전투를 자주 해서, 반 호크와 토리도는 나타나자마자 주변부터 살폈다.

"가서 싸워라!"

"알겠다."

"냄새가 심하게 난다. 피 맛이 별로 없을 것 같은데."

귀족적인 성격이 강한 토리도는 파충류라서 꺼리는 기색이 역력했다.

"항상 맛있는 거만 먹을 수는 없잖아. 나중에 선지해장국 끓여 줄게."

"그렇다면 싸우겠다."

데스 나이트와 뱀파이어 로드의 돌진!

반 호크는 유령마를 타고 습격했으며, 토리도는 망토를 펼치고 날아 들어갔다.

키야호오!

켈코그들 스물이 넘는 무리가 반 호크와 토리도를 발견하고는 싸울 준비를 취했다.

창을 들고 닭처럼 달려오는 모습이, 던지기에 최고의 자세!

'위험하겠다.'

반 호크나 토리도라도 창을 맞으면 심하게 타격을 입을 수 있다.

"흙꾼이 소환! 흙으로 벽을 쌓아 올려라."

켈코그들이 창을 던지는 순간, 땅의 정령인 흙꾼이들도 소환되었다.

게슴츠레 눈을 뜨고 있는 흙꾼이들이 손바닥을 앞으로 내미니 땅에서 흙벽이 솟아올랐다.

반 호크와 토리도를 보호해 주는 거대한 흙벽.

켈코그들이 던진 창들은 흙벽을 관통하면서 위력이 다소 줄어들었다.

하지만 여전히 은색 광채를 내면서 날아오고 있었다.

반 호크와 토리도는 다행히 잽싸게 피했지만, 창들은 나무를 관통하고 계속 꿰뚫고 지나가거나 땅에 꽂혀서 큰 폭발을 일으켰다.

"맞으면 아프겠군."

이 정도라면 상당한 위력!

갑옷의 방어력이 웬만큼 높지 않다면 공격력 때문에 단숨에 꿰뚫릴 수도 있다.

반 호크와 토리도도 몬스터들의 레벨이 높은 것을 느끼고 더욱 세차게 덤벼들었다.

위드도 그들을 따라서 켈코그들의 사이로 파고들었다.

"헤라임 검술!"

켈코그들은 등에 작은 창을 꽂아 놓는 통을 가지고 있었기 때문에 열두 번이나 더 던질 수 있다. 위력이 극대화되는 투척의 기회를 주지 않기 위해 가까운 거리에서 싸웠다.

위드는 검을 휘두르면서 켈코그들의 사이를 미친 듯이 누비고 다니며 결코 한자리에 머무르지 않았다.

캬캬오!

그런데 켈코그들은 창을 찌르거나 휘두르기도 잘했다.

> 창이 어깨를 스쳤습니다.
> 부상으로 힘이 감소합니다. 높은 인내력으로 공격력이 줄어드는 정도를 최소화합니다. 생명력이 2,980 줄어듭니다.

7마리가 넘는 켈코그들이 위드를 노렸고, 반 호크, 토리도 역시 마찬가지!

반 호크는 유령마를 타고 전장을 누비고 다녔기에 그에게는 창이 많이 날아갔다.

"골골골. 우리 차례다!"

누렁이에 타고 있는 금인이도 바람처럼 돌격했다.

조각 생명체들은 죽으면 너무도 아깝기 때문에 켈코그의 특성상 그나마 안전한 근접 전투가 벌어진 이후에 투입!

와이번들도 공중에서 습격하며 켈코그들을 교란시켰다.

"암흑 투기."

"블레이드 토네이도!"

반 호크와 토리도도 자신들의 특기를 유감없이 발휘!

시간이 조금 더 지나자 간신히 사냥에 성공했다. 위드는 등에 작은 창이 3개나 꽂혀 있을 정도로 만신창이였다.

"생각보다는 버틸 만했군."

전투가 끝나고도 생명력이 19,000이 넘게 남았다.

대신 와이번들도 부상이 상당했고, 누렁이도 앞발을 절뚝거렸다.

"앞으로 위험할 수도 있겠어."

지골라스처럼 자연재해가 엄청난 건 아니지만 몬스터의 수준이 높았다.

"어려우면 황금새와 은새의 수색도 중단시키고 빙룡과 불사조도 투입할 수 있으니 계속 가 봐야지."

금인이나 누렁이가 위기에 처하면 와이번들을 통해 전투 지역을 이탈할 수 있으니 그나마 다행이었다. 그라페스의 던전으로 들어간다면 그런 도주 방법을 사용하지도 못하리라.

"일단 계속 가 보자. 붕대 감기!"

생명력을 보충해 줄 사제가 없기에 위드는 와이번들과 누렁이, 자신의 몸에 붕대를 감았다.

> 푸른 보석을 2개 획득하였습니다.

> 검은 보석을 3개 획득하였습니다.

전리품으로는 마법을 부여할 수 있는 보석을 챙겼다.

전투가 힘든 만큼 아이템은 상당히 괜찮은 편!

인챈터에게 팔아도 되지만, 직접 세공을 해서 조각품으로 만드니 보석의 속성에 따라서 마법력이 담긴 영롱한 광채를 발산했다.

그라페스에서 위드는 몬스터들의 움직임을 최대한 주의하면서 이동했다.

켈코그들은 위험하더라도 그럭저럭 싸울 수 있었지만, 자칫 1마리라도 서식지로 도망치면 200, 300이 넘는 무리를 이끌고 돌아온다. 그런 일이 벌어지지 않도록, 최후의 1마리까지도 와이번들을 타고 추격해서 사냥했다.

독충과 맹수 들도 덤벼들었는데, 1마리씩 덤비는 놈들은 집단 공격의 힘으로 이겨 냈다.

"과연, 어디든 적응하면 다 마찬가지라니까."

위드의 레벨이나 스킬이 이제는 그라페스에서도 통할 정도였다. 물론 조각 생명체들의 생고생이 있었지만, 그만큼 성장할 수 있다.

위드는 그라페스에서 싸우면서 검술과 인내력, 맷집 스탯들을 올렸다. 붕대 감기 스킬은 이미 마스터해 버려서 더 올릴 것이 없다는 점이 안타까울 지경이었다.

"이대로 쭉 가면 어디선가 나오겠지."

위드는 강가를 따라서 주변을 수색하면서 올라갔다.

황금새와 은새는 위험한 깊은 곳의 정찰을 하고 있으리라.

무엇이 튀어나올지 모를 숲과 늪지가 반복되는 장소에는 그라페스의 상위 포식자들이 있다. 켈코그들도 알고 보면 강가에서 겨우 살아가는 사냥꾼들이었다.

"빙룡아, 왼쪽으로 가서 휘저어 줘."

"알았다, 주인."

빙룡과 불사조도 틈틈이 전투에 동원했다.

켈코그들이 너무 많이 몰려 있을 때에는 빙룡의 브레스나 불사조의 화염을 먼저 한 방 토해 놓고 싸웠다.

조각 생명체들을 최대한 활용하면서 탐험을 하고 있었다.

"더 앞으로 가면 집이 있다, 주인."

와일이가 공중에서 보고했다.

그라페스에 흐르는 강은 셋!

그라페스에 반드시 자하브만 살고 있으란 법은 없으니까 직접 확인해 봐야 된다.

위드가 조각 생명체들과 함께 조심스럽게 전진해 보니, 강의 상류로 올라가면서 넓은 호수가 나타났다.

아름다운 호수의 맑은 물에는 나무와 석양이 비쳤다.

그리고 호숫가에 지어진 그림처럼 예쁜 통나무집!

"왠지 자하브가 있을 것 같기도 한데……."

위드가 보기에 통나무들의 질이나 깎아 놓은 솜씨가 보통이 아니었다.

"일단 기본적인 선물부터 챙기고……."

위드는 마판을 통해 미리 준비해 온 선물용 그릇을 배낭에서 꺼냈다.

혹시라도 그라페스에서 자하브가 아닌 다른 인간을 만났을 때를 위한, 친밀도 상승을 노린 아이템!

그라페스에서 만난 주민이라면 어떤 분야든 보통은 아닐 것이기에 미리 호감도를 쌓아 놓을 필요성이 있다.

모험을 하다 보면 때때로 원주민들을 만나기도 하는데, 특정 종족에게 적대적인 경우도 있다. 엘프나 드워프, 바바리안은 주로 환영을 받는 편이고 인간들에게는 공격적이다.

그럴 때 선물 용도로 반짝이는 구슬이나 그릇 세트가 잘 먹혀들었다.

"계십니까?"

위드가 집 앞에서 큰 소리로 부르니, 잠시 후 문이 열렸다.

밖으로 나온 것은 백발이 성성한 인간 노인이었다.

"내 집에 방문한 사람은 처음이로군. 그래, 이런 곳까지 무슨 일로 왔는가."

위드는 혹시나 싶어서 말했다.

"사람을 찾으러 왔습니다."

"여기 살기 시작한 지는 좀 되었지만 인간을 만난 적은 몇 번 없군. 저 숲속에 사냥꾼 1명과, 죄를 짓고 도망 온 인간 둘이 살 뿐인데… 누구를 찾으러 왔는가?"

눈가 밑에서 느껴지는 은은한 궁핍함!

"저는 로자임 왕국의 자하브 님을 찾으러 왔습니다."

노인은 수염을 쓰다듬으며 고개를 끄덕였다.

"내 이름이 자하브라네. 제대로 찾아왔군."

황금새와 은새의 도움이 있더라도 20일 정도는 탐색에 소모되리라 여겼는데, 다행스럽게도 일찍 발견했다.

'아주 심하게 어려운 퀘스트는 아니었어.'

늙은 시녀의 퀘스트를 받았던 시기에 비하자면 지금은 레벨이 비교할 수 없을 정도로 높아졌고 조각 생명체들도 있기에 편하게 찾아냈다.

위드 혼자라면 죽을 고생을 하고, 켈코그들을 뚫지도 못했으리라.

'아무튼 드디어 만났다.'

위드의 가슴이 조각술 마스터와의 만남으로 설레었다.

그것도 달빛 조각사라는 직업과 최초의 인연이 되었던 인물과의 역사적인 만남이었다.

소년과 소녀.

나중에 왕비가 된 그녀에게 지상에서 가장 아름다운 조각품을 보여 주겠다 했던 약속을 지킨 조각사.

위드는 그가 만들었던 노래를 배우면 된다.

"같은 조각사로서 부탁드릴 일이 있어서 왔습니다. 그런데 여기까지 오느라 배가 고픈데, 일단 밥이나 한 끼 얻어먹을 수 있을까요?"

"우후후, 드디어 사람들이 사는 세상으로 나왔구나!"

페트는 코튼 마을의 시장을 걸었다.

유린을 만나기 위해서 조르디보오스 성에서 오래 기다렸지만, 결국 그녀는 돌아오지 않는다는 사실을 뼈아프게 깨달았을 뿐이다.

페트 바보 똥개

남겨진 낙서가 그를 아프게 했다.

"대륙을 떠돌다 보면 그녀를 다시 만날 수 있겠지. 그녀에 대해서 듣는다면 어디라도 만나러 갈 수 있으니."

페트는 세상에 나온 이상 야망을 펼쳐 보이고 싶었다.

"대륙의 모든 인간들이 내 이름을 알도록. 그러면 유린이가 먼저 나를 만나러 올 수도 있지 않겠어?"

그림을 그리면 금방 유명해질 수 있었다.

실력을 바탕으로 해서 화가 길드의 의뢰를 도맡아서 할 수 있다. 귀족과 왕의 그림을 그려 주고, 새로운 화풍을 만들어서 인기를 끄는 것도 어렵지 않다.

페트는 더 적극적인 방법을 취하기로 했다.

"모라타가 예술의 도시로 유명하다고 하지."

위드는 조각사로서 작품을 통해 모라타의 엄청난 발전을 이끌어 냈다. 그에 예술가들은 자기 일처럼 기뻐하고, 어깨에 힘이 실렸었다.

"그렇다면 내 그림으로도 할 수 있을 거야."

페트는 숙명적인 적이라고 생각하는 위드가 바르고 성채를 영토로 획득했다는 사실을 방송을 통해 봤다.

"나는 그곳에서 시작하자."

바르고 성채는 아직 위드의 조각품이 많지 않은 장소다.

페트가 그곳에서 그림을 그리다 보면, 영주의 영향력을 더욱 능가할 수도 있지 않을까!

"그림으로 바르고 성채를 위드로부터 빼앗는다. 그것만큼 확실히 유명해지는 일은 없을 거야."

화가가 조각사보다 확실히 우위라는 사실을 알리기에도 좋았다.

　북부에서 위드의 영토를 빼앗을 단체는 없었지만, 예술로서 빼앗겠다는 선전포고!

　"바르고 성채로 가야겠다."

　페트는 화구들을 챙겨서 종종걸음으로 인적이 뜸한 장소로 향했다.

　그림 이동술을 통해 단번에 바르고 성채로 가기 위해서였다.

ೕ◦◦◦ೕ◦

　우걱우걱.

　"구운 감자가 참 맛있군요."

　위드는 자하브가 바구니에 담아서 내준 감자를 먹었다.

　중급 요리 스킬 9레벨, 곧 고급을 엿보고 있지만 여전히 가장 맛있는 건 공짜 음식이었다.

　"음머어어어. 어제부터 풀만 뜯어 먹었더니 배가 고프네요."

　"저도, 저도 주세요. 골골!"

　자하브는 누렁이와 금인이에게도 감자를 나누어 주었다.

　와이번들은 마당에서 서로 싸우고 있었다.

　"내가 제일 키가 크다."

　"난 주둥이가 잘생겼어."

　"누가 날개가 넓은데?"

　"난 등이 넓적하다."

유치한 외모 다툼!

자하브가 와이번의 각진 어깨를 쓰다듬었다.

"많이 먹게. 내가 이베인에게 남긴 조각칼과 목조품이 시녀를 통해서 자네에게로 전해졌던 것이로군."

"예, 그렇습니다."

"그런데 이런 생명체들은 일찍이 들은 적도 없네만… 형태가 잘 다듬어지지 않았는데도 몸 전체의 균형은 비교적 잘 맞는 군. 설마… 조각술로 만든 생명체인가?"

조각 생명체를 단번에 알아본 사람은 처음이었다. 위드는 감자를 하나 더 집으며 대답했다.

"맞습니다."

"게이하르 황제가 가지고 있던 전설적인 조각술이 다시 세상에 나왔군. 놀라운 일이야. 조각술이 실전되지 않고 후인에게로 이어지고 있다니 이렇게 다행일 수가."

"고생이 많았습니다. 그래도 조각 생명체들을 아끼고 보살피다 보면 뿌듯한 보람이 가슴 한구석에서 차올라서, 게이하르황제 폐하의 조각술도 정말 훌륭하다고 생각합니다. 물론 자하브 님의 달빛 조각 검술이야말로 세상에서 가장 아름다운 조각술이죠."

이것이야말로 무차별 아부!

"내 조각술과 게이하르 황제의 조각술을 익혔다니 대단한 재능이야."

"조각술에 대한 애정이 너무 컸거든요. 모험을 통해서 다른 조각술도 익히고 있습니다."

위드는 다섯 가지 조각술의 비기를 모두 얻은 후인이었다. 스킬들을 얻은 이야기들만 해 주어도 자하브는 감탄을 했다.

"내 조각술을 이어받고 다론의 조각 변신술도 습득하고 정령을 창조하고 대재앙까지 불러올 수 있다니, 대단해!"

조각술의 추억을 이야기하여 명성을 469 획득합니다.

"조각술이 존재한 이후로 탄생한 다섯 가지의 기술을 모두 모으다니, 정말 기적 같은 일이야."

위드는 감자를 배부르게 먹고 나머지는 배낭에다 차곡차곡 챙겼다.

"그보다, 로자임 왕국에 계신 그 시녀분은 마지막으로 자하브 님께서 달빛을 조각하며 부르셨던 노래를 들어 보고 싶어 하셨습니다."

그라페스까지 오게 된 중요한 용건!

자하브로부터 노래를 배워서 세라보그 성으로 돌아가 늙은 시녀에게 불러 주면 된다.

"그런 일이 있었는가. 이곳에서 조각품을 만들면서 로자임 왕국으로는 다시 돌아가지도 않았으니……. 참, 말을 꺼낸 김에 자네, 내가 만든 조각품을 보고 싶은가?"

"물론입니다. 정말 보고 싶었습니다."

위드는 조각사로서, 당연히 자하브의 조각품들을 구경하고 싶었다.

어쩌면 늙은 시녀로부터 받을 퀘스트의 보상보다도 훨씬 대단한 무언가가 이곳에 있을지도 모른다.

자하브는 호수 뒤쪽에 나 있는 동굴로 그를 안내했다.

"이곳이 나의 작업실이라네. 들어가서 맘껏 구경하게나."

동굴 안에는 나무와 돌에, 그리고 벽에 조각품들이 있었다. 꽃과 이끼가 기묘하게 자라서 예술품의 모양새를 취하기도 하였다.

위드는 먼저 크고 멋들어진 조각품부터 자세히 관찰했다.

〈인간들의 최후〉를 감상하였습니다.
조각술 마스터 자하브가 만든 작품. 몬스터와 싸우다가 장렬히 전사하는 인간들을 조각해 놓았다. 굉장히 세밀하고 정확한 표현이 돋보이는 작품으로, 검술에 대한 이해가 높아야 제대로 이해할 수 있을 것이다.
생명력과 마나, 체력의 회복 속도가 하루 동안 35% 증가합니다. 전투 스탯들이 12씩 오릅니다. 전사들의 스킬 레벨이 2단계 향상됩니다. 투지가 영구적으로 2 증가합니다. 1달간 생명력 450 증가합니다.

예술 스탯이 4 올랐습니다.

뛰어난 안목의 작품 감상으로 조각술 스킬의 숙련도가 약간 올랐습니다.

입구 근처 벽에 새겨진 조각품부터 명작!

10명의 전사들이 그라페스의 몬스터와 싸우다가 쓰러지는 장면을 생생하게 조각해 놓았다.

'벌써 명작이라니… 그리고 저건 걸작.'

위드는 바쁘게 발걸음을 옮겼다.

작품들을 감상할 때마다 예술 스탯과 조각술의 숙련도가 늘었다.

작업실에는 대략 걸작, 명작, 대작으로만 70개 정도의 작품들이 있었다.

> 〈달과 별과 들꽃〉을 감상하였습니다.
> 조각술 마스터 자하브가 만든 작품. 동굴의 천장과 바닥에 조각되어 있다.
> 자연의 생동감이 잘 살아 있는 작품. 완성된 이후로 별다른 관리는 이루어지지 않았다.

> 예술 스탯이 1 증가했습니다.

> 뛰어난 안목의 작품 감상으로 자연과의 친화력이 5 올랐습니다.

자연의 조각품도 있었다.

"오랫동안 눈을 떼지 못하는 걸 보니 자연을 참 좋아하는 모양이군."

"그럼요. 정말 자연을 많이 사랑합니다."

위드는 작업실에서 자연을 표현한 작품들을 다수 발견하고는 기쁨 가득한 썩은 미소를 지었다. 자연과의 친화력이 오르면 대재앙의 자연 조각술의 위력이 훨씬 강력해진다.

조각술은, 아무리 자하브의 조각품이라고 하더라도 위드의 수준이 높아서 4.9%가 겨우 늘었다.

현재의 스킬 숙련도는 고급 8레벨 19.8%.

예술 스탯은 137개가 증가했다.

그 외에 다양한 스탯들도 조금씩은 늘었다.

명작, 대작 들이 완성되어 있는 조각술 마스터의 작업실은 모라타의 예술 회관보다도 훨씬 나은 부분이 많았다.

장엄한 조각품, 섬세한 조각품, 여리거나 단아하고 우아한 조각품, 빛으로 만들어서 화려함이 극에 달한 조각품 등!

자하브는 주제나 형식에 있어서 자유로운 편이었다.

"내 작품을 본 소감이 어떤가?"

"훌륭합니다. 베르사 대륙의 뛰어난 조각품들이 이곳에 다 모여 있는 것 같습니다."

이곳에 있는 조각품들은 수백 점이 넘었다.

위드가 실력을 연마하기 위해 매일 깎던 토끼나 여우처럼 대량생산된 것이 아닌, 하나하나가 심혈을 기울여서 탄생시킨 예술품들이었다.

"크흠, 이렇게 돌아다니니까 정말 좋군."

검치는 뱃머리에 서 있었다.

북부 대륙으로 향하는 쾌속선.

활짝 펼친 돛으로 바람이 밀려왔다. 여객을 위주로 운영하기 때문에 무겁지도 않아서 항해 속도가 아주 빨랐다.

"바람을 쐬러 멀리 돌아다니는 것도 좋겠어."

검치의 뒤에는 20대 초반의 유저들 5명이 사이좋게 앉아 있었다.

"바람 진짜 시원하다."

"하늘 좀 봐. 구름들까지 너무 예뻐."

"일부러 바다로 나온 보람이 있잖아."

"위드의 모험 이후로 바다에 대한 관심도 늘어서 여객선이나 화물선, 모험선 들도 많이 늘어났다던데 정말이네."

항해를 하는 도중에 근처에 떠다니는 돛단배들을 많이 볼 수 있었다.

구멍 나고 찢어진 돛을 한껏 펼쳐 놓고 배를 조종하는 낭만!

한 번도 바다에 나와 본 적 없는 유저들은 모르겠지만, 항해를 경험한 사람들은 최근에 바다로의 관심이 부쩍 늘어났다는 걸 피부로 느낄 정도였다.

항구도 초보 선장과 뱃사람 들로 붐비고, 인근 바다에는 조각배들이 이리저리 떠다니고 암초에 휘말려서 침몰하기도 하는 광경이 수시로 눈에 띄었다.

위드는 항해의 기본적인 맛보기만을 보여 주었을 뿐이지만, 바다의 매력이 경험자들을 통해 널리 퍼지는 계기가 됐다.

낚시꾼이나 뱃사람이 아니더라도 언제나 바다로 올 수는 있는 법!

"그때 위드와 함께 항해를 했던 베키닌의 3마리 미친 상어, 헤인트, 프렉탈, 보드미르의 이야기는 들었어?"

"어떻게 되었는데?"

"베키닌으로 돌아와서 엄청 큰 해적단을 운영하고 있다더라. 해적들을 모두 받아들여서 지나다니는 교역선들을 가리지 않고 약탈하는데……."

"진짜 나쁜 놈들이네."

"응. 정말 말도 안 되게 나쁜 놈들이야."

그들은 위드와 헤어질 때 배웠던 대로, 피도 눈물도 없는 나쁜 놈이 되어 가고 있었다.

해적들도 알고 보면 살기가 상당히 팍팍한 직업이다. 적대도가 높은 국가의 항구에는 발도 대지 못하고, 해군을 발견하면 꽁지가 빠져라 도주를 해야 했으며, 유저들에게는 욕만 얻어먹는 직업.

약탈을 하더라도 제값을 못 받고 처분하는 경우가 많고, 어디서도 경계심을 풀면 안 되니 고단하고 힘든 부분이 많았다.

그럼에도 바다는 넓고 자유롭기에, 해적들에게만 허용되는 나름의 모험이 있기에 즐거우리라.

༼ つ ◕◡◕ ༽つ

"요즘은 전쟁으로 사람들이 많이 죽어 나가는군."

"지금은 몸을 사리는 게 좋아. 괜히 끼어서 새우 등이나 터지기 딱 좋으니."

"조용히 사냥터에 틀어박혀서 레벨이나 올리는 게 이득이긴 하지."

다크 게이머들이 모이는 선술집!

과일 주스나 맥주를 마시면서 사람들은 잠시 휴식을 취하고 있었다.

사냥터로 들어가면 열흘, 1달씩 나오지 않기 때문에 도시에서 즐기는 휴식이 중요하다.

요리 스킬은 다크 게이머들의 필수이기는 해도, 위드처럼 제대로 익혀 놓지는 않았다. 기본적으로 고기를 굽거나 삶아 먹는 정도라서, 맥주에 간단한 안주 정도만 있으면 편히 쉴 수 있었다.

"그때 두 번째로 던전으로 들어갔을 때인데……."

"비밀 통로라면, 왼쪽 아궁이를 통해서 밖으로 나갈 수가 있는데……."

그들끼리 아는 고급 정보들을 교환하기도 했다.

선술집이 있는 장소는 브렌트 왕국의 수도인 네할레스!

활동하는 최고의 다크 게이머들이 모여 있었기에 항상 시끌벅적했다.

덜커덩!

그때 선술집의 문이 열리고 화사한 보라색 드레스를 입고 있는 유저가 안으로 들어왔다.

"내가 저번 사냥에서……."

"다음에는 로젠드라 경로를 지나갈 예정인데……."

유저들끼리 하던 이야기가 갑자기 뚝 끊겼다.

방금 들어온 유저는 댄서.

언제나 화려한 옷과 액세서리가 필요한 직업인 댄서는 다크 게이머가 택하기 힘든 직종이었다. 전투에 최적화되어 있는 검사나 워리어, 용병이 많고, 마법사도 귀했던 것이다.

'의뢰자로군.'

아름다웠고, 장비들을 보았을 때에는 상당히 높은 레벨이었다. 그렇다면 그녀에게 청부를 받을 수 있는 다크 게이머들은 많지 않다는 뜻이다.

댄서가 각 테이블을 돌면서 다른 이들에게는 들리지 않을 정도로 작은 목소리로 대화했다.

"의뢰를……."

내용을 알리기 전에 먼저 레벨이나 용병으로서의 신뢰도, 임무 완수에 필요한 시간을 꼼꼼히 확인한다.

그리고 댄서가 밖으로 나갈 때에는 베이드와 파슨, 유메로, 에이프릴과 볼크, 데어린이 뒤를 따랐다. 브렌트 왕국에서 활약하는 최고 수준의 다크 게이머들이 그녀와 함께하기로 한 것이다.

다크 게이머들은 그들이 나가자마자 원래 하던 이야기를 계속했다.

자기 일이 아닌 이상 누구도 크게 관심을 두지는 않았다.

자하브가 남기고 싶은 조각품

위드는 자하브의 창고에서 조각품들을 오래 살폈다.

'이것들을 몰래 빼돌리기만 한다면……'

모라타에 있는 예술 회관에 보관한다면 입장료를 엄청나게 올려도 될 것이다.

'특별 자하브의 조각품 전시회라는 명목으로 입장료를 10배쯤 받더라도 모두 내고 들어올 텐데.'

조각품을 쳐다보는 위드의 눈빛은 뜨거웠다.

"조각을 정말 사랑하는 모양이로군."

"물론입니다. 이렇게 훌륭한 조각품은 팔아먹으… 값으로 따질 수가 없는 보물이지요."

위드는 자하브를 힐끗 보았다.

'어디 눈먼 몬스터라도 1마리 나와 주면……'

하지만 자하브는 조각사이면서도 약하진 않을 것이다.

늙은 시녀의 퀘스트를 할 때 들은 소문에 의하면 달빛을 조각하여 암살자들을 처단할 정도였다고 했으니까.

달빛 조각 검술!

지금도 위드의 밑천이 되고 있는 공격 스킬이었다.

그라페스 지역에서도 집 짓고 살 정도였으니 과연 얼마나 강할지 추측조차 되지 않을 수준이었다.

최소한 왕실 기사들보다는 훨씬 윗길로 쳐야 했다.

'자유로운 조각품이라. 상상으로 만드는 거야. 조각술은 수단에 불과한 것뿐이니까. 조각술을 통해서 무엇이든 만들 수 있는 거군.'

위드는 균형미와 정교한 조각술을 바탕으로 하여 조각품을 만드는 데 제법 능숙했다. 베르사 대륙을 여행하며 닥치는 대로 조각품을 만들면서 관찰과 조각에 충분히 능숙해졌다.

하지만 자하브의 조각품은 평범한 대상들이 표현하는 감정에도 뛰어났다.

어린 청년이 여인에게 서툰 고백을 하며 쑥스러워한다. 몸은 건장하고 손과 발도 모두 정상인데, 표정과 태도를 통해 불안하고 초조해하면서도 기뻐하는 감정이 전해진다.

새끼 사슴이 꽃밭에서 주변을 둘러보며 누군가를 기다리고 있다. 앙증맞고 귀여운 새끼 사슴이 기다리는 대상은 엄마 사슴일 거라는 상상이 자연스럽게 된다.

마음이 담겨 있다면, 꼬리 끝에도 그 미묘함을 표현할 줄 아는 게 조각사!

"정말 비싼… 좋은 작품들이 많습니다."

"자네가 그렇게 생각해 준다면 정말 고맙군. 바쁜 일이 없다면 내가 조각하는 일을 조금 도와주지 않겠는가?"

"지금도 조각품을 만들고 계십니까?"

"오랫동안 하고 싶던 작업이 두 가지 있다네. 죽기 전까지 꼭 마치고 싶은 작품들인데……. 이것들을 완성하기 전에는 여기를 떠나지 못할 것 같아. 자네 정도의 실력자가 있다면 큰 도움이 되겠군. 나와 같이 작업해 보겠는가?"

띠링!

> **자하브의 조력자**
> 자하브는 오래전부터 만들려고 하던 조각품이 있었다. 그를 도와서 조각품을 완성하라! 조각사로서는 더없는 영광일 것이다.
> 난이도: 직업 퀘스트
> 제한: 조각사 한정. 고급 조각술을 익히고 있어야 한다. 퀘스트 완료까지 자하브는 그라페스를 떠나지 못한다. 포기하면 다시 받아들일 수 없다.

위드로서는 거절할 이유를 찾지 못했다. 설혹 조각품을 망치더라도 자기 것은 아니었으니까!

"하겠습니다."

> 퀘스트를 수락하였습니다.

"그런데 만들고 계시던 조각품은 어디에 있지요?"

자하브는 작업실의 안쪽에 덮여 있던 천을 걷어 내었다.

흰 대리석으로 기초적인 윤곽 정도만 잡아 놓은 상태인, 여성의 조각품!

"어떤 조각사나 마찬가지이겠지만 나는 조각술이 만들어 내는 아름다움에 매료되어서 살았지. 언젠가 육체와 생명의 아름다음을 조각해 보고 싶었네. 최적의 균형과 비율, 신이 내린 아름다움을 지닌 여성의 모습을 표현해 보고 싶은 건 내가 이루고 싶은 꿈이지."

예술에서 여성이란 절대 다수를 차지하는 주제이다.

"그런데 그라페스에 너무 오래 머물고 있다 보니 여성의 아름다움에 대해서는 까맣게 잊어버리고 말았어. 이 조각품이야말로 현재의 내게는 가장 힘든 작품이니 자네가 도와주었으면 한다네."

"다른 한 가지는요?"

"정해 놓기는 했지만 시작하지 못했네. 하나씩 해야 하니 첫 번째를 마치고 나면 가르쳐 주지."

자하브는 작업실에 있는 도구와 재료 들을 쓸 수 있게 해 주었다. 아껴 쓴다면 16명이나 17명 정도를 조각할 수 있는 고급 재료였다.

자하브는 조각을 도와 달라고 하였지만, 실질적으로는 위드가 주제와 형태를 만들면 그가 보조해 주는 방식이었다.

위드가 생각하는 작품이, 자하브의 손을 통해서도 만들어지는 것이니 좋은 기회였다.

'그럼 무엇을 만들어서 자하브를 만족시킬까.'

보통의 조각품으로는 어려울 수밖에 없다.

자하브의 첫사랑은 이베인 왕비였던 만큼 보는 눈은 있을 것이기 때문.

위드가 생각에 잠겨 있을 때, 자하브는 작업실의 벽에 걸려 있는 검을 잡았다.

조각품들을 살필 때 이미 구경했지만, 별다른 옵션도 없고 공격력도 높지 않은 보통 장검이었다.

"잠시 나갔다 오겠네."

"어디 가십니까?"

"조각품 재료도 구하고 바람도 쐴 겸, 몬스터나 잡으려고 한다네."

위드로서는 쾌재를 불러야 마땅한 상황!

'가서 죽어 주기만 한다면…….'

사과나무 아래에서 입을 벌리고 앉아서 기다릴 수만은 없다. 자하브가 어떻게 전투를 하는지 궁금한 것도 사실.

"제가 따라가도 될까요?"

"바쁜 건 없으니 와도 되지."

위드는 자하브의 전투를 볼 수도 있다는 기대감에 서둘러 따라나섰다.

물론 위험할 수도 있기 때문에 금인이와 누렁이나 다른 조각 생명체들은 집에서 쉬도록 했다.

'가능한 한 많이 위험했으면 좋겠군. 그라페스의 보스급 몬스터가 부지런해야 될 텐데…….'

자하브는 숲으로 가서 숨겨진 구덩이로 들어갔다.

던전의 입구!

위드가 차마 들어갈 엄두를 못 냈던 그라페스의 던전이었다.

"조심해서 따라와야 할 것이네."

던전, 카라약의 서식지로 들어왔습니다.

"쿠에엑!"

위드는 오크 카리취의 입에서나 나올 법한 비명을 질렀다.

카라약이라면 다리가 타조처럼 얇고 긴 몬스터다.

우스꽝스러운 생김새에 웃으려고 하면 이미 죽어 있을 거라는 가공할 몬스터!

인간들에 대한 적대도가 높아 공격성이 대단하고 엄청나게 빠르며 방향 전환이 전광석화처럼 이루어진다. 무리를 지어 다니기 때문에 아직까지 어떤 길드에서도 사냥의 대상으로 삼은 적이 없는 몬스터였다.

간혹 따로 떨어져 있는 1~2마리 사냥에 성공하기도 했지만 그 경우에도 피해가 너무나 컸고, 결국 카라약이 나오는 던전은 아무도 찾지 않아서 폐쇄되었다.

'하필 카라약의 서식지라니, 그렇다면 이곳은 3~4마리도 아니고 엄청 많이 나오겠군.'

던전의 이름으로 볼 때 당연히 카라약이 많이 살고 있지 않겠는가.

새끼 카라약, 다 큰 카라약, 엄마 카라약, 아빠 카라약, 외삼촌 카라약, 할아버지 카라약, 옆집 아저씨 카라약 등등!

사이좋게 모여 사는 몬스터 가족에게 외식용으로 배달되는 인간 둘!

위드는 기뻐해야 할지 슬퍼해야 할지, 조금은 애매했다.

그때, 저 멀리서 카라약들이 나타나더니 순식간에 달려왔다.

"조각 검술!"

하지만 자하브가 검을 휘두르니 맥없이 쓰러졌다.

카라약들이 스쳐 지나간 것 같은데 어느새 회색빛으로 변한 후였다.

빼빼빽!

이 장면을 발견한 카라약들이 시끄럽게 울어 대어 계속 동족들이 모였는데도, 자하브의 칼이 빛을 머금고 휘둘리면 허수아비처럼 쓰러졌다.

너무나도 빠르게 움직이는 카라약들을 가볍게 베어서 쓰러뜨리는 자하브.

'이놈들이 생각보다는 약한가? 하기야 나도 카라약과 싸워 본 적은 없지. 게시판에 올라온 정보라고 해도 다 맞는 건 아니니까.'

위드는 혹시나 싶어서 자하브의 옆에서 몇 걸음 정도 떨어져 봤다.

퍼버버버벅!

카라약의 발 차기가 위드의 온몸을 가격했다.

달려와서 머리로도 들이받았다.

치명적인 일격을 당했습니다.
호흡곤란 증상이 일어납니다.

몇 초 되지도 않아서 생명력이 20% 이상이나 떨어졌다. 그대로 머무른다면 위드의 방어력이 무색하게 금방 죽어 버릴 것 같았다.

위드는 흠씬 맞고 나서 다시 자하브의 곁으로 피신했다.

자하브의 검은 인정사정없이 카라약들을 베었다.

'조각술만이 아니라 검술도 대단하군.'

암살자들을 베었던 것이 우연은 아니었다.

'이 정도로 강할 수 있다니…….'

위드는 어떤 콩고물이라도 떨어지기를 기다렸지만, 자하브의 사냥 속도가 너무나도 빨라서 끼어들어 이득을 보기는 무리였다.

자하브는 카라약들을 해치우며 희귀한 가죽과 털, 고기, 보석 등을 주웠다.

그렇게 사냥을 따라다니고 나서 위드는 결심했다.

'앞으로 더 친하게 지내야겠군.'

❧◦◦◦◦◦◦❧

사냥을 구경하고 돌아온 위드는 조각칼을 쥐었다.

"신이 내린 아름다움을 지닌 여성의 모습이라……."

예술가들이 고금을 막론하고 노력해 왔던 주제이지만 해결되지 않았다.

한 사람이라고 해도 어릴 때와 더 나이가 들었을 때에 여성의 아름다움을 보는 관점이 달라진다. 한 여자에게 모든 매력이 다 담겨 있는 것도 불가능하다.

사람마다 취향도 천차만별인데 어떻게 신이 내린 아름다움을 지닌 여성의 모습을 조각하란 말인가.

하지만 그럼에도 위드의 입가에는 썩은 미소가 맺혀 있었다.

'서윤이 있었지.'

외모상으로 그녀만큼 완벽한 사람은 없다. 한때 그녀를 표현하면서 조각술을 발전시킨 적도 있었다.

서윤의 눈, 코, 입, 피부가 만들어 내는 조화란, 조각품을 만들면서도 심장이 두근거리는 수준!

조각상인데도 너무 예뻐서 자꾸 보고 싶다.

서윤을 실제로 본 사람들은 이게 정말 꿈인지 생시인지 헷갈려 하면서 눈을 떼지를 못했다.

언제든 실패하지 않았던 서윤의 조각품이라면 확실하리라.

"됐어. 충분해."

조각사로서의 넘치는 자신감!

"자하브가 바라는 수준을 감안하자면 조각상의 자세나 주제도 아주 중요할 거야."

그것도 실물을 바탕으로 한다면 곤란할 문제는 아니었다.

"일단 가볍게 손이나 풀도록 하고……."

자하브의 조각 재료를 이용해서 조각품을 만들었다.

카라약, 켈코그.

그라페스 지역에서 만난 몬스터들의 조각품이었다.

대상을 하나만 조각하는 것이 아니라, 자하브의 방식을 활용했다.

꼬마 아이의 모습을 먼저 조각하고 나서, 카라약과 켈코그들이 둘러싸고 위협을 하는 장면을 동화처럼 표현했다. 아이는 겁을 먹지 않고, 손을 내밀어서 몬스터들을 만진다.

걸작 조각품으로 만들어진 작품명은 '카라약과 켈코그의 부족한 식삿거리'.

이건 그저 연습에 불과했다.

위드는 그 후로 바로 자하브의 조각품을 만들기로 했다.

"조금 더 손을 풀어 두는 편이 낫지 않겠는가? 상상할 시간이라면 충분히 줄 수 있네. 1~2달 정도 생각하고 만들어도 될 거야."

"지금 해도 괜찮습니다."

조각품은 자하브와 협력해서 만들었다.

"팔뚝은 이런 식으로 미끈하게… 턱선은 어려운 부분이니까 제가 하겠습니다."

위드는 구체적인 형태를 제시하며 자하브를 능숙하게 이끌었다.

여성의 아름다움이란 외모에만 있는 건 아니리라. 인간적인 매력이야말로 더 소중하고 많은 것을 이룰 수 있다.

위드는 서윤의 그런 감춰져 있던 매력까지도 살며시 드러내면서, 자신이 보기에도 너무나도 아름답다고 느꼈다.

요즘 서윤과 자주 같이 지내서, 그냥 예쁘다고만 생각할 때가 있다. 하지만 조각품을 만들며 생각하면, 예전에 비해 최근이 확연히 더 아름다워져 있었다.

'갈수록 더 예뻐지는구나.'

조각술 마스터 다론이 한 여자를 계속 조각했던 이유를 알 것 같았다.

이제는 서윤을 조각할 때면 자연스레 많은 감정들이 떠오르고, 아껴서 표현하고 싶다. 사람을 조각할 수 있다는 사실이 기쁨이 될 수도 있을 것 같았다.

'일단 퀘스트부터 끝내고…….'

자하브와의 만남은, 아쉬워도 방송국을 통해서 중계를 할 수가 없었다.

헤르메스 길드에서 보게 되면 쫓아올 것도 피곤한 일이지만, 그보다는 위드의 밑천인 조각술이 걸려 있어서 비밀을 지켜야 된다.

물론 서윤의 조각품을 방송에 내보내고 싶은 마음도 없었다.

누구나 생명은 소중한 법이니까!

"오, 이렇게 아름다운 여성이……. 정말이지 신이 내린 미모로구나!"

작품을 만들며, 자하브는 환상적인 아름다움에 반하고야 말았다.

서윤의 조각품은 기품 있는 드레스를 입고 있는 것으로 묘사되었다. 위드의 의견이 전적으로 반영된 복장이었다.

'서윤은 드레스가 참 잘 어울려.'

다른 옷이라고 해도, 시커먼 때가 묻은 갑옷이더라도 숨길 수 없는 미모였다. 하지만 서윤은 누구나 소화하지는 못하는 드레스를 입으면 절대적인 미모를 자랑했다.

위드는 재봉술을 하며 만들었던 실력을 바탕으로 청초한 드레스의 형태를 구상해 냈고, 자하브의 신기에 가까운 조각술로 옷감의 너울거림까지도 완전하게 표현!

그녀는 조금 높은 단상에 올라서 먼 곳으로 시선을 보내고 있다.

따스한 그 무언가를 그리워하는 듯한 눈빛!

감상하는 사람들이 무궁무진한 상상력을 발휘할 수밖에 없게 만드는 조각상이었다.

위드는 물론 그 비밀을 알았다.

'같이 여행 갔을 때 아침밥 먹고 멍 때리던 표정이었지.'

직접 만든 조각사만이 알고 있는 의미였다.

"아름다움을 표현한 조각품이라고 이름 짓겠다."

조각품의 이름은 위드와 자하브가 뜻을 모아서 정했다.

대작! 〈아름다움을 표현한 조각품〉을 완성하였습니다.
대조각사 위드와, 조각술의 정점의 자리에 올라 있는 자하브가 함께 만든 조각품. 여성의 아름다움을 표현해 냈다. 그들의 명성대로, 완성된 이 최고의 작품은 베르사 대륙의 미학의 정점이 되기에 충분하다.
예술적 가치: 16,290.
옵션: 〈아름다움을 표현한 조각품〉을 본 이들은 생명력과 마나 회복 속도가 하루 동안 40% 증가한다. 전 스탯 35 상승. 마법 저항력 37% 상승. 생명력 최대치 35% 상승. 이동속도 14% 상승. 지식과 지혜, 매력이 15 증가한다. 병사들의 사기 증가. 모험가들의 예술품 감정 스킬에 추가적인 숙련도가 부여된다. 조각사와 화가, 댄서, 학자의 매력이 영구적으로 14 증가한다. 조각상 근처에 도시가 있으면 출생률이 80% 높아진다. 프레야 여신의 아름다움에 대한 축복이 조각상에 부여된다. 다른 조각품과 중복으로 적용되지 않는다.
지금까지 완성한 대작의 숫자: 10

조각술 스킬의 숙련도가 향상되었습니다.

손재주 스킬의 숙련도가 향상되었습니다.

조각품에 대한 이해의 스킬 레벨이 1 상승하였습니다.

명성이 968 올랐습니다.

예술 스탯이 46 상승하였습니다.

지식이 12 상승하였습니다.

지혜가 6 상승하였습니다.

매력이 25 상승하였습니다.

프레야 여신의 아름다움에 대한 축복이 조각상에 부여되어, 프레야 교단의 사제와 성기사 들은 이 조각품을 보며 특별한 힘과 용기를 얻습니다.

프레야 여신의 인정을 받는 조각품을 만들어 신앙이 19 상승하였습니다.

대작 조각품을 만든 대가로 전 스탯이 3씩 추가로 상승합니다.

　위드의 공이 대단하였지만, 자하브가 없었다면 만들지 못했을 조각품이었다.

　헬리움을 사용하여 만든 여덟 번째 대작, 〈조각사들이 남긴 횃불〉을 빼면 단연 최고로 손꼽을 만하였다.

여러 스탯들을 얻었지만 조각품이 으레 그렇듯이 전투와 직접 관련이 없는 스탯들 위주로 푸짐하게 늘어났다.

힘과 민첩에는 상당히 인색했고, 지식과 지혜는 제법 많이 올려 주었다. 위드도 검치 들과 마찬가지로 지식과 지혜에는 스탯을 분배하지 않았지만 그럭저럭 살 만한 건, 순전히 조각품을 만들어서 올렸기 때문이다.

아무튼 이것으로 자하브의 조력자 퀘스트도 절반은 끝낸 셈이었다.

"훌륭한 실력이군. 이 정도로 잘해 줄 거라고는 기대하지 않았는데……. 내가 만들고 싶었던 다른 한 가지의 조각품은 나 자신을 표현한 조각상이라네."

자하브는 스스로의 모습을 조각품으로 남기고 싶어 했다.

"훗날 아주 오랜 시간이 지나면 나라는 존재도 이 베르사 대륙에서 완전히 잊혀 버리겠지. 나는 내 흔적을 조각품으로 만들어 놓고 싶어. 자네 정도의 실력이라면 내 조각상을 만들어 주기에 충분하고도 남겠어."

이제 자하브를 대상으로 위드가 직접 조각을 해야 했다.

'이것도 그리 어렵지는 않겠군.'

서윤을 조각품으로 만들어서 자하브의 만족도를 제대로 높여 놓았다.

지금까지의 경험과 사실적인 관찰력이 있으니 남은 조각상 따위야 식은 죽 먹기! 어린아이 사탕 뺏고, 껌 뺏고, 학원비 뺏고, 우유 뺏어 먹기 수준이었다.

자하브는 일곱 가지 종류의 자기 조각상을 만들어 주기를 원했다.

"내 삶을 하나의 조각품으로 만들고 끝내기에는 너무 아쉽군. 조각상의 자세들은 내가 생각해 둔 것이 있다네."

자하브는 스스로 원하는 자세를 취했다.

여러 개를 만들어야 하지만, 오히려 보이는 대로 작업을 하면 되니 위드에게도 불만은 없었다.

첫 번째 자세로는 조각품을 앞에 두고 작업을 하는 자하브!

조각사이니만큼 조각품을 만드는 광경을 남기고 싶어 하는 것은 너무도 당연하리라.

'퀘스트를 완료하면 보상을 받을 수 있을 테니까 잘 만들어 줘야지.'

모델이 나이 든 노인이었기 때문에 손이 더 많이 갔다.

사각사각.

조각품을 만들면서 판박이처럼 그대로 표현할 필요는 없다.

'이건 예술 작품이 아니야. 보는 사람의 마음에 들 정도로 멋있어야 돼.'

자하브의 얼굴은 화장품을 바른 것처럼 색감을 조절하고, 잔주름도 약간 조절해서 심하지 않게 만들었다. 머리 스타일도, 헝클어져 있으면서도 자연스러운 맛이 나는 느낌으로 했다.

"역시 자네, 실력이 나쁘진 않군."

"좋은 모델이 있으니 그대로 표현하기만 하면 되었습니다."

"나머지 조각품도 잘해 주기를 기대하겠네."

다음으로는 숲속에서 산책하는 조각품을 만들어야 되었다.

특별히 어려움은 없었지만 재료가 고급이었고, 눈여겨 보이지 않는 세세한 부분까지 많은 주의를 기울이다 보니 이틀이나 사흘씩은 기본으로 필요했다.

자하브는 보통 저녁이 되면 인근 던전에 가서 사냥을 했다.

"나중에 만들 조각품 중에는 내가 전투를 하는 모습도 있을 테니 미리 잘 관찰해 두기를 바라네."

"알겠습니다."

전투 중에 자세를 취하면서 기다려 줄 수 없으니 위드는 자하브를 따라다니면서 살펴봐야 했다.

싸움 구경이야말로 얻는 게 많다.

자하브가 터무니없을 정도로 강한 무력을 갖고 있다는 사실을 새삼 느낄 수 있었다.

"달빛 조각 검술!"

위드는 눈치를 보면서 몬스터들이 만만하게 있을 때만 같이 사냥을 했다.

몬스터들이 몰려들면 자하브가 처치를 해 주었으니 그걸 믿고 던전 탐험에 옆에서 같이 숟가락을 올렸다.

༺ɝɷ⌀ɷɞ༻

'아마 이쪽일 것 같아.'

서윤은 그라페스에서 수색을 하며 위드를 찾았다.

그녀 혼자서 들어와서, 덤벼드는 몬스터들을 해치웠다.

'이곳에서 만날 수 있겠지.'

    10대 금역의 한 장소인 그라페스라고 해도, 서윤이 평소 사냥하던 몬스터의 레벨이 워낙 높았기 때문에 별문제 없이 싸울 수 있었다.

    몬스터들이 대규모로 이동할 때에만 피했을 뿐, 그러지 않을 때에는 위드를 찾기 위해서 계속 움직였다.

    그녀는 그라페스의 중앙 숲으로 들어가서 계속 전투를 했다.

    위드를 만나기 위해서였으니 힘든 줄도 모르고 싸우고 있던 차였다!

    달밤에 저 멀리서부터 포효하며 날아오는 대형 몬스터가 있었다.

    크라롸롸롸롸.

    드래곤 피어!

    달빛에 거대한 몸집이 빛나는 존재는 바로 빙룡!

    비행이 가능한 조각 생명체들과 함께 사냥을 하고 있었다.

    "빙룡……."

    서윤이 불렀지만, 빙룡은 높은 곳에서 날고 있어서 그냥 지나쳐 갔다.

    나무들이 가려서 그녀를 발견하지 못했으리라.

    안타까운 이별의 순간!

    그녀는 땅에서 돌멩이를 주워서 던졌다.

    "케에엑! 감히 누가!"

    서윤의 손을 떠나자마자 전속력으로 날아간 돌멩이는 빙룡의 머리에 부딪쳤다.

    적대적인 행동에, 빙룡이 즉각 돌아서서 지상을 관찰했다.

그리고 서윤을 발견했다.

"주인의 친구……."

여행을 같이했던 적이 있어서 서윤을 기억했다.

"주인을 만나러 온 것인가?"

서윤은 고개를 끄덕였다.

"그러면 타라. 주인에게 데려다주겠다."

빙룡이 땅에 내려앉았다.

거대한 몸집이 하강하면서 나무들이 밟혀서 쓰러졌다.

머리까지 낮추면서 그녀가 탈 수 있도록 최대한 배려해 준 순간, 서윤이 조용히 말했다.

"와삼이를 불러 줄래?"

 ✸

까악까아아아아악!

불만 가득한 와삼이를 타고, 서윤이 자하브가 사는 곳에 도착했다.

"여기는 어쩐 일이야?"

그라페스에서 그녀를 만나다니, 위드는 너무나도 의외였다.

서윤은 차마 보고 싶어서, 같이 있고 싶어서 왔다는 말은 하지 못하고 얼굴만 붉혔다. 대화를 할 수 있게 된 이후로는 거의 처음으로 말하지 않고 시선을 회피했다.

위드는 고개를 끄덕였다.

"아무튼 잘 왔어. 이렇게 보니까 반갑다."

하지만 은밀히 고개를 드는 의심!

'그라페스에서 무슨 보물이라도 캐는 줄 알고 찾아온 걸까? 얼굴을 붉히는 걸 보니 염치는 있는 모양이지.'

자하브와 잘 지내고 있던 차에 서윤이 왔지만, 그렇다고 방해가 될 것도 없었다.

"미의 여신과도 같은 외모를 가진 아가씨로군."

자하브는 그녀에 대해서 최고의 호감을 보였다. 조각사나 화가나, 예술을 하는 족속들은 기본적으로 미녀를 좋아하기 때문에 친밀도를 거저 얻은 것이다.

"죽기 전에 아가씨를 대상으로 조각품을 만들어 보고 싶은데, 허락해 주겠소?"

서윤에게 조각상의 모델이 되어 달라는 부탁까지 했다.

퀘스트의 발생!

어떤 보상을 줄지는 몰랐지만, 조각술 마스터의 요청이니만큼 상당히 좋을 것으로 기대됐다.

하지만 서윤은 고개를 저으면서 명백한 거절의 의사를 표시했다.

"그럴 수 없어요."

"내가 모은 보석이나 조각품을 대가로 주겠소."

"하고 싶지 않아요."

서윤은 끝내 퀘스트를 받아들이지 않았다.

위드는 그녀를 자주 조각해 왔기에 마음에 걸리는 부분이 있었다.

"실은 여기서도 내가 조각을 했는데……."

서윤을 대상으로 해서 조각했다는 사실을 고백했다.

조각품이 자하브의 작업실에 보관되어 있으니, 나중에 갑자기 발견되어 경을 치는 것보다야 지금 말해 버리는 게 훨씬 나으리라는 판단에서였다.

"고마워요."

"응?"

"저를 조각해 줘서요."

"……."

위드는 역시 여자들이란 종잡을 수 없는 존재라고 생각했다.

할머니도 만날 돈가스나 탕수육 같은 음식은 기름져서 먹고 싶지 않다고 했다. 하지만 나중에 돈을 많이 벌어서 평소 좋아하시던 기사 식당으로 모시고 갔더니, 왜 돈가스는 사 주지 않느냐며 서운해하지 않았던가!

여동생도. 미용실에서 자른 머리가 엉망이라고 불만스러워하기에 정말 못 잘랐다고 한마디 거들었더니 방으로 들어가서 그날 저녁밥을 먹으러 나오지도 않았다.

"정말 여자 말은 믿어서도 안 되고, 믿을 수도 없어."

자하브가 사냥을 할 때, 이제 위드만이 아니라 서윤도 같이 끼어서 거들었다.

위드도 지골라스에 다녀온 이후 레벨도 올리고 강해진 편이었다. 여러모로 전투를 많이 했던 편인데, 서윤은 지골라스 때보다도 훨씬 많이 강해져 있었다.

자하브와는 비교할 바도 아니지만, 위드가 겨우 잡는 카라약들도 무난히 사냥을 할 정도였다.

자하브의 두 번째 조각품, 숲속을 산책하는 형상의 조각품이 완성되었다.

　"탐험을 즐길 때도 있지. 미지의 영역, 아무의 발길도 닿지 않은 장소로 가 보았는가?"

　자하브가 던전을 탐색하는 조각상도 만들었다.

　"혼자서 고독을 즐기다 보면 무언가를 끊임없이 만들고 싶어지지."

　상념에 빠져 있는 조각상도 완성시켰다.

　"몬스터들과의 싸움도 내 인생의 일부분이었던 것 같아."

　자하브는 백발의 노인이었지만, 힘이 넘쳤고 전투력도 뛰어났다.

　위드는 몬스터와의 전투도 조각상으로 만들었다.

　벌써 5개의 조각상이 완성되고, 단지 2개만이 남았다.

　"한 가지는… 오래전 과거의 추억을 조각품으로 만들고 싶다네. 자네가 만들기가 쉽지 않을 수도 있겠지만……. 어쩌면 그 때의 일에 대해 알고 있는 자네가 찾아온 것도 인연이라고 할 수 있겠군."

　자하브가 만들기를 원하는 조각품은, 로자임 왕궁에서 이베인 왕비를 해치려던 암살자들을 제압하는 모습을 담은 조각품이었다.

　지상에서 가장 아름다운 조각을 해 주겠다는 약속을 지켜서 이베인 왕비가 감동하던 순간이, 자하브에게도 평생 잊히지 않는 추억으로 남았다.

"해 보겠습니다."

위드는 로자임 왕국의 왕성에 들어갔던 경험도 있었다.

벽에 아주 작게 축소된 규모로 먼저 왕성을 조각했다. 보통 어렵고 손이 가는 작업이 아니었지만, 작품을 만드는 데에 최선을 다했다.

대충 해도 되는 퀘스트도 아니고, 자하브의 의뢰다.

'암살자들은 일단 흉악하게… 사형들 중에서 몇 명 골라 주고, 사형들이 예쁜 여자 친구와 팔짱 끼고 가는 남자를 보던 표정대로 만들면 되겠어.'

사각사각.

"암살자들을 정말 훌륭하게 잘 표현했군. 바로 그렇게 나쁘게 생긴 놈들이었어."

왕실 기사들은 비중이 클 필요가 없으니 여기저기 쓰러져 있도록 눕혀서 조각했다.

이베인 왕비는 과거 추억을 돌이키는 영상에서 보기도 했지만, 로자임 왕국의 왕실에서 초상화를 오래 쳐다보았다. 복도를 걸으면서 무심히 지나쳐 버릴 수도 있었지만, 자하브와 관련된 에피소드를 알고 있었으므로 잘 봐 두었던 게 지금 와서 도움이 됐다.

'참하고, 기품이 있는… 그러면서도 사랑스러운 면이 있는 아가씨였지. 왕비에 어울리는지는 잘 모르겠지만 좋은 느낌이었어.'

그리고 자하브를 조각할 차례였다.

"달빛 조각술!"

위드는 달빛 조각술을 써서 젊은 자하브를 조각했다. 왕족도 부럽지 않을 옷을 입고 있는 자하브가 암살자들을 물리치며 검으로 달빛을 조각한다.

이 모습이야말로 최고라고 할 수 있지 않겠는가!

'낭만적이기는 하군.'

위드는 힐끔 서윤을 보았다. 가정에 불과하지만, 만약에 그녀가 암살자들에 의해 위기에 처한다면……

'내가 나설 시간도 없이 몽땅 죽여 버리겠지!'

조각품이 거의 다 만들어지고 있을 때, 구경하고 있던 자하브가 노래를 불렀다.

이곳에 있습니다
어디로 떠나더라도
내 마음만은 항상 그대 곁에 남아 있습니다

어릴 적의 약속대로 아름다운 조각품을 만들어 줄게요
어떻게 할까요?
나에게는 당신이 가장 아름답고, 그보다 더한 조각품은 만들 수가 없는데

당신과 보냈던 시간들이 잊히질 않아
내 마음까지도 이곳에 조각처럼 남겨 두고 싶네요
이 달빛에 내 마음을 담아서 조각을 해 보네요

달빛 조각사

닭살이 절로 돋아나는 노래가 울려 퍼지자 조각품들이 움직였다.

위드가 조각한 자하브의 조각상, 이베인 왕비, 왕실 기사, 암살자 들이 살아 있는 것처럼 움직이면서 싸웠다.

젊은 자하브가 검을 휘두르자 달빛이 내리더니 부서지고 흩어지고 다시 모이면서 찬란한 춤을 추었다.

조각품은 걸작으로 완성되었다.

> 달빛 조각술의 스킬 레벨이 올랐습니다. 중급 3단계가 되었습니다.
> 빛을 이용한 조각술의 효과가 늘어납니다.

> 달빛 조각 검술의 스킬 레벨이 1 상승하였습니다.

> 달빛 조각 검술의 스킬 레벨이 1 상승하였습니다.

> 검술 스킬의 숙련도가 증가합니다.

> 퀘스트 '자하브의 유지를 이어라'에 필요한 정보들을 모았습니다.

자하브의 노래 가사는 감미로우면서도 느끼했다.

어쨌든 최초로 수행했던 연계 퀘스트가 이제야 결실을 거두게 되었다.

'이제 시녀에게 가서 불러 주기만 하면 되겠군.'

자하브가 원하는 조각품도 하나만 마저 만들어 주면 된다.

자하브는 과거를 회상하는 듯 한동안 말이 없었다. 이베인 왕비를 기억하는지, 지나가 버린 젊음을 아쉬워하는지는 알 수 없었다.

"그러면 마지막 한 가지 남은 조각품은……."

위드는 간단한 조각품은 아닐 거라고 짐작했다.

'그래도 어떤 조각품이든 만들 수는 있지.'

자하브가 설명하는 대로 무엇이든 만들어 주면 될 일.

"내가 잘하는 건 조각술과 검이었지."

그는 조각사로서는 특이하게도 검을 뛰어나게 잘 사용했다.

"이베인을 떠나서 이곳에 정착하고 난 이후로는 조각술만큼이나 검을 쓸 일이 많아졌고, 검은 내게 조각술처럼 소중한 부분이 되었어."

하기야 몬스터들로부터 목숨을 지키기 위해서라도 많은 전투를 해야 했을 것이다.

"자네의 검은 아직 그리 강해 보이지 않아."

"아직 많이 부족합니다."

위드의 검술 스킬은 현재 중급 9레벨.

공격 스킬에 의존하다 보면 기본 검술은 잘 오르지 않는다. 게다가 공격 스킬은 마나 소비도 심하기 때문에, 위드는 혼자서 사냥할 때 스킬의 사용은 최소화하곤 했다.

그럼에도 검사나 기사 들보다 검술이 숙달되는 속도가 훨씬 느렸다.

검사들은 전직과 2차 전직 등을 통해 검에 잠재되어 있는 힘을 깨울 수 있다. 검의 공격력이 2배 정도씩이나 높았으니 전투를 통해서 스킬 숙련도가 훨씬 편하게 잘 늘었다.

위드는 어마어마하게 쌓은 스탯으로 공격력을 보완하였지만, 검을 전문적으로 쓰는 직업들처럼 높은 스킬 숙련도를 빨리 얻진 못했다.

검술을 갈고닦는 데 언제나 노력을 하고 있었음에도 스킬은 여태껏 중급 9레벨에 머무르고 있는 현실이었다.

"내가 취하는 자세들의 조각상을 만들다 보면 무언가 깨치는 것이 있을 수도 있겠지."

검술의 비기

위드는 자하브의 검술 동작들을 조각상으로 만들었다.

마지막 조각상의 주제는, 특정한 검술의 연속 동작들을 하나씩 끊어서 만들어 내는 것이었다.

검술 스킬의 숙련도가 향상됩니다.

검을 쓰는 조각상, 그것도 자하브의 검술을 바탕으로 조각품을 만들다 보니 검술의 스킬 숙련도가 잘 늘어났다.

위드는 밤낮을 가리지 않고 조각상을 깎았다. 자하브로부터 일종의 검술 지도를 받는다고도 볼 수 있었기 때문이다.

'예술 계열의 직업 중에서 조각사는 그래도 육체를 움직이는 직업. 자하브는 검술도 꽤 많이 익힌 모양이야. 어쩌면 화가들 중에는 마법을 익힌 사람이 있을지도 모르겠군.'

근거가 빈약한 추측도 해 보았다.

조각사는 체력과 지구력이 뛰어난 편이고, 화가들은 지혜와 지식이 유난히 높다. 예술 계열의 상성상 그런 일이 벌어지지 말란 법도 없기는 했다.

༼༠⊙☜⊙ဝ༽

"에휴. 오랜만에 먹고살 만했는데."

바람이 쌀쌀한 3월 초!

이현은 가방을 메고 거북이처럼 느릿느릿 움직이면서 학교로 가는 버스에 탔다.

"다시 학교를 나가야 하다니, 이렇게 끔찍한 일이 있을 수가 있을까."

설렘은 전혀 없고, 추운 날씨에도 학교에 나가야 한다니 괴로웠다.

"이번 신입생들은 수재들만 모였다던데."

"특히 가상현실학과의 경쟁률이랑 입학 성적이 제일 높았다더라."

"최근 가장 유망한 업종이잖아."

버스에서는 신입생들에 대한 이야기들이 줄줄이 흘러나오고 있었다.

이현은 학기 초에는 일주일 정도 출석을 안 해 줘야 대학생의 예의라고 믿었으므로, 입학식도 모두 끝난 후였다.

신입생들이 학교에 들어오면서, 그렇지 않아도 캠퍼스에는 봄바람이 살랑살랑 불어왔다.

'나와는 상관이 없는 일이니까.'

아직 어색한 화장에 미니스커트를 입은 풋풋한 후배들이 들어와도 이현은 자신만의 길을 갈 뿐이었다.

"아, 형 왔어요?"

강의실에 들어가니 최상준이 알은척을 했다.

"안녕하세요, 선배님!"

"처음 뵙겠습니다."

그의 곁에는 인사성 좋은 여학생 둘이 같이 있었다.

세련된 외모에 애교까지 많아 신입생 중의 퀸카로 꼽히는 두 사람이 최상준과 이야기를 하고 있던 참이었다.

"이쪽은 나랑 동기인데 나이는 좀 많은 형이야."

이현에게는 신입생들이 곱게 보이지 않았다.

'저런 식으로 안면을 튼 다음에 집에서 밥도 못 먹고 나온 것처럼 선배들에게 밥 사 달라고 조르지. 처음에는 학교 구내식당에서 어떻게 해결할 수 있을지 몰라도, 나중에는 마각을 드러내서 술 한잔 마시고 싶다며 닭갈빗집으로 끌고 갈 거야. 무슨 결식 여대생도 아니고… 절대 신입생들에게 밥을 사 줄 수는 없어.'

"어, 그래."

이현은 그저 고개만 끄덕여 주고 나서 가까운 빈자리에 앉았다. 그러나 그들끼리 떠드는 이야기는 참 잘 들렸다.

"흑사자 길드가 도시 바이슨을 점령하는 장면을 방송으로 봤어요, 선배님."

"음, 나도 그 전장에서 활약을 많이 했지. 성문을 창으로 격파하던 기사 봤어?"

"네. 너무 멋있었어요. 기사가 말을 타고 달려와서 창으로 찔러서 부숴 버렸잖아요. 어머, 혹시 그게 선배님이었어요?"

"아니. 그게 내 형이고 흑사자 길드의 창립 멤버야. 나는 최근에 말이 죽어서, 사다리를 타고 성벽에 오르고 있었어."

흑사자 길드의 활약상을 이야기하는 최상준의 어깨에는 힘이 가득 실려 있었다.

사실 베르사 대륙 어느 곳으로 가더라도 갑옷에 흑사자 길드의 인장이 찍혀 있으면 한 수 접어주기 마련이다. 살인자들이라고 해도 명문 길드 소속은 잘 건드리지 않았다.

그렇기 때문에 상인들은 명문 길드에 더 많이 가입을 하고, 또 혜택을 얻는 만큼 수입의 일부를 기꺼이 납부했다.

길드는 성과 마을, 광산을 운영하고 상인들을 통해서 벌어들이는 자금을 바탕으로 세력을 더 키웠다.

사실 로열 로드에서는 살아가는 방식도 각양각색이라서, 가볍게 즐기는 유저들도 많이 있었다. 사냥을 통해 성장해서 용맹을 떨치거나 상업 활동을 하지 않고, 관광지를 돌아다니면서 생활할 수 있는 돈을 벌기만 하기도 한다.

로열 로드에는 즐길 거리들이 많았기에 도시 밖으로 멀리 떠나려고 하지 않는 유저들도 많다.

던전과 사냥터에서 며칠씩 보내는 일이란 어렵기도 하고 적성에 맞지 않는 경우도 있다. 현실에서 힘들게 공부와 일을 하고 로열 로드에 접속하면 황홀한 몸매의 여인들이 있는 휴양지라면, 더 바랄 나위가 없는 게 아니겠는가.

하지만 베르사 대륙에서 몬스터와 싸우고 영토를 확장하는 일은 사람들의 가슴을 뜨겁게 만드는 무언가가 있었다.

"형 오셨어요?"

박순조가 강의실에 와서 이현의 왼쪽 자리에 앉아 힘없이 책상에 엎드렸다.

강의가 시작하려면 시간이 조금 남았으니 이현도 자리에 엎드렸다.

"아, 요즘 진짜 힘들다."

자하브의 조각품들은 검술의 변화하는 자세를 정확하게 짚어야 했기 때문에 쉬울 수가 없었다. 막 바뀌려는 자세와 검의 변화를 중간에서 짚어서 조각해야 되었다.

실제로 검술을 익히지 않았더라면 따라 하기가 정말 힘들었으리라.

박순조도 푸념을 했다.

"저도 힘들어요, 형."

"넌 요즘 뭐 하고 있는데?"

"겨울부터 쭉 퀘스트와 탐험에 매달리고 있는데……."

"그게 잘 안 풀려?"

"연계 퀘스트라서 만나야 될 사람도 많고 모아야 하는 자료들도 방대해서요. 그래도 조금씩 진전이 있기는 해요."

박순조의 캐릭터는 도둑으로, 매우 높은 레벨이었다. 그가 진행하고 있는 연계 퀘스트라면 이현으로서도 관심을 가질 만할 정도였다.

하지만 이미 이현은 로열 로드에서 왕의 퀘스트도 할 수 있을 정도의 명성을 쌓았다.

"그래, 열심히 해 봐. 정 안 되면 오랫동안 묵혀 놓았다가 나중에 하는 수도 있으니."

"조금만 더 하면 될 것 같아요. 끝까지 해 보려고요."

"힘내라. 안 되면 더 늦기 전에 일찍 포기하고."

"네, 형."

조용히 대화를 나누고 있는 두 사람의 뒤에서는 최상준의 커다란 목소리가 들렸다.

"흑사자 길드에서 이번 주에는 엘리멘탈 라바스톰을 사냥하러 갈 거야. IBC방송으로도 중계가 된다고 하니 생방송으로 보도록 해."

"정말요?"

"선배님도 이번에는 활약하시는 거예요?"

최상준은 우물쭈물하며 말했다.

"난 자격이 아직⋯⋯."

"⋯⋯."

~☙◦◦☙◦◦☙~

모라타의 성장 속도는 모두가 신비로워할 정도였다.

파바바바밧!

주택들이 몇천 가구씩 건설되었다.

판잣집, 흙집 들이 우후죽순 만들어지는 난개발의 상징!

"풀죽신교 가입하러 왔습니다."

"가입은 그날그날 처리해 드리는데요, 접수 번호가 18639번이네요."

"오늘 신규 가입자가 그렇게 많나요?"

"월요일이라서 적은 편인데요."

모라타의 동서남북 성문을 통해 초보자들이 배낭을 메고 근처의 던전으로 사냥을 나갔다. 옹기종기 사이좋게 모여서 사냥을 떠나는 초보자들이었다.

"슬슬 바르고 성채로 이주를 해도 되지 않을까요?"

"그곳도 벌써 많이 개척되어서 사냥터들에 대한 정보가 많이 열렸다는 말이 있긴 하던데요."

"우리가 같이 간다면 별문제 없겠죠."

"더 늦기 전에 가 봐요. 북부의 다른 마을보다는 영주 위드가 다스리는 지역에서 지내고 싶어요."

바르고 성채로도 사람이 많이 이동했지만, 모라타의 유저가 줄어든 흔적은 티끌만큼도 느낄 수 없을 정도였다.

하루 이틀만 지나도 새로운 유저들이 등장하였으며, 장사를 하는 상인들도 덩달아서 늘어난다. 흑색 거성이 있는 모라타의 중심 상업 지구 외에도, 개척촌들에도 사람들이 몰리며 사냥과 탐험을 했다.

모라타의 영역은 계속 확장되고 있었으며, 북부 전체에서 교역을 하러 상인들이 방문했다.

그리고 바르고 성채도, 모라타의 영향으로 인하여 마을 성장의 과도기가 짧았다.

인구가 아예 없었지만 금세 주민들과 유저들이 늘어나며 부족한 물자들을 만들어 낸다. 전사들이 모여서 사냥과 모험을 하여 전리품들을 가져왔으며, 엘프와 드워프, 바바리안과의 교역을 성공시키는 상인들이 많아 기술력과 생산력이 낮음에도 불구하고 오가는 물자들이 적지 않았다.

이종족과의 교역 성공은 상인들에게 많은 이득을 가져다준다. 그렇기에 커다란 꿈을 가진 상인들은 이종족들이 필요로 하는 물자들을 가져와서 교환했다.

마판을 비롯한 북부의 큰 상인들은, 초반 교역에 성공하고 나서 바르고 성채에 상점들을 개설했다.

"향후 1달. 길어도 1달이면 이곳의 상권은 완전히 자리를 잡을 거야."

몬스터들이 몰려와서 전부 파괴해 버릴 위험도 있었지만, 꿈과 희망을 걸고 바르고 성채에 투자했다.

위드가 대규모로 자금을 투자하긴 했지만, 그러지 않아도 사람들은 발전 가능성을 믿고 정착했을 것이다.

강한 전사들이 힘을 발휘할 수 있는 장소.

몬스터들이 오면 튼튼한 성벽에 의존하여 다 같이 싸운다.

승리를 거두고 난 이후에는 전사들끼리의 맥주 파티가 벌어졌다.

필요한 요소들이 빠르게 만들어지고 자리를 잡고 있었다.

"이곳이로군. 제대로 온 게 맞는지 의심스러울 정도로 넓고 크구나."

검치는 바다를 건너 모라타에 도착했다.

과거 뱀파이어 왕국 토둠을 정벌하러 갈 때 온 적이 있다.

그때만 하더라도 모험가들이 많이 오는 시골 마을 이상은 아니었는데, 이제는 북부 전체의 수도라고 할 수 있을 정도다.

"정말 놀랍구나."

검치가 입구에 서 있는 동안, 상인들이 우마차를 끌고 이리저리 바쁘게 오갔다.

"저기요, 레벨이 좀 높으신 것 같은데 저희랑 사냥 가지 않으실래요?"

검치가 고개를 돌려 보니, 6명으로 이루어진 모험가 파티가 그를 부르는 게 아닌가.

"나를?"

"예. 저희 파티에 검사 1명이 필요해서요. 광장에 가서 구하자니 번거롭기도 하고……. 혹시 일행이 없으시면 같이해요."

검치의 소문이 이곳에는 전해지지 않았음이 틀림없다.

유로키나 산맥의 대전사!

몇 명의 일행과만 같이 다녔지만, 던전에서 극악한 위험을 가진 몬스터들이라도 처리했다.

검치의 활약을 본 사람은 매우 적지만, 오크와 다크 엘프 들이 은근히 소문을 퍼트렸다.

"덩치가 큰 사내. 오크, 취이익! 오크가 아니다. 인간! 너무 강하다. 취췻!"

"인간으로 각종 무기들을 능숙하게 다룬다. 그가 나타난 날은 몬스터들도 바깥출입을 못 할 정도다."

"유로키나 산맥에서 최고의 전사다. 오크 카리취의 지휘력은 인정하지만, 용맹만큼은 그를 따르지 못할 것이다."

검치는 그저 심심해서 유로키나 산맥에서 싸웠을 뿐이지만, 다크 엘프와 오크 들에게는 전설과 신화가 되었을 정도다.

⁊⁊ᑫᐤᑐᕂ

"이곳에도 모라타처럼 다양한 예술 작품들이 있으면 좋을 텐데……."

"강림하는 일곱 천사상을 볼 수 있기는 해도, 지금은 임시로 놔두고 나중에는 예술 회관으로 다시 옮긴다더라고. 빛의 탑이나 프레야 여신상 같은 게 있으면 참 좋을 텐데."

바르고 성채의 유저들은, 다른 필수품들은 차차 마련되었지만 문화가 척박하다는 점에서 아쉬움을 느끼고 있었다.

모라타에서는 매일이 신선하고 새로웠다.

친구나 연인끼리 예술 작품을 감상하면서 휴식을 취할 수 있다. 모라타 전체가 내려다보이는 명소에서 즐거움과 행복을 느낄 정도였다.

인생에서 돈과 명예, 권력은 물론 중요하다.

하지만 한 편의 시나 소설, 노래로도 만족감을 얻을 수 있지 않던가!

삶과 인생을 느끼게 해 주는 문화와 예술.

사람들을 기쁘게 만들고, 정신적인 갈증을 해소할 수 있는 필수적인 존재였다.

"어쩔 수 없잖아. 여기는 아직 많이 위험하니까. 나중에 더 안전해지고 번창하면 예술가들도 옮겨 오겠지."

"마법까지 올려 주는 조각품이 필요한데. 다른 대작 조각품 없나?"

"방어 스킬을 올려 주는 워리어 조각품도 있었으면 하는데. 언제 만들어 주시려나."

유저들은 위드가 돌아와서 작품을 만들어 주기를 바랄 뿐이었다.

모라타의 예술 회관에는 물론 위드가 만든 작품들이 최고지만 다른 좋은 작품들도 많으니, 언젠가 바르고 성채에도 옮겨 주기를 바랐다.

그러자면 바르고 성채에도 예술 회관이 건설되어야 하리라.

"돈을 좀 더 열심히 벌어야지. 여기서 오랫동안 사냥할 거니까 세금을 내는 게 아깝지 않을 것 같아."

"내일은 바드들이 와서 공연을 한다고 하네. 그 공연이나 보자고."

바르고 성채에는 그렇게 아쉬워하는 유저들이 많았다.

그런데 성채의 입구에 초록색 모자를 쓰고 있는 남자가 나타났다.

"뭐야, 저놈은."

"재수 없는 옷차림 좀 봐."

유저들은 그를 비웃었다.

초록색 모자에 노란색 여행복을 입고 있으니 정말 정신이상

자라고 생각하기에 좋았다.

"여기에서 나의 역사가 시작되리라."

미술 도구를 가지고 바르고 성채에 온 남자의 정체는 바로 페트였다.

페트는 붓과 물감을 꺼내어 벽을 칠했다.

스케치도 없이 색을 입히는 작업을 곧바로 시작했다.

변색되고 깨진 돌들이 많은 성벽에 넓게 그림을 그렸다.

"이런 건 본 적도 없어."

"물감이 진짜처럼 보일 정도네."

"다양한 정령들이 요정들과 놀고 있잖아."

성벽에 그의 특기인 정령화를 완성!

시작부터 걸작의 작품이 나왔다.

페트는 요정, 정령, 엘프, 몬스터 들을 그리는 데에는 실력이 있었다. 그림의 주제로 삼는 종족들과 친하기도 하였으니 작품의 가치가 더욱 높았다.

'후후, 놀라도록 해라. 겨우 시작일 뿐이니.'

바르고 성채를 그의 화폭에 담아 버리기 위한 목적에 겨우 한 걸음만 떼었다.

다음으로, 페트는 성벽에 음식들을 그렸다.

최고의 만찬들을 비롯하여, 몬스터들이 좋아하는 통구이 요리들을 생생하게 그려 놓았다.

'몬스터들이 몰려오면 알겠지. 내 그림의 위대함을……'

유혹의 그림!

바르고 성채에서는 수시로 전투가 벌어진다. 본능에 의존하는 몬스터들은 음식을 먹으려다가 공격을 당하기도 할 것이다.

페트가 얼마나 대단한 화가인지를, 바르고 성채에 있는 유저들 모두가 알게 되리라.

"나도 먹고 싶다. 그림의 색감이 정말 실제보다도 뛰어나네."

"그래도 옷차림은 재수 없어."

"그건 그렇긴 해."

몬스터들이 성벽 너머로 몰려올 때에도, 페트는 아슬아슬한 시간까지 버티면서 그림을 그렸다.

그는 바르고 성채에서 금방 유명 인사가 되었다.

2๛๛๛

검술 스킬의 숙련도가 향상됩니다.

조각상을 하나 만들 때마다 검술 스킬의 숙련도가 높아졌다.

자하브가 보여 주는 검술의 움직임들이 후반부로 이어지고 있었다.

중급 검술 스킬의 레벨이 10이 되어 고급 검술 스킬로 변화합니다.
검을 이용한 공격력이 25% 상승합니다. 고급 검술에서는 스킬이 1 올라갈 때마다 9%의 공격력이 추가로 상승합니다. 마나를 이용한 공격 스킬의 파괴력이 45% 향상됩니다. 전 스탯에 +7의 추가 포인트가 주어집니다.

위드의 검술 스킬은 드디어 고급이 됐다.

중급과 고급은 하늘과 땅 정도의 차이라고 할 수 있다.

'자하브가 익힌 검술이 상당히 높은 수준인 모양이야.'

위드는 조각상을 만들면서 그 경지를 어렴풋이나마 추측했다. 연결되는 동작들이나 몬스터들을 때려잡을 때를 보면 상당한 실력자였다.

그렇게 자하브가 원하는 마지막 조각상까지 만들어 주었다.

만든 조각품의 이름을 정해 주십시오.

위드는 간단히 이름을 지었다.

주제를 선정하여 만든 예술 작품이 아니라, 자하브의 검술을 표현했을 뿐이다.

"검을 휘두르는 자하브."

〈검을 휘두르는 자하브〉가 맞습니까?

"맞아."

명작! 〈검을 휘두르는 자하브〉를 완성하였습니다.

흰 대리석으로 만든, 조각술 마스터 자하브의 조각품! 자하브의 일생을 기록한 작품이다. 특별한 검술이 숨겨져 있어서, 재능이 충만한 자라면 깨달음을 얻을 수 있을 것이다.

예술적 가치: 2,472

옵션: 〈검을 휘두르는 자하브〉를 본 이들은 생명력과 마나 회복 속도가 하루 동안 26% 증가한다. 모든 스탯 11 상승. 검술 스킬의 위력을 15% 늘려 준다. 조각품을 감상하면서 검술의 숙련도가 약간 높아진다. 조각상에 한 가지의 검술이 숨겨져 있다. 다른 조각품과 중복으로 적용되지 않는다.

지금까지 완성한 명작의 숫자: 16

조각술 스킬의 숙련도가 향상되었습니다.

손재주 스킬의 숙련도가 향상되었습니다.

힘이 1 올랐습니다.

민첩이 2 상승하였습니다.

카리스마가 2 상승하였습니다.

명작 조각품을 만든 대가로 전 스탯이 1씩 추가로 상승합니다.

마지막을 명작으로 하여 자하브의 의뢰를 성공적으로 완수했다.

자하브의 조력자 퀘스트 완료
조각술 마스터 자하브가 만들고 싶었던 조각품을 완성했다. 자하브는 오랜 숙원을 해결했다.

퀘스트의 보상으로 자하브와의 우호도가 81이 되었습니다.

'명작에, 자하브의 검술이라.'

이미 위드는 검술 스킬을 익히고 있었고, 기본 검술이나 조각 검술, 헤라임 검술 등을 쓰다 보니 스킬 레벨이 잘 오르지 않는 상태였다.

하지만 하나쯤 더 익혀 둔다고 해서 나쁠 건 없었다.

조각품을 만들고 나니 자하브가 후련하다는 듯이 말했다.

"좋은 작품이야. 이제 그라페스를 떠날 수 있겠군."

"다른 곳으로 가실 겁니까?"

위드는 조각술 마스터에 대한 정보를 알기 위해서라도 질문을 던졌다.

"그래야겠지. 남은 생은 대륙을 떠돌면서 보내고 싶네."

"작업실의 조각품들은 어떻게 처분하실 겁니까?"

"팔아서 여행 경비로 써야 되겠지. 오랜 친구들이 그대로 있다면 선물로도 주고 싶고."

조각술 마스터 자하브의 조각품이 베르사 대륙에 퍼지게 되리라.

위드가 와서 자하브의 퀘스트를 했기 때문에 생긴 변화였다.

"그런데 검술을 혹시 어디까지 익히신 겁니까?"

웬만하면 묻지 않았을 텐데, 위드는 조각상을 만들면서 심상치 않다고 느꼈다. 보통의 검술은 아무래도 아닌 것 같다는 생각이 들었기 때문에 질문한 것이다.

"늦은 밤, 검의 마지막을 보았지."

"에, 마지막이라면 설마……."

위드는 어처구니가 없었다.

이거야말로 조각술뿐만이 아니라 검술까지도 마스터했다는 뜻이 아니겠는가.

조각술 마스터들은 재능이 넘치는 천재들이니 가능한 일일 것 같기도 했다. 조각술 마스터들의 흔적을 뒤쫓다 보면 평범한 인간은 없었으니까.

"검으로도 더 이상 강해질 수 없는 경지에 올라 있다네."

자하브는 자신이 검술의 마스터라고 분명하게 밝혔다.

로열 로드를 떠들썩하게 만들 수 있는 충격적인 소식!

'이게 무슨 반반치킨도 아니고……'

위드의 두뇌는 공짜 밥을 얻어먹을 때만큼이나 빠르게 돌아갔다.

'그렇다면 방금 내가 만든 조각상에 숨겨져 있는 검술이 어쩌면… 검술의 비기 중 하나?'

자하브의 검술이 조각상으로 표현되었으니 무언가 숨어 있을 것 같았다.

위드는 고개를 절레절레 흔들면서 아부를 했다.

"과연 대단하십니다. 하기야 조각술도 마스터한 자하브 님에게 검술 정도는 어렵지 않았겠지요."

평소보다도 더욱 간드러지는 목소리였다.

탐욕을 숨기며 하는 아부야말로 아첨의 백미라고 할 수 있으리라.

"자네도 다재다능하니 기회가 된다면 얻을 수 있을 거라고 보네. 나를 대상으로 만든 조각품을 소중하게 간직해 주게."

"물론입니다. 아주 비싼 관람료… 아니, 소중하게 잘 보관하겠습니다."

"그럼, 인연이 닿으면 또 만나게 되겠지."

자하브가 말을 마치고 나서 떠날 채비를 갖췄다.

하지만 위드는 이렇게 허무하게 보내 주고 싶지는 않았다.

"잠깐만요."

"무슨 할 말이라도 남아 있는가?"

퀘스트를 완료하고 나서 우호도라는 보상을 얻었다.

이대로 떠나고 나면 베르사 대륙에서 다시 만난다는 보장이 어디에 있겠는가.

"사냥하는 데 좀 도와주셨으면 합니다."

공짜 조각품이란 없다.

조각술 마스터에게도 받아 낼 것은 받아 내야 하는 정신.

"조각품을 만들기 위하여 많은 고생을 한 것을 아네. 조각사로서 그 노력에 대해서 충분히 이해하니, 그 정도는 기꺼이 해 주어야겠지."

> 자하브가 자유 용병으로 합류합니다.

위드는 조각술 마스터이며 검술의 마스터인 자하브를 데리고 그라페스 지역을 돌아다닐 수 있게 되었다.

꽃무늬장식

"이쪽 길이 맞는 거야?"

"아까 그곳이었던 거 같기도 한데……."

"몬스터들이 나오지 않는지 조심해서 잘 살펴봐요. 어제도 도망치다가 길을 잃어버렸잖아요."

"지금은 잘 보고 있어."

화령은 베이드와 파슨, 유메로, 에이프릴과 볼크, 데어린와 함께 그라페스 지역으로 들어왔다.

갑자기 나타나서 위드를 놀래 주고 싶다는 이유로, 다크 게

이머들을 고용해서 온 것이다.

다크 게이머들은 의뢰를 받은 이후부터는 철저히 비밀을 엄수해야 한다. 화령이 고용한 다크 게이머들은 한 국가에서도 최고를 자랑하는 이들이라서 계약 내용을 함부로 발설하는 건 있을 수 없는 일이었다.

그런데도 위드를 만나러 간다는 목적도 알려 주지 않은 채로 그라페스로 와서 헤매고 있었다.

'갑자기 보면 반가워하시겠지.'

화령은 오직 위드를 깜짝 놀래 주기 위해 말도 하지 않고 와서 사서 고생을 하는 중이었다.

파슨이 추적 스킬을 익혔기 때문에 위드가 남긴 흔적을 찾아서 쫓아가면 됐다.

"여기 묵직하게 찍힌 소 발자국이 이어져 있습니다. 만들어진 흔적을 보면 힘 있고 활기차게 움직인 것으로, 부상은 당하지 않았으리라 추측되는데 발자국이 아주 깊군요. 무거운 짐을 지고 있는 모양입니다."

"제가 만나러 가는 사람의 소가 틀림없어요!"

그라페스라서 위험할 뿐이지 추적은 쉬웠다.

다크 게이머들은 그라페스에서도 정보 공유를 통하여 강한 몬스터들은 피했고, 최대한 주의하면서 또 조심해서 전진했다. 그리고 호수에 도착하여 위드와 누렁이, 와이번, 금인이 등을 발견했다.

"위드 님!"

화령은 반갑게 외치면서 거추장스러워도 착용하고 있던 드레스를 휘날리며 뛰어갔다.

이 순간을 위해 일부러 가발을 붙여서 긴 생머리를 만들어 놓는 정도는 그녀에게는 기본적인 감각.

"어!"

"그 조각사님이네."

볼크와 데어린도 위드를 알아봤다.

볼크가 데어린에게 청혼을 할 때 바친 꽃다발을 만들어 줬고, 북부 원정대에 속해서 사냥을 같이한 적도 있었다.

"그 위드 님이라면… 전쟁의 신 위드!"

베르사 대륙에서의 헤르메스 길드와 위드의 충돌을 모두 고대하고 있었다. 그런데 위드를 그라페스 지역에서 만나다니 놀랍고 반가운 일이었다.

"안녕하세요."

"잘 부탁드립니다. 유메로라고 합니다."

서로들 간단한 인사를 나누었다.

서윤은 인기척을 느꼈을 때부터 가면을 착용하고 있었다.

"이쪽은 금인이. 그리고 누렁이라고 합니다."

와이번들을 소개할 때에는 그저 신기하게 보던 다크 게이머들이 금인이와 누렁이와 인사할 때에는 깊은 관심을 드러냈다.

"이 녀석의 무게가……."

"순금인 것 같은데."

"꽃등심 가격이 요즘에 많이 올랐는데."

하지만 정말 놀라야 하는 순간은 따로 있었다.

위드가 자하브를 아무렇지도 않다는 듯이 소개할 때였다.

"이분은 조각사 선배라고 할 수 있는데, 검술의 마지막을 보신 분입니다."

검술의 마스터!

당연히 비밀 중의 비밀이었지만, 위드는 다크 게이머들의 능력을 인정했다.

다크 게이머로 이 자리까지 오르려면 남다른 호기심과 탐구욕이 있을 텐데, 그렇다면 자하브를 만난 이상 검술 마스터라는 사실을 깨닫는 데도 오래 걸리지 않으리라.

이들은 게다가 평판도 좋은 사람들이다.

"검술의 마지막을 본 분이라니……."

벌써 침을 꼴깍 삼키는 사람들이 있을 정도였다.

"빨리빨리 갑시다."

위드에게 있어, 검술의 마스터에게 바칠 경의는 없었다.

우호도는 일을 부려 먹어도 떨어지지만, 같이 있는 시간이 길어질수록 점점 감소한다.

기껏 올려놓은 우호도가 소진되기 전에 실컷 부려 먹어야 하는 대상일 뿐.

펜필스 던전 격파.

다크우드 숲의 대장 몬스터 사냥.

가이트너 던전 몬스터 완전 소탕.

카멜 마굴의 보물 탐색 성공.

위드가 자하브를 데리고 다니며 일구어 낸 업적이었다.

물론 누렁이와 금인이가 항상 같이 다녔고, 사냥터에 따라서 와이번들도 함께했다.

"적입니다. 싸워요."

자하브가 검을 휘두르면서 싸울 때에, 위드는 마음 놓고 공격했다.

그라페스의 던전은 무시무시한 난이도를 자랑했다.

몬스터의 레벨이나 공격력이 높아서 위험하다고 판단될 때에는 멀찍이 숨어서 하이엘프의 활을 이용해 화살을 쐈다. 몬스터가 그럭저럭 상대할 만하다 싶으면 자하브와 함께 맞섰다.

'역시 잘 싸우는군.'

검술 마스터인 만큼 전투에서 이보다 더 좋은 용병은 없다.

그러나 아무리 자하브라고 하여도 무적은 아니라서, 상처를 입기도 했다.

"저런! 많이 다치셨군요. 여기 붕대를 감아 드리겠습니다. 약초도 듬뿍 발라 드릴게요."

마스터 붕대 감기 스킬!

위드는 요리와 치료 등을 통해 우호도 감소를 최대한 늦추려고 애썼다.

그 모습이 다크 게이머들에게는 놀랍게 여겨졌다.

'저렇게 독한 놈이…….'

'이거야말로 전형적인, 부려 먹고 약 주는 행동이 아닌가!'

'걸려들면 완전히 탈탈 털리는구나.'

위드는 최적의 효율을 추구했다. 보스급 몬스터들을 찾아다니고, 몬스터가 넘쳐 나는 던전으로 자하브를 인도했다.

자하브로서는 인간들이 없는 그라페스에서 살아온 것을 후회할 수밖에 없을 뿐.

서윤과 화령은 위드를 잘 알고 있었기에 그러려니 했다.

'위드 님이 다치면 안 돼.'

서윤은 자하브 못지않게 몬스터들의 앞으로 나서면서 싸웠다. 광전사의 전투 능력이 발휘되고 있기에 위드가 이끄는 몬스터들의 소굴은 그녀에게 최고의 사냥터였다.

화령은 매력적인 춤으로 몬스터들을 유혹하고 눈을 멀게 만들었다. 인간들을 많이 본 적이 없는 몬스터일수록 춤에는 약했다.

다크 게이머들도 전투에 동원되어 사냥의 효율을 높이는 데 역할을 했다. 그들은 자신의 직업에 맞춰서 활약하며 짭짤한 소득을 얻었다.

'부럽기 짝이 없군. 검술 마스터를 데리고 그라페스 지역을 마음껏 휘젓고 다니다니…….'

'정말 멋진 사냥터야. 여기서는 레벨도 금방 오르겠어. 아무튼 우리를 끼워 줘서 다행이다.'

'던전에 있는 아이템과 보물 들을 독식하다니. 아, 전쟁의 신 위드의 명성이 괜히 나온 게 아니로구나.'

다크 게이머들은 위드에게 매일 상납금을 바쳐야 됐다.

"어제는 사냥을 많이 했는데, 오늘도 많이 할 예정입니다. 그리고 새로운 던전에 들어가려고 하는데요."

지참금, 밥값, 붕댓값, 약촛값, 누렁이 생일, 무기 및 갑옷 수리비 등을 내야 했던 것이다.

벼룩의 간이라도 쪽쪽 빨아먹을 위드!

그렇게 자하브와 함께 그라페스 전역을 누비면서 사냥과 탐험을 했다.

> 자하브의 우호도가 25로 감소하였습니다.

자하브는 검을 거두고 나서 말했다.

"이제 대륙으로 가 보고 싶군. 그동안 함께 보냈던 시간을 잊지 못할 것이네."

> 자하브와의 자유 용병 계약이 해지되었습니다.

자하브가 작별의 인사를 했다.

우호도가 많이 떨어져 있었기 때문에 위드도 더 이상은 붙잡지 못했다.

"이렇게 가신다니 정말 아쉽습니다. 우리가 더 친했으면 좋았을 텐데요."

다시 음식이나 간단한 선물을 하려고 했지만 자하브가 받지 않았다.

"많이 피곤해서 당분간 쉬고 싶으니 이별은 짧게 하는 게 좋을 듯하군."

위드는 어쩔 수 없이 보내 줘야겠다고 생각하며 물었다.

"이 대륙에서 다시 만날 수 없을지도 모른다고 생각하니 너무나도 아쉽습니다. 어디로 가실 겁니까?"

"일단 브라이스라는 고원지대로 떠날 것이네. 언제까지 머무르게 될지는 나도 모르겠군. 혹시 나를 찾아야 한다면 그곳부터 와 보게."

"예, 그렇게 하겠습니다. 그럼 살펴 가시지요."

"다음에 또 보세."

자하브는 부상으로 왼쪽 다리를 절뚝거리면서 검을 지팡이처럼 사용하며 떠났다.

위드는 이별을 진심으로 아쉬워했다.

'다음에 다시 부려 먹을 수 있으면 좋을 텐데. 언젠가 또 만날 수 있겠지.'

자하브와 사냥을 하면서 레벨을 2개나 올렸다.

검술 스킬도 고급 2레벨이 됐다. 검술 마스터와 사냥을 같이 한 덕분에 부가적으로 얻은 수확이었다.

달빛 조각 검술도 중급 9레벨이 되었다.

화령이 위드에게 물었다.

"이제 어디로 가실 거예요?"

그녀는 둘이서만 오붓하게 시간을 좀 더 보내고 싶었다.

"지금은 자하브의 집으로 돌아가 봐야 됩니다."

로자임 왕국으로 가서 늙은 시녀에게 보고를 해야 한다. 그라페스는 떠나면 다시 돌아오기 어려운 지역이니 자하브가 만들어 놓은 작품들을 확실히 봐 두고 갈 작정이었다.

자하브가 특수한 마법 배낭에 작품을 8할 이상 챙겨서 가기는 했지만 조금은 남아 있었기 때문이다.

다크 게이머들이 화령과 맺은 청부는 위드를 찾는 데 도움을 주고 그라페스에서 지켜 달라는 조건이었다.

청부가 완료된 이상 화령은 돌아가도 된다고 했지만 그 누구도 가려고 하지 않았다.

"그냥 달리 할 일도 없고 심심하던 참이기도 하고……."

"어떤 위험한 사고가 벌어질지 모르는 게 세상일인데 조금 더 지켜 드려야죠."

"안전하게 끝까지 돌봐 드리려고 합니다. 이렇게 어여쁜 아가씨를 두고 어떻게 저희만 편하자고 갈 수가 있겠습니까?"

다크 게이머들은 핑계를 대며 쭉 눌러앉으려고 했다.

그라페스에서의 사냥도 나쁘지 않았고, 위드와 있으면 뭐라도 건질 게 있을 것 같다는 예감 때문이었다.

"오호, 검술의 마스터의 창고가 이렇게 생겼군. 조각품이 정말 많네."

"조각품들의 수준이 엄청 높은데요!"

"케엑! 스탯 올려 주는 것 좀 봐요. 예술 스탯도 생겼어요."

다크 게이머들은 자하브의 작업실에서 뜻하지 않은 행운을 누릴 수 있었다.

위드는 자하브가 심혈을 기울여서 만든 예술품들을 진지하게 감상했다.

"감정!"

활을 겨누고 있는 사냥꾼
은거하고 있는 조각술 마스터 자하브의 작품이다. 사슴을 노리는 뱀을 겨냥하고 있다.
예술적 가치: 871
옵션: 사슴의 번식을 늘려 준다.

조각품에 담긴 추억까지도 읽을 수 있었다.

"좋은 작품이긴 하군."

위드는 100여 점의 조각품들을 감정했다.

봄, 여름, 가을, 겨울.

작품을 만드는 와중에 계절이 변했음을 느낄 수 있는 것도 있었다.

특이하게 진흙으로 만들어져 있는 조각상에는 이상한 영상이 담겨 있기도 했다.

진흙을 구워서 만든 마을.

사람들이 불안한 듯이 오가고 있었는데, 넓은 고원지대에 세워져 있는 마을이다.

일찍이 본 적이 없는 경치였다.

헤매는 여행자에 대한 단서를 획득하였습니다.
퀘스트가 진행될 때에 이미 입수한 정보를 활용할 수 있습니다.

"어떤 퀘스트의 영상일까?"

아마도 조각술 퀘스트의 가능성이 컸다. 하지만 조각술 퀘스트라고 해도 너무 많아서, 수행하게 될지 아닐지 모를 일.

그 외에도 몇몇 조각품들은 그라페스에 완성되어 숨겨져 있는 자하브의 다른 조각품들에 대한 영상을 비춰 주기도 했다.

"이것들을 발굴하려면 시간이 너무 많이 걸리겠지. 몬스터들이 부담스럽기도 하고."

조각품이 던전의 벽에 새겨져 있거나 아니면 몬스터들의 보물로 보관되고 있기도 했다.

"그보다 내가 만든 조각품이 문제인데."

위드는 자신이 만든 조각상을 꺼내 놓고 살펴보았다.

〈검을 휘두르는 자하브〉상.

숨겨져 있는 한 가지의 검술이 검술 마스터의 비기일 가능성이 너무나도 크다.

위드의 추측이 만약 맞다면 이 조각상이야말로 검사들에게는 보물이 될 수도 있다.

하지만 아무리 살펴보아도 그냥 잘 만든 조각품에 불과했다. 자신이 직접 만들었으니 더 잘 알았지만 감정을 해 봐도, 조각품에 얽힌 추억을 읽어 보더라도 특별한 게 나오지 않았다.

"조각품의 비밀을 풀어야 해."

남들이 보면 황당해할지 모르지만 위드에게는 아주 진지한 문제였다.

"크흠."

위드는 조각상의 구석구석을 살폈다.

"혹시 내가 자하브의 검술을 완벽하게 조각품으로 재현해 내지 못한 것일까?"

신체 부위의 크기나 비율, 검을 휘두르는 각도까지도 정확하게 맞췄다. 복잡한 동작들을 모두 조각상에 담기란 어려운 일이었지만, 위드는 많은 경험과 관찰력을 통해서 이루어 냈다.

상상을 바탕으로도 조각품을 만드는데 직접 보이는 것도 제대로 만들지 못할 리가 없다.

그래도 조금의 실수가 있어서 자하브의 검술을 익히지 못한다면 통탄할 일이었다.

"확 깨트려 볼까?"

조각 파괴술을 사용하는 극단적인 방법까지도 고려해 볼 정도였지만, 아까워서 차마 그렇게 하지는 못했다.

"어딘가 방법이, 방법이 있을 텐데."

자하브가 전투 중에 검술의 비기를 보여 주었다면 알아보는 데 도움이라도 되었을 텐데 그런 것도 없었다.

완전히 조각상만 보면서 깨달아야 한다.

위드는 사냥도 쉬고 조각상에만 매달렸다.

어쩌면 조각술 스킬이 필요할지도 모른다는 생각에, 그라페스의 몬스터나 화령의 조각품을 만들면서 스킬 숙련도도 조금씩이나마 올렸다.

크게 진전이 없이 3시간 정도를 보내고 있을 때였다.

다크 게이머들은 근처의 가까운 곳으로 사냥을 가고, 조각 생명체들도 따로 인근에서 사냥을 했다. 화령은 밤이라서 접속을 하지 않았으며, 위드와 서윤만이 남아 있었다.

"검술. 검술을 깨달아야 되는데…… 조각술이라면 마스터까지 얼마 남지도 않았으니 계속 올릴 수 있어. 하지만 검술 스킬이 모자라서 익히지 못하는 거라면 앞으로 언제 배울 수 있을지 기약도 못 하는데……."

위드가 골머리를 싸매고 있는데 등줄기를 서늘하게 만드는 소리가 들렸다.

스르릉.

검집에서 검이 빠져나오는 소리.

위드가 뒤를 돌아보니 서윤이 차가운 표정으로 검을 뽑아 들고 있었다.

"거, 검은 왜……?"

조각 생명체들을 보내 놓은 지금, 설마 서윤이 그를 공격하는 것은 아닌가!

해묵은 오해였지만 서윤은 간혹 무서울 때가 있었다.

오랫동안 말을 하지 않고 지내다 보니 목소리에 억양을 담지 않고 이야기를 하거나, 혹은 말보다는 행동이 앞서는 경우가 많았다.

바로 지금처럼!

서윤이 검을 휘둘렀다.

물론 그 대상은 위드가 아니라 허공이었다.

어느덧 시간은 달이 떠오른 한밤중.

서윤의 검이 달빛에 빛나며 흩뿌려졌다.

그녀가 사뿐사뿐 움직이면서 검을 휘두르는 동작들은 위드에게도 익숙했다.

"조각상이 취하던 동작들!"

좌라라라락.

서윤의 검술이 부드럽게 펼쳐졌다.

춤처럼 조각상의 동작들을 연결해서 따라 해 보는 것이었다.

위드도 검술의 동작들을 심도 있게 분석하고 부분적으로는 따라 해 봤지만, 중간 중간 흐름이 끊어졌다.

서윤은 조각상이 만들어진 순서가 아니라, 달빛에 비춰져서 점점 빛을 내는 순서대로 움직였다.

후우우우우웅!

서윤의 검이 강렬한 빛을 뿌렸다.

마치 빛의 검을 들고 있는 것처럼!

검술의 비기 '광휘의 검술'을 터득하였습니다.

서윤이 먼저 검술의 비기를 습득했다.

그녀의 몸은 마치 특별한 축복이라도 받은 것처럼 빛에 둘러싸여 있었다.

위드는 그녀가 멈추고 나자 물었다.

"혹시 검술의 비기를 배웠니?"

끄덕끄덕.

서윤의 고개가 위아래로 움직이는 것을 보며, 위드는 환하게 웃었다.

"잘됐다."

하지만 속으로 살살 아파 오는 배!

"흠흠, 뭐… 원래 여자들에게 먼저 배려를 해 주는 게 예의지. 이제 나도 익혀도 되겠군."

서윤이 하는 것을 보았기에 위드도 조각상의 동작들을 따라서 취했다. 검술을 익혔기 때문에 동작을 따라서 하는 것은 훨씬 잘했다.

개개의 동작의 의미에 따라서 몸 전체의 무게를 실어서 강하게 휘두를 때도 있었고, 어떤 때에는 산들바람처럼 가볍기도 했다.

위드는 동작들을 따라 하면서 정말로 검술 같다는 느낌을 받았다.

'특정한 스킬이라기보다는 고정된 동작들이 연속으로 이어지는 검술에 가까운 것 같다.'

실전에서 검술이 어떻게 쓰이게 될지는 상당한 의문이 들었다.

몬스터나 비행 생명체나 혹은 주술사, 소환술사, 마법사 들과 싸울 때마다 상황이 전혀 달라질 수 있었기 때문이다.

> 검술의 비기 '광휘의 검술'을 터득하였습니다.

> **광휘의 검술**
> 조각사이며 검사인 자하브가 만든 검술. 빛을 모아서 사용하는 검술이다. 스킬의 레벨에 따라 빛의 형태는 짐승이나 몬스터, 조각품으로 달라진다.
> 검술에 사로잡힌 적은 환각에 빠져서 움직이지 못한다. 단, 적들이 많아질수록 효과가 감소한다. 검술을 중단하면 효과는 완전히 사라진다.

> 달빛 조각술로 인하여 스킬의 위력이 커집니다.
> 직업과, 익히고 있는 다른 스킬의 특성상 낮보다는 밤에 위력이 커집니다.
> 어둠의 속성을 가진 몬스터에게 유용합니다.

> 검술 스킬의 숙련도가 증가합니다.

"일단 사냥부터 가 보자."

위드는 서윤과 같이 켈코그가 나오는 장소로 향했다.

"광휘의 검술!"

마나를 소모하면서 순간적으로 발동하는 스킬이 아닌 검술이었기 때문에 동작들을 그대로 펼쳐 내야만 했다.

케에엑?

켈코그들은 창을 던졌지만 강렬한 빛에 눈이 부셔서 명중률이 많이 떨어졌다.

위드는 멀찌감치 떨어져서 검술을 마저 끝까지 시전했다.

몬스터와 달라붙어서 싸우는 게 아니라 혼자서 움직이려니 우스꽝스러운 모습이 되리라고 여겼지만 겉보기는 그렇지 않았다.

위드가 검을 두 차례 휘두르고, 뛰어올라서 힘을 모아 위에서 아래로 내려찍는다. 그러자 빛나는 참새들이 나타났다.

참새들은 위드의 근처를 빙글빙글 돌더니 날개를 파닥이고 몬스터들에게 날아가서 폭발했다.

콰과과과과광!

하늘과 땅의 중간에 빛줄기가 연결된 것 같은 화려한 효과!

위드가 검을 휘두를 때마다 빛의 새들이 몬스터들을 향하여 날았다. 켈코그들은 환상에 빠져 잡히지 않는 새들을 잡기 위해 빙빙 돌기도 했다.

그리고 검술을 완전히 다 펼치고 난 후에는 전리품만이 그 자리에 남았다.

> 광휘의 검술 스킬 숙련도가 증가합니다.

위드의 마나가 8,000이 넘게 쭉쭉 감소했지만, 마나의 회복 속도를 늘려 주는 여러 아이템을 착용하고 있어서 조금 보완은 됐다.

"이런 검술이었군."

위드의 입가가 부들부들 떨렸다.

지금까지, 멀리 떨어져서 화살을 쏘거나 하는 몬스터들은 상대하기가 상당히 까다로웠다. 공격만 하고 빠르게 도망치거나 하면 상당히 난감한 부분이 있었다.

하이엘프의 활을 꺼내서 쏘더라도, 그 활로만 사냥을 할 수는 없었던 것.

"몬스터들을 다 잡아 주지!"

꿍◎◎꿍

칼라모르 왕국의 기사 콜드림!

헤르메스 길드는 그를 상대하기 위한 만반의 준비를 했다.

한때 콜드림이 군대를 이끌고 와서 하벤 왕국이 시스타인 요새까지 밀린 적이 있었다. 물론 헤르메스 길드가 참전하지 않은 전투였고, 국왕군이 참패를 하는 바람에 오히려 하벤 왕국을 장악하기는 더욱 쉬워졌다.

"그래도 콜드림이 이끄는 기사단은 대단히 무섭다. 계획대로 병력을 투입하여 완벽하게 전멸시키도록 한다."

헤르메스 길드는 칼라모르 왕국의 국경 수비군을 격파하고, 6개의 성과 2개의 요새, 14개의 마을을 점령했다.

칼라모르 왕국에서 콜드림이 총사령관으로 전장에 투입되었다는 소식이 입수되자마자, 헤르메스 길드의 주력군은 둘로 갈라졌다.

"별동대는 돌아가서 요룬 요새를 점령하고, 본대는 이곳에서 콜드림의 군대를 맞이한다."

콜드림이 이끌고 오는 군대는 칼라모르 왕국의 정예군. 기사단이 7개나 포함되어 있을 뿐만 아니라, 1만 기가 넘는 기병들까지 속해 있다.

헤르메스 길드의 본대는 말들이 움직이기 어렵게 땅을 파 놓고 함정들을 설치했다.

마법사와 궁수뿐 아니라 기사단의 진격을 방해하기 위해 공성전에 쓸 만한 쇠뇌까지 대량으로 준비했다.

콜드림이 이끄는 칼라모르 왕국군과 헤르메스 길드의 전투가 벌어지는 날.

각 방송사에서도 생중계를 나서면서 유저들의 관심이 집중되었다.

전투의 결과에 따라서 하벤 왕국과 칼라모르 왕국, 중앙 대륙의 판도마저도 달라질 수가 있었다.

하지만 콜드림이 이끄는 칼라모르 왕국군은 쉽게 공격을 하지 못하였다. 헤르메스 길드에서는 평원에 온갖 함정들을 설치해 놓았기 때문에 지루하게 대치하기만 했다.

그사이에 별동대가 칼라모르 왕국의 내부로 깊숙하게 들어갔다.

헤르메스 길드에서는 별동대에 기병들과 길들인 그리폰 부대에 레인저와 마법사 들을 대량으로 배치해 놓았다.

별동대의 전력도 어지간한 성은 날아 넘어가서 점령할 수 있을 정도라서, 콜드림에게 힘든 선택을 강요했다.

헤르메스 길드의 본진을 놔두고 대거 별동대를 쫓아갈 수는 없었다. 그들이 빠지고 나면, 칼라모르 왕국에서 세 번째로 큰 도시가 적들에 의하여 점령되어 버리기 때문이다.

"하벤 왕국군을 공격한다."

결국 콜드림은 선택을 강요받고 불리한 싸움을 개시했다.

칼라모르 왕국군의 대진군!

헤르메스 길드에서 마법과 쇠뇌로 대응하면서 대대적인 전투가 벌어졌다.

두 왕국의 운명이 걸렸다고 해도 과언이 아닌 전투였다.

❧

페일의 일행에 뒤늦게 검치가 합류했다.

"괜히 신세만 지는 건 아닌지 모르겠구나."

"아닙니다. 저희도 근접전을 맡아 줄 사람이 필요했는데요."

페일이 부드럽게 말했다.

상점을 이용하고, 또 퀘스트를 받기 위하여 잠시 모라타에 왔다가 검치를 만난 것이다.

"이 근처 사냥은 좀 해 보셨어요?"

"누가 데려가 줘서 던전이란 곳을 몇 곳 가 보기는 했다."

검치는 생각만 해도 시시하다는 듯이 하품을 했다.

"그런데 적당히 싸울 만한 놈들도 없더구나."

"하긴 그러실 거예요. 모라타에서 아주 가까운 곳들은 프레야의 성기사단에 의해서 토벌이 되기도 했고, 유저들이 많이 가서 사냥을 하고 있으니까요."

알려진 던전일수록 사람들이 많이 몰렸다.

경험치를 많이 주고 아이템이 좋은 게 떨어지면 너도나도 몰려간다. 그러다 보니 마땅히 몬스터를 잡기가 애매할 때도 있었다.

"그게 정말 그렇더구나."

수르카도 손에 강철 장갑을 끼며 말했다.

"저희가 많이 도와드릴게요."

"그래. 어서 가자꾸나."

페일 일행에 검치가 끼어서 모라타의 성문을 빠져나갔다. 그러자 광장에서 장사를 하던 상인들이 쑥덕거렸다.

"뒤집힌 던전을 싹 쓸어버렸다던 사람이 저 사람이라면서?"

"파티에 끼어 가서, 혼자서 몬스터를 다 잡아 버렸다던데."

෨ඐඏ

던전에 도착해서 검치는 가볍게 앞으로 나섰다.

"에고… 늙으면 죽어야지."

검치가 휘두르는 검에 몬스터들은 회색빛으로 변했다.

치명적인 일격은 예사로 터트렸고, 몬스터들이 공격을 하며 드러나는 취약한 부분들을 장난처럼 베었다.

"나이를 먹으니 몸을 움직이는 게 젊을 때처럼 편하지가 않은 것 같아."

뻑! 와장창!

빠바바바바박.

검치의 무기술 스킬은 고급 7레벨.

몬스터만을 상대로 해서는 이룩하기 불가능한 경지였다.

무예인의 무기술 스킬이 고급 5레벨을 넘으면 자연을 극복하고 스스로를 넘어야 한다.

검치는 무기술 스킬이 한 단계씩 발전할 때마다 아주 미묘한 숙련도 변화의 차이를 깨닫고, 최적의 성장 과정을 밟아 왔다.

그게 다른 사람들보다 적게 사냥을 하고도 스킬의 성장이 빠른 이유였다.

페일과 다른 동료들은 다 검치가 죽여 버리기 전에 부산히 나서서 몬스터를 처리해야 했다.

—새삼스럽게 느끼는 거지만 검치 님은 정말 강하긴 하신 거 같아요.
—저 힘과 무게가 검 끝에 실리는 날카로운 공격. 가볍게 움직이는 걸로 보이는데 어떻게 저렇게 정확한 공격을 할 수 있는지 모르겠어요.
—저런 분이 무려 500명이 넘으니!
—…….

수르카만 하더라도 주먹으로 레벨 350이 넘는 몬스터도 떡이 되도록 두들길 수 있을 정도였다. 제피도 낚싯대를 휘두르면서 제법 잘 싸우는 축에 들었다.

그런데 검치를 보면 대단하다고 느낄 수밖에 없었다.

"검을 쓰기도 귀찮군."

몬스터들이 떨어뜨린 창이나 도끼가 있으면 바로 집어 들고 싸웠다.

무기술은 어떠한 무기라도 능숙하게 다루며 최대의 파괴력이 나오게 해 준다. 어떤 병기를 쥐더라도 몬스터들을 잡는 데

지장이 없었다.

때때로 워리어처럼 보이기도 하고, 야만족 병사처럼 느껴지기도 했다.

검치가 자주 무기를 바꾸는 것을 보면서 페일이 질문했다.

"검이랑 다른 무기는 쓰임새가 조금 다른데, 괜찮으세요?"

무기술 스킬이 있더라도 무게중심이나 전투에서의 쓰임이 다 다른데 바로 적응하는 게 신기해서 물어본 것이었다.

"어떤 무기든 전투는 손맛으로 하는 거란다."

몬스터를 후려갈기는 손맛!

유로키나 산맥에서는 중병기라고 할 수 있는 오크들의 글레이브를 쓰면 갑옷까지 단번에 때려 부수는 재미가 있었다.

제피가 의아해서 물었다.

"손맛도 역시 검이 제일 좋지 않으세요?"

검치는 평생 검을 수련하면서 살아온 사람이다. 다른 무기도 몇 가지 익혔을 수 있겠지만, 그럼에도 검에서 타의 추종을 불허하는 경지에 오른 사람이었다.

당연히 검에 대한 예찬을 할 수밖에 없지 않을까.

"최고의 손맛은 검이 아니고……."

검치가 슬머시 눈치를 살폈다.

사실대로 말하려면, 미성년자나 어린 학생이 들으면 정서적으로 좋지 않은 영향을 미칠 수 있는 이야기를 해야 했다.

"어릴 때 잡았던 쇠 파이프와 각목을 따라올 만한 게 드물긴 하지."

"……."

"검은 마음을 단련하는 수단이란다. 훌륭한 검사의 마음은 명경지수와 같아서, 어떤 일에도 동요하거나 흔들림이 없지."

그 순간, 던전 저쪽 통로에서 갑자기 한 무더기의 몬스터들이 몰려왔다.

"인간이 침입해 왔다."

"덩치 크고 못생긴 인간부터 죽여라."

"대장, 누구부터 공격하라는 뜻인가. 나이 많은 놈을 말하는 건가?"

"그렇다."

"케케케케켈!"

다른 동료들이 손을 쓸 틈도 없이, 검치가 몬스터들을 향해 달려들었다.

"죽여도 곱게는 안 죽이겠다. 크하하하하!"

TO BE CONTINUED